Heide Rieck

Aber die Schatten …

Roman

Rieck, Heide
Aber die Schatten …
Roman
Titelbild: Arno Rieck, Bremen
Geest-Verlag 2012

Lange Straße 41 a, 49377 Vechta-Langförden
Tel. 04447/856580
Geest-Verlag@t-online.de
www.Geest-Verlag.de

Druck: Geest-Verlag

ISBN 978-3-86685-345-4
Printed in Germany

PROLOG

„Was uns zugestoßen ist, ist entweder allen zugestoßen oder uns allein; im einen Fall ist es keine Neuigkeit, im anderen unverständlich. Wenn ich das aufschreibe, was ich fühle, so tue ich es, weil ich so das Fieber zu fühlen senke."
Fernando Pessoa

Im Sommer 2007 begegnete ich Walter Grunwald zum ersten Mal. Trotz seiner schlurfenden Schritte schien er alterlos, trug eine schlotternde Hose und am Hals einen Fotoapparat. Um mein „Fieber zu fühlen" zu senken, traf ich den Amerikaner mit Wiener Akzent zwei Jahre lang an vielen Orten, wir tauschten Briefe, und ich schrieb nieder, was er mir anvertraute.

KAPITEL 1

Die Luft war schwer von Zigarettenrauch und Sehnsucht, als der Trommelwirbel erstarb, der letzte Ton des Saxophons verklang. Stille fiel in die Nachtbar von Bat Galim. Im Nachklang der Musik verharrte auf der Tanzfläche ein Paar, wandte sich aber, als der Mann hinter der Kasse aufschaute und nach seinem Lineal griff, dem Ausgang zu. Eine Kusshand flog zur Theke hinüber, worauf der junge Blonde, als habe er das Zeichen nicht bemerkt, mit den Fingern durch sein Haar fuhr. Er zog einen Strich unter eine mathematische Gleichung, prüfte und zog einen zweiten Strich. Darauf schloss er das Schulheft. Über dem Namenszug *Walter Grünwald* war die Jahreszahl 1939 notiert. Nun zählte er sein Trinkgeld, steckte Heft und Geld in die Futtertasche, verließ seinen Platz, drehte an der Wand einen verborgenen Schalter. Die Lichter des Kronleuchters erloschen, und mit einem Nicken oder einem müden Zeichen der Hand verabschiedeten sich die Musiker. Bis auf Sándor aus Ungarn. Er war damit beschäftigt, ein Tuch über seine Trommeln zu spannen, über die mit dem mächtigen Umfang und über die hohe schmale. Dabei humpelte er mühsam über die Bühne; verlassen lag sie im fahlen Licht der Wandbeleuchtung. Hinter der Theke schloss Walter Grünwald die Kasse. Den Schlüssel ließ er in die Hosentasche gleiten, zog das Jackett aus und hängte es sorgfältig über die Lehne seines Stuhls. Darauf sammelte er die Gläser und die Aschenbecher von den Tischen, schaute dabei immer wieder zur Bühne hinüber. Er arbeitete rasch, beinahe wütend. Mit der rechten Hand zog er die Tücher ab, während er in der linken die Schirmlampe des jeweiligen Tisches hielt. Er faltete, schichtete, hob dann einen Stuhl nach dem andern auf die Holzflächen der Tische. Du solltest dich endlich operieren lassen, Sándor, sagte er, als er die Bühne erreichte, mein Onkel könnte dir eine neue Hüfte einsetzen.

Ach, Junge, er mag ja ein berühmter Arzt sein! Seit einem halben Jahr schwärmst du von seiner Erfindung, aber leider ist dein Onkel Fritz nicht hier. Ist er noch in Wien?

Walter hob den letzten Stuhl auf den Tisch. Ich weiß nicht, wo er steckt, aber ich sehe doch, dass es dir von Tag zu Tag schlechter geht.

Sie unterhielten sich auf Deutsch, wenn sie allein waren. Ein halbes Jahr zuvor hatte Sándor in der jüdischen Gemeinde von Budapest erfahren, dass im Casino von Bat Galim nördlich von Haifa ein Trommler gesucht wurde, und kurz nachdem er im Mai 1938 seine ersten Erfolge in der Nachtbar hatte verbuchen können, war Walter Grünwald auf der Bildfläche erschienen, der siebzehnjährige Neffe der Chefin aus Wien – mit einem Stipendium für die Technische Hochschule von Haifa in der Tasche. Nacht für Nacht bediente er die Gäste, oft saß er an der Kasse. Seitdem fühlte sich der Trommler aus Ungarn nicht mehr einsam. Von dem Kauderwelsch hier verstehe ich kein Wort, hatte er bei ihrer ersten Begrüßung gesagt, und Walter hatte erwidert, Englisch ist nicht schwer, das lernst du leicht; ich hab's

mir als Schüler beigebracht. Morgen bringe ich dir das Buch *1000 Wörter Englisch* aus dem Ullstein-Verlag mit.
Über der Tanzfläche leuchteten Staubkörner auf, als Sándor nach seinem Stock griff, beim Trommeln spüre ich nichts; nur das Gehen klappt nicht gut.
Das sage ich doch; eine Operation könnte dir helfen.
Ist schon gut, Junge. Schau, da liegt die Mütze von unserem feschen Leutnant unterm Tisch. Die Briten werden in letzter Zeit immer nervöser. Hast du nicht auch den Eindruck?
Walter Grünwald aber hörte die leise gesprochenen Worte nicht. Er stand schon wieder neben der Kasse, um die Aschenbecher über einem Kübel zu säubern. Wie nach jedem Tanzabend lauschte er auf die Stille in seinem Rücken; das Pochen des Stocks verstärkte sie. Inzwischen hatte der Musiker den Vorhang der Ein- und Ausgangstür erreicht. Wenn ich einmal nach Wien komme, Walter, flüsterte er, dann …, ja dann frage ich nach dem berühmten Doktor Fritz Schnek und werde ihn von meinem lieben Barmann aus dem Casino am Strand von Haifa grüßen. Servus, mein Junge, schlaf gut!
Gute Nacht, Sándor!, rief Walter ihm nach, schieb die Operation nicht zu lange auf!
Zu Türmen gestapelt, glänzten jetzt die Aschenbecher im Schein der Leselampe, und mit einem Putzlappen in der Hand durchquerte Walter Grünwald den Raum. Er schob den bodentiefen Vorhang zur Seite, öffnete die Glastür und schaltete das Terrassenlicht an. Von unten herauf rauschte die Brandung. Walter rückte auch hier die Stühle zurecht, wischte über die Tische. Am Nach-

mittag wurde im Casino selten geraucht. Nach wenigen Minuten flog der Lappen in den Eimer bei der Tür. Geschafft, rief der junge Mann, tastete nach seinen Zigaretten und trat an die Balustrade.
Den Blick aufs Meer gerichtet, öffnete er die Knöpfe am Hemd, rollte die Ärmel hoch. Er genoss den Wind. Vor ihm das Meer. Er grinste, bald ist es wieder so weit, der Frühling ist da, die Mädchen werden ihre Beinchen zeigen und hinter der Luke da unten noch viel mehr. Er rauchte. Dort werde ich von der Terrasse aus fischen, aber niemand wird den Angler sehen, wohingegen *dieser* – er pfiff – alles von oben herab überschauen wird.
Das Casino war vom Mittelmeer umspült. Ein prächtiger Flachdachbau der 1920er-Jahre aus Beton. In luftigen Stufen schoben sich zwei Terrassen ins Meer. Die obere führte in den Ballsaal, die untere in die Wohnräume. Walters Kammer lag am Ende des Gangs hinter der Nachtbar. Im Erdgeschoss war ein Eiscafé untergebracht, und im Souterrain befanden sich die Duschräume für die Damen und Herren, die einzigen Süßwasserduschen an Haifas Küste. Der Betonkranz des Schwimmbads unterhalb der Terrassen war auf Stelzen errichtet. Am Strand umgrenzte ein Lattenzaun den Privatbezirk, der in der Saison von einem Bademeister im Hochstuhl überwacht wurde.
Was liegt denn da im Sand? Ein Pfiff durch die Zähne ertönte. Das Schwert der Jolle war eingezogen. Aufgeregt saugte Walter an der Zigarette, das Ding gefällt mir, ich schau's mir gleich an. Darauf ließ er den Blick

über das Boot hinweg nach Süden gleiten. Im Hafen blinkte der Leuchtturm.
Vor sechs Monaten bin ich dort drüben gelandet, sann Walter Grünwald, wie Jonas aus einem großen Fisch gekotzt. Er grinste über seinen Einfall, aber Jonas, spann er weiter, wurde nicht an einen fremden Kontinent getrieben wie er, Walter Grünwald, mit der frisch erworbenen Matura aus Wien in der Tasche. Er war fremd in Palästina. Einsam.
Er stützte seine Unterarme auf die Brüstung. Der Wind tat gut. Unerwartet schreckte ihn ein Geräusch auf. Da sah er sie. Nicht in seinem Zimmer wie vor einer Woche. Sie lehnte am Türrahmen, kaum zu erkennen im Schatten des auf die Fliesen fallenden Lichts der Terrassenlaterne. *Ein Scherz, ruft sie, es war nur ein Scherz, Walter! Sie trägt ihr Satinkleid, das streckt ihre Gestalt.* Klar umrissen sah er sie. *Sie winkt mit der Zigarettenspitze, das Fenster springt auf, der Vorhang weht, und er selbst ein Bub vor seinen Briefmarken; die beste Marke fehlt.* Er schluckte, und dann rauchte er gierig. Bis ihm gelang, sich von der Erscheinung loszureißen, er kehrte ihr den Rücken, schaute übers Meer. Seltsam, was einem in den Sinn kommt, wenn man müde ist! Sein Blick fand am Orion Halt. Wie hell das Schwertgehänge heute; Onkel Julla hat's mir gezeigt. Trotz des kühlen Windhauchs bildeten sich bei der Erinnerung an Mutters jüngsten Bruder Schweißperlen auf Walters Stirn.
Er kannte die Gefahr der Erschöpfung, wenn die Bilder aus Wien in ihm lebendig wurden. Bei Nacht wehrte er

sich nicht mehr und fragte sich jetzt, was seine Mutter ihm damals wohl gesagt hatte, als der Vorhang wehte. Er war acht Jahre alt, hatte nicht zugehört, mit den Briefmarken war er beschäftigt.
Und während sein Körper, auf die Unterarme gestützt, sich im Rhythmus des Meeres wiegte, spürte er einen Schmerz in der Brust. Ein Hauch von Schmerz, spitz und drohend. Er rauchte, kniff die Augen zu, und der Wiederholungstraum seiner ersten Wochen in der Fremde erschien hinter seiner Stirn: Eine haarfeine Linie auf der weiß gekalkten Zimmerwand. Die Linie wächst, wächst unaufhaltsam an Breite und Tiefe, reißt auf zu einer bodenlosen Schlucht. Nein, rief er laut, drückte die Kippe auf der Brüstung aus und klopfte den Steinstaub von der Hose. Hey, gestern Nacht ... Abrupt hielt er in der Bewegung inne. Von der Wucht der Erkenntnis getroffen, glitt seine Hand in die Hosentasche und zerquetschte die Zigarettenpackung; die Zähne knirschten. Jetzt waren seine Gedanken wieder klar. Er schlug sich an die Stirn, gestern Nacht taucht die Blaue Lindbergh auf. Wie konnte ich den Traum vergessen! Meine Lieblingsbriefmarke. Jahrelang verschwunden und steht plötzlich da – überdimensional groß wie ein Plakat. Klar, rief er und traf zum zweiten Mal mit dem Handballen die Stirn, sonnenklar. Jetzt weiß ich, wer sie gestohlen hat. Am Nachmittag war doch Josef Bayerhofer zum Tauschen gekommen, der schlaue Sepp, der flinke Bayerhofer! Kennt nach dem Anschluss an Nazideutschland keinen Walter Grünwald mehr. Luft bin ich für ihn. Ein Jude, ein Dreck! Erscheint in HJ-Uniform

zum Unterricht, der Bayerhofer! Und hat doch jeden Mittwoch heiße Schokolade bei uns geschlürft, als wir noch Kinder waren. Seltsam, was man begreifen kann – Jahre danach! Nein, nein, die Blaue Lindbergh flog nicht aus dem Fenster, als der Vorhang wehte, Schneeflocken trieben ins Zimmer. Sie wurde gestohlen, rief Walter Grünwald gegen den Wind, ein Freund hat sie gestohlen! Einer, der sich einmal Freund genannt hat. Ha! Wie schnell das geht – von Freund zu Feind! Wippen wir ein wenig, bist du oben, hopp, bist du unten. Und kaum wird man sich seiner selbst bewusst, ist man unerwünscht auf der Welt, pardon, in Wien. In Wien nicht geduldet. Er schlug mit beiden Handflächen auf die Brüstung; es klatschte, ich werde euch zeigen, wer Walter Grünwald ist.

Das wird auch höchste Zeit, wurde er unterbrochen. Nicht umdrehen, auf keinen Fall zurückschauen! Kaum ist das Fantasiebild vertrieben, steht ein Gespenst hinter mir!

Walter, was muss ich sehen?

Erleichtert atmete er auf; er kannte die Stimme.

Du trödelst hier wieder rum, statt dich nützlich zu machen. Ruinierst deine Gesundheit. Ins Bett, Bub! Was soll Oma denken, wenn sie hört, dass du dich bei Nacht hier rumtreibst und nach deiner Mama schreist! Es ist gleich halb drei. Geh schlafen, Walter Grünwald! Morgen musst du früh raus!

Grinsend drehte er sich zu seiner Tante Grete um. Die Casino-Chefin stand im Türrahmen. Zwischen ihr und dem Neffen dehnte sich, vom Laternenschein milchig

übergossen, die Terrasse; die Fliesen blinkten matt. Grete Eisenmann hatte die Hand in die Seite gestemmt, sie trug einen engen Rock, in ihrer Rechten hielt sie eine Zigarettenspitze, führte sie an die Lippen und dann in weitem Bogen von sich. Dabei glitzerten die Steine des feinen Rohrs. Madame imitiert ihre Schwester, Walters Mundwinkel hob sich, das hat sie früher schon getan. Pah! Gerissen ist das Weibsstück, kann aber Mama nicht das Wasser reichen (er sprach Mama französisch aus). Ich hasse ihre Stimme. Grün und kalt sind die Augen. Sie gleicht Mama nicht. Im Gegenteil. Jetzt stockten seine Gedanken, hat die Spionin etwa die ganze Zeit dort gestanden und mich beobachtet? Ach, was! Trotzig hob er sein Kinn, du kannst deiner Mutter erzählen, was du willst; sie träumt heute Nacht sowieso von Wien. Unsinn!, schnaubte Grete, sie ist den ganzen Tag auf den Beinen, kocht und passt auf die Kleine auf. Ich muss mich ja hier um alles kümmern. Seit drei Stunden schläft sie. Wie kommst du nur auf einen so blöden Gedanken? Du suchst eine Ausflucht, weil ich dich wieder ertappt habe. Lungerst hier rum, anstatt ins Bett zu gehen. Ich kenne dich, Bürschchen. Walter fiel ihr ins Wort, heute ist der 21. März. Vergiss das nicht, er warf einen Blick auf die Armbanduhr, seit zwei Stunden und fünfunddreißig Minuten.
Na, und?
Der Geburtstag deiner Schwester.
Welche meinst du? Wir sind, wie du wissen solltest, acht Geschwister: drei Jungen und fünf Mädchen; Hermine starb an Meningitis.

Ich spreche von der Jüngsten.
Marianne? Die langweilige Trine. Hat keinen Mann und stickt Blümchen. Was hast du denn mit der zu tun?
Der Geburtstag von Tante Nannerl war für mich wie Weihnachten. Das schönste Fest im Jahr. Ich habe ihr eine Glückwunschkarte geschickt.
So, so! Grete führte die Zigarettenspitze an die Lippen; dabei reckte sie ihr Kinn in die Höhe und blinzelte unter ihren getuschten Augenwimpern zu Walter hinüber.
Erinnerst du dich denn nicht? Seitdem ich denken kann, hängt am 21. März das Schild ‚Geschlossene Gesellschaft' an unserem Café, die ganze Familie war da, eine Kapelle hat gespielt. Sie lachte höhnisch auf, du meinst das Frühlingsfest. Das wurde in unserer Familie schon gefeiert, bevor Netti einen Caféhausbesitzer geheiratet hat. Außerdem haben deine Eltern auch am 1. Mai eine Kapelle bestellt. Darauf stieß sie sich mit der Schulter vom Türrahmen ab und bewegte sich auf den Neffen zu. Spöttisch beobachtete er sie; er kannte ihre Maske *holdes Lächeln* nur allzu gut. Ihre Hüften schwangen im Takt der hochhackigen Schuhe, und kühl warf die Laterne ihren Schein, als Grete näher und näher kam, die Arme weit dem Neffen zugestreckt. Walter rauchte, Madame reckt die Hände wie eine Ertrinkende, und er schlenderte an seiner Tante vorüber, warf ihr über die Schulter zu: Es war schön in Wien!
Red nicht so dumm, kreischte sie hinter ihm her, seit acht Monaten wirst du bei uns durchgefüttert und jammerst nach deiner Mama! Gib den Schlüssel, ich will die

Tageseinnahmen in den Safe schließen! Gute Nacht, rief Walter aus dem Ballsaal; der Kassenschlüssel klirrte auf der Theke. Sie hörte nicht, wie er die Treppe hinab und ins Freie lief, sie zählte die Scheine, stapelte Münzen.
In ihrer Tasche aus smaragdgrünem Samt trug sie das Geld hinaus.

Ein gutes Gefühl, kühler Sand unter den Sohlen! Walter rannte auf die Jolle zu. Mit der Taschenlampe untersuchte er die Pinne und die Lackflecken am Rumpf. Auf einem Schild las er: ‚Zu verkaufen. Isaak Stern, Haifa, Herzl-Allee 88'. Großtuch und Fock waren eingerollt. An verschiedenen Stellen prüfte er das Holz, kratzte am Lack. Hier entdeckte er einen Riss, dort ein Loch. Darauf legte er sein Ohr an eine gesunde Planke, klopfte und wiederholte die Prüfung an verschiedenen Stellen. Morgen wird das Boot gekauft, nicht übel das Ding, aber nicht seetüchtig; es darf nicht viel kosten. Und dann ... Er schlug ein Rad und rannte auf die Brandung zu.
Aus dem Hafen von Haifa, wo im letzten Sommer sein Schiff aus Europa eingelaufen war, ertönte eine Sirene. Rufe, Tränen, Umarmungen ... Er hatte zur Seite geschaut, als seine Großmutter aufgeregt die Hände in die Luft warf und immerzu *Grete* rief. Jetzt war er achtzehn Jahre alt, fühlte sich aber oft, als wäre er achtzig.
In dieser Nacht jedoch war er jung. Lachend rannte er über den festen Sand vor der Brandung, ich lass' mich nicht unterkriegen! Heute ist Nannerls Geburtstag! Sein

eigener lag drei Monate zurück, der erste achtzehnte Dezember in der Fremde, Tausende Kilometer entfernt von Wien. Da hatte ihn der letzte Brief seiner Eltern aus der Hollandstraße erreicht. Jetzt war schon März! Er stolperte über eine Glasflasche. Wütend stieß er sie fort, beschleunigte den Schritt.
Rasch ging er, und es kam ihm vor, als hingen die Sterne tiefer als sonst. Er blieb stehen. *Die Sterne singen.* Wie alt war er damals ..., drei? Oder war er schon sieben? Onkel Fritz hatte ihm *Ikarus* geschenkt, und die Großmutter hatte ihm vorgelesen, *die Sterne singen ...* Er habe die Geschichte immer wieder hören wollen, wurde in der Familie erzählt. Ikarus auf der Flucht – wie ich, brüllte er, plötzlich von Zorn ergriffen, festgenommen auf der Kärntnerstraße, verhört in der Breunergasse. Nicht dran denken, ich entkam, Schluss. Er griff nach dem feuchten Sand, formte, walkte und schleuderte die Kugel ins Meer. Fliegen! Er rieb die Körner von den Händen, lief weiter, fliegen wollte er. Ja, vier Jahre alt, jetzt wusste er es genau. Mit Mutter beim Fotografen. Laut geschrien, als er das Buch weglegen sollte. Ein Spektakel. Er grinste; sein Schritt wurde ruhig. Oft waren Geschichten über ihn im Umlauf. Auch seine Hände waren seit jener Zeit im Familienlexikon verzeichnet; denn immer, wenn die Großmutter sich der Textstelle näherte, die zum Sturz des Helden führte, soll er die Hände vors Gesicht geschlagen haben. Und sie darauf: Musst nicht weinen, Bub, ein großer Junge schwimmt ans Ufer, wenn er ins Wasser fällt, und baut an Land ein neues Flugzeug.

Steht das auch in dem Buch, Großmutter?
Weißt, Bub, Geschichten werden aufgeschrieben, damit die Menschen sich das Ende selbst ausdenken. Du musst klug werden, Walterl, darfst nicht alles glauben, was erzählt wird, musst selber denken ... Federnd ging er.
Jeanette Grünwald hatte damals einen Goldrahmen für das Porträt ihres Vierjährigen bestellt. Aber nie hatte Walter die Fotografie im Speiszimmer beachtet (er sprach den Namen seines Lieblingszimmers österreichisch aus: *Speis-zimmer*). Er war gern in diesem Zimmer. In Palästina sah er die Möbel immer wieder vor sich; besonders nachts erschien die Kredenz aus Ebenholz mit den Rosenholzintarsien und er als Kind an dem großen Tisch vor seinen Briefmarken oder vor den Achsen und Zahnrädern aus Karbuly's Matador. Täglich entstehen neue Maschinen. Ein kleines Rad greift in ein großes, eine Kurbel wird angeschraubt, und alles dreht sich, schwenkt, steigt in die Höhe. Beim Packen des Reisekoffers mit dem Schild ‚Walter Grünwald, Haifa, Palästina' schaut er erstaunt auf, als seine Mutter auf die Wand zugeht. Sie greift nach dem vergoldeten Rahmen. Eine Weile lang steht sie, in die Fotografie versunken. So ein Lächeln hatte Walter noch nie an ihr gesehen. Während er jetzt durch die Nacht ging, begleitete es ihn – in die Haut ihres Gesichts gebrannt. Mit einem Tuch streicht sie über den Rahmen. Dann legt sie das Bild in den Koffer. Darüber zwei Sakkos. Ein grünes und ein gelbes. Für ihn genäht. In dem grünen stolziert er im Zimmer auf und ab und blickt über

die Schulter in den Spiegel. Elegant! Er stieß einen Pfeifton aus. Das erste eigene Jackett!
Bis zu diesem Zeitpunkt hatte seine Großmutter die abgesetzten Anzüge ihres Sohns (der Herr Doktor trug die englischen Stoffe nicht länger als ein halbes Jahr) von ihrem Hausschneider wenden und für den Enkel passend ändern lassen.
Man sieht ihr nicht an, wie viel Jahre sie auf dem Buckel hat, dachte Walter, bückte sich nach dem lockeren Sand, in ihrem dreiundsiebzigsten Jahr macht sich die alte Dame auf die Socken! Lustig sprangen die Körner auf seiner Handfläche.
In den Tagen vor ihrer Flucht mit Walter, ihrem einzigen Enkel, hatte Frau Schnek oft gesagt: Netti, sei nicht traurig, dein Junge wird in Palästina nicht allein sein, und ich werde jetzt drüben mehr gebraucht als hier; deine Schwester ist mit ihrem Baby überfordert. Ich fahre für meine Enkelin ins Gelobte Land; bald sehen wir uns wieder. Jedes Mal hatte Walter sich bei solchen Worten abgewandt; er kannte Hitlers Judenhass. Auch hier in Bat Galim wiederholte sie, als habe sie den Satz auswendig gelernt: Ich bin in diesem Land, weil meine jüngste Enkelin versorgt werden muss; Grete muss doch Geld verdienen. Das Baby trug als Erstes in der Familie, seit welcher Generation eigentlich?, einen hebräischen Namen: *Aviva*, Frühling. Durch das Wort *Frühling* aus seiner Gedankenkette gerissen, wandte er sich um und suchte nach der Flasche, über die er gestolpert war. Der Schein seiner Taschenlampe hastete durch die Dunkelheit. Bald blinkte das Glas vor ihm auf,

und er fasste die Flasche am Hals, rieb sie am Hosenbein blank. Auf seiner flachen Hand rollte sie eine Weile hin und her. Schluss! Er ließ das Ding fallen und rannte. Schnell, immer schneller. Flaschenpost! Wie oft hatte er einen Brief eingekorkt und in die Donau geschleudert! Fella, Geliebte! Wann kommst du?
Er konnte rennen, seit je, und jetzt rannte er vor seiner Verzweiflung und der quälenden Sehnsucht davon, bis er wieder ein Kind war. Bilder flogen durch sein Hirn. Der Knirps läuft schneller als ich, so Nannerl über den Zweijährigen, du wirst sehen, Netti, bald rennt er mit deinem Pferd um die Wette.
Seine Tante Marianne musste damals so alt gewesen sein wie er jetzt. Sie trug einen schwarzen Bubikopf, zeichnete und stickte. Ihr Busen duftet so gut – in dem breiten Bett, wenn Walter zwischen ihr und der Großmutter liegt. Warum läufst du immer fort?, habe sie ihn am Strand von Grado gefragt und auf dem Arm zurückgetragen. Die Krabben, habe er geschluchzt und sein Köpfchen an ihre Brust geschmiegt, so Nannerl vor ihrer Schwester Jeanette.
Die Krabben?
Sie wollen in meine Zehen beißen.
Du lieber, dummer Bub, die Krabben halten dich für einen Riesen.
Jetzt lachte er über die Szene. Familienanekdote. Immer wieder erzählt. Es gab so viele! Er lief unter den Sternen von Palästina her. In der Ferne hupte eine Schiffssirene. Bald erreichte er die hohe Düne, seine Düne. Hier hatte er vor drei Monaten – an seinem ers-

ten Heiligen Abend fern von Mutter und Vater und fern von den vielen Geschwistern der Eltern, auch fern von seiner Lieblingscousine Trude – aus Brettern eine Hütte gebaut. Übermütig warf er sich in den Sand, schob die Hände untern Kopf. Jetzt fliegen! Übers Meer, über die Berge und dann landen auf Fellas Balkon im 1. Bezirk am Schottenring ... Er schloss die Augen. Und danach im Speiszimmer der Eltern die schöne Diana auf der Ebenholzkredenz begrüßen. Eine Weile gab er sich dem Bild hin, als säße er in diesem Zimmer und würde gleich hinunter ins Café zum Nachtmahl gehen, wo Papa und Mama ihn erwarteten. Plötzlich aber stockte sein Atem: Von einem Tag auf den anderen war alles zerbrochen. – Warum? Er riss die Augenlider in die Höhe, sprang empor. Still atmete das Meer. Walter Grünwald aber zerrte seine Kleidung vom Leib; kopfüber tauchte er in die Wellen. Allein im Meer sein! Sonst nichts. Tauchen, nicht denken. Kräftig kraulte er, und während die Beine wie ein Motor das Wasser zerschlugen, rauschten in seinem Kopf, er konnte später nicht sagen, wie es geschehen war, Takte aus dem Klavierkonzert Nr. 2 von Tschaikowski, gestern in Haifa gehört. Selig überließ er sich der Musik. Weit trug sie ihn fort, und als er zurückkehren wollte, schlug ihn die Brandung mit ihrer Pranke zu Grund. Sie schürfte seinen Körper über die Kiesel, riss ihn empor und schlug ihn aufs Neue nieder. Fantastische Klänge, brausend, vibrierend ... und die Stelle, wo Lust und Schmerz ineinander verschmelzen, ein Ton ... ein singender Stern, wie kann ein Mensch so Schönes erfinden ..., eins war

er mit dem Wasser. Bis er zerkratzt und erschöpft dalag. Strandgut.
Seine Hände gruben sich in den Kies. Jetzt stanken sie nicht mehr nach den Scheinen und Münzen, die er an der Kasse verwalten musste. Keinen Groschen bekam er davon. Wer gut arbeitet, erhält auch viel Trinkgeld. Die dümmliche Redensart kränkte ihn. So tief, wie der ungarische Onkel Arnold Eisenmann mit dem britischen Pass nicht ermessen konnte.
Als Kellner hatte er Grete Schnek in der Küche eines Restaurants von Haifa kennengelernt. Welche Ahnung konnte dieser von dem Unaussprechlichen haben, das in Wien geschehen war! Schmarrn! Walter sog die Nachtluft ein, schloss die Augen und gab sich von Neuem den Tönen hin. Seit er denken konnte, gehörte Musik zu seinem Leben wie der Geschmack von Marillenknödel und der Duft des Waldbodens, wo er Beeren und Schwammerln gesucht hatte. Am Sonntag spielten die Eltern vierhändig Klavier. Walter war froh, auch in der Nachtbar seiner Verwandten einen Flügel zu haben. In einem Antiquariat hatte er Noten entdeckt. Aber nie erreichte sein Spiel die Tiefe seiner letzten Wiener Jahre.
Bei Nacht war die Luft kälter als das Wasser. Mit einem Mal fror er, sprang auf und rannte, bis er seine Hütte erreichte, schüttelte die Wassertropfen aus dem Haar ... *Rolf!* Im Sonnenlicht blinkten die Tropfen, wenn er aus der Donau sprang. Nicht dran denken, Juden dürfen keine Hunde halten. Rasch zog er ein Handtuch aus dem Holzverschlag und rubbelte die Kopfhaut, unter

der die Gedanken nicht rasteten. Dennoch gibt es Schönes auf der Welt, rief er trotzig. Er stand aufrecht und ballte seine Faust, alles wird gut. Unter seinen Sohlen spürte er festen Grund, sein Blick war auf den Nachthimmel gerichtet. *Die Sterne singen.* Bei dem Gedanken war ihm mit einem Mal feierlich zumute, und endlich, nach neun Monaten in der Fremde, empfand Walter Grünwald ein vertrautes Gefühl. Wie bei einer Bergwanderung, wenn er auf dem Gipfel steht, die Menschen tief unter ihm und der Himmel nah. Wie im Winter, wenn der Schnee dem Gebirge Weite gibt und er auf die Stille lauscht, bevor er auf den Brettern davonbraust.

KAPITEL 2

Zwei Monate harter Arbeit waren vergangen, unterbrochen von drei Segeltouren im eigenen Boot, als Walter nach Kassenschluss die Kollegmappe auf den Tisch seiner Kammer unterm Dach fallen ließ. Er öffnete das Fenster, zog das Trinkgeld des Abends aus der Futtertasche und verbarg die Scheine unter einer Planke. Seitdem der Chef ihm geraten hatte, im Casino die Addition nicht *wie ein Schüler* zu handhaben, war sein Einkommen beträchtlich gestiegen. Er rückte den Stuhl zurecht und schlug die Mappe auf. Gern hätte er jetzt Georg an der Seite gehabt. Zusammen würden sie das Problem schneller lösen. Bis zum Morgen musste die Lösung gefunden werden. Es war kurz nach Mitternacht. Montags waren nie viele Gäste im Casino. Ein Scheich, einige englische Offiziere; seit zwanzig Jahren stand das Land unter britischem Mandat. Der Hutfabrikant aus Wien fehlte nie. Bei dem Gedanken an den Wiener errötete Walter. Der Mond lacht mich aus mit seiner schiefen Fratze, maulte er, na ja, doa koannst nix moachen. In den ersten Monaten hatte ihm Margot aus dem Eiscafé im Parterre Marilleneis oder kalte Schokolade auf die Terrasse gebracht, wenn er dort mit der Angel saß. Sie hatte sich an ihn geschmiegt, und er hatte ihr die besten Fische geschenkt, war mit ihr ausgegangen. Bei dem Gedanken an die Stunden im Kino knirschten seine Zähne, jetzt ist der Hutmacher an der Reihe! Wer bin ich auch schon? Ein Student, der nichts hat. Aber das wird sich ändern! Wild entschlos-

sen beugte er sich über seine Ausarbeitungen. In den Pausen hatte er an diesem Abend mehr Zeit zum Rechnen gefunden als an den Wochenenden. Die Aufgabe war knifflig!
Ein Aufzug, dessen beladener Fahrkorb aus 4.000 Metern Tiefe hochgezogen werden sollte, war zu konstruieren. Zunächst musste die Beschaffenheit des Seils bestimmt werden. Sollte es ein Seil gleicher Festigkeit sein, sich also nach unten verjüngen? Oder eins mit konstantem Durchmesser? Oder wäre die Konstruktion mehrerer Aufzüge zweckmäßig – etwa vier mit je einer Seillänge von tausend Metern? Begründung erforderlich! Der zweite Teil der Aufgabe lautete: Wie ist die Seiltrommel auszuführen? Welche Größe hat der Durchmesser? Es ist anzugeben, wie viel Seillänge auf der Trommel bleiben muss, um ein Abrutschen der Last zu verhindern, wobei die Befestigung des Seils an der Trommel reine Sicherungsfunktion hat und bei der Berechnung nicht berücksichtigt werden darf. Der erste Teil der Aufgabe war erledigt. Walter überprüfte sein Ergebnis. Die Luft war dumpf; aber er spürte sie nicht. Er schrieb, nahm den Rechenschieber zu Hilfe, blätterte in Tabellen. Nach zwei Stunden packte er die Bögen zusammen. Die Aufgabe war gelöst, alles war notiert. Zwei Nachmittage lang hatte er mit Georg darüber gebrütet. Morgen werde ich ihm das Ergebnis zeigen, Walter zog sich aus, ich bin gespannt, wie weit er gekommen ist. Zufrieden rollte er sich im Laken ein, wie gut, endlich wieder einen Freund zu haben! Er zog das Betttuch bis ans Kinn.

In Physik, Mathematik und im Hebräischkurs saßen sie nebeneinander. Leider gab es keine Vorlesungen in englischer Sprache, wie man versprochen hatte. Manchmal beantwortet der Professor nach der Vorlesung Fragen der Studenten aus Europa auf Englisch. Georg Polak war mit einem der letzten Schiffe vor der Aufnahmesperre europäischer Juden durch die britische Regierung in Haifa eingetroffen. In Wien hatte er heimlich Privatstunden erhalten. Was für ein Glück, dass wir uns gefunden haben! Mit einem Freund lernt sich's leichter als allein. Walter schloss die Augen. Zahlen tanzten in seinem Hirn. Er warf sich von einer Seite auf die andere, versuchte es mit der Bauchlage. Aber nichts. Er schleuderte das Laken fort, streifte die Hose über und lief hinaus.

Rasch gewöhnten sich die Augen an die Dunkelheit. Am Strand schaute er zu dem Pfahl hinüber, wo sein Segelboot unterm Casino angebunden war. Still schaukelte es auf den Wellen. Ha, dachte der Student der Technischen Hochschule munter, nun hab ich den Durchmesser der Winde und die gleiche Festigkeit der Seile berechnet. Aber dieses Boot hier haben die Boys an Hanfstricken bis da oben hinaufgezogen. Ohne Trommel und ohne jede Berechnung. Mit bloßen Händen, hau ruck! Auf die erste Terrasse und – drei, zwei, eins – auf die zweite und dann aufs Flachdach. Dort wurde das Schätzchen flottgemacht. Eine feine Unternehmung! Die Burschen freuten sich auf die erste Segeltour. Danach rissen sie keinen Scherz mehr über das *marode Ding*.

Zweihundert Dollar hatte Isaak Stern für die Jolle verlangt. Walter Grünwald hatte sich angewöhnt, Beträge, die seine täglichen Ausgaben überschritten, in die Währung der USA umzurechnen. Er rechnete gut. Er wollte nach Amerika. Das Boot ist leck, hatte er gesagt, der Lack blätterte ab. Nach einer halben Stunde war Sterns Forderung auf hundertachtzig gesunken, weiter würde er nicht gehen, er könne nichts verschenken. Daraufhin hatte sich Walter verabschiedet, war aber nach zwei Wochen zurückgekehrt und hatte hundertzwanzig Dollar in der Landeswährung auf den Tisch gelegt: Ich bin Student und arbeite nachts im Casino bei meinem Onkel für ein Trinkgeld; mehr habe ich nicht. Es gab keinen weiteren Interessenten; das wussten sie beide. Einverstanden, lachte Stern schließlich, du bist Student, du sollst mein Segelboot haben. Pfleg es gut; ich hatte viel Spaß mit ihm.

Drei Wochen lang hatte Walter Grünwald das Holz geschliffen, lackiert, neue Planken eingesetzt. Das Boot lag gut im Wind.

Morgen lade ich Georg ein, dachte er. Über dem Karmel zog der Morgen herauf. Noch aber schlief der Strand. Schwarz ragte der Hochstuhl vor dem Schwimmbad in die Höhe. Möwen liefen vor der Brandung umeinander. Walter beobachtete sie eine Weile, sie sind schon munter, aber ich will noch eine Mütze Schlaf. Er schlenderte auf die schmale Tür zu, die ins Untergeschoss der Nachtbar führte. Sie war nicht verschlossen. Sogleich drehte er den Hahn in der Herrenkabine auf, duschte und ergriff nass, wie er war, seine Hose, flitzte durchs Haus die Stufen hinauf. Er freute sich auf die Segeltour mit Georg. Kaum hatte er sich im Laken eingerollt, sah er das tiefschwarze Haar des Freundes vor sich, die spöttischen Augen und die hohlen Wangen, das scharfe Kinn, die Kontur des Mundes so eigenwillig und klar. Seltsam, Georgs Hände kommen mir reifer als seine Gesichtszüge vor. Ist das möglich? Um endlich einzuschlafen, zog er die Beine an und vergrub den Kopf. Unter dem Geruch seines Körpers fiel ihm ein Wiederholungstraum aus der Kindheit ein: Fünf Jahre alt, hockt er in einem Ofen, hält die Knie mit den Armen umfangen; er trägt ein Seidenhemd. Manchmal sitzt ihm ein Kind gegenüber. In der Höhle fühlte er sich geborgen. Er grinste. Bin ich verliebt in Georg? Unsinn. Er seufzte, sein Fuß schlüpfte unter dem Laken hervor. Freundschaft kann so tief sein wie Liebe, flüsterte er, und in dem wohligen Interim von Bewusstheit und Schlaf sah Walter Grünwald die Hand seines Freundes vor sich – so scharf, als wollte er sie zeichnen: die schmalen Fingerglieder mit den schwarzen Härchen, jedes zu einer Drei oder Acht gewunden, und die stark ausgeprägten Gelenke. Das zweite vom rechten Mittelfinger interessierte ihn; es glich einer winzigen Scheibenkupplung. Morgen kaufe ich einen Skizzenblock …, er schlief ein.

Für die Alten war das Leben in diesem Land einfacher als für uns, sagte Georg Polak, als sie bei einem Wochenendausflug in der Altstadt von Jerusalem einkehr-

ten. Während er weitersprach, hielt er dem Freund die Fliegentür auf, die Bewässerung der Wüste ist heutzutage mühsam. Hinter ihnen klackten die Perlenstrippen im Türrahmen. Es gab nur zwei kleine Tische und Klappstühle. An einigen Stellen blätterte die Farbe von den Wänden, ein Hauch von Melancholie.
Zwei Kaffee und Wasser, bitte, rief Georg in eine Ecke hinüber, wo eine Frau sich über eine Häkelarbeit beugte, zog seine Zigaretten hervor und bot sie, nachdem er die Packung auf die Tischkante geschlagen hatte, Walter an: Die alten Juden hatten einen äußerst klugen Anführer in der Wüste. Der schlägt seinen Stab gegen einen Felsen, und – hopp – sprudelt Wasser hervor. Walter lächelte, der gute alte Moses, bedankte sich bei der Alten für den Kaffee und schlug vor, am nächsten Tag nach der Oase zu suchen. Heute ist es zu spät. Wir sollten uns nach einer Schlafstatt umsehen. Georg grinste, hast du in der Heiligen Stadt etwa auch einen Onkel, der ein Hotel betreibt und uns seinen Chauffeur zur Verfügung stellt? Ich habe kein Kleingeld dabei. Aber ich! Walter zog einen Schein hervor, dafür könnten wir ein Auto mieten. Ich bin im Fahren so sicher wie im Kellnern. Beides ist einfach. Aufmerksamkeit und Freundlichkeit heißt die Zauberformel.
Durch Freundlichkeit also verdienst du dein Geld, soso! Na ja, die sei das Wichtigste, meinte der Student, der jede Nacht um Trinkgeld rang, die Beherrschung des Handwerks sei naturgemäß die Voraussetzung. Letzten Freitag, fügte er hinzu, hätten die arabischen Adligen im Casino ein großes Fest gefeiert, da habe das

Trinkgeld locker gesessen, und die Briten hätten sich nicht lumpen lassen.
Die halten seit zwei Jahrzehnten ihr Händchen über dieses Land, warf Georg ein, wie über manch andere Länder. Neben dem Gaskocher stach die Frau flink in die Häkelmaschen. Sie trug eine weiße Schürze überm Tschador, ein Tuch verbarg ihr Haar. Ab und zu sah sie zu ihren Gästen hinüber.
Im Ernst, Georg, ich bin kein schlechter Barmann.
Davon bin ich überzeugt. Übrigens ist der Kaffee ausgezeichnet. Mit abgespreiztem Finger hielt Georg die kleine Tasse. Du sprachst vom Autofahren. Was hat Freundlichkeit damit zu tun?
Ist doch klar. Erstens braucht jeder Motor eine freundliche Hand und zweitens auch jeder Verkehrsteilnehmer, falls er sich deinem Vehikel nähert – insbesondere, wenn er eine Polizistenmütze trägt. Man ist ja nicht immer perfekt. Georg lachte, und darauf zahlten sie. Hinter ihnen verklang das Geräusch des Perlenvorhangs.
Die Freunde bummelten durch die Altstadt.
Zwischen Eselskarren, Flaneuren und Frauen unterm Schleier auf Stöckelschuhen eilten gläubige Juden mit schwarzen Hüten umher; ihre Schläfenlocken tanzten. Die Freunde hatten nicht genug Augen, um zu genießen, was sie in Ruhe hätten betrachten müssen, und ihre Nasen waren zu schwach für die Parfumfahnen aus Orient und Okzident und die dreidimensional verführerisch auf sie einstürmenden Schwaden, die aus knoblauchreichen, in siedendem Sesamöl brutzelnden Lammfrikadellen stiegen. Und dieser Kaffeeduft, gut-

tural mit *Achweh* ausgerufen! Ich hab' Hunger, aber kein Geld, rief Georg, lass uns weiterziehen. So bummelten sie durch die modernen Straßen der Stadt, bis endlich zwei junge Schöne ihre Blicke erwiderten. Walter zückte seine Kamera. Die Mädchen freuten sich, man trank Limonade, die Herren zahlten, man tauschte Adressen aus. Aber leider verhalf das den Ausflüglern nicht zu einer Schlafstatt; die Damen hatten den Abend verplant.

Um Mitternacht lümmelte man sich schließlich auf einer Bank im Park, man fror. Ein Rabe flog heiser aus dem Schlaf, seine Schwingen rauschten. Aus dem Stamm einer Palme brach ein verholztes Blatt krachend zu Boden. Eine Taube flatterte auf, segelte eine Runde und ließ sich auf der Spitze einer Parklaterne nieder, nicht allzu weit entfernt von der Bank, wo Walter Grünwald und Georg Polak den Morgen erwarteten. Im Gebüsch raschelte Laub. Ein Igel träumt, brummte Georg. Er war trunken vor Müdigkeit, auch Walters Augenlider waren schwer. Es gab keine Turmuhr in diesem Park von Jerusalem, die jetzt drei geschlagen hätte. Die Nacht war hoch, und auf der Bank quälten sich zwei, Schlaf ersehnend, während Sekunde auf Sekunde dem neuen Tag entgegenschlich. Um fünf Uhr geht über dem Negev die Sonne auf, lallte Walter; sein Kopf sank auf die Schulter des Freundes, und auch Georg fielen die Augen zu, während er murmelte, ich hatte bisher noch nicht das Vergnügen, auf einer Holzbank zu schlafen. Warum nicht in Jerusalem?

Darauf war es still im Park.

Achwe! Weich erklang der Ruf um sechs in der Frühe und noch einmal. Walter fuhr empor; vier Beine waren zu sortieren. Oh, ich habe mit ihm geschlafen, na, so was! Er rieb die Augen, weitete den Brustkorb, die Arme von sich gestreckt. Seine Finger glitten durch sein Haar. Komm, Junge, rief er zur Bank hinüber, klatschte in die Hände, der Himmel ist blau, die Taube gurrt, und dort auf der Straße wandert arabischer Kaffee vorüber! Er stürmte davon. Georg aber drehte sich auf der Bank zur Seite. Nach fünf Minuten war Walter zurück; aus seinen Hosentaschen ragten knusprige Hörnchen, aus zwei Bechern stieg Kaffeeduft.

Die Freunde besuchten zusammen Vorlesungen in Mathematik, Physik und Chemie. Walter bereitete sich auf den Beruf eines Piloten und Flugzeugingenieurs vor, während Georg sich für Fernmeldetechnik interessierte; er schaute sich auch bei den Medizinern um. Das tat Walter Grünwald nie. In seiner Familie gäbe es bereits drei Ärzte, erklärte er dem Freund in der Mensa, goss Milch in seinen Kaffee, einen für die Organe, einen für die Knochen und einen für die Zähne. Mit seinen schmalen Fingern harkte er durch sein Haar. Doch fiel ihm sofort wieder eine Strähne in die Stirn, als er Georg, vielmehr sich selbst, lachend fragte, ob der Familie auf diese Weise nicht besser geholfen sei als durch Großmutters Tausend-Kräuterl-Tee. Von dem wirst du gesund, wenn du ihn nur riechst. Bei Husten kommt ein eiskalter Wickel auf die Brust; bei Fieber werden die Füße in heiße Erdäpfel gepackt. Georgs

Oberlippe zuckte, seine Augenbrauen stiegen, und er warf Walter einen fragenden Blick zu, bevor er ein Butterbrot aus der Tasche zog, es in zwei Hälften brach und das Papier zusammenfaltete, Walter würde mehr von seiner Großmutter reden als von seinen Eltern, das käme ihm recht merkwürdig vor.

Na ja, schmunzelte Walter über den Becherrand, er habe schließlich bis zum Eintritt ins Gymnasium bei ihr gelebt.

War das nicht langweilig? Eine Oma ist doch alt. Georg kaute und schob eine Brothälfte über den Tisch. Eine Fliege summte. Alt? Walter griff, *merci, mon cher!*, nach dem verlockenden Brot, fuchtelte damit in der Luft herum, was sagt das Wort *alt* aus? Man lebt oder man ist tot. Am Nebentisch unterhielt sich eine kleine Gruppe auf Hebräisch, hin und wieder von Gelächter unterbrochen. Die Mittagszeit war längst vorüber. Dennoch hing der Geruch von gebratenem Huhn in der Luft. Inzwischen hatte Georg eine Haltung gefunden, in der er seine langen Beine ausstrecken konnte. Sein Arm hing über der Lehne eines freien Stuhls. Was Walter denn bei ihr getan habe, wollte er wissen. Schwammerln gesucht, Beeren gesammelt, auch Nüsse. Walters Rede wurde immer lebhafter, die Walnüsse werden geerntet, wenn sie noch grün sind, und in Zuckerwasser eingelegt. In Klosterneuburg hatten wir ein Strandhaus an der Donau, weißt du, eine *Kabine* – und ein Segelboot. Mit meiner Großmutter fuhr ich auch in die Ferien; meine Eltern haben im Café gearbeitet. Als ich klein war, ging's nach Italien, später nach Krumm-

nussbaum, nach Küb, nach Kindberg, Kirchschlag. Das war schön. Auch kochen habe ich bei ihr gelernt.
Kochen?
Krautfleckerln, Marillenknödel, Esterházy-Rostbraten, Wiener Apfelstrudel ...
Genug, Walter! Ich glaub's dir ja. Georgs Fuß wippte.
Und wenn sie mich mit meiner Tante zum Zahnarzt schickte – in die Folterkammer – gab's zur Belohnung ein Punschkrapferl.
Da hattest du ja eine nette Kinderstube. Um mich hat sich niemand gekümmert. Mein Vater handelte mit irgendwas. Um dieses *Irgendetwas* zu verdeutlichen, ließ Georg seine Hand über der Lehne kreisen, mein alter Herr war selten zu Hause. Jetzt hing die Hand vom Gelenk herab. Meine Mutter gab Stunden. Wir hatten ein Klavier und einen Flügel. In den bin ich übrigens als Krabbelkind gefallen, dabei brach der Mittelfinger. Hier. Siehst du?
Walter hatte ihm atemlos zugehört. Und nun der Finger! Der rechte Mittelfinger des Freunds dicht vor seinen Augen! Am Nebentisch wurde gelacht. Erleichtert warf Walter einen Blick hinüber. Das Gelenk ist verdickt, ich weiß ..., murmelte er in die Luft.
Was weißt du?
Na ja, das Gelenk ist mir aufgefallen. Nicht uninteressant. Er dachte an die Skizzen, die er von Georgs Händen angefertigt hatte; ihm war heiß, und er spürte, wie ihm die Röte ins Gesicht schoss. Erzähl von *deiner* Großmutter, stieß er hervor, wo lebt sie? Georg haschte nach einer Fliege; das Tier war schneller. Eine starb

vor meiner Zeit, gelangweilt wippte er mit dem Stuhl, die andere blieb in Ungarn, lebt mit ihrem zweiten Mann in einem Dorf. Irgendwann einmal haben wir sie besucht. Aber weißt du ... wieder grapschte seine Hand nach der Fliege ... die Frösche im Teich haben mich mehr interessiert als eine betagte Dame mit ihrem Freund. Als sich die Gruppe am Nachbartisch auflöste, verfolgte Georg die Kommilitonen bis zur Tür mit seinem Blick, wo mögen die alten Herrschaften jetzt wohl sein ...?

Schreib doch mal, schlug Walter vor, meine Oma hat mich samstags auf den Naschmarkt und zu Auktionen mitgenommen. Ich habe viel von ihr gelernt. Im Handeln war sie unschlagbar. Du hättest sie sehen sollen. Hut ab!

Und weiter?, fragte Georg, bevor er, die Hände im Nacken verschränkt, durch die Nase einatmete, bis sie schmal wie eine Fisolenschote war.

Ich habe sie lieb. Einige Male strich Walter durch sein Haar, bevor er weitersprach, sie ist klug, lebt sparsam und äußerst diszipliniert, hat Humor. Sechs Mädchen und drei Jungen aufgezogen, die Ärzte Fritz, Jacques und Julla. Alle sehr tüchtig. Julius war der Stillste von ihnen; an der rechten Schulter ist er ein wenig verwachsen. Bei den letzten Worten war Walter Grünwalds Stimme kaum vernehmbar, schwoll aber bald wieder an, vor so einem Leben muss man Respekt haben! Meinst du nicht auch? Jetzt hütet sie hier ein Kleinkind. In Wien besitzt sie Häuser und Grundstücke, geht aber immer wie eine Blumenfrau im selben Kleid spazieren.

Was macht ihr Mann?
Er besaß eine Seidenfabrik. Auf allen Fotos steht er elegant mit feschem Schnurrbart und breiter Brust. Seine Augen blitzen vor Unternehmungsgeist. Er starb vor meiner Geburt. Schade, schade. Ich hätte ihn gern kennengelernt. Ist einer Berufskrankheit erlegen: Farbvergiftung. Walter griff nach dem Becher. Der Kaffee war nicht mehr heiß. Der Raum lag jetzt wie ausgestorben. Ein Brummer mühte sich vor der Fensterscheibe ab. Für dich scheint die Familie ja sehr wichtig zu sein, warf Georg hin; er hatte es an diesem Tag nicht eilig, in sein Zimmer zurückzukehren; er wohnte bei Freunden seiner Eltern. Von seiner Familie sei wenig zu berichten, meinte er und wippte mit dem Stuhl, seine Eltern seien Musiker und sein Vater auch Kaufmann, das habe er bereits gesagt, er sei der einzige Sohn, man stamme aus Ungarn.
Wie Papa, warf Walter ein, er hat sein Ungarisch nie verlernt, obwohl er schon als Kleinkind nach Wien gekommen ist. Außerdem spricht er Französisch und Deutsch.
Pah! Georg blies die Backen auf und erhob sich abrupt, alle Juden in Wien sprechen Deutsch! Lass uns gehen.
Walter hätte so gern noch Papas Geige und die Zither erwähnt, das Schachspiel und noch viel mehr. Aber vor einem Musikersohn traute er sich nicht. Auf keinen Fall würde er je wieder über seine Familie sprechen, nahm er sich vor; aber der Garten! Georg trug die Kaffeetassen fort. Walter Grünwald folgte ihm, na ja; wen sollten denn auch in Palästina die Birnen und Himbeeren von Langenzersdorf interessieren?!

*

Wenn ein Fest gefeiert wurde, sagte Walter, als er mit achtundachtzig Jahren auf sein Leben zurückblickte, versammelte sich die Familie bei der Großmutter. Ich war der einzige Enkel. Trude, die Tochter von Onkel Julla, hat mich immer geküsst; sie war zwei Jahre älter als ich. In Langenzersdorf traf sich die Familie meines Vaters. Dort spielte ich mit meinen Cousinen im Garten. Die Birnen waren so süß. Aber wenn meine Eltern einluden ... Im Café trat eine Kapelle auf. Es gab auch eine Jukebox. Das größte Fest war Weihnachten. Ich erinnere mich, wie ich mit drei Jahren dastand und über die vielen Lichter staunte. Der Baum war mit Schokolade und bunten Zuckerfiguren behangen. Wie gern hätte ich was genommen. Doch nein, zuerst wird gesungen, gegessen. Aber am nächsten Tag, ja, da durfte man sich bedienen.
Nein, ich habe nie durchs Schlüsselloch geguckt, ich war ein braves Kind.

*

Manchmal borgte sich Walter vom Schwimmbadbesitzer den Wagen, einen Standart. Er übte für den Führerschein. Selten kam ihm außerhalb der Stadt ein Fahrzeug entgegen. Eine dichte Staubwolke zog dem Gefährt nach, und wenn sein Freund an seiner Seite saß und Haifa hinter ihnen lag, rief Georg, schneller, gib Gas, und sie sausten an dem Gut vorbei, wo Bewässerungs-

methoden erprobt wurden. Am See Genezareth fanden sie eine kleine Pension. Man schaukelte auf dem Rücken eines Kamels, man hisste die Segel und spazierte, eine Tagesfreundin am Arm, über die Uferpromenade. Weit schwamm man in den See hinaus.
Das Leben zu zweit ließ die Freunde für Stunden vergessen, weshalb sie in Palästina studierten und nicht in Österreich. Sie mieden das Wort *Wien*.
Wer Walter Grünwald nicht kannte, hätte sagen können: Es fehlt diesem Flüchtling an nichts. Er hat ein Dach überm Kopf, braucht nicht zu hungern, sein Taschengeld reicht für Zigaretten, Fotoabzüge, einen Skizzenblock, ein Segelboot. Er hat einen Freund und einen Studienplatz an der Hochschule von Haifa. Außerdem ist er in London in einem Fernkurs für Flugzeugtechnik und den Pilotenschein eingeschrieben. Doch während der Jahre, die er in Palästina verbrachte, es waren neun, schwieg niemals in Walter Grünwald die Sehnsucht nach seiner Geburtsstadt, und niemand konnte ihn von der Qual befreien, im Angesicht des ungewissen Schicksals seiner Eltern trotz aller Bemühen zur Hilflosigkeit verdammt zu sein.

*

Nie in meinem ganzen Leben, sagte Walter, als er mit achtundachtzig Jahren zurückblickte, bin ich das Gefühl losgeworden, nicht genug für meine Eltern getan zu haben. Ich überlebte. Sie nicht. Als wäre es meine Schuld.

*

An einem freien Tag im Juli 1939 ließ Walter Grünwald wie so oft auf der unteren Terrasse des Casinos seine Beine baumeln. In den Händen die Angel. Die Sonne warf nachlässig ihre letzten Strahlen ins Meer. In der Ferne wateten arabische Fischer durchs Wasser, die Wellen umspielten ihre Knie. Über ihren Köpfen schwenkten sie kreisrunde Netze, schleuderten sie ins Meer. Walter spürte einen Ruck an der Angel. Von unten klangen Rufe in verschiedenen Sprachen zu ihm herauf: *Wo ist das Sonnenöl? Hallo, hier sind wir!* Von seiner Höhe aus konnte er die Umrisse des Schwimmbads im Meer gut erkennen. Der Bademeister saß unter einem Sonnenschirm auf dem Hochstuhl. Kinder hoben vor der Brandung Mulden und Gräben aus. Mit ausgestreckten Armen balancierte ein Knirps zwei Eiskugeln in Waffelhörnchen durch den Sand. In gleichmäßigen Zügen tauchten Schwimmer ihre Bahnen, während am Beckenrand Matronen, das Kinn auf die Arme gestützt, miteinander schwatzten. Aus dem Souterrain klang durch das Rieseln der heiß begehrten Süßwasserduschen Mädchengekreisch zu dem Angler herauf, und er vergaß seine Angel. In Erwartung schaute er hinab, bis in der Tiefe die Fensterluke zum Duschraum geöffnet wurde, und vor Freude gebannt, entdeckte er unter den schwarzen Badeanzügen an diesem Tag einen blauen, meinte, eine Ballerina zu sehen. Ihr Arm hob sich, der Zeigefinger hob sich, die Träger rutschten zur Seite. Nackt stand sie da. Wer war sie?

Woher kam sie? In Strähnen klebte ihr Haar glänzend schwarz auf der Haut. Atemlos stierte der Angler. Die Angel neigte sich. Husch, war die Schöne davon, und Walter wandte sich erschrocken ab. Hatte sie ihn entdeckt? Die Angelschnur zuckte.
In der Ferne zogen die arabischen Fischer ihre Netze hinter sich her. Kleingetier zappelte darin, während auf der Terrasse der Nachtbar von Bat Galim nach Sonnenuntergang ein Angelhaken aus einem blutenden Maul gezogen wurde.

*

Ich war sehr verliebt in sie, sagte Walter, als er achtundachtzigjährig auf sein Leben zurückblickte, sie ging mit mir spazieren, wir haben uns geküsst. Aber was denkst du, sie hat den Schwimmbadbesitzer geheiratet. Den Schmierbauch, die Glatze! Rauchte Zigarren, das stinkt doch! Aber er verdiente gut. Das Schwimmbad war beliebt, und die Süßwasserduschen waren heiß begehrt. Na ja, da kann man nix machen. Früher examinierten die Eltern die Freier ihrer Tochter und wählten den Klügsten aus. Bildung war gefragt, Fremdsprachenkenntnis. Die Zeiten ändern sich eben! Zu mir war der Schwimmbadbesitzer immer freundlich, er hat mir sein Auto geliehen. Wie hieß er denn nur? Sie hieß Sissi, aber seinen Namen habe ich vergessen, ich werde alt. Er seufzte. Sie hat Zwillinge bekommen. Danach hatte sie Krampfadern, und ihr Gesicht war auch nicht mehr schön.

*

An einem Samstagnachmittag im August des Jahres 1939 hielt Walter Grünwald vor der Küste von Haifa die Pinne fest. Georg Polak saß am Bug. Seit einer Stunde segelten sie. Von Westen wehte eine leichte Brise. Du passt in dieses Land, sagte Georg, während er seine Sonnenbrille abnahm, wie ein Kamel nach Alaska.
Wieso?
Schau in den Spiegel, du hast helle Augen, strohblondes Haar, deine Lippen sind weich. Man könnte von einem Mädchenmund sprechen. Georg hauchte die Brillengläser an und wischte sie mit einem Taschentuch trocken.
Spotte nicht über meine Habsburger Lippe!
Und hast dich hier brav angemeldet. Er setzte die Brille wieder auf, so verrückt kann auch nur ein Walter Grünwald sein! Spaziert zum deutschen Konsul und gibt seinen neuen Wohnsitz an, diese Bude im Haus eines Onkels, der ihn bis auf die Knochen ausbeutet. Monatlich zahlst du deine Miete und flanierst in den freien Stunden im christlich-deutschen Quartier von Haifa herum, das hier piekfein, wie der Schmuck der Häuser beweist, bereits seit den Kreuzzügen zu bestehen scheint.
Seit den Kreuzzügen, wiederholte Walter, so ein Unsinn!
Aber Georg ließ sich nicht ablenken, sprach unbeirrt in gleichmäßigem Tonfall weiter, außerdem wartet der Herr jeden Tag auf Post. Ein Blinder sieht, wie dreckig es dir geht. Du bist groß im Verstellen, Walter Grünwald, aber nicht groß genug.

Fehlt nur noch die Frage: Warum bist du nicht in Wien geblieben? Achtung, klar zur Wende!, schrie Walter, riss die Pinne herum und wurde von dem ausscherenden Baum verschluckt. Ich war nicht recht beisammen, sagte er, als das Boot wieder ruhig dahinglitt, ich habe damals nichts begriffen. Verstehst du?
Nein, das verstehe ich nicht. Überhaupt nicht. Lässig ließ Georg seine Hand durchs Wasser gleiten.
Meine Eltern warteten in der Halle vom Südbahnhof mit meiner Großmutter und mit Onkel Jacques. Ich musste, vielmehr ich durfte sein Auto einparken. Aber als ich auf sie zuging, waren sie stumm. Der Zug stand schon da. Wir gingen auf den Bahnsteig. Bei einem Abschied küsst man sich doch. Bei einem Abschied für längere Zeit. Ich habe sie nicht umarmt, Georg. Das geht mir oft im Kopf herum. Ich sehe sie dastehen. Reglos. Vom Zugfenster aus sehe ich Mama und Papa. Ein Pfiff. Onkel Jacques winkt. Der Zug fährt los ...
Aber du hast doch einige Klamotten eingepackt! Georg zog seine Hand aus dem Wasser und schüttelte sie.
Meine Lederhose.
Die österreichische Lederhose! Wir sind in Palästina, Junge. Womöglich auch die Bergschuhe?
Klar. Und den Janker, die Kniestrümpfe.
Dir ist nicht zu helfen!
Ich habe damals nichts begriffen, Georg, gar nichts. Ich war dumm, ich war jung.
Die Situation war doch sonnenklar!
Wollte ich sie mir nicht klarmachen? Oder konnte ich es nicht?

Warst du denn nicht auf dem Heldenplatz, als der Mob die Fahnen schwang?
Meine Tante wurde ohnmächtig, da kam die Ambulanz, und ich fuhr mit ihr ins Krankenhaus. Ich konnte sie doch nicht allein lassen, meine Tante Nannerl. Sie war immer so lieb.
Bist du Jude oder Christ?
Weder noch. Ich war vom Religionsunterricht befreit. Glaubensbekenntnisse haben mich nicht interessiert.
Danach fragen die Nazis nicht.
Mein Vater kommt aus einem jüdischen Haus, ging aber selten in den Tempel, meine Mutter ist Christin, wir hatten einen Weihnachtsbaum.
In der wievielten Generation Christ? Georg wippte mit dem Fuß; seine Beine lagen ausgestreckt im Boot.
Mein Großvater ließ sich taufen, als er heiratete. Großmutter ist sehr fromm. Ich ging oft mit ihr in die Kirche.
Pah, stieß Georg aus.
Der größte Schock meines Lebens traf mich kurz vorm Abitur – im März 38, drei Tage nach dem *Anschluss*. Ein Lehrer kam in die Klasse und brüllte vier Worte.
Ich kann's mir denken!, seufzte Georg und sah über den Bootsrand hinweg. Er hob seine Sonnenbrille, kniff ein Auge zu und setzte sie wieder auf. Das Boot trieb ruhig dahin.
Juden nach links, Christen nach rechts!
Und da hast du begriffen, dass du ein Jude bist! Georgs Hand glitt durch die Wellen. Das kenne ich. Sein Rücken berührte die Bordwand. Ein Leben lang war man ein Mensch, und plötzlich ist man Jude. Freiwild, dem

Pöbel ausgeliefert. Wasser spritzte ins Boot, als die Hand mit dem verknorpelten Mittelfingergelenk in die Luft flog. Und das alles im zwanzigsten Jahrhundert! Europa ist erledigt, Walter Grünwald, es stinkt nach Verwesung. Lass uns das Thema wechseln.
Ich hatte mit einem Schlag keine Freunde mehr, Georg, die meisten waren ja Christen.
Das musst du vergessen!
Aber warum hat keiner …? Nicht ein Einziger hat je nach dem Einmarsch der Deutschen mit mir gesprochen.
Barbaren sind kulturlos. Weißt du das nicht?
…, nam trans Danuvium barbari sunt, zitierte Walter Grünwald rasch.
Hier passt dein Sprüchlein aus der Lateinstunde nicht, Junge, überhaupt nicht. Austrii et Germanii barbari sunt. Merk dir das! Die Österreicher sind Nazis wie die Deutschen. Sie haben die Schweine ins Land gerufen! Ausnahmen bestätigen die Regel. Ausnahmen findest du überall, das ist interessant. Und diese Tatsache allein, Walter Grünwald, und das Wissen darum machen es einem denkenden Menschen heute überhaupt möglich, noch eine Weile am Leben zu bleiben. Wo auch immer auf dieser stinkenden Erde. In schlimmen Zeiten ist es wichtig, seine Gedanken auf einen Punkt zu richten, auf nichts anderes, mein lieber Walter Grünwald, als auf diesen einzigen Punkt. Du musst ihn dir gut aussuchen und nie mehr aus den Augen lassen. Träumen in schlimmen Zeiten kann tödlich sein.
Ich dachte immer, Träume hätten die Menschheit vorwärts gebracht.

Vorwärts! Georg lachte bitter auf. Warum sind wir denn aus Europa geflohen? Ha, dein Fortschritt hat die Menschheit weit gebracht. Verdammt weit.
Denk an die großen Utopien, Georg! Träume retten. Sie geben einem Halt, wenn die Realität unerträglich wird!
Im Kerker mag eine Vision hilfreich sein. Aber Träume, an die du dich klammerst, Walter, Träume von Vergangenem sind gefährlich. Sie schwächen, sie bringen dich um. Georg zog an der Fockleine und stierte ins Wasser. Nach einer Weile schaute er wieder auf. Ihm stand nicht der Sinn nach einem Gespräch über Utopien. Erzähl mir lieber was von deiner schönen Braut! Von der hast du mir ein Foto gezeigt.
Ich bin mir nicht sicher, ob sie überhaupt noch meine Freundin ist. Sie schreibt nicht, hat aber versprochen zu kommen. Ihre Eltern haben in Wien eine Porzellanmanufaktur.
Wenn sie versuchen, die Fabrik zu retten, gehen sie alle hops.
Was? Vor Schreck flog Walter in die Höhe. War nicht so gemeint, Kleiner, beruhige dich. Vielleicht ist sie schon hier. Wie heißt sie? Georg hatte jetzt die Ellbogen auf die Knie gestützt, seine Handflächen rieben aneinander.
Felicitas. Wird aber Fella genannt.
Fella. Hübsch. Das verkleinerte Glück. Wo hast du sie kennengelernt? Erzähl! Auf dem Tanzboden?
Tanzen? In solch einer Zeit?
Siehst du, so blöd bist du gar nicht. Ich ahnte es ja, hast doch was begriffen, Grünwald. Lassen wir deine Fella, du siehst sie bald wieder, ich bin ganz sicher! Um den

Freund aufzumuntern, schloss er an, du schießt übrigens Fotos, die nicht übel sind. Wo hast du das gelernt?
Durch Dr. Freud.
Meinst du etwa den großen Sigmund? Wie das? Du machst mich staunen.
Kennst du ihn?
Wer kennt ihn nicht. Ich lese doch Zeitung. Leider wurde ich ihm nie vorgestellt. Hat's noch rechtzeitig geschafft, der alte Herr.
Großbritannien nahm sie alle auf, rief Walter triumphierend. Er achtete jetzt nicht mehr auf den Kurs. Das Großtuch flatterte über ihm.
Nur dich und mich nicht, spottete Georg, aber hier sind ja auch Engländer.
Britische Offiziere besuchen regelmäßig unser Casino.
Darauf grinste Georg, das weiß ich doch; den Rekruten fehlt das nötige Kleingeld für eure feine Nachtbar. Aber vielleicht können uns deine Beziehungen eines Tages nützen. Sprichst du mit ihnen?
Manchmal. Fine weather today, isn't it? Bei uns gehen auch arabische Adlige ein und aus. Die mögen westliche Musik, unsere Kapelle ist gut, und sie schauen gern den Paaren beim Tanzen zu.
Das habe ich schon x-mal gehört. Erzähl von Freud. Das kann interessant werden.
Na ja. Ich war acht Jahre alt oder neun. Ich trug einen Matrosenanzug, daran erinnere ich mich genau, mein Haar war mit Pomade beschmiert, in der Mitte gescheitelt. Unser Café lag unten an der Berggasse Nummer 33, Ecke Hahngasse 7.

Freuds wohnten Nummer 19, warf Georg ein.
Waren ja nur wenige Schritte bergab zu uns. Der alte Herr trank jeden Morgen seinen Kaffee in den Polstern am Fenster, rauchte eine Zigarre und blätterte im Wiener Tagblatt. Eine Gazette allerdings studierte er mit besonderem Interesse, die Muskete. Mein Vater schob sie ihm immer zu. Das hatte ich beobachtet. Bevor Freud also nach ihr greifen kann, die legte er nie vor fünf oder zehn Minuten aus der Hand, führt mein Vater mich auf ihn zu. So ...! Theatralisch presste Walter seine rechte Handfläche vor die Brust. Papa verbeugt sich. Er verehrte den Herrn Doktor sehr, er muss ihn schon gekannt haben, bevor Freud Professor wurde. Das Boot glitt ruhig durch die Wellen, und Walters Gedanken waren weiter von der Jolle entfernt als Haifas Küste im Abendlicht. Herr Dr. Freud, sagt mein Vater, darf ich Ihnen meinen Sohn vorstellen? – Bitte schön, das ist der Walter.
Nett. Da warst du ja fein gebauchpinselt.
Schmarrn! Ich wusste damals doch gar nicht, was *Freud* bedeutete. Bis auf die Tatsache, dass jeden Morgen ein wichtiger Mann in unserem Café frühstückte. Mit neun Jahren weiß man schließlich, was zu Hause los ist! Ich sah ihn oft an seinem Stammplatz. Die Stores waren übrigens gelbbraun. Das war ein Satz, der Georg Polak inspirierte. Er hob seinen Ellbogen und führte ein imaginiertes Ding zwischen Zeige- und Mittelfinger an die Lippen, blies in die Luft: die berühmten Zigarren des Herrn Dr. Freud! Walter mochte es gern, wenn Georg ein bisschen Theater spielte; leider ge-

schah es nicht oft. Als er weitersprach, hing ihm Georg gespannt an den Lippen, Freud war ein angesehener Gast in unserem Metropol, das wusste ich wohl, aber damals war der Taubstummenverein für mich viel interessanter, zumal eine Hübsche darunter war; sie begleitete ihre Eltern. Ich war schüchtern. Leider. Mein Vater unterhielt sich übrigens mit ihnen in der Gebärdensprache. – Oder tagt der Taubstummenverein im Kommerz? Ich werde alt. Ich verwechsle schon die Gäste unserer Cafés!

Komm zum Thema!

Also gut. Hat mich der Hafer gestochen, oder was war mit mir los? Man war schließlich stolz auf seine gute Kinderstube, und man wusste, dass man seine Nase nicht in fremde Angelegenheiten zu stecken hat.

Nicht so umständlich, Junge, komm zur Sache!

Ich wollte wissen, was mein Vater dem Herrn Doktor regelmäßig zusteckte und was Freud so aufmerksam studierte.

Na, und?

Nackte Frauen.

Was?! Georg lächelte unbändig; das Boot schwankte, das höre ich zum ersten Mal. Aber es ist hübsch, mon cher. Es passt.

Nach der Lektüre der Muskete wollte ich eine Kamera haben. Ich *musste* sie haben. Verstehst du? Sofort! Ich wollte fotografieren, was ich in der Gazette gesehen hatte.

Hört, hört!

Also erkundigte ich mich nach der nächsten Versteigerung.

Wieso Versteigerung?
Seit ich denken kann, bin ich mit Großmutter zu Auktionen gegangen, das habe ich dir schon mal gesagt. Ich kann mich nicht erinnern, dass sie je in einem gewöhnlichen Laden eingekauft hat – bis auf Lebensmittel naturgemäß. Man ging ins Dorotheum. In Wien gibt's zwei davon. Aufregend und – Geld sparend. Ich hatte nicht viel Bares. Na ja, bot überall meine Hilfe an. Onkel Jacques schickte mich als Bote zu seinen heimlichen Damen. Bald hatte ich eine Agfa. Da war ich stolz. Auf dem Trödelmarkt gleich gegenüber von uns fand ich für ein paar Groschen *Die Kunst des Fotografierens.*
Du bist ja ein Überschlauer. Und was hast du fotografiert?
Ich suchte nackte Frauen; das sagte ich doch.
Walter! Doch nicht mit neun Jahren! Ein früh Erwachter!
Zu meinem fünfzehnten Geburtstag schenkte mir Onkel Jacques eine Leica; du kennst sie.
Die Agfa interessiert mich. Was bannt ein Sexreporter in spe auf die magische Platte?
Pilot, Georg! Ich will Pilot werden. Man kann schließlich diverse Hobbys haben.
Wie zum Beispiel die Jagd nach Frauenakten, ein bizarres Hobby für einen stillen Knaben. Hast du dein Fotoalbum aus Wien hier?
Walter schwieg, und während er hinauf zum Verklicker schaute, dem kleinen Wimpel auf dem Mast, zogen die Sommerlieben aus seinen Tagen in Klosterneuburg

und der Pension von Krummnussbaum an seiner inneren Linse vorüber. In langer Prozession. Ein Rock umspielt ein Knie, Zöpfe wippen. Kniestrümpfe, Ringelsöckchen, Spangen, eine Schleife. Er liegt im Gras und schaut ihnen nach, er atmet den Duft ihrer Haut. Da hielt er inne, sah zum Bug hinüber. Georg hatte sich leger zurückgelehnt, seine Finger glitten durchs Wasser. Möwen kreischten in Walters Bilderflut: Im Doppelbett der Großmutter packt Trude seine Hand und führt sie – ohne Vorwarnung – an ihre Brust. Oma schläft, liegt auf der Seite. Er erinnerte sich genau; er ist zwölf. Seine Hand bebt. Aber dass sie dann seinen Penis angreift! Sie ist nicht zimperlich, die Trude. Damit hatte er nicht gerechnet. Damals nicht. Wie hätte er in solch einem Moment, um Himmels willen!, an ein Foto denken können. Am nächsten Tag knipst er Trude vor dem Ehrenmal für die Gefallenen des Ersten Weltkriegs. Und Helli, die Süße! Sie lispelt, folgt ihm ins Strandhaus von Klosterneuburg. Dann will Bertl Hausmann sie kurz borgen, aber sie kommt vom Etagenbett nicht wieder runter zu ihm. Bald steht ihr Vater vor der *Kabine*, drängt auf Hochzeit. Ha, und Herta aus dem Haus gegenüber, die Kleine, oh ...! Klar zur Wende, brüllte Walter in das Flattern der Segel und sagte dann tonlos: Die Schwedenbrücke, Georg! Die Schwedenbrücke ist in dem Album. Auch das Schillerdenkmal. Ich zeige dir die Fotos. Meine Katze, unser Schiff im Hafen von Triest und meine Großmutter.
Nackt.
Im Profil.

Du enttäuschst mich, Grünwald. Zuerst redest du von nackten Frauen, und dann: Die Schwedenbrücke. Na, ja, wie hättest du auch nackte Frauen sehen sollen – mit zwölf oder dreizehn.
Ich habe sie gezeichnet.
Gezeichnet?
Alles, was ich von ihnen träumte. Drei Jahre lang habe ich ein Skizzentagebuch geführt. Liegt in Wien in der Schublade. Außerdem gab es ja, wie du weißt, die Muskete, bis meine Eltern das Café in der Berggasse verkauften und in die Hollandstraße 8 zogen. Gab's dort auch die Muskete?
Vielleicht brauchtest du sie nicht mehr und hast sie deshalb vergessen.
Ich müsste nachschauen. Schade, dass wir nicht in Wien sind.
Nie wieder dieses Wort, Walter Grünwald! Georgs Nackenmuskeln spannten sich. Ich will den Namen der verkommenen Stadt nicht mehr hören. Nie mehr! Du bist ein Jude! Ich bin ein Jude, merk dir das, wir sind zwei Juden. Walter hörte nicht, was sein Freund sagte; er starrte auf den Verklicker, hielt die Leine stramm. Die Jolle schoss durch die See. Parallel zur Küste jagte sie schnurstracks auf einen Zweimaster zu. Doch Walter Grünwald sah nicht, was um ihn her geschah. Er sprach hastig, fast flüsternd. Ab und zu stieg seine Stimme an, als wäre noch alles, wie es einmal gewesen war: Wir werden an einem Tisch im Schanigarten sitzen. Papa hat die Blumen in den Kästen persönlich ausgesucht. Im Frühjahr streicht er das Gitter silbern

und poliert die Holzplanken. Jetzt ist Sommer, die Tische und Stühle stehen draußen.
Walter, wach auf!, schrie Georg, wir rasen auf die Jacht da vorne zu!
Aber Walter Grünwald sah andere Bilder. Biegst du vom Donau-Kanal in die Hollandstraße, stehst du vor unserem Kommerz und liest das Schild *Mathias Grünwald – Realitätenbüro* neben der Tür. Du kannst es leicht erkennen. Im ersten Stock findest du das Maklerbüro. Papa ist der Chef. Die Kunden treten einzeln ein. Im Hinterzimmer des Cafés steht ein Billardtisch, da spielen wir eine Partie, auch mehrere. Bis zum Abend. Georg hielt den Atem an, seine Finger umkrallten den Bordrand; er starrte auf den mit prallen Segeln heransausenden Zweimaster, aber Walter sah und hörte nichts, mein Vater kocht vorzüglich. Seine Wiener Schnitzel sind berühmt. Er hat im Ersten Weltkrieg für Österreich gekämpft, ist deshalb im Besitz der Maria-Theresia-Konzession. Du kannst also bei uns jederzeit Nachtmahl bestellen. In nur wenigen Cafés möglich. Endlich fiel Georg aus seiner Starre und warf sich über Walters Oberschenkel, um die Pinne zu verstellen. Da drehte der Zweimaster ab, und Georg Polak sah ihm staunend vom Boden des Bootes aus nach. Als er wieder seinen Platz am Bug erreicht hatte, plätscherte Walters Redefluss, als sei nichts geschehen, heiter über ihn hin. Er hörte von einer Köchin im Café und von zwei Angestellten. Rudolf sei ein Halunke, er habe dem kleinen Walter ein Andenken verpasst. Nach den Masern sei auf der Oberlippe ein Pusterl gewesen, da ha-

be der Kerl mit der Faust draufgeschlagen und gegrinst, nur ein Scherz, Walterli, ein Scherz.
Er ist nicht nur meschugge ..., er ist übergeschnappt, im medizinischen Sinne verrückt geworden, dachte Georg, der stille Wahnsinn hat ihn gepackt. Viel zu jung, um allein in der Fremde zu überleben! Ich bin zwar auch allein hier, aber ich bin ein Mann. Und um den Freund zurück in die Gegenwart zu holen, unterbrach er den Kranken behutsam, indem er sich auf seinen Gedankengang einstellte, wann haben denn deine Eltern das Café in der Berggasse gegen das in der Leopoldstadt eingetauscht?
Ich wurde zehn.
Also 1930. Das nennt man politisches Feingespür. Alle Achtung! Und wo sind sie jetzt? In Amerika? Wie meine? Georg hatte mit hohler Stimme, beinahe streng gesprochen und war erleichtert, dass Walter ihm geantwortet hatte. Jetzt fügte er rasch hinzu, es wäre gut, wenn sie dort wären. Darauf riss Walter schreckensbleich die Augen auf, sie versuchen alles Mögliche. Ich selbst habe mich 1937 schon um ein Visum für Amerika bemüht. Du siehst, wo ich gelandet bin.
Wieder einmal erkenne ich die Grünwald'sche Hellsicht, mein Freund, du bist bei Weitem schlauer, als du dich darstellst.
Aber ..., Georg! Ich denke immerzu an meine Eltern, was kann ich tun? Es gab keinen Abschied! Hörst du? Ich habe mich nicht von ihnen verabschiedet.
Wovon redest du?, fragte Georg trocken, als sei ihm dieses Klagelied total unbekannt.

Heute vor einem Jahr lief unser Schiff aus dem Hafen von Triest aus. Aber am Südbahnhof war ich stumm. Bei einem Abschied umarmt man sich doch! Bei einem – auf lange Zeit, Georg, man küsst sich!
Du dachtest: In einem Monat seht ihr euch wieder. Ist doch klar, man fährt statt nach Krummnußbaum in diesem Jahr ... na, ja, warum auch nicht ... nach Palästina in die Sommerfrische, da ist es warm.
Du warst schon fertig mit der Schule. Aber ich stand kurz vor der Matura. Das Abitur war Juden nicht gestattet! Doch hatte ich Glück, meine Lehrer haben mich geprüft.
Wieder einmal das Phänomen *Ausnahme*. In schlimmen Zeiten handelt die Ausnahme, wie's in guten Zeiten das Natürlichste von der Welt ist, nach dem inneren Gesetz des aufgeklärten Menschen.
Vielleicht, weil ich einen Aufsatz über Albert Einstein abgeliefert habe.
Wann?
Im letzten Frühjahr.
Da hättest du eine Wunderwaffe für Hitler erfinden oder eine Doktorarbeit über die Landung auf der Venus hinlegen können, sie hätten dir die Matura nicht gegeben, mein lieber Walter. Wenn da nicht ein paar Lehrer Mut und Anstand gezeigt hätten! Was in einer Zeit von Terror und Verblendung Größe bedeutet, menschliche, Walter Grünwald, ja, übermenschliche Größe.
Georg, wie haben es denn deine Eltern geschafft?
Irgendwer würde in New York für sie bürgen, haben sie gesagt. Mein Stipendium für die TH in Haifa war schon vor dem *Anschluss* bewilligt. Lass es gut sein!

Für mich hat mein Onkel Fritz gesorgt. Aber meine Eltern sind noch immer in Wien. Mein Vater stammt aus einer frommen jüdischen Familie, besucht aber selten den Tempel. Jetzt geht der Wahnsinn wieder los, dachte Georg; als Schüler hatte er sich für Psychologie interessiert, weil die Schwester eines Klassenkameraden an Schizophrenie erkrankt war. Wenn nur alles gut geht mit unserem Walter! Er musterte ihn kritisch. Der aber plauderte jetzt über seinen Onkel Ferdinand, er leite in Wien ein flottes Café, das Eckcafé gleich hinterm Schwedenplatz, bekannt durch hübsche Weiber und Tischtelefone. Im Keller sei ein Boxring.

Das hört sich nach eindeutigen Geschäften an, warf Georg ein, nicht langweilig.

Zwielichtig, wolltest du sagen. Ein liebes Mädchen spült und putzt dort im Café; die Arme tut mir leid. Mein Vater sagt, Ferdinand und seine Frau hätten die Fritzi adoptiert. Aber der Kontakt zwischen den Brüdern ist eingeschlafen.

Was ist der Grund für den Bruderzwist?

Als Walter ihm darauf mit ruhiger Stimme antwortete, er würde den Grund nicht kennen, hoffte Georg, der Spuk sei nun verflogen, und sagte lakonisch, in Zeiten wie diesen zerbrechen manche Kontakte.

Das kannst du wohl sagen, schrie Walter und zog seinen letzten Trumpf: Ein Bruder seines Vaters, den er nie kennengelernt habe, sei lange vor der Naziherrschaft nach Amerika ausgewandert, habe es drüben zu Wohlstand gebracht wie auch sein Großonkel Naum, und vereint hätten die beiden geschrieben, sie würden nicht für Walters Vater bürgen. Weißt du, warum, Georg? – Weil Mathias Grünwald eine Christin geheiratet hat. Lass uns umkehren. Die Sonne geht unter.

KAPITEL 3

Grübelnd ging er auf der Schattenseite an den Schaufenstern von Haifa vorüber. Hebräische Laute klangen an sein Ohr, vereinzelt auch französische, arabische. In vielen Banken hatte Walter Grünwald um einen Kredit über tausend Dollar für das Visum seiner Eltern gebeten. Seine Verwandten borgten ihm kein Geld. Auch die Barclays Bank, wo er ein Konto hatte, war nicht bereit, ihm zu helfen. Um den letzten Namen aus seiner Liste zu streichen, blieb er vor einem Hutgeschäft stehen. Dabei nahm er in der Schaufensterscheibe ein Frauengesicht wahr. Einen Augenblick lang trafen sich die Blicke in der Scheibe, und Walter vergaß, was er hatte tun wollen. Noch Sekunden unter dem eiligen Klacken der Pumps im Strom der Flaneure und Vorübereilenden glühten seine Wangen, und ein Impuls trieb ihn, den Schritten zu folgen, doch sah er dann auf die Armbanduhr und entdeckte am Boden eine Feder. Na, so was, dachte er amüsiert, ein Zeichen des Himmels – das Geschenk einer Unbekannten, hob es auf und eilte, während das grün schillernde Ding zwischen seinem Daumen und Zeigefinger tanzte, auf die Bushaltestelle zu. Sein Gesicht glühte. Wieder sah er auf die Uhr, fünf Minuten noch, vier ... Da treiben plötzlich Dollarscheine zwischen blau und orange glänzenden Handschuhen in einem Fluss; sie winken ihm zu. Am liebsten hätte er schallend gelacht, schüttelte aber den Traum wie einen Kinderscherz ab und riss die Hand hoch, um zu sehen, wie spät es war. Dabei berührte die Feder seine Stirn. Wie dumm er sich wieder einmal angestellt hatte, lachte er sich aus, wie naiv, umsonst gerannt, vergeblich gebettelt. Aber die Feder sollte ihm Glück bringen, er berührte sie mit den Lippen, sie hatte seine Gedanken geklärt. Aufgeregt schaute er die Straße entlang. Mit lautem Hupen näherte sich der Bus. Die Bittgänge zu den Banken waren reine Zeitverschwendung. Dessen war sich Walter Grünwald endlich, nach vielen Wochen, bewusst, als die Bustür sich vor ihm öffnete. Ein Geldverleiher muss her, beschloss er, morgen wird er in der Altstadt gesucht.

Er hatte den Fuß bereits gehoben, da nickte ihm eine junge Frau zu. Oho, wie gut er diesen Blick kannte, wie er ihn hasste! Dennoch hob er den Kinderwagen in den Bus, zahlte beim Fahrer, um sich flink durch den Gang zu zwängen, und griff, als das Gefährt mit einem Ruck anfuhr, nach einer Haltestange. Vielen Dank, hörte er in seinem Rücken. Aber er wandte sich nicht um, er angelte sich von Stange zu Stange, bis er auf der hinteren Sitzbank einen Platz fand. Tausend Dollar kostet das Visum!

Sie hatte Deutsch gesprochen und trug ein Kleid mit roten und gelben Blüten. Die Blüten sind zu groß, dachte Walter Grünwald, aber ihr Parfum! Er schloss die Augen, vielleicht kommt sie aus Berlin; Papa war mal da. Aber die Zweideutigkeit ihres Blicks! Lange nicht gesehen. Eine Mischung aus apodiktischer Forderung und kindlicher Scheu. In Wien hatte er sich verschiedene Male gefragt, was sich wohl hinter einer Stirn abgespielt haben mochte, bevor ein solcher Blick ausgesandt wurde, vor dem jeder europäische Mann kapitulieren musste und der ihn, Walter Grünwald, in der U 1 zwischen Praterstern und Karlsplatz einmal in Zorn versetzt hatte. Auch jetzt ärgerte er sich. Aber der Duft ... Er wollte mit niemandem sprechen und war froh, einen Sitzplatz erwischt zu haben.

Der Bus war überfüllt. In vielen Sprachen wurde geschwatzt. Kisten und Taschen türmten sich auf Schößen. Die europäischen Frauen hielten ein Kind an der Hand oder waren in Begleitung einer Freundin. Hier und da war ein Schleier zu erkennen. Bald erreichte der Bus den nördlichen Vorort von Haifa. Einfamilienhäuser mit gepflegten Gärten glitten vorüber. Sonnenblumen streckten ihre müden Köpfe über weiß lackierte Zäune. Aber das Parfum! ... Kann ein Geruch zaubern?, fragte sich Walter Grünwald, als die Korallenkette seiner Mutter hinter seiner Stirn erschien, ihr spöttischer Mund und der Hut, den sie trug, wenn sie zum Reiterhof fuhr. Zwischen seinen Fingern tanzte die Feder im Takt seiner Gedanken. Mamas Parfum! Wie oft hatte er als Kind sein Gesicht ins Kissen gegraben, um diesen Duft zu bewahren. Und jetzt hier im Bus! Er hielt die Augen geschlossen. Hin und wieder blinzelte er zum Karmelberg hinüber, seine Lippen bewegten sich lautlos, tausend Dollar! Mit einem heftigen Ruck hielt der Bus. Eine Frau in schwarzem Tschador schob einen Pappkarton vor ihrem Busen her an seinen Knien vorbei durch die Reihe. Das Gackern darin erinnerte Walter an seinen Wecker. Er horchte dem

Geräusch nach, und seine gespreizten Finger glitten von der Stirn her durch sein Haar. Großmutter Schnek hatte ihm die Uhr zum Schuleintritt geschenkt. Seit einiger Zeit erschrak er vor ihren Augen. Sie erinnerten ihn an die letzten Blicke seines Onkels Julius; alle nannten ihn Julla. Walter war mit ihm ins Weihnachtsmärchen gegangen; Trude dabei. Später lud Julla die beiden zum Motorradrennen im Prater ein, führte sie sonntags in verschiedene Museen. Buckel, Buckel, schrie einmal ein kleiner Bub hinter ihm her. Darauf schaute ihn Julla aus fragenden Augen an, und der Flegel rannte davon.

Die schillernde Feder lag auf Walters Knie, und während seine Hand darüberstrich, sah er sich neben seinem Onkel im Auto. Sie unterhalten sich, lachen. Über verschneite Serpentinen geht's den Kahlenberg hinauf. Bis zum Gipfel. Die Skier werden angeschnallt, zwei Semmeln im Rucksack, zwei Riegel Kochschokolade, zwei Äpfel. Später gibt es im Gasthaus heißen Kakao. Walter wünschte, diese Bildsequenz mit dem Onkel für immer bewahren zu können, nur diese eine: Er neben ihm in dem alten Ford und dann in weiten Schwüngen hinab durch den Neuschnee in Jullas Spur. Dr. Julius Schnek, klug, immer geduldig, freundlich, Leiter der inneren Abteilung des Hospitals im Zentrum von Wien. Nicht zurückdenken, Walter!, mahnte eine innere Stimme, und sofort schweiften seine Gedanken zu Trude, Jullas Tochter.

Er hatte viel gelernt in seinem ersten Jahr im Exil. Nicht nur hebräische und arabische Sprachbrocken, auch das Abschweifen hatte er gelernt, diesen erprobten Schutz.

Seine Cousine war so hübsch wie die junge Frau, die hier im Bus das Parfum seiner Mutter trug. Am Tag nach Hitlers Rede auf dem Heldenplatz hatte Trude ihn in der Au aufgespürt. Sie wusste, wo Walter sich verkroch, wenn er Kummer hatte. Sein Schülerleben war nicht immer ungetrübt. Er stöhnte, und der Mann im weißen Kaftan neben ihm auf der Bank wandte sich verwundert nach dem jungen Europäer um. Liebesschmerzen sind Todesschmerzen, hatte Trude einmal gesagt, dagegen kann sich niemand wappnen. Und während der Bus jetzt auf Bat Galim zufuhr, sah Walter Grünwald sich am Tag nach dem 13. März 1938, dem Anschluss Österreichs an das Deutsche Reich, mit Trude an der Donau. Seit Monaten hatten sie sich nicht gesehen. Sie gehen Hand in Hand. Mit einem Mal aber reißt sie sich los, rennt den Deich hinab auf das Wasser zu. Er stürzt ihr nach, tu es nicht, Trude! Sie aber bückt sich nach einem Stein und schleudert ihn in die Donau. Kreise formen sich auf dem Wasserspiegel. Erleichtert sucht auch er nach einem flachen Kiesel. Den will er springen lassen; er ist gut in dieser Kunst. Doch Trude blickt ihn wie im Wahn an, reißt ihr Band vom Kopf. Das Haar fällt ihr ins Gesicht und sie küsst ihn mit einer Leidenschaft, wie er es nie erlebt hat. Dann stößt sie ihn von sich und brüllt, das war unser letzter Kuss! Sie stürmt davon. Er war sich nicht bewusst, dass er laut aufseufzte, als der Bus um ein Schlagloch fuhr, worauf sein arabischer Banknachbar ihn zum zweiten Mal verwundert ansah. Ein Motorrad kam ihnen entgegen. Gern hätte Walter die Rolle mit dem da draußen getauscht; frei von Gedanken wäre er gewesen. Mit steifem Rücken saß er auf der Holzbank. Als jetzt die Handschrift seines Vaters erschien. Akkurate, steile Zeichen. Er hatte Georg sein Fotoalbum *Abschied aus Wien* gezeigt und darin einen Zettel gefunden, wollte ihn verstecken. Aber Georg hatte so hartnäckig um die Erlaubnis gebeten, das Dokument zu lesen, dass Walter es ihm reichte:

„Euer Hochwohlgeboren!

Mein Sohn Walter Grünwald konnte wegen eines Todesfalles in der Familie am 24. März d. J. die Turnstunde nicht besuchen. Ich bitte um gütige Entschuldigung.

Mit vorzüglicher Hochachtung

Mathias Grünwald

Wien, am 28. März 1938“

Wortlos hatte ihm der Sportlehrer damals das Entschuldigungsschreiben zurückgegeben. Jetzt sah Walter wieder diese Geste und hörte dabei Georgs Stimme: Dieses Dokument hier zeugt von einem Abschied anderer Art als deine Fotos von den Mädchen und der Schwedenbrücke!

Mit Wucht brachen die Bilder vom 20. März 1938 aus ihm hervor. Im dritten Stockwerk der Raffaelgasse 8 arbeitet er an seinem Aufsatz über Einsteins Relativitätstheorie. Unerwartet schreckt ihn die Stimme seines Onkels auf, er rennt ins Nebenzimmer. So hat er ihn noch nie gesehen. Julla ist bleich, er zittert. Ein Galgen sei im Park unter dem Fenster seines Hauses im 3. Bezirk errichtet worden ..., er könne das alles nicht mehr ertragen ... Frau Schnek führt ihren Sohn ins Schlafzimmer, ruh dich aus, mein Junge, ich brühe dir einen Tee auf. Walter beobachtet vom Korridor aus, wie sie eine Wolldecke über ihn breitet. Er braucht ein wenig Ruhe, raunt sie dem Enkel zu, geh nur wieder an deine Arbeit. Walter tut, was sie verlangt, aber er kann nicht schreiben, nicht denken, er lauscht auf die Stille hinter der Wand. Bald hört er das Horn des Krankenwagens. Onkel Julla war ein guter Arzt, seine Tabletten haben sofort gewirkt. Scharf schwenkte der Bus nach rechts und hielt mit Schwung am Straßenrand. Musste er hier raus? Er reckte den Hals, kniff die Augen zusammen und erkannte im Freien die junge Frau mit dem Kinderwagen. Im Wind des aufächzenden Fahrzeugs flatterte ihr Rock um ihr Knie. Ach was, dachte er, sie hat nicht gewinkt, ist von der Sonne geblendet und schützt ihre Augen. Er wandte sich von der Szene ab. Morgen, nahm er sich vor, wollte er es in den Markthallen versuchen. Seine Lippen bewegten sich leise, der Bus fuhr an. Eintausend Dollar kostet das Visum.

Im Laufe des vergangenen Jahres hatte Walter Grünwald, wie schon gesagt, einige Gruß- und Abschiedsformeln auf Hebräisch und Arabisch gelernt. Französische Redewendungen kannte er aus dem Schulunterricht und englische hörte er täglich im Casino. Er war gerüstet. Er würde durch die Spelunken Haifas streifen und, wenn nötig, auch in Tel Aviv nach einem Geldverleiher suchen.

Aufgeregt sprang er bei der nächsten Haltestelle hinaus und stürmte den kleinen Hang hinab, der von der

Landstraße auf die Nachtbar zuführte, und dann hinauf in das Zimmer, wo er seine Großmutter mit Aviva vermutete. Gelassen stand die Palme vor dem Haus.
Als Walter die Zimmertür öffnete, schlug Frau Schnek das Bilderbuch zu und hob das Kind von ihrem Schoß. Wie ein junges Mädchen wedelte sie mit einem Brief, ich habe deinen Omnibus gehört, Walter. Er überflog die Zeilen, aber ohne ein weiteres Wort ließ er das Blatt auf den Tisch segeln, warf sich neben Aviva auf den Boden.
Tante Gusti war in Amerika angekommen. Er verstand die Freude der Großmutter. Ihr griechisch-jüdischer Schwiegersohn hatte drüben Verwandte; die bürgten für sie. Warum nicht auch für meine Eltern?, dachte er grimmig. Er hätte so gern einen Brief aus Wien gehabt. Seine gute Laune war verflogen. Aber neben ihm jauchzte und zappelte die Kleine. Da schnappte er sie und kullerte mit ihr über die nackten Steinfliesen zur Wand. Freust du dich denn gar nicht, Walterl?, fragte die Großmutter leise. Du siehst, wie ich mich freue, rief er.
Mehr, krähte Aviva, mehr!

Bald hatte Walter *seinen* Mann gefunden. In einem Hinterhaus der Altstadt von Haifa wickelte der Geldverleiher seine Geschäfte ab.
Zwei Tage, nachdem ihn der Duft des Parfums seiner Mutter aus dem Kleid einer fremden Frau angesprungen hatte, zählte Walter Grünwald in seiner Kammer sein Geld und prüfte Einnahmen und Ausgaben der

vergangenen Woche. Die Kasse stimmte. Zufrieden steckte er die Scheine in die Wiener Seidensocke. Das Päckchen passte genau in die Bodenluke. Er schlug den Teppich darüber. Liebevoll strich er ihn glatt.
Bei den Vorbereitungen seiner Flucht nach Palästina hatte er gesagt, der Teppich kommt mit! – Der Teppich? Die Großmutter hatte gestutzt, der nimmt zu viel Platz ein. Aber er ist doch aus Seide, hatte Walter gedrängt. Darauf sie: Ich schenke ihn dir, Bub. So wurde er in den Koffer gepackt, in Walters Reisekommode.

Auf der Seefahrt von Triest nach Haifa erzählte Frau Schnek ihrem siebzehnjährigen Enkel die Geschichte des Teppichs – wie sie dem kleinen Jungen oft Märchen erzählt hatte, es war einmal im fernen Kasachstan …
Katharina Schnek war in Třebíč geboren, einer alten Stadt in Tschechien, fünfzig Kilometer westlich von Brünn. Walter mochte ihre Geschichten. Sie standen in keinem Sagen- oder Märchenbuch Österreichs.
In dem Seidenteppich war nicht nur die Sehnsucht der Weberinnen verwoben, die über den bunten Mustern langsam erblindeten, hörte Walter am dritten Tag der Reise, viele Füße hatten während der Wiener Jahre den Teppich berührt, die ihres Mannes, ihrer Töchter und Söhne und auch die der Enkelinnen und des einzigen Enkels. Selbst die Katze hatte Spuren hinterlassen, der Hund, das Küken, kurz: alle Tiere, die Walter ins Haus gebracht hatte. Ein halbes Jahrhundert atmete aus dem Teppich. Abertausende von Stunden in

der Raffaelgasse 8 im 20. Bezirk von Wien. Glückliche und traurige Momente. Für Katharina Schnek waren die einen so kostbar wie die anderen.
Sie hatte den Teppich im Dorotheum als Weihnachtsgeschenk für ihren Mann ersteigert. Damals war sie jung, doch während sie ihrem Enkel davon berichtet, kommt es ihr vor, als sei es vor Kurzem erst geschehen. Der Teppich war älter als sie selbst und auch viel älter als die Seidenfirma Schnek, und sie sprach von dem Staunen ihres Mannes vor dem Weihnachtsbaum. Mein Gott, wie konnte sich dieser Mann freuen! Walter wusste schon als kleiner Junge, dass sie mit ihm sprach, wenn ihr Finger über die Fotografie glitt, aus der ihr Mann sie anschaute, und ihre Lippen lautlos Worte formten. In solchen Minuten sah er sie jung und schön.
Jeder in der Familie wusste, wie sehr sie an dem Teppich hing. Aber irgendwann, als sie den kleinen Walter über ihren Stickrahmen hinweg beobachtete, musste sie ihn als Erben ihres Teppichs eingesetzt haben. Wie ein Präriehund krabbelte er durch die Wohnung, hockte aber am liebsten unter dem großen Tisch. Dort folgte sein Zeigefinger den Linien des Teppichs, was in ihr den Eindruck erweckt haben musste, er wolle sich die Zeichen zu eigen machen und somit die magischen Kräfte des Teppichs. Später, als der Bub zur Schule ging, hat er nach ihren Aussagen in den Linien Pflanzen und Tiere erkannt. Die in der Seide verwobenen Fabelwesen seien durch seinen Blick erlöst worden, erklärte sie ihm auf der Reling, er habe mit ihnen Zwiesprache

gehalten, habe den Drachen und Feen Namen gegeben und sei mit ihnen in ferne Länder geflogen. Zu fantastischen Abenteuern.

*

Sie hat mir den Teppich geschenkt, sagte Walter, als er mit achtundachtzig Jahren auf sein Leben zurückblickte, ich nahm ihn mit nach Palästina und von dort nach New Jersey, nach Panama, nach Idaho, Texas und ich weiß nicht mehr wohin. Mein Gedächtnis lässt nach. Ich muss dir das alles einmal aufschreiben (tat er nicht). Und weißt du, wo er verschwunden ist? – In Denver! Ich war dumm, so dumm.
Nach dem Tod meiner Frau …, sie war mein Schicksal; ich hätte damals erleichtert sein können, ja, zufrieden. Aber was tue ich? Ich verschenke, verkaufe, alles verschleudere ich. Bis das Haus leer ist. Die schönen Motorräder! Sie wären heute viel wert! Ich verstehe mich selbst nicht. Ich habe den Teppich zu einem Spottpreis hergegeben. Was ist mir da eingefallen? Er fuhr mit der Hand über seinen kahlen Schädel. Ich wollte dir von meinem Glück erzählen und rede dummes Zeug.
Also: Im Mai 1938 gehe ich in Wien zum Passamt. Dort sehe ich eine kilometerlange Schlange und eine kurze. Ich frage den Beamten, wo soll ich mich anstellen? Ich bin beides, jüdisch und christlich. Stell dich dahin, Bub, sagt der Beamte, zeigt auf die kurze Schlange und stempelt den Reichsadler in meinen Pass. Meine Eltern freuen sich, dieses Stück Papier sei mein Glück. Kein J

im Pass! Der Beamte habe aus Mitleid gehandelt. Auch in schlechten Zeiten gäbe es gute Menschen, sagen sie, das sähe man an meinem Pass. Na ja. Es kam anders.
An einem Vormittag nach dem größten Schock meines Lebens – ich habe dir davon erzählt, die zwölfte Klasse des Erzherzog-Rainer-Realgymnasiums war in Juden und Christen geteilt worden – klopfen zwei Mitschüler zehn Minuten nach Unterrichtsbeginn an die Klassentür. Deutsch steht auf dem Lehrplan. Der Lehrer öffnet. Neun Jahre hatte er uns durch die deutsche Klassik und Romantik, sogar ins Mittelalter geführt. Ein guter Lehrer unser Dr. Kraus, sehr gut. Jetzt stehen zwei Schüler in Hitleruniform vor ihm. Sie strecken den rechten Arm aus und brüllen den Nazigruß. Kraus schweigt. Dann sagt er, setzt euch, und ich sehe, wie er errötet. In diesem Moment empfand ich Mitleid mit meinem Lehrer. Nach Schulschluss verabrede ich mich mit dem einzigen jüdischen Freund der Klasse zum Stadtbummel. Wir tragen kein Parteiabzeichen, keinen Judenstern. Auf der Kärtnerstraße werden wir festgenommen und in die Breuergasse in ein Haus der SS geschleppt. Mein Freund wird freigelassen. Ich aber muss die Stiefel von einem SS-Mann putzen. Als wir allein sind, fragt er, was ich denn studieren wolle ... gewiss doch Medizin! Nein, antworte ich, ich will Pilot werden. Das hatte er nicht erwartet, ich sah's ihm an. Ich kehre ihm also den Rücken zu, wachse seine Stiefel ein, ich poliere mit der Bürste. Und denk dir, nach einer Weile winkt er ab, ach, lassen Sie das doch!

Mein Freund hat inzwischen meine Familie unterrichtet, worauf mein Onkel Jacques in Uniform erscheint und mich befreit. Er war, wie du weißt, Zahnarzt bei der österreichischen Armee und trug nach dem Anschluss Österreichs ans Deutsche Reich eine deutsche Offiziersuniform. Die hat so manches verhindert und hat einiges bewirkt.

*

Die Zeitungsberichte aus London, Paris und Zürich überschlugen sich in seinem Kopf, als er zum Nachtmahl die Treppe hinunterlief, schlimme Nachrichten, die Eltern sind in Gefahr, sie schweben womöglich in größerer Gefahr, als sie selbst ahnen. An diesem Abend musste Walter nicht im Casino arbeiten. Bald wird sich alles wenden, summte er vor sich hin, bald werden Mama und Papa hier sein; der Mann, der aus der Not hilft, ist gefunden!
Beim Nachtmahl war Frau Schnek *wieder einmal stolz* auf ihren Enkel, und in weiser Voraussicht schlug sie Grete vor, ihren Neffen zur Unterschrift zu begleiten; Walter sei mit seinen achtzehn Jahren noch nicht volljährig.

Grete Eisenmann bürstete ihr Haar zu einer Nackenrolle, legte Rouge auf, betupfte die Ohrläppchen mit Parfum und bestellte ein Taxi. In ihren hochhackigen Schuhen aus Krokodilleder, das passende Täschchen unterm Arm, trippelte sie vor ihrem Neffen her. Sie fuhren in die Altstadt von Haifa, und nach wenigen

Schritten durch enge Gassen erreichten sie am Ende eines dunklen Korridors ein fensterloses Büro. Der Geldverleiher bot ihnen einen Schemel an und legte, wie versprochen, tausend Dollar in großen Scheinen auf den Tisch. Darauf zog er einen weißen Bogen aus der Schublade und mit feierlicher Miene einen goldumrandeten Kneifer aus einem Lederetui. Diesen hob er, die Ellbogen wie kleine Flügel rechtwinklig abgespreizt, mit den Fingerspitzen auf den Nasenrücken. Feierlich, als sei es das erste Mal, schraubte er seinen Füllfederhalter auf und schrieb das Datum und den Namen seines Büros nieder. Darauf straffte er den Oberkörper. Über den Rand seiner Gläser wanderte sein Blick von Walter zu der Dame hinüber – wieder zurück: Und wie, bitte sehr, heißen die Herrschaften, denen mein Geld zukommen soll?
Grünwald, sagte der Angesprochene mit dem Stolz dessen, der nach zahlreichen Versuchen eine Lösung für sein Problem gefunden hat, Mathias und Jeanette Grünwald.
Beruf?
Caféhausbesitzer und Betreiber eines Realitätenbüros in Wien.
Was?, brüllte der Geldverleiher, und seine Augen quollen hervor; Röte schoss den Hals hinauf, überflutete das Gesicht, Caféhausbesitzer Grünwald, – ein Lump! Ein Verbrecher kriegt mein Geld nicht. Mit einem Wisch waren die Dollarscheine vom Tisch, die Schublade geschlossen, ratsch, das Papier zerrissen.
Aber ..., rief Walter entsetzt, mein Vater ist ein ehrlicher Mann. Wie können Sie ihn ‚Verbrecher' nennen?!

Ich weiß genug über einen gewissen Herrn Grünwald aus Wien, die Stimme war jetzt messerscharf, er ist keinen Groschen wert.
Aber, mein Herr ...
Dort ist die Tür. Bitte sehr. Meine Verehrung an den Herrn Gemahl, gnädige Frau!
Und schon stand Walter Grünwald neben seiner Tante auf der Straße. Grete zog einen Taschenspiegel hervor, schraubte den Lippenstift auf und war mit sich selbst beschäftigt. Sie hatte auch im Büro geschwiegen.
Warum hast du nichts gesagt, Tante Grete? Es geht um zwei Menschenleben! Um das Leben deiner Schwester! Und um das Leben meines Vaters.
Netti hätte früher auf mich hören sollen!
Aber Tante Grete! Du kennst doch meine Eltern. Was haben sie verbrochen? Der Kerl muss sich geirrt haben.
Reg dich nicht auf, Bub! Wieder prüfte sie im Handspiegel ihre Lippen, öffnete, kniff zusammen und fuhr noch einmal mit dem Stift darüber hin.
Womöglich meint er Vaters Bruder Ferdinand, schrie Walter plötzlich auf, der hat doch auch ein Café Wien. Du kennst es.
Nicht so laut! Grete klappte den Taschenspiegel zu, ließ ihn in die Handtasche gleiten.
Mama hat gesagt ... Walter redete rasch, er redete um das Leben seiner Eltern, du warst als junges Mädchen oft in Onkel Ferdinands Café. An den Tischen sind Telefone, im Keller ist ein Boxring. Tante Grete, bitte, sag doch was! Sag doch irgendetwas! Wir müssen um-

kehren, müssen das klarstellen, er meint den Falschen, eine Namensverwechslung!
Grete angelte nach dem Arm ihres Neffen, Ferdinand ist ein kluger Mann; er ist längst in Amerika. Walter riss sich von ihr los, klären wir den Irrtum auf, komm!
Ein Missverständnis, sie zog die Schultern in die Höhe, eine Namensverwechslung; da kann man nichts machen.
Während Walter noch wie angewurzelt stand, ging sie die Gasse entlang, um an der nächsten Kreuzung nach einem Taxi Ausschau zu halten.
Wohin in diesem Wahnsinn? Die Welt ist verrückt geworden. Was kann ich tun?

KAPITEL 4

Gegen fünf am Nachmittag läutete das Telefon im Büro der Nachtbar von Bat Galim. Eine Frauenstimme verlangte Walter Grünwald zu sprechen. Der Casinochef notierte Namen, Telefonnummer und die Anschrift der Anruferin. Er saß an seinem Schreibtisch, riss den Zettel vom Block, griff nach der Zigarre und verließ sein Büro. Langsam schritt er den Korridor entlang auf die Haustür zu. Dabei hob er seinen Ellbogen, um die Zigarre an die Lippen zu führen, öffnete die Tür und blies den Rauch in den klaren Spätnachmittag. Aus dem Schuppen, einem Anbau links der Haustür, waren Geräusche zu hören. Walter stapelte die Kisten der gelieferten Getränke.
Es ist noch früh am Tag, mein lieber Neffe, sagte Arnold Eisenmann an der Tür, deine Freundin aus Wien hat angerufen.
Aus Wien?
Sie rief aus Tel Aviv an, hier steht alles drauf. Er hielt dem Neffen den Zettel hin: Der Bus fährt in zehn Minuten, ist schon in Ordnung, Junge. Aber am Abend bist du rechtzeitig wieder hier.
Danke, Onkel Arnold.
Walter las den Zettel, sprang hinauf in sein Zimmer. Aufgeregt wusch er Gesicht und Hände. Aufgeregt nahm er das gelbe Sakko vom Bügel und näherte sein Gesicht dem kleinen Spiegel, fuhr mit dem Kamm durch sein Haar. Tante Grete hatte ihm ein Flakon Eau de Cologne zu Weihnachten geschenkt. Zitternd öffnete er

den Verschluss, ließ einige Tropfen in die Handfläche rinnen, strich über die Wangen, den Hals, rannte zum Schwimmbadbesitzer, um das Auto zu leihen. Richtung Tel Aviv.

Fella, mein Leben, mein Lieb!

Sie schwebte vor der Windschutzscheibe – so, wie Walter Grünwald sie, Felicitas Abramowicz, zum ersten Mal unter den Frauen des Wiener Tempels erblickt hatte. Nachdem er in der Schule belehrt worden war, dass er nicht mehr Walter Grünwald war, sondern Jude, war er am Sabbat in die Seitenstettengasse zum Tempel gelaufen. Dort hatte er sie auf der Empore entdeckt, und sie war ihm, als er da unter den Männern in der Synagoge saß, so schön erschienen wie ..., nein, schöner, dachte er jetzt und setzte zum Überholen eines Lasters an, tausendmal schöner als die Venus von Boucher, und fügte lachend hinzu, und die glutäugige Susanne in Papas Schanigarten. Ein schwarzer Zopf fiel ihr den Rücken hinab, wie es Mode in Wien war im Frühjahr 1938. Nie entsprach der Zopf einem jüdischen Brauch; das hatte Walter Grünwald nicht gestört; er hatte nach ihrem Blick gesucht und ihn getroffen. Nach dem Gottesdienst stehen sie vor der Tür des Tempels und Walter lädt sie in die Wohnung seiner Eltern ein. Dort führt er sie drei Tage später in sein Lieblingszimmer. Auf der Kredenz aus Ebenholz setzt Diana ihren Fuß auf einen Hirsch. Aber die jungen Leute haben kein Auge für den Tod bringenden Pfeil einer Göttin. Sie trinken Eisschokolade, blättern in einem Kunstband.

Nach einer Stunde erreichte Walter die Straße, die auf dem Zettel stand, und parkte. Sie war nach dem britischen Feldmarschall Allenby benannt. Nach wenigen Schritten war über einem Schaufenster der Schriftzug *Porzellanmanufaktur Abramowicz* zu erkennen.

Die Ladenglocke läutete hell. Wie in Wien, dachte Walter Grünwald, derselbe Klang. Mit klopfendem Herzen bahnte er sich im Labyrinth der Teller, Tassen und Vasen einen Weg. Er konnte doch nicht an der Tür stehen bleiben! So war er bald von Hunderten großer und kleiner zerbrechlicher Dinge umgeben. Aus Furcht, etwas zu berühren, bewegte er sich nicht. Auch das Atmen vergaß er. In seinen Schläfen pochte das Blut, und die Sekunden dehnten sich, bevor er hinter sich hörte, was wünschen Sie?

Über dem Deckel einer Kaffeekanne bewegte sich ein buschiger Schnurrbart, eine schmale Tür fiel ins Schloss. Aus dem Haargestrüpp sah Walter eine feine Nase aufsteigen; sie ging in eine hohe Stirn über, aber die Augen waren unter den Brauen nicht zu erkennen. Grünwald, stellte er sich vor, Walter Grünwald. Er rang nach Luft, ich würde gern Felicitas sehen; sie hat bei meinem Onkel in Bat Galim angerufen.

Eine Weile lang musterte der Ladenbesitzer den jungen Mann, der da im Porzellan wie hinter Gittern stand, bevor er sich mit erstaunlicher Wendigkeit an Wandregalen vorbei um die mit Tellern und Schüsseln jeder Art bestückten Tische bewegte. Wie Polyphem kam er Walter dann hinter der Ladentheke vor, die Hände überm Bauch gefaltet.

So, so, Sie sind also Herr Grünwald. Ich bin der Vater von Felicitas. Das Mädchen wird froh sein, hier einen Freund aus Wien zu treffen, Sie werden erwartet, Herr Grünwald. Sie sind Student, habe ich gehört. Was studieren Sie, wenn ich fragen darf?
Maschinenbau, Herr Abramowicz, ich will Pilot werden.
Kühne Pläne!, wie Mühlenflügel drehten sich die Daumen vor dem Bauch des Kaufmanns, fliegen ist gefährlich, junger Mann, sehr gefährlich. Besonders in diesen Zeiten. Schlechte Zeiten, Herr Grünwald! Ist Ihr Herr Vater auch in Palästina?
Meine Eltern führen in Wien ein Café.
In Wien. So, so, ein Café in Wien.
Sie werden bald hier sein, fügte Walter rasch hinzu, als er sah, wie Herr Abramowicz an seinem Schnurrbart zupfte, ist Felicitas zu sprechen?
Sie hat in Wien ihr Handwerk gut gelernt, Herr Grünwald; ich rufe sie. Dann dürfen Sie meine Tochter in den Park führen. Drohend hoben sich die Augenbrauen des Herrn Abramowicz, oder in ein Café, aber nicht länger als eine Stunde. Nun gehen Sie schon hinaus, Sie können sie vor der Haustür erwarten. Auf Wiedersehen, Herr Grünwald!
Walters Nacken war so steif, dass er ihn kaum bewegen konnte, doch mit winzigen Schritten bestand er auf Zehenspitzen die Feuerprobe der Porzellanlandschaft. Als er draußen war, japste er nach Luft.
Da stand sie vor ihm. In einem hellblauen Sommerkleid; der Kragen war weiß, leicht schwang der Rock.
Sie ist noch schöner geworden, dachte er.

Dies ist mein Lieblingsort, sagte Walter Grünwald, als er am Samstag nach dem ersten Wiedersehen mit Felicitas den Persischen Garten auf dem Karmel betrat.
Er führte seine Freundin über eine breite Steintreppe hinauf zu einem blühenden Oleanderbusch. Mein Paradies, sagte er, schau, und wies mit der Hand in die Runde. Exotische Bäume warfen ihre Schatten, Blüten wippten mit weißen und roten Hüten, manche öffneten wie vor Staunen ihre Lippen. Auf der Anhöhe fand das Paar eine Bank. Mit einer pathetischen Geste wies Walter in die Ferne, die Bucht von Haifa. Wie schön, sagte sie darauf. Sie saß sehr aufrecht auf der Bank. Er strich über ihre Hand, wie ein fremdes Ding lag sie neben ihr auf dem Holz. Dort unten bist du von Bord gegangen, sagte er. Als ob ich das nicht selber wüsste, dachte sie und sagte, das Mittelmeer ist schön.
Ich kenne es, seitdem ich denken kann, begann Walter Grünwald aufs Neue die Unterhaltung, ich war als Kind oft in Italien, und, denk dir, als wir mit dem Zug in Triest ankamen, ist meine Großmutter mit mir zum Strand gefahren. Mit der Straßenbahn! Ich bin geschwommen, Fella. Kannst du dir das vorstellen? Urlaub in Triest; einen Nachmittag lang, bevor wir das Schiff nach Palästina bestiegen haben.
Urlaub? – Sie lachte auf.
Walter rieb ihre Hand, hielt aber plötzlich inne und starrte in die Ferne. Er versuchte, das Bild seiner Eltern am Südbahnhof zu vertreiben. Es überfiel ihn oft.
Hast du schon gehört, dass die Autos heute in Wien auf der rechten Straßenseite fahren?, fragte Felicitas.

Er schaute stumm aufs Meer. Walter, wo bist du?, fragte sie und sah ihn erstaunt von der Seite an. Ein Weinschwärmer ließ sich vor ihren Füßen nieder und klappte seine Flügel auf und zu.
Was hast du gesagt? Er rüttelte den Kopf, um die dummen Gedanken zu vertreiben. Seltsamerweise, und das ärgerte ihn besonders, überfielen sie ihn immer im selben Wortlaut. Mit gespreizten Fingern fuhr er durch sein Haar. Verzeih, mein Schatz! Ich habe den Schmetterling beobachtet. Er rückte näher an sie heran und näher, bis sein Arm auf ihren Schultern lag.
Die Straßenbahn fährt jetzt auf der rechten Seite, sagte sie. Das weiß ich doch, fiel er ihr ins Wort, Rechtsverkehr in Wien! So was Lächerliches! Das haben sie über Nacht geregelt, Fella, am Morgen *danach* steige ich in die Straßenbahn, und was sehe ich? Ich fahre in die falsche Richtung! Alles war über Nacht verkehrt.
Bis auf die Stadtbahn, Walter, die fährt heute noch links.
Die fährt ja auch unterirdisch wie die Metro von Paris! Bei Tageslicht stand Wien im März 1938 kopf. So was Verrücktes kann nur den Deutschen gelingen; sie marschieren bei uns ein, und am nächsten Tag ist nichts, fast nichts mehr, wie es einmal war. Es ist zum Lachen!
Sie sprang auf, aber nicht zum Lachen ist, schrie sie ihm ins Gesicht, dass ich nicht mehr ins Kino durfte, nicht ins Schwimmbad oder in einen Park. Meine Eltern ließen mich überhaupt nicht mehr aus dem Haus, nachdem ... Sie öffnete die Lippen, der Schrei aber blieb in ihr. Sie hob ihre Hände, ließ sie kraftlos wieder

fallen. Erschrocken umarmte er sie. So standen sei eine Weile, und als sie nicht mehr weinte, führte er sie zur Bank zurück, wischte ihre Tränen vom Gesicht. Die Verbrecher haben meinen Onkel aus dem Bett gezerrt, flüsterte sie, sie haben ihn auf die Straße gestoßen; er sollte den Asphalt schrubben. Mit einer Bürste, Walter! Mit einer kleinen Bürste auf den Knien! Sie putzte sich die Nase, und die Wiener haben daneben gestanden, ganz gleich, ob elegant oder arm gekleidet, auch Kinder haben's gesehen. Manche Leute waren stumm, hat mein Vater gesagt, aber die meisten haben die Juden am Boden brutal beschimpft.
Walter fand keine Worte, er stand wie versteinert.
Sie haben gespuckt und Drecksjuden gegrölt, das geschieht euch recht und ...
Hör auf!, schrie Walter, nicht weiter, ich bitte dich. Er fiel ihr um den Hals; sie weinten. Wir wollen nicht mehr von Wien sprechen, flüsterte er dann und sagte, indem er sie anlächelte, ich bin so froh, dass du endlich bei mir bist!

An den Wochenenden bummelten sie durch Tel Aviv, die weiße Stadt, durch die Geschäftsstraßen und Parkanlagen, vorbei an den kleinen und großen Theatern. Walter liebte das Theater und noch heißer die Oper, obwohl er als Schüler einen Aufsatz über die Meistersinger von Nürnberg hatte schreiben müssen. Auch einen Ballettabend hatte er mit der Schulklasse erlebt. Fasziniert war er den Bewegungen der Tänzer gefolgt, während seine Freunde vor Lachen prusteten. In Paläs-

tina war sein Geld im ersten Jahr sehr knapp, deshalb führte er Felicitas oft in ein Parkkonzert von Haifa; der Eintritt war frei. Manchmal fing er auf dem Rückweg ein Chamäleon. Es leistet mir Gesellschaft, bis ich dich wiedersehe, sagte er dann, es schläft in einem Einweckglas.
An einem Sonntag, als Walter seine Freundin an der Bushaltestelle vor dem Casino erwartete, trug sie ein Päckchen in der Hand, hier, Walter, für dich.
Für mich? Ein Geschenk? Es ist doch nicht Weihnachten.
Wer weiß, was Weihnachten sein wird ... Wir leben im Jahr 1939.
Du bist mein Lebensgeschenk, Fella, er drückte einen Kuss auf ihre Lippen, während seine Hände das Paket so vorsichtig hielten, als sei es aus Glas.
Nun pack schon aus!, rief sie ungeduldig.
Dich will ich auspacken, mein liebstes Paket, er streckte die Hand nach ihr aus. Sie aber drehte sich auf dem Absatz herum, zuerst die Schleife aufmachen! Nein, nicht an meiner Bluse.
Als die Schachtel dann in seinem Zimmer auf dem Tisch stand, zupfte Walter an der violetten Schleife. Kinderlachen drang von unten herauf. Mein Cousinchen, vorsichtig öffnete er das Päckchen.
Eine Tasse aus durchscheinendem Porzellan kam zum Vorschein; zwei Vögel hockten auf einem Zweig. Er konnte den Blick nicht abwenden. Wie lieb die beiden schauen! Und wie dünn der Zweig ist, auf dem sie sich lieben! Ein Hauch.
Keine Angst, er zerbricht nicht; die Tasse ist doppelt gebrannt.

Du bist eine Künstlerin, mein Liebling, eine große Künstlerin.
Hab' sie für dich bemalt, Walter!
Vorsichtig hob er das Kunstwerk mit beiden Händen. Vollendet gezeichnet, dachte er und strahlte Fella an, so zart wie du, mein Schatz. Ein wunderschönes Geschenk. Das Schönste, das ich je erhalten habe.
Immer wieder drehte er die Kostbarkeit in der Hand, fuhr mit der Spitze seines Zeigefingers über die Linien, und sie beobachtete ihn; ihre Augen glänzten.
Komm, rief er dann, wir wollen sie einweihen! Halt sie einen Moment.
Erstaunt griff Fella nach der Tasse. Nicht so stürmisch, quiekte sie, als ihre Beine, ehe sie sich's versah, in der Luft zappelten und Walter sie die Treppe hinab in die Küche trug, wo er einmal mit ihr um den Tisch herumlief und sie zur Krönung im Kreis wirbelte, bevor er sie auf die Füße stellte und küsste, wie sie es noch nie erlebt hatte. Sie versuchte zu lachen, ihr schwindelte, und sie war erregt. In ihrer Verwirrung strich sie mehrmals über ihr Kleid, es ist doch bloß eine Tasse, nun musst du nicht mehr aus dem Becher trinken. Eine Zaubertasse, rief er, riss die Schranktür auf und schwang die Dose mit den Kaffeebohnen, eine Frühlingstasse, meine Liebchen, hörst du es nicht? Da zwitschern zwei ihr Hochzeitslied. Das wollen wir feiern!
Er freut sich wie ein Kind unterm Weihnachtsbaum, dachte sie und beobachtete von einem Stuhl aus, wie er die Kaffeebohnen in die Mühle warf, das Wasser aufsetzte und einen Hocker dicht vor ihren Rock

schwang. Die Mühle zwischen den Knien, blitzte er sie mit glühenden Augen an. Der Schwengel drehte sich vor Lust, das Mahlwerk knirschte.
Als der Kaffee aufgebrüht war, kehrten sie zurück in die Junggesellenbude, wo sich der Duft des Orients verströmte, als das schwarze Getränk aus der Kanne floss. Dann saßen sie an dem einzigen Tisch der Kammer einander gegenüber. Zwischen ihnen die bemalte Tasse; der Unterteller war mit einem Goldrand verziert. Auf dem Kaffee schwammen Bläschen, zerplatzten. Dein Geschenk wird einen Ehrenplatz erhalten, sagte Walter, und links hob sich die Augenbraue auf der Stirn, bitte schön, mein Liebchen! Mit beiden Mittelfinger- und Daumenkuppen hob Fella die Tasse an die Lippen, um ihm über den Rand hinweg zuzublinzeln, du sollst jeden Morgen daraus trinken und dabei an mich denken! Worauf er ernst erwiderte, das werde ich tun. Mein Leben lang.
Nie zuvor, meinte er später, habe er Köstlicheres getrunken als den Kaffee aus dem ersten Geschenk von ihr. *Sie winkt mit der Zigarettenspitze, der Vorhang weht; sie trägt ihr blaues Satinkleid, das streckt ihre Gestalt ...* Er schloss die Augen, sie erschien ihm so jung wie Felicitas, und ein Lächeln zog über seine Stirn, als er sie neben Fella am geöffneten Fenster sah. Der Kaffee ist gut, drang die Stimme seiner Freundin wie aus weiter Ferne zu ihm, Walter, wo bist du? Er klappte die Augen auf, leuchtend vor Glück, und bis der letzte Tropfen getrunken war, schoben sie die Tasse auf dem Tisch einander zu. Dann rief Fella, aber jetzt ans Meer!

Als der Bus am Abend mit ihr davonfuhr, fragte sich Walter Grünwald, während er langsam auf das Haus neben der hohen Palme zuging, ist nicht auch die Gabe, vergessen zu können, ein Geschenk der Liebe? Alles vergessen für eine Sekunde, in der das Leben sich in einem Funken bündelt, um als Feuerblüte am Nachthimmel zu verströmen.

KAPITEL 5

Am 31. August 1939 las Walter Grünwald laut am Frühstückstisch die Schlagzeilen der Neuen Züricher Zeitung. *Aufmarsch deutscher Truppen in der Slowakei an der polnischen Grenze, Sabotageorganisationen in Polen.*

Na ja, resümierte Frau Schnek, stellte den Babyteller ab, zuerst verleibt sich der Verbrecher im Westen das Saarland ein, dann im Norden das Memelland, im Süden grapscht er nach Österreich und der Tschechei ..., sie band ihrer mit dem Löffel trommelnden Enkelin ein Lätzchen um, die Slowakei hat er sich zum Verbündeten gemacht; jetzt will er nach Osten, der Hitler. Sie setzte sich neben Aviva und tunkte den Perlmuttlöffel in den Haferbrei. Das Kind riss den Schnabel auf.

Am Spätnachmittag des kommenden Tags, am Freitag, 1. September 1939 stürmte Walter mit der Mittagsausgabe in die Küche, *Deutschland im Kriegszustand gegen Polen! Ein Tagesbefehl Hitlers: Heute Morgen um 6 Uhr hat der Krieg begonnen. Die militärischen Operationen sind an der gesamten deutsch-polnischen Grenze in Gang gekommen.* Jetzt ist er zu weit gegangen! Mit Wucht warf Walter die Zeitung auf den Tisch, das lassen sich die Briten nicht gefallen! Ich muss packen. Ich werde fliegen.

Was hast du vor, Junge? Frau Schnek hob Aviva aus dem Laufstall, gleich gibt es Nachtmahl! Seit Langem hatte sie sich angewöhnt, nur auf das zu achten, was vor ihr lag. Hast du nicht verstanden, Großmutter?, schallte es aus dem Flur, es ist Krieg! Bald steht Europa in Flammen. Walter rannte die Treppe hinauf in seine Kammer, zog den Koffer hervor, zur Hälfte war er mit Kleidungsstücken angefüllt; er rollte den Seidenteppich ein.

Am Montag erwartete ihn Georg am Eingang der Hochschule. Er hatte *The Times* vom 4. September aufgeschlagen und hielt sie ihm hin. *Britain's fight to save the world*, las Walter Grünwald, *AT WAR WITH GERMANY* und *Britain and France take up the challange.* Endlich, rief Walter, ich wusste es, er faltete das Blatt, wir sind dabei. Georg steckte die Zeitung in die Tasche. Eine Elster flog schreiend über den Platz. Vor dem Gebäude und auf den Fluren standen Studenten in heftig wogenden Gruppen zusammen. Viele von ihnen waren aus Europa geflohen und brannten jetzt darauf, gegen die deutschen Truppen zu kämpfen.

Gestern habe ich die Royal Air Force angeschrieben, warf Walter hin, als er neben Georg auf den Hörsaal zuging; er war außer Atem, und seine schmalen Finger fuhren durch sein Haar, ich beziehe ja seit zehn Monaten meinen Flugfernlehrgang aus London. Da sieht man's wieder, grinste Georg, der kluge Mann baut vor. Ich warte erst mal ab, wie sich das Ganze entwickelt.

Walter Grünwald entdeckte in den Zeitungsannoncen der lokalen Presse einige interessante Wohnungsangebote und eilte nach den Vorlesungen auf Zimmersuche. Endlich frei sein, summte es in seinem Kopf, endlich kämpfen, fliegen! Er hatte Glück. Beim dritten Versuch

fand er eine Wohnung, die ihm gefiel; sie war nicht teuer.
Vom Balkon des Apartments im dritten Stockwerk konnte er über das Meer schauen. In der Ferne erkannte er über den Dächern der Einfamilienhäuser an der Küstenstraße die Wedel der Palme, die sich vor dem Casino von Bat Galim in den Himmel reckte.

Mit dem Eintritt Frankreichs und Englands in den Krieg gegen Deutschland griffen auch die Commonwealthstaaten Australien, Neuseeland, Indien, Südafrika und Kanada zu den Waffen. In Palästina wurde ebenfalls aufgerüstet; seit 1918 stand es unter britischem Mandat. In den Geschäften drängten sich die Kunden, Hausfrauen wählten Waren aus, Männer schleppten Kisten und Taschen davon.
Nun stand Walter Grünwald nichts mehr im Weg, einen eigenen Mietvertrag zu unterschreiben. Er werde bei den Briten als Pilot arbeiten, erklärte er dem Makler, legte ihm das Zertifikat seines Londoner Fernlehrgangs vor und blätterte Geldscheine auf den Tisch; über ein Jahr lang hatte er bis tief in die Nacht mit Witz und Höflichkeit sein Geld verdient. Der Schwimmbadbesitzer borgte ihm zum Umzug das Auto und meinte, es sei nun höchste Zeit, den Führerschein und ein eigenes Vehikel zu erwerben. Walter lachte, war längst zur Prüfung angemeldet.
Ungeduldig wartete er auf Antwort aus London und bediente während seiner nächtlichen Arbeitsstunden die britischen Offiziere mit größerer Aufmerksamkeit

als bisher. Einige Male gelang es ihm, den einen oder anderen in ein flüchtiges Gespräch zu verwickeln. Eifriger als früher studierte er die englischen Zeitungen und gab bei Nacht Anekdoten über einen Politiker oder Filmschauspieler zum Besten. Die Briten lachten lauter als in den vergangenen Monaten, tranken schneller und gaben dem eifrigen Barmann aus Wien mehr Trinkgeld als sonst. Von seinem Erfolg beschwingt, kamen ihm nach Mitternacht, wenn die Instrumente der Jazzmusiker schwiegen und der Geiger aus dem Stamm der Roma sich der Melodien seiner Vorväter erinnert hatte, Geschichten in den Sinn, die Onkel Jacques bei Familienfeiern erzählt hatte.

Ein ungarischer Offizier trifft in Wien eine nette Dame. Sie tanzen und speisen zusammen, und sie sagt, gehen Sie noch auf einen Kaffee mit mir? – Gut. – Sie haben eine nette Nacht zusammen. Nach dem Frühstück raucht der Ungar. – Gut. – Doch als er sich verabschieden will, sagt sie, mein Herr, Sie haben etwas vergessen. – Ich? Was soll ich vergessen haben? – Geld. – Da greift der Herr nach seiner Mütze, Ungarische Offiziere nehmen niemals Geld von einer Dame an! Kaum hatte Walter mit einer dieser Anekdoten geendet, griff Sándor aus Budapest nach den Schlegeln und trommelte den grölenden Applaus der Herren nieder, worauf sie eine weitere verlangten.

Nur noch selten spielten Kinder am Strand. Zwei unermüdliche Lehrer zogen frühmorgens im Schwimmbad ihre Bahnen, aber die Matronen schwatzten nicht mehr am Beckenrand, und der Bauch der hübschen Schwimmbadbesitzersgattin wurde immer dicker. Und während sich in den Geschäften die Regale leerten und die arabischen Fischer vor Sonnenauf- und -untergang, knietief im Wasser stehend, ihre Netze über den Köpfen schwangen, dröhnten britische Militärfahrzeuge in den Straßen von Haifa und Bat Galim. Im ganzen Land wurde Verdunklung angeordnet. An den Geschützen der Flugabwehr auf dem Gipfel des Karmels herrschte aufgeregte Betriebsamkeit. Im britischen Camp St. Luke putzten Soldaten ihre Stiefel blank und reinigten ihre Gewehre. Sie sprangen über Mauern, warfen sich zu Boden und marschierten in kleinen Kolonnen. Hinter ihren Zelten schossen sie auf Zielscheiben. Die Offiziere versammelten sich zu Konferenzen. Sie rauchten und tranken starken Tee. Gebeugt über Landkarten und Skizzen, diskutierten sie und arbeiteten Verteidigungspläne aus, wobei einige unter ihnen nicht vergaßen, in den Pausen ihre Feldstecher auf das Flachdach der Nachtbar am Strand zu richten, wo die Schönen sich sonnten, die am Abend im Ballsaal mit ihnen tanzten.

Auch Walter Grünwald war von dem neuen Tatendrang im Land erfasst.

Mit Leichtigkeit hatte er seine Führerscheinprüfung bestanden und sah sich sogleich nach einem Motorrad um. Bei einem Gebrauchtwarenhändler entdeckte er eine englische Maschine, eine Rudge. Der Motor war kaputt. Walter handelte den Preis um die Hälfte herab, und zum letzten Mal borgte er sich vom Schwimmbadbesitzer den Wagen, suchte auf dem Motorrad-

friedhof Ersatzteile für seine Maschine. Nach zwei Wochen war sie fahrtüchtig. Walter lud Georg Polak zu einem Ausflug ein.
In den Vorgärten der Einfamilienhäuser neigten Astern und Dahlien ihre Blütenköpfe über die Zäune, die Häuser glitten vorüber, der Wind fuhr durch das Haar der Freunde. So kann Freiheit schmecken, rief Georg, und hinter einer Kurve brüllte er, hat das Ding auch eine Bremse? Ich habe eine Fußschaltung eingebaut, sagte Walter, als er seinen Freund in Tel Aviv vor der Haustür absetzte.
Fabelhaft, Junge, ich gratuliere.
Jetzt wird es Zeit, dass ich mehr Geld verdiene, damit wir noch ein paar Touren machen können, bevor ich fliegen werde. Das Schätzchen trinkt kein Wasser.
Wir werden sehen, alter Junge, danke für die Fahrt. Du kannst stolz auf deine Arbeit sein.
Servus!, brüllte Walter Grünwald und brauste davon.
Bye-bye, rief Georg ihm nach, und sein Arm sank. Lautlos wiederholten seine Lippen die beiden Silben dieser Sprache, die ihm bald zur Heimat wird.

Als Walter in jener Zeit der Vorbereitung eines Abends in der Nachtbar erschien, bat ihn sein Chef ins Arbeitszimmer. Hör zu, mein Junge, begann er und bot dem Neffen einen Whisky an. Der lehnte ab. Darauf erhob Arnold Eisenmann sein Glas auf das Wohl seines besten Barmanns und Kassierers, du musst jetzt kaufen, junger Freund, viel kaufen. Ich habe heute drei Kühltruhen entdeckt. Du kannst sie im Magazin lagern.

Wieso ich? Was soll ich mit Kühltruhen?
Vor einem Krieg wird alles verschleudert, im Frieden aber steigen die Preise.
Von welchem Geld soll ich die Kühltruhen bezahlen, Onkel Arnold?
Du wirst in die britische Armee eintreten und zahlst mit dem ersten und zweiten Sold. Ein gutes Geschäft, Junge. Du willst doch nach Amerika!
Ich werd's mir überlegen, Onkel Arnold.
Da gibt es nichts zu überlegen.
Also gut, stöhnte Walter, fuhr mit den Fingern von der Stirn her durch sein Haar und schlug in die offene Hand des Casinobesitzers: Abgemacht; von meinem ersten Sold werden drei Kühltruhen gekauft.
Sofort wird gekauft. Ich borge dir das Geld.

In seinen freien Stunden zwischen Studium und Nachtarbeit richtete Walter Grünwald seine neue Behausung ein. Auf dem Suk fand er einen Tisch, zwei Stühle, ein Bett. Aus Obstkisten zimmerte er ein Regal für die Küchengeräte. Bald war er mit seinem Werk zufrieden.
Bevor die Sonne sank, sauste er auf seinem Motorrad über die Landstraße nach Tel Aviv. Ein letztes Mal vor dem Krieg wollte er Felicitas sehen.
Sie öffnete ihm die Haustür. Leidenschaftlich umfasste er die Taille seiner Liebsten. Lass uns heute Nacht zusammen sein, Fella, flüsterte er in ihr Haar, sein Atem war heiß; sie hielt die Augen geschlossen. Eng umschlungen standen sie vor dem Haus. Der Abendstern blinkte. Er begehrt mich, dachte sie aufgeregt, bisher

hat er mich kaum angerührt; ein Kuss hinterm Busch, ein Foto von meiner Brust, und sie zitterte. Steig auf mein Ross, Geliebte, hörte sie. Sein Atem war heiß, und sie entdeckte sein Motorrad und hörte, wir reiten davon, ich gehe zu den Soldaten, zerschmettern werde ich die Hunde, vernichten werde ich das Pack. Plötzlich stand sie frei vor ihm, taumelte ein wenig, er hatte seine Hände von ihrem Körper gelöst. Aus dem Hausflur fiel ein Lichtstrahl auf die Straße, Stimmen schallten aus dem Treppenhaus und Schritte folgten. Ich werde fliegen, sagte Walter Grünwald in der Gewissheit seiner nahen Zukunft. Weder er noch sie achtete in diesem Moment auf die beiden Männer, die das Haus verließen und mit eiligen Schritten um die Hausecke bogen. Walter atmete durch die Nase, Felicitas schwieg, aber laut schlug ihr Herz, als sie hörte, wer weiß, wann wir wieder beisammen sind, Fella, diese Nacht gehört uns. Sie standen im Schatten des Scheins, der aus der geöffneten Haustür fiel. Ich liebe dich, Felicitas Abramowicz. Er hielt ihre Hände, und mit einem Ernst, den sie an ihm nicht kannte – manch ernsten Moment hatte es zwischen ihnen gegeben, doch keinen wie diesen –, traf sie die Glut seiner Augen, wir werden siegen!

Da fuhr sie mit ihm davon.

Im Morgengrauen standen sie – und waren nicht mehr dieselben wie am Abend davor – auf dem Trottoir der Allenby-Straße vor dem Porzellanladen. Noch betäubt von der Nacht, beobachtete Felicitas, wie ihr Walter ein Paket aus der Motorradtasche zog, und sie strich,

als wolle sie nichts Neues mehr erfahren, nie mehr etwas anderes erleben als das, was in diesem Moment noch in ihr war, über ihre Stirn. Wie durch Nebelschleier nahm sie etwas Sperriges, in Zeitungspapier Gepacktes wahr, das auf sie zugetragen wurde. Mit beiden Händen.
Wir sind nun ein Paar, hörte sie, für immer ein Paar. Als ob ich das je vergessen könnte, dachte sie und hörte hinter dem Rauschen ihres inneren Meers eine Stimme, die ganz anders war als die der letzten Nacht, so feierlich distanziert, wir sind verlobt, Flecitas Abramowisz. Deshalb vertraue ich dir meinen größten Schatz an. Bewahre ihn gut. Wenn wir heiraten – nach dem Krieg in Amerika –, wird dies unser Grundstock sein: Meine Briefmarkensammlung in zwei Alben. Bei dir ist sie sicher. Hüte sie gut. Sie ist ein Vermögen wert. Ihr Körper schrie nach Berührung, ihre Hände streckten sich nach seiner Haut aus, vergeblich suchten ihre Augen seinen Blick; auf das Paket gerichtet war sein Blick, und in das Rauschen ihres Meers drang eine unbekannte, eine ihrem Herzen fremde Stimme: Auf die erste Briefmarke Österreichs von 1850 bin ich besonders stolz: 9 Kreuzer steht unter dem Wappen. Sie stammt von meinem Onkel Fritz; die Zinnoberrote mit dem Merkurkopf aus dem Jahr 1856 von Onkel Jacques wird heute zu Höchstpreisen gehandelt. Versprichst du mir ..., jetzt trafen sich ihre Blicke, und als sie hörte, mein Liebling, lächelte Felicitas, ... dass du die Alben niemals aus der Hand geben wirst?

Darauf spürte sie etwas Raues in den Händen, presste es an die Brust; zur Hälfte verbarg es ihr Gesicht. Danke, sagte sie, fühlte aber nicht, wie sein Mund ihre Lippen berührte. Noch lag ein Lächeln auf ihren Zügen, da sah sie ihn fortgehen, und von Panik getrieben, stieß sie hervor, wann heiraten wir? Aber er saß bereits auf dem Motorrad. Ich sagte es doch, hörte sie hinter dem Rauschen ihrer Nacht, wenn die Deutschen besiegt sind.
Aber ...
Es wird nicht lange dauern, mein Schatz; dafür werde ich sorgen! Servus.
Verlass mich nicht, Walter! Sie wusste nicht, dass er keinen Abschied ertrug. Der Motor heulte auf. Ich ziehe in den Krieg, Fella! Ich werde die Verbrecher aus der Luft von dir grüßen, meine Schöne!
Das Paket an der Brust, rannte sie los, komm zurück!
Und höher als alle Standarten der Welt stieg, nachdem das Motorengeräusch längst verklungen war, ihr Schrei aus der Häuserschlucht.

Patria nostra olim provincia Romana erat. ..., nam trans Danuvium barbari sunt ... Der Wind strich durch sein Haar, und die ersten Sätze in lateinischer Sprache, die er mit zehn Jahren gelernt hatte, zogen durch sein Hirn ..., unser Vaterland war einst eine römische Provinz ... Auch Palästina war einmal eine römische Provinz, dieses Land, wo die Wüste mit Erfindergeist bewässert und in fruchtbaren Boden verwandelt wird – die Liebesnacht hatte den Philosophen in Walter Grün-

wald geweckt –, Kibbuzim wachsen, Städte blühen. Die Juden des Altertums waren stolz; sie ertrugen die römische Besatzung nicht tatenlos wie die Wiener, sie hüllten ihr heiliges Buch in Tücher, der Tempel brannte, in alle Himmelsrichtungen flohen sie. Heute fliehen sie aus Europa vor den Schergen Hitlers – Bücher in Flammen, Synagogen in Asche.
Die ersten Sonnenstrahlen durchbrachen den Dunstschleier über der Stadt. Der Motorradfahrer blinzelte. Ein Vogel flog über die Dächer, ein Handkarren wurde geschoben; müde schlappte ein Baumwollgewand hinterher. Vom Kreuz eines Kirchturms blinkte Walter Grünwald das Morgenlicht zu, doch hinter dem Platz wurde er wieder in die Schatten des Häusermeers getaucht. Er fuhr langsam durch die menschenleeren Straßen; ein weicher Ruf, womöglich aus Jaffa, erhöhte die Stille in diesem Viertel der weißen Stadt: *Achweh*, Kaffee.
Auch deine Familie, flüsterte eine Stimme in Walter Grünwald, ist jetzt in alle Himmelsrichtungen verstreut ... Sogleich zogen Trude, Tante Nannerl, Onkel Jacques, Onkel Fritz über die Leinwand seines Herzens. Doch bevor Onkel Julla oder Papa und Mama erscheinen würden, tauchte ein Kreis auf seiner Netzhaut auf. Auf der geschlossenen Linie sah er sich selbst als einen Punkt. Später, dachte er, würde er jederzeit schwören können, sich eine halbe Stunde nach dem Abschied von Felicitas als Punkt eines imaginierten Kreises gesehen zu haben. Aber nein, widersprach er sich dann, ich bin kein Punkt. Ein Semikolon, rief eine kesse Stimme –,

aber nicht etwa nett säuberlich auf einer Kreislinie, kicherte die Stimme, es geht bei eurer Mischpoke doch immer alles durcheinander –, du bist beides, Christ und Jude. Ha, stieß eine dritte die zweite Stimme beiseite, bald ist Walter ein Kämpfer, ein Pilot! Er wird fliegen! Fliegen! Der Gedanke machte ihn glücklich, und wie vor drei Stunden schwebte er, während seine Rudge ihn trug. Leider nur für kurze Dauer. Der Motor stotterte. Dann war er stumm. Der Benzintank war leer, und anstatt zu fliegen, schob Walter Grünwald sein Gefährt durch eine räudige Straße. Hier war er noch nie, hier kannte er sich nicht aus. Ziellos war er umhergekurvt. Inzwischen erwachten die Häuser, und die Mauern besannen sich ihrer am Vortag gespeicherten Glut, entließen sie in die Gassen. Die Luft war bleischwer. Walter Grünwald aber schob sein Motorrad. Schweiß perlte auf seiner Stirn.
Er befand sich in einer Seitenstraße am Stadtrand von Tel Aviv. Irgendwo. Jaffa war nicht weit, *Achweh*. Es stank nach Kloake, ein gelber Hund beschnüffelte sein Bein, trottete von dannen. Und während Walter Grünwald seine geballte Kraft gegen das Gesetz der Trägheit stemmte, dabei vor Ärger über sich selbst den Kopf zur Seite geneigt, drückte die palästinensische Sonne ihn nieder. Inzwischen war sie hochgestiegen und fiel nun unbarmherzig in die Häuserschluchten. Wo sollte er in dieser Gegend eine Tankstelle finden? (Er hätte so gern einen Kaffee getrunken.) Er wusste es nicht, er stapfte neben seiner Rudge. Eine gute Maschine. In einen prächtigen Zustand versetzt – durch das Geschick seiner

Hände. Sie hatte ihn bisher nicht enttäuscht. Ich bin der Unachtsame, brummte er grimmig, nicht die Maschine; sie ist gut. Ich habe ihr nicht zu trinken gegeben. Sein Nacken beugte sich noch tiefer über den Lenker, das Gesicht unverwandt zur Seite geneigt. Seine Zunge war trocken.

Als er so dahintrottete, und als sein Blick über eine trostlose Fassade und einen herabhängenden Fensterladen glitt – dieser Gestank! – und als eine Fliege munter und total unbeschwert über seinen Arm krabbelte, als wäre die Haut unbehaart, fiel sein Blick in einen Spiegel, golden umrahmt. Walter erschrak: Man sieht nichts als Löcher im Putz, Müllkübel, von einem gelben Hund wird man beschnüffelt, und zwischen all dem Unrat – das eigene Konterfei! Verwirrt hielt er vor seinem Ebenbild inne. Sein Maul stand schief, Haarzipfel fielen in seine Stirn. Und während seine Hand, dem Spiegelgesetz folgend, sich hob und von der Stirn aufwärts durchs Haar strich, erschien über dem golden umrahmten und jetzt deppert aufgerissenen Walter-Grünwald-Mund ein Frauengesicht. Von innen wurde an die Scheibe geklopft.

So (oder beinahe so), wie es dem in der Bewegung Verharrenden in diesem Moment erging, musste Odysseus empfunden haben, als er am Gestade der Sirenen vorbeisteuerte. In Walters Pumpstation war Kurzschluss; die Maschinenteile hatten sich selbstständig gemacht, bedrohlich blubberte es in der Aorta, in den Venen staute sich das Blut – wo und wann auch immer.

Rachel hieß die Dame.

Sie winkte ihn hinein, bot Wasser an. Er leerte das Glas und entzifferte, als seine Hand es langsam niederstellte, an der Fensterscheibe die Spiegelschrift: *Rachels Haaratelier*.

Derrr Kaffee muss schwarrrz sein wie Nacht, heiß die Libbe, süüüße Sünde, vernahm er, als eine Gasflamme unter einem Kupfertöpfchen aufloderte; kühn ragte sein Henkel in den Raum. Das ist kein Englisch. Ein Unikat von Sprache ist dies, dachte Walter und sah sich in dem Salon um, die Königin von Saba hätte so sprechen können. Und wie heißt diese?

Durch die Modulation der fremden Stimme, die in seinen Ohren wie Moos klang (wie das weiche Moos vom Kahlenberg), erschien ihm die Aussage über den Kaffee – aus jedem andern Mund und bei jeder anderen Gelegenheit schal – in diesem Raum, kaum größer als seine Küche –, wie von einem Schleier umhüllt, der ein Geheimnis schützt.

Walter sah und hörte alles; er begriff nichts.

Hellblau flatterte ein Tuch vor seinem Blick. Was darauf geschah, erlebte er wie in einem Traum. Kaum lehnte er in einem weichen Stuhl, und kaum hatte sich der Umhang auf seiner Brust niedergelassen, fühlte er, vor Überraschung atemlos, seine Schultern von energischen Griffen erfasst. Es blieb nicht dabei. Auf die Griffe der Finger- und Daumenkuppen folgten Druck- und Streichbewegungen – die Schultern entlang und den Rücken hinab, den Nacken hinauf, jetzt langsam und sanft, dann wieder fest, darauf abschwellend, ein flüchtiger Hauch, bis sein Blut aufs Neue floss und die

Wände seiner Adern aus ihrer Starre erwachten. Auch die Haut unterm Haaransatz wurde frisch durchpulst. Kaum aber hatte er sich diesen unerwarteten Berührungen ergeben, fühlte er eine Handfläche auf der Stirn, eine andere an der Wange. Zart und doch mit Bestimmtheit führten sie seinen Kopf, was ihn erschauern ließ. Sein Atem stockte: *Ein Scherz, ruft sie, es war nur ein Scherz, Walter! Sie trägt ihr Satinkleid, das streckt ihre Gestalt. Ich sehe sie vor mir. Sie winkt mit der Zigarettenspitze, das Fenster springt auf, der Vorhang weht.* Ach, hätte Mama doch einmal seinen Kopf so gehalten, wie diese Fremde es jetzt tat und ihm Wasser über das Haar goss, ihn frottierte, föhnte! Schon fuhr ein Kamm durch seine Strähnen. Sie abben ein feines Haar, fein wie Seide, mein Herrr, Salomonis Seide, hörte er, versuchte, die Augen aufzuschlagen. Es gelang nicht. Ein Sturm war in ihm, ich explodiere, ich ejakuliere. Wie ist mir?
Ich eißße Rachel, hörte er, und du, wie eißt du? Du Motorrrradschieber!
Er lachte, es klang wie ein Röcheln, und er errötete. Endlich sprangen seine Augenlider auf. Im Spiegel begegnete sein Blick dem zärtlich-spöttischen der Haarartistin. Ich bin der Walter. Mit Erstaunen lauschte er seiner eigenen Stimme nach. Sie war fremd, das war nicht seine Stimme. Wieder pochte das Blut in seinen Schläfen; denn jetzt wurde sein Kinn geführt, zärtlich und herrisch. Das kannte er von irgendwoher, das mochte er an einer Frau. Nun strich sie eine Strähne von seiner Ohrmuschel. Dabei berührten ihre Fingerspitzen den Kranz seines Ohrs; all das jagte einen Im-

puls hinab in Walter Grünwalds Schoß. Wie sinnvoll, dass ein Umhang mich schützt, dachte er; seine Augenlider sanken. Und während die feinen Hände (wie viele waren es eigentlich?), von eigenwilliger Sanftmut gesteuert, Millionen von Nervenzellen in ihm bis dort hinab erregten, wo alle Bahnen sich bündeln, fielen Zipfel seines Haars zu Boden. Jetzt beugte sich ihr Körper über seinen Kopf, um hinter dem linken Ohr ein Strähnchen abzuschneiden. Er rang nach Luft; der Schenkel der Haarartistin verbrannte ihm die Wange, glühte vor der Muschel seines Ohrs. Darin ein Summen, ein Geraune, bis der Nacken sich ergab; sein Kopf lehnte geborgen. Die Pupillen weit, blinzelte er; es war kein weiterer Kunde im Raum. Erleichtert schloss Walter Grünwald die Augen. Wie ist es möglich, sie kommt aus einem fernen Erdteil und gleicht doch Erni Hofmeister. Ich sitze in einem Friseursalon am Stadtrand von Tel Aviv und erlebe, was mir als Bub in Krummnussbaum auf dem Kanapee geschah. Ebenso süß.
Großmutter schnarcht. Ihre Freundin ist für einige Tage ins gemietete Zimmer der Pension eingeladen. Erni ist fünfunddreißig und er kaum fünfzehn Jahre alt, neben der Großmutter im Bett. Walterl, flüstert Erni vom Kanapee herüber, mir ist kalt; wärmst du mich? Schon liegt er neben ihr. Sie riecht so gut, sie streichelt sein Gesicht, küsst seinen Penis. Oh! Seine Hand fuhr unter den Umhang. Ruhig, ruhig, rief er sich zu, still, mein Kleiner! Da löste sich der Frauenschenkel von seiner Wange und gab auch das rechte Ohr des Walter Grünwald frei. Er tastete danach, wo war die Wärme? Er

öffnete die Augen. Hinter seinem Spiegelbild erkannte er Rachel, wie schön sie ist! Sie hielt einen Handspiegel hoch. Nach der knapp gestellten Frage, gut?, verschwand das Ding in einem Wust von Spangen, Kämmen, Lockenwicklern. Die Schere der Haarartistin steckte im Leder ihres Gürtels. Er lächelte, ein Säugling aus sattem Schlaf erwacht. Nun löste sie die Schleife seines Umhangs und wedelte mit einem Pinsel über seinen Nacken, seine Brust. Oh, rief sie, auf derrr Stirn klebbt ein Härrrschen! Sie pustete; dabei streift ihre Brust sein Hemd. Bitte sehrr! Sie wandte sich dem Gaskocher zu. Biegst du rechts, wieder rechts, biegst du links, hast du Tankstelle, lächelte sie, als sie ihm eine Tasse Mokka in die Hand schob. Er sah zu Boden, während der kleine Löffel, wie von einer fremden Hand geführt, nicht enden wollte mit Drehen. Danke, murmelte Walter Grünwald, zahlte, danke schön, wankte hinaus. Und während sein Kopf sich wieder über den Motorradlenker beugte, beobachtete der frisch Frisierte aus den Augenwinkeln, wie ihm durch die Scheibe nachgeschaut wurde. Ein Arm hob sich an lachenden Lippen vorbei in die Höhe. Hell schimmerte ein Band in einem Bogen von schwarzem Haar.

Am Ende der Gasse sah er vom Lenker auf und noch einmal zurück. Klick, war das Bild in seinem inneren Archiv gespeichert. Auch der gelbe Hund war drauf.

Ich fühle mich, als sei ich unter Wasser gelaufen! Dieser Gedanke gefiel Walter Grünwald. Er lachte hell auf: Wie unter Wasser! Ha. Rennen konnte ich schon immer. Fein ist der Sand in Klosterneuburg an der Donau.

Großmama stickt. Am Bootssteg hängt ein Gürtel. Nichts wie hin und umgeschnallt das Ding, gerannt, gesprungen! Von wegen Schwimmgürtel! Ein Bootsstopper war's, mit Sand gefüllt, er lachte schallend, da bin ich geflitzt. Ich konnte ja noch nicht schwimmen. Bin unter Wasser gelaufen. Das Leben ist schön!
Da ist sie ja, meine Tankstelle!
Zehn Minuten später erkannte Walter Grünwald jenseits des Stadtviertels von Tel Aviv, wo die Menschenbehausungen Hütten waren, das Richtungsschild Jerusalem.
Kurz entschlossen folgte er dem Straßenzug. Er hatte jetzt keine Lust, nach Bat Galim zurückzukehren. Einmal noch Hauptstadt riechen, bevor ich in den Luftkrieg ziehe, dachte er und sauste dahin. Nach drei Stunden, als sich die Steine von Jerusalem näherten, hörte er seinen Onkel Fritz am festlich gedeckten Geburtstagstisch der Großmutter in der dritten Etage der Raffaelgasse 8 – im Kreis der großen Familie. Er selbst war damals neun Jahre alt. Onkel Fritz war aus Spanien von einem Ärztekongress zurück. Dort hatte er seine neueste Erfindung, künstliche Hüften, vorgestellt und sagte: So golden wie Salamanca soll Jerusalem sein. Diese Städte will ich einmal sehen, hatte sich Walter damals vorgenommen. Salamanca kannte er nicht. Aber in Jerusalem war er nun schon einige Male gewesen. Das Schöne kann man nicht oft genug sehen, meine Herren, wusste er durch seinen Deutschlehrer, Sie müssen reisen, meine Herren, reisen. Jemand hatte gekontert, ist Wien nicht schön, Herr Doktor? Ja, Klein-

meyer, ich pflichte Ihnen bei, Wien ist eine außergewöhnlich schöne Stadt, Kleinmeyer, lautete die Antwort vom Katheder, aber an vielen Orten der Erde, meine Herren, kann man das Schöne finden, und wer weiß ..., der Lehrer hatte gezögert und nach einer Sekunde leise hinzugefügt, wann es einmal nötig sein wird, sich dessen bewusst zu sein! Fahren wir fort mit Grillparzer.
Und geht man durch das Jaffator, steht man auf heiligem Boden wie in einer anderen Welt, um zweitausend Jahre und mehr zurückversetzt, hatte Walter Grünwald an seine Eltern geschrieben, als er mit Georg hier war. Seltsam, dachte er, was einem hin und wieder in den Sinn kommt. Aber jetzt muss ich Großmutter anrufen. Sie ist so ängstlich geworden.
Langsam ließ er die Rudge durch die Straßen rollen und hielt vor einem hohen Gebäude der Jahrhundertwende an, schloss die Maschine ab. Er trat durch ein Steinportal; Kühle umfing ihn, und er öffnete eine zweite Tür. Im Schalterraum war die Luft stickig. Walter reihte sich in die kürzeste der vier Schlangen ein. Nach geduldigem Warten meldete er ein Telefongespräch nach Bat Galim an.
In der Telefonzelle nahm er den Hörer vom Haken, wählte die Nummer, hier ist der Walter, Großmama, ich stehe im Postamt von Jerusalem.
In Jerusalem?
Ich muss noch einmal durch das Jaffator gehen. Heute Abend bin ich zurück, aber warte nicht mit dem Nachtmahl auf mich, geh schlafen, ich fahre zu mir.
Wir haben Post, Bub.

Von wem?
Ein Brief aus London für dich.
Wunderbar! Jetzt geht's bald los.
Was soll losgehen, Walter? Sie wartete seine Antwort nicht ab, ein Ferngespräch war teuer. Hör zu, Bub, ein Brief von Gusti ist gekommen. Aus Amerika. Sie hat das Affidavit für deine Eltern nach Wien geschickt. Jetzt wird alles gut.
Danke, danke.
Fahr vorsichtig, Bub. Servus.
Jetzt wird alles gut, klang das Echo in ihm, als er weiterfuhr. Vor dem Jaffator parkte er die Rudge und schaute hinunter auf die Altstadt. Dann schlenderte er durch die Gassen, wo Händler im Kaftan geschäftig zwischen den Pilgern und Hausfrauen umherliefen. Einige trugen einen Blechkübel auf dem Rücken, von einem darunter befestigten Spirituskocher erhitzt. Weich schallte der Ruf, Achwe, Achwe. Für einen Piaster erstand Walter eine Schale, schwarz und heiß; der Kaffee stärkte. Andere Händler boten Falafel an, und dem jungen Mann schmeckte die mit Fleisch und Gemüse gefüllte Brottasche – wie Papas Wiener Schnitzel. Feurig, aber genauso gut. Er gab dem Kaffeeverkäufer den Becher zurück und versank in der Menge. Wundersam verbunden mit allem, was um ihn her geschah, achtete er nicht auf den Weg, ließ sich treiben. Wie schon oft in dieser Stadt, wurde er bald von einem feierlichen Gefühl erfasst. Menschen aus allen Ecken der Welt schienen hier zusammengekommen zu sein. Walter liebte das gleichmäßige Summen des dieser Stadt ureigenen

Sprachengewirrs, aus dem sich dann und wann ein Ruf löste und als unsichtbare Fontäne in die Höhe schnellte, um über dem ameisengleichen Gewusel von Männern und Frauen aller Hautfarben, orientalisch gewandetet oder europäisch gekleidet, zu verklingen. Walter atmete den Geruch eleganter Parfums ein und den der Joppen, die auch bei Nacht nicht gewechselt wurden. Er genoss das Summen aus Hunderten von Kehlen und das Rattern der Holzkarren auf den buckligen Steinen, den Schrei der Esel. Hin und wieder war das helle Klacken eilender Pumps zu vernehmen, und er dachte an Felicitas. In der Ferne sangen Pilger.

Während er vorwärts oder beiseite geschoben wurde, erweckten Männer in der Tracht streng gläubiger Juden seine Aufmerksamkeit. Wenn sie mit großen Schritten zielsicher die Menge durcheilten, wehten ihre Gebetslocken. Ein steifer Hut verstärkte den Ernst der bärtigen Gesichter, waren sie faltig oder jung. Dieser tiefe Ernst interessierte ihn und erschien ihm heute, da er allein hier war, wie eine strenge Lebensabgewandtheit. Obwohl ihm das Gegenteil bekannt war. Sein Vater hatte ihm oft Geschichten aus der Kindheit erzählt; sie handelten von gläubigen Juden und sprühten vor Lebenslust. Jetzt kam Walter Grünwald dieser Ernst wie aus einer verborgenen Quelle gespeist vor. Er war ihm zum ersten Mal in Wien begegnet – auf dem Gesicht des Rabbi im Tempel der Seitenstettengasse, nachdem er hatte hören müssen, er sei Jude, und hatte sich doch immer als Österreicher gefühlt. Er war stolz auf sein Land gewesen; jetzt hatte er keins mehr.

Rasch lenkte er seine Gedanken wieder auf Jerusalem. Hier traf er auch junge Männer mit dem Gesichtsausdruck des Wiener Rabbiners. Sogar aus Kindermienen strömte ihm im Viertel der orthodoxen Juden dieser feierliche Ernst entgegen. Die Kleinen trugen lange Wollstrümpfe, an Leibchen befestigt, wie er früher selbst eins trug, und schwarze Westen über den Hemden, darüber abgetragene Sakkos, auf dem geschorenen Kopf eine Kipa. Ihre Haut war bleich, als sei sie nie von einem Sonnenstrahl gestreift worden. Sie gingen rasch; sie hatten ein Ziel. Das sah Walter Grünwald, und in seinem Innern, an einem Punkt seiner Seele, zu dem sein Wille keinen Zugang hatte, formte sich, während er sich von der Menge treiben ließ, der Gedanke: Hier flaniert niemand wie die Wiener auf der Kärntnerstraße. Noch tiefer vergrub er seine Hände in den Hosentaschen, seine Fingerkuppen spielten mit dem Bleistiftstummel; den trug er immer bei sich wie sein Notizbuch.
Nun lag die Klagemauer vor ihm, ein Überrest des ersten Tempels. Hier hatte David, der erste König von Judäa, vor dreitausend Jahren einen Altar für die Bundeslade errichtet, fiel Walter Grünwald ein, das sichtbare Zeichen der Allgegenwart Gottes, und Salomon, der zweite jüdische König, zog die Mauern hoch. Doch bald danach: Zerstörung, Feuer, Mord, Verschleppung, Sklavenarbeit … immer derselbe Dreck! Und wer baute den Tempel nach der babylonischen Gefangenschaft wieder auf, die Enkel, die Urenkel? Sechzig Jahren waren verstrichen, bevor sie zurückkehrten. Wer seine

Knochen noch rühren konnte, machte sich auf. Sie waren verschleppt, nicht vertrieben worden. Er hatte die alten Geschichten aus der dritten Klasse nicht vergessen. Als Kind hatte er mitgelitten und sich über Siege gefreut und war erregt, wenn die starken Frauen auftraten, die er sich wunderschön vorstellte, Susanne, Judith, Esther. Als dann Dalila grinsend eine Schere aus ihrem Ledergürtel zog, brach er den Zirkus ab, fuhr mit den Fingern durch sein Haar. Inzwischen hatte er den Platz überquert. Vor der Mauer versuchten fromme Juden, ihre Angst aus dem Leib zu schütteln. Um sie nicht zu stören, wandte sich Walter Grünwald zur Seite. Eine Katze sonnte sich, einige Meter weiter nagte ein Hund an einem Knochen. Quälend überfiel Walter plötzlich die Sehnsucht nach Fella. Wann hatte er sie zum letzten Mal geküsst? Mit dem Taschentuch wischte er über die Stirn, dann rauchte er. Nach dem dritten Zug stand er wieder auf dem Boden der Wirklichkeit. Während in Polen Menschen und Städte unter den Bomben deutscher Flieger verbrannten, hatte er sich mit Felicitas unter einem weißen Laken verlobt. Wie gern hätte er das Fest im Kreis der Familie an einer langen Tafel gefeiert, Mama am Klavier und Papa spielt Geige. Er stöhnte. Na ja, dachte er dann, da kann man nix machen, aber eine positive Nachricht gibt's, der Marschbefehl liegt in Bat Galim auf dem Tisch. Es geht los. Er kickte einen Stein beiseite, was tue ich eigentlich hier? Spaziere im Zentrum des gordischen Religionsknotens herum. Jetzt hatte er die Häuserreihe erreicht und sah wieder hinüber zu den Betenden. Wie vertieft sie sind, dachte er, und sein Ausflug mit Georg ans Tote Meer fiel ihm ein und die heftige Diskussion im Auto über die zweitausend Jahre alte Geschichte der verlassenen Festung Masada mit ihrer Wirkung auf Kinder. Georg hatte behauptet, und Walter erinnerte sich jetzt genau, seine, Walter Grünwalds Einstellung zur Existenz eines Transzendenztriebs, der weder dem von Freud erkannten Todestrieb noch dem Sexualtrieb an Intensität nachstünde, sei aus demselben Grund wie seine Haltung zu seiner jüdisch-christlichen Identität von selbstzerstörerischen Zweifeln geprägt, man könne bei ihm in diesem Punkt sogar von einer Angststörung sprechen, weil er durch unsensible Lehrer als Kind der Horrorgeschichte von Masada ausgeliefert gewesen sei.

Wie konnte mich Georg damals so sehen, fragte sich Walter und zündete eine Zigarette an, ich hatte ihm nie von meiner Fieberkrankheit erzählt; das Entsetzen ist ausgeschwitzt.

War es?

Zur Zeit Herodes' hatte sich eine römische Garnison in Masada einquartiert, hatte Walter gelernt, aber einer kleinen, mutigen Gruppe von Juden war es gelungen, die Festung zurückzuerobern. Sie bauten Hütten, einen Tempel, ein Badehaus. Ein Jahr später rückte erneut ein Römerheer an, und, hoffnungslos umzingelt, beschlossen die Siedler – und sie führten es aus, welche Tat!, dachte Walter wieder erschüttert wie als Bub –, sich zu Hunderten in einer Berghöhle gegenseitig das Leben zu nehmen. Keine Heldensage, murmelte er vor sich hin, es gab Zeugen. Zwei Frauen hatten sich mit ihren Kindern versteckt und Bericht erstattet. Wie hieß denn nur der Geschichtsschreiber? Er kniff die Augen zusammen, sog erneut an der Zigarette, warf das Ding zu Boden, ja, genau! Flavius Josephus, De bello Iudaico. In diesem Moment wurde er durch eine Bewegung am Boden irritiert und erkannte am Himmel einen Bussard. Seltsam verloren lag der Platz unter dem kreisenden Schatten. Vor der Klagemauer wiegten die Betenden ihre Oberkörper vor und zurück. Der Vogel flog auf die Hügel zu, die Schwingen zum Gleiten in weiten Kreisen ausgebreitet. Walter verfolgte die Flugspur. Wurde nicht dort oben Jesus gekreuzigt?, fragte er sich vor der Schönheit der todbringenden Bewegung und schloss, bevor der Bussard in der Luft rütteln würde, die Augen.

Da erschien hinter seinen Lidern eine schwarze Wand. Die Tiefe des Schwarz' war nicht vergleichbar mit der Silhouette des Vogels und noch viel weniger mit dem Schatten am Boden. Ein interessantes Phänomen, in der Au an der Donau oft erfahren. Walter genoss es und wartete auf die Fortsetzung. Schnitt. Weiße, dann gelbe Punkte durchbrechen das Schwarz. Schnitt. Die Farbe Rot tritt auf, glühend wie die Lampe am Altar einer katholischen Kirche, das ewige Licht. Schnitt. Er sieht sich als kleinen Jungen an der Hand der Großmutter im Stephansdom. Vor der schwarzen Madonna aus Pécs zündet er eine Kerze an. Ein Lächeln spannte seine Stirn, wie ist das Heiligenbild eigentlich von Ungarn nach Wien gekommen? Er schlug die Augen auf.

Der Hund nagte noch immer an seinem Knochen, die Katze schlief. Zeit zur Heimfahrt! Er ging um den Hund herum, sah einen Mann mit wehenden Gebetslocken auf die Mauer zulaufen; er hielt ein Stück Papier in der Hand. Die Wünsche sollen erhört werden, kam Walter Grünwald in den Sinn, schaden kann es nicht. Entschlossen riss er ein Blatt aus seinem Notizbuch und schrieb, steckte den Zettel zwischen die Steine. Dann ging er weiter.

Am Mittwoch der ersten Dezemberwoche 1939 ließ Georg Polak an einem Tisch in der Mensa die Zeitung sinken; sein Freund kam mit einem Kaffeebecher auf ihn zu. Endlich mal wieder Zeit zum Reden, sagte Walter Grünwald.
Wird sich so schnell nicht wiederholen, mein Bester, setz dich doch. Die Russen haben Finnland überfallen. Du wirst sehen, bald sind die Deutschen auch da. Und nicht nur in Skandinavien; sie werden überall in Europa sein. Ich bin nach Griechenland abkommandiert.
Und wann geht's los?
Ist noch nicht gewiss, aber bald. Du weißt, wie schnell die Deutschen sind.
Sie grinsten beide. Ich werde als Fernmelder bei den Briten arbeiten, meinte Georg, und du, wann und wo hast du den ersten Flugeinsatz?
Überhaupt nicht.
Nicht?
Walter trank einen Schluck und zündete eine Zigarette an. Ich hatte nach London geschrieben, mit zusam-

mengekniffenen Augen schaute er den Rauchringen nach, an die Royal Air Force ... Er wippte mit dem Fuß. Dann beugte er sich weit über den Tisch. Ich darf nicht fliegen, raunte er, ich habe kein J im Pass. Eine Weile rührte er in seinem Kaffee. Georg wartete geduldig. Bald blickte ihn Walter wieder an, die Briten halten mich für einen deutschen Spion. Kannst du dir vorstellen, wie mir zumute war, als ich die Nachricht erhielt? Dabei ist bekannt, dass sie Piloten suchen, ich weiß es aus der Times. Er schob eine Zigarette zwischen die Lippen; seine Hand zitterte, ich bin der Hagana beigetreten; wir helfen den Flüchtlingen aus Europa bei Nacht mit Rettungsbooten. Die Briten haben hier bekanntlich das Sagen und vermeiden, nur um die eigene Haut zu retten, jede Auseinandersetzung mit den Arabern. Sie sind doch nicht so dumm, ihr Mandat für ein paar Juden aufs Spiel zu setzen. Er schlug mit der Faust auf den Tisch, verdammte Sauerei, alle Schiffe aus Europa schicken sie zurück. Georg nickte, er wusste über die Tragödie Bescheid, wer nicht ins Land kam, war dem Tod ausgeliefert, und hob mahnend die Augenbrauen, aber davon kannst du nicht leben, Junge.

Klar, Arbeit im Untergrund ist Ehrensache. Walter rauchte. Inzwischen habe ich mich im Casino umgehört. Ein Major meint, ich könnte am Boden angestellt werden; er würde vermitteln. Für die Arbeit brauche ich ein Auto. Später kann ich als Mechaniker eine Anstellung bekommen.

Ein Auto?

Um die Offiziere zu kutschieren. Na ja. Meine Prüfung zum Mechaniker war in der letzten Woche.
Gratuliere!
Ein Klacks. Ich habe ja meine Maschine selbst flottgemacht, die Schaltung am Lenker durch eine Fußschaltung vom Autofriedhof ersetzt. Na, wie läuft das Schätzchen heute?
Ich kenne keinen besseren Feuerstuhl als deinen, Walter. Steht die Rudge draußen, dann drehen wir gleich eine Runde. Einverstanden? Unsere letzte.
Warum die letzte, Georg? Wenn die Kiste hin ist, bauen wir eine neue, basta. Beide grinsten. Ich sollte einen Vierzylindermotor zusammensetzen. Ein Klacks. Statt in acht habe ich's in vier Stunden geschafft. Auch die theoretische Prüfung war einfach. Ich hatte im Gymnasium einen guten Physikunterricht, und hier auf der Uni habe ich auch einiges gelernt. Sie fragten zum Beispiel nach der Reihenfolge der Zündungen. Du könntest mich im Schlaf ansprechen, ich sagte es dir ohne nachzudenken: Beim Sechszylinder: 1, 5, 3, 6, 2, 4; beim Vierzylinder: 1, 3, 4, 2 aber auch 1, 2, 4, 3. In drei Tagen fange ich als Fahrer an und werde in einem britischen Camp am Karmel übernachten. Das Lager heißt St. Luke.
Aber du hast doch kein Auto!
Inzwischen schon. Ein altes Schätzchen, vom Notgroschen erworben, von meinem Goldschatz.
Du hast einen Goldschatz? Am Nebentisch wandte sich jemand um und warf einen stechenden Blick zu den beiden herüber. Walter beugte sich vor und zischte, das habe ich dir doch schon erzählt.

Georg konnte sich nicht erinnern. Lässig zurückgelehnt, hörte er, Jacques Schnek habe mit seinem Wissen als Zahnarzt Reichstaler für seinen Neffen eingeschmolzen. Die Nazis hätten die schwarzen Scheiben nicht als Gold erkannt; beim Durchsuchen der Gepäckstücke seien sie gründlich gewesen, aber nicht so schlau wie Onkel Jacques. Nach Walters Ankunft in Haifa habe seine Tante Grete alles, was ihr brauchbar schien, einkassiert, ... du hast dafür keine Verwendung! Aber Walter habe ein paar Scheiben retten können und einen klapprigen Austin gekauft; ihn wieder flottzumachen, sei kein Problem gewesen. Georg staunte.

In meinem offenen Viersitzer werde ich die britischen Herren Offiziere zum Gipfel des Karmel chauffieren, sagte Walter, dort ist die Flak postiert. Nicht weit von der jüdischen Nobelsiedlung und dem christlichen Kloster. Auch durch den Negev soll ich die Herren fahren oder zum Hafen. Da wartet das Öl aus dem Irak auf die Verladung nach England. Walter schmunzelte, auch britische Flugzeuge brauchen Sprit. Mal sehen, was auf mich zukommt, Georg. Ein Job als Fahrer ist zwar nicht unbedingt das, was ich erträumt habe. Aber auf jeden Fall besser als unbezahlte Stunden im Nachtclub meines Onkels. Und wer weiß, mein Lieber, vielleicht wird sich bald eine Gelegenheit zum Fliegen ergeben. Irgendwann. Ich habe noch viel zu lernen, aber das erste Zertifikat vom Fernstudiengang aus London habe ich in der Tasche.

Mit Auszeichnung, ergänzte Georg, und du sprichst fließend Englisch.

Auch das habe ich meinem Onkel Jacques zu verdanken. Der hat mich vor Jahren auf die kleinen Fremdsprachenbücher mit der Eule aufmerksam gemacht.
Schon 1937 hast du dein Visum für Amerika beantragt, wenn ich mich recht erinnere.
Ich wollte immer nach Amerika, Georg.
Klar. Indianer! Abenteuer! Jeder Junge träumt davon. Ich habe auch Marc Twain gelesen und ...
Karl May.
Kenne ich nicht. Georg sah in die Luft. Der Raum war dicht besetzt. Mathematische und physikalische Probleme wurden hier diskutiert, Pläne zur Verbesserung der Welt geschmiedet und in den Äther gesandt. Aber immer wieder brach die Lust, sich im offnen Kampf zu bewähren, lauthals hervor. Die Angst vor dem Tod wurde mit Reden und Scherzen vertrieben. Die Mensa summte. An einem Tisch in der Ecke löste sich eine Gruppe auf, an einem andern saß jemand über ein Buch gebeugt.
Statt der Romane von Karl May sind dir die Lebensläufe von Vasco da Gama, Mozart, Spinoza und wer weiß von wem bekannt, sagte Walter.
Übertreib nicht. Georg hielt ihm seine Zigarettendose hin. Sie war silbern und im Inneren des Deckels mit einem Monogramm versehen; er trug sie selten bei sich. Im Schein des Streichholzes leuchtete sein Gesicht auf.
Übrigens, fragte er, nachdem sich seine Wangen in Kuhlen verwandelt hatten und der Rauch ausgestoßen war, hast du Bücher?

Klar, rief Walter, blies Ringe in die Luft, One-storeyed America von Ilja Ilf und Yevgeni Petrov. Zwei russische Journalisten ziehen los, um für die Prawda über das Land der unbegrenzten Möglichkeiten zu berichten. Höchst amüsant, ich kann's dir leihen. In bestem Englisch verfasst.

Nein danke. Griechenland ist angesagt. Was hast du noch? Homer, Platon, Sophokles?

Cooper, Der letzte Mohikaner. Wegen der Widmung habe ich's mitgenommen: „Sei tapfer und wehre dich!" Jetzt wäre der Zeitpunkt. Aber nein! Walter Grünwald darf nicht fliegen, er hat kein J im Pass. Ich bin ein dummer Mensch, Georg! Und fand mich so schlau, als ich am Passamt von Wien in der kurzen Reihe stand!

Was willst du eigentlich in der Luft? Das ist doch gefährlich.

Fliegen ist mein sehnlichster Wunsch. Seit meiner ersten Begegnung mit Ikarus.

Wie alt warst du?

Vier.

Georg lachte schallend. Am Nebentisch wurden die Stühle gerückt; man schlug sich gegenseitig auf den Oberarm, nickte zum Abschied.

Ha! Der früh Erwachte! Begegnet Ikarus mit vier Jahren und Sigmund Freud mit acht! Wenn das kein Omen ist, mein Lieber! Die Auguren sagen, du wirst einmal fliegen, mein Junge! Und auch noch manch anderes tun. Geduld.

Walter stöhnte, Geduld! Ich war sieben oder acht, als mein Vater mir das Tagblatt reichte: Heute fliegt ein

Zeppelin über Wien. Den ganzen Nachmittag stand ich draußen. Ich war sehr aufgeregt! Nichts hätte mich da weglocken können. Ich hatte Glück, um siebzehn Uhr dreizehn zog das Luftschiff über unsere Straße. Fantastisch! Meine Bücher über die Luftfahrt stehen in Wien. Aber die Filme, Georg, kann mir niemand aus dem Schädel reißen. Ich ging oft ins Kino. Auch die Wochenschauen sind hier drin aufbewahrt. Er tippte an die Stirn. Ich erinnere mich sehr gut an die Explosion der Hindenburg. Die LZ 129 explodierte am 6. Mai 1937 in Lakehurst.

Wie kann einen denn ein Unglück in Begeisterung versetzen?, rief Georg angewidert, das sollte einen doch abschrecken!

Glaub mir, ich würde auf der Stelle in jeden Pilotensitz steigen, hab' alles im Kopf. Stattdessen muss ich am Boden arbeiten.

Ich aber freue mich darauf, durch Griechenland zu spazieren. Die Wiege des Abendlandes muss per pedes erobert werden. Platon und Sophokles sind nicht aus der Luft zu genießen, mein Lieber. Flugzeuge werden abgeschossen.

Und wenn schon, Georg! Ich hätte es erlebt. Verstehst du? Einmal die Spitfire fliegen, das wäre was!

Ich verstehe das zwar nicht, aber wenn ich dich so anschaue, weiß ich, du musst es tun.

Schreibst du mir? Hier ist die Nummer von meinem Postfach. Ich habe in Bat Galim eine kleine Wohnung gefunden. Endlich bin ich mein eigener Herr! Nicht weit vom Casino, doch weit genug entfernt. Außerdem bin

ich immer über meine Großmutter zu erreichen. Die Adresse hast du ja.
Abgemacht. Ich werde dich auf dem Laufenden halten. Falls es Postverkehr geben sollte. Und du schreibst nach Tel Aviv an die Freunde meiner Alten. Du kennst sie ja. Vermutlich werde ich hin und wieder den Standort wechseln. Es ist ja Krieg.

*

Ich habe mich bei der Royal Air Force gemeldet, sagte Walter, als er achtundachtzigjährig auf sein Leben zurückblickte, wurde aber nur als *Friendly Attached To Her Majesty's Forces* bei den Briten eingestellt. Du kennst ja den Grund. Er stöhnte. So kann's gehen im Leben. Zuerst denkt man, man hat Glück, und dann … Na ja, doa koanst nix moachen. Ich habe die britischen Offiziere kutschiert; die lasen oder schliefen im Fond. Aber nie haben sie mich auf einen Flugplatz gelassen. Eine Zeit lang war ich Manager der Offizierskantine. Später habe ich als Mechaniker und Fahrer bei der Truppe gearbeitet. Die Unterkünfte waren bescheiden: Zelte oder Hütten. Nach Sonnenuntergang war es im ganzen Land finster. Keine Straßenlaterne brannte. Man durfte nur mit blauem Licht fahren. Wir wurden ja ständig angegriffen. Meine Großmutter zog für Monate mit Grete nach Jerusalem. Die Heilige Stadt würden die Deutschen nicht angreifen, hieß es. Aber Haifa haben sie oft bombardiert – wegen der Ölcontainer im Hafen. Wir lebten ständig in der Furcht, die Deutschen

würde uns in die Zange nehmen. Im Norden rückten sie immer weiter vor, und im Süden war das Afrikakorps unter General Rommel nicht zu stoppen. Die Angst war immer da. Na ja, Ende Oktober 1942 kam die Wende. Unter dem tüchtigen Montgomery schlug die 8. britische Armee die Deutschen vor El Alamein. Aber noch immer drohte der Überfall aus dem Norden. Erst nach der Schlacht von Stalingrad im Februar 1943 konnten wir aufatmen. Es war eine schlimme Zeit.
Nie wollte ich in Palästina bleiben. Ich wollte nach Amerika. Das gelang mir aber erst 1947. Da habe ich auch wieder einen Fehler gemacht. Ich bin ja manchmal so dumm! Du wirst es hören. Ich bin in meinem Leben oft zu spät gekommen. Sammle ich deshalb Uhren?

*

Im Frühjahr 1940 traf im Casino von Bat Galim ein Telegramm von Jacques Schnek ein. Walter erwartete den geliebten Onkel am Hafen. Sein Motorrad war unter einem Jakarandabaum geparkt, abseits von einer Handvoll Wartender. Suchend irrte sein Blick über die Reling; das Schiff war auf dem Weg nach Afrika, und nur wenige orientalisch gekleideter Frauen und Männer verließ es mit Beuteln und Taschen in Haifa. Da fiel ihm eine Geste auf, ein Filzhut, und er meinte, seinen Namen gehört zu haben.
Sollte das Gerippe dort oben etwa Jacques sein, flog es Walter Grünwald durch den Sinn, das Idol seiner

Kindheit, der immer lustige Onkel Jacques, der ihn als Liebesboten entlohnt hatte? Gebannt verfolgte er die Gestalt, während in seinem Kopf die Filmrolle Familienfeste summte: Jacques geistreich, ausgelassen, fasst Mama um die Taille, schwingt sie durchs Zimmer, Papa spielt einen Gassenhauer. Netti ist die Lieblingsschwester des Onkels und Walter seit je sein Lieblingsneffe; großzügig beschenkt er ihn. Zum sechsten Geburtstag ein Fahrrad, zum achten die ersten Skier: *Halt die Bretter zusammen! Wenn du anhalten willst, lass dich fallen, das nennt man Arschbremse.* Jetzt steigt er die Treppe herab, oh weh, er stolpert! Bang verfolgte Walter das Straucheln und atmete erleichtert auf, als die Hand das Geländer erwischte. Wieder flogen seine Gedanken zurück. Im Gebirge ist Onkel Jacques unermüdlich. Kein Gipfel ist ihm zu hoch! Er mietet eine Kabine in Klosterneuburg, segelt mit seinem Neffen die Donau hinauf. Wie viel hat Walter von ihm gelernt! Jetzt war er von Dankbarkeit erfüllt. Das Vorbild seiner Kindheit, Herr Dr. Jacques Schnek, der Arzt und Offizier, der Mann, dem nichts unmöglich ist, auf der Planche ist er unbesiegbar wie auf dem Tennisplatz. Zu jedem Spaß ist er bereit. Diszipliniert und streng, doch immer gut gelaunt und elegant. Wie seine Brüder.

Die Sonne stand im Zenit, als Walter Grünwald auf seinen Onkel zuging. Die Arme auszubreiten, wagte er nicht; er streckte dem Herrn im grauen Anzug seine Hand entgegen, und nur mit Mühe gelang es ihm, sein Erschrecken vor den grauen Augen und den Schweißperlen auf der bleichen Haut zu verbergen.

Bist gewachsen, Bub. Fesch.
Ich freue mich, dass du endlich hier bist, Onkel Jacques. Ich habe dich vermisst. Wie war die Überfahrt? Er wollte die Tasche tragen. Das ließ Jacques nicht zu. Was soll ich dir erzählen, Junge? Ich bin desertiert; du siehst einen Zahnarzt und Exoffizier der deutschösterreichischen Armee auf der Durchreise. Nett, dass du mich abholst. Heute Nacht geht's weiter nach Kenia. Ist das deine Maschine? Alle Achtung! Jacques strich mit der Hand über den Sattel, ging um das Motorrad herum. Ein Hut eilte vorüber, Gebetslocken wehten; ein Paar stand Hand in Hand am Kai, und gemächlich zogen in Gruppen Frauen und Männer in langen Gewändern von dannen.
Das Wort Kenia summte in Walters Kopf, als Jacques den Sozius bestieg und er den Motor anließ, um das Hafengelände zu verlassen, Afrika! Er muss sehr verzweifelt sein. Doch wird er's schaffen. Er ist stark. Auch wenn er jetzt auf den Hund gekommen ist. Die Schiffskarte hat er mit dem letzten Sold bezahlt, sagt er.
Möwen schrien in der Ferne. Nach einer halben Stunde stiegen die Männer die Steintreppe zu Walters neuem Domizil hinauf.
Ich will noch einmal mein Mütterchen umarmen, lächelte Jacques und trat auf den Balkon. Vor ihm rauschte das Meer. Die Luft ist weich wie Samt, nepos carus, flüsterte er und wandte sich wieder der Wohnküche zu, mein lieber Walter, lass dich anschauen. Hübsch hast du's hier. Der Raum war sehr leer. Ein Tisch,

zwei Stühle, eine Holzkiste. Darüber war die Zeichnung einer Blüte an die frisch gekalkte Wand geheftet. Willst du duschen, Onkel Jacques? Gleich ist der Kaffee fertig. Jacques wollte nicht duschen. Er setzte sich an den Tisch und beobachtete, wie der Kaffee neben dem Spülstein aufgegossen wurde und nacheinander Tassen, Gläser, Milch, Zucker und eine Karaffe Wasser auf dem Tisch erschienen.

Endlich saßen sie sich gegenüber – Walter angespannt und in Erwartung. Die Augen seines Onkels waren müde. Hm, der Kaffee ist gut. Du bist gewachsen, Bub. Ach, das sagte ich ja schon! Wie läuft dein Studium?

Ein Großteil des Lehrstoffs ist mir aus dem Physikunterricht, aus meinen Büchern und Schülerexperimenten bekannt. Du hast mir doch den Technikkasten geschenkt, Onkel Jacques. Erinnerst du dich?

Ja, ja, und alle Weihnachten ein Teilchen dazu. Wo steckt deine Dampfmaschine? Die Märklin-Eisenbahn? Dein Vater hat in Berlin eine zweite Lokomotive gekauft. Wir haben oft mit der Eisenbahn gespielt, wir zwei. Erinnerst du dich?

Ich habe mein Spielzeug dem Sohn von der Tinni geschenkt, als sie nach Australien auswanderte.

Ach, ja, dein Cousinchen. Hatte dicke Backen. Ist rechtzeitig aufgebrochen. Klug. Ich werde vergesslich. Wo ist denn ihre Mutter? Verzeih, Walter, aber in den letzten Jahren habe ich den Kontakt zu der Verwandtschaft deines Vaters verloren.

In Shanghai. Sie fuhr allein.

Allein?

Onkel Otto ist doch Silvester an Blutvergiftung gestorben; er war in einen rostigen Nagel getreten.
Ach ja, der lustige Otto. Der Arzt kam zu spät; nun steht die Witwe allein ohne Geld in Shanghai. So geht's heut' in der Welt. Aber in jedem Unglück steckt etwas Gutes, mein Lieber, jetzt sind wir Weltbürger.
Das warst du immer, Onkel Jacques. Erzähl von Mama und Papa!
Jacques schwieg, er rührte in seinem Kaffee. Ab und zu sah er durch die geöffnete Balkontür in den Himmel. Bisher war Walter dem Blick seines Onkels ausgewichen. Er fürchtete, die Augen, die früher so lustig geblitzt hatten, würden gleich wie finnische Seen über die Ufer treten. (Den Ausdruck hatte er irgendwo aufgeschnappt und fand ihn jetzt passend.) Er stierte auf die Tischplatte, dann auf den Krawattenknoten seines Gastes. Bitte, Onkel Jacques!
Ach, Kleiner. Frag nicht nach ihnen! Es geht ihnen gut. Mach dir keine Sorgen!
Gut?
Gut ist heutzutage nicht mehr gut. Links ist nicht mehr links. Die Autos fahren rechts. Die Welt ist aus den Fugen geraten. Sie hat ihre Zunge verloren; die Wörter sind hohl. Wie ein Zahn, der gezogen werden muss. Stinkt. Dies ist keine gute Zeit, Walter. Aber deine Eltern leben.
Ich will alles wissen, Onkel Jacques, wie leben sie?
Also höre, ich übertreibe nicht. Es geschehen seltsame Dinge ... Dein Kaffee ist gut, Bub, und für eine Wüstenzone beziehungsweise für einen Junggesellenhaushalt am Rand der Wüste äußerst elegant serviert.

Walter horchte auf jedes der Worte, die sich nur mit Mühe von den Lippen seines Onkels lösten, und merkte gar nicht, dass seine Hände die ganze Zeit mit dem gerahmten Foto spielten, das gewöhnlich auf dem Tisch stand. Erfreut griff Jacques nach dem Strohhalm, was streichelst du denn da immerzu? Darf ich sehen? Walter reichte ihm das gerahmte Brustbild.
Oho, die Dame ist wunderschön, und da erkenne ich ja auch die Tasse, aus der ich trinke. Wie an Festtagen bei deinen Eltern. Verschwörerisch zwinkerte Jacques seinem Neffen zu, bist nobel ausgewandert, Walter, mein Kompliment.
Die Tasse ist ein Geschenk von Fella.
Von dieser reizenden Person hier? Das Bild wippte in seiner Hand.
Einmal war sie bei uns in der Hollandstraße. Du hast sie in unserm Café kennengelernt, Onkel Jacques.
Irgendwie kam mir das Gesicht doch bekannt vor. Trug sie nicht einen Zopf? Jacques hob das Bild dicht vor die Augen, worauf Walter schmunzelte, sie trug ihn hinten.
In Wien hast du wohl von ihr geträumt. Stimmt's? Jacques' Augen suchten den Blick des Neffen, aber müde ertrank sein Lächeln in grauen Falten, du hast mir das Fräulein im Kommerz vorgestellt. Jetzt erinnere ich mich. Das war sehr nett von dir, Walter. Ein hübsches Ding. Wieder schaute er auf die Fotografie und schob dann im Tonfall seiner glänzenden Epoche nach, hast du sie im Griff?
Ich liebe sie, sagte Walter leise.

Die Liebe! Ja. Du bist jung, da glaubt man noch an die Liebe, mein Kleiner, genieße die Stunden! Er stellte das Bildchen wieder auf den Tisch. Schmeckt bitter, der Tag. In diesen Zeiten. Es werden andere kommen. Aber dein Kaffee ist gut. Wieder entstand eine Pause. Dann fuhr Jacques mit veränderter Stimme fort, hör zu, Walter, ich muss dich um etwas bitten.
Um was, Onkel Jacques? Ich erfülle dir jeden Wunsch, rief Walter Grünwald und beugte sich weit über den Tisch, um hören zu können, was sein Onkel verschwieg.
Ach, was ..., war eine vage Idee. Er trat hinaus auf den Balkon, Walter folgte ihm; Jacques stützte seine Hände auf die Brüstung. Die Sonne stach. Sie rauchten.
Ich muss doch in Afrika mit irgendwas anfangen, mit etwas Praktischem, Bub.
Das verstehe ich, Onkel Jacques.
Du? Was verstehst denn du, pardon, mon cher, von lebenspraktischen Dingen – abgesehen von Rädern und Kurbeln aus dem Technikkasten? Hier bist du ja unschlagbar.
Ich habe in Wien auch was Praktisches gelernt, Onkel Jacques!
Du machst mich neugierig.
Mit dem Stolz eines kleinen Jungen begann Walter zu erzählen. Wie früher wollte er vor seinem Onkel bestehen. Er blies den Zigarettenrauch aus dem Mundwinkel in die Luft und sprach von Willi Weinberger. Der sei in Ordnung, habe zwar nach der dritten Klasse das Gymnasium verlassen, doch habe die Freund-

schaft bis heute gehalten. Einen Monat nach seiner Lehre zum Orthopädieschuhmacher, Jacques solle sich das vorstellen, habe der Prachtkerl ein Geschäft im 2. Bezirk eröffnet. Es sei gut gelaufen. Aber im Augenblick wüsste Walter nicht, wo der Kerl stecke. Das wirst du irgendwann erfahren, sagte Jacques und legte seinem Neffen den Arm um die Schulter, in schweren Zeiten sind Kontakte zu Freunden lebenswichtig. Vielleicht war dein Willi auf demselben Schiff wie ich. Nur den Kopf nicht hängen lassen, Junge. Abwarten und …, Jacques hob wie damals seinen Zeigefinger, sich dennoch regen! Willi Weinberger habe ihm beigebracht, wie man Einlagen anfertigt, führte Walter weiter aus, ohne darüber nachzudenken, dass er den anderen mit seinem Reden langweilen könnte. Man müsse in der Fremde doch fähig sein, etwas mit der Hand herzustellen, sagte er, etwas, was immer und überall auf der Welt fehlen könnte. Also habe er in Willis Werkstatt das Anfertigen orthopädischer Einlagen erlernt. Gesunde Füße seien schließlich für jeden Menschen wichtig, und bot sofort an, Jacques' Füße zu prüfen, falls er es wolle. Der wollte nicht. Ihn interessierte etwas ganz anderes als Platt-, Spreiz-, Senk- oder weiß-der-Teufel-was-für-Füße. Merci, merci. Du bist ein Superschlauer; das wusste ich immer, sagte er gnädig.

Bist du hungrig?, fragte Walter, durch seinen Redeschwall entspannt, magst du Marillenknödel, Onkel Jacques? Schnell gemacht. Die Marillen sind gut hier.

Marillenknödel in Haifa! Jacques zog die linke Augenbraue in spitzem Winkel in die Höhe, das klingt verlo-

ckend. Aber lass nur, Bub, wir werden bei deiner Tante und ihrem Ungarn speisen. Allerdings hat mein Schwesterlein nie gut gekocht. Hat sie's inzwischen gelernt? – Mir wird es hier draußen zu heiß. Lass uns reingehen!
In Ordnung, war die Antwort des Neffen, bleibt die Küche kalt, und sie setzten sich wieder auf die einzigen Stühle der Wohnung. Tante Grete kocht nie. Das hat Großmutter übernommen. Nachts ist ein arabischer Koch angestellt. Der ist nicht schlecht. Aber, wie du ja weißt, habe ich bei Großmama gelernt.
Mein Mütterlein! Eine Meisterin der Wiener Küche. Sollen wir sie mal anrufen?
Ich habe kein Telefon. Leider! Dafür reicht das Geld nicht. Aber sie erwarten dich, du hast ihnen doch ein Telegramm geschickt.
Wie gefällt dir denn dein neuer Onkel, Arnold Eisenmann aus Ungarn? Ich hatte noch nicht die Ehre, ihm zu begegnen.
Sei froh!
Auch gut. Gewappnet zieht man besser in den Krieg als nackt.
Du wolltest von Mama und Papa erzählen.
Wenn es denn sein muss! Jacques stöhnte. Also: Bevor ich desertiert bin ..., es gibt da Gerüchte, weißt du ... Liest du hier Zeitung? Man wollte mich nach Polen schicken. Also ..., es gab Gerüchte über Lager, Walter, üble Gerüchte ... Deshalb bin ich abgehauen. Ein Deserteur auf der Flucht. Wieder entstand eine Pause. Jacques rauchte, und Walter beugte wie schon einmal seinen Oberkörper über die Tischplatte, um keins der

leise hervorgestoßenen Worte zu überhören: Erinnerst du dich noch an meine geheime Schnekmission nach Schweden? Wir Schneks sind kluge Leute.
Ich weiß, ich bin der schneksche Enkel, fiel Walter ein, aber auch ein Grünwald! Wir sind eine große Familie. Das ist etwas Schönes.
Mit Flecken, mein lieber Neffe, mit Flecken.
Ich weiß.
Oder besser gesagt, mit Gestank. Mein feiner Schwager, Acki Hatzeltaler, der emsige Maler, auch ein Onkel von dir, hat sich als dicker Nazi entpuppt.
Aber du warst doch selbst bei der deutschen Armee, Onkel Jacques!
Das war etwas anderes, Bub. Einer musste doch die Familie schützen! Aber dem Hatzeltaler ist der Größenwahn zu Kopfe gestiegen. Sei auf der Hut. Der Kerl ist gefährlich! Abgesehen davon, dass er jetzt blendend im Geschäft ist; er ist berühmt, seine Gemälde werden hoch gehandelt.
Das Ölporträt von deiner Mutter ist ihm gut gelungen.
Es entstand vor vielen Jahren, Walter, als die Welt noch in Ordnung war. Wie fühlt sich die liebe Dame hier, hat sie sich eingelebt? Diese Hitze ist ja unerträglich. Jacques fuhr mit einem Taschentuch, das einmal weiß gewesen war, über sein Gesicht. Wie muss es hier im Hochsommer sein!
Man gewöhnt sich, Onkel Jacques. Walter begegnete dem Blick seines Onkels, wich ihm aus und sagte hastig: Du fragst nach Großmutter. Sie hütet das Baby.

Ich weiß. Oft genug hat sie gesagt, für dieses Enkelkind fahre ich bis nach Palästina. Wie heißt das Sternchen? Ist's ein Bub oder ein Mädel?
Aviva. Ein hebräischer Name, bedeutet Frühling.
Hübsch. Ich hatte es vergessen, verzeih, ich werde alt. Sie hat es ja geschrieben! Du siehst, wie weit es mit mir gekommen ist. Ich vergesse schon den Namen meiner Nichte! Schließlich ist ihre Mutter meine Schwester. Ja, ein kluges Mädchen, die Grete, das kann man nicht anders sagen: Nennt ihre Tochter Aviva!
Apropos Tante Grete. Sie hat mich zum Geldverleiher begleitet. Ich brauchte doch tausend Dollar für das Visum für Mama und Papa, fehlte nur noch die Unterschrift.
Das hast du gut gemacht, Bub!
Nichts da! Der Kerl hat geschrien: Einem Caféhausbesitzer Grünwald gebe ich mein Geld nicht, das ist ein Verbrecher!
Der meinte den Ferdinand, klar; der hat krumme Geschäfte gemacht, saß im Knast.
Das wusste ich nicht.
Aber Grete wusste es.
Sie hat im Büro kein einziges Wort gesagt! Kannst du das verstehen?
Typisch. Ein Miststück. Sie ging doch in Wien ein und aus im Café vom Ferdinand. Der ist längst in Amerika. Jacques' Stimme wurde lebhaft. Aber seine Adoptivtochter, die Fritzi, erinnerst du dich an deine stille Cousine?, hat er in Wien zurückgelassen. Die Nazis haben sie in eine Batteriefabrik gezwungen. Jenne hat's mir

gesagt. Weiß der Kuckuck, wo der jetzt steckt. Die Welt ist verroht, Walter! Früher hat eine Familie zusammengehalten. Aber wenn Gewalt herrscht, ist das Böse am Zug und setzt uns alle matt.

Nicht alle, Onkel Jacques. Du bist anders, fürchtest dich nicht. Du kämpfst, setzt für uns alle dein Leben aufs Spiel. Als du von Schweden aus in der Hollandstraße angerufen hast, war ich sehr aufgeregt.

Du warst aufgeregt, Bub? Ein heller Glanz durchbrach den Grauschleier auf Jacques' Augen, das war eine gute Unternehmung! Er rieb seine Hände, und Walter sah die alte Abenteuerlust in ihm aufblitzen, sprang auf, um die Wasserkaraffe neu zu füllen, und setzte sich wieder.

Das Wasser tut gut bei dieser unerträglichen Hitze hier in dieser Stadt. Danke, lächelte Jacques und fuhr sogleich fort: Ich hatte mich aus der Krankenstation geschlichen.

Ein Telefonat aus Schweden, Onkel Jacques, rief Walter. Zum ersten Mal an diesem Nachmittag sah er seinem Onkel frei in die Augen, das hatte ich noch nicht erlebt. War wirklich sehr aufregend. Für mich warst du und wirst du immer ein Held bleiben. Aber deine Mutter hatte große Angst, in jeder Minute dachte sie an dich. Ich weiß es, obwohl sie nichts gesagt hat. Ich kenne ihre Blicke. Auch meine Eltern haben gezittert. Wir haben alle um dich gebangt.

Um mich oder um die Juwelen? Die trug ich ja unter meinem Herzen. Pathetisch führte Jacques seine Hände auf den Unterleib!

Du Scherzkeks!, rief Walter, endlich bist du wieder der Alte.
Im Vertrauen, Junge ..., das muss unter uns Männern bleiben. Was meinst du, wie es mir im Zug erging? Mit den Juwelen unterm Verband. Der Blinddarm war perforiert und noch längst nicht verheilt. Dazu die Aufregung. Ich konnte den Lokus die ganze Zeit nicht verlassen.
Du Armer.
Das Beste an der Sache war: Es hat geklappt. Die gute alte Post hat den Familienschatz der Schneks brav von Schweden nach Palästina befördert. Ich muss schon sagen, mein Blinddarm war zur rechten Zeit geplatzt.
Du musst doch große Schmerzen gehabt haben!
Schmerzen? Darüber spricht man nicht. Ich hatte nur zwei Tage Zeit, damit die Sache nicht auffiel.
Auf dich ist Verlass, Onkel Jacques. Du warst schon immer mein Vorbild. Du bist ein wahrer Held. Walters Scheu war nun endlich dahin. Er fühlte sich gut wie früher in Wien, wenn er mit seinem Onkel zusammen war.
Ich tat nur meine Pflicht, Walter. Jacques trat auf den Balkon, und erst nach einer Weile kehrte er zurück, leerte sein Glas bis zum letzten Tropfen und setzte es so hart auf der Tischplatte ab, dass die Stille, die für Minuten eingetreten war, unter den Worten zersprang, dein Vater ist ein Held.
Papa? Er war doch immer so weich, dachte Walter, hat mich geküsst; das mochte ich nicht. Verwundert rief er, erzähl.

Also ... Bei Nacht führe ich Mathias auf Schleichwegen zur Grenze. Es ist stockfinster. Lauf durch den Wald, sage ich, dann bist du in der Schweiz. Er umarmt mich und rennt los. Fünf Tage später begleite ich deine Mutter. Lauf, Netti, dann bist du in der Schweiz. Ich gebe ihr einen Kuss, schiebe sie vorwärts. Los! Sie aber steht starr. Nur Mut! Mathias wartet da drüben auf dich, sage ich. Ich kann meine Schwester im Finstern nicht sehen, aber ich spüre sie. Seit je habe ich sie lieb. Sie rührt sich nicht. Die Zeit verstreicht. Mit der Sturheit deiner Mutter hatte ich nicht gerechnet. Oder war es die Angst vorm Wald, vor der Einsamkeit? Ich Depp, hätte ein Pferd organisieren müssen! *Vor dem Anschluss* ritt sie ja jede Woche; ihr Hengst wäre galoppiert. Jacques schwieg einen Moment lang, zündete eine Zigarette an und reckte beim Ausatmen sein Kinn in die Höhe. Was sagt meine Schwester im Angesicht der Freiheit? Ich gehe nach Wien zurück, sagt sie.
Zurück nach Wien? Walter riss die Augen auf.
Wien ist nicht mehr Wien, mein Junge. Nach einer Weile fuhr er tonlos fort: Ich gehe mit dir zurück, flüstert sie und stapft in Richtung Wien.
Wahnsinn!
Du hast recht, Bub, die Welt ist wahnsinnig geworden. Aber ich konnte sie unmöglich hinüberführen, wir hatten zu viel Zeit verloren, ich musste zurück zu meiner Einheit. Wir gehen und gehen. Nach einer Stunde sagt sie: Das Café! Ich habe es nie allein gelassen.
Für das Café hat sie auf ihre Freiheit verzichtet?

Ein Vorwand, Bub. Was tut der Mensch nicht alles in schlimmen Zeiten! Dabei durfte Netti zu diesem Zeitpunkt ihr Café schon nicht mehr betreten. Jacques trank Wasser, fuhr mit der Hand über die Stirn, er stöhnte. Jetzt fällt mir euer sauberer Kellner wieder ein, war überflink, der Rudolf ...
Hat mir die Lippe blutig geschlagen.
Der konnte weit mehr als auf Kinderlippen boxen. Nachdem wir dich und deine Großmutter im Sommer 38 zum Bahnhof gebracht hatten, hat der Kerl tatsächlich gesagt, er wäre ab sofort der Chef im Café. Ein feines Bürschchen, der Rudolf! Dein Vater hat ihn angezeigt. Und was denkst du, die Nazis sind ja für Ordnung bekannt, sie haben ihn für eine Woche eingebuchtet.
Na, so was!
Das ist nicht alles. Bald darauf bietet ein SS-Mann deinen Eltern einen Spottpreis für ihr Café an.
Ein gutes Café, das Kommerz, rief Walter.
Dein Vater weigert sich zu verkaufen. Da droht das Schwein ihm mit KZ. Was bleibt deinen Eltern übrig? Sie schlagen in den Handel ein. Aber! Horch! Nach einem halben Jahr taucht der Schuft wieder auf ..., das Café sei schlecht, es kämen keine Kunden!
Das Kommerz liegt doch in der Leopoldstadt!, warf Walter ein, Juden dürfen ...
Und können auch nicht! Wovon hätten sie einen Kaffee zahlen sollen, da ihnen alles genommen war? Aber das Scheusal hat die Stirn, die volle Summe zurückzuverlangen. Und deine Eltern geben ihm das Geld. Jetzt

stehen sie ohne Einkünfte da. Dennoch sagt meine Schwester an der Schweizer Grenze, während drüben ihr Mann auf sie wartet, sie dürfe das Café nicht allein lassen. Sag, Walter, ist deine Mutter verrückt geworden? Tonlos fielen die Worte auf die Tischplatte: Wir sind alle verrückt. Wieder entstand eine Pause.
Weiter, Onkel Jacques. Was geschah dann?
Jacques ging im Zimmer auf und ab. Dann blieb er stehen, sah sich im Raum um, trat auf den Balkon und sank schließlich wieder auf seinen Stuhl. Dem Neffen gegenüber, der ihm atemlos mit seinem Blick gefolgt war. Als dein Vater merkt, dass Netti zum verabredeten Termin nicht erscheint, ruft er bei Nannerl an.
Sie hat das Handarbeitsgeschäft in Großmutters Haus. Auch das haben die Nazis einkassiert; jetzt ist sie auf dem Weg nach Ungarn. Da muss ich dir noch was sagen, Junge, etwas Wichtiges, hör zu: Das Haus in der Raffaelgasse gehört deiner Mutter. Meine Eltern haben es vor zwanzig Jahren Jeanette vermacht! Vergiss das nicht, Walter Grünwald! Die Söhne der Familie Schnek erhielten die beste Berufsausbildung und die Töchter je ein Haus oder ein Grundstück. Vielleicht kehrst du ja einmal nach Wien zurück.
Niemals, schrie Walter, du wolltest von Papa berichten, bitte, Onkel Jacques.
Er kehrte zurück.
Nach Wien?
Zu seiner Netti, ja. Dein Vater liebt seine Frau mehr als sein Leben.
Du hast recht, Onkel Jacques, er ist ein Held.

Walter trat hinaus auf den Balkon. Seine Lippen waren stumm, als sein Herz schrie, hört mich, ihr Wasser. In euren Flüssen sammelt ihr die Tränen der Verzweiflung, der Trauer und auch die Tränen der Liebe. Das sind die teuersten, die alles erhalten. Ist der Schmerz nicht am größten, wo jemand liebt? Nehmt meine Liebe auf. Ein Mann weint nicht, ein Mann steht am Strand von Haifa, ein Sohn. Tragt meine Grüße hinüber zum Bosporus und weiter durch das Kaspische Meer die Donau hinauf, immer weiter, bis ihr den Fuß meiner Stadt streift. Eine verpestete Stadt, wo meine Eltern sind.

Auf der Rudge fuhren die beiden zum Casino. Jacques hielt seine Tasche auf dem Sozius fest, er reiste mit leichtem Gepäck.
Walter sah auf die Fahrbahn, Jacques sah aufs Meer. Er kannte Sonnenuntergänge, schloss die Augen. Die Sonne verschwindet wie das pralle Leben, das man geführt hat. Ein Schilling im Schlitz einer Spardose; der Schlüssel ist verloren ... Die Farce ist bekannt, brüllte er, den Kopf jetzt dem Berg zugewandt, fahr schneller, Junge.
Noch tiefer beugte sich der Fahrer über den Lenker, während hinter seinem Rücken ein Augenpaar auf Büsche und Kakteen starrte, die von der Nacht überzogen waren, als der Gipfel des Karmelbergs noch glühte.

Grete hatte den Tisch festlich gedeckt. Kerzen brannten. Am Kopf der Tafel saß Arnold Eisenmann; er besaß einen britischen Pass.

Zu Ehren seines neuen Schwagers erhob er sein Glas: Angenehm, die Familie wachsen zu sehen. Höchst angenehm! Zuerst ist man arm und allein in der Fremde. In Haifa begegnet man einer Frau, bekommt ein Kind, schon ist der Hausstand gegründet. Das Einkommen ist bescheiden. Die Schwiegermama trifft ein, eine liebe Kinderfrau, und der Neffe, anstellig und nicht dumm. Nun ist endlich auch der Bruder der Frau zu uns gekommen. Prosit, Jacques! Auf das Wohl unserer Familie, mein lieber Schwager. Er hob das Glas an die Lippen, trank aber nicht, sondern atmete durch die Nase und flüsterte mit weicher Stimme, ich bin dein Bruder, Jacques, ich heiße Arnold. Darauf nickte der Direktor der Nachtbar von Bat Galim dem Gast zu, trank und wies mit großer Geste auf die Mazzakugeln, die gefüllten Eier, den Lammfleischgulasch mit Mejrenzimmes. Die Schüsseln wanderten vom Haupt der Familie zum Ehrengast des Abends und weiter zu Grete. Sie trug ihr grünes Kleid, schulternfrei, und hatte eine Stola umgelegt. Ihre Lippen waren sehr rot. In einer weichen Rolle umrahmte das dunkelblonde Haar ihr Gesicht. Katharina Schnek saß in einem Kattunkleid mit weit ausladendem Kragen ihrem Schwiegersohn gegenüber; im Ausschnitt hing ein goldenes Amulett; sie legte es niemals ab. Rechts von ihr Aviva und Walter. Die Platten kreisten. Nichts war zu hören als das Klappern der Bestecke, aber Totenstille trat ein, als es unterbrochen wurde: Wo sind die Juwelen? Grete zuckte zusammen. Sie trat ihren Bruder unterm Tisch, zischte, jetzt nicht! Wo sind die Juwelen? Jacques sprach leise, betonte jede Silbe, ich

habe sie euch vor einem Jahr aus Schweden geschickt. (Das makabre Mahl würde spät enden, sein Schiff wird um Mitternacht in See stechen.)
Die Juwelen?!
Der runde Mann am Kopf des Tisches lachte, bis Tränen in seinen Schnurrbart rannen. Er hob die fetten Arme, die Zeigefinger kreisten wie Insekten in der Luft, die Serviette lag breit auf seiner Brust. Schau dich um, Schwager, schau dich in meinem Häuschen um! Siehst du Juwelen? Mit dem Zipfel der Serviette wischte er über seine Lippen; sie glänzten. Deine Mutter lebt bei uns, sie isst und trinkt an meinem Tisch! Es ist auch ihr Haus, schob er mit der Betonung auf dem Wort *ihr* nach, als er sah, wie Jacques noch tiefer erbleichte, während er selbst die buschigen Augenbrauen in die Höhe zog; seine Tränensäcke zitterten.
Was soll das heißen, Grete?
Keinem wird in der Fremde was geschenkt, mein lieber Bruder. Wir haben hier ein Nest gebaut – für unsere Mutter, unseren Neffen und auch für dich, Jacques, und für alle, die noch kommen werden.
Mama! Was soll das bedeuten?
Ich kann schon lange nichts mehr sagen, mein Junge. Nimm meine Ohrringe! Sie sind übrig geblieben von dem, was euer Vater mir hinterlassen hat. Für schlechte Zeiten, hat er gesagt, denn die folgen immer auf gute. Sie griff nach ihren Ohrläppchen und auch nach dem Amulett.
Lass das, Mama! Ich hatte gedacht, ich könnte hier Unterstützung für meine ersten Tage in Afrika bekom-

men. Die Juwelen sind von großem Wert, sie sind unser Familienvermögen, hast du in Wien versichert, Mama, bevor ich sie von Schweden hierher schickte, sie sind unsere Reserve, werden uns alle über Wasser halten.
Darauf riss Arnold seine Serviette aus dem Kragen und klatschte sie auf den Tisch. Warum hast du sie nicht selbst in Münzen umgetauscht, du Liederjan?, brüllte er.
Komm, Walter, lass uns gehen, zischte Jacques und stieß seinen Stuhl zurück, wo man die eigene Haut auf Kosten anderer rettet, haben wir nichts verloren. Bring mich fort von hier. Darauf ging er auf Katharina Schnek zu.
Sie stand schon an der Tür. Im Korridor nahm Jacques seine Mutter in die Arme. Walter folgte still. Danke, mein Jacqui, dass ich dich noch einmal sehen durfte, flüsterte sie und strich zum letzten Mal, wie sie meinte, über das Haar ihres Sohnes. Jacques aber ergriff ihre Hände, Weihnachten sehen wir uns wieder, Mama.
Ja, Bub, Weihnachten. Ich backe Meringue; die magst du so gern. Ihre Lippen zitterten.
Es wird vielleicht drei Jahre dauern, Mamachen, vielleicht auch mehr. Sie nickte ernst, griff nach den Ohrringen. Nein, nein! Stürmisch riss Jacques seine Mutter zum dritten Mal an diesem Abend an sich, die sollst du immer tragen, meine geliebte Mama. Ich komme schon zurecht, du kennst mich doch. Er legte seinen Kopf auf ihr Haar und dann löste er sich von ihr, ich

schreibe dir, Mamachen! Unser Walter wird mir helfen. Servus. Jacques riss die Haustür auf, komm, Junge.
Der Motor heulte auf. Nach kurzer Fahrt erreichten sie Walters Klause.

Verbrecher, Betrüger, Diebsgesindel, schimpfte Jacques in der Wohnküche, die jetzt viel zu klein für seine Schritte war. Nimm dich in acht vor diesem Arnold. Ein gefährlicher Hund. Hat nichts und sackt das Geld anderer Leute ein, gibt es als sein Eigentum aus! Und Grete! ... Nie hatte ich was mit ihr zu tun. Netti war meine Lieblingsschwester; doch ihr konnte ich nicht helfen! Auch Nannerl habe ich lieb. Sie will nach Ungarn, hat sie gesagt, zu dem Bruder dieses Arnold Eisenmann. Wenn der nur nicht auch so ein Schweinehund ist! Na ja, meine Brüder sind keine Schufte, obwohl meine Schwester ein Luder ist. Wie konnte sie so werden! Wir hatten doch dieselben Eltern! Aber wenn Shiva, der Gott des Tanzes, schläft, erwacht das Monster und zieht verheerend über die Erde, schrieb vor mehr als dreitausend Jahren der Weise in Indien. Jetzt ist es wieder einmal so weit, und Apasmarapuruscha, die Personifikation der Unwissenheit, Bosheit und Trägheit des Herzens schlägt zu.
Das ist gut gesagt, Walter war begeistert, Trägheit des Herzens. Das werde ich mir merken.
Hüte dich vor dem Bösen, mein lieber Walter, lass dich niemals mitreißen! Überall auf der Welt streckt dieses Monster seine Krallen aus. Zurzeit wütet es in Europa. Bald wird es am andern Ende der Erde brennen.

Ich werde niemals träge sein.
Herzensträgheit, Junge.
Herzensträgheit, wiederholte Walter, unverstellbar in der letzten Konsequenz. Wir haben die Anfänge gesehen, flüsterte er, als seien alle Federn aus seinen Flügeln gefallen, und es war einmal so schön ...
Ja, wir hatten ein gutes Leben, Walter, das hatten wir! Das kann uns niemand nehmen. Und so soll es wieder werden, fügte Jacques mit fester Stimme hinzu.
Ich bin ein Feigling, Onkel Jacques, ich habe nicht gekämpft, schrie Walter auf.
Das Böse, Jacques sprach langsam und leise, ist nicht zu bekämpfen – wie der Wahnsinn. Ohnmächtig stehst du vor beidem.
Aber man muss etwas dagegen tun! Irgendetwas muss man tun!
Unterwandern, Junge! Wie ich es in der Armee versucht habe, bis ich das Unaussprechliche erfuhr. Wenn du keine Möglichkeit zur Veränderung siehst, musst du weichen, Bub. Fliehen. Abtauchen.
Aber Mama!
Sie ist eine starke Frau. Vielleicht ist sie auch ein bisschen verrückt. Vor Hoffnung, wer weiß? Netti war immer ein kapriziöses Mädchen, sie ist ein bizarrer Mensch, tat zu jeder Zeit, was niemand erwartete. Deshalb liebe ich sie. Deine Eltern werden durchkommen, verlass dich drauf, sie sind klug. Und, was in diesen Zeiten das Allerwichtigste ist, sie lieben sich. Sie sind nicht allein.
Danke, Onkel Jacques.

Hör zu! Ich muss zurück aufs Schiff. Aber ich bin pleite. Willst du mir helfen, damit ich in Afrika beginnen kann?
Mein Bargeld reicht für eine Tankfüllung. Ich habe auf Arnolds Rat hin drei Tiefkühltruhen gekauft und bei ihm deponiert; mein Sold ist hin. Aber hier sind ein paar Dollar, Onkel Jacques. Bitte.
Nein, nein, Junge, steck die Scheine ein. Ich bitte dich um etwas ganz anderes. Ich habe es dir einmal geschenkt ...
Das Einzige, was ich hier von dir habe, ist die Leica.
Borgst du sie mir? Es fällt mir schwer, dich darum zu bitten. Aber sie wäre ein erster Schritt in Afrika ... Es wird sich schon was ergeben. Irgendwann werde ich ja schließlich einen Posten als Zahnarzt finden; jeder Mensch braucht gesunde Zähne. Noch aber ist es nicht so weit, Junge. Der Anfang ist schwer. Überall auf der Welt. Auf dem Schiff könnte ich Passagiere fotografieren – für ein Nachtmahl. Man braucht nicht viel zum Überleben. Taschengeld habe ich. Walter lief ins Schlafzimmer und kehrte sogleich zurück. Hier ist der Apparat, Onkel Jacques.
Du bist mein Retter, rief Jacques. Sein Arm stand ausgestreckt in der Luft. Aber, Walter, jetzt kannst du ja selbst nicht mehr fotografieren!
Mach dir deshalb keine Gedanken. Im Koffer ist meine alte Agfa; die habe ich für fünf Schilling ersteigert. Warte, Onkel Jacques, ich wechsle den Film, habe immer einen in Reserve.
Das ist nicht nötig, Bub.

Doch, doch, der Film ist mir wichtig. Vielleicht werde ich Fella so nie wiedersehen. Der Augenblick war so schön. Nichts ist wiederholbar, hast du oft gesagt.
Du warst immer ein guter Schüler, Walter, mein bester!
Und du mein liebster Onkel. Schreibst du mir?
Klar. Unser Leben lang werden wir uns Briefe schicken. Bis wir wieder zusammen in einer Stadt wohnen, sagte Walter, und jetzt braue ich uns einen feinen Kaffee.
Jacques' Versuch zu lächeln misslang. Doch das sah Walter Grünwald nicht. Er zündete den Gaskocher unter einem Kupfertöpfchen an; der Griff war zierlich und ragte kühn in den Raum.

KAPITEL 6

Während der Jahre 1940 bis 1946 arbeitete Walter Grünwald, Friendly Attached To Her Majesty's Forces, als Chauffeur, Mechaniker und Lastwagenfahrer. Ein halbes Jahr lang leitete er die Offizierskantine von St. Luke. Regelmäßig wurde sein Lohn auf die Barclay-Bank überwiesen. Bald sprach er fließend Englisch. Ab 1941 transportierte er Wassertanks und Munitionswagen zu den britischen Truppen in Ägypten. Er übernachtete in Zelten in St. Luke bei Haifa, in Ramala, im Sinai. Nur selten erhielt er Urlaub. In freien Stunden schrieb er Briefe.

1. Mai 1940

Liebste Fella!
Dein Brief hat mich glücklich gemacht. Ich danke Dir, mein Herz. Das Leben ist fad ohne Dich. Wenn ich aufwache, nehme ich Dich in meine Arme, und wenn ich hinterm Steuer sitze, brennst Du in mir.
Endlich eine gute Nachricht, mein Morgen- und Abendstern! Bald bin ich bei Dir. In zwei Wochen erwartet uns mein Zimmer mit Meeresblick. Vom 13. bis zum 17. des Monats. Notier Dir den Termin. Bitte, bitte, halte die Tage frei! Deine Tasse hat dort einen Ehrenplatz. Hier im Lager würde sie zerbrechen. Jede Sekunde will ich mit Dir, nur mit Dir verbringen. Wenn Du mal Luft schnappen musst, gehen wir ans Meer. Aber schnell

wieder zurück. Soll ich Dir im Persischen Garten ein Chamäleon fangen? Wie viele Tassen hast Du inzwischen bemalt? Hoffentlich nicht unsere Vögel verkauft! Ich würde so gerne Deine neuesten Werke sehen! Nun muss ich schließen, Liebling. Die Arbeit ruft.
Dein Walter,
der sich vor Sehnsucht nach Dir verzehrt

3. Mai 1940

Meine Allerallerliebste!
Hurra. In zehn Tagen ist es so weit, mein Schatz, ich kann es kaum erwarten. Was tust Du im Moment? Ich stelle mir vor, Du liegst in der Badewanne. Oder malst Du? Bist Du im Kino? Ich werde Dich am 13. um zehn Uhr vormittags in der Allenbystraße abholen. Nicht verschlafen! Hast du schon einmal einen Hund mit blauen Augen gesehen? Gestern saß so ein Tierchen in meinem offenen Wagen auf der Rückbank. Ein lieber Hund. Als ich ihn anschaute, spitzte er die Ohren. Sein Kopf stand schief, und ich dachte, er lacht. So hell blitzten seine Augen. Im Negev platzte ein Reifen; der Offizier wurde nervös. Aber sein Hund! Denk Dir nur, der passte auf! So war der Reifenwechsel ein Kinderspiel. Der Hund mit den blauen Augen hat nämlich eine kräftige Stimme. Man weiß ja nie, wer hinter dem nächsten Busch lauert. Mit ihm fühlte ich mich sicher. So wie früher, wenn ich mit meinem Rolf unterwegs war. Schade, dass der nicht bei mir ist.

Tausend Küsse,
Dein Walter,
der Dich bald fest in den Armen hält und nicht mehr loslässt

15. Juli 1940

Lieber Georg!
Seit einem halben Jahr haben wir uns nicht gesehen. Die Deutschen sind jetzt schon in Paris. Rotterdam ist zerstört. Holland, Belgien und Luxemburg haben sie überrannt. Jetzt werfen sie ihre Bomben über England ab. Wie gern würde ich jetzt fliegen und kämpfen! Aber was bin ich? Ein Kantinenmanager. Eine fade Beschäftigung. Das einzig Positive an der Sache ist die bessere Bezahlung und warmes Wasser. Bevor der Betrieb losgeht, kann ich mich in der Küche rasieren. Ich habe den Austin verkauft. An einen Araber. Doch denk Dir, der Kerl hat den Wagen nicht umgemeldet und sich auch nicht an das Fahrverbot von Privatautos gehalten. Als er einen Unfall baute, bekam ich einen gepfefferten Brief von der Polizei. Die Strafe ist so hoch wie die Kosten für den Wagen! Der Sold von drei Monaten. Schade. Hier gibt es immer wieder Angriffe von den Deutschen. Ich hatte bisher Glück. Italienische Flugzeuge siehst du nur als Pünktchen am Himmel.
Gib mal ein Lebenszeichen!
Dein Freund Walter

28. September 1940

Liebe Fella, mein einziger Schatz!
Danke, danke für die Fotografie, die Du mir geschickt hast. Sie steht neben meiner Pritsche im Zelt. Eine fantastische Aufnahme. Ich habe sie auf einen Stein gestellt, damit die Schlangen Dich nicht fressen. Du bist ja so süß, das könnte sie locken. Ich schreibe bei Kerzenlicht. Da lächelst Du so geheimnisvoll. Die neue Frisur steht Dir gut. Wer hat Dir denn den Zopf abgeschnitten? Warst Du bei einem Friseur, mein Liebling, oder in einem Haaratelier? Um mich brauchst Du Dir keine Sorgen zu machen. Ich repariere jetzt Lastwagen und komme sehr gut mit den Kollegen aus. Auch mit den Arabern. Man muss sie anlernen; dann arbeiten sie fleißig. Als Köche sind sie hier hoch geachtet, doch nicht als Mechaniker. Ich zeige ihnen die Griffe, und stell Dir vor, sie nennen mich Abu Ali, weiser Alter. Dabei bin ich noch nicht einmal zwanzig Jahre alt. Na, ja, sie sind glücklich, weil ich ihnen etwas beibringe. Wer sein Handwerk beherrscht, arbeitet gern. Das weißt Du am besten, meine Porzellankünstlerin!
Irgendwann werde ich wieder bei Dir sein. Aber wann? Wann werden wir wieder in meinem Zimmer im Himmelbett sein wie im Mai? Oh ... Wenn doch die Deutschen endlich besiegt wären! Ich will, dass dieser Krieg bald zu Ende ist. Wie lange müssen wir noch warten! Ich will für immer bei Dir sein. Meine Liebe zu Dir wächst stündlich. Die Sehnsucht foltert mich. Ich liebe Dich wie mein Leben!

Schreibst Du manchmal nach Wien? Wer von Deinen Freunden könnte dort meine Eltern einmal besuchen? Ich wüsste so gern, wie sie leben.
So, mein Schatz, das war's für heute. Mein Freund Joe will schlafen. Morgen müssen wir früh raus. Es gibt eine Menge zu tun.
Schreib bitte bald!
Ich küsse Dich über und über
Dein Walter,
der auf einen Brief von Dir wartet wie die Tamariske auf den Tau der Nacht

27. Februar 1941

Liebstes Großmütterchen!
Heute kam Dein lieber Brief! Danke schön. Und noch einmal tausend Dank für das Amulett. Nie werde ich den Moment vergessen, als Du es mir umgehängt hast. Was trägst Du denn jetzt in deinem Ausschnitt? Mein Leben lang habe ich Dich mit dem Amulett gesehen. Nun beschützt es mich.
Bist Du gesund? Was macht meine kleine Aviva? Hast Du Post aus Wien? Aus Amerika? Ich bin erleichtert, dass Arnold endlich eine Wohnung für Euch in Jerusalem gemietet hat. Das wurde auch höchste Zeit. Am liebsten würde ich jetzt im Libanon Ski fahren, dort hat's tüchtig geschneit. Weißt Du noch, wie Du mir eine Semmel, einen Apfel und zwei Stücke Kochschokolade eingepackt hast? Das hat im Schnee so gut ge-

schmeckt. Daran denke ich oft. Du hast mir auch jedes Mal ein paar Groschen für eine heiße Schokolade zugesteckt. Die habe ich mit meinen Freunden im Kobenzel getrunken. Manchmal auch auf dem Kahlenberg, doch da war's teuer. Dafür hatte man die gute Aussicht. Das werde ich alles nie vergessen, Großmama. Wer weiß, wann ich mal wieder Ski fahren kann! Jetzt bekomme ich keinen Urlaub, und das Geld ist knapp. Du fragst nach meiner Unterkunft. Man überlebt. Ich kann mich nicht beklagen. Es gibt genug zu essen und zu rauchen. Das Rauchen habe ich ja von Mama gelernt. In vielen Situationen hilft eine Zigarette. Ich denke oft an Mama. Wir können froh sein, dass sie ihren Mathias hat. Die beiden sind stark, zumal sie zusammen sind. Und um mich brauchst Du Dich auch nicht zu sorgen. Dein Amulett schützt mich. Ich sehe Dich vor mir, an dem Abend, bevor ich hier als Wasser- und Munitionstransporteur antrat. Du nahmst das Amulett von Deinem Hals und legtest es mir um. Ich trage es unter meinem Hemd und küsse es, wenn ich auf der Pritsche an Dich und Aviva denke, an Mama und Papa und – an meine vielgeliebte Fella.

Wie lange werden wohl Deine Worte auf Erfüllung warten müssen? „Trage dieses Amulett, bis du der Frau begegnest, die du so liebst wie dein Leben; dann schenk es ihr." – Wer weiß, wer diese Frau sein wird ... Hat sich Fella einmal bei Dir gemeldet? Ich habe seit Monaten keine Nachricht von ihr. Wer weiß, wann ich wieder Urlaub bekomme!? Dann besuche ich Dich.

Hoffentlich wird es bald sein.
Dein Walter

15. Mai 1941

Lieber Georg!
Die Deutschen sind im Osten bedrohlich weit vorgerückt. Und nicht nur dort; sie sind jetzt bei Dir in Griechenland. Pass gut auf Dich auf! Über Nordafrika ziehen sie im Eiltempo auf Palästina zu. Ich versorge unsere Truppen in Ägypten mit frischem Wasser und Munition. Die Wege sind schlecht. Ab und zu taucht ein Pünktchen am Himmel auf; ein italienisches Pünktchen. Die Deutschen fliegen tief; man muss sofort in Deckung gehen. Wann schaltet sich Amerika ein? Wann sehen wir uns wieder?
Es grüßt Dich herzlich
Dein Walter

Seit drei Stunden saß Walter Grünwald hinter dem Lenkrad eines leeren Lastwagens. Wochenlang hatte er Wassertanks, Waffen und Munition zu den britischen Truppen in Ägypten transportiert. Nun war er auf dem Rückweg seiner letzten Tour; drei Urlaubstage lagen vor ihm.
Noch war der Negev nicht durchquert. Die Luft flimmerte. Bevor er in Tel Aviv einfahren würde, wollte er vor Beersheba eine Rast einlegen. Monatelang hatte er sich auf ein paar freie Tage gefreut. Schweißperlen

rannen über seinen Hals. Er fürchtete keinen Angriff aus der Luft. Die Deutschen verschwenden keine Munition, wusste er. Anders war es auf der Hinfahrt nach Port Said, als er Munition und Gewehre geladen hatte. Doch diesen Tieffliegerbeschuss hatte er längst vergessen. Rechtzeitig war er aus dem Wagen gesprungen. Er hätte ruhig sein können, sich auf den Urlaub freuen können. Aber er war nicht ruhig. Seit einem halben Jahr hatte er keine Post von Felicitas Abramowisz erhalten. Nun wollte er sie in Tel Aviv besuchen. Plötzlich wurde er aus seinen Gedanken gerissen. Der Wagen scherte aus, und der Fahrer hatte Mühe, das Lenkrad zu halten. Er sprang aus der Kabine. Der rechte Hinterreifen war platt. Das hat mir gerade noch gefehlt, stöhnte Walter Grünwald, wer ist denn zuletzt mit der Karre gefahren? Die Hitze drückte. Kein Baum, kein Haus in der Nähe. Steine. Ein Meer von Steinen. Wütend griff er nach dem Wagenheber und begann zu kurbeln. Er stand in seinem einundzwanzigsten Jahr, hatte sein Leben lang Sport getrieben. Er war zäh, aber sein Körper war weder groß noch muskulös. Ein Radwechsel am Lastwagen kostete viel Kraft. Immer wieder schaute er sich um. Und dann suchte er im Laderaum, kramte in allen Ecken. Nichts. Das Reserverad fehlt, der Reifen muss runter, der Schlauch muss raus! Aber die Handpumpe ist an ihrem Platz. Na ja, das ist schon ein Anfang. Er rieb die Hände aneinander und pfiff: *Love many, trust few, and always paddle your own canoe.* Während er den Gummischlauch aufpumpte, sah er einen Skarabäus. Erstarrt lag der Käfer auf dem

Rücken im Sand. Von dem Anblick aufgeschreckt, erhöhte Walter seine Anstrengung. Die Zeit drängte. In Ermangelung von Wasser musste er den prall aufgeblasenen Schlauch an der Wange entlang führen, bis er einen Luftstrahl spürte. Jetzt konnte geflickt werden. Nachdem der Wagen wieder startbereit war, wechselte Walter sein Hemd, nahm einen Schluck aus der Feldflasche. Auf den Rat eines arabischen Freundes hatte er den Tee mit Minze angereichert. Eine Stunde war verloren. Die Sonne stand bedrohlich tief, und der Weg war voller Schlaglöcher. Vor Sonnenuntergang muss ich in der Stadt sein, ich fahre nicht gern mit blauem Licht durch die Wüste, dachte Walter Grünwald und erhöhte den Druck auf das Gaspedal, ich will nicht im Negev übernachten, das ist gefährlich. Endlich erhoben sich am Horizont die Umrisse von Tel Aviv.
Als er in die Stadt einfuhr, war sie finster. Schwarz und blind die Häuserschluchten. Keine Laterne brannte, die Sterne waren fern und ohne Glanz. Aber so kalt, wie Walter Grünwald die Worte bald ansprangen, diese lakonisch hingeworfenen Worte, konnte nichts auf der Welt sein. Weder ein Stern, eine Landschaft noch irgendetwas war mit der Kälte vergleichbar, die Walter Grünwald erfasste, bevor Herr Abramowisz die Haustür in der Allenbystraße vor ihm schloss. Auf der Maserung des Holzes erschien ihm in der Dunkelheit ein Käferkadaver. Kann Liebe sterben wie ein Skarabäus im Sand?, pochte es in Walters Hirn, pochte immerzu, ... sterben wie ein Käfer im Sand?

Später vertrieben seine Überlebensgeister die Frage nach dem Tod im Sand mit derselben Kraft, wie sie die Annahme der Worte verweigerten: „Felicitas ist verreist." Annahme verweigert, Empfänger unbekannt.
Das muss ein Irrtum sein! Ein Irrtum, hörte Walter Grünwald sich vor dem Porzellanladen in der Allenbystraße revoltieren. Unfähig zu begreifen, unfähig zu denken, war er die Straße hinauf und wieder zurück gewankt. Sie ist verreist, kreiste in seinem Kopf, mit wem verreist?
Die Männer hatten im Dunkeln gestanden. Der junge auf dem Bürgersteig, der alte im Hauseingang. Am Ende des Korridors schimmerte ein Lichtstreifen unter der Tür her. Walter hatte ihn angestarrt, hatte sich an den Schein geklammert; doch nichts geschah, man bat ihn nicht herein. Ein Achselzucken des Herrn Abramowisz, ein Steigen seiner Augenbrauen, versuchen Sie es später noch einmal, Herr Grünwald.
Langsam glitt der Wagen durch die Nacht.
Na ja, dachte der Fahrer jenseits der Stadtgrenze, sie ist also verreist. Da kann man nichts machen. Warum sollte sie eigentlich nicht verreisen? Weshalb sich aufregen!? Ich selbst reise täglich. Sie kann nicht immer Tassen bemalen, sie muss auch mal was anderes sehen. Das ist verständlich. Na ja, ich werde es später noch einmal versuchen. In Zeiten des Kriegs verschwinden auch Briefe.

Am anderen Morgen raste er auf der Rudge vom Camp hinüber in seine Wohnung. Er duschte, zog die Bade-

hose an und trat auf den Balkon. Die Sonne strahlte in praller Kraft, das Meer lockte. Er schnappte Handtuch und Fotoapparat, fuhr zum Casino.
Bevor er sich dem Haus zuwandte, schaute er vom Straßenrand zum Strand hinüber, und schon entdeckte er, was er suchte. Mit ausgestreckten Beinen saß Großmama auf einem Handtuch. Wie vor zwanzig Jahren in Grado an der Adria. Seine ganze Kindheit hindurch hatte er sich unter ihrem Blick sicher gefühlt. Er war ihr Walterli. Ihr einziger Enkel. Es gab Fotos aus der Zeit, als er noch Locken trug. Auf einem trägt sie einen schwarzen Badeanzug und streckt dem Fotografen die Zunge heraus; er neben ihr mit einem Schäufelchen. Jetzt sah er sie in ihrem Kattunkleid da unten am Strand; an ihrem Rücken hatte er sie erkannt. Niemand, meinte er, beugte ihn – so sanft, doch stolz. Aber als er auf sie zustapfte, erschienen ihm ihre Schultern mit einem Mal erschreckend müde. Ihr Haar war weiß geworden, und der Knoten im Nacken nur noch halb so groß wie eine Wiener Semmel. Immer hatte sie gewusst, was zu tun war, sann er, immer hatte sie gearbeitet. Aber nie hat er darüber nachgedacht, dass sie einmal nicht mehr stark sein könnte. Er blieb stehen, zog die Zigaretten aus der Tasche, und während er die Schachtel mehr als nötig gegen seinen Handknochen schlug, betrachtete er ihren Rücken. Auch ein gebrochener Stolz ist ein Stolz und hinterlässt seine Spuren. Energisch griff er, ein Mann weint nicht, nach dem Feuerzeug, sog an dem rettenden Stängel und blies den Rauch aus. Erst danach streifte er mit der linken Hand

die Schuhe ab und schlenderte, als würde er von einem Tennismatch heimkehren, auf das Meer zu. Dort stellte er sich – nicht allzu weit von ihr entfernt – in Positur. Rauchend. Wie Mama! Ein Lächeln huschte über die Innenwände seiner Nase, *sie winkt mit der Zigarettenspitze, sie trägt ihr blaues Satinkleid, das streckt ihre Gestalt.*

Ist das eine Freude, mein Junge, rief Frau Schnek. Aufgeregt tasteten ihre Hände im Sand. Sie wollte sich aufrichten. Vor Freude war sie jung. Schon aber lag er neben ihr, drückte ihre Schultern in den Sand und ein Bussi auf ihren Mund. Das Gesicht in der aufgestützten Hand, fuhr er mit dem Finger über ihren Nasenrücken, pustete über ihre Stirn. Ihre Augen blitzten. Wie schön sie ist, dachte er, so hell wie früher! Kaum hatte dieser Gedanke ihn froh gemacht, nahm er den Grauschleier wahr, der ihre Iris wie eine Wolke am Sommerhimmel überzog, wenn sie über der Donau vor die Sonne getrieben wird und die Au verdunkelt.

Hilf mir, Bub! Sie hielt ihm ihre Hand hin. Hast du deinen Fotoapparat dabei?, fragte sie, als sie mit seiner Hilfe wieder aufrecht saß und an ihrem Kleid zupfte, schau, die Kleine da drüben. Erkennst du sie? Sein Blick folgte ihrem Finger. Dicht vor der Brandung hockte ein Kind mit Sonnenhut und Schäufelchen. Wie er selbst auf alten Fotos. Er zückte seine Kamera. Hier macht niemand ein Foto von ihr, rief Frau Schnek, aber man muss es doch tun. Einmal bin ich mit Aviva, schau doch, ist sie nicht niedlich?, zum Fotografen gegangen. Worauf ihr Vater meinte, ich würde *sein* Geld verschwenden!

Wer weiß, wo der aufgewachsen ist – da drüben in Ungarn, grinste Walter, vielleicht hat er noch nie eine Kamera gesehen.
Ach, Bub! Aber was ist das? Der Apparat kommt mir doch bekannt vor. Zeig mal! Den habe ich lange nicht gesehen. Dass du dieses Schätzchen noch hast! Unsere Agfa! Du musstest sie unbedingt selbst ersteigern! Und wie geschickt du das angestellt hast. Du warst gerade zehn geworden. Erinnerst du dich an unsere Auktionen im Dorotheum? Mein guter Junge, wir haben manches ersteigert, wir zwei!
Das kannst du in Haifa auch.
In der Wüste?
Fahr mal mit der Kleinen in die Stadt, Großmama. Sie ist ja schon ein richtiges Mädchen.
Sieh, Walterli, wie sie läuft.
In Haifa spricht jeder Zweite Deutsch. In Jerusalem übrigens auch.
Ich weiß. Wir waren einen Monat dort. Aber ich wollte wieder ans Meer.
Rasch streifte Walter Hemd und Hose ab, ich will mal sehen, ob ich noch schwimmen und rennen kann, und er flitzte auf die Dreijährige zu. Als er sie im Arm hielt, schaute er noch einmal zurück und sah die alte Dame dasitzen, die Beine von sich gestreckt, allein im Sand. Sie schaut übers Meer, wie ich es nach der Arbeit im Casino tat, dachte er, sie fliegt zurück in eine ferne, glückliche Zeit. Recht so, Großmütterchen, guten Flug und gute Träume! Komm, Aviva, wir schwimmen.

Von dem, was jetzt in Katharina Schnek vor sich ging, hatte Walter Grünwald keine Ahnung. Wie kräftig der Bub ist, mochte sie gedacht haben. Es war auch möglich, dass ihre Gedanken an die Adria flogen. Da liegt sie mit ihren Töchtern im Sand – bis auf Grete; sie kam nie mit, und Netti blieb immer in Wien in ihrem Café. Gusti und Frida lesen Illustrierte, sie flirten mit den charmanten Italienern. Ihre Jüngste aber hat den kleinen Walter gern und nimmt ihn auf den Arm, wenn er vor den Krabben davonläuft. Nannerl! Sie stöhnte. Das arme Mädel! Hat aus Ungarn geschrieben. Sie braucht Geld. Wie kann sie denn zu uns kommen, wenn sie nichts hat?! Woher soll sie's nehmen – in Ungarn? Unser Geld ist hier! Sie schaut so elend und traurig auf dem Foto aus, fast nicht zum Wiedererkennen. Nein, nein, dem Walter wird nichts erzählt. Später vielleicht. Grete hat doch tatsächlich gesagt, die verlauste Gestalt auf dem Foto sei nicht ihre Schwester, fremde Leute wollten ihr Geld erschleichen! Oh, Grete, meine Tochter, wer hat dein Herz so hart gemacht? Keinen Groschen hat sie ihrer Schwester geschickt und hat doch selbst eine Nachtbar hier am Strand. Das Geschäft geht gut. Der Bub darf das nicht wissen. Das ist zu traurig.

Die Welt ist aus den Fugen geraten! Katharina Schnek seufzte, der Krieg muss endlich aufhören! Wenn Nannerl nur durchhält! Eine Hoffnung gibt es noch, meine einzige: Sie ist zu Arnolds Bruder gefahren! Der gehört ja schließlich zur Familie. Bald werden wir uns alle in Wien treffen. Walter übernimmt die Marillenknödel,

ich backe einen Apfelstrudel, und es gibt grüne Nüsse, in Zucker eingelegt, und Meringue.
Das Leben geht hier seinen Gang, als würde Europa nicht verbluten. Ich koche, ich wasche, ich spiele mit der Kleinen, gehe mit ihr an den Strand, und jeden Abend bete ich gegen meine Angst, Katharina Schnek legte ihre Hände im Schoß zusammen, und am Morgen beginnt ein neuer Tag. Meine Toten begleiten mich wie Engel: Die kleine Minni! Und mein guter Mann, immer heiter und vergnügt, auch wenn die Geschäfte mal schlecht gingen. Wie lieb er mich damals getröstet hat! Und war doch selbst so traurig. Minni war ja noch ein Kind. Und Julla! Katharina Schnek atmete tief, mein lieber Junge! So klug und tüchtig. Aber die Gewalt ...! Wenigstens ist Jacques gerettet. Der arme Kerl hat jetzt keinen Groschen und hat doch sein Leben aufs Spiel gesetzt, um unsere Juwelen zu retten! Der mutige Bub. Nie geklagt. Die Operationswunde war nicht verheilt. Keinen Groschen hat er vom Erbe. Nichts als die Kleider am Leib. Aber sein Leben ist gerettet. Auch Fritz ist in Sicherheit. Freunde haben ihn nach Amerika geholt. Das haben sie gut gemacht. Er hat ja da drüben seine künstlichen Knie und Hüften vorgestellt. Ein tüchtiger Arzt und immer charmant. Na ja, das sind sie alle, meine Buben.
Verjagt in alle Winde, meine Kinder.
Auf einmal begann ihr Oberkörper zu wiegen, ein Lied summte in ihr, „... wie grün sind deine Blätter." Frida hat die Mutter Gottes gespielt, und ich habe für die Kirche gespendet. Jetzt saß Katharina Schnek wieder

mit geradem Rücken, die Hände im Schoß gefaltet, die Beine ausgestreckt. Auch Gusti hat ein gutes Herz, hat die Affidavits für Netti und Mathias nach Wien geschickt. Aber man hört nichts mehr. Sind die beiden schon drüben? Oder noch in Wien?
Netti, du dummes Mädchen, dein Walter wartet auf einen Brief von euch. Was ist denn los? Warum schreibst du nicht? Mein Gott, der Krieg dauert und dauert. Vierundzwanzig Monate Krieg daheim, und ich sitze in Palästina am Strand.
Gewiss kümmert sich Frida um die beiden. Sie war als Kind sehr verlässlich. Hat es zwar auf dem Klavier nicht so weit gebracht wie ihre Schwestern, aber brav war sie und als Maria im Krippenspiel tüchtig, meine Frida. Jeder hat gesagt, so eine schöne Muttergottes! Fromm war das Kind und lieb! Nach dem Krippenspiel wollte sie ein Filmstar werden. Stattdessen heiratet sie einen Künstler. Aber sie ist glücklich mit ihm, das ist gut! Ehrgeizig und fleißig, sehr fleißig, unser Acki Hatzeltaler. Auch mich hat er porträtiert. Für meine liebe Schwiegermama, steht hinten auf dem Rahmen. Er soll sich gut mit den Deutschen verstehen. Frida schreibt: Er hat viel zu tun, seine Porträts sind gefragt. Zu Höchstpreisen, schreibt sie, wie nie vor dem Anschluss. Jeder Wiener will jetzt einen Hatzeltaler im Wohnzimmer haben, schreibt sie. Seine Kunst wird anerkannt. Schmunzelnd wiegte Katharina Schnek ihren Oberkörper vor und zurück, ich habe einen berühmten Schwiegersohn ... Er war schon vor Jahren ein guter Maler, der Acki, ich habe seine Gemälde gelobt. Gewiss

wird er für die beiden sorgen! Er ist ja Nettis Schwager, und Mathias ist sein Schwippschwager. Dass Acki jetzt bei den Deutschen beliebt ist, kann nicht schaden. Im Gegenteil. Wir sind doch eine Familie! Er hat sie versteckt. Deshalb schreiben sie nicht. Walter braucht seine Eltern; er ist doch noch ein Bub.
Regungslos hatte Katharina Schnek auf dem gestreiften Badetuch gesessen, als sie von einem Kitzel aus ihren Gedanken aufgeschreckt wurde. Sie griff nach dem Hals. Ihre Finger waren nass. Hastig strichen die ausgestreckten Handflächen nun mehrere Male über das Gesicht und dann weiter den Hals hinab zur Brust; die gebräunte Haut war von einem weißen Kragen umrahmt.
Hopp hopp! Hopp hopp! Schau, Großmama, ich reite!
Die Kinderstimme holte Katharina Schnek nun endgültig wieder zurück auf den Strand von Bat Galim. Fein, mein Kind, rief sie und hob wedelnd den Arm, bist eine fesche Reiterin, Aviva, und dein Pferdchen ist flink, hat starke Schultern und lange Beine.
Los, Walter, hopp, mein Pferdchen, lauf!
Ist dir nicht gut, Großmutter?
Die Hitze, mein Junge, ich vertrage die Hitze nicht.

KAPITEL 7

Gegen Ende einer Juninacht im Jahr 1942 lagen Soldaten aus vielen Kontinenten in der ägyptischen Wüste auf ihren Pritschen in den Zelten der britischen Armeelager.

In einem der Zelte schlief Walter Grünwald.

Neben ihm wälzte sich sein Freund Joe Jakson auf der Pritsche, ein Student in Soldatenuniform, der heimlich Gedichte schrieb. Die elterliche Wohnung in London war zerstört; Verwandte hatten die Ausgebombten aufgenommen. Joe war am Abend von seinem Heimaturlaub zurückgekehrt.

Angespannt lauschte er auf dem Rücken liegend in die Nacht. Er mochte den blonden Walter aus Wien und sah ihn jetzt in verschiedenen Szenen vor sich: geschickt und immer freundlich, ein guter Kumpel, springt überall ein, packt zu. Joe hatte ihm ein Geschenk mitgebracht und stellte sich Walters Freude vor. Diesmal wird nicht über deutsche Bomber an Londons Himmel gesprochen wie nach dem Urlaub im vergangenen Jahr, entschied er, Walter braucht ein wenig Freude, er hat's verdient. Reißt zwar gern dumme Witze, was mich nervt, doch hockt er oft traurig in einer Ecke. Immer dasselbe Theater, stöhnte Joe, kaum ist man vom Heimaturlaub zurück, kann man nicht schlafen. Vorsichtig tastete er nach seinem Schuh und schüttelte ihn kräftig. Kein Untermieter drin, Glück gehabt. Nachdem der Schuh übergestreift war, stand der Fuß auf dem Zeltboden, und der zweite Schuh

wurde untersucht. Vorsichtig tastete sich Joe durch die Dunkelheit. Dabei stieß er gegen den Pfosten von Walters Pritsche. Er fluchte. Hielt aber sofort inne, das Gehör aufs Äußerste gespannt, es zischt am Boden, verflucht! In gebückter Haltung schlich er weiter, knöpfte die Zelttür auf und ließ den Strahl seiner Taschenlampe ins Innere gleiten. Schon wieder ein geringeltes Biest unterm Bett! Teufel! Ein prächtiges Exemplar!
Joe richtete sich auf und reckte sich. Die Venus flackerte am Himmel. Ihm war kalt. Er hätte jetzt gern seinen Pullover übergezogen. Aber seine Tasche stand hinten im Zelt. Er schaute auf die Armbanduhr. In einer halben Stunde wird die Sonne aufgehen und das Felsgestein entflammen. Hier versteht man die alte Geschichte vom brennenden Dornbusch, die Steine brennen, der Sand brennt. Das Flammenmeer von London stieg in ihm auf. Auch in Haifa hatte er's erlebt. Fröstelnd erinnerte er sich an das Brausen des Feuers und an seinen Zwiespalt zwischen Entsetzen und Entzücken vor der infernalischen Schönheit, in der die Häuser brannten. *Die Welt verbrennt* ... ein Vers aus einem Gedicht vom letzten Jahr, er suchte nach weiteren Zeilen und erschrak dann heftig über sich selbst, ich gebe mich der Poesie hin, und mein Freund verreckt hier jämmerlich, ich muss ihn warnen. Aber wie? Das Biest ist nicht wegzulocken, man muss warten. Warten! Das lernt man in Zeiten des Krieges.
Joe wollte nicht in Soldatenuniform kämpfen. Er hatte andere Waffen. Aber an diesem Tag versagten sie; drei Flugminuten vom Camp entfernt bereiteten sich seine

Kameraden in unterirdischen Festungen auf die Schlacht bei El Alamein vor, und Joe Jakson spürte ihre Angst, er hörte das Stöhnen der Verwundeten, sah die Toten, Abertausende von Toten, aus welchem Grund um Himmels willen – ermordet, erstarrt im Sand. Joe wollte zurück in seine Studentenbude. Da! Er hat sich bewegt, er erwacht. Wird höchste Zeit! Hey, Walter, rief er leise, durfte das Monster unter ihm nicht wecken, hey! Suchend sah Joe hinüber zu den anderen Zelten und entdeckte ein Gewehr im Sand. Einige Kameraden hatten am Abend Whisky getrunken. Er lief hinüber, griff nach der Waffe und angelte lautlos nach Walters Schuhen. Endlich hatte er es geschafft. Und das schwarze Biest? Es lag still. Vorsichtig hielt Joe Walters Schuhe am Absatz fest. Er stand am Zelteingang, Licht strömte ins Innere. Alles in Ordnung, murmelte der Reserveoffizier, hielt die Plane mit der linken Hand in die Höhe und rüttelte darauf einen Schuh nach dem anderen, okay, sie sind *sauber*. Stöhnen drang jetzt aus dem Zelt und aneinandergebundene Worte. Sie fielen fast lautlos von den Lippen des Träumenden. Wie ein trüber Bach, der versiegt ..., fiel dem Dichter ein. Hey, Walter, flüsterte er. Fella, drang aus dem Zeltinnern, und wieder das Stammeln von Lauten in einer Sprache, die Joe nie lernen wollte. Glücklicherweise spricht mein Freund Englisch, wenn er wach ist. Inzwischen regte sich in den anderen Zelten Leben. Still lag das Land. Über der Kuppe des Bergs blinkte ein Feuerpunkt auf. Joe liebte diese ihm unwirklich erscheinenden Sekunden, wenn die Felsen des Sinai wie am

ersten Tag der Schöpfung aus der Nacht emporstiegen; kaum erhob sich die Sonne über dem Berg, lag alles im Licht. Die Sandhügel und die roten Felsen in der Ferne. Vereinzelt warfen Zweige ihre Schatten schwarz und klar. Wo sind meine Schuhe?, hörte Joe endlich, hockte sich und sah, wie Walters Finger durch seine Haarsträhnen glitten. Achtung, raunte er, nicht bewegen, die schwarze Schlange! – Wo? – Unter dir. Hier, schnapp! Sie sind sauber! Joe warf dem Freund die Schuhe zu und beobachtete, wie er sie überstreifte. Kriech zum Fußende, flüsterte er, gut, nun fass meine Hand und spring!
Ich schaff's schon!
Hopp!
Kaum waren sie zehn Meter vom Zelteingang entfernt, sahen sie den Sand sich kräuseln. Die Schlange verschwand unter einem Stein. Morgen müssen wir das Zelt besser verschließen, sagte Walter, ich werde mir was ausdenken. Habe ja den ganzen Tag Zeit.
Zum Denken?
Gestern war die Munition dran, heute werde ich den Wasserwagen zur Truppe fahren.

*

Du hast romantische Vorstellungen von der Wüste, sagte Walter, als er achtundachtzigjährig auf sein Leben zurückblickte, ich gebe zu, die Wüste ist wunderschön. Aber man muss sie kennen, wenn man überleben will. Wir hatten oft Schlangen im Zelt, und nie durfte man in einen Schuh schlüpfen, ohne ihn nach Skorpionen untersucht zu haben. In der Wüste musst du ständig auf der Hut sein. Eine Sekunde Unachtsamkeit kann dich das Leben kosten. Hinter jedem Felsen lauert Gefahr.

*

In dreißig Minuten ist es geschafft, stöhnte Walter Grünwald gegen die Frontscheibe des Lastwagens. Seit sieben Stunden war er unterwegs. Er hatte den Auftrag, einen Wassertank zu den britischen Truppen vor Port Said zu fahren. Soldaten aus allen Staaten des Commonwealth bereiteten sich in ihren Camps von Palästina und Ägypten auf die endgültige Schlacht vor. Walter sah sich als Rad in dem großen Plan, an dem Montgomery, der neue Oberbefehlshaber der 8. Britischen Armee, arbeitete, um endlich und endgültig den Vormarsch des deutschen Afrikakorps unter Generalfeldmarschall Rommel zu stoppen. Oft wurden die Lastwagen, insbesondere wenn sie mit Munition beladen waren, von deutschen oder italienischen Tieffliegern beschossen. Seine Mission erfüllte ihn mit Stolz, und der tägliche Einsatz unter Lebensgefahr ließ Walter die Sorge um seine Eltern und auch seine Angst vor dem Durchbruch der deutschen Truppen nach Palästina vergessen.
An diesem Tag aber fiel ihm schwer, sich auf seinen Auftrag zu konzentrieren. Alles fiel ihm schwer. So schwer, dass er das kreisende Flugzeug dicht über ihm

nicht fürchtete. Ihn quälten Schmerzen, vor denen ihm der Tod als Erlösung erschien, ja, als einzige Lösung, und je närrischer sich die trüben Gedanken in ihm überschlugen, desto fester umklammerte er das Lenkrad. Stur war er Kilometer um Kilometer gefahren. Ohne Kampfeslust, ohne Lebensmut. Er hatte einen Auftrag. Den wollte er erfüllen. Gut. Aber an das, was danach sein würde, wollte er nicht denken. Noch eine halbe Stunde! Er knirschte mit den Zähnen, aber jetzt wird angehalten, sonst platzt die Blase! Hinter dem Felsbrocken werde ich verschwinden. Er stellte den Motor ab, sprang aus dem Fahrerhaus, witterte ringsum. Ein Vogel kauerte unter einem Busch. Wie kommst du denn hierher, du Kleiner, du zitterst ja. Hast deine Mama verloren, nicht wahr? Walter verließ die Straße und eilte um einen Felsbrocken herum, und während er dem Plätschern zuhörte, es schien kein Ende zu nehmen, und während ihn das langsam aufsteigende Glücksgefühl der Erleichterung für einige Minuten von seiner todessüchtigen Stimmung erlöste, sah er zu der Felswand in der Ferne hinüber. Diese Farben kann ich nicht fotografieren, dachte er, knöpfte die Hose zu, ich muss sie im Gedächtnis speichern. Er stieg zurück in die Fahrerkabine, drehte den Zündschlüssel. Nun sah er wieder, wie schon oft, die Glut des Sinai. Der Motor lief ruhig, über der Wüste vibrierte die Luft, die Felsen zur Linken brannten orange, an manchen Stellen schimmerten Adern schwefelgrün. Nach zwei Minuten aber sah er die Schönheit der Landschaft nicht mehr, fühlte sich so matt wie vor seiner Pause. Todesmüde,

flüsterte er. Beruhigend raunte eine Stimme in ihm: In der Schlucht wird es kühl sein. Vergeblich. Er fand keinen Ausweg aus der Sackgasse seiner Gedanken. Konzentration, Walter Grünwald, rief die Stimme, konzentriere dich auf den Weg! Doch ein Beil zerschlug die Stimme mit den Worten des Herrn Abramowisz: „Meine Tochter ist nicht zu Hause. Ich bitte Sie höflich, Herr Grünwald, die Tasse zurückzubringen. Sie wissen schon welche."
Betäubt hatte er im Laden gestanden und war dann irgendwie hinausgelangt. Drei Urlaubstage hatten vor ihm gelegen, zweiundsiebzig Stunden Seligkeit, in sieben Briefen angekündigt ... Ich bitte Sie höflich, Herr Grünwald, die Tasse zurückzubringen, Sie wissen schon welche. Er war davongefahren. Ohne zu denken. Weiter und weiter. Fahren und niemals ankommen. Auf Motoren ist Verlass, hatte eine Stimme in Walter Grünwald geschrien, auf nichts anderes ist Verlass als auf einen Motor! Wenn er gepflegt ist. Motoren brauchen Pflege. Er atmete tief. Schön ist meine Braut, sie war so zärtlich. Meinen größten Schatz ihr anvertraut, meine Briefmarkenalben. Warum, brüllte Walter Grünwald gegen die Windschutzscheibe, warum hat sie nicht warten können? Wer reißt den Stachel aus meiner Brust? Unter den Fragen der Verzweiflung nahm er nicht wahr, dass er sich seit Minuten bereits in der Schlucht befand. O weh! Mit aller Kraft trat er auf die Bremse. Schwarz vermummte Gestalten versperrten den Weg. Aus einer Felsspalte waren sie gesprungen. Nun standen sie da. Unerbittlich. Fünfzehn oder mehr. Nur die Augen waren sichtbar.

Festgezurrt im Hinterhalt, erschrak Walter vor dem Tod, Panik ergriff ihn. Er stellte den Motor ab. Gelähmt in Agonie, hockte er in der Fahrerkabine. Da passierte etwas in Walter Grünwald. Geschah in Sekundenschnelle.

Nachdem seine Todesangst betäubt und mit der Angst auch sein Denkvermögen erloschen war, nahm er, als würde er von außen in sich hineinschauen, ein Licht in seinem Innern wahr, eine stille Flamme. Und eine Ruhe, die er zuvor nie erfahren hatte, breitet sich in ihm aus: Wenn es denn sein soll, gut, so wird es jetzt sein. Ich bin bereit.

Nun war es ein Leichtes für ihn, die Tür zu öffnen. Er sprang vom Fahrersitz. Fast übermütig war sein Sprung. Hinter seinem Rücken schlug er die Wagentür zu und suchte die Augen des Anführers. Entspannt stand er da. In stiller Klarheit den Blick auf den Fremden gerichtet, führte er seine Handflächen feierlich aufeinander zu, bis sie sich vor der Brust berührten, und begleitet von den Silben des arabischen Grußes, verbeugte er sich. Als Wiener Kind hatte Walter Grünwald Höflichkeit gelernt. Der tiefe Sinn dieser Formen offenbarte sich ihm aber erst in diesem Augenblick, als er in der ägyptischen Wüste als Fahrer eines Wassertanks, friendly attached to Her Majesty's Forces, einer Gruppe schwarz Vermummter seine Freundlichkeit wie eine Schale frischer Datteln reichte. Walter fragte nach ihrem Begehren. Darauf streckten sie ihre Hände unter den schwarzen Tüchern hervor und klapperten mit Töpfen und Bechern. Sie wollen mich nicht töten! Walter eilte hinter den Wagen. Wasser wollen sie! Er drehte den Hahn auf. Nachdem sie genug geschöpft hatten, verschwanden sie – lautlos, wie sie erschienen waren. Er schaute ihnen nach. Er lebte. Was bedarf's mehr!, jauchzte er, goss Wasser über den Kopf, lief die Schlucht entlang, die Arme in die Luft gerissen. Er rannte mit offenem Mund. Im Kanon warfen die Felsen ihm seine Freudenschreie wieder zu.

Früher als gewöhnlich erreichte er am kommenden Tag sein Camp und lag abends vor dem Zelt auf dem Boden. Die Arme im Nacken verschränkt, rief er sich, seinem Liebesschmerz – zwar nicht für immer, doch ein wenig – entflohen, die Bilder der Schlucht in den Sinn und auch die Szenen im Militärlager von Port Said. Die Sterne erschienen ihm an diesem Abend weich wie die Blätter einer Magnolienblüte.

Es gibt so viele Tote und Verwundete, dachte Walter, ich aber lebe.

Du bist ja heute so heiter, mein Freund. Hast du eine Sicherung für unser Zelt erfunden? Joe setzte sich zu ihm, erlaubst du?

Klar, Joe. Ist gemütlich hier. Ich dachte gerade über das Wechselspiel Leben nach.

Man muss einen Sinn finden; im Krieg finde ich keinen.

Muss man? Walter wandte ihm sein Gesicht zu, ich denke, der jeweilige Sinn wächst aus der Situation.

Eine kühne Theorie, Walter Grünwald, bist du Fatalist oder Anarchist?

Der Sinn kann sich von einer Minute auf die andere in sein Gegenteil verkehren. Wenn du den Wunsch zu sterben verspürst, Joe, und kurz darauf geschieht etwas, das dir Todesangst einjagt, dann, Joe, ist dir die Sehnsucht nach dem Grab vergangen, als hättest du sie nie gekannt, und du hast keinen anderen Gedanken mehr im Kopf, als deine Haut zu retten.

Dann sag mal, wie wir uns heute Nacht vor Schlangen schützen.

Wenn's mehr nicht ist! Wir verstopfen die Ritzen des Zeltes.

Aber wie?

Das wirst du gleich sehen.

Ich bin gespannt. Geht's dir gut, Walter?

Total. Wenn ich zaubern könnte, weißt du, was jetzt hier an langen Schnüren herunterschweben würde? – Ein Flügel, ein Bösendorfer aus Wien, Joe. Das wäre fantastisch. Sieh dich um! Es ist ruhig in den Zelten. Manche schlafen noch nicht. Stell dir vor, ich sitze an dieser Stelle auf einem Klavierhocker und spiele eine Sonatine von Sibelius. Es würde ein wenig kühler.

Gleich wird es sowieso kalt. Am Abend solltest du Schostakowitsch oder Beethoven spielen.

Aber auf jeden Fall könnten wir den Flieger da oben vergessen, der gerade ein Ziel für seine Eier sucht. – Du, Joe, hast du schon einmal gelacht, wenn etwas Entsetzliches passiert ist?

Gelacht?

Oft genug werden banale Entscheidungen getroffen, die auf unbegreifliche Weise furchtbare Folgen haben

können, Joe, und weil diese Folgen unerwartet sind, wird gelacht, obwohl man weinen müsste.
Bei einer Beerdigung hatte ich mal einen Lachanfall. Das Barett vom Pastor saß schief. Aber du meinst wohl etwas anderes. Erzähl!
Als ich gestern im Camp eingefahren war, um das Trinkwasser abzuliefern, geschah es. Jemand hatte mir einen Becher in die Hand gedrückt. Hier gibt es ja nichts anderes als süßen Tee, Gallonen von Tee mit Milch und Zucker! Aber nie eine Wiener Melange oder einen kleinen Braunen.
Schon gut, Walter! Du bist nun mal bei Briten.
Ich sitze also vor dem Gästezelt und trinke meinen Tee. Alles ist ruhig. Plötzlich höre ich wildes Kreischen, Gelächter. Einer eurer Männer ist verrückt geworden, Joe. Total verrückt ist der Kerl, lacht und hopst auf dem Platz herum. Ein Heidenlärm. Ein Kreis hat sich um ihn gebildet. Einige grinsen spöttisch, andere sind misstrauisch, entsetzt oder voller Mitleid, jemand wendet sich ab, und zwei stacheln den Kranken durch Klatschen und dumme Bemerkungen an. Der scheint nichts zu hören. Gar nichts. Denn blitzartig unterbricht er seinen Tanz, rast aus dem Kreis, in einem Panzer, verschwunden. Die Klappe schlägt zu. Verblüffung. Schweigen. Dann rufen alle durcheinander, er soll rauskommen. Sofort. Nichts rührt sich. Sein Freund redet beruhigend auf ihn ein. Ohne Erfolg. Da tritt ein Offizier vor, ein Hauptmann. Weg da!, sagt er. Die Soldaten weichen zurück und beobachten, was geschieht. Zuerst bittet der Hauptmann höflich, der Mann möge

sich zeigen und den Panzer verlassen. Er steigert die Bitte zum Befehl. Schließlich trommelt er mit seinem Gewehrkolben gegen die Stahlplatten, kommen Sie raus! – Peng! – Ein Schuss. Der Hauptmann stürzt zu Boden. Totenstille folgt. Er wurde von seiner eigenen Kugel getroffen. Darauf bricht ein Gelächter aus, wie ich es noch nie gehört habe. Kannst du dir das vorstellen?
Entsetzlich. Wenn ich erschossen würde ... und stelle mir meine Eltern vor ... Krieg macht wahnsinnig.
Es gibt drei Möglichkeiten, fliehen, sterben oder lachen. Vielleicht hätte ich auch gelacht. Und du, Walter?
Bis die Tränen flossen.
Wir sind nicht mehr wir selbst, Walter. Und was geschah mit dem Verrückten?
Den haben sie betäubt und gefesselt ins Lazarett gebracht.
Lass uns an etwas anderes denken, Junge, mein Heimaturlaub war kurz, aber erfolgreich. Ich habe ein Geschenk für dich, eine Freundin von dir lässt dich grüßen. Hier, bitte sehr, ihr Brief.
Was? Eine Freundin von mir bei dir in London?
Herta heißt das Fräulein, sie kommt aus Wien. Meine Schwester lud sie zu uns nach Hause ein. Sie arbeiten zusammen in einem Krankenhaus.
Herta, lächelte Walter, als er die Zeilen überflogen hatte, die Kleine aus der Hollandstraße. Er sah sie vor sich: Sie ist jung, und er fragt, sie nickt, und er sieht, wie sie in ihr Haus stürmt, und er rennt in seins. Die Treppe hinauf in den dritten Stock. Das Klofenster auf der an-

deren Straßenseite öffnet sich, darauf Knopf auf Knopf, bis der Stoff ihrer Sommerbluse fällt. Er kann sich von dem Anblick nicht losreißen, da hört er drüben die Hausmeisterin kreischen. Nie mehr hat Herta mich angeschaut, lachte Walter Grünwald, wir waren noch Kinder. Das Leben kann schön sein, Joe.
Walter Grünwald wird nach London schreiben, und Herta Ornstein wird ihm antworten. Darauf wird er ihr Damenstrümpfe schicken, Schokolade, Zigaretten, und wenn er im Zelt nicht einschlafen kann, und wenn er mit ölverschmierten Händen unter einem Lastwagen liegt oder hinter dem Steuerrad eines Wasserwagens sitzt, wird er sich fragen, ob Herta Ornstein wohl die Frau ist, der er einmal das Amulett seiner Großmutter schenken wird.

Eines Abends im September 1942, als er durch das Zeltlager schlenderte, wurde er angerufen: Hey, Walter, was ist die größte Erfindung der Menschheit? Wir streiten gerade darüber. Er schaute zu der Soldatengruppe hinüber, wo ihm rauchend zugewunken wurde, Becher wurden gehoben.
Die Post, rief Walter. Darauf krachte ein Campingtisch unter dem Gelächter der Männer ein. Die Post! Famos, das will ich mir merken. Die Post ist die größte Erfindung der Menschheit! Das sagt einer, der heute wieder einmal den Munitionswagen heil durch das Trommelfeuer aus der Luft jongliert hat! Walter griff in die Hosentasche. Aus Afrika!, rief er, winkte mit einem Brief – auf der Suche nach einem Platz, wo ihn nie-

mand stören würde. Frau Schnek hatte ihm Post zugesandt.

6. Dezember 1941

Lieber Walter!
Wer weiß, wann und wo Dich mein Schreiben erreicht. Wie auch immer! Ich küsse Dich, nepos meus! Du hast mir Deine Leica anvertraut. Merci! Dieser Zauberapparat hat mich gerettet und bringt mir täglich Glück.
Du weißt, mein Reiseziel war Kenia. Aber Deine lieben Brotgeber haben mich dort nicht von Bord gelassen. Also ging's weiter. Du erkennst an den Briefmarken, wo ich gelandet bin. Die Frauen von Moçambique sind schön. Ich sehe sie von vorne und von hinten durch die Linse Deiner Leica. Die Farbenpracht ihrer Gewänder. Die Gerüche auf dem Markt. Die Fauna. Die Flora. Ich habe eine Kamera, ein Bett, irgendwo gibt es Wasser. Was braucht der Mensch mehr! Besuch mich bald, nepos carus, mein lieber Walter! Hier ist die Sonne in der Tat ein Feuerball. Die Haut der Frauen glänzt. Wie das Herz eines Punschkrapferls.
Ich umarme Dich. Und: Gib meiner Frau Mama ein Bussi von ihrem Sohn.
Dein Onkel Jacques

In der Nacht vom zehnten auf den elften November 1942 schrieb Walter Grünwald im Traum zwei Briefe.

Lieber Onkel Jacques! Es ist geschafft. Ich habe meine Lieblingsmaschinen unter den Händen. Ich öle Maschinenteile und kratze das Eis von den Flügeln. Dein Walter
Lieber Georg! Teile Dir mit: Die Spitfire geflogen!!! Große Freude! Dein glücklicher Walter
Als er bei Sonnenaufgang im Zeltlager unter der kalten Dusche stand, hielt er sein Gesicht den spärlichen Tropfen hin. Nun schreibe ich schon Briefe im Traum, ich Narr! Hier werde ich niemals fliegen. Die Schlacht ist entschieden. Hätte ich nur einmal die Spitfire bestiegen! Joe ist nach London abkommandiert. Was tue ich noch hier?! Ich will weg! Dein glücklicher Walter, habe ich im Traum geschrieben! Aber nichts höre ich von Georg. All die Jahre nicht, und auch nichts aus Wien. Fella ist weg. Die Tasse ist weg. Was soll ich noch hier?
Ein Greifvogel schrie. Walter Grünwald suchte den Himmel ab. Nichts war zu sehen. Er fror und hörte jetzt wieder wie so oft bei Nacht das Stöhnen der Verwundeten im Lager vor Port Said. Wie lange hatten die Kämpfe vor El Alamein gedauert! Er hatte für Trinkwasser und frische Munition gesorgt. Endlich ist die Gefahr gebannt. Am 24. Oktober 1942 hat Montgomery die 8. Armee angeführt. Am Abend war die Wüste übersät von Toten. Viele in Walters Alter, auch jünger als er. In zehn Tagen wird er zweiundzwanzig und durfte bisher nicht ein einziges Mal fliegen! Im Nachschub hat er gearbeitet. Nun reparierte er Lastwagen im Camp St. Luke.

Er lief ins Zelt, holte den Briefblock. Er schrieb hastig. Es war Posttag.

11. November 1942

Lieber Georg!
Ich war wieder mal in Tiberias an unserem Lieblingsplatz. Habe mir ein Segelboot gemietet. Erinnerst Du Dich, wie wir auf den Kamelen geritten sind? Unsere Stammpension ist unverändert. Aber in Bat Galim können wir nicht mehr segeln. Schade. Ich hatte das Boot unterm Casino an einen Pfahl gebunden. Wie immer. Jetzt ist es hin. Das Mittelmeer kann wild sein.
Was sagt das Orakel von Delphi? – Ach, was! Wo steckst Du?
Was hörst Du aus den Morsezeichen?
Hic Rhodos, hic salta! Ich fahre in der Wüste spazieren.
Es geht mir gut. Die Sonne scheint. Servus!
Dein Walter

*

In Palästina hatte ich nicht nur ständig Angst vor der deutschen Zange aus dem Norden und Süden, sagte Walter, als er achtundachtzigjährig zurückblickte, ich bangte um das Leben meiner Eltern. In letzter Zeit denke ich oft an unser Speiszimmer in der Hollandstraße. Ich werde alt. Die Kredenz war so schön! Wer sie jetzt wohl hat? Ich würde sie so gern einmal fotografieren. Kannst du nicht über das Internet herausfinden, wo sie ist? Ich würde auch etwas für die Fotografie bezahlen. Ich will meine Möbel ja nicht haben. Ich will sie nur noch einmal sehen und fotografieren. Es ist so viel verschwunden. Im Garten meines Großvaters von Langenzersdorf habe ich mit meinen Cousinen hinter den Stachelbeerbüschen und Ribiseln (ihr sagt Johannisbeeren) Verstecken gespielt. Die Birnen waren so süß. Es wuchsen dort auch Kartoffeln, Salat und Holler. Daraus kann ich dir ein feines Omelett machen. Man gibt den Eierteig in die Pfanne, stippt die Blüten hinein und schneidet die Stiele ab. Zimt und Zucker drüber. Das schmeckt sehr gut. 1940 oder 1941 hat meine Cousine einmal meine Eltern in der Hollandstraße besucht. Sie sagt, sie hätten in einer leeren Wohnung gehaust. Kannst du dir das vorstellen? Sie hätten ihre Möbel einer Spedition am Bahnhof übergeben. Ist das möglich? Ich weiß es nicht. Ich würde die Kredenz so gern noch einmal sehen. Die Türen hatten Intarsien aus Rosenholz. Oben stand die Göttin Diana im Halbrelief einer Mandorla. Irgendwer muss sie jetzt besitzen! So etwas Schönes zerstört man doch nicht.

*

Feierabend, rief Walter Grünwald eine Stunde vor Beginn des ersten Sabbats im Februar 1943 seinem Kollegen zu, schloss die Werkzeugkiste, ich will endlich wissen, wo mein Freund Georg steckt. Morgen geht's auf nach Tel Aviv.

Nach dem Frühstück schwang er sich in St. Luke auf sein Motorrad. In der Nacht war Schnee gefallen. Zu Walters Bedauern schmolz er in der Morgensonne dahin, aber in den Vorgärten leuchteten weiße Flecken in den Zweigen der Sträucher und auf dem Rasen. Unter den alten Bäumen der Alleen lösten sich weiße weiche Bollen, zerfielen im Fallen in tausend helle Punkte; zaudernd sanken sie und stiegen wieder in die Luft, bevor sie in ihr zergingen. Der Himmel war strahlend blau. Durch den Schnee hatte das Licht eine geheimnisvolle Kraft; sie steigerte Walters Vorfreude auf das Wiedersehen mit den Menschen, die Georg ihm als *seine besten Vermieter* vorgestellt hatte.
Beide waren Musiker. Rudolph Eckstein war in den Jahren vor 1938 regelmäßig in Wien, Salzburg, Budapest und Prag aufgetreten. Er stammte aus Ungarn und war als Kind nach Wien gezogen. Während seiner Studentenzeit hatte Walter oft den Wunsch verspürt, einmal vierhändig mit dem Pianisten zu spielen. Doch hatte er nie gewagt zu fragen.
Während er durch den Stadtkern fuhr, grinste er über seinen Jugendwunsch, der ihm jetzt dumm und anmaßend erschien. An diesem Spätvormittag waren nur wenige Fußgänger unterwegs. Ab und an kam ihm ein Auto entgegen. Eine blauschwarze Katze flitzte auf weißen Pfoten über die Fahrbahn, gestreckt bis über die Schwanzspitze hinaus. Walter schaute ihr nach, und sein Blick streifte die geschlossenen Fensterläden der Mietshäuser. Langsam rollte die Rudge. Das Quartier kam ihm bekannt vor. Er erinnerte sich an die Pla-

tanen zu beiden Seiten der Fahrbahn. Ihre Äste glänzten schwarz vor dem azurblauen Himmel. Der Name Felix Mendelssohn schwebte auf einem Plakat vorüber. Jetzt ein Konzert hören! Das wäre herrlich. Na ja, dachte der Motorradfahrer, vielleicht erwische ich heute Abend eins.

Bald darauf stand er vor dem Haus, das er suchte, und drückte auf den Klingelknopf, zog aber rasch den Finger zurück; er hatte kein Gastgeschenk; keine Blume, keinen Stein aus der Wüste, nichts. Ihm wurde heiß. Aus dem Treppenhaus war das Klacken von Damenschuhen zu vernehmen. Das wird sie sein, jetzt kann ich nicht mehr weg, es ist zu spät.

Walter, rief Ines Eckstein freudig überrascht, Walter Grünwald! Sie waren ja eine Ewigkeit nicht hier! Wie schön, dass Sie mich besuchen. Kommen Sie herein. Sie reichte ihm die Hand mit festem Druck. Sie kennen ja den Weg. Bitte sehr! Sie stiegen in die zweite Etage, wo Ines Eckstein die Dielentür aufschloss.

Georg hatte sie in den ersten Wochen ihrer Bekanntschaft als die beste Freundin seiner Mutter vorgestellt. Ines sei so sehr Salzburgerin wie seine Mutter Wienerin, wodurch die beiden sich hübsch ergänzen würden. Sie hätten sich in einem Kindererholungsheim kennengelernt und seien seitdem unzertrennlich, naturgemäß hätten sie auch zusammen in Wien und Salzburg studiert.

Mein Mann hat ein Konzert in Jerusalem, sagte Frau Eckstein, nachdem sie Walter einen Stuhl am Tisch angeboten hatte, leider kann ich ihn heute Abend nicht

hören. Sie hob die Schultern bis an die Ohrläppchen, schade, Mahlers 8. Ich kann's nicht ändern, sie presste ihre Lippen auf komische Weise aufeinander, ich habe ja meine Schüler. Darauf lächelte sie, alles hat zwei Seiten; wäre ich nicht hier, hätte ich die Chance verpasst, mit Ihnen zu plaudern. Warten Sie einen Moment, Walter, ich sage meiner Schülerin Bescheid. Sie verschwand durch eine Seitentür und erschien nach zwei Minuten wieder in der Wohnküche. Walter Grünwald schmunzelte, als die ersten Töne aus dem Nebenzimmer erklangen, den Donauwalzer habe ich mit sieben gespielt. Darf ich rauchen? Klar, meinte sie, Georg hat immer geraucht, und ich tue es gelegentlich. Hier ist ein Aschenbecher.
Sie hielt den Kopf schräg nach unten, während sie die Flamme auf dem Gasherd anzündete, und zu ihm hinüberrief, du magst doch Kaffee? Ich habe ihn frisch gemahlen, bevor Sie schellten.
Kaffee, ein Geschenk der Götter, Frau Eckstein! Au, jetzt hat sich Ihre kleine Schülerin vergriffen. Der Takt wurde mehrmals wiederholt. Eine Dame aus Salzburg, Walter, sie ist im Alter deiner Großmutter und sehr eifrig. Seit ihrer Jugend hat sie nicht mehr gespielt. Nun hat sie wieder angefangen, besitzt aber hier kein Instrument. Ihre Familie ist in alle Welt verstreut, und sie freut sich über jede Minute, in der sie ungestört am Klavier arbeiten kann. Manchmal kommt sie zum Üben, wenn ich Besorgungen mache. Seit einem halben Jahr nimmt sie Unterricht. Wir sind auf meine Schüler angewiesen. Aber hier hat niemand viel Geld, der zu

mir kommt. Was schwatze ich! Sie wollen gewiss Neuigkeiten von Georg hören.
Er nickte, und wie vor der Haustür spürte er, wie ihm die Röte vom Nacken ins Gesicht stieg.
Ich bin so froh, dass Georg jetzt in Sicherheit ist. Wann hört dieser Wahnsinn endlich auf? Ich habe einen Brief für Sie. Er kam vorgestern. Glücklicherweise ist er noch nicht weitergeschickt, ich kam nicht dazu. Sie ging hinüber zum Küchenschrank und zog einen Umschlag aus der Schublade, bitte sehr. Nun saß sie ihm wieder gegenüber am Tisch.
Hat er mir nur einmal geschrieben?
Ich habe Ihre Briefe an alle Adressen geschickt, die ich von ihm hatte, Walter, aber höchst wahrscheinlich hat er sie nie bekommen. Du darfst ihm das nicht nachtragen, er konnte unmöglich schreiben. Sie strich mit der Handfläche über die Tischdecke. Es dauerte eine Weile, bevor sie ihr Gesicht wieder hob. Er musste sein Leben retten. Georg ist zweimal desertiert. Der Wasserkessel flötete. Erleichtert sprang Frau Eckstein auf. In drei Schüben goss sie das Wasser über das Kaffeemehl und stellte die Kanne auf den Tisch. Wenn ich mich recht erinnere, mögen Sie gern eine Melange. Sie sah ihn fragend an, und er nickte, wobei ihm wieder heiß wurde, darf ich Ihnen helfen, Frau Eckstein? Sie öffnete einen Schrank und reichte ihm die Zuckerdose, Tassen, eine Keksschachtel; aus dem Kühlschrank holte sie ein Kännchen mit Milch. Die Tassen sind nicht *von ihrer Hand* bemalt, dachte Walter Grünwald und sagte, der Kaffee ist gut, Frau Eckstein.

Den bekomme ich von einer Schülerin. Ihre Augen blitzten auf, als sie ihren großen Braunen an die Lippen hob. Dabei fiel ihm die weiße Strähne in ihrem Haar auf. Der Kaffee ist wirklich gut, rief er noch einmal und zwar lauter, als er gewollt hatte. Wieder stieg ihm die Röte bis in die Ohren. Der Brief brannte in seinen Händen. Sein Blick flog über die ägyptischen Marken hin, dann bohrte er sich in die Briefmarken und schweifte darauf durchs Zimmer. Eine Fliege summte. Das Blumenmuster der Tapete war verblichen; auf einem Bord waren kleine und große Elefanten aus Holz, Marmor, aus Elfenbein und Stoff aufgereiht. Jetzt war das Summen verstummt, die Fliege putzte sich auf einer Kuckucksuhr. Sie tickt zu laut, dachte Walter Grünwald, die Kaffeetasse mit beiden Händen umfasst, sie stammt nicht aus der Allenbystraße, es muss eine Wiener Tasse sein. Hastig trank er, verschluckte sich und hustete, warum fangen mich die Dinge immer wieder wie einen Krebs im Netz der arabischen Fischer, die Schnur wird zugezogen?! Und er sagte, die Melange schmeckt gut, sagte es mit übertriebener Munterkeit. Der Brief seines Freundes lag vor ihm; seine Fingerspitzen berührten ihn, und sein Blick flog erneut an die Wand, er mochte keine Kuckucksuhren, und als ob sie seinen Gedanken gelesen hätte, unterbrach sie das Schweigen, ich mag die Uhr auch nicht. Ein Schüler hat sie mir gebracht. Für ein Semester Unterricht. Seine Eltern sind 1933 aus Freiburg geflohen. Die Uhr muss meinem Thomas viel bedeuten. Nun schellt er mittwochs pünktlich um sieben Minuten vor vier und wartet hier – sie wies lächelnd auf eine Stelle neben dem Tisch – auf seinen Kuckuck. Ich hatte die Uhr weggeschlossen, bis mir eines Tages auffiel, dass der kleine Kerl sie heimlich suchte. Jetzt ist er zufrieden. Magst du noch Kaffee?

Danke, gern.

Nachdem die Tassen wieder gefüllt waren und Walter Milch dazu gegossen hatte, wagte er endlich, die Frage zu stellen, die ihn die ganze Zeit quälte: Warum ist Georg desertiert, Frau Eckstein? Zweimal sogar! Er wollte doch unbedingt nach Griechenland.

Lesen Sie keine Zeitung? Ach, wie dumm ich bin, verzeih, Walter! Wie solltest du auch! Du kämpfst ja in der Wüste. Walter Grünwald freute sich darüber, dass sie ihn nun schon zum xten Mal geduzt hatte. Er mochte sie gern und fühlte sich wohl bei ihr; seine blöde Scham und der Ärger über sich selbst wegen der vergessenen Blumen waren verflogen. Ich darf, und ich durfte nicht kämpfen, sagte er, ich bin bei der Nachhut. All die Jahre. Mal hier, mal da. Jetzt setzte ich Militärwagen instand. Ich wäre brennend gern gegen die Deutschen geflogen, das müssen Sie mir glauben, Frau Eckstein. Sie sah Wut und Kränkung in seinen Augen und dachte, dummer Junge, sagte aber, wer weiß, wo Sie jetzt wären, wenn Sie in Afrika gekämpft hätten ... Georg wurde als Funker in Griechenland eingesetzt, und bereits im April '41 marschierten die Deutschen ein, Walter.

Ich weiß.

Da hat er Angst bekommen, und, denk dir nur, zwei Tage, bevor die britischen Truppen nach Ägypten eva-

kuiert wurden, setzt er allein bei Nacht und Nebel über nach Kreta. Wie er das geschafft hat, weiß ich nicht. Auf der Insel hat er sich dann wieder bei den Briten als Funker gemeldet. Aber schon rücken die Deutschen nach, und er flieht aufs Neue. Jetzt hat er einen Posten im Flugturm von Kairo.
Und war jedes Mal zweifach in Gefahr! Walters Stimme war rau, zum Desertieren gehört viel Mut. Und auch ... Glück.
Mut hat er; das weißt du, Walter.
Glauben Sie an Engel, Ines? – Ich habe auch oft Glück gehabt.

Auf der Straße nahm Walter Grünwald sich vor, ihr bald einen Blumenstrauß zu bringen. Georgs Brief steckte in der Hosentasche. An der nächsten Tankstelle wollte er ihn lesen. Doch bevor er nach dem Tanken wieder auf den Sattel stieg, fuhr er mit gespreizten Fingern durch sein Haar. Abrupt hielt er in der Bewegung inne.
Wie lange ist es her? Zwei Jahre? Vier? Wann hat die schöne Dame mich verwöhnt? Die Haarartistin mit der Stimme wie Moos. Seltsam, macht man eine bestimmte Bewegung an einem bestimmten Ort, fällt einem etwas ein, woran man lange nicht gedacht hat. Ich werde den Brief später lesen.
Er schwang sich auf die Rudge und brauste davon. Vorbei an den hohen Mietshäusern der Innenstadt, an Plätzen und Plakaten. Bis in die Gassen, wo ausgehungerte Katzen um Mülleimer strichen und der Putz

von den Fassaden bröckelte. Hier glitt das Motorrad langsam dahin. Das Licht war weiß, die Sonne stand hoch. Ein gelber Hund lag auf der Fahrbahn. Walter stellte den Motor ab, ließ seine Füße über den Boden gleiten. Hinter der nächsten Kurve müsste es sein ..., biegst du rechts, wieder rechts, biegst du links ... Diese Stimme! Ihn schwindelte. Nein, dachte er, wendete und warf die Kiste wieder an, jetzt nicht. Später. Vielleicht ... Die Großmutter wartet.
Während der Motor leise brummte, und während Walter Grünwald um den gelben Hund herumfuhr und sah, wie die Schwanzspitze wippte, meinte er, hinter sich das Bimmeln einer Türglocke zu hören. Er schaute in den Rückspiegel und entdeckte darin die Gestalt einer winkenden Frau. Ein Band schimmerte hell in einem Bogen von schwarzem Haar. Er starrte in den Spiegel, fuhr langsam, aber er fuhr, und die Frau wich zurück, klein und kleiner, bis sie ein Pünktchen und schließlich ganz verschwunden war, als die Straße abbog. An diesem Tag schaute Walter Grünwald häufiger als nötig in den Rückspiegel.
Als er sich Haifa näherte, zog eine Rauchfahne vom Hafen hinüber zum Karmel. Die Luft war schwer von Brandgeruch. Endlich tauchte das Casino vor ihm auf. Der dreigeschossige Betonbau, der sonst hell und prachtvoll strahlte, war von einer Wolke umhüllt. Aber Walter Grünwald nahm sie nicht wahr; er schaute zum Strand, wo die Pfähle der Nachtbar wie einst, wenn er nach der Arbeit rauchend den Orion grüßte, vom Meer umspielt wurden. Bei der Palme hielt er an.

Eins nach dem anderen, pflegte die Großmutter zu sagen. Jetzt war der Moment da. Seine Füße berührten den Boden. Er zog den Brief aus der Tasche. Ratsch, war der Umschlag geöffnet.

Kairo, 18. Dezember 1942

Lieber Walter!
Heute ist Dein Geburtstag.
Ich gratuliere Dir aus der Hauptstadt Ägyptens. Dreitausend Jahre hat sie mehr auf dem Buckel als Dein Vindobona an der Donau. Ein schönes Fleckchen Erde. Täglich schaue ich auf die Pyramiden. Komm mal rüber! Du bist doch nicht weit von mir. Ines hat mir Deinen Brief geschickt. Du findest mich im Flugturm. Verzeih, bisher kam ich nicht zum Schreiben.
Gestern traf ich auf dem Markt in der Altstadt ...
Rate mal, wen!
Deine Felicitas. Sie schob einen Kinderwagen. Die Dame hat einen englischen Offizier geheiratet. Jetzt weißt Du, wo sie ist, und Du weißt nun auch, wen Du nicht ... ach was! Du findest schon eine Frau. Freu Dich auf Amerika!
Mir geht es gut. Dir hoffentlich auch.
Servus! Wir treffen uns nach dem Krieg (... sagte der brave Soldat aus Budapest).
George

P. S. Wie Du siehst, ist Georg tot. George aber lebt.
Brandgeruch hing in der Luft. Es stinkt, fluchend kniff Walter die Nase zu. Seine Schenkel pressten das Metall

der Maschine. Jetzt weiß ich Bescheid! Klick, machte das Feuerzeug, die Flamme leckte das Papier; schwarz stoben die Flocken, dann sanken sie zu Boden. Die letzten Funken wurden zertreten.
So geht's in der Welt, sagte Walter Grünwald vor sich hin, stieg vom Motorrad, schloss es ab und ging auf das Casino zu. Die Nachtbar ist auf Pfählen erbaut, ich hatte auf eine Frau gebaut. Ruhig, Walter, eins nach dem anderen, hat Großmama gesagt, was wird noch kommen?! Ja, sagte er laut, es war einmal schön. In Wien.
Das Wort *Wien* wehte einen vertrauten Geruch in seine Nasenflügel. Er schnupperte, es riecht nach Kartoffelfeuer in Krummnussbaum! Und wie im Herbst, wenn er sich auf die Erdäpfel in der schwarzen Kruste freute, sammelte sich Spucke in seinem Mund; sie schmeckten süß. Fantastisch, dachte Walter Grünwald, meine Nase erinnert sich! Der Mensch ist *ein seltsam Ding*, unberechenbar und unergründlich. Grübelnd überließ er sich seinen Füßen. Sie führten ihn hinunter zum Strand. Am Wasser angelangt, waren die Kindheitsbilder erloschen. Sein Kopf war leer. Er ging und ging, und plötzlich rannte er. Eine Möwe flog auf. Sie schrie im Flug. Er rannte dem Schrei hinterher, und als der Vogel in der Ferne auf einem Sandhügel stand, ein steinernes Bild, stürmte Walter auf das Ding zu. Die Möwe kreischte, hob ab, schoss über den Kopf des Läufers und dann landeinwärts fort.

*

Ich verstehe das bis heute nicht, sagte Walter, als er achtundachtzigjährig auf sein Leben zurückblickte, ich habe nie verstanden, warum sie mich verlassen hat. Wir waren so verliebt, wollten heiraten. Ich hatte ihr meinen größten Schatz anvertraut. Die Briefmarken wären heute ein Vermögen wert. Futsch. Da kann man nix machen.
Ob ich sie je wieder sah, willst du wissen? Ha, er lachte bitter auf, nach vierzig Jahren! Aber das ist eine andere Geschichte.

*

Vor drei Tagen hättest du hier sein sollen, rief Arnold Eisenmann dem Neffen seiner Frau beim Abendessen zu und tupfte mit der Serviette über seine Lippen, die Ölraffinerie von Haifa wurde bombardiert. Das war ein Feuer, Junge!
Nicht kleinzukriegen, das Pack, zischte Walter Grünwald, in Ägypten haben wir sie geschlagen, und hier bomben sie weiter!
Die sind überall, seufzte Frau Schnek.
Wenn sie nicht so verbrecherisch wären, müsste man die Deutschen bewundern, Arnold schmatzte, sie fliegen so tief, dass du dem Piloten die Nase putzen könntest.
Aber nicht mehr lange! Walter atmete sacht durch die Nase und drückte den Griff des Messers, mit dem er ein Stück vom Hühnerfilet hatte abschneiden wollen, so fest, dass seine Fingerknochen bleich wurden. Seine

Zähne rieben aufeinander, als wollten sie etwas zerbeißen, das nicht zu packen und doch auf der Stelle zu zermahlen war. Du wirst bald fliegen, mein Junge, in Amerika. Frau Schnek hatte an diesem Abend nur *ihren* Walter im Blick. Sie spürte, dass er tiefer verwundet war als durch Waffen aus einer Munitionsfabrik. Auch in der Stadt haben sie gebombt, warf Grete ein. Walter sah erstaunt zu ihr hinüber. Sie hatte den ganzen Abend geschwiegen. Plötzlich beobachtete er, wie ihr Mund zuckte und ihre Hände an ihren Leib schnellten. Wann kommt dein Baby, fragte er. Morgen, brüllte Aviva triumphierend. Sie besuchte inzwischen die Vorschule. Morgen? Walter zwinkerte ihr zu, und wie soll es heißen? Kaiz, sie lächelte spitzbübisch, das heißt nämlich Sommer. Stolz zog sie ihre Stirn kraus, ich gehe schon zur Schule!
Und wenn's ein Bub wird?
Mit ihrer kräftigen Stimme verkündete sie, damit alle am Tisch es hörten, Walter; das Baby soll Walter heißen. Siegessicher schaute sie in die Runde.

Am nächsten Morgen begleitete Arnold seine Frau im Taxi ins Krankenhaus.
Spät am Nachmittag kam er zurück. Seine Arme hingen schlaff; auch die Schnurrbartspitzen hingen. Willst du einen Kaffee?, fragte Walter, ich habe gerade eine Kanne aufgebrüht, Großmutter ist oben. In diesem Moment erzitterte das Haus unter einem pfeifenden Getöse, und Walter sah, wie sein Onkel mit der Geschmeidigkeit eines Delphins in den Garderobenschrank sprang, bevor

er selbst unter den Tisch hechtete. Totenstille folgte. Dann war aus dem Obergeschoss Avivas Wimmern zu hören, und das gleichmäßig sanfte Murmeln der Großmutter ging in ein Kinderlied über. Auch zur Beruhigung der Männer im Schrank und unterm Tisch.

Den Schuppen hat's erwischt, knurrte Arnold, als er nach seinem Kontrollgang die Haustür wieder hinter sich schloss. Inzwischen hatte Frau Schnek den Kaffeetisch gedeckt; eine Dose mit Kipferln stand immer bereit.

Walter trug wiehernd seine kleine Cousine auf den Schultern durchs Haus, die Treppe hinauf und hinunter, bis ihr die Angst aus dem Leib gerüttelt war und, wie er hoffte, auch aus der Seele.

Brrrr, prustete Aviva, jetzt gibt's Zückerchen fürs Pferdchen, brrr, und auch für die Reiterin.

Erzähl mal, Arnold, wie war die Geburt? Frau Schnek goss Kaffee ein und nickte ihrem Schwiegersohn zu, trink einen Schluck; das tut dir gut. Aviva richtete sich auf ihrem Stuhl sehr hoch auf; heiße Schokolade gab es nur an Festtagen.

Es war schlimm, stöhnte Arnold. Mit seinem karierten Taschentuch wischte er über die Stirn, ich habe stundenlang auf dem Korridor gewartet; eine Schwester gab mir Beruhigungstropfen. Nein, eine Geburt ist nichts für einen Mann. Viel zu schlimm!

Ganz recht, mein lieber Schwiegersohn, eine Geburt ist nicht leicht. Sie lächelte zu ihm hinüber, wie heißt denn das Kind?

Michael Arnold Eisenmann!

Walter sprang vom Stuhl auf, küsste seine Großmutter, Michael, habt ihr das gehört?
Michael Arnold, flüsterte der Vater des Neugeborenen und griff nach einem Kipferl.
Aber das Baby soll doch Walter heißen! Aviva hatte Tränen in den Augen.
Michael ist der Name eines Engels, mein Schätzchen, ein schöner Name für einen Jungen! Katharina Schnek streichelte die Hand ihrer Enkelin; reglos lag sie neben der Tasse.
Wenn wir in Wien sind, das verspreche ich dir, rief Walter seiner kleinen Freundin zu, werde ich dir die Kirche zeigen, wo der Erzengel Michael auf dem Vordach steht. Er zückt einen Speer, schau, Aviva, sieh her! So hat er einen Drachen erlegt. Dem hält er seinen goldenen Schild entgegen. Und was meinst du, was auf dem Schild steht? Jehova. Nur dieses Wort. Es bedeutet Gott.
Das weiß ich schon lange. Ohne Regung hatte sie, grimmig den Kopf über die Tasse gebeugt, die theatralische Vorstellung ihres Onkels verfolgt, ich bin kein Dummkopf. Dann aber fragte sie leise von unten herauf, warum?
Der Drache war böse, Aviva, so böse, wie du es dir nicht vorstellen kannst.
Dann hat er Mut, der Michael, sagte sie befriedigt und richtete sich feierlich auf, steckte ein Plätzchen in den Mund. Der stolze Vater ergänzte, Arnold bedeutet: Er herrscht wie ein Adler.

KAPITEL 8

Am letzten Tag eines Kurzurlaubs im August 1944 wandert Walter Grünwald durch den Persischen Garten.
Die deutschen Truppen waren im Norden und im Süden geschlagen, wusste er, die Gefahr der deutschen Zange war gebannt. Aber die Züge. Die Züge ratterten Tag und Nacht durch das zerstörte Europa. Wie Vieh schleppten sie jüdische Frauen, Kinder und Männer in Todeslager. Das wusste Walter Grünwald nicht, als er unter Bäumen den Hügel erklomm. Es war ihm auch nicht bekannt, dass in der deutschen Landwirtschaft und Industrie, einschließlich der Rüstungsindustrie, zwölf Millionen Zwangsarbeiter aus den umliegenden Ländern schufteten und hungerten, krank vor Heimweh und Not. Amerikanische Truppen waren an den Küsten Europas gelandet, hatte er erfahren und sich vorgenommen, die Zeit bis zum Ende des Kriegs ohne zu murren irgendwie zu überstehen.

Morgen früh wird er ins Zeltlager zurückfahren und Schrauben an irgendeinem Lastwagen anziehen oder lösen. Jetzt wollte er zeichnen. Bald werde ich Mama in Amerika wiedersehen, munter schwang die Tasche an seiner Hand, Papa wird mich küssen, Walter lächelte, ich werde den Kuss erwidern. Und dann wird ein selbstbestimmtes Leben geführt. Ich will fliegen, aber auch studieren; mir fehlen die Bücher. Er seufzte, es fehlt so vieles.

Das Zeugnis seiner theoretischen Flugprüfung war gut. Die letzten Korrekturen der Konstruktionspläne waren

aus Kairo geschickt worden. Der britische Fernkurs hatte Walter Grünwald viel Geld gekostet. Jetzt war er bestanden.
Unter ihm lag die Bucht von Haifa. Ein Schiff näherte sich dem Hafen. In der Höhe kreiste ein Vogel. Wie schön dieser Garten ist, dachte er, ich hatte es vergessen. Freudig lief er auf die Bank auf halber Höhe des Hügels zu. Doch erschrocken rannte er weiter; sie war einmal sein Lieblingsplatz gewesen. Er warf einen Blick hinab über die Bucht und wandte sich nach rechts dem Olivenhain zu, gelbgrüner Blütenstaub bedeckte den Weg. Dann stieg er die ausgetretenen Stufen der Steintreppe hinauf. Vor einer Hibiskusblüte surrten die Flügel einer Hummelelfe. Hinter den Büschen plätscherte der Springbrunnen. Die Agave stand in Blüte, *seine* Agave; hoch reckten sich die Rispen in den Himmel. Walter staunte. Fünf Jahre zuvor hatte er sie zum ersten Mal gesehen. Nun ist sie dem Tode anheim gegeben. Wer dichtete so über Tod und Schönheit? Aber nicht lange zerbrach er sich den Kopf; ein Chamäleon nahm seine Aufmerksamkeit gefangen. Es war über den Weg gehuscht und flitzte nun zickzack den Stamm eines Magnolienbaums hinauf. Ich könnte es fangen und in meinem Einweckglas mit ins Camp nehmen, dachte er, das wäre lustig, er schlenderte jedoch vorüber. Nach drei Schritten wandte er den Blick zurück und sah, wie das Tier sich nach ihm umschaute. Da lachte er zum ersten Mal seit vielen Monaten laut. Husch, war der Zauber vorbei.
Auf einem Plateau unterhalb des Karmelgipfels breitete er seine Zeichenutensilien aus. Im Schneidersitz

zog er sofort, nachdem er den Block geöffnet hatte, mit sicherer Hand von links nach rechts eine Linie über das weiße Blatt. Ein Bogen umriss die Bucht Haifa, und mit flinken, parallel geführten Strichen wurde die Bewegung der Wellen in eine klare Form gebracht. Oberhalb der Horizontlinie zogen Sommerwolken westwärts. Eine Vogelspur wurde aufgenommen, und am unteren Bildrand übertrug der Zeichner die Linien des geharkten Wegs aufs Blatt. Sein weicher Bleistift folgte der Flugbahn eines Schmetterlings und ein harter den Wasserspuren eines Segelbootes. Immer wieder sah Walter zur Bucht hinunter. Schiffe zogen hinaus. Er arbeitete konzentriert, kniff ein Auge zu, nein, so nicht, das Segelboot zerstört die Komposition. Er radierte. Aber das Spinnennetz, das er in den Blättern einer Distel entdeckt hatte, gefiel ihm, auch die schleimig glänzende Schneckenspur links im Bild. Nach einer Stunde prüfte er seine Arbeit, verbesserte hier und da. Dann schloss er den Block. Befriedigt stieg er hinab zum Ausgang des Gartens.

Auf dem Wiesenstück vor dem Tor stand sein Lieblingsbaum. Waren drei oder fünf Jahre vergangen, seitdem er ihn zum letzten Mal beachtet hatte? Die Schoten waren lang und schmal wie braune Fisolen. Ihre Nüsse schmeckten süß. Er pflückte einige für sich und für Aviva. Während er nun kauend weiterging und die Tasche an seiner Hand baumelte, fragte er sich, wann seine Gedanken eigentlich zum letzten Mal so intensiv übers Meer geflogen waren wie vorhin. Seit Jahren lebte er in Palästina. Er hatte einen Job bei der

britischen Armee. Er teilte sich seinen Sold klug ein, sparte. Bald würde der Krieg zu Ende sein. Sprich nicht mehr von Wien, hatte Georg gesagt, du musst überleben.
Walter trug den Skizzenblock unterm Arm. Als er ihn, in Gedanken verloren, fest an die Brust presste, fiel ihm ein, zu welcher Gelegenheit er ihn gekauft hatte, und war überrascht. Denn seit dem Abend, an dem er Skizzen von Georgs Händen angefertigt hatte, war ihm seine Mutter nicht mehr im Traum erschienen. *Sie trägt ihr Satinkleid, das streckt ihre Gestalt.* Er sah sie jetzt vor sich, klar umrissen stand sie da. *Sie winkt mit der Zigarettenspitze, das Fenster springt auf, der Vorhang weht. Ein Scherz, ruft sie.* Wütend kickte Walter einen Stein vor sich her, ein Scherz! So ist das mit den Frauen. Braunäugige Felicitas! War alles nur ein Scherz! Ich will nach Amerika.
Er rannte den Weg hinab, steckte Tasche und Skizzenblock in die Motorradtasche und sauste hinunter zum Strand. Dort warf er sich in die Wellen. Als er wieder auftauchte, schüttelte er sein Haar, fuhr mit den Fingern durch die nassen Strähnen und lief durch die Brandung.
Nicht weit entfernt von seiner Düne, wo er vor vielen Jahren eine Hütte gebaut hatte, hörte er plötzlich seinen Namen. Erstarrt blieb er stehen. Die Beine hatten die Kraft verloren, seine Füße waren an den Grund gekettet. Er berührte seine Stirn, und mit seinen fein gegliederten Fingern fuhr er sehr langsam durch sein Haar. Was jedoch eine Wiederholung der akustischen Halluzination nicht verhindern konnte. Walter, hörte er

zum zweiten Mal, und das Echo schlich an den Innenwänden seines Schädels entlang, bohrte sich durch seinen Klumpen Hirn, ein Scherz, Walter, es war nur ein Scherz! Er rieb seine Schläfen. Ich bin verrückt. Stehe ich kopf? Wo bin ich? Völlig übergeschnappt. Wie der Soldat in Ägypten verschnürt aus dem Panzer gezerrt und zum Irrenarzt geschleppt. Im Zeitlupentempo hoben sich seine Hände wieder an die Schläfen; sie rieben in kreisender Bewegung. Darauf öffnete Walter die Augen. O weh, jetzt habe ich schon die Erscheinung von Kindern. Er klappte die Augen zu. Nach zehn Sekunden sah er, dass sie ihren Platz gewechselt hatten. Sie schleppten rote und gelbe Behälter, liefen vor, zurück und wieder her, und Walter sah, wie sie sich abmühten, das Meer in eine Mulde zu gießen. In der Ferne hupte ein Schiff. Walter kniff die Augen zu. Als er sie wieder öffnete, stellten sich seine Pupillen mit Mühe auf das Mittagslicht ein. Bei der Brandung nicht weit entfernt von der Kindergruppe nahm er einen Arm wahr, der winkte, und hell schimmerte ein Band in einem Bogen von schwarzem Haar. Träume ich? Er stand regungslos. Seine Beine waren steif.

Aber als er sah, wie die Gestalt sich ihm stetig nähernd, zu wachsen begann, löste sich sein Fuß vom Grund, als sei er ferngelenkt, und Walter meinte zu schweben. Seine Beine streckten und hoben sich auf die Frauengestalt zu. Immer größer und größer wurde die Gestalt; und je klarer sie ihm erschien, desto höher bewegten sich seine Beine. Doch er konnte sie nicht steuern, war unfähig, Richtung und Geschwindigkeit seiner

Glieder zu bestimmen. Und wie vor drei Jahren im Rückspiegel seines Motorrads, oder waren es zwei, sah er Aphrodite vor sich. Er wollte der Erscheinung die Hände entgegenstrecken, konnte aber seine Arme nicht heben. Stattdessen tauchte, während er auf sie zuschwebte, ein Kindheitstraum hinter seiner Stirn auf; die Knie umschlungen, sitzt er wohlig in einem warmen Ofen. Ich abbe dich gesucht, Walter, lange gesucht; jetzt ist alles gut. Er hörte die Stimme, weich wie Moos und dunkel wie die schwarze Erde darunter, biegst du rechts, biegst du links, hast du Tankstelle ... Endlich, nachdem er seine Augen gerieben hatte, erkannte er sie. Lachend stand sie vor ihm. Sie trug ein gelbes Kleid mit weißen Streifen, in der Taille von einem schwarzen Lackgürtel gefasst; an der Hand schwangen ihre Sandalen. Komm, sagte er leise, kehrte zurück in seinen Traum, er griff nach ihrer Hand. Das fühlt sich gut an, ein guter Traum, er lächelte, und sie liefen zu der Stelle, wo er seine Kleidung abgelegt hatte. Sie sagte kein Wort. Er sprach nicht. Er streifte Hemd und Hose über, nahm ihre Hand. Aus dem Schwimmbad flogen Rufe herüber. Sie schauten sich nicht an, als sie über den heißen Sand zur Straße rannten, wo das Motorrad stand.

Walter Grünwald fuhr mit der Frau davon, die er seit einer Ewigkeit, wie er meinte, kannte. Er fühlte sie, meinte, ihren Duft zu atmen, der Wind strich durch sein Haar, der Motor summte, und er wünschte, nie aus diesem Traum zu erwachen. Mit Rachel aus Tel Aviv. Sie kam aus dem Jemen. Die Nacht war kurz.

Am Morgen darauf im August des Jahres 1944 meldete Walter Grünwald sich in seinem Army Camp St. Luke am Fuß des Karmel-Bergs zurück.
Seine Welt war wieder weit.
Es gab einen Drehpunkt, gab Bewegung. Licht. Für jeden Auftrag war er gerüstet. Sie war älter als er. Sie war schön, und sie war klug. Federnd ging er an den Zelten vorüber auf das Offiziersbüro zu. Wir brauchen Sie dringend in der Werkstatt, Grünwald, sagte der Hauptmann, melden Sie sich sofort im Armeedepot.
Jawohl, entgegnete Walter und hätte am liebsten laut gejubelt: Danke, danke.
Von seiner neuen Arbeitsstelle in Haifa aus konnte er beide Wohnungen in dreißig Minuten erreichen, ihre in nördlicher und seine eigene in südlicher Richtung.
Jetzt musste er nicht mehr kalt duschen; im eigenen Bett durfte er schlafen. Seltsam, dachte er, das Leben ist geheimnisvoll, und er pfiff eine neue Melodie, während er zum letzten Mal durch das Zeltlager schlenderte, um sein Zeug einzupacken, es gibt Tage, an denen ist es schön, zu leben.
In der Werkstatt traf er bekannte Kollegen wieder; die Arbeit war weder schwer noch uninteressant, und am Abend wurde er erwartet.
So verstrich ein Jahr, in dem Walter Grünwald die Liebe neu erfand, während in Europa geschah, was nie ein Mensch begreifen wird.
Willst du Marillen einkochen?, rief Rachel zu ihm herüber. Lasziv hob sie ihren Arm, ein Einweckglas zwi-

schen den Fingerspitzen. Sie lag in einem Liegestuhl auf dem Balkon.
Walter schaute sich aus der Küche nach ihr um. Mein Terrarium, rief er. Er arbeitete rasch. Eine Kartoffel nach der andern platschte ins Wasser. Der Topf stand neben dem Gasherd auf einer aufgebockten Holzplatte. Darunter war eine Obstkiste hochkant aufgestellt. In den Fächern waren zwei Töpfe und eine Pfanne aufbewahrt. Im Sieb tropfte das Wasser vom Salat. Gedulde dich, mein Schatz, rief Walter, ich bin gleich bei dir. Er salzte die Fischfilets, presste Zitrone darüber und wälzte die Stücke in geschlagenem Ei und Paniermehl. Darauf wechselte er das Wasser der Kartoffeln, warf Salz in den Topf und zündete die kleinste der beiden Flammen an.
Hinter ihm sonnte sich Rachel, die Seidenbluse lässig geöffnet. Im Haar trug sie ein rotes Band. Ihre Fingernägel glänzten grün; spielerisch glitten sie über den Rand des Einweckglases am Boden. Ihre Augen waren geschlossen.
Nun lehnte Walter im Türrahmen und betrachtete seine Geliebte. Das Meer rauschte zum Balkon herauf. Ein Sonntag im Mai 1945. Ab und zu warf er einen Blick auf den Strand. Eine Gruppe von Kindern baute Türme und Kanäle. Ihre Körper waren dicht über ihr Werk gebeugt; manchmal stand ein Junge auf und begutachtete die Arbeit von oben herab, wies mit der Hand auf eine Brücke, einen Turm, gab eine Anweisung und entfernte sich wieder. Eine verschleierte Frau, die Mutter oder die Tante der Kinder, vielleicht

auch die älteste Schwester oder ein Kindermädchen, verfolgte das Spiel mit träger Aufmerksamkeit. Sie trug einen schwarzen Tschador und saß abseits von den Kindern. Plötzlich eilte der große Junge zwischen der Gruppe und dem Meer hin und her. Mit bloßen Händen schöpfte er Wasser, lief dann gebückt mit flinken Schritten. Das Gesicht zu einer Teufelsmaske verzerrt, schlich er sich an die anderen heran, spähte, und blitzartig öffnete er über einem Kinderkopf die Hände. Wild zappelten seine Finger in der Luft, und die Tropfen sprangen, bis alle laut schrien. Die Frau im Tschador kreischte dazwischen, winkte den Übeltäter zu sich, worauf sich die Szene wieder beruhigte. Doch zehn Sekunden später, Walter grinste, rollte sich der Junge durch den Sand und robbte zum Meer.
Was ist ein Terrarium? Rachels Augen waren geschlossen; spielerisch strich ihre Fingerkuppe über den Rand des Glases am Boden. Smaragden wippte ihr Zeh.
Sieh genau hin, flüsterte eine Stimme in Walter Grünwald, ihre Lippen glänzen wie der Himmel vor Sonnenuntergang, betrachte ihre Wimpern auf den Wangen, sie sind sorgfältig getuscht. Sie hat sich schön gemacht, flüsterte die Stimme, nur für dich, Walter Grünwald. Die Frau ist geschickt; heimlich übermalt sie den Mund; du liebst ihre Lippen, du willst sie küssen. Was ist ein Terrarium, Walter …? Langsam löste sich der Zeigefinger vom Rand des Einweckglases, und Rachels Arm hob sich. Ihre Hand hing herab, grün schillerten ihre Fingernägel in der Luft. Walter, flüsterten unter geschlossenen Augenlidern die Lippen, Walter.

Listig glitt jetzt der Frauenfuß von der Liege, zum Sprung bereit, und, ehe Walter sich versah, hopp, wurde er von starken Armen niedergezogen; die Balkonliege stöhnte. Willst du nicht saggen, was ist Terrarium? Sein Gesicht war an ihren Busen geplumpst. Sie lachte, und während er nach Luft rang, lösten ihre Finger seine Gürtelschnalle, krabbelten sanft über seine Haut, was ist ein Terrarium, mein Walter, ... das?

Sie habe Ziegen gehütet, sagte sie einmal, sechs Geschwister großgezogen, und als sie fünfzehn geworden sei, habe ihr Großonkel um sie gefreit. Da sei sie davongelaufen. Sie habe fleißig gearbeitet, Englisch gelernt. Nun würde ihr ein Haaratelier gehören und ... ein Walter. Im Gegenzug verlangte sie, *alles* von ihm zu wissen, alles.
Zu Ostern hatte Walter Grünwald seiner Geliebten ein Nest mit Eiern geschenkt. Er hatte Blumen darauf gemalt. Als in der Nacht ihr Haar an seiner Schulter lag und er rauchte, er nannte die Zigarette die Danach, erzählte er ihr die Geschichte von seinem Huhn. Tante Nannerl hatte ihm ein Küken geschenkt. Ein Wiener Osterbrauch. Nach dem Fest sollte er das Tierchen wieder abgeben, wie alle Kinder es taten. Mit acht Jahren aber weigerte ich mich, sagte Walter, ich wollte es großziehen. Du warrrst ein Kind mit dickem Kopf, grinste sie, hier, trink einen Schluck. Gutt, nun erzähl weiter. Das Küken lebte also in der Küche meiner Großmutter und wuchs zu einem Huhn heran. Jeder Besucher freute sich an dem Tierchen. Eines Tages buk

meine Großmutter einen Kuchen; ich half ihr. Das Huhn muss in den Gasherd gesprungen sein; da war es warm. Plötzlich schreit es, rennt durch die Küche. Es steht in Flammen. Mein armes Huhn! Ich werfe ihm ein nasses Tuch über. Es hatte alle Federn verloren. Aber es lebte! Anschließend ließ meine Großmutter einen Käfig in die Küche bauen. Das Huhn erholte sich, und die Federn wuchsen wieder nach. Du bist ein guter Mensch, sagte Rachel, und Walter Grünwald wurde an Moos erinnert und an die dunkle Erde unter dem Moos. Alle Geschichten, die du erzählst, sagen mir: Walter ist ein guter Mensch. Ich liebe dich, mein Goldfasan! Du darfst nie eine andere Frau lieben. Schwör mir das!

Ich schwöre nicht, mein Engel, Walter schloss die Augen, ließ seinen Händen ihren Lauf, spürst du nicht, was du mir bist?

Hand in Hand bummelten sie an einem Aprilsonntag 1945 über die Mole von Tel Aviv.

Tel Aviv bedeutet Frühlingshügel, auf nette Weise wollte Walter Grünwald unterhalten, Aviva, der Frühling. Als ob ich das nicht wüsste, dachte Rachel, sagte aber nichts. Sie schaute ihn auch nicht an. Sie kannte ihn ein wenig, verlor sich aber nicht in Träumereien, die sie *Flausen* nannte und zuhauf in Walters Kopf vermutete; sie hingegen lebte; sie *war*. Während seine Gedanken seit einer halben Stunde zwischen Gegenwart und Zukunft hin und her sprangen. Er hatte mit ihr Konzerte besucht, hatte sie ins Theater geführt, in die Oper. Die Aufführungen hatten ihm gut gefallen.

Sie wollte danach immer schnell ins Bett mit ihm. Bald müsste er Nachricht aus Amerika haben. Selten war er zu Besuch ins Casino gefahren, und mit wem hatte er in diesem Jahr mal ein Gespräch geführt wie mit George oder Joe? In der Werkstatt hatte er sich über dies oder das mit einem oder zwei Kollegen verständigt; Rachel beherrschte die Körpersprache. Perfekt. Die Wellen des Mittelmeers schlugen an die Kaimauer. Woran denkst du?, unterbrach sie das Schweigen zwischen ihnen; bleischwer erschien es ihr, und sie warf ein Geldstück in die Luft, *a penny for your thoughts!* Achtlos ging er weiter, hob die Münze nicht auf, lächelte ihr nicht zu, und als sie darauf versuchte, ihn zu küssen, schob er sie von sich, ich erwarte einen Brief aus Amerika. Wie ein Schlag trafen sie die Worte, du liebst eine andere! Wild rüttelte sie seine Schultern, ich kratze der Hure die Augen aus!

Du irrst dich. Da ist keine andere Frau. Ich will nach Amerika. Ich will fliegen.

Aber der Krieg ist bald vorbei!, rief sie verzweifelt und fügte leise hinzu, obwohl (oder: weil) sie spürte, er würde tun, was er wollte, du kannst in Haifa studieren! Ich arbeite für uns beide.

Nein, Rachel.

Schau auf das Meer. Ist es nicht schön?

Das Meer ist überall schön.

Gefalle ich dir nicht mehr?

Wir kennen uns jetzt ein Jahr, sagte er ruhig.

Lass uns heiraten, Walter. Wir werden Kinder haben. Ich werde mein Atelier vergrößern. Im Frieden wollen

Frauen schön sein. Ich werde viel Geld verdienen, und du kannst in Ruhe studieren.
Ich will Pilot werden.
Du liebst mich nicht mehr, du willst mich nicht mehr haben! Heftig stieß sie ihn gegen die Mauer. Dann warf sie ihre Arme in die Höhe, rannte und stand am Rand des Kais. In der Tiefe schäumte die Gischt. Beruhigend streichelte Walter ihren Rücken.

Diese Frau hat mich mir selbst zurückgegeben, dachte Walter Grünwald einige Tage später in seiner Wohnung vor dem Zeichenblock, ich weiß endlich wieder, was ich will.
In den ersten Wochen ihrer Bekanntschaft war sie ihm wild wie das Meer erschienen, dann sanft wie die Oberfläche eines Bergsees. Oft hatte er sie als Sirene gesehen, aus einem Mythos in seine Arme gestürzt. Aber sie besaß keine übernatürlichen Kräfte; das Nummernschild seines Motorrads hatte sie an den Strand von Bat Galim geführt. Monate hindurch hatte er bei der Arbeit vor neuer Lebenslust gepfiffen. Mein Glück ist wie die Tulpenblüte, die ich jetzt zeichne, murmelte Walter Grünwald, während sein Bleistift über das Papier fuhr, bald wird das erste Blütenblatt fallen, die Stängel sprießen in die Höhe, und Blatt für Blatt entweicht das Leben. Tulpen tanzen ihren Tod.
Bei diesem Gedanken fiel ihm die Stunde bei Großmutter ein. Hitler ist tot, hatte sie gesagt, er hat sich das Leben genommen. Mit der Handfläche hatte sie über die Tischdecke gestrichen. Heftig war diese Be-

wegung, ... hat sich das Leben genommen. Walter hatte ihr gegenübergesessen und sie beobachtet, darauf im Kaffee gerührt. Die Wanduhr hatte getickt. Es war sehr still im Raum, als er den Tisch abräumte. Bis auf das gleichmäßige, nicht aufzuhaltende Ticken der Uhr. Er war mit dem Tablett hinausgegangen. Sie sind jetzt in Amerika, Bub, hatte Frau Schnek hinter ihm hergerufen, und er: Der letzte Brief aus Wien kam vor sieben Jahren, ein Gruß zum Geburtstag, sonst nichts. Darauf war er in den Negev gefahren. Spät in der Nacht hatte Rachel ihm ihre Tür geöffnet, und er hatte sie wie ein Verzweifelter umarmt. Was wusste sie von ihm? Sie kannte seine Witze, Familienanekdoten von einem Onkel Jacques und von Cousinen und Tanten.

Während im Mai 1945 in den Straßen von Paris getanzt wurde und die Schiffe auf den Grachten von Amsterdam mit Blumen geschmückt waren, Fahnen flatterten blau-weiß-rot – Walter Grünwald sah die Bilder vor seinem inneren Auge –, brannten ohne Pause wie in den Jahren, als die Tiefflieger vor der Küste abdrehten, wenn sie die Flak auf dem Gipfel des Karmels entdeckten, Spirituskocher unter den Kaffeebehältern auf den Rücken der arabischen Händler, *Achweh*.

Walter stellte seine Zeichnung vor der Wand auf, betrachtete sie. Dabei kniff er das linke Auge zu. Sobald sie wieder auf dem Tisch lag, warf er mit energischen Strichen ein Insekt auf das Blütenblatt und schob den Block zurück in die Schublade. Dort entdeckte er das Fotoalbum *Abschied*. Hastig zog er es hervor. Dreizehn mal zwanzig Zentimeter; die Seiten waren in Pappe gebunden. Während der Überfahrt von Triest nach Haifa hatte er die Schwarz-Weiß-Abzüge auf schwarzes Tonpapier geklebt und akkurat in Druckbuchstaben weiß beschriftet. Ich war jung und dumm, dachte er, kaum habe ich einen Pass, laufe ich los und fotografiere die Schwedenbrücke, das Schillerdenkmal. Aber im Moment des Abschieds am Südbahnhof bin ich stumm. Zuerst rase ich mit dem Fotoapparat durch Wien und begreife zwei Wochen später nicht, dass ich für immer weg bin. Sie aber ... bleiben zurück. Kein Foto von Mama, keins von Papa. Nur Herta und Trude und ein paar unbedeutende Sommerliebchen. Die Großmutter. Ihr Porträt habe ich oft fotografiert. Wie gut die Katze getroffen ist! *Unser Michael* steht darunter. Er schloss das Album.

Mit einem Mal überschlugen sich wieder die alten Bilder in seinem Innern. Die Berggasse, die Hollandstraße, Kirchen und Brücken, das Sommerhaus in Klosterneuburg. Frösche, Salamander, Grillen. Und die Berge im Schnee. Die goldbraunen Vorhänge im Café. Freuds Stammplatz. Die Kredenz aus Ebenholz im Speiszimmer, darauf Diana, den Bogen in der Hand; der Pfeil hat sein Ziel getroffen. Er sah hinaus. Die Silhouette seiner Mutter erschien am Fenster, *der Vorhang weht, sie winkt mit der Zigarettenspitze, sie trägt ihr blaues Satinkleid, das streckt ihre Gestalt*. Was hat sie gesagt? – Im Januar habe ich dich als Baby ans offene Fenster gestellt. – Unmöglich! Ich bin krank. Er rannte hin und her, langte nach den Zigaretten. Mit zwei Schritten war er auf dem Balkon. So was sagt man doch nicht, man scherzt nicht mit Kindern. Sie wollte mich töten!? Warum meldet sie sich nicht? Plötzlich packte ihn eine heftige Erregung, keine Umarmung, keine Träne, der Zug fährt los, und sie steht unbeweglich! Der Balkon war zu klein für seine Wut. Schon lief er die Treppe hinunter und am Strand entlang. Wie närrisch sie mit dem Taschentuch wedeln konnte, wenn er in die Sommerferien fuhr! Im Sand versanken seine Füße. Er zog die Schuhe aus. Die Feuerprobe tat ihm gut. In Triest gebadet, ha, Sonne im Sinn, überhaupt nicht nachgedacht. Sieben Jahre bin ich schon in diesem Land. Wie habe ich das nur ausgehalten? Jetzt schweigen die Waffen. Dort drüben stehen die Fischer im Wasser. Sie schwingen ihre Netze überm Kopf. Das haben sie immer so gemacht. Auch wenn ein Tiefflieger sich der Küste näherte. Immer stehen sie da. Auch den Kindern dahinten geht's gut, spielen Federball. Er schlug sich vor die Stirn. Mit vierundzwanzig Jahren bin ich wütend wie ein dummer Bub. Lächerlich. Der Krieg hat zu lange gedauert. 43° Celsius. Mein Körper hat sich auf das Klima eingestellt, rief Walter Grünwald dem Meer zu, aber meine Seele nicht, ich werde hier nie zu Hause sein. Ich will weg. Vergiss, was früher war, hat George gesagt. Der kann gut reden, ist in Kairo, seine Eltern sind in Amerika. Dort wird auch er bald sein. Nach einer langen Weile beruhigten sich die Nerven, und Walter Grünwald ging zurück in seine Wohnung, goss Wasser in ein Glas, in einem Schwung war es geleert. Er zog den Block aus der Schublade und lehnte ihn noch einmal an die Wand. Nun betrachtete er genau, was er so locker hingeworfen hatte. Ein garstiges

Monster verdeckte die Blüte. Er klatschte in die Hände, gut gelungen!
Plötzlich glühte ein Funke in ihm auf, und er fragte sich erstaunt, warum er nicht früher auf den Gedanken gekommen war: Sie sind längst drüben! Mama ist bei ihrer Schwester, ist doch klar! Wie gern hätte ich Papas Freude vor der Freiheitsstatue gesehen! Walter trat auf den Balkon. Vor dem Licht kniff er die Augen zu Schlitzen, zog die Sonnenbrille aus der Hemdentasche und schaute gebannt übers Meer in die Ferne. Nach Westen. Tante Gusti hat doch die Affidavits geschickt. Sie sind in Amerika, lernen Englisch. Vielleicht schuften sie seit drei Jahren als Taxifahrer, Straßenmusikanten, Kinderfrau. Sie haben ja keinen Groschen mehr! Wie sollen sie ohne Kapital ein Café eröffnen? Bleibt keine Zeit zum Schreiben. Und wenn sie geschrieben hätten, wer weiß, in welchem Sturm der Postsack unterging? Ist doch klar! Sie machen's wie Georg, der hat sich erst gemeldet, als er in fester Stellung war. Mama ist eine stolze Frau, hat ein Wiener Caféhaus geleitet, das Metropol in der Berggasse, Freud kam zum Frühstück, und ein zweites Café in der Hollandstraße. Wie eine Königin saß sie am Buffet und kontrollierte die Speisen, bevor sie aufgetragen wurden. Und immer elegant mit ihrer doppelt geschlungenen Korallenkette; die hat sie bestimmt längst verkauft. Auch die Ringe, ein Diamant, ein Saphir. Sie wird erst schreiben, wenn sie was darstellt. Und Papa? Stets höflich und gut gelaunt, leitet ein Maklerbüro, er kocht fantastisch, spielt drei Musikinstrumente, beherrscht vier Sprachen. Jetzt muss er

Englisch lernen. Mit fünfundsechzig Jahren. Ist das möglich? Ich möchte ihn umarmen.

Keiner der Kollegen in der Werkstatt des britischen Armeedepots hatte eine Ahnung von den Gedanken und Gefühlen des jungen Blonden. Er galt als fachkundig und hilfsbereit. Motoren von Last- und Personenwagen wurden repariert.
An einem Junitag des Jahres 1945 schlenderte Walter Grünwald während der Mittagspause über den Hof. Ein paar Männer standen in einer Gruppe zusammen und rauchten. Auf der Bank an der Wand schraubte jemand seine Thermosflasche auf. Ein Mechaniker erzählte einen Witz.
Walter setzte sich neben ihn. Er hatte am Morgen sein Brot mit Hühnerfleisch und Salat belegt. Jetzt war er so hungrig, dass er die Lippen leckte, bevor er die Blechdose geöffnet hatte. Da rief ihn vom anderen Ende der Bank jemand an.
Von seinen Freunden wurde der Mann *Jacov* genannt. Er war schweigsam, blickte düster und ging in gebückter Haltung. Bisher hatte er sich immer abgewandt oder war hinausgegangen, wenn er den *Deutschen*, wie er Walter Grünwald nannte, kommen sah.
Während der ersten Tage in der Reparaturwerkstatt hatte Walter vermutet, der Mann sei taubstumm, war dann aber an einem Nachmittag überraschend zu einem lebhaften Gespräch gestoßen, worin der Alte verwickelt war. Er fegte den Hof und die Werkstatt, polierte Stoßstangen, Gewinde. Seine Bewegungen

waren langsam, sein Hebräisch klang hart. Walter Grünwald hielt ihn für einen Russen oder Polen.
Hey, du, rief Jacov in dieser Mittagspause vom andern Ende der Bank zu ihm herüber und spuckte einen Olivenkern auf den Boden, du Deutsch, guck! Er zog eine Zeitung aus der Jackentasche. Zum ersten Mal hörte Walter ihn Englisch sprechen: Guck hier, das sein große Tat von deine deutsche Leute. Ich bin Österreicher, sagte Walter Grünwald laut und deutlich auf Hebräisch und sah über die Köpfe der Kollegen hinweg dem Hünen in die Augen, 1938 bin ich aus Wien geflohen. Trotzig biss er in sein Brot. Der Mann erhob sich. Er war sehr groß, und Walter, der ihn aus den Augenwinkeln beobachtete, meinte, das Aufstehen müsse Jacov mehr Kraft gekostet haben, als ihm an diesem Tag zur Verfügung stand. In seinen plumpen Schuhen wankte der Riese auf ihn zu. Sein Schatten fiel auf die Bank und breitete sich über Walters Gesicht; er kaute, stierte vor sich hin und sah nicht auf. Doch mit einer Gebärde, der nicht auszuweichen war, hielt ihm der aus Russland oder Polen Stammende eine Zeitung hin, hier, für dich, Deutscher! Mit einem Tritt gegen die Bank wurde die Aufforderung verstärkt, worauf der Angeredete sich verschluckte und hochschaute. Ein herrisches Handzeichen folgte. Wortlos legte Walter Grünwald sein Brot in die Dose und entfaltete die Zeitung. Nach einem Blick auf die Titelseite schlug er das Blatt zu. Am liebsten wäre er fortgerannt. Er wünschte sich die Toga der alten Römer; ihm war zum Weinen zumute. Niemand regte sich im Hof, kein Laut war zu

hören. Der Riese stand, wich keinen Zentimeter: Lies! Zum zweiten Mal öffnete Walter die Zeitung, und wieder schloss er die Augen; er wollte nicht sehen, was dort abgebildet war. Guck, Deutscher, guck hin, raunte der Hüne. Ein Abgrund tat sich vor Walter auf. Mit angehaltenem Atem schlug er die Seite um und die nächste. Alle Seiten dieser Zeitung waren mit Fotografien gefüllt, die er nicht zu fassen vermochte. Das Leid, das ihn aus Knochenbergen ansprang und aus Höhlen, wo einmal beseelte Augen gewesen waren, zerschmetterte Walter Grünwald. Stumm saß er auf der Bank, und während sein Blick sich von dem letzten Foto nicht mehr lösen konnte, sah er, erfüllt von Entsetzen und Verzweiflung, hinter dem unermesslichen Leid die Bosheit, durch die geschehen war, was kein Mensch je begreifen wird.
Wie durch Nebelschwaden las er „Befreiung des Konzentrationslagers Auschwitz durch die sowjetische Armee“. Seine Sinne schwanden, die Zeitung fiel zu Boden.

*

Am Tag vor dem *Anschluss* schlug mir ein Mädchen auf der Straße die Faust ins Gesicht. Ich trug das Abzeichen für die Freiheit unseres Landes *Seid einig!* Die meisten Österreicher waren Nationalsozialisten. Niemand hat sie gezwungen, mit Blumen haben sie am 13. März 1938 die deutschen Truppen begrüßt. Man kann sich heute diese Zeit nicht mehr vorstellen.

Dass die Nazis die Juden nicht leiden konnten, war bekannt. Aber niemand hätte je geahnt, was dann geschah … Es tut so weh.

KAPITEL 9

Im Herbst 1946 erhielt Walter Grünwald in Haifa die Chance, in einer britischen Motorradfabrik neue Motoren zu entwickeln. Außerdem durfte er die Maschinen auf der Rennstrecke testen. Ha! Wie sie beschleunigen und in der Kurve liegen, wie die Motoren singen! Eine Arbeit, die ich nicht mehr loslassen will, schrieb er an George und sehnte bereits am Feierabend den kommenden Morgen herbei.
Bald darauf fand er im November einen Brief mit amerikanischen Marken in seinem Postfach. Rasch ließ er den Umschlag in der Hosentasche verschwinden und raste davon.
In der Altstadt angekommen, bestellte er in *seiner* Bar einen arabischen Kaffee, warf drei Zuckerstücke hinein. Er rührte. Rührte, ohne anzuhalten, mit dem kleinen Löffel in der kleinen Tasse, und seine Anspannung wuchs. Ein Kunstlehrer hatte Walter Grünwald nicht nur in die Technik des Zeichnens und Malens eingeführt, sondern auch in die Kunst des Genießens – durch bewusstes Dehnen der Zeit vor dem sehnlich erwarteten Moment. Also legte Walter den Brief neben die Kaffeetasse und trommelte mit den Fingerkuppen auf die Tischplatte, zündete eine Zigarette an, blies den Rauch mal nach rechts, mal nach links in die Höhe. Dann hob er die Tasse, zog seine Aufmerksamkeit auf die Berührung der Lippen mit dem Porzellan, dann auf den Geschmack des Kaffees und stellte die Tasse behutsam auf den kleinen Teller. Nun wanderten seine

Blicke über die Briefmarken, verfolgten die Schriftzüge und zogen über den Umschlag hinweg durch die verräucherte Scheibe hinaus auf die Straße, um dann einige Male im Raum zu kreisen; seine Augen glühten. Er dehnte die Vorfreude aus, bis seine Hände vor Gier zitterten. Erst jetzt öffnete er den Brief. Am sechsten Dezember des Jahres 1946, las Walter Grünwald, sei die Quotennummer seines Antrags von 1937 auf Übersiedlung in die Vereinigten Staaten von Amerika an der Reihe. Aufgeregt tastete er nach der Zigarettenpackung. Der Kaffee duftete. Offen lag das Schreiben vor ihm auf dem Tisch. Immer wieder las er die Zeilen. Jedes Wort ein Genuss. Am 9. Mai 1937 hatte er den Antrag in Wien abgeschickt. Jetzt durchströmte ihn eine wundersame Ruhe. Er faltete das Papier zusammen und schob es in den Umschlag. Amerika! Am Nebentisch saß eine junge Frau. Sie lächelte zu ihm herüber. Fine weather today, warf Walter ihr zu.
Guten Abend, grüßte die Frau auf Deutsch, wir kennen uns.
Wir kennen uns?
Sie haben mir einmal geholfen, als ich Schwierigkeiten hatte.
Ich?
An der Bushaltestelle im Zentrum. Ich konnte meinen Kinderwagen nicht allein heben. Jetzt ist der Kleine groß, er geht zur Schule.
Nach einigem Nachdenken erinnerte sich Walter an ihr Gesicht. Er lachte, Sie trugen ein geblümtes Sommerkleid. Seine Nase kräuselte sich, ob die junge Dame

wohl noch heute Mamas Parfum trägt? Er bat sie an seinen Tisch.
Ich warte auf meine Freundin, sagte sie, als sie bei ihm saß, ich habe damals gleich gewusst, dass Sie von drüben sind.
So?
Sie waren nervös. Jetzt ist es anders. Sie sind aufgeregt.
Sind Sie Psychologin?
Sie lächelte: Dafür muss man nicht Psychologie studiert haben.
Ich mag Ihren Duft, sagte er, während sein Zeigefinger über die Briefmarken glitt.
Sie kennen mein Parfum? Hier bekommt man es leider nicht. Aber vielleicht bald. Der Krieg ist ja vorbei.
Ich kenne das Parfum aus Wien.
Wie romantisch! Ich komme aus Berlin.
So, sagte Walter und schaute in die leere Kaffeetasse.
Verzeihen Sie, rief sie nach einem Blick aus dem Fenster und sprang auf, da draußen wartet meine Freundin. Sie streckte ihm ihre Hand hin, wir sind verabredet. Alles Gute! Wann fahren Sie nach Wien?
Nie!
Viel Glück in Amerika! Sie winkte noch einmal von der Tür und verschwand. Er zögerte eine Sekunde lang, dann eilte er ihr nach, warten Sie bitte. Sie hatte sich bei einer alten Dame, die lebhaft auf sie einredete, eingehakt. Habe ich meine Handtasche vergessen? Überall lasse ich meine Handtasche liegen.
Woher wissen Sie, dass ich nach Amerika fahre?, wollte Walter Grünwald wissen. Ein Karren mit einem Berg

sorgfältig gestapelter Hühnereier wurde vorübergeschoben. Autos hupten, ein Mops riss an seiner Leine, und Walter Grünwald harkte mit den Fingern durch sein Haar. Sie lachte, ganz einfach, Sie sehen nicht aus wie jemand, der bleiben will. Und wohin kann einer denn gehen, der aus Europa kommt? Außerdem lag ein Brief auf dem Tisch. Mein Junge sammelt übrigens Briefmarken. Dann werden Sie mich besuchen müssen, grinste Walter und schrieb die Nummer seines Postfachs unter seinen Namen, reichte ihr den Zettel. Danke, lächelte sie, ich heiße Charlotte. Noch einmal streckte sie ihm ihre Hand entgegen, Charlotte Kohn.

Darf ich mitkommen, mischte sich die Freundin ein, wenn Lotti Sie in Amerika besucht?

Gerne, gnädige Frau. Servus! Vergessen Sie nicht die Briefmarkensammlung Ihres Sohnes, Charlotte.

Sie lachte unbeschwert, auf Wiedersehen, Herr Grünwald.

Walter sah den beiden eine Weile nach und entdeckte, als er zurückging, Rachel an seinem Tisch. Wie und wann war sie hereingekommen? Hat sie den Brief gelesen?

Walter, komm, winkte sie in drohender Munterkeit. Sie trug ein grünes Band im Haar, du stehst in der Tür wie Frau von Lot. Ist geworden Säule aus Salz.

Walter ging langsam auf den Tisch zu, faltete den Brief zusammen und steckte ihn in die Hosentasche.

Du Nachricht?

Hmmm.

Dann wir deine Wohnung schmücken und machen große Fest. Ich Blumen kaufe und deine Haare abschneide

und Ohren. Sie muss sehr aufgeregt sein, durchfuhr es Walter, meistens spricht sie fehlerlos. Er war ein wenig stolz auf den Spracherfolg seiner Freundin. Warum ein Fest? Er setzte sich neben sie. Du Brief aus Amerika. Deine Mama und Papa in Amerika. Wir machen große Fest. Er erschrak. Wann?
Morgen, Walter. Musst feiern, wie Fest fallen. Er überlegte: Nicht morgen. In einer Woche, Rachel. Ich werde für uns kochen.
Und ich bringe Blumen.
Was hältst du davon, meine Schöne, wenn ich dich jetzt zu meinem Falafelkünstler einlade?
Danke, ich nur trinken Kaffee. Mein Autobus wartet fünf Minuten.
Du kannst bei mir übernachten.
Ich gesagt, für einen Kaffee. Ich hatte hier zu tun.
Hast du Hauskunden in Haifa?
O ja, ein Hauskunde. Prima Hauskunde. Ich muss gehen. Also, in einer Woche bei dir, ich komme mit Bus.
Ach nein, Walter, heute ist Mittwoch, nicht eine Woche warten, besser Wochenende. Drei Tage!
Gut. Bis Samstag.
An der Tür drehte sie sich noch einmal um: Nicht vergessen, ich bringe Blume.
So habe ich sie noch nie erlebt, dachte Walter Grünwald, als seine Hand in der Hosentasche nach dem Geld für zwei Kaffee tastete. Er war sich nicht sicher, ob sie den Brief nicht doch gelesen hatte. Zu welchem Zeitpunkt hatte sie die Bar betreten? Er fragte den Kellner.

Madame nahm Platz, als Sie die Bar verlassen haben. Dies ist doch Ihr Tisch, mein Herr.
Ein außergewöhnlicher Tag erfordert ein Abweichen von der Gewohnheit, sagte sich Walter Grünwald und schlenderte durch die Gassen auf seinen Falafelverkäufer zu.
Zu Hause angekommen, zog er eine Blechdose unter der Matratze hervor und prüfte seine Ersparnisse. In einem Heft waren die Einnahmen und Ausgaben notiert. Die Überfahrt würde 500 Dollar kosten. Das wusste er seit Langem. Aber zu welchem Termin sollte er buchen? Er schloss die Dose und schob sie zurück unter die Matratze. Der größte Teil seiner Einnahmen war auf der Bank. Heute ist Mittwoch, hat sie gesagt, Mittwoch ist Putztag! Er stellte Stühle und Hocker auf den Tisch, fegte und wischte. Für die Wäsche ließ er warmes Wasser in eine Schüssel fließen, füllte das Pulver ein und griff darauf nach einem kleinen Lyrikband. Seitdem Joe ihm das Buch geschickt hatte, las er jeden Abend zwei oder drei Gedichte seines Freundes. Jetzt legte er das Buch zur Seite. Seltsam, kaum steht das große Ereignis vor einem, beschäftigt man sich mit etwas ganz anderem, obwohl man jahrelang auf nichts ungeduldiger gewartet hat als auf dieses Ereignis. Er beschloss, sofort an Joe zu schreiben, und zwar mit der Maschine. Als Übung. Man muss sich vorbereiten, rief er. Täglich sollte ab sofort eine Seite getippt werden. Im Antiquariat würde er eine Anleitung zum Zehnfingersystem finden. Begeistert wie als kleiner Junge warf er sich vor dem Bett auf den Boden und

zog die Schreibmaschine hervor. Ein prächtiges Ding. Seit Studententagen nicht mehr angerührt. Die Hülle war staubig. Er pustete. Er war sehr stolz auf seine deutsche Triumph, ein Geschenk von Onkel Fritz zu seinem Sechzehnten, und trug sie hinüber in die Wohnküche, spannte einen Bogen ein, ha, sie funktioniert noch!

Bat Galim, 13. November 1946

Lieber Joe!
Oft denke ich an Dich. Nun halte ich Dein erstes Buch in der Hand. Ich gratuliere Dir von Herzen! Du bist ein großer Dichter, Joe! Ich freue mich über Deinen Erfolg. Naturgemäß springt aus den meisten Versen der Krieg. Aber die Liebe besingst Du wie das Paradies. Es muss dir gut gehen. Über Dein Gedicht *Walters Börsendorfer* habe ich herzhaft gelacht. *Der Gesang der schwarzen Schlange* strömt reine Poesie aus, nichts von unserer täglichen Furcht. Fantastisch. Oft hast Du mir vor unserem Zelt Gedichte vorgetragen. Das war so schön! Hast aber nie gesagt, dass Du selbst ein Dichter bist. Danke, mein lieber Freund, für das kostbare Geschenk!
Bei mir gibt es auch Neuigkeiten. Endlich steht mir Amerika offen! Ich hoffe, Du besuchst mich bald drüben. Zurzeit habe ich eine großartige Aufgabe. Wir entwickeln neue Motoren; außerdem bin ich Testfahrer. Ein feiner Job! Ich will ihn gar nicht aufgeben. Ich habe auch eine liebe Freundin gefunden. Sie hat nur einen Fehler, sie will heiraten. Aber das kann ich

nicht. Wenn ich in Amerika ankomme, muss ich frei sein, muss Fuß fassen. Die Verantwortung für eine Frau würde stören. Wie denkst Du darüber? Hast Du inzwischen geheiratet? Oder bist Du verlobt? Studierst Du noch als freier Mitarbeiter bei der Zeitung? Ich würde jetzt so gern mit Dir plaudern, mein Wüstenfreund!
Hast Du Verluste in der Familie zu beklagen?
Liebe Grüße
Dein Walter

P. S. Hast Du was von Herta gehört? Sie schreibt mir überhaupt nicht mehr.

Drei, vier Tippfehler wurden mit der Hand korrigiert. Er war stolz auf sein Werk. Heiter hob er seine Hemden und Hosen aus der Lauge, dann pfiff er auf dem Balkon den Wäscheklammern zu. Walter Grünwald war kein Feind von Hausarbeit. Man sieht so rasch einen Erfolg, hatte er vor Jahren schon gesagt, als George sich über *das dämliche Tun* beklagte. Nach dem jahrelangen Zelten genoss er das warme Wasser in seiner Wohnung. In einem Behälter wurde es auf dem Flachdach zwölf Stunden lang beschienen, und selbst nach Sonnenuntergang war das Wasser noch warm.
Ich bin ein Glückskind, dachte Walter Grünwald, als er nach den Spätnachrichten das Radio abstellte und die Lampe ausknipste. Wohlig rollte er sich unter dem Bettlaken ein; es roch gut.

Am Abend darauf hingen Gewitterwolken über dem Meer. Die Luft war schwül. Eine Möwe kreischte im Flug. Die Wedel der Palme schwankten, eine Dose schepperte auf dem Asphalt. Eilig strebten zwei Herren in Sommermänteln auf den Eingang des Casinos zu; die ersten Tropfen fielen, und just in dem Augenblick, in dem Walter Grünwald sein Motorrad abschloss, platzte über ihm eine Wolke mit Schwung. Er raste auf die Haustür zu. Doch bevor er sie erreichte, öffnete sie sich wie von selbst, und zwei Kinderkörper bogen sich vor Lachen. Ich habe deine Rudge gehört, brüllte Aviva in den palästinensischen Regen. Zu ihrem Vergnügen rüttelte Walter wild seine Schultern; Tropfen sprangen umher, und der dreijährige Michael quietschte, patschte seine Händchen aneinander. Walter hob ihn in die Höhe und lief mit ihm vor der Haustür im Regen auf und ab. Ich auch, schrie die Große.

Aviva war inzwischen neun Jahre alt und zog nach der Regendusche ihren Walter an der Hand über den unbeleuchteten Korridor, hast du ein Geschenk mitgebracht? Detenk, echote der Kleine und tappte, die Ärmchen in die Höhe gereckt, hinterdrein. Habe ich doch immer! Aber zuerst will ich unsere Großmutter begrüßen. Sie stand in der Küche am Spülstein. Großi, guck mal, wer hier ist, rief Aviva strahlend. Frau Schnek wischte ihre Hände an der Schürze ab und fuhr dann mit einem Zipfel über ihre Augen. Aus dem Tanzsaal klang ein Walzer herüber. Walter war kein guter Tänzer, aber jetzt umfasste er seine Oma und wirbelte sie, *eins*, zwei, drei – *eins*, zwei, drei um den Küchentisch.

Es geht dir gut, nicht wahr? Sie strahlte ihren Enkel an, zupfte ihr Kleid zurecht. Sie war ein wenig außer Atem, strich eine Strähne aus dem Gesicht, bist du hungrig, Bub? Es ist noch Kaiserschmarrn da.
Ich habe schon Abendbrot gehabt, aber dein Kaiserschmarrn ist niemals zu verachten!

Als die Kinder schliefen, betrat Grete in einem grauen Kostüm das Wohnzimmer. Über dem Sofa hing das Ölporträt von Acki Hatzeltaler neben alten Kupferstichen von Jerusalem. (Das golden gerahmte Foto des vierjährigen Walter hatte Frau Schnek in ihrem Schlafzimmer aufgehängt.)
Grete hielt einen Atemzug lang inne. Sie hatte geahnt, dass ihre Mutter jetzt wieder mit *ihrem Walterli* in inniger Vertrautheit auf dem Sofa Kaffee trinken würde. Wie sie selbst es nie erlebt hatte. Sofort erfasste sie die Szene; die Gelegenheit schien ihr günstig. Sie unterhielten sich über die anstehende Reise nach Amerika.
Inzwischen war ihr Neffe zum Mann geworden, der verwöhnte Bub. Grete wusste, wie er zu fangen war. Sie hatte Rouge aufgelegt und unter das rechte Auge ein Schönheitsfleckchen gemalt. Sorgfältiger als zu manch einer Geschäftsverhandlung hatte sie ihre Wimpern getuscht und das Haar zu einer Rolle hochgesteckt. Ihre Lippen glänzten. In ihren Stöckelschuhen stakste sie nun auf die Hausbar zu und griff nach einer Rotweinflasche. Niemals habe ich hinter einem Stickrahmen gehockt wie Marianne, die dumme Pute hat

keinen Schneid, keine Fantasie, wartet daheim, bis die Nazis ihr das Geschäft wegnehmen. Mit geübtem Griff schraubte Grete den Korkenzieher ein. Dabei schnappte sie aus der Sofaecke *mein Mietshaus in der Ospelgasse* und *das Haus in der Raffaelgasse* auf. Ha, unser Elternhaus hat Vater schon zu Lebzeiten seiner kleinen Jeanette überschrieben! Sie steckte die Flasche zwischen die Knie, der Rock spannte. Ich werde mich selbst um mein Erbe kümmern müssen. Es gibt da noch ein Grundstück ..., sie hielt die Flasche am Hals, der Rock rutschte hoch, Grete zog, zog kräftig, ... und in Klosterneuburg einen Garten. Flopp, war die Sache erledigt. Sie schwang ihre Hüften, füllte das Glas und hob es ins Lampenlicht. Sie liebte das Rubinrot des Weins. Nun trug sie das Glas auf den Sessel zu, dem Sofa gegenüber. Ein Tischchen stand da. Sie schlug ein Bein übers andre. Dabei rutschte ihr Rock, klug geplant, aufs Neue übers Knie, ihr Fuß wippte. Nicht für lange Zeit; denn sobald Grete den Erfolg ihrer Leimrute bemerkte, mischte sie sich in das Gespräch. Sie begann die Unterhaltung wortlos, wie sie hin und wieder ein pikantes Vorhaben einleitete, mit leicht geöffneten Lippen und dem erprobten Spiel glänzender Fingernägel in der Luft. Walter beobachtete seine Tante aus den Augenwinkeln. Sie habe da die Gelegenheit, begann sie mit leiser Stimme und spielte so lange mit dem Glas, bis auch ihre Mutter sie ansah, die selten günstige Gelegenheit, zu einem Preis, der tiefer nicht fallen könne, zu einem *Spottpreis* einen Pelzmantel zu kaufen. Sehr günstig, mein Lieber! Der Mantel sei für

Gusti in Amerika bestimmt. Und ohne weitere Erklärungen schloss sie die Frage an, ob Walter bereit sei, ihr achthundert Dollar zu leihen. Sehr süß lächelte sie an ihrem Neffen vorbei in die Nacht hinaus ..., eine äußerst günstige Gelegenheit. Und in der sicheren Annahme, das Geschäft sei gemacht, trank sie dann einen Schluck und stellte das Glas mit abgespreizten Fingern auf den Tisch. Langsam öffnete sie darauf ihre Handtasche, zog einen Spiegel hervor. Er dürfe doch sowieso keine englischen Pfund mit nach drüben nehmen, sagte sie dem Spiegel und malte ihre Lippen nach. Wie viel er denn gespart habe, wollte sie wissen, während Lippenstift und Taschenspiegel wieder ins Abendtäschchen glitten.
Frau Schnek zuckte auf, das sei doch wohl die Angelegenheit des Buben.
Geld sei Geld, konterte Grete, man könne fragen. Fragen sei doch wohl gestattet. Unser Walter sei jung, man müsse ihn beraten. Dieser aber kämpfte mit einem Grinsen, das in ihm tobte. Er wolle darüber nachdenken, sagte er. Er war nicht überrascht; er kannte die Tante. Viertausend Dollar hatte er gespart. Fünfhundert würde die Überfahrt kosten. Die Großmutter sollte bald nachkommen; das Geld für die Überfahrt hatte er ihr in der Küche zugesteckt. Grete Eisenmann hob ihr Glas erneut. Sie war zufrieden. Sie kannte ihren Neffen besser (meinte sie), als er ihre Tricks je durchschauen würde. In Familienangelegenheiten, wusste sie mit erprobter Sicherheit, wird er niemals etwas ausschlagen.

So war es in der Tat.
Walter verabschiedete sich, er müsse noch eine Seite tippen, habe ein Lehrbuch fürs Zehnfingersystem gekauft.
Als er die Haustür öffnete, stand er vor einem sanft rauschenden Regenvorhang. Aus dem Tanzsaal fiel ein Lichtstrahl. Die Laterne bei der Palme aber brannte nicht. Nirgendwo in der Stadt leuchtete zu dieser Zeit eine Laterne, obwohl seit zwanzig Monaten kein Angriff mehr aus der Luft drohte. Palästina war bei Nacht unbeleuchtet – abgesehen vom Schein des Monds und der Sterne. Kurz entschlossen wandte sich Walter Grünwald wieder dem Hausinneren zu.
Er sprang die Treppe zum Tanzsaal hinauf. Dicht drängten sich die Paare vor der Bühne. Dasselbe Bild, dachte Walter, hier hat sich nichts verändert. Nichts fehlt. Er stand an der Tür. Still. Stand regungslos. Da flogen Sándors Trommelschlegel in die Höhe und trafen das Fell seiner Trommeln wie nie zuvor, das Saxophon jubelte, der Kontrabass brummte. Hola, rief der Pianist, sprang vom Sitz und winkte wild, bis Walter Grünwald mit ihm in die Tasten griff. Beim Applaus riss er Walters Arm in die Höhe, und mit geröteten Gesichtern klatschten die Paare, bis ihre Arme ermüdeten und sie zu ihren Tischen strömten, während die Mitglieder der Kapelle sich um den Heimgekehrten scharten.
Wo er denn so lange gesteckt habe, wollten sie wissen, und ob man jetzt wieder mit seiner Gegenwart rechnen könne. Er habe ihnen früher doch so feine Fi-

sche gefangen, ja, ja, von der Terrasse aus mit der Angel, niemand serviere ihnen seitdem einen Imbiss, und überhaupt sei vor dem Krieg alles viel besser gewesen. Nicht alles, warf der Kontrabassist ein, in der Zeit des Friedens hätten die Mädchen nicht nackt auf dem Flachdach gelegen und würden auch heute nicht Freizeitsirene spielen. Alle lachten. Bis auf den Oboisten; er war katholisch. Eine solche Delikatesse habe nur der Krieg servieren können, aber leider hätten die britischen Offiziere ihre Feldstecher eingepackt. Haha. Wie ihm denn eine solche Sauerei zu Ohren gekommen sei, wollte der Oboist wissen. Zu Ohren?, mischte sich der Trompeter ein, zu Augen, Junge, zu Augen! Die kleine Margot aus dem Eiscafé im Parterre habe ihn hinaufgeführt, auch unsern Benjamin. Guck, der wird ganz rot. Auch du, Walter? Der Oboist schüttelte den Kopf, du warst doch noch so jung! Walter Grünwald legte besänftigend seinen Arm um die Schulter des Katholiken und richtete sich an die anderen, wer von ihnen denn wüsste, wo sie jetzt stecke. Was diese Frage denn zu bedeuten habe, Walter sei doch ganz scharf auf sie gewesen, rief der Geiger, ihm seien hinter der Kasse die Augen aus dem Kopf gefallen, wenn die Hutfabrik mit ihr getanzt habe. Margot sei in Wien, wusste der Kontrabassist, sie würde jetzt Hüte verkaufen. Er habe eine Einladung zu ihrer Hochzeit erhalten. Oho, rief Walter Grünwald. Nur der Trommler hatte die ganze Zeit geschwiegen. Er schaute seinen Walter an.
Als die Musiker sich von Grünwald verabschiedeten, um wieder an ihre Instrumente zu gehen, einer klopfte

seinen Arm, ein anderer warf eine Kusshand, sprach der Trommler sein erstes Wort an diesem Abend, ein österreichisches Wort. Servus, sagte er leise. Sofort drehte sich Walter um, wie lange haben wir uns nicht gesehen, mein Sándor! Sie umarmten sich herzlich und verabredeten sich zu einem gemeinsamen Abendessen in der kommenden Woche. Gute Nacht, flüsterte Sándor. Mit einem Leuchten auf seinem Gesicht zog er Stufe für Stufe das rechte Bein zur Bühne hinauf. Walter fuhr mit den Fingern durch sein Haar. Stumm winkte er dem Freund nach. Dann wischte er über sein Gesicht und eilte unter dem Kronleuchter her auf die Ausgangstür zu. Da erhob sich eine Gestalt hinter der Kasse.

Oh, sagte Walter; er hatte Arnold übersehen. Der Chef der Nachtbar hingegen hatte seinen Vorkriegskellner und -kassierer nicht aus den Augen gelassen. Ich habe gehört, du gehst nach Amerika, alter Junge! Komm, setz dich, ich gebe einen aus. Was trinkst du? Walter wollte nichts trinken, er wollte heim.

Hier, bitte!

Danke, sagte Walter, also auf eine letzte Zigarette. Arnold gab ihm Feuer und legte, während er sich setzte, die Packung wieder neben die Kasse. Du hast doch im Oktober 39 drei Kühltruhen gekauft. Erinnerst du dich?

Klar! Ich habe die Preise beobachtet. Jetzt bringen sie das Dreifache.

Keine Eile, Junge, ich habe das schon für dich geregelt. In außergewöhnlichen Situationen, und dies war eine

solche, rollte Arnold Eisenmann mit abgespreiztem kleinem Finger seine Zigarre einige Male zwischen Daumen- und Zeigefingerkuppe, bevor er sie zwischen die Lippen schob. Du bist ja nun mit deinen Vorbereitungen für die Überfahrt nach Amerika sehr beschäftigt. Flink zog er ein Bündel großer Scheine aus seiner Brieftasche und reichte es über die Theke, bitte schön, hier ist dein Geld. Staunend erkannte Walter – und zählte ein zweites Mal – dieselbe Summe, die er vor fünf Jahren für die Truhen ausgegeben hatte. Empört sah er den Casinochef an, das ist zu wenig, Onkel Arnold. Du hast dich verzählt. Dessen Hände aber lagen still auf den Sessellehnen; der Schnurrbart à la Dalí bewegte sich nicht. Wo haben denn deine Kühltruhen während der letzten sechzig Monate gestanden?
Im Schuppen. Ist doch klar.
In meinem Magazin, korrigierte Arnold Eisenmann und nahm die Zigarre aus dem Mund, ich habe die Standgebühren abgezogen. Wir sind quitt. Gute Nacht. Willst du noch einen Drink auf Kosten des Hauses?

Am Samstagmorgen spannte Walter Grünwald einen Bogen in die Schreibmaschine. Sie stand auf dem kleinen Tisch, den er einmal in der Altstadt erstanden hatte, in der Wohnküche an der Wand. Daneben lag eine Einladungskarte aus Wien.
Liebe Margot, tippte Walter, ich gratuliere Dir zu Deiner Hochzeit. Oft denke ich daran, wie Du mir Marilleneis auf die Terrasse gebracht hast, wenn ich angelte. Das war eine schöne Zeit. Seltsam, dachte er, die

deutschen Worte fallen mir heute schwerer als drei Briefe an Joe. Ach was, ich kann mich jetzt nicht konzentrieren. Soll sie doch glücklich werden mit ihrem Hutfabrikanten. Morgen ist auch noch ein Tag.

Er griff nach dem Einkaufskorb und begab sich in die Altstadt.

In freudiger Erregung schlenderte er über den Markt. Düfte und Farben erwarteten ihn. Das Orange, das Rot, das satte Gelb im Schatten smaragdgrüner Pyramiden kunstvoll dargebotener Früchte und Gewürze. Der Geruch von brutzelndem Öl und Ziegenkäse. Kaffee, Achweh! Das Blöken der Lämmer am Pfahl. Das Rattern der Eselskarren. Der Gesang des Bäckers *Jâ rezzah, jâ fettah, jâ alim, O Allernährer, o Allgütiger, o Allwissender!* Und der uralte Ruf des Dattelverkäufers, *o Braune, du Braune der Wüste, o Mädchen!*

Ein Fest wird es geben, ein Menü für die Geliebte: Speisen aus Orient und Okzident bei Kerzenschein. Aber heiraten? Nein. Das wollte Walter Grünwald nicht. Nicht heute und nicht hier! Zuerst Fuß fassen im Land der unbegrenzten Möglichkeiten; danach wird der Hausstand gegründet. Aber wie ihr das sagen? Wann und wo? Beim Anblick einer Taschenuhr verflogen alle Fragen. Im Januar geht's los. Die Schiffskarte liegt in einer Schachtel unter der Matratze. Mit dem Daumen fuhr er über das weiche, gelbe Metall; dann öffnete er die Uhr, hielt sie ans Ohr.

Auch Columbus hat die Segel im Januar gehisst. Auf dem Atlantik sind die Winde im Januar günstig.

Einen Augenblick lang tauchte der letzte Sonnenstrahl die festlich geschmückte Wohnküche in rosa Licht. Der Tisch war mit einem Damasttuch überzogen; Frau Schnek hatte es in Wien in den Reisekoffer ihres Enkels gelegt. Nun diente es ihm zum ersten Mal. Zwischen den Tellern, Gläsern und Schüsseln brannten Kerzen in silbernen Leuchtern. In der Luft hing Bratenduft. Walter schaute sich prüfend um, glitt mit den Fingern durch sein Haar, ging auf den Balkon, ging wieder zurück, zog dann seine jüngste Zeichnung aus der Schublade und heftete sie über der Schreibmaschine an die Wand. Er kniff die Augen zusammen. Gut. Wieder und wieder strichen die Finger des Wartenden eine Strähne aus der Stirn, zupften eine Fluse von der Hose. Das Sakko saß stramm. Walter hatte sich für den grünen entschieden. Sein Hals duftete nach Eau de Cologne. Jetzt stand er wieder auf dem Balkon. Rachel wollte mit dem Bus kommen. Zum fünften Mal ließ Walter Grünwald den Deckel seiner neuen Taschenuhr aufspringen. Blank geputzt lag sie in seiner Hand, aber in der Unruhe des Wartens gelang es ihm nicht, die Glätte des Metalls wie am Vormittag auf dem Suk zu genießen; die Kette blinkte auf seinem Hosenstoff. Am Horizont schimmerten die Wellen silbern und liefen am Strand dunkel aus; ihr Saum zuckte in sanftem Hin und Her, Schaumflocken blieben zurück. Der Abendstern war aufgegangen.
Huhu, scholl es plötzlich von unten herauf, und ein Arm winkte. Hey, dachte Walter Grünwald, als er die Balkontür schloss und die Wohnungstür öffnete, wie aufgekratzt mein Schatz heute ist, na ja, ich freue mich auch.

So hatte er sie noch nie gesehen. Sie trug einen Karton vor der Brust und reichte ihm im Treppenhaus zwei Callablüten, für deine Mama und für Papa! Er erbleichte. Sie aber beachtete ihn nicht; ihr Rock rauschte an ihm vorbei durch den kleinen Raum. Hinter ihrem Rücken kündete der Abendstern die Nacht an. Hoch aufgerichtet stand sie vor der Balkontür. Im Schein der Kerzen glitzerte ihr Kleid malachitgrün. Walter starrte sie an. Ich hätte das helle Sakko anziehen sollen, nicht dieses. In seiner Verwirrung fürchtete er sich plötzlich vor einem giftigen Insekt. Ihr Rock schwankte. Dabei summte der Stoff. Auf der Stirn trug sie ein Goldband; ihr Haar fiel auf die Schultern herab. Kein goldenes, ein schwarzes Vlies, dachte er; ihre Augen funkelten. So standen sie eine Weile. Ihre Arme hielten den Karton umfangen, darauf prangte eine seidene Schleife. Auf dem Herd brutzelte der Lammbraten. Nichts war zu hören als das Zischen im Topf und das Rauschen der Gasflamme. Walter aber meinte, die Atemzüge der beiden Personen zu vernehmen, die sich in diesem Moment hier, weiter voneinander als durch Ozeane getrennt, gegenüberstanden. Sie vor der Balkontür, er vor dem Herd.
Er hatte sich auf ein Fest gefreut.
Während er sich nicht zu regen wagte, vielmehr unfähig war, sich zu bewegen, lösten ihre Fingerspitzen, zipp, die Schleife, und der Zeigefinger ihrer rechten Hand glich einem winkenden Angelhaken; auch ihre Stimme lockte, komm, Walter, komm, mein Schätzchen! Er gehorchte. Die Kerzenflammen spiegelten

sich in ihren Pupillen. Wie ist mir?, dachte Walter Grünwald und starrte auf das Flackern in den Augen der wilden Katze, während er Schritt für Schritt sich ihr näherte, und als er endlich vor ihr stand, nicht allzu dicht, doch nah genug, schnellte der Karton auf ihn zu. Er schrie auf, überraschend und stechend war der Schmerz, er fasste sich an die Brust. Blut klebte an seiner Hand, sein Blick erstarb vor den Nägeln, die aus einem Kaktus ragten. Unter dem Monstrum schwang ihr Rock. Er taumelte zurück. Weiter und weiter schwankte er rückwärts. Ein Kaktusgewehr ist auf mein Herz gerichtet. Was ist geschehen, was habe ich verbrochen? Hexe! Sie ist wahnsinnig. Ich sterbe. Nun konnte er nicht weiter. Hinter seinem Rücken tastet seine Hand verzweifelt nach der Klinke.
Ha, schrie sie, stellte den Kaktus zwischen die Schüsseln und Leuchter auf dem Tisch. Der Karton fiel zu Boden, das Kerzenlicht spiegelte sich in den prächtigen Stacheln des Gastgeschenks. Da schnellte ein Arm an ihren diabolisch verzerrten Lippen vorbei; hell klimperte ein Schlüsselbund in der Höhe. Kaum aber hatte Walter seine Lage erfasst, fühlte er sich am Revers gepackt und geschüttelt: Verräter, Halunke, poussierst hinter meinem Rücken! Ich werde dich Treue lehren, du miese Ratte! Sie ließ ihn fahren, und ihr Blick kreiste wild durch den Raum. An der Schreibmaschine blieb er haften. Ratsch, war das Blatt heraus; sie überflog die Zeichen. Haha, zischte sie, ich hatte Ahnung, triffst dich mit deutsche Hure im Café, schreibst Liebesbrief. Sogleich zerdrückte sie das Papier, schleuderte es

fort, und fleißig gingen die grünen Krallen ans Werk, schlugen auf die Tasten, verbogen sie. Brief an Flittchen! Du Borstenschwein mit Hure, ich piss' darauf! Zum Angriff trat sie einen Schritt zurück, fasste den Rocksaum und schlug ihn hoch. Von Entsetzen gepackt, sah Walter Grünwald Penthesilea im Wiener Burgtheater. Auf Stöckelschuhen schob sie ihren Unterleib, das Haar wild schwenkend, auf seine Schreibmaschine zu.
Halt, schrie er, endlich aus der Hypnose erwacht, halt ein. Eine Weile stand sie wie gebannt. Dann erschlafften ihre Arme, der Rocksaum fiel herab. Was tust du, mein Mädchen? Aus erstaunten Augen blickte sie auf. Da drehte er den Lichtschalter an, blies die Kerzen aus, löschte die Gasflamme. Sie zitterte, und er sah ihre Stirn so fahl, wie weiße Haut nie erbleichen kann. Behutsam nahm er sie in die Arme, strich über ihr Haar, meine Rachel, mein Liebling.
Als sie nicht mehr bebte, führte er sie auf den Balkon. Ein kühler Windhauch wehte. Es dauerte eine Weile, bis ihre Tränen versiegt waren. Walter nahm ihr Gesicht in beide Hände und küsste ihre Stirn; mit dem Kinn wies er zum Hafen hinüber, dort läuft in zwei Wochen mein Schiff nach Amerika aus.
Da hielt er eine Steinfigur im Arm.

Am 24. Januar 1947 ging Walter Grünwald in Haifa an Bord der Empire Arquebus, ein britisches Truppenschiff aus dem Zweiten Weltkrieg.
Frau Schnek begleitete ihren Enkel. Er hatte eine Pritsche im Schlafraum der Matrosen gebucht. Dort legte

er sein Handgepäck ab. Sie wartete im Gang auf ihn, hob dann ihre rechte Hand, und mit dem Daumen malte sie das Kreuzzeichen auf seine Stirn, leb wohl, mein Walterl ..., und vergiss nicht, Gusti und ihren Mann zu grüßen; du hast ja den Pelz eingepackt. Dies ist kein Abschied für immer, sagte er rasch, wir werden uns bald wieder sehen. Er öffnete sein Hemd, schau, dein Amulett, ich trage es auf meiner Haut. Aus der Luke, durch die sie herabgestiegen waren, fiel ein Lichtschein. Es schützt mich, ergänzte er und versteckte es wieder, wie es eines Tages eine Frau behüten soll ... Die du lieben wirst wie dein Leben, vollendete sie den Satz. Dabei lächelte ihr Mund. Sie stiegen die Leiter hinauf an Deck. Du wirst deine Eltern wiedersehen ... Sie schaute aufs Meer. Da drüben, sagte sie und blickte ihm wieder in die Augen, bist ein gescheiter Junge, mein Walter, sei dir immer bewusst: *Auch wenn es nicht den Anschein hat, wendet sich alles irgendwann zum Guten.* Sie legte ihren Arm um seine Taille und ging ein letztes Mal neben ihm. Bevor sie nach dem Geländer griff, hob sie ihre Hand und strich langsam über seinen Kopf, ohne dabei sein Haar zu berühren; dann stieg sie hinunter. Er aber wischte hastig mit dem Ärmel über seine Augen, sah ihr Stufe für Stufe nach und war dabei überzeugt, von ihrem Mantelstoff, der sich über ihren Rücken spannte, die Mühe ablesen zu können, mit der sie ihren Körper jetzt aufrecht hielt.

Bald fand er sie in der Menge zwischen einem kleinen Jungen und einem Mädchen wieder, servus, Michael, adieu, liebe Aviva! Und am Ausgang des Hafengeländes – weit hinter den wedelnden und winkenden Armen und Händen, flatternden Taschentüchern erkannte er unter dem Jakarandabaum, wo er einmal sein Motorrad abgestellt hatte, ein helles Band in einem Bogen von schwarzem Haar.

KAPITEL 10

Eine Woche lang durchquerte die Empire Arquebus das Mittelmeer. In den ehemaligen Räumen der Offiziere waren die Passagiere der ersten und zweiten Klassen untergebracht, die der dritten bei der Schiffsmannschaft im Bug. Dort hatte Walter Grünwald die oberste Pritsche eines Viereretagenbetts gebucht.

An die Reling gelehnt, beobachtete er um die Mittagszeit einen Mann, der sich ihm als Kunstmaler vorgestellt hatte; den Kopf gegen den Wind geneigt, hastete er von einem zum nächsten und raunte im Vorübereilen jedem ein paar Worte zu; dabei hielt er die Hutkrempe ängstlich fest. Walter amüsierte sich über den seltsamen Kauz und noch mehr über die Blicke, die ihm folgten; nur eine Dame lächelte ihm aus tausend feinen Falten nach, ihre Stirnlöckchen wippten.

Die Passagiere drängten sich am Schiffsbug. Niemand wollte zu dieser Stunde das Lebensmotto eines Michelangelo Meresi da Caravaggio hören: *Keine Hoffnung – keine Angst*. Der Himmel war schwarzgrau von dichten Wolken überzogen. Ab und zu fiel ein Lichtstrahl in die Flut, blinkte auf und wurde sofort verschluckt. Das sechzehnte Jahrhundert war auch nicht gemütlich, dachte Walter Grünwald, während das Schiff sich der Straße von Gibraltar näherte. Er verzehrte sich nicht in falscher Hoffnung, er war sich seiner Sache sicher. Er wird fliegen. Trotzig hob er sein Kinn gegen den Wind, den Blick nach vorn gerichtet.

Als die Kanten und Risse der steinernen Wächter zweier Kontinente endlich klar zu erkennen waren, hörte er hinter sich, *ein Scherz;* er sah sich um und blickte in ein fremdes Gesicht, *es war nur ein Scherz, Walter.* Ihm wurde heiß, aber dann grinste er, das sind die Nerven, *sie trägt ihr Satinkleid, sie winkt mit der Zigarettenspitze.* Mama an Bord, das wäre schön! Meine Fantasie geht mit mir durch. Er rauchte. Sie sind ja längst drüben!, redete er sich zu und zog ein Taschentuch hervor. Eine Bö fuhr hinein. Da sah er die Zipfel wie winkende Hände auf einem Bahnsteig. Heftig putzte er seine Nase. Dann lacht er, ich fahre ja zu ihnen in die Neue Welt, so ist es. Dabei betonte er in seinem Kopf jedes der Worte, *so ist es,* und das ist gut. Mit Schwung warf er die Kippe über Bord, wir werden uns begrüßen – wo und wann auch immer! Der Wind kühlte sein Gesicht.
Seit einer halben Stunde beobachtete Walter Grünwald schon, wie das Schiff auf die Meerenge zusteuerte. Nun ragte zur rechten Seite Europas letzter Felsen in die Höhe, links erhob sich Afrika. Die Straße von Gibraltar war schmaler, als er sich vorgestellt hatte. Noch aber war der offene Ozean nicht erreicht, noch war die Gefahr nicht gebannt. Jederzeit konnte das Schiff explodieren. Minen schwammen im Wasser. Tag für Tag hatte er sie gesehen. Nur langsam war man vorangekommen, und jeden Abend musste der Anker geworfen werden. Für einen kurzen Moment umspielte jetzt ein Sonnenstrahl die Gipfel; der Wind hatte sich gelegt, und es war still an Bord wie nie zuvor auf dieser Reise.

Von Himmelfahrtspassage war gesprochen worden, von Geisterfahrt. Der Satan lenkt den Kahn, hatte der verrückte Kunstmaler behauptet, als das Schiff vor Sizilien plötzlich zu schlenkern begann und der Tee in den Tassen schwappte, der Kapitän habe einen Pakt mit dem Teufel geschlossen, er selbst sei Zeuge gewesen. Das solle er doch näher erklären, war er gebeten worden, hatte sich jedoch in Ausflüchten gewunden: Vom Satan zu sprechen, brächte Unglück, oder: Sein Nachtlager befände sich Wand an Wand mit der Kajüte des Kapitäns, aber sprechen dürfe er über das, was er belauscht habe, nicht, Unheil würde über ihn und das Schiff hereinbrechen. Bei solchen Reden hatte Walter Grünwald die Schultern gezuckt und sich entfernt.
Kaum aber war die Meerenge durchquert, kaum waren die Berge zurückgewichen und der Ozean breitete sich vor Walters Blicken aus, brauste auf dem Deck ein Freudensturm los. Die Menschen fielen einander in die Arme, schlugen ihre Hände vors Gesicht, warfen Hüte in die Höhe. Selbst die Schiffsmannschaft stand versammelt da, Gläser wurden mit Wein und Bier gefüllt; es gab Champagner, man trank sich zu, und aufs Neue umarmten sich die Passagiere. Sie lebten. Das Todesmeer lag hinter ihnen, sie konnten wieder Atem schöpfen. Einen Kaffee für mich, rief Walter Grünwald einem Kellner zu, seine Stimme überschlug sich. Gierig hob er die Tasse vom Tablett und eilte, fortgerissen vom Freudenstrom, zum Heck. Möwen kreischten in wilden Schwärmen. Eine segelte hoch am Himmel, ließ sich fallen und darauf wieder in die Höhe tragen. Walter

lachte über die Sondervorstellung der Luftballerina. Darauf wandte sich der Vogel in elegantem Bogen seiner Heimat zu. Schau, Paru, die Möwen geben uns Geleit, rief eine junge Frau ihrem Begleiter zu und winkte hinauf. Aber wohl nicht über den Atlantischen Ozean, meinte ein Herr, der ihr Vater hätte sein können. Er stand abseits von dem Paar. Nein, nicht bis Amerika, lachte sie, ihre dunklen Augen blitzten, aber ist es nicht nett, uns so freundlich aus Europa zu verabschieden? Walters Blick verfing sich in ihren Locken; sie erinnerten ihn an Rachel; gern hätte er die Dame angesprochen. Aber eilig wurde sie ins Schiffsinnere entführt.
Haben Sie das gehört?, fragte eine Männerstimme an Grünwalds Ohr. Der Mann war so alt wie Walters Vater, sehr groß, er trug eine Sonnenbrille. Seine Schirmkappe war tief ins Gesicht gezogen, der Kragen hochgeklappt, und Walter fiel auf, dass die Zellstoffjacke im Gegensatz zu seiner eigenen mit Wolle gefüttert war. Er fror. Wir Juden sind ein seltsames Völkchen, fuhr der Mann, während er seine Unterarme neben Walter auf die Reling stützte, in gleichmäßigem Tonfall fort. Dabei kamen seine Lippen noch dichter an die Ohrmuschel des Jüngeren heran; der Atem war heiß, und fröstelnd bog Walter seinen Oberkörper weit zurück. Doch erleichtert sah er dann, dass der Fremde sich wieder aufrichtete. Er griff in die Jackentasche und warf Brotbrocken in die Höhe. Die Möwen balgten sich darum. Haben Sie das gehört? Wieder neigte sich die Schirmkappe zu Walter Grünwald hinab, das Fräulein bedankt sich für die freundliche Verabschiedung aus

Europa, junger Mann, haben Sie das begriffen? Sie bedankt sich! Sie reisen allein?, schob er in verändertem Tonfall nach. Ja, nickte Walter, der in diesem Augenblick bedauerte, nur Tabakskrümel in den Taschen zu haben. Nach und nach löste sich ein Vogel aus dem Schwarm, um zurück aufs Festland zu segeln. Wissen Sie, junger Freund, was über diese Meeresstraße im Koran zu lesen ist? Walter blickte überrascht auf. Die Wellen waren hier höher als im Mittelmeer, der Wind blies kräftig, und wie sein Gesprächspartner es längst getan hatte, schlug er seinen Kragen hoch. Mit beiden Händen umfasste er das Revers (hatte es am Tag nach dem Kaktusangriff wieder angenäht). Jetzt stand er frei, dem Atem des Fremden nicht mehr ausgeliefert. Was will der Kerl? Anscheinend gehört er zu der Sorte Mensch, auf die man sich einlassen muss, um sie endgültig loszuwerden. Deshalb sagte er, ich kann mir gut vorstellen, dass die beiden Felsen einmal ein geschlossener Höhenzug waren.

So haben wir's in der Schule gelernt, mein lieber Freund, aber wer interessiert sich denn in dieser Zeit für Geologie? Könnte man sie nicht auch als Zwillingsbrüder ansehen, die einander zähnefletschend gegenüberstehen? Schauen Sie doch! Walter Grünwald hasste es, wenn ein Fremder ihn *mein lieber Freund* nannte. Aber entschlossen, den Mann abzuschütteln, stieß er ein *Na ja* hervor und schob nach, zum Beispiel Kain und Abel.

Die übrigen Passagiere hatten sich inzwischen zurückgezogen. Der Himmel war schwarz, und der Wind trieb

nach Westen, die letzte Möwe war auf dem Heimweg. Doch verließ Walter Grünwald seinen Platz am Heck nicht. Er stand im Bann der schwindenden Kontinente. Sein Onkel Jacques war in Afrika, seine europäischen Vorfahren hatten Großes geleistet. Aber er selbst? Was war er, was konnte er? Und wird er tatsächlich seine Eltern in Amerika wiedersehen?
Als sein Grübeln von den Worten unterbrochen wurde, die Stimme des Korans ist hier äußerst interessant, mein junger Freund, blickte er unwirsch auf, zögert dann aber; denn zu seinem großen Erstaunen empfand er plötzlich Erleichterung über die Ablenkung. Sind Sie Moslem?, fragte er.
Ich gehöre keiner Religion an; in der Jugend habe ich den Kinderglauben abgestreift. Der Mann steckte seine Hände in die Taschen. Warum erwähnen Sie den Koran?, wollte Walter wissen. Mir ist ein Vers eingefallen. Bei diesen Worten trat der Agnostiker wieder einen Schritt auf den Jüngeren zu; Walter hatte seine Unterarme aufs Geländer gestützt. Er sträubte sich nicht mehr gegen das Gespräch; es begann ihn zu interessieren. Die Felsen waren nur noch Schatten. Ich habe einige Jahre in der Nähe von Beersheba in einem Kibbuz zugebracht, sagte der Mann, stützte sich ebenfalls auf die Reling, nicht besonders interessant, doch auch nicht unangenehm. Man arbeitete von fünf Uhr morgens bis zum Mittag. Ich hatte genügend freie Zeit, auch zum Schreiben. Einmal in der Woche fuhr ich in die Stadt. Ich mag sie. Die Leute sind unaufdringlich, und die Esel dieser Gegend gefallen mir gut. Unter ih-

ren Lasten erschlaffen die Ohren; ein Hauch von Melancholie geht von ihnen aus. Auch Tröstliches. Manch ein Schlappohr hat etwas von einem Philosophen. Bei meinen Ausflügen kam ich oft mit Arabern zusammen. In einem Gespräch über den Koran zitierte mir ein Gläubiger eine Sure. Originalgetreu, wie er versicherte. Sie werden staunen, junger Mann. Übrigens ..., darf ich mich vorstellen?, er tippte an die Mütze, Löwenstein, Jakob. Vielleicht nimmt er die Kappe nicht ab, weil er eine Glatze hat, grinste Walter in sich hinein, bevor er den eigenen Namen nannte.

Mohammed soll in seinem weltberühmten Buch geschrieben haben, fuhr Herr Löwenstein fort, während er seinen Gesprächspartner herausfordernd von der Seite ansah, geben Sie acht, jetzt kommt die entscheidende Stelle, Herr Grünwald, niemals ..., hören Sie gut zu, nie wird das Wasser des Atlantischen Ozeans sich mit dem des Mittelmeers vermischen. Hierauf zwang er seinen Gesprächspartner, seinem undurchdringlichen Blick standzuhalten. Wie gefällt Ihnen die Aussage? Ich selbst finde sie kühn, besser gesagt, tollkühn. Auf jeden Fall interessant. Besonders in unserem Jahrhundert, das nach dem Verlust eines allmächtigen Gottes sich neue Altäre wird bauen müssen. Irgendwann ..., denken Sie an meine Worte, Herr Grünwald, ich werde es vielleicht nicht mehr erleben, Sie aber, jung wie Sie sind, erfahren es mit Sicherheit. Irgendwann wird in Europa oder Amerika ein Chemiker die Worte des Propheten aus Mekka überprüfen.

Was soll daran interessant sein?, fragte Walter.

Die Felsen waren nur noch als Punkte am Horizont zu erkennen.
Es geht hier um mehr als um H_2O, Herr Grünwald, um sehr viel mehr! Der Satz birgt Sprengstoff. Sie werden sich meiner Worte erinnern, Herr Grünwald, er ist um ein Vielfaches explosiver als die Minen, die unser Schiff in den vergangenen Tagen ängstlich umfahren hat! Wir hatten Glück.
Und einen guten Steuermann, ergänzte der Jüngere und fragte mit veränderter Stimme, haben Sie Verwandte in Amerika, Herr Löwenstein, Freunde?
Daraufhin schnellte der Angesprochene ohne ein weiteres Wort in die Höhe, tippte an die Mütze und war nach drei Sekunden nicht mehr zu sehen. Walter Grünwald stand allein. Er fror. Eine Ratte sprang ihm über den Schuh. Erschrocken rüttelte er den Fuß. Dabei entdeckte er eine Zeitung am Boden. Sie muss ihm aus der Jacke gefallen sein! Auf der Suche nach Jakob Löwenstein eilte Walter Grünwald durch das Schiff. Aber er fand ihn nicht.
So bestellte er im Speisesaal der Schiffsmannschaft, wo sich Passagiere der dritten Klasse unterhielten, einen Tee. Er rauchte und blätterte in der britischen Zeitung, bis ihn ein Artikel über deutschsprachige Schriftsteller in der Emigration fesselte. Der Text war gescheit und flüssig geschrieben. Er schloss mit einem Brief von Franz Werfel an seine Eltern:

„12.10.1940
Am 9. und letzten Tag unserer glänzend verlaufenen Reise Lissabon – New York gilt mein erstes Lebenszeichen Euch! [...]
Unter sehr großen Strapazen haben wir Marseille und Frankreich verlassen, Spanien durchquert, um endlich in Portugal anzukommen. Weitaus das Allerschwerste dabei war, Euch zurücklassen zu müssen. [...]"
Walter sah von der Zeitung auf. Euch zurücklassen zu müssen! Werfel hat recht, das ist das Allerschwerste. All die Jahre war es so und ist auch heute noch das Schwerste. Der Tee war nicht mehr heiß, als er den Becher an die Lippen führte. Erneut griff er nach dem Artikel. „Nun liegt Amerika nahe vor uns, diesmal ein sehr unbekannter Kontinent. Ich hoffe, er wird uns günstig gesinnt sein. Ich habe Anzeichen, daß ich freundschaftlich erwartet werde. [...]" So ergeht es mir auch, sann Walter Grünwald, ich werde erwartet. Tante Gusti wohnt in Bayonne, zehn Kilometer hinter New York, und ich spüre, ein spannendes Leben liegt vor mir. Ich werde fliegen. Als Erstes melde ich mich bei der American Air Force zum Pilotentraining an. Er nahm seine Lektüre wieder auf. „Hier dieses Schiff ist voll von Schicksalen, die das unsere noch weit an Schrecken übertreffen. Das Unglück ist so allgemein, daß man gar nicht klagen darf, sondern von Stunde zu Stunde leben soll und nicht vorwärts noch rückwärts denken."
Von Stunde zu Stunde! Habe ich nicht acht Jahre und sechs Monate lang in diesem Sinn gelebt?, fuhr es dem

jungen Auswanderer durch den Sinn. Ob ich so weiterleben kann? Täglich hatte ich mir vorgenommen, nicht mehr an Wien und meine Eltern zu denken. Aber nur selten gelang es mir, in Lebensgefahr oder in den Armen einer Frau. Die Krankenschwester von St. Luke weinte, als ich sie vorm Lazarettzelt traf. Ich wollte sie trösten. Aber als sie im Bett wieder zu schluchzen begann, habe ich mit ihr geweint. Er rauchte. Es ist nicht gut, dem Kummer nachzugeben. Das zermürbt die Kräfte. Man muss etwas dagegenhalten. Auf keinen Fall nachgeben! Nie! Er rauchte. Nicht dem Heimweh nachgeben, nicht der Verzweiflung und auch nicht der Hilflosigkeit und der verdammten Schüchternheit. Er drückte die Zigarette aus. Man wird lernen und lernen. Irgendwann ist man wer. Ein Glück, dass ich diese Zeitung gefunden habe! Jetzt weiß ich durch Franz Werfel: Es gibt für mich nur eine Möglichkeit: *Von Stunde zu Stunde leben und nie vorwärts noch rückwärts denken. Leben!*

Die Empire Arquebus hielt stetig Kurs auf New York. Umkreist vom Meer, uferlos. Seine Farben flossen von einem Taubengrau über ein Erzgrau zu Perlmutt glänzendem Schimmer.
Am Abend des achten Februar sah Walter Grünwald die Sonne in giftiger Glut über dem Horizont. Das gibt Sturm, murmelte ein Passagier. Matrosen liefen übers Deck. Da löste sich ein gelber Streifen aus der Lohe, die den Himmel entflammt hatte, und verwandelte sich magisch schwefelgrün. Als die Sonne gesunken

war, fielen Tropfen fett und tranig, und von Westen fegten schwarze Wolken über den Himmel. Die volle Wucht des Sturms aber erreichte das Schiff um Mitternacht. Einer Eierschale im Ozean gleich, war es nun gnadenlos der Gewalt haushoher Wellen ausgeliefert. Am Grund des Schiffs umklammerte Walter Grünwald das Gestänge seines Etagenbetts. Das Meer barst auseinander, die Nacht verschluckte den Tag, und wo der Orkan über die Fluten fuhr, quollen sie bleiern auf, unermesslich und träge, um kurz darauf zu gigantischen Ungeheuern anzuwachsen, die alles verschlangen.

Eine Woche lang war das Deck überschwemmt. Vor den Schiffsvorräten und den Koffern der Passagiere krümmte sich Walter Grünwald krank auf seiner Pritsche. Der Bug wurde in die Höhe geschleudert, sackte in die Tiefe. Die Schiffsmannschaft stammte aus Ägypten. Tag und Nacht brachte sie all ihre Kräfte auf, um die Empire Arquebus auf Kurs gegen die zehn Meter hohen Wellen zu halten. Dieser Belastung hielten die Motoren nicht stand, und der Seeanker wurde geworfen. Der Proviant ging zur Neige, der Wasservorrat versiegte. Schließlich meldete sich eine Gruppe griechischer Seeleute beim Kapitän. Die Männer waren auf dem Weg nach New York, um ein *Libertyship* abzuholen. Nach einer Woche gelang es ihnen, den Motorschaden zu beheben.

Der Sturm hatte sich ausgetobt, und das Meer fand seinen Rhythmus wieder.

Wie still ist die Welt, wie gut schmeckt die Luft! Blass stand Walter Grünwald an Deck. Er stützte sich auf die

Reling. Das Meer schimmerte in den Farben einer geöffneten Austernschale. Das Licht war weiß.
Jetzt kräuseln sich die Wellen, ein Lächeln zog über seine Stirn, sie plätschern sanft, als könnten sie kein Wässerchen trüben. Ha! Wasser, ein starkes Element. Das Lächeln zog in Walters Herz, wo aber sind die Sirenen?
Er sah auf die Uhr. Wie lange war er eigentlich unterwegs? Zwei Monate? Oder waren zwei Jahre verstrichen? Da ließ ihn Mädchengelächter aufhorchen, man sieht keine Fische. Eine der beiden beugte sich über die Reling, was zappelt da unten? Das ist ja fantastisch! Wie kommst denn du hierher?, rief die andere, was tust du in diesem gefährlichen Gewässer allein? Bist kaum größer als meine Hand. Wer?, rief Walter Grünwald den jungen Damen zu und beugte sich ebenfalls hinab. Wir haben gerade ein Schildkrötenbaby gesehen, kicherte eine der Damen. Das Kind ist wohl unterwegs nach Madagaskar, grinste Walter, wies dann lässig übers Meer, als würde er die Himmelsrichtung nach Afrika kennen. Angst und Pein der vergangenen Tage waren vergessen. Mit einer leichten Verbeugung trat er auf die Damen zu, darf ich mich vorstellen, Walter Grünwald. Ein schöner Name, lächelte die Größere der beiden. Sie sprach akzentfrei Englisch und trug lange schwarze Lederhandschuhe, ich bin Zahava Edelmann, und das ist Ruth.
Za-ha-va, wiederholte Walter, das klingt wie Musik.
Sie ist Musik, rief die Jüngere halb ernst, halb spöttisch, und ich bin ihre Ballerina. Zum Beweis drehte sie sich, bis ihr Rock als Stoffteller in der Luft stand. Wal-

ter klatschte höflich mit versteckter Ironie und Zahava fiel in den Applaus ein. Kokett verbeugte sich Ruth, streckte dann aber plötzlich den Arm aus, guck mal, Zahava, dahinten auf dem Wasser, sehen Sie nur, Herr Grünwald! Aufgeregt winkte sie ihn heran. Das Haar wehte ihr ins Gesicht. Tatsächlich, da bewegt sich etwas auf uns zu, staunte Zahava und schlug den Mantelkragen hoch. Schwarz steht ihr gut, dachte Walter und folgte den Blicken der Frauen. Vor ihm trat Ruth von einem Fuß auf den anderen; vor Aufregung zerbiss sie ihre Fingernägel. Sie trug eine Strickjacke über ihrem Sommerkleid. Aus der Ferne trieb etwas, das kaum zu erkennen war, auf die Beobachter zu. Ein Zeichen!, flüsterte Zahava, bisher war nur Wasser um uns. Eine Möwe!, schrie Walter Grünwald, das ist ja verrückt. Ein Vogel auf einem Floß mitten im Atlantik.

Gleich wird das Geheimnis dieser Möwe gelüftet. Zahava umfasste ihren Kragen noch fester. Jetzt erkennt man sie deutlich, rief Ruth, sie steht auf einer Holzkiste. Unglaublich! Wie hat sie den Sturm überlebt?, fragte Walter Grünwald sich selbst und auch die Damen. Er stand jetzt dicht hinter ihnen und strich immer wieder über seine Haarzipfel; der Wind zerzauste sie.

Vielleicht war sie noch an Land, als es hier tobte. Ein hoffnungsvolles Zeichen, Herr Grünwald. Kein Ölzweig, aber ein Küstenvogel naht.

Sagen Sie, Zahava …, ich darf Sie doch Zahava nennen? Ich bin der Walter. Er sah sie zögernd an und fragte dann weiter, wie lange sind wir unterwegs? Wieder fuhr er mit den Fingern durch sein Haar. Zaha-

va lachte, das ist eine gute Frage. Die habe ich mir auch schon gestellt. Die Sonne steigt aus dem Wasser, sie versinkt im Wasser, und eine Ewigkeit lang ist man in die Unterwelt verdammt. Schließlich sieht man das Tageslicht wieder. Man ist orientierungslos. Aber ..., sie tippte an die Nasenspitze, ich habe Buch geführt. Vor vierundzwanzig Tagen sind wir in Haifa an Bord gegangen. Zahava muss immer schreiben, grinste Ruth, indem sie sich bei ihrer Freundin einhakte, sollen wir nicht reingehen? Mir ist kalt.
Während sie zu dritt auf die Treppe zugingen, die in die Räume der ersten und zweiten Klasse führte, erfuhr Walter, ohne eigene Zeichen könne Zahava nicht leben, seien es Buchstaben oder Noten.
Immer wieder suchte er nun das Gespräch mit Zahava Edelmann, starrte auf ihre Lippen und war zu schüchtern, um sie zu küssen. Die Fingernägel kauende Tänzerin interessierte ihn nicht. Sie war mit ihrem Ensemble zu einer Amerikatournee aufgebrochen und hatte die Pianistin auf dem Schiff kennengelernt. Bei einer Tasse Tee lud sie im Kreis ihrer Kollegen Walter Grünwald zu ihrem ersten Auftritt in New York ein, *Sacre du Printemps.*

Als nach der großen Verspätung durch Unwetter und Motorschaden endlich Land in Sicht war und jeder Passagier hoffte, am Abend in New York zu sein, fuhr das Schiff in die Chesapeake Bay ein und musste bei Baltimore wenden. Wieder waren drei Tage verloren.

Am Nachmittag des 22. Februar 1947 erreichte die Empire Arquebus New York.
An Land gehen! Endlich den Boden der Freiheit betreten! Aber nein. Ein Feiertag, Washingtons Geburtstag. Kein Lotse arbeitete. So blieben die Passagiere an Bord. Die Sonne versank hinter den Hochhäusern. Dann zog die Nacht herauf.
Walter Grünwald stand an der Reling. New York lag vor ihm. Mit all seinen Lichtern. Bis in die obersten Stockwerke hinauf waren die Wolkenkratzer erhellt. In grellen Farben leuchteten Schriftzeichen auf. Dort, wo er herkam, lagen die Straßen nach Sonnenuntergang im Dunkeln. Wie schön, dachte er, wie aufregend. Vor Überraschung und Freude stockte ihm der Atem, und dann weitete sich seine Brust, berauscht von den nicht enden wollenden Lichterketten der Autoscheinwerfer. Hin und her zogen sie über den East River Drive. Walter Grünwald sah die Nacht hell, die Fackel der Freiheit rief ihm zu, *give me your tired, your poor, your huddled masses yearning to breathe free.*
Jetzt ist der Krieg vorbei, sagte er, hier ist Licht!

KAPITEL 11

Bald fuhr Walter Grünwald mit seiner Tante Gusti im Taxi durch Hochhäuserschluchten und durch kilometerlange Tunnel unter dem Hudson her nach Bayonne, New Jersey. Gierig saugte er die Bilder der Neuen Welt in sich auf. Sie übertrafen all seine Erwartungen und nahmen seine Aufmerksamkeit gefangen.
Am Abendbrottisch überschüttete Augustine Chameides ihren Neffen mit Fragen. Sie fragte nach den Kindern ihrer Schwester Grete, fragte, ob Walter Fotos bei sich habe, sie fragte nach dem Gesundheitszustand ihrer Mutter; am liebsten aber erzählte sie selbst. Walter Grünwald war stumm.
Nicht nur die überwältigenden neuen Eindrücke hatten ihn verwirrt; er war in Amerika angekommen, sein Schiff war nicht untergegangen, er lebte. Er saß in einem geheizten Zimmer an einem gedeckten Tisch. Doch wo waren seine Eltern?
Bis zur Haustür hatte er wie ein Kind vor dem Weihnachtsfest voller Freude und Erwartung gehofft, seine Tante würde ihn überraschen, und Vater und Mutter würden aus dem Fenster winken und ihm entgegenlaufen, um ihn in die Arme zu nehmen. Aber sie waren nicht da, hatten den Atlantik nicht überquert – wie Franz Werfel es geschafft hatte und er selbst und viele andere. Wortlos stierte er auf den Teller.
Na ja, tröstete er sich schließlich, Tante Frida und Acki Hatzeltaler werden ihnen geholfen haben, der Acki verstand sich ja ausgezeichnet mit den Nazis. Sie sind

untergetaucht. So wird es sein. Inzwischen leben sie wieder friedlich zu Hause. Morgen wird er einen Brief nach Wien in die Hollandstraße 8 schicken. Er stocherte in den Spaghetti Bolognese. Schmeckt es dir nicht, oder bist du müde?, wollte Tante Gusti wissen, und als er hörte, sie habe das Gericht für ihn gekocht, *extra für ihn, weil er als Bub so gern italienische Nudeln gegessen habe,* lächelte er müde, eine Verwechslung, Tante Gusti, ein Missverständnis, Trude wünschte sich zum Geburtstag Spaghetti. Und während sich die Nudeln in der roten Soße um seine Gabel wanden, ohne in den Mund zu gelangen, fielen ihm die Abschiedsworte seiner Großmutter ein: Es wird alles gut werden, auch wenn es nicht so scheint.
Ich werde dafür sorgen, dass Großmama bald nachkommt, sagte er darauf mit heller Stimme und sah von seinem Teller auf.
Und meine Schwester Grete auch, rief Gusti in überschwänglicher Erleichterung, endlich ein vernünftiges Wort aus dem Mund ihres Neffen gehört zu haben. Bisher hatte nur sie geredet. Ich kann es kaum erwarten, die Kleinen zu verwöhnen! Aber vorher will Grete nach Wien.
Nach Wien? Walter stutzte.
Du schaffst das schon, Junge, rief Alex Chameides; vertraulich klopfte er dem Neffen seiner Frau auf den Oberarm, du bist jung und stark. Hier kann jeder was werden, der fleißig ist. Hast du schon eine Arbeit?
Alex, der Junge ist doch gerade erst angekommen. Erzähl mal, wie war die Überfahrt?

Ein Motorschaden hat die Ankunft verzögert, das wisst ihr doch schon.
Nach dem Plumcake goss die Tante Kaffee auf, hier ist Milch und Zucker, Bub. Mit einem Löffel aus Großmutters Schublade in der dritten Etage der Raffaelgasse 8 rührte Walter in seinem Milchkaffee. Schließlich hob er sein Gesicht, und seine Augen blickten, wie sie es früh gelernt hatten, freundlich: Der Kaffee ist gut. Fein, rief Alex und hielt dem Neffen aufmunternd lächelnd eine Zigarettenschachtel hin, komm rüber in den Sessel, young boy, wir rauchen eine Friedenspfeife!
Alex Chameides aus Griechenland verstand es ausgezeichnet, in wenigen Worten seine Wünsche in der Sprache des Landes, in dem er sich gerade aufhielt, exakt zu formulieren. Da er vor Walters Ankunft mit seiner Frau beschlossen hatte, die aus Familienbanden angebotene Gastfreundschaft auf zwei Tage zu beschränken, fragte er jetzt seinen Untermieter nach den Ersparnissen. Als er die Summe kannte, lehnte er sich in seinem Sessel weit zurück. Den rechten Ellbogen erhoben, führte er seine Zigarette zwischen Daumen und Zeigefinger an die Lippen, spitzte sie und sog so effektvoll an dem Stängel, dass die Glut hell aufleuchtete. Darauf bog er den Kopf übertrieben weit zurück, blies Rauchringe in die Luft, schaute ihnen versonnen nach. Die Ringe dehnten sich, schwebten sanft dahin, hoch und höher, verwandelten sich in flüchtige Spiralen, und auf wundersame Weise löste sich ihr Hauch in der Zimmerluft auf.

Als keins seiner an diesem Abend besonders gut gelungenen Rauchgebilde mehr sichtbar war, sah Alexander Chameides ihnen immer noch nach, bevor er sich mit einer blitzartigen Wendung des Kopfes dem Neffen zuwandte, um sich von ihm zweitausend Dollar (er nannte die Summe in einem Tonfall, als handle es sich um 20 Cent) zu leihen, damit er und Augustine endlich ihr Geschäft eröffnen könnten. Er habe da schon etwas in Aussicht; ein Eckgeschäft, *äußerst günstig* an zwei belebten Straßen eines Vorortes. Selbstverständlich bekommst du das Geld zurück, young boy. Mit Zinsen. Wir unterschreiben einen Schuldschein.
Er stellte zwei Gläser und eine Flasche Whisky auf den Tisch, auf dein Wohl, Walter! Der winkte ab, er blieb beim Kaffee.

*

Wie kann ein Mensch nur so dumm sein wie meine Tante Gusti, rief Walter aus, als er auf sein Leben zurückblickte, trägt den Kosenamen ihrer Schwester in einen Antrag an die amerikanische Botschaft von Wien! Im Jahr 1941! Statt Jeanette hatte sie *Netti* geschrieben. Der Antrag wurde abgelehnt; denn es gab im Personenregister von Wien keine Netti Grünwald. Damals waren die Briefe zu Schiff länger unterwegs als heute, beträchtlich länger. Viele verschwanden.
Manches Mal habe ich mich auch gefragt, ob dieser dämliche Schreibfehler kein Versehen, sondern Absicht

war. Sie hätten ja für Jeanette und Mathias sorgen müssen und hatten selbst nichts.
Später besaßen sie ein schönes Haus in Kalifornien. Na ja, da kann man nix machen. Die haben mich ganz schön ausgenützt. Ich borgte ihnen Geld, zahlte ihnen Miete, und sie hintergingen mich. Auch die Geschichte mit dem Pelzmantel ist noch nicht zu Ende. Manches zieht sich durchs ganze Leben.

*

Tante Gusti half ihrem Neffen beim Auspacken, als Erstes musst du deinen Namen ändern, zum Beispiel in Greenwood. Das gefällt mir nicht, sagte Walter und schob sein Jackett über einen Bügel. Der Schrank roch nach Mottenpulver. Jeder nennt dich hier beim Vornamen. Ich heiße überall Gusti, nicht Augustine Chameides, rief die Tante und hob den Kofferdeckel, Walter klingt gut, aber Grünwald ist unmöglich. Neugierig hing ihr Blick an den Dingen, die hier zum Vorschein kamen.
Gut, Walter griff in den Koffer, ich lasse die Punkte vom ü streichen.
Junge, was ist denn das? Die Augen der Tante wuchsen. Du hast ja eine Lederhose eingepackt. Ist das nicht die Hose von meinem Bruder?
Ich habe sie von Onkel Jacques geerbt, als ich zwölf war. Hier, schau! Er hob die Hose in die Höhe. Dieses Stück wurde herausgeschnitten und später wieder eingesetzt. Ich habe sie immer gern getragen. Sie passt

mir noch. Rasch hängte er sie in den Schrank, was schert sich die Tante um meine Wäsche! Aber da ist ja auch die Joppe mit dem Edelweiß, hörte er, und wozu brauchst du Wanderschuhe? Er war wütend, gibt es in Amerika keine Berge? Darauf wechselte Gusti klug das Thema, sie freue sich über den Pelzmantel, den Walter ihr mitgebracht habe, den könne sie gut gebrauchen. Er hing bereits an der Garderobe. Der Mantel hat achthundert Dollar gekostet, sagte Walter kühl und setzte hinzu, ich habe die Summe für dich vorgestreckt.
Die bekommst du selbstverständlich zurück.

Am nächsten Morgen schickte Walter Grünwald einen Brief nach Wien in die Hollandstraße 8 und ein Bewerbungsschreiben an die amerikanische Luftwaffe. Im Rathaus ließ er die österreichischen Punkte aus seinem Namen streichen und begab sich auf die Suche nach einer Arbeit.
Unter dem Namen Walter Grunwald fand er einen Job als Mechaniker in einer Metallfabrik.

*

Eine gefährliche Arbeit, sagte Walter, als er mit achtundachtzig Jahren auf seine Lebensbahn zurückschaute, ich musste am Boden herumkriechen und die Lager schmieren, während die Maschine lief. Flüssiger Stahl tropfte in vorgefertigte Formen; sie drehten sich wie in einem Karussell. Ich arbeitete vierzig Stunden in der Woche und bekam dafür vierzig Dollar. Ein Klacks für diese schwere Arbeit, aber immerhin habe ich mehr verdient als bei den Briten. Ich arbeitete in Nachtschichten. Innerhalb von acht Stunden gab es zwei Pausen. Er lachte, es war komisch. Auf ein Klingelzeichen hin ließ jeder sein Werkzeug fallen. Sofort! In den ersten Tagen mussten sie mich unter der Maschine hervorziehen. Ich war ja gewohnt, eine Arbeit zu Ende zu machen. Aber die Gewerkschaft war streng. Arbeitsschuhe und -kleidung musste man sich allerdings selbst besorgen. Nach der Schicht war der Overall pechschwarz. Jeden Abend steckte ich ihn in die Waschmaschine. Ich wollte mich in der Universität einschreiben. Aber was meinst du? Mir fehlte ein Highschool-Diplom. Lächerlich! Ich hatte doch meine österreichische Matura in der Tasche und drei Semester Technische Hochschule Haifa! Aber das wurde in Amerika nicht anerkannt. Ich musste also wieder die Schulbank drücken.

*

Von seinem ersten Lohn kaufte Walter Grunwald einen zweitürigen Ford, Baujahr 1937. Das Auto steigerte sein Gefühl von Freiheit in der Neuen Welt, wo alles möglich sein sollte und der Anfang hart war. Jetzt konnte er an den Wochenenden die Metropole erkunden, die ihm weit mehr bot, als er sich in seinen kühnsten Träumen ausgemalt hatte. Wenn er die Einsamkeit suchte, fuhr er in die Wälder. Nicht umsonst hatte er acht Jahre zuvor seine Bergschuhe in den Koffer gepackt.

Arbeiten, lernen, sparen war sein Motto und von Stunde zu Stunde leben und nie vorwärts noch rückwärts denken.
Inzwischen hatte er ein Postfach eröffnet. Manchmal erhielt er einen Brief von seiner Großmutter aus Haifa. Sie bereitete sich mit der Familie Eisenmann auf die Übersiedlung nach Amerika vor. Walter hatte die notwendigen Affidavits geschickt. Georg Polak schrieb aus Kairo, er würde bald am Fernmeldeamt von Havanna arbeiten, von dort aus käme er schon irgendwie nach New York. Joe Jakson sandte Grüße aus London.
Am 3. Juli 1947 erhielt Walter Grunwald die mit Ungeduld erwartete Einladung der American Air Force zu einem Vorstellungsgespräch. Die AAF war zwei Wochen zuvor in die United States Air Force, die USAF, umgewandelt worden. So war die amerikanische Luftwaffe nun eine eigenständige Institution mit eigenen Vorschriften, losgelöst von der Armee.
Hinter den Dächern von Bayonne war der Mond versunken. Die Deckenlampe verströmte ein milchiges Licht, als der Pilot in spe um vier Uhr in der Frühe, von der Nachtschicht heimgekehrt, seinen Blaumann in die Waschmaschine steckte und, statt schlafen zu gehen, eine Hose aus dem Schrank zog, die elegante schwarze Hose für den besonderen Anlass. In der Küche schloss er das elektrische Bügeleisen an. Er breitete eine Decke über den Tisch, füllte eine Schüssel mit Wasser, tunkte ein Küchentuch hinein, wrang es aus und legte es auf ein Hosenbein. Bei jedem Druck des Bügeleisens zischte der Wasserdampf, und ein

Geruch stieg auf, den er kannte und gern mochte. Auch das weiße Hemd wurde gedämpft. Er besaß nur eins. Vor Aufregung wälzte er sich anschließend im Bett herum und fiel erst kurz bevor der Wecker rasselte in tiefen Schlaf.

In der Schule hatte er sich für einen Tag beurlauben lassen. Nach der Rasur kleidete er sich mit besonderer Sorgfalt an. Mehrmals rückte er den Krawattenknoten zurecht, strich mit der Kleiderbürste über das helle Jackett und trat am Spiegel vor und zurück, näherte darauf sein Gesicht wieder dem Glas, hob die Augenbrauen. Er schaute ernst, seine Lippen waren geschlossen. Und während er so stand, Aug in Auge mit sich selbst, erkannte er ein zweites Gesicht hinter seinem Rücken. *Eine Zigarettenspitze winkt, sie trägt ihr Satinkleid, das streckt ihre Gestalt, der Vorhang weht.* Er wagte nicht, den Kopf zu wenden. Er rieb seine Augen, schloss sie und drehte den Wasserhahn auf. Dann hielt er die Hände als Schale unter das Wasser und tauchte sein Gesicht hinein, trocknete es ab. Auf dem Weg zum Auto erinnerte er sich an die Geste seiner Mutter, mit der sie sein Jackett in den Koffer gelegt hatte, das grüne darüber. Seine gespreizten Finger glitten durch sein Haar. Dann fuhr er davon.

Laut schlug sein Herz, als er das Gebäude betrat. Am Eingang legte er einem Beamten sein Schreiben und seinen Pass vor, ging drauf mit festen Schritten einen Korridor entlang. Aufs Höchste konzentriert stand er nun vor der Tür des Personalbüros der USAF. Er klopfte. Ein Offizier in der Uniform der AAF erwartete Wal-

ter Grunwald hinter einem Schreibtisch und bot ihm einen Stuhl an.
Sie haben exzellente Zeugnisse, junger Mann, mein Kompliment, so etwas sieht man nicht oft. Freundlich klappte der Hauptmann die Mappe *Grunwald, Walter* zu, aber leider können wir Sie nicht in unser Pilotentraining aufnehmen. Sie sind zu alt, Herr Grunwald.
Zu alt?
Um vier Wochen.
Aber ich habe meine Bewerbung doch bereits ... Der Hauptmann schnitt ihm das Wort ab, da ist nichts zu machen, junger Mann! Sie sind zu spät. Wenn Sie dennoch bei uns arbeiten wollen, können wir Ihnen unser Basistraining in Texas anbieten. Es beginnt am 1. August. Danach können wir Sie als Mechaniker unterbringen. Die Briten haben Ihnen ja hervorragende Zeugnisse ausgestellt.
Wie im Nebel wankte Walter Grunwald hinaus und auf sein Auto zu, umklammerte das Steuerrad. Vier Wochen zu spät! Seine Stirn schlug gegen den Lenker. Vier Wochen! Die verdammte Motorpanne auf See! Und ich war mir meiner Sache so sicher! Wieder traf seine Stirn in rhythmischen Schlägen das Lenkrad. Da kläffte ein Pudel, sprang gegen die Fahrertür. Erschrocken sah Walter auf. Eine rosafarbene Zunge leckte die Scheibe. Nur weg! Er drehte den Zündschlüssel, der Motor heulte auf. Eine Frau kreischte, der Pudel zerrte an der Leine und kläffte wild hinter dem Wagen her.
Ha, rief Walter gegen die Frontscheibe, dem Pudel bin ich entkommen! Wieder einmal Glück gehabt. So ist

das Leben. Pech und Glück, ein hübsches Paar. Ich kenne die Gesellen. Darauf lachte er aus vollem Hals und schlug sich vor die Stirn: Von einem Schoßhündchen in die Flucht geschlagen, von einem weißen Pudel! Schon sah er die Donau vor sich. Sein Schäferhund springt hinter einem Stock her, sein Rolf. Er drehte das Radio an. Der Ford fuhr gut. Ich hätte früher in Amerika sein können, fiel ihm auf dem Highway ein, einen Monat früher! Mein Job hielt mich, er zuckte mit den Schultern, die Motorradpiste war verführerisch schön und ... Rachel. Doa koanst nix moachen! Er drückte das Gaspedal bis zum Anschlag durch. Beim Anblick eines Kleinlasters entspannte er seinen Fuß. Hinter jedem Pech schimmert ein Körnchen Glück, rief er laut. Stühle, Sessel, ein Tisch waren auf dem Pickup festgezurrt. Da zieht jemand um! Walter pfiff und griff nach der Zigarettenschachtel auf dem Beifahrersitz. Ruhig glitt sein Ford dahin. Die Zeit des Untermieters bei Verwandten ist endgültig abgelaufen! Ein guter Start! Er kurbelte am Radioknopf. Ein paar Takte lang hörte er einem Schlager zu. Dann aber brodelte der Zorn erneut in ihm auf, ich bin zu alt! Verdammt. Wie alt bin ich denn? Sechsundzwanzig Jahre und sieben Monate! Und bin ein Nichts! Ein Pennäler ist Walter Grunwald, ein Hilfsarbeiter! In meinem Alter hatte Onkel Jacques längst seine eigene Arztpraxis eröffnet und besaß eine schöne große Wohnung in Wien. Onkel Fritz leitete ein Krankenhaus. Na ja, ich habe den Posten angenommen. Irgendetwas wird sich ergeben. Ich muss fliegen, und sollte ich alle Flugstunden aus eigener Tasche bezahlen! Ich werde arbeiten. Sparen! Nichts als arbeiten und Geld verdienen.

Wieder einmal packte Walter Grunwald die Koffer, überließ dem Onkel sein Auto und fuhr zwei Tage lang im Zug zum Basistraining auf die Lackland Air Force Base von San Antonio, Texas. Ohne Schwierigkeiten bestand er die Prüfungen zum Flugingenieur. Ihn wunderte das nicht, hatte er sich doch seit frühester Jugend für Technik interessiert und fleißig studiert. Als Chef einer Trainingsgruppe der USAF wurde er an den Zivilflughafen Newark in New Jersey versetzt.
Freudig verabschiedete er sich von seinen Verwandten, überließ dem Onkel weiterhin sein Auto und mietete mit dem Koffer in der Hand im Zentrum von Newark eine kleine Wohnung, kaufte ein altes Motorrad, eine BMW.

Newark, 15. November 1947

Lieber Georg!
Endlich geschafft. Die Grundausbildung liegt hinter mir. Durfte wieder mal in der Wüste übernachten. Zur Abwechslung gab's Klapperschlangen. Die Prüfung zum Flugzeugmechaniker war ein Klacks. Mit 98 % bestanden. Erinnerst Du Dich noch an meinen Korrespondenzkurs „Aeronautical Engineering"? Du wolltest meine Konstruktionspläne sehen, bevor sie in einer Papprolle nach London flogen. Korrigiert kamen sie zurück. Acht Jahre lang gepaukt und saftig dafür ge-

zahlt. Wie man sieht, nicht umsonst. Für das Zertifikat zum Flugingenieur musste ich einen praktischen Kursus und mehrere Flüge im Cockpit bestehen. Jetzt bin ich als Unteroffizier eingestuft. Wenn die Air Force noch der Armee angegliedert wäre (wie zwei Wochen vor meiner Ankunft in New York), stünde ich jetzt als Leutnant auf der ersten Stufe der Offizierstreppe.
Wir tragen noch die alten braunen Armeeuniformen. Erst im nächsten Jahr soll es blaue geben. Zurzeit arbeite ich als Flugingenieur, auch als Mechaniker auf dem zivilen Flughafen von Newark. Habe eine Wohnung in der Stadt gefunden. Und eine prächtige BMW! Lebe wie ein Zivilist.
Leider wurde ich nicht in die Pilotenausbildung übernommen. Ich sei zu alt. Um vier Wochen! Ist das zu begreifen? Kaum ist man in der Neuen Welt angekommen, ist man zu alt. Als Pilot hätte ich sicherlich jetzt eine steile Offizierskarriere vor mir. Was sage ich, vor mir, ich hätte bereits die ersten Streifen auf der Uniform.
Wann werde ich Dich endlich in diesem Land begrüßen können, wo es bei Nacht so hell ist, wie Du es nie gesehen hast? Die Menschen sind freundlich. Nur ich bin zu alt.
Dein Walter

Die Arbeit in der Kanzel machte ihm Freude. Walter Grunwald war gewohnt, im Team zu arbeiten, und die Bezeichnung für seinen neuen Arbeitsplatz gefiel ihm äußerst gut, die Hahnengrube!

Während im Cockpit der Pilot die Maschine auf Kurs hielt, hatte Walter Grunwald das technische System des Flugzeugs zu kontrollieren, die Triebwerks-, Schub-, Leistungs- und Kraftstoffsystemsteuerung. Zu seiner Freude fand er trotz seiner ständigen Konzentration vor dem Bildschirm oft die Gelegenheit, die Schönheit des Himmels zu bewundern. Nach der Landung wechselte er die Kleidung und fuhr auf seinem Motorrad in den Feierabend.

Bald lag Schnee auf den Bergen von New York State. Es schneite auf die Dächer, die Straßen, die Bäume. Es schneite auf alles, was stillstand, und auf alles, was sich bewegte, auf die Hunde, die Amseln und Katzen, auf die Lastwagen und Kinderwagen. Die Laternen trugen weiße Hauben, die Hecken waren mit weichen weißen Klößchen geschmückt. Es hörte gar nicht mehr auf zu schneien. Der Schnee fiel auf die Mützen der kleinen Schulkinder, auf die Tasche der Postboten und auf ihre Fahrräder, auf Hüte und Glatzen, sogar auf die Wimperntusche der schönen Frauen fiel der Schnee, wie Robert Walser schreibt. Alles war weiß und rund. Jede Kante war verschwunden, jeder Unrat war mit Schnee bedeckt.

Nach elf Jahren schnallte Walter Grunwald seine geliebten Skier wieder an. Er sauste durch die weiße Pracht die Hügel hinab und lachte, als ihm Jacques' Worte einfielen, führ die Bretter zusammen. Wenn du anhalten willst, lass dich fallen. Das nennt man Arschbremse.

Er hatte es nicht verlernt.

Eines Abends, als er nach der Arbeit durch die seit Wochen fallenden Flocken fuhr und sein Gesicht rot war und brannte, und als er das Motorrad abschloss, den Schnee von der Jacke schüttelte und die Treppe zu seiner Wohnung hinaufstieg, bemerkte er auf dem letzten Absatz eine kauernde Gestalt. Ein helles Band leuchtete in einem Bogen von schwarzem Haar. Für einen Moment schloss er die Augen, habe ich wieder einmal eine Halluzination? Diesmal nicht Mamas Zigarettenspitze, keine blaues Satinkleid, ich sehe meine Rachel.
Die Arme der Frau hielten die angewinkelten Beine umfangen, und sobald Walter sich näherte, flogen ihre Hände auf, ihre kühnen Hände mit den grün lackierten Fingernägeln und ihre Stimme, die ihn an Moos und an die tiefschwarze Erde unter dem Moos erinnerte. Walter, wo warst du? Ich habe gewartet tausend Stunden. Steh nicht da wie Säule von Salz!
Das Leben ist schön!, lachte Walter Grunwald, immer wieder ist es schön. Der Schnee fiel und hörte nicht auf zu fallen. Alles, was ging, kroch und fuhr, wurde von ihm in eine weiche Decke gehüllt. Nur in die Häuser, deren Dächer dicht waren, fiel er nicht und auch nicht in das Zimmer, wo die Liebenden wie in einem Traum schwebten. Aber es war kein Traum. Die Nacht leuchtete. Einen Monat lang.
An einem Samstagmorgen, als die Haut noch den Duft des anderen atmete und den Schlaf nicht abstreifen wollte, obwohl der Kaffee auf dem Tisch stand, rief Walter aus der Küche, der Schnee ist gut, meine über alles Geliebte, komm, ich zeige dir die Berge!

Rachel lernte Skifahren. Rachel wollte bei ihm bleiben. Für immer – bis der Tod euch scheidet.

*

Und das wollte ich auch, sagte Walter, als er zurückblickte, wir wollten heiraten. Ich war verrückt nach ihr. Wir hatten schon alle Unterlagen beisammen und hatten auch unsere Blutproben abgegeben; das musste man damals machen. Aber als wir zum Standesamt fuhren, wir fuhren mit der U-Bahn, denk dir nur, da bekam ich Angst. Ich war doch nichts, ich hatte nichts! Wie sollte ich einen Hausstand gründen? Ohne eine vernünftige Grundlage? Sie war zehn Jahre älter als ich, er seufzte, vielleicht wäre es ja gut gegangen mit ihr … und ich wäre jetzt glücklich, hätte es nicht nötig gehabt, einer Japanerin zu verfallen, die mich belog. Aber plötzlich hatte ich Angst. Du weißt, Rachel war eifersüchtig, sie hat in meine Schreibmaschine uriniert; du kennst die Geschichte. In der U-Bahn sage ich zu ihr, ich kann dich nicht heiraten. Bitte sehr, wir waren auf dem Weg zum Standesamt!

Im Oktober 2008 zeigte mir Walter eines Abends in seinem Haus in Denver, Colorado, vergilbte Schwarz-Weiß-Fotos. Auf einem war eine junge Frau mit einem ausdrucksstarken Gesicht abgebildet. Ein breites Band hielt ihre Locken vor der Stirn zurück. Auf der Rückseite las ich:

„I am sending you a photo from the time you remember me.

I don't take photos of myself anymore.
Rachel, 1947"
Sie ist noch zwei Jahre in New York geblieben, hörte ich von Walter, sie arbeitete als Friseuse und schlief bei Verwandten. Er lächelte traurig, als er die Verse von Heine zitierte, ... *ich bin aus Yemmen / Und mein Stamm sind jene Asra, / Welche sterben, wenn sie lieben.* In Tel Aviv hat sie sich dann zur Bildhauerin ausbilden lassen. Du kennst ihre Plastik, sie steht in meinem Zimmer, ein kauernder Frauenakt. Viel später, lass mich rechnen, mehr als zwanzig Jahre waren vergangen, ich war schon Professor, hat sie mich noch einmal in Denver besucht. Seine Hand strich über den kahlen Kopf. Wir blieben unser Leben lang in Verbindung.
Hat sie je geheiratet?
Nie! Die Antwort kam rasch. Vor einigen Jahren hatte sie einen Autounfall. Seitdem ist sie im Rollstuhl.

*

Im Januar 1948 erhielt Walter Grunwald einen Auftrag besonderer Art, und er schickte einen Brief nach London.

Newark, 3. Januar 1948

Lieber Joe!
In einer Woche werde ich in Dein Heimatland fliegen. Nicht als Pilot. So weit bin ich noch nicht. Ich bin als Flugingenieur eingesetzt. Von unserer Basis bei Euch in

Mildenhall soll ich Lebensmittel und Brennmaterial nach Berlin fliegen. Ein sonderbares Gefühl. 1938 vertreiben mich die Nazis aus meiner Heimat, und neun Jahre später bringe ich Lebensmittel nach Berlin. Das Leben ist paradox. Darüber haben wir oft gesprochen. Aber dass es so schräg sein könnte, hätte ich damals nicht gedacht. Ich mag die Deutschen nicht. Übrigens halten mich hier viele Kollegen für einen Deutschen. Hinter meinem Rücken munkeln sie, ich sei gegen Frankreich geflogen und hätte Coventry und London bombardiert. Stell Dir das vor! Sie reden so dumm über mich, weil ich noch mit Akzent spreche. Das wird sich bald ändern, darauf kannst Du Dich verlassen. Vielleicht sind sie auch neidisch auf meinen Erfolg. Hab das Fliegen ja acht Jahre lang theoretisch im Fernkurs studiert und wurde bei Deinen Leuten als Mechaniker ausgebildet, nicht zu vergessen mein Studium an der TH von Haifa. Na ja, die Stille Post. Ich kann nur lachen! Jetzt setzt man einen Flüchtling aus Wien in der Berlin-Airlift ein! Man hat mir gesagt, alle drei Minuten würde dort eine Maschine der USAF landen. Rosinenbomber nennen die Deutschen unsere Flugzeuge. Aber ich werde den Flughafen nicht verlassen, das schwöre ich Dir! Ich fliege sofort nach England zurück. In Mildenhall ist unser Stützpunkt. Pardon, ich wiederhole mich. Können wir uns dort treffen? Ich benachrichtige Dich, sobald ich in Deiner Nähe bin.
Du fehlst mir. Ich habe hier keinen Freund. Georg ist noch in Kairo. Er bemüht sich um eine Anstellung in Kuba.

Ich grüße Dich herzlich
Dein Walter

Im März 1948 war Walter Grunwalds Mission Berlin-Airlift beendet.

KAPITEL 12

Ein Jahr lang war Walter Grunwald von der glänzenden Metropole New York fasziniert. Auch von Newark aus fuhr er oft hin. Inzwischen kannte er alle Museen. Unzählige Abende hatte er in der Oper, im Ballett und im Jazzclub verbracht, in verschiedenen Theatern und in kleinen und großen Konzertsälen. Er übernachtete in Jugendherbergen. Das Tempo der Großstadt erfrischte ihn. Er brauchte dieses Tempo. Seine Gier, immer wieder Neues und Schönes zu entdecken, war groß. Bis er im April 1948 durch einen Brief vom Roten Kreuz zum Stillstand gezwungen wurde.
Von einer Brücke aus starrte er ins Wasser. *Sie winkt mit der Zigarettenspitze,* taucht in die Flut, der Himmel zerreißt. *Sie trägt ihr blaues Satinkleid, das streckt ihre Gestalt,* in den Wellen bauscht der Rock. Jedes Geräusch, bevor es sein Ohr erreichen könnte, wird von Stiefelschritten zertrampelt, er stürzt, es stinkt nach Gas, er flieht. Wohin aber fliehen vor den Bildern? Sie steigen im Cockpit, im Auto, kreisen bei Nacht, am Grund des Meeres hört er das Wimmern des Todes. Der Tod baut ein Nest in ihm.
Doch rannte er unter Wasser ans Ufer.
Niemand, beschloss er, als er die Tropfen seines Schmerzes von der Haut schüttelte, niemand wird je erfahren, was er in sich trägt.
Walter Grunwald bat um die Versetzung nach Panama.

*

Südamerika hat mich immer interessiert, sagte Walter, als er mit achtundachtzig Jahren auf sein Leben zurückblickte, ich lernte Spanisch. Damals wollten die meisten Kollegen nach Europa fliegen, nach Deutschland oder nach Spanien. Ich meldete mich nach Panama. Die Vereinigten Staaten hatten die Kanalzone 1903 für eine einmalige Summe von 10 Millionen Dollar und eine jährliche Zahlung von 250 Tausend Dollar gepachtet. Zuerst war ich in Howard Field und dann auf der Albrooks Air Force Base angestellt; beides lag am Kanal. Auf dem Flughafen Pataiilla besuchte ich einen privaten Pilotenkurs. Eine Stunde dual, das heißt mit einem Fluglehrer an der Seite kostete damals $ 10, die Solostunde $ 7. Nach 20 Solostunden erhielt ich die Private Pilots Licence. Das war zwar gegen die Vorschrift. Ich hätte mindestens 35 Stunden dual nehmen müssen. Doch endlich ließen sie mich auch bei der Air Force als Pilot fliegen. Ich trug eine blaue Uniform. Erst 1951 kehrte ich in die USA zurück.

Den Brief vom Roten Kreuz aus dem Jahr 1948 hat Walter mir nie gezeigt. Auch nicht, als ich für eine Woche auf seine Einladung hin in seinem Haus in Denver, Colorado, war.

Er ist verschwunden, ich weiß nicht, wo der Brief steckt.

Er ging rasch hinaus und warf auf der Terrasse ein paar Körner ins Vogelhaus, kehrte zurück und goss neuen Kaffee auf. Nach einer großen Weile saß er mir wieder

gegenüber und sagte leise, während er auf seinen Teller schaute: Es tut so weh.
Auf meine Anfrage bei der Israelitischen Kultusgemeinde von Wien nach dem Schicksal von Mathias und Jeanette Grünwald erhielt ich die Auskunft: „Beide wurden aus dem Haus Wien II, Hollandstraße 8/14 am 2. Juni 1942 nach Maly Trostinec, Weißrussland, deportiert und wahrscheinlich kurz nach der Ankunft dort ermordet."
In dem Schreiben vom Magistrat der Stadt Wien heißt es unter anderem: „Laut Meldezettel wurde Mathias Grünwald am 24.6.1942 mit seiner Gattin Jeanette nach Minsk abgemeldet. Beide wurden im Jahr 1948 für tot erklärt."
Heute ist bekannt, dass alle Juden, die nach Maly Trostinec verschleppt wurden, gleich nach der Ankunft ermordet wurden.

*

Von Stunde zu Stunde leben und nie vorwärts noch rückwärts denken.
In Panama tauchte Walter Grunwald in eine neue Welt ein, in eine neue Sprache, in fremde Kulturen. Er begegnete Menschen, deren Lebensart sich kaum von der europäischen unterschied, aber auch solchen, die ganz anders waren als die in Europa, Palästina oder in Amerika. In Straßen und Spelunken, auf Märkten und auf abgelegenen Inseln fand er Männer und Frauen, die einen Hauch von jener Kraft ausstrahlten, die ihre

Ahnen erfüllt haben musste. Immer wieder erkannte Walter Grunwald diese Jahrtausende alte Kraft in einem Blick, als sei gerade ein weißer Adler vorbeigerauscht. Täglich sah er, wie die Ureinwohner ihre Grenze sicherten, eine zerstörte, stündlich aufs Neue gefährdete Grenze zwischen ihrem Volk und den Zugereisten. Bei Nacht, wenn die Enge in den Köpfen und Herzen der Menschen und alle Nichtigkeiten, die den Tag zersplittern, von einem schwarzen Tuch überzogen waren, sprang die Kraft hervor, und Walter Grunwald erkannte sie im Zucken eines Mundes, in den Händen eines Trommlers. Im Rhythmus ihrer Ahnen trommelten sie den großen Gesang der Urzeit weiter und weiter fort.

Um seinen Aufenthalt auf der Niederlassung der amerikanischen Luftwaffe von Panama vorzubereiten, kehrte Walter nach Bayonne zu seinen Verwandten zurück.
Sie hatten inzwischen mit seinem Geld ein Geschäft eröffnet und Hausputz gehalten.
Du hast meinen Ford verkauft, Onkel Alex? Das hättest du mit mir absprechen müssen. Walter bebte vor Wut, solch einen Wagen bekommt man so schnell nicht wieder.
Du kriegst ja dein Geld, Junge! Alex zog einen Briefumschlag aus einer Schublade: Hier!
Das ist ja gar nichts!
Mehr hab ich für die Kiste nicht bekommen. Sie war ja hochbetagt.
Alte Kiste! Der Wagen ist ein Sammlerstück, ein Oldtimer.

Mit *my young boy* ... und ... er benötige als Kaufmann ein praktisches Auto, auch zur Abrechnung mit der Finanzbehörde sei ein Lieferwagen von größerem Nutzen als ein veraltetes Luxusvehikel, versuchte Alex, den Neffen seiner Frau zu beschwichtigen. Aber Walter geriet immer mehr in Rage. Schließlich verließ er die Wohnung und rannte um den Häuserblock, rauchte und pustete in die Luft, bis er auch dieses Unrecht hinnahm, da kann man nichts machen! Was ist schon von einem Krämer zu erwarten? Und er kehrte zurück, um seine Kleidung in den Panamakoffer zu packen.
In der Kammer, für die er drei Monate lang Miete gezahlt hatte, öffnete er den Kleiderschrank. Die schwarze Hose für besondere Anlässe fehlte. Er suchte in allen Ecken. Im Speiszimmer saß sein Onkel hinter der Zeitung. Die schwarze Hose war bekleckert. Mein bestes Kleidungsstück hat der Lump zur Arbeitshose degradiert! Ohnmächtig vor Familiensinn litt der Packende: Die Hose ist hin! Aber viel mehr war zu beklagen. Seine Lederhose war verschwunden, seine grüne Joppe mit dem Edelweiß am Revers, die österreichischen Kniestrümpfe. Selbst die Bergstiefel fehlten. Alles, was an seine Kindheit und Jugend erinnert hatte, war aus dem Schrank verschwunden. Bis auf den Seidenteppich und das Porträt des Vierjährigen vom Fotografen Ostermann. Tante Gusti versuchte ihren Neffen zu beruhigen, die alten Klamotten brauchst du hier nicht. Wir sind in Amerika, Walter, begreif es endlich! Steh nicht so dumm herum. Freu dich lieber. Ich habe die Schränke frei geräumt und

den Plunder zum Wohltätigkeitsbasar gebracht. In der nächsten Woche wird deine Großmutter ankommen, und Grete mit ihrer Familie.
Grüß sie von mir, mehr sagte er nicht, ich werde schreiben.

Auf einem Luftkissenboot der USAF reiste Walter Grunwald im Herbst 1948 nach Panama. Im Hafen nahm er sein Motorrad, sicher in einer Holzkiste verpackt, in Empfang und bezog ein Zimmer in Haword Field, der Niederlassung der USAF in der Kanalzone. Darauf suchte er nach einem Lehrer für Spanisch und schrieb sich im Canal-College für das Fach Psychologie ein.
Die Arbeit als Mechaniker und Flugingenieur forderte seine Geschicklichkeit und Konzentration, das Studium regte ihn an. Oft las er bis spät in die Nacht, dann aber zog es ihn wieder aus den Mauern in die Natur. Zu Fuß, auf dem Motorrad. Er zeichnete, fotografierte, und als ihm bei der ersten Erkundung des Dschungels das Tropenhaus von Wien in den Sinn kam, lachte er laut. Als Junge hatte er das Gewächshaus bewundert. Jetzt war er zwanzig Jahre älter. Ha! Wie hoch manche Bäume gewachsen waren! Kein Geschwür im Stamm. Sie erschienen ihm ohne Makel, die Natur war voller Wunder. Sanft stiegen die Hügel, das Meer war nah, und wenn seine Wunde stärker brannte als gewöhnlich, schrieb er einen Brief.

Panama, 3. Oktober 1948

Liebste Großmama!

Ich danke Dir von Herzen für Deine lieben, lieben Zeilen.

Endlich bist Du in Amerika! Ich bin froh, dass es Dir und Deiner Familie gut geht. Mach Dir keine Sorgen um Aviva und um den kleinen Michael, die wachsen schnell in die neue Sprache hinein. Sie sind klug, außerdem lernen Kinder gern. Heute Morgen habe ich es in einer Vorlesung bestätigt gefunden. Ich studiere jetzt nämlich Psychologie. Ich weiß genau, was Du in diesem Moment denkst. Wir haben uns ja immer mal wieder über Freud unterhalten. Ich habe, wie Du weißt, seine Bücher (drei!) schon als Bub gelesen. Sie haben mir gut gefallen. Das Studium ist interessant. Aber, glaub mir, meine frühe Begegnung mit dem berühmten Herrn hat nicht den Ausschlag gegeben. (Walter legte den Füllfederhalter beiseite und steckte eine Zigarette an. Sie ist klug, sie weiß Bescheid, meine liebe Dame hat in Palästina schon alles gewusst! Kräftig blies er den Rauch in die Luft. Nicht nachdenken, ermahnte er sich und beugte sich wieder über den Briefbogen.) Amerikanisch ist übrigens nicht schwer, aber Du brauchst es nicht zu lernen, Großmama! Du sprichst ja bereits drei Sprachen. Ich habe immer gestaunt, wenn Du Dich mit Deinem Bruder auf Tschechisch unterhalten hast. Spannend. Aber ich habe nichts verstanden. Du hast zwei Töchter und deine Enkel in der Nähe, die werden Dir alles übersetzen. Lass Dich jetzt mal schön verwöhnen!

Das hast Du verdient!!!
Du schreibst, Du warst mit Tante Grete in Wien. Sie ist ja tüchtig, die Grete. Aber dass Tante Frida und ihr Acki Dich nicht in ihrer Wohnung übernachten ließen, ist ungeheuerlich. Es muss Dir sehr wehgetan haben. – Einmal Nazi, immer Nazi? – Nein, das darf nicht sein! Eine innere Stimme sagt mir, es wird auch nicht so sein. Vielleicht haben sie sich geschämt.
In Palästina hast Du mir gesagt, ich würde einmal Dein Mietshaus in der Ospelgasse erben. Dein Haus Raffaelgasse 8 hattest Du ja schon vor 1938 meinen Eltern überschrieben. Jetzt ist alles anders. Was soll ich in Wien? Ist doch eh alles hin. Alles! Anfang eines jeden Monats hast du mich früher an die Hand genommen, und wir sind von der Raffaelgasse in die Ospelgasse gelatscht. Ein langer Weg, Ich erinnere mich gut. Du hast die Mieten einkassiert. Sie waren nicht hoch. Im Treppenhaus roch es nach Krautfleckerln und Knödeln. Nun schreibst Du, mir gehöre ein Drittel dieses Hauses und Grete zwei Drittel. Danke, danke, liebe Großmama! Ein Hausverwalter kümmert sich um alles. Gut. Ich warte auf seinen Brief.
Panama ist ein herrliches Land. Ich lege eine Skizze für Dich bei. Erkennst Du den bunten Vogel? Manchmal krächzt er ein spanisches Wort. Hier gibt es viele von der Sorte in allen Farben. Aber der da auf der Skizze, das ist Dein Walter!
Der Panamakanal ist ein Wunderwerk des menschlichen Erfindungsgeistes! Bei meiner Ankunft bin ich durch viele Schleusen gefahren, ich habe sie nicht ge-

zählt. Ein großes Abenteuer! Und was hier alles vorbeikommt! Hochbepackte Kähne. Aus allen Erdteilen. Ich staune.
Gleich hinter der Kanalzone erheben sich sanfte Hügel. Sie sind so üppig bewachsen, wie Du nicht ahnen kannst. So oft ich kann, gehe ich in den Dschungel. Aber Vorsicht! Einmal habe ich meinen Kopf für ein Foto durch eine Astgabel gesteckt. Und was denkst Du? Eine Schlange, grün wie eine Liane, hängt herab und schaut mich an. Da habe ich vor Schreck das Fotografieren vergessen. Die Affen sind lustig. Aber nicht alle. An einer Mauer vor einer Kapelle lauern sie in Horden, um dir auf die Schulter zu springen. Sie zerraufen dein Haar und grapschen dir in die Hosentasche. Man darf nichts Essbares mit sich führen. Einmal war ich dort. Nie wieder! Manche Schmetterlinge sind so groß wie meine Hand. Hunderte von Vögeln gibt es; aber nur zwei Sorten sind mir bekannt. Auf der Terrasse meines Lieblingscafés füttere ich die Spatzen. Sie sind hier dünner als in Wien. (Verdammt! Schon wieder war ihm das Wort aus der Feder gerutscht. Aber in diesem Brief wollte er *Wien* nicht streichen, das würde die Großmutter kränken. Er wollte sie aufmuntern, er trug eine Sammlung von Witzen und Anekdoten in seinem Hirn. Erheitern – die Großmutter und seine Kollegen. Ja, jedem Menschen, so hatte er einmal beschlossen, wollte er munter begegnen, weil er selbst die Freude verloren hatte.) Skifahren kann man hier nicht, das kannst Du Dir denken. Aber ich gehe baden und segeln, werde Dir bald einige Fotos schi-

cken. Ich entwickle sie in der Dunkelkammer bei uns auf der Basis. Interessant. Außerdem billig. Du siehst, Dein Walter hat es hier gut angetroffen.
Spanisch ist eine prachtvolle Sprache. Ich kann mich schon gut durchschlagen, aber lerne noch tüchtig. Auch meine Arbeit ist interessant, und die Kollegen sind nett. Die Menschen sind hier so freundlich, wie ich es bisher nirgendwo erlebt habe, und ein Flugzeug instand zu setzen, das kannst Du mir glauben, ist ein besseres Gefühl, als unter dem Motor eines Lastwagens zu liegen!
Denk Dir nur, morgen werde ich meine erste private Flugstunde nehmen. Ich habe für den Flugunterricht gespart. Sieben Dollar kostet eine Stunde.
Ich muss jetzt Schluss machen. Der Flieger mit der Post hebt ab.
Bussi
und grüße alle von mir, besonders Aviva und Michael
Dein Walter

P. S. Hast Du inzwischen Neuigkeiten von Onkel Fritz? Onkel Jacques geht es gut, er hat aus Afrika geschrieben, er hat eine Freundin.

*

Eines Abends im Dezember 2007 rief mich Walter, als er achtundachtzigjährig auf sein Leben zurückblickte, an. (Bei ihm in Denver war es elf Uhr früh.) Ich weiß nicht, sagte er zögernd, es ist ganz komisch, ich sehe

jetzt oft Bilder von früher. Heute zum Beispiel sehe ich meinen Onkel Fritz auf einer Kugel. Er geht darauf spazieren. Kannst du das verstehen?
Seit drei Monaten telefonierten wir miteinander, und das Bild von seinem Onkel Fritz war das erste private, das Walter mir beschrieb. Ich horchte auf.
Onkel Fritz hat mich einmal auf das Dach der Unfallklinik von Wien geführt. Ich war etwa acht Jahre alt. Da war eine Kugel auf einem Stab. Ein Blitzableiter? Ich weiß es nicht. Na ja, da ist der Fritz draufgestiegen. Man hätte es fotografieren müssen! Seltsam, was mir so einfällt! Ich habe das Bild jetzt im Kopf. Mein Onkel hatte vor dem Krieg künstliche Hüft- und Kniegelenke erfunden. Nach dem Anschluss konnte er rechtzeitig nach Amerika auswandern. Er hatte dort Freunde, die für ihn bürgten. Aber er hat das alles nicht verkraftet, hat sich zusammen mit seiner Frau das Leben genommen. Na ja! Walter stöhnte. Er war vierzig Jahre alt. In Amerika verlangte man von ihm neue Examen in Medizin. Aber, bitte sehr! Er war Direktor der Wiener Unfallklinik gewesen, und wurde vor 38 als Spezialist in viele Länder Europas und auch in die USA zu Vorträgen eingeladen! Ohne Pause sprach Walter am Telefon. Was soll ich dir noch erzählen? Da sitzt ein Eichhörnchen im Garten und schaut mich an. Der Himmel ist blau. Ich werde heute mal Skifahren gehen. Servus, bye-bye!

*

10. November 1948

Lieber Joe!
Wie sehr habe ich mich über Deinen Brief gefreut!
Danke, danke!
Wenn Du Semesterferien hast, musst Du mich unbedingt besuchen!
Ich bin in Panama.
Hier lachen die Menschen immerzu, besonders die Eingeborenen! Auch die Sprache würde Dir gefallen. Sie ist weich und hart zugleich, und es gibt einen Laut, der genauso ausgesprochen wird wie Euer th.
Aber das Allerbeste, mein Lieber: Ich fliege; endlich erfahre ich, was ich mein Leben lang ersehnt habe. Als Flugingenieur war ich schon oft in der Luft, Du weißt es. Wir haben uns ja im Februar in Mildenhall getroffen. Aber im linken Sitz ist es etwas ganz anderes. Ein herrliches Gefühl. Kaum zu beschreiben. Wenn ich die Hebel und Knöpfe bediene, bin ich hoch konzentriert, und wenn ich neben meinem Fluglehrer sitze, bewundere ich die Schönheit der Erde und der Wolkenformationen. Neben meiner Begeisterung für die Technik spüre ich zwischen Himmel und Erde die Kraft der Natur, der man sich beugen muss. Wie klein sind wir vor der Weite des Universums und wie schwach vor den Kräften der Natur! Ein Pilot muss eins werden mit seiner Maschine, um sich dem Wind und allen anderen Naturphänomenen anzupassen. Fliegt man durch eine Wolkendecke, hat man für kurze Zeit keinerlei Sicht und muss sich total auf die Instrumente verlassen. Auch das fasziniert mich.

Man wird durch jeden Flug sicherer und ist dabei bescheiden, um nicht zu sagen demütig.
Erinnerst Du Dich an unsere Gespräche vor dem Zelt unterm Sternenhimmel?
Beim Fliegen denke ich oft daran. Auch beim Wandern. Deine Gedichte lese ich immer wieder. Zehn kenne ich schon auswendig. Im Bett oder wenn ich neben dem Fluglehrer sitze, fallen sie mir ein. Das ist schön.
In New York hatte ich mich in eine Balletttänzerin verliebt. Ich hätte sie so gern geheiratet. Vorbei! Und was meinst Du, Joe? Vor fünf Tagen kam meine New Yorker Freundin Marisa mit ihrer Truppe bei mir in Panama an! Ich gehe also ins Opernhaus. Es ist ein schöner alter Bau. Und stell Dir vor, während der Aufführung – Marisa tanzte wie immer fantastisch – flattern plötzlich Fledermäuse im Zuschauerraum herum. Ich fange eine beim Flügel. Lustig. Habe sie aber gleich wieder freigelassen. Seitdem war ich zwei Mal in der Oper, und immer schwirrten ein paar Fledermäuse umher. Sie wohnen da irgendwo im Bühnenboden.
Herta! Unsere liebe Freundin Herta hat also einen Holländer geheiratet. Sieh an! Hoffentlich wird sie glücklich mit ihm.
Hier gibt es viele hübsche Frauen. Schönheiten, sage ich Dir!
Eine Zeit lang war ich in die Tochter meines Chefs verliebt. Aber leider gefiel ich der amerikanischen Dame nicht.
Jetzt bin ich wieder solo. Auch gut. So konzentriere ich mich ausschließlich auf das Fliegen und auf mein Stu-

dium. Schlangen und Leguane sind meine Freunde. Du musst sie bald kennenlernen!
Komm!
Es grüßt Dich herzlich
Dein Freund Walter

Eines Sonntags, als die Sehnsucht nach Geselligkeit ihn aus seiner Studierbude zog, machte Walter Grunwald sich auf den Weg zum USO-Club.
Die United Service Organisation gab es auf allen amerikanischen Flugbasen. Dort trafen sich Truppenangehörige jüdischer und christlicher Gemeinden. Man plauderte, man spielte Karten, Schach oder Billard. Es gab einen Plattenspieler, eine Bibliothek, und ab und zu war eine literarische Lesung oder ein Kammerkonzert zu hören.
Auf dem Kiesweg des Parks sprang Walter Grunwald der schwingende Sommerrock einer jungen Frau in die Augen. Ihr dunkelblondes Haar war zum Pagenkopf geschnitten, ihr Schritt war federnd, und ihre hellen Augen sandten Blicke aus, denen er irgendwann schon einmal begegnet war. Während er ihr schlendernd folgte, fiel ihm der Hund mit den blauen Augen ein. Er hat mir beim Reifenwechsel geholfen, dachte Walter, ein netter Hund. Eine Panne in der Wüste Palästinas war nie angenehm, aber der Hund hielt Wache; ich werde der Dame folgen.
So wurde Walter Grunwald Mitglied der Unitarian-Church und lauschte an vielen Sonntagen den Klängen

der Orgel, bis die junge Dame bereit war, mit ihm ins Kino zu gehen.
Sie hieß Lisa Lipski, ihr Vater war ein wohlhabender Kaufmann aus Wien. Sie wäre eine Frau für mich, dachte der Student der Psychologie, der an der Kanalzone bei der United States Air Force angestellt war, ob sie sich wohl küssen lässt?
Eines Tages brach er auf einem Spaziergang die Blüte einer Agapantha. Sie hat uns zugeschaut, sagte Walter zu Lisa und trug die blaue Blume in sein Zimmer am Kanal. Da leuchtete sie, bis sie verblühte.
Nun traf er seine neue Freundin regelmäßig am Meer, im Konzertsaal, in der Oper.
An einem Sommerabend saßen sie in einem Restaurant.
Lisa erzählte von der Schule und von ihren Klavierstunden. Ihre Eltern seien bereits 1929 nach Panama ausgewandert und vom Judentum zu den Unitariern übergetreten. Sie glaubten an einen Gott. Nicht an drei wie die Katholiken oder an zwei wie die Protestanten, so Lisa. Die Juden würden zwar auch zu einem einzigen Gott beten, doch seien die Koch- und Glaubensregeln streng; die Unitarier hingegen seien Philosophen. Sie redete rasch, ihr Gesicht glühte, und ihre Augen hatten den Glanz der Illusion, die bekanntermaßen die Welt ihrer selbst enthebt. Walter hatte Lisa nach einer Segeltour zum Nachtmahl eingeladen, und er spürte, wie stolz sie auf ihn war, auf den Studenten aus Wien. Außerdem kannte er Jerusalem, nahm Flugstunden und führte sie aus. *Great!* Das erlebte sie zum

ersten Mal. Erzähl mir mehr von Wien, bat sie, ich bin dort geboren, weiß aber nichts über diese Stadt; sie soll schön sein. Meine Eltern sprechen nie von früher. Erzähl mir, sagte sie, während ihre Augen ihn über den Rand der Kaffeetasse anfunkelten, *alles*, Walter, ich will alles von dir wissen!
Na, was soll ich dir denn erzählen? Er sprach von einem Huhn in Flammen, von einem Chamäleon mit Menschenverstand, von Bergwanderungen und vom Schnee auf den Hängen von Vermont, von Skorpionen und Schlangen in einem Zelt in der Wüste. Auch vom Fliegen sprach er. Von der Schönheit der Erde, aus der Höhe betrachtet, wenn alles klein erscheint und der Pilot allein durch die Wolken zieht, hörte Lisa, von der Kraft der Natur und der Ausdehnung des Universums. Auch das Wort Freiheit begriff sie durch ihren klugen Freund neu, als könne man das Wort schmecken, wenn man einmal gespürt hat, dass Freiheit wirklich existiert. All das gefiel Lisa sehr, und sie stach ihre Kuchengabel in die Eistorte, schloss die Augen, die Zungenspitze glitt über ihre Lippen.
Eine Österreicherin in Panama, fuhr es Walter durch den Sinn, charmant! Von einem heftigen Impuls ergriffen, sank er vor ihr auf die Knie: Willst du meine Frau werden?
Das wollte sie.
Ja.
Ich bin bald dreißig Jahre alt, hatte Walter Grunwald in letzter Zeit oft unter der Dusche gedacht, im Cockpit und gestern Nacht sogar im Traum, einmal muss ein

Mann heiraten. Ich bin verliebt in Lisa und sie liebt mich. Diesmal werde ich es richtig anstellen. Er warf sich in Schale, kaufte einen Blumenstrauß und betrat das Haus ihrer Eltern. Der Hausherr ließ den Freier seiner einzigen Tochter in das Herrenzimmer rufen.

*

Weißt du, was er gemacht hat, sagte Walter, als er zurückblickte, er hat gelacht. Er hat mich ausgelacht. Wie könne ein Unteroffizier, ein Habenichts es wagen, um die Hand seiner Tochter anzuhalten! Na ja. Sie hat einen Vertreter geheiratet. Das weiß ich durch George. Er ist dem Kerl in New York begegnet, als er nach seiner Einwanderung aus Kuba einen Kühlschrank brauchte und ihn reklamieren musste. Einen Kühlschrankverkäufer hat sie geheiratet!

*

Sofort sah Walter Grunwald sich nach einer Arbeit für die Wochenenden um. Der Zeitpunkt war günstig. Die zivile Fluggesellschaft Paitilla suchte einen Piloten.
Zum Starten musste der Propeller mit der Hand angetrieben werden, und – hopp – sprang Walter in die Kanzel. Dann hob sich die Maschine. Frei wie ein Albatros flog er übers Meer. Vor der Piste von San Blas liefen die Inselbewohner zusammen, wenn sie das ersehnte Geräusch vernahmen; sie waren nach der Mode des Paradieses gekleidet. Nur wenige sprachen Spa-

nisch. Walter brachte ihnen die Post, Lacke und Werkzeug und versprach, beim nächsten Mal mitzubringen, was sie sich wünschten. Im Tausch nahm er Bananen, geflochtene Körbe und andere Handarbeiten mit aufs Festland. Auf dem Rückflug überlegte er dann jedes Mal, was er ihnen beim nächsten Mal mitbringen könnte ... irgendetwas, das sie zwar noch nicht kannten, sich jedoch bald wünschen könnten und später immer wünschen würden. So füllte er seine Kasse auf, hatte interessante Begegnungen, und nach wenigen Monaten war sein Flugstundensoll für den privaten Pilotenschein erfüllt. Die Prüfung fiel ihm leicht, ein lokaler Flug, ein Überlandflug bei Tag und einer bei Nacht. Hierauf wurde Walter Grunwald auch von seiner Dienststelle als Pilot eingesetzt und saß bald im linken Sitz großer viermotoriger Maschinen, eine davon hieß B 17.

Im Jahr 1949 war das erste Berufsziel erreicht.
In seinem neunundzwanzigsten Lebensjahr wurde er an die Albrooks Air Force Base in der Kanalzone versetzt, und der dritte Auftrag im linken Sitz führte ihn nach Kuba.
Der Flugingenieur nahm Kontakt auf zum Flugturm von Guantánamo, und der Pilot Walter Grunwald setzte zur Landung an. Sicher berührte die Maschine den Boden.
Im Fernmeldeamt von Havanna wurde Walter von seinem Freund George Polak erwartet. Er hatte dort einen guten Posten.

Vergiss den Georg, Walter, seit zehn Jahren heiße ich George, sagte Walters Freund im ‚Französischen Restaurant', als sie die Abenteuer ihrer Odyssee tauschten. Beim Kaffee fragte er, ist Fliegen wirklich so schön, wie du es dir immer vorgestellt hast?
Viel schöner, George! Ich bin kein Dichter; ich kann es dir nicht beschreiben. Du gleitest dahin zwischen Himmel und Erde. Du grübelst nicht, hältst deinen Kurs ein, und das Einzige, was du fühlst, ist: *Du bist*. Ganz stimmt das nicht. Denn du bist nicht nur du selbst, du bist verwachsen mit deiner Maschine, bist eins mit dem Flugzeug und horchst auf alles, was es dir sagt. Jetzt lachst du. Aber ein Flugzeug spricht zu einem Piloten. Man muss ihm zuhören. Der harmloseste Windhauch kann einem das Leben schwer machen. Man ist hoch konzentriert. Ein gutes Gefühl. Und die Probleme der Welt sind fern.
Aber Fliegen ist gefährlich, Walter.
Du musst die Technik kennen und auf dein Flugzeug hören, das sagte ich schon. Man muss spüren, wie viel man seiner Maschine abverlangen kann.
Erklär das mal genauer!
Ich will's versuchen. Du verstehst ja was von Technik. Also, grob gesagt, bewegt sich ein Flugzeug aufgrund der Druckunterschiede auf Ober- und Unterseite der Flügel durch den Luftstrom. Das nennt man Auftrieb. Wenn man nun zu langsam fliegt oder das Flugzeug zu stark beansprucht, zum Beispiel enge Kurven fliegt, trennt sich der Luftstrom vom Flügel. Somit wird die Fläche, die den Auftrieb erzeugt, geringer. Sie reicht

nicht mehr aus, um das Flugzeug, ohne an Höhe zu verlieren, in der Luft zu halten. Es kommt zu einem Strömungsabriss. Aber bevor so etwas eintritt, gibt einem das Flugzeug Hinweise; es wird unruhig, es wackelt. Es ist schwer zu beschreiben, George, aber man kann das Flugzeug fühlen.

Das leuchtet mir ein. Und wie bist du sicher, nie vom Kurs abzukommen?

Fliegst du nach Osten, bleibst du auf ungerader Höhe, zum Beispiel auf 31 000 Fuß, nach Westen wählst du die gerade Zahl, also 30 000 Fuß. Man steuert nie ein Ziel in direkter Linie an. Du hältst Kurs auf den ersten Flugturm deiner Route, nimmst Kontakt auf, änderst die Richtung ein wenig und meldest dich beim nächsten Flugturm, bis du dein Ziel erreicht hast und du das Signal zur Landung bekommst. VFR nennen wir das, Visual Flight Rules, visuelle Flugregeln. Walter zeichnete mit dem Finger eine Zickzacklinie in die Luft. Anschließend wird ein Bericht verfasst. Diese Aufgabe übernimmt meistens der Copilot.

Aber jetzt beantworte mir bitte eine letzte Frage, Walter: Warum bist du heute immer noch beim Militär angestellt? Das haben wir doch nicht mehr nötig. Die Nazis sind erledigt. Der Krieg ist vorbei.

Hast ja recht, George, der Krieg ist vorbei. Ich habe selbst schon darüber nachgedacht, mich bei einer zivilen Airline zu bewerben, habe es immer wieder verschoben. Jetzt werde ich es tun.

Zurückgekehrt nach Panama, schickte er sofort eine Bewerbung an die zivile Luftfahrtgesellschaft United

Airlines ab. Kurz danach erhielt er den Auftrag, Post und Nahrungsmittel zur Flugbase von Alaska zu transportieren.

Walter Grunwald und Jack Friday waren ein gut eingespieltes Pilotenteam, und als es hieß, Rodrigues würde sie als Flugingenieur begleiten, freuten sie sich im Voraus schon auf die Flachsereien vom Flugturm bei der Ankunft. Rodrigues verweigerte nämlich strikt den Gang zur Bordtoilette. Stattdessen verzog er sich, wenn es ihn drängte, mit einer Plastiktüte hinter eine Klappe, die zum Frachtraum führte, um sie anschließend mit Schwung durch eine Luke ins Freie zu befördern – eine Tat, die deutliche Spuren auf dem Flügel hinterließ.
Nun befanden sie sich auf dem Heimweg.
Der Flug war bisher ohne Hindernisse verlaufen. Alles war tadellos. (Bis auf die Tatsache, dass einem Flügel der Frachtmaschine eine Reinigung bevorstand.) Jack saß im linken Sitz. Walter schlief. Plötzlich wurde er von einem Schrei aufgeweckt. Feuer! Flammen schlugen aus dem Frachtraum. Sofort hellwach, stürzte Walter aus dem Cockpit nach hinten und versuchte, das Gitter zu öffnen. Dichter Rauch behinderte die Sicht und das Atmen. Rodrigues hatte bereits eine Stange ergriffen, trommelte blind auf die Stäbe ein. Dabei traf er den Kopf seines Kollegen. Bewusstlos sank Walter Grunwald zu Boden.
Die Linse seines linken Auges war zerstört.
Nach der Operation erwachte er mit verbundenen Augen im Militärhospital von Panama. Eine Kranken-

schwester stellte sich ihm als Isadora vor. Ihre Stimme war weich und jung. Beruhigend sprach sie auf ihn ein, streichelte seinen Arm. Sein Kopf war in einer Zwinge arretiert. Er lag im Dunkeln. Am dritten Tag erschien Jack mit einem Blumenstrauß, Rodrigues trug ein Radio unterm Arm. Sie bestellten Grüße von den Kollegen. Magst du Kaugummi?, fragte Rodrigues und schob ein Päckchen in die Hand des Patienten. Walters Lippen verzogen sich zu einem Grinsen. Er wollte Einzelheiten über die Landung erfahren.

Am Abend wurde *Die Zauberflöte* aus der Metropolitan Opera übertragen. Die Stimmen waren gut, und für zwei Stunden war Walter Grunwald vom Grübeln erlöst. Danach gab ihm die Nachtschwester eine Spritze und stellte das Radio ab. Am Morgen nach der Visite streichelte Schwester Isadora seinen Arm und bewunderte den Blumenstrauß. Sie erkundigte sich nach dem Überbringer des Radios und stellte es an. Ich komme bald wieder, bis später, Herr Grunwald.

Walter hob seine Hand zum Gruß. Wortfetzen erreichten sein Ohr. Von einem Amokläufer in Chicago wurde berichtet, von einem tödlichen Unfall auf der Autobahn, in den Kinos sei das heiß erwartete Musical mit Frank Sinatra, Ester Williams und Gene Kelly angelaufen, israelische Truppen hätten Eilat erobert ... in Denver kein Niederschlag, 95° F ... Doch als die Sendung für eine Sondermeldung des Internationalen Roten Kreuzes unterbrochen wurde: Helene Schönberg sucht ihre Tochter ..., presste Walter Grünwald seine Fäuste gegen die Ohren. Bis zum Eintreffen des Briefs

vom Roten Kreuz im Frühjahr 1948 hatte er die Suchmeldungen mehrmals am Tag gehört.
Er entspannte sich erst wieder, als Schwester Isadora seinen Arm streichelte. Sie stellte das Abendbrot auf den Nachttisch und schob ihm ein Stück Lachs zwischen die Lippen, gab ihm zu trinken. Zum Schluss wusch sie sein Gesicht und sagte, er solle versuchen, ein wenig zu schlafen, in einer Stunde würde ein Konzert der ‚Hot Five' mit Louis Armstrong übertragen. Dankbar drückte Walter ihre Hand. Aber er konnte nicht schlafen. Er verfolgte eine Berichterstattung aus Nürnberg. Hellwach lag er, als der Radiosprecher den Prozess gegen das Oberkommando der deutschen Wehrmacht ankündigte.

*

Meine Eltern wurden aus ihrem Haus verschleppt und ermordet, sagte Walter, als er achtundachtzigjährig auf sein Leben zurückblickte.
Tante Nannerl?
Sie ist zwischen Ungarn und Wien verschwunden.
Oft sprach er von seiner Schuld, nicht genug für die Rettung seiner Eltern getan zu haben, während er selbst überlebt hatte.
Er zitierte:
„Wir waren nicht im KZ, wir wurden nicht gefoltert, nicht vergast, wir sind *Gezeichnete.*"
(Herlinde, Koelbl, Jüdische Portraits – Photographien und Interviews, S. Fischer, 1989)

*

Als er aus dem Krankenhaus entlassen wurde, fand er ein Schreiben von der zivilen Luftfahrtgesellschaft United Airlines in seinem Postfach.
Sein Antrag war abgelehnt worden. Im Jahr 1950 stellten die amerikanischen zivilen Fluggesellschaften keinen Piloten ein, der Kontaktlinsen trug. Die USAF jedoch ließ Walter Grunwald weiterhin als Pilot fliegen.
Hast du Samstag schon was vor?, fragte Jack Friday, als sie nach einem Flug ihre Overalls in den Schrank hängten, ich habe zwei Karten fürs Kubanische Tanztheater. Feurige Mädchen. Ich habe sie mal in Havanna erlebt. Gut, sagte Walter, gehen wir morgen in die Oper. Aber jetzt will ich duschen. Er warf sein Handtuch über die nackte Schulter, und in Gummilatschen ging er an seinem Freund vorbei auf die Duschkabine zu.
Du musst dein Motorrad verkaufen, Walter, rief Jack in das Prasseln der Brause. Er stand mit einem Kamm vorm Spiegel. Warum?, brüllte Walter zurück. Jack runzelte die Stirn, um den Scheitel zu ziehen, Motorräder sind neuerdings auf unserem Gelände verboten. Nach einer Weile wurde das Wasser abgedreht, und es war still in der Umkleidekabine. Da kann man nichts machen, grinste Walter, als er den Vorhang beiseite schob, suchen wir ein gebrauchtes Auto. Fährst du mit?
Inzwischen hatte Jack seinen Scheitel gezogen, Walter band den linken Schuh zu. Übrigens, Jack, ich bleibe bei der Air Force. Die Zivilen wollen mich nicht haben. Er griff nach seiner Jacke, komm.

Auf dem Weg zum Gebrauchtwarenhändler fragte Walter Grünwald seinen Freund, was ist gegen Kontaktlinsen einzuwenden? Ich sehe sehr gut mit ihnen. Bin zwar nicht schöner geworden. Na ja, man lässt Federn mit der Zeit. Da vorne am Café halt an. Elegant bog Jack um die Kurve. Oft hatten sie schon in dem Eckcafé geplaudert. Sie ließen sich in die Korbsessel fallen. Unter der Zimmerdecke surrte ein Ventilator. Sie waren die einzigen Gäste. Auf ein Zeichen hin brachte die Kellnerin den Kaffee. Sie war jung und hübsch, sprach aber nur drei Worte Spanisch. Walter reichte ihr das Geld, wir sind gleich wieder weg. Sie nickte und huschte davon. Eine liebe Kleine! Jack schaute ihr nach. Walter griff nach der Mokkatasse, lehnte sich im Sessel weit zurück. Ich habe beschlossen, mich zum Offizierslehrgang zu melden. Wenn ich nun schon bei der Air Force bleibe, dann auch richtig!

Eine gute Entscheidung. Dann gehörst du mit Haut und Haar zu uns. Wirst es auch am Portemonnaie merken.

Komm, lass uns gehen, rief Walter, wir haben noch was vor, kippte den Kaffee und sprang auf. Jack aber drehte gemütlich seinen Löffel in dem braunen Getränk und hob plötzlich das Gesicht zu Walter auf, wie fühlt man sich eigentlich in einer Messerschmitt?

Wie bitte?

Es wird gemunkelt, du habest im Krieg die Me 209 oder die Me 263 geflogen. Du bist doch Deutscher.

Walter lachte bitter. Seine Nasenflügel fest angelegt, fuhr er mit den Fingern durch sein Haar und ging zur Tür.

Eine Stunde später saß er in einem Renault CV, Baujahr 1940. Der Wagen fuhr gut.

Als Schüler war Walter Grunwald bereits in einer Ballettvorführung gewesen, in New York hatte er eine internationale Tanzgruppe aus Palästina bewundert, in Panama eine aus New York, er war in die Ballerina Marisa Herzl verliebt gewesen, als sie noch unbekannt war und schon fantastisch tanzte, aber was er am Samstagabend in der Oper von Panama erlebte, riss ihn aus dem Sessel hoch zu stehenden Ovationen. Er eilte zum Bühnenausgang, und mit pochendem Herzen wartete er auf die Tänzerin, die ihm in die Nacht folgte. Abend für Abend stand er dann dort. Nach einer Woche reisten die Kubaner weiter. Bis auf eine.
Wenn die Sonne gesunken war, überfiel die Dunkelheit das Land.
Die Luft war mild, als Walter Grunwald seine Wagentür für die kubanische Tänzerin China Santiaga Clarville Rodriguez öffnete, steig in meine Kutsche, du Schöne! Sie nannte sich Sonja. Wir fahren in den Mond, mein Liebchen. Ihre Oberlippe vibrierte, und die Hüften ... was taten ihre Hüften? Sie hat hübsche Beine, dachte der studierende Pilot, hatte es oft schon gedacht und dachte es immer wieder beim Anblick dieser Linien. Er schloss die Tür des Renaults. Bald lag die Stadt hinter ihnen. Ohne Umwege ging's in den Dschungel. Die Mondsichel hing am Himmel. Hu, wie dunkel, quiekte Sonja, als die Scheinwerfer erloschen. Walter stieg aus, ging um den Wagen herum und hielt die Beifahrertür

auf. Nichts regte sich im Innern. Er hielt seiner Begleiterin die Hand hin, komm! Das Auge gewöhnt sich an die Dunkelheit, keine Angst, ich will dir meine Lieblingstierchen zeigen, sie hängen in den Bäumen; das sieht putzig aus. Nun komm schon!
Im Strahl der Taschenlampe sah er die Lippen seiner Freundin glänzen. Sie hielt ihre Beine fest umklammert auf dem Sitz, ihr Blick war starr, und als Walter ihm dann folgte, leuchteten – eine Armlänge von ihm entfernt – im Schein der Stablampe die Ringe einer Korallenschlange auf. Ist das Tier braun-rot-grün geringelt, ist es harmlos. Grün-braun-rot aber bringt dich um. Oder ist es umgekehrt? Verdammt! Hopp, sprang er in den Wagen. Die Tür schlug zu. Heiß glühte Sonjas Haut an seiner Wange. Seine Hand lag auf ihrer Brust, und Walter meinte, ein Kraftwerk zu hören. Schau! Jetzt hat sie sich fallen gelassen! Seine rechte Hand pumpte vor Erregung, während seine linke die Lampe hielt. Die Spur der Korallenschlange verlor sich im Dickicht. Olé!, atmete Sonja auf, das war gruselig! Ihre Stimme hob sich. Wie aufregend! Das war 'ne Wucht, Liebster! Dann sank ihre Stimme, du bist ein gefährlicher Mann, Walter Grunwald, sehr gefährlich. Im zweiten Gang verließ der Wagen den Dschungel.
Ich bin froh, dass ich die Tournee abgebrochen habe, sagte Sonja, als der Renault wieder über asphaltierte Straßen rollte. Walter Grunwald hielt das Steuerrad in der linken Hand, seine rechte glühte auf der Haut einer kubanischen Tänzerin, die für ihn unergründlich war wie der Urwald. Sie beherrschte zwei Sprachen, und

gerade diese schätzte er am höchsten unter allen Sprachen, die er kannte: Spanische Laute und die Kantilene weiblicher Hüften.
Nach neun Monaten gebar China Santiaga Clarville Rodriguez, genannt Sonja, eine Tochter. Daraufhin streifte Walter Grunwald einen goldenen Ring über den dritten Finger ihrer rechten Hand.

*

Warum sammle ich eigentlich Uhren?, fragte Walter an vielen Orten und in vielen Momenten, als er achtundachtzigjährig auf sein Leben zurückblickte. Dabei seufzte er, zog die Schultern hoch und mit Wucht in die Tiefe. Ich hätte nicht heiraten sollen. Ich habe so vieles falsch gemacht, ich bin dumm, und in den entscheidenden Momenten meines Lebens bin ich zu spät gekommen. Auch zum Offizierslehrgang kam ich zu spät, war zu alt. Ich hätte mich früher bewerben sollen, habe den Meldetermin verpasst. Aber die sexuelle Lust ..., mein Studium ... Zwanzig Jahre lang habe ich studiert und zugleich Geld verdient. Na ja, in Panama wurde ich Pilot. Sergeant mit fünf Streifen auf der blauen Uniform, das war schon was – für den Anfang. Jetzt wurde mein Auto kostenlos transportiert, als ich mit meiner Familie per Schiff nach New York zurückfuhr.
Du willst den Namen meiner Tochter wissen? Elisabeth heißt sie, wie meine Lieblingskaiserin. Wir riefen sie Lily. Nein, nicht Sissi, das wollte ich nicht. Nachdenklich fuhr er mit der Hand über seinen kahlen Schädel, bevor

er weitersprach, ich war damals sehr niedergeschlagen. Einsam. Sie würde nie Kinder haben können, hatte ihr Arzt gesagt. Na ja, ich hab's ihr geglaubt. Man ist gutmütig, wenn man jung ist. Ich konnte sie doch nicht mit dem Kind sitzen lassen!

Über das Wiedersehen mit seiner Großmutter in New York hat Walter nie gesprochen. Sie hat bei der Grete gelebt, sagte er nur, in einem schönen Haus in Kalifornien, ist über neunzig geworden, sie hat den Verstand verloren.

Als er die Worte *Sie hat den Verstand verloren* so scheinbar unbeteiligt aussprach, wie er sich angewöhnt hatte, manches auszusprechen, was ihn anzurühren drohte, fiel mir der Satz aus Lessings Emilia Galotti ein: „*Und glauben Sie, glauben Sie mir, wer über gewissen Dingen den Verstand nicht verliert, der hat keinen Verstand zu verlieren.*“

*

KAPITEL 13

Im Januar 1952, als unter Harry S. Truman, dem 33. Präsidenten der Vereinigten Staaten von Amerika, Tausende von Soldaten nach Südkorea geschickt wurden, um mit Pulver und Blei die frisch erworbene Freiheit des Landes zu schützen und die junge Demokratie gegen *den Kommunismus* zu verteidigen, wurde Walter Grunwald nach Mountain Home, Idaho, versetzt.
Hier im Norden der Rocky Mountains befand sich nahe der kanadischen Grenze die höchstgelegene Niederlassung der USAF.
Die Familie Grunwald bezog ein Holzhaus am Rand eines Dorfs. Im Februar blies der Wind durch die Ritzen, das Wasser gefror im Glas.
Walter trank den letzten Schluck Kaffee, schob einige Holzscheite in den Herd und band einen Wollschal über die hoch geschlossene Pelzjacke, die ledernen Fäustlinge in der Hand. Seine Reisetasche stand gepackt neben der Tür; die Petroleumlampe brannte still. Du musst neues Holz aus dem Schuppen holen, Sonja. Er warf einen Blick hinüber zur Wiege, dieses reicht nur noch für zwei Tage. Ich weiß nicht, wie lange ich diesmal fortbleibe. Wenn du nicht klarkommst, gehst du zu Ida. Sie nickte. Sie trug einen Schafswollpullover über einem Kaschmirpullover und hatte eine Decke um die Schultern gelegt, ihre Hand schaukelte die Wiege. Das Baby schlief. Die Hand war geschwollen und dunkelviolett gefärbt; manchmal hob sie sie an die Brust. Es ist schon nach sieben, ich muss los, raunte er, küsste

seine Frau auf die Stirn. Dann schaute er sich noch einmal im Raum um, riss ein Blatt vom Wandkalender, überflog das Gedicht und warf es schmunzelnd seiner Frau in den Schoß. Nach dem letzten Schluck Kaffee trug er den Becher zum Spülstein. Dem schlafenden Baby warf er eine Kusshand zu. Als er die Klinke niederdrückte, stoben Schneeflocken in den Raum, und zum letzten Mal grüßend, adiós!, schlug Walter die Tür hinter sich zu. Ein Eiszapfen brach vom Dach. Krachend fiel er neben seinem Arm nieder. Der Schnee knirschte unter den Stiefeln. Seine Hand fuhr in die Jackentasche, warf ein paar Hanf- und Sonnenblumenkerne auf die Fensterbank, ihr sollt nicht verhungern!
Er sah zu den Tannen hinüber. Still hüteten sie das Haus mit ihrer weißen Last. Wie es ihm hier zur Gewohnheit geworden war, spitzte er jetzt die Lippen. Ein zirpender Pfeifton erklang, und eine Blaumeise schwirrte auf die Fensterbank. Vor dem Schuppen schaufelte er den Schnee beiseite. Zögernd sprang der Motor an. Walter ließ ihn eine Weile warmlaufen. Dann schob sich der Wagen langsam durch den fallenden Schnee.
An einigen Stellen hatten am Vortag Lastwagen ihre Spuren im Neuschnee hinterlassen. Über Nacht war die aufgeworfene Flockenmasse zu schmutzigen Wülsten und Rinnen gefroren. Schwer taten sich die Reifen in den verharschten schwarzbraunen Eisformationen. Jonglieren, brummte Walter vor sich hin, drum herumtanzen. Hier und da schlingerte der Wagen. Der Fahrer kannte die Tücken des Wegs. Täglich war er in den

letzten Wochen in höchster Konzentration durch die Kurven der Berge gefahren.
Jetzt fuhr er wie in Trance. Seine Gedanken waren wie seit Tagen bei dem Auftrag. Nur anders jetzt. *Die Angst rührt vom Verlust des eigentlichen Selbst her,* hatte er in einem Buch seines Kollegen gelesen und ihm zugestimmt. So ist es, nickte er. Die Scheibenwischer knarrten. Bald wird es aufhören zu schneien, wusste er aus Erfahrung.
Solange sich die Ungewissheit in der Crew in der Schwebe hält, ist das Empfinden eines jeden nur *eine behelfsmäßige Fassade,* sagt Saint-Ex. Auch mein Verhalten ist in solch einer Periode Fassade; die Zeit hat aufgehört, *Sekunde um Sekunde, wie sie einen Baum wachsen lässt, meine eigentliche Persönlichkeit aufzubauen. Dieses unbekannte Ich kommt von außen her wie ein Gespenst auf mich zu.*
Seit Wochen stand ich im Schatten meiner Angst. Jetzt ist's vorbei. Es ist schon seltsam. Kaum hast du Gewissheit, und sei der Auftrag noch so gefährlich, verschwindet die Angst, löst sich in Nichts auf, weil du dir endlich wieder selbst gehörst. Der Dichter hat es gut gesagt, dachte Walter, es muss eine Gesetzmäßigkeit der Angst geben, der wir uns nicht entziehen können.
Drei Tage zuvor hatte er den Auftrag erhalten. An diesem Morgen war es so weit. Jetzt wird er ausgeführt. Walter Grunwald hielt das Lenkrad fest in der Hand; er war ruhig und aufs Höchste konzentriert, ich bin in mein Amt eingesetzt, ich stürze mich nicht mehr in eine gesichtslose Zukunft. Der Leerlauf der Zeit hat auf-

gehört. Ich bin keiner mehr, dessen Fracht in Flammen aufgehen kann, ich bin auch nicht mehr der, der in einen wirbelnden Brand fern von Frau und Kind hineintrudeln wird. Die Zukunft verfolgt mich nicht mehr wie eine fremde Erscheinung. Meine Handlungen unterliegen ab heute Morgen wieder mir. Walter Grunwald ist's, der den Kompass kontrollieren wird. Jeden Hebel, jeden Griff. Ich bin der Pilot, der vom linken Sitz aus die Maschine dirigieren wird – im Geschwader B-29 einen Bomber nach Korea. So ist es. Er war froh, dass er jetzt bei dem Gedanken an den Sprengstoff im Frachtraum keine Zahnschmerzen mehr hatte. Vor drei Tagen war er von seiner Frau geweckt worden, weil seine Kiefern im Schlaf laut geknirscht hatten.
Glücklicherweise bin ich kein Offizier, er lächelte bitter, ich muss das Zeug nicht abwerfen. Ich transportiere es. Gut. Ich kenne das Flugzeug, aber ich kenne Korea nicht. Ich weiß nichts über das Land, das von der Fracht, die ich transportieren werde, verwüstet wird. Zwar nicht abwerfen, aber hinfliegen soll ich den Dreck! Der Auftrag steht. Jetzt wird er ausgeführt. So, da ist die Straße; hier ist gestreut.
Er atmete tief durch. Gelassen drehte er am Radioknopf auf der Suche nach einem Musiksender und pfiff den Schlager mit. Sonja weiß nichts von meinem Auftrag. Leise summte der Motor, die Scheibenwischer surrten gleichmäßig, meine kubanische Tänzerin verträgt das Klima nicht, sie ist still geworden. Als habe der Winter jegliches Leben aus ihren Adern gesaugt. Aus ihren Adern? Aus ihrer Seele! Unser Kindchen ist gesund und

lebendig. Aber die Mutter wird immer schwächer! In zwei Wochen sei er zurück, hatte er gesagt.
Als er die Basis erreichte, bremste er auf dem Parkplatz. Er zog den Schlüssel ab und ging stracks auf das Büro seines Chefs zu. Mit Überraschung hörte er dessen heiteren Ton in der Stimme nach seinem Klopfen an der Tür. Du brauchst heute nicht zu fliegen, rief der Offizier in ironischer Munterkeit, setz dich. Das Unternehmen ist abgeblasen. Wird verschoben. Vielleicht um eine Woche, um einen Monat. Wer weiß? Steht noch nicht fest. Ein prall gefülltes Fass von Dummheit in Gestalt eines Kollegen hat unsern Plan ausgeplaudert. War's Eitelkeit? Sabotage? In diesem dusseligen TV-Wettspiel trat er auf! Ich habe die Farce in der Glotze verfolgt. Du kannst nach Hause gehen, alter Junge. Aber vergiss nicht, morgen ist die Verabschiedung von Harry. Jetzt kannst du ja an der Feier teilnehmen. Ich erwarte dich mit deiner charmanten Frau um zwanzig Uhr im Club.

Am nächsten Abend stand Walter Grunwald im weißen Hemd mit Krawatte und Jackett unterm geöffneten Wintermantel bereit; er hielt sein Baby auf dem Arm und die Windeltasche an der Hand. Ungeduldig wartete er in dem einzig geheizten Raum der Hütte. Das Kindchen tappte lachend auf Papas Wangen, zerrte an seiner Nase. Deine Mutter braucht heute besonders viel Zeit, sagte Walter, sie will die Schönste sein. Dada, antwortete Lily und piekte dem Vater ins Auge.

Wo bleibst du denn, Sonja?, Ida wartet seit zehn Minuten auf uns. Er setzte die Kleine auf den Boden und ging hinüber ins Schlafzimmer. Sonja saß in ihrem roten, hochgeschlossenen Ballkleid vor dem Spiegel. Ihre Hände lagen auf den Knien.
Komm, Schatz. Worauf wartest du? Sie aber fasste mit beiden Händen nach ihrer Brust. Die Luft! Ich bekomme keine Luft, flüsterte sie.
Geht es wieder los?
Schon vorüber. Ich bin gleich fertig. Nur noch die Lippen.
Du wirst die Königin des Abends sein, mein Liebling. Aber nun komm. Es ist schon spät. Ida wartet. Walter legte seiner Frau die Stola um die Schultern, zog ihren Mantel aus dem Schrank und hielt ihn ihr hin.

Ida Smith war zehn Jahre älter als Sonja. Sie hatte selbst keine Kinder und lebte mit ihrem Schwager zusammen in einem Haus, wo sie seit acht Jahren nach dem Tod ihrer Schwester vier Kinder großzog. Jetzt freute sie sich auf ein paar Stunden mit dem Baby. Sie mochte die kleine Lily gern, ein lustiges Kind. Außerdem tat ihr die Tänzerin aus Kuba, die hier, in den wilden Bergen immer fror und nach Luft rang, leid. Sie ist zu oft allein mit der Kleinen, hatte Ida ihren Schwager um Verständnis gebeten, sie muss hin und wieder ausgehen; jeder braucht Abwechselung, und ein paar Dollar mehr im Portemonnaie sind nicht zu verachten. Ich helfe ihr gern.

*

Na ja, stöhnte Walter, als er achtundachtzigjährig auf sein Leben zurückblickte, das war nicht immer leicht. Ich war doch Pilot und habe studiert, und plötzlich wird die Frau krank. Ich musste eine Tagesmutter besorgen, das Kind war noch klein, ein Baby von sieben Monaten.

Bei der feierlichen Verabschiedung meines Kollegen Harry Brown ist meine Frau im Club zusammengebrochen. Mit Blaulicht wurde sie ins Krankenhaus gebracht, aber die Ärzte konnten ihr nicht helfen. Sonja musste in den Süden nach San Antonio, Texas.

Ich verkaufe also mein Auto und bin mit meiner Frau und dem Baby drei Tage lang auf der Bahn. Sie durfte nicht fliegen. Mit dem Kind auf dem Arm bringe ich sie ins Hospital, miete eine Wohnung. Ich besorge eine Tagesmutter für das Kind und melde mich bei der Air Force Base von San Antonio. Ich musste doch Geld verdienen!

Aber etwas Gutes steckt in jedem Unglück.

Wegen der schweren Krankheit meiner Frau wurde ich während meiner ganzen Dienstzeit bei der amerikanischen Luftwaffe nie mehr zu einem Flug in ein Kriegsgebiet eingeteilt.

Ich arbeite also. Die Kinderfrau ist tüchtig. In San Antonio sagen die Ärzte, der linke Lungenflügel muss entfernt werden. Aber nicht bei uns. Auf keinen Fall darf sie fliegen.

Na ja, sie war schon als Kind lungenkrank. Ich kaufe also ein Auto und fahre sie zum Militärhospital von San Diego. Mehr als tausend Kilometer. Da blieb sie einen

Monat lang. Nach ihrer Operation hat sie sich in San Antonio gut erholt; das Klima war mild. Eine schöne Stadt. Am Fluss ging ich gern spazieren. Wir blieben fünf Jahre. Mein Sohn Michael wurde dort geboren.

Ich fand ein Haus mit einem Stückchen Land. Dort wuchs aber nichts. Also ging ich heimlich in der Dämmerung mit einem Eimer zum Fluss und habe Rasenstücke abgestochen. Bald hatten wir einen schönen Garten.

An der San Mary's-University unterrichteten Mönche. Sie gaben mir sofort mein Diplom. Ich hatte ja vier Jahre lang das College von Panama besucht! Nach einem Jahr hatte ich meinen Bachelor in Psychologie in der Tasche – mit anständiger Benotung – und wechselte zur Trinity-University.

Während meiner Jahre in San Antonio war ich an der Entwicklung der neuen Flugzeuge beteiligt. In den Flugzeugfabriken von Boston und Seattle studierte ich in wochenlangen Kursen die neue Technik der Allison-T-56-Motoren.

Die T-43 von Pratt & Whitnay wurde in Dayton, Ohio, gebaut. Jedes Mal gab es Prüfungen. Ich nahm an den Probeflügen der zweimotorigen C-131 teil; auch an der viermotorigen C-121. Sie hieß Constallations. Außerdem gab es noch die viermotorige C-97. Damals war ich viele Wochen oder gar Monate von meiner Familie getrennt. Die Zeit war interessant. Hier und da unterbrochen von schrecklichen Momenten. Aber auch von komischen.

Nach einem Jahr Probezeit fiel die Wahl auf die Pratt & Whitnay-Motoren mit Propellern von Curtis Wright – und nicht auf die Aeroproducts, die auch im Test waren.

1957 war es so weit.
Das neue Flugzeug, das größte seiner Zeit, die C-133, war endlich flugbereit und wurde in Seattle, Washington, gebaut. Ich durfte die Maschine aus der Fabrik holen. Da war ich stolz. Von zwei Niederlassungen aus startete der neue Typ: von der Dover Air Force Base an der Ostküste und der Travis AFB in Kalifornien an der Westküste. Die Entfernung zwischen den Basen betrug etwa zweitausend Meilen. Während der Testflüge der C-133 verschwanden zehn von fünfzig Maschinen.
Kannst du dir das vorstellen?
Verschwanden?
Sie kamen nicht zurück. Irgendwo stürzten sie ab, und die Mannschaft wurde nie mehr gesehen. Deshalb wurde der Bau der C-133 nach fünf Testjahren eingestellt. Am Tag darauf kaufte ich meine ersten Aktien für die Hercules, die C-130. Die war gut. Sie hat sich durchgesetzt. Na ja, es war eine spannende Zeit. Ich bin in vielen Staaten Südamerikas gewesen, flog nach Alaska und auch nach Europa. Aber nie nach Asien. Das hat mich nicht interessiert. Er lächelt, streicht dabei über seinen kahlen Kopf, und jetzt bin ich alter Sack mit einer Japanerin und einer Koreanerin befreundet. Das Leben ist eine *Hochschaubahn.* (Als Kind fuhr Walter im Prater von Wien gern in einer solchen Bahn.)
Viele Male war ich als Pilot in Frankfurt, auch in München, und regelmäßig fuhr mir der Gedanke durch den Kopf, jetzt könntest du in einen Zug nach Wien steigen. Wir hatten drei, vier Tage frei. Aber ich tat es nie. Ich habe es nicht gekonnt.

*

Waren es die Unfälle zur Zeit der Testflüge? War es der Nachklang des Koreakriegs, in den er beinahe hineingezogen worden wäre, hätte nicht ein Zufall ihn davor bewahrt? War es das Gefühl von Enttäuschung im Land der Freiheit über die Verfolgung vieler Intellektueller bei der Hatz auf *die verhassten Kommunisten*? Oder sollte es etwa ein Gedicht gewesen sein, das Walter Grunwald dazu anregte, im Frühjahr 1957 einen Artikel mit dem Titel *Sprache und deutscher Faschismus* für die Zeitschrift *Panache* zu verfassen, das Sprachrohr schreibender Studenten der St. Mary's Universität von St. Antonio, Texas?

Durch einen Kommilitonen, der als Junge aus Frankreich in die USA eingewandert war, hatte Walter Grunwald das Gedicht *L'automne* von Paul Verlaine kennengelernt. Es soll den Alliierten 1945 als Code zum vernichtenden Schlag in der Normandie auf die deutsche Armee gedient haben. Die Verse der dritten Strophe lauten: *Tout souffocant / Et blême, quand / Sonne l'heure, / Je me souviens / Des jours anciens / Et je pleure* …

Schwer vor Leid / Und bleich, wenn / Die Stunde schlägt, / Erinnere ich mich / Der vergangenen Tage / Und ich weine …

Möglich ist auch, dass eine Bemerkung seines Philosophieprofessors den Sechsunddreißigjährigen anregte, sich auf abstrakte Weise dem Thema zu nähern, das er bis zu jenem Zeitpunkt streng gemieden hatte.

*

In der Trinity University hatte ich einen Philosophieprofessor, vertraute mir Walter an, der mich so tief beeindruckte, dass ich mein Leben änderte. Eine Gesichtshälfte war von einem Feuermal entstellt. Ein außergewöhnlicher Mensch! Dieser Philosoph bewirkte einen radikalen Gesinnungswandel in mir. Weißt du, wenn man von Österreich kommt, ist man autoritär geprägt. Du verstehst schon, Kaiserreich, Militär, Disziplin ... Na ja, du weißt Bescheid.

Eines Tages hält er eine Vorlesung über das Böse in der Welt. Er spricht über Boshaftigkeit jeglicher Art. Er hört überhaupt nicht auf mit der Aufzählung von Kindesmissbrauch, Vergewaltigung, Vertreibung, Vierteilung, Häutung, Erpressung, Erschießung, Gas, Daumenschrauben, Scheiterhaufen, Steinigung ... Die Kette des Bösen ist lang. Plötzlich unterbricht ihn eine Studentin, sie hält es nicht mehr aus, Herr Professor, was können wir denn dagegen tun?

Anything, war die Antwort, also: Tu etwas, irgendetwas.

Ja, so ist es, sagte Walter mit fester Stimme, als er auf sein Leben zurückblickte, dieser Philosoph hat mich verändert. Ich wurde milde. Der strenge Mann war beiseitegeschoben.

*

Nach einer Vorlesung über das Werk des jüdisch-portugiesischen Philosophen Baruch Benedictus de Spinoza vertiefte sich Walter Grunwald im Lesesaal der Universität in Spinozas unvollendetes Traktat *De Emendatione Intellectus, Über die Erneuerung der Wahrnehmung.*
Aufmerksam folgte er den Spuren des großen Denkers.
Wegen ihrer jüdischen Religionszugehörigkeit hatten Spinozas Eltern von Portugal nach Amsterdam fliehen müssen. Dort wurde der Philosoph 1632 geboren, ein freier Geist, der neue Wege der Aufklärung suchte. Nach seiner ersten Veröffentlichung aber verstieß man ihn aus der jüdischen Gemeinde und somit aus der Stadt; dort hatte er als Händler sein Brot verdient. In Den Haag fand er als Linsenschleifer Arbeit, um weiterhin in Ruhe denken und schreiben zu können. Und wie klar er einen Gedanken aus dem anderen wachsen ließ! Walter las und las. Doch über dem Wort *severitas* stockte seine Lektüre: Welche Strenge meinst du, Walter Grunwald? Zu wem warst du streng – als gegen dich? Vergiss nicht, bevor du die Rüstung ablegst, wozu sie dir gedient hat! Denn war es nicht diese Härte gegen dich selbst, die dein Überleben während all der Jahre möglich gemacht hat? *Von Stunde zu Stunde leben und nie vorwärts noch rückwärts denken*, arbeiten, studieren, Geld verdienen und nie mit dem Lernen aufhören!
Er sah zum Fenster. Der Zweig einer Weymouths-Kiefer streifte die Scheibe im Wind. Die meisten Studen-

ten hatten den Lesesaal verlassen, und auch wenn sich hier viele Köpfe über Bücher beugten, war es still, aber nie so still wie in diesen über ein halbes Leben hinwegziehenden Minuten, in denen Walter Grunwald jetzt in die Kiefernzweige schaute.

Neunzehn Jahre waren seit seiner Flucht aus Wien vergangen. Mehrmals harkte er mit den Fingern durch sein Haar. Es half ihm nichts; der Bayerhofer hat die Blaue Lindbergh gestohlen, schlägt die Hacken zusammen, brüllt den Hitlergruß, Dr. Kraus errötet. Ich hatte Mitleid mit meinem Lehrer, stöhnte Walter, nicht zurückschauen; das ist gefährlich; nicht ablenken lassen, lesen, und er überflog die Zeilen, wollte weiterstudieren, doch Szenen rasten über die Buchseiten, Worte dröhnten: Juden dorthin, Christen hierhin! Er schloss die Augen, und da sieht er – nach zwanzig Jahren – seinen Wiener Deutschlehrer im Lesesaal der Universität von San Antonio so klar, als würde er ihm gleich die Hand reichen. Walter strich über sein Haar, wie klug Kraus uns damals vorbereitet hat! Von dem Gedanken begeistert, schlug er das Buch zu und suchte nach einem anderen.

Im Frühjahr 1937, bereits ein Jahr vor dem Anschluss Österreichs an das Deutsch Reich, hatte Walter Grunwalds Deutschlehrer mit einem Buch besonderer Art vor der Klasse gestanden und die Aufmerksamkeit seiner Schüler für das Wort geschärft – gegen die Phrasen der sogenannten neuen Zeit. Durch die Interpretation der Hunnenrede des deutschen Kaisers Wilhelm II. gelang es ihm; denn während in den Straßen von Berlin Parolen von Rassenwahn und Judenhass skandiert wurden, analysierte Herr Dr. Kraus mit seinen Schülern die hohlen Töne einer Rede, die zwar längst verklungen, doch nicht tot waren. Unter den Büchern der Bibliothek fand Walter nach einigem Stöbern, was er suchte.

Der deutsche Kaiser ließ im Sommer 1900 seine Soldaten strammstehen, bevor sie zum Kampf gegen den *Boxeraufstand* in See stachen Richtung China: „... Kommt ihr vor den Feind, so wird derselbe geschlagen! Pardon wird nicht gegeben! Gefangene werden nicht gemacht! Wer euch in die Hände fällt, sei euch verfallen! Wie vor tausend Jahren die Hunnen unter ihrem König Etzel sich einen Namen gemacht, der sie noch jetzt in Überlieferung und Märchen gewaltig erscheinen lässt, so möge der Name Deutscher in China auf tausend Jahre durch euch in einer Weise bestätigt werden, dass es niemals wieder ein Chinese wagt, einen Deutschen scheel anzusehen! ...“

Im Frühjahr 1957 verfasste Walter Grunwald folgenden Artikel in englischer Sprache, erschienen in PANACHE, a magazin of student writing, Saint Mary's University of San Antonio, Texas:

„Language and German Fascism

Sprache und deutscher Faschismus

Die Gräueltaten, die Deutschland während des Zweiten Weltkriegs verübt hat, sind im moralischen Bewusstsein der Amerikaner inzwischen kaum noch präsent.

Die Bedrohung durch den russischen Kommunismus und die entscheidende Rolle der Bundesrepublik Deutschland dabei, haben in Regierungs- und Pressekreisen den Blick in eine andere Richtung gelenkt. Übrigens war die amerikanische Öffentlichkeit immer bereit, vergangene Fehler eines gegenwärtigen Verbündeten zu übersehen. Dennoch ist nicht an der Tatsache zu rütteln, dass sich das deutsche Volk seit der Jahrhundertwende zweimal in einen Eroberungsrausch gestürzt hat und, was den zweiten Fall betrifft, in schockierender Brutalität.

Politisches Profitdenken sollte in einem aufgeklärten, hochzivilisierten Volk kein Hindernis für eine Betrachtung über das Paradoxon barbarischen Verhaltens sein. Ohne Zweifel werden zukünftige Historiker die Ursachen der Exzesse des faschistischen Deutschlands herausfinden, was aber nicht bedeuten kann, dass es noch zu früh wäre, nach einigen fundamentalen Ursachen zu forschen.

Man sollte erst einmal die Fakten betrachten, die die Deutschen als eine Nationalitätengruppe auszeichnen.

Erstens: Man muss die politischen Grenzen ihres Landes völlig außer Acht lassen; denn diese Grenzen waren im Verlauf der gesamten deutschen Geschichte eher fließend als starr. Selbst heute ist Deutschland in zwei Teile geteilt, der eine ist demokratisch, der andere ein kommunistischer Satellit.

Zweitens: Entgegen der radikalen Naziideologie muss man sich von der Vorstellung physischer Ähnlichkeiten innerhalb des Volkes verabschieden. Der sogenannte

nordische Typ – groß, blauäugig, blond – ist in keiner Gegend vorherrschend.
Das einzige Charakteristikum, das dazu dienen könnte, das deutsche Volk mit Gewissheit als eine Gruppe zu bezeichnen, ist in der Tat seine Sprache.
Jede Sprache spiegelt die Gesellschaft wider, die sie formt. Da die gesamte Gesellschaft ihren Beitrag zur Sprache leistet, sei es bewusst oder unbewusst, kann ein Sprachenstudium als Sozialwissenschaft par excellence angesehen werden; denn es verhilft uns zu einem Einblick in die Gruppe, die diese Sprache spricht. Wenn es beispielsweise im Wortschatz der Eskimos keinen Begriff für Krieg gibt, können wir mit Sicherheit daraus schließen, dass in dieser Gesellschaft dergleichen nicht geschieht. Wenn in einigen Völkern Afrikas jegliche Begrifflichkeit für Farbnuancen fehlt, wird dort mit höchster Wahrscheinlichkeit niemals ein Gemälde entstehen, auf dem die Dinge so dargestellt sind, wie wir sie wahrnehmen.
Betrachten wir einmal die Sprache als einen Spiegel des deutschen Volkes, so können wir mit Leichtigkeit das Abbild gesellschaftlicher Eigenschaften erkennen, die sich mühelos in eine faschistische Ideologie einfügen würden.
Eines dieser Merkmale in der deutschen Sprache ist ein stark ausgeprägter Patriotismus.
Ein derartiges Phänomen überrascht nicht, wenn man bedenkt, dass das Sprachgefühl so eng an eine Nationalität gebunden ist, dass bei entsprechender Gelegenheit sogar eine tote Sprache von Patrioten wieder

zum Leben erweckt werden kann. Als Beweis kennen wir den Erfolg des jüdischen Volks, das das Hebräische wieder in die Reihe der zeitgenössischen Sprachen erhoben hat. Andere Sprachen scheinen weniger eng mit ihrem Nationalgefühl verflochten zu sein. Das moderne Englisch zum Beispiel würde sich schwerlich für chauvinistische Zwecke instrumentalisieren lassen. Es hat von anderen Sprachen so vieles übernommen, dass der Mann auf der Straße angelsächsische Wörter nicht von Fremdwörtern unterscheiden kann. Deutsch hingegen ist im Vergleich dazu homogen: Wörter, die einer anderen Sprache entlehnt sind, sind unübersehbar.

Und so ist es leicht nachvollziehbar, dass die systematische Säuberung der Sprache von lange akzeptierten französischen Ausdrücken, kaum dass sich Deutschland wieder auf dem internationalen Parkett behauptet hatte, dies gefördert hat.

Nämlich Folgendes geschah: Aus Theater wurde Spielhaus; aus Telefon – Fernsprecher; Billett wurde zu Fahrkarte; Toilette zu Abort und so weiter. Mehr als einem Professor fiel plötzlich die deutsche Sprache als das beste Denkinstrument ein, vor dem alle anderen Sprachen zurückzutreten hatten.

Naturgemäß ist eine solche Idee völlig irrig; denn sollte ein Wortschatz auch als gering und eine Satzlehre als unnötig ausgeklügelt erscheinen, so ist doch jede Sprache flexibel und kann manipulativ eingesetzt werden.

Eine andere interessante Facette der deutschen Sprache ist ihre Neigung, sich des Prinzips bipolarer Begriffe zu bedienen. Hiermit ist die Tendenz gemeint, alles nur aus zwei Perspektiven zu sehen: positiv und negativ, gut und böse. Diese Art, sich auszudrücken, ist nicht allein für das Deutsche typisch. Wenn wir sagen, etwas sei nicht gut, schließen wir oft, es müsse schlecht sein. Diese Tendenz wird noch verstärkt, wenn wir verärgert oder aufgeregt sind.

Ein gutes Beispiel hierfür könnte die Art volkstümlicher Beweisführung während der antikommunistischen Welle sein, die über unserem Land zusammengeschlagen ist. Viele von uns waren sehr wohl bereit zu glauben, dass eine Person, falls sie nicht zu 100 % amerikatreu war, ein Spion sein musste.

Man sollte festhalten, dass wir uns in Zeiten des Friedens und Wohlstands einer differenzierten Sprachweise bedienen. Ein Muss bei allen intelligenten öffentlichen Diskussionen.

Im Gegensatz hierzu konnte sich die Nazipropaganda auf die Bereitschaft des deutschen Volkes stützen, in Schwarz-Weiß-Kategorien zu denken.

Und so konnte es geschehen, dass Hunger, Not, Arbeitslosigkeit, korrupter Kapitalismus, die Niederlage im Ersten Weltkrieg, Luftverpestung, Sittenlosigkeit und alle anderen Widerwärtigkeiten der Seite des Bösen als einer jüdisch-versippten Geldherrschaft zugeordnet wurden. Alles, was – oder jeder, der sich Hitlers Vorstellungen widersetzte, wurde mit jüdisch bezeichnet, mit degeneriert, korrupt, demokratisch, international und mit (Krönung der Beleidigungen) nicht-arisch.

Diesen Parolen gegenüber standen die arischen Tugenden: Mut, Ehre, Schönheit, Gesundheit, Männlichkeit.

Alles, wozu Hitler sein Volk aufrief, sollte ausschließlich geschehen, um das arische Erbe des Volks zu erfüllen.
Kunst, Literatur, Menschen, Philosophie, Wissenschaft, Haustiere und Religionen wurden in arisch und nichtarisch eingeteilt. Das Resultat war absurd – wie die Beurteilung, die Japan als arisch und Roosevelt als jüdisch auswies.
Die Haltung, wer nicht für uns ist, ist gegen uns, hat dem deutschen Volk geholfen, einen ungerechten Krieg von höchster Brutalität vor dem eigenen Gewissen zu rechtfertigen. Menschen, denen ein striktes Schwarz-Weiß-Denken eingeflößt wurde, schrecken vor keinem Verbrechen zurück.
Eine weitere Eigenheit der deutschen Sprache, dieses fruchtbaren Bodens für das Aufkommen des Nationalsozialismus, ist ein Vokabular, reich an mystischen, nebulösen Begriffen, die sich organisch zu pathetischen Redewendungen formieren. Derartige Wendungen sind in der Umgangssprache des Durchschnittsdeutschen reichlich vorhanden, und die Propagandisten der Nazis waren rasch dabei, sich ihrer in Wort und Schrift zu bedienen. Darüber hinaus erfanden sie eine Flut von neuen Begriffen dieser Art, um die Massen zu berauschen.
Betrachten Sie einmal dieses Zitat aus einer typischen Hitlerrede:
‚The Aryan Fatherland, which has nursed the
souls of heroes, calls upon you for the supreme
sacrifice in which you, in whom flows heroic

blood, will not fail, and which will echo forever
down the corridors of history.'

Zwar werden zukünftige Historiker Ursachen hervorheben, die unmittelbarer zum Ausbruch des Nationalsozialismus geführt haben, beispielsweise die Niederlage im Ersten Weltkrieg sowie die Weltwirtschaftskrise, doch darf der Faktor Sprache nicht übersehen werden.

Wären die Sprachmuster nicht schon längst im deutschen Geist verankert gewesen, die vollmundigen Phrasen von Hitlers Propaganda wären niemals über die Planen eines Münchener Bierzelts hinausgedrungen."

Der Autor sandte die PANACHE druckfrisch nach New York. Dort lebte sein Freund George (unter dem neuen Namen Parker) glücklich mit Trude aus Erfurt verheiratet. Er verdiente gut im Fernmeldeamt.

Während Walter auf eine Antwort des Freundes wartete, wurde er nach Dover, Delaware, versetzt. Hier sollte das größte Flugzeug der Welt, die C-133, getestet werden. Freudig zog Walter Grunwald in die Nähe seines Jugendfreundes. Die Familie hatte sich vergrößert; Michael hieß der zehn Monate alte Junge.

Walter mietete einen Wohnwagen für Sonja und die Kinder; er selbst übernachtete in einem Zimmer auf der Dover Air Force Base. Erst sechs Monat später fand die Familie eine geeignete Wohnung im Stadtzentrum und zog, sobald die ersten Häuser auf der Niederlassung der USAF standen, in ein zweigeschossiges Einfamilienhaus.

New York, 1. Mai 1957

Lieber Walter!
Ich gratuliere Dir zu Deiner Versetzung in meine Nähe. Nun werden wir wohl bald endlich zusammen Ski fahren und weiß-der-Kuckuck-was unternehmen. Das ist gut.
Zu Deinem Artikel, den Du mir freundlicherweise geschickt hast, möchte ich Dich fragen: Hast Du Deine Schubertlieder vergessen ... *Fremd bin ich eingezogen, fremd zieh' ich wieder aus?* Wenn ich an die deutsche Sprache denke, fallen mir Frühlingsverse ein; wir haben sie in der Schule auswendig gelernt ... *Veilchen träumen schon ...*, und *Im wunderschönen Monat Mai / als alle Knospen sprangen* ... Wie Du weißt, meide ich seit achtzehn Jahren diese Sprache, doch darf ich Dich jetzt an Arthur Schnitzler erinnern, an Karl Kraus, Ernst Toller, Werfel, Kafka ... Und hat nicht auch Dein verehrter Professor Dr. Sigmund Freud seine Texte in deutscher Sprache verfasst? Fairerweise müsstest selbst Du als Autor dieses Artikels zugeben: Drei der vier weltbekannten Juden – Karl Marx, Albert Einstein, Freud (nannte ich schon) – haben Deutsch gesprochen und geschrieben, Jesus allerdings nicht.
Die Phrasen der Nazis nimmt heute kein Schwein mehr ernst. Doch gebe ich Dir recht: Die antikommunistische Hetze der vergangenen Jahre ist scheußlich. Da ist es nur allzu verständlich, wenn ein Geisteswissenschaftler wie Du mit Verve auf die Nazis und ihre Verbrechen verweist, bevor hier Schlimmeres geschieht. Trotz mei-

ner Kritik hat mich Dein Artikel sehr gefreut. Zeigt er mir doch, dass Dir Dein Psychologiestudium wenigstens zu etwas genützt hat; nämlich dazu, dass Du nach beinahe zwei Jahrzehnten das verdammte Thema endlich mal mit dem Kopf angehst. Chapeau!
Wann springst Du auf ein Wochenende zu uns rüber? Auch Trude freut sich auf Dich. Grüß Weib und die Kinderchen und lebt Euch alle hübsch in Dover ein!
George

Der gute George! Lässt seit der Studentenzeit keinen deutschen Laut mehr auf die Zunge und legt sich plötzlich für diese Sprache ins Zeug! Walter griff nach dem Telefonhörer. Einige Tage später stellte er seinem Freund Sonja und die Kinder vor.
So oft es ihm seine Zeit erlaubte, fuhr er nun wieder nach New York; am liebsten allein.
Im Sommer unternahm die Familie Grunwald Ausflüge an die Küste. Die Kinder planschten im Wasser; der Vater fing Hummer und Krabben; Holzkohle glühte im Grill.

KAPITEL 14

Als in Dover, Delaware, der erste Schnee fiel, hob Walter Grunwald seinen Sohn ans Fenster; vor Staunen rann dem kleinen Michael ein Speichelfaden aus dem Mund. Die Flocken rieselten auf die Sträucher, auf den Zaun, auf das Dach gegenüber. Sie fielen auf die Mülltonne, auf das Auto.

Nichts existierte da draußen, was nicht vom Schnee bedeckt wurde.

In den Häusern der Air-Force-Siedlung deckten die Frauen den Frühstückstisch. Sonja im seegrünen Morgenmantel. Walter Grunwald riss ein Blatt vom Kalender, überflog das Gedicht des Tages und reichte es seiner Frau.

Die Kinder winkten, als er das Haus verließ. Noch einmal schaute er sich um und sah Micky auf der Fensterbank im Arm seiner Schwester lachend mit den Fäusten gegen die Scheibe trommeln.

Walter schlug den Kragen hoch.

Die Scheibenwischer zischten; eine kurze Weile begleitete ihn das Lachen der Kinder. Dann dachte er an seine Frau, sah sie an dem Tisch, den er gerade verlassen hatte.

Seit dem Umzug war sie verändert. Sie hatte nicht umziehen wollen. Rasch schob er den Gedanken beiseite und stellte sich sein Arbeitszimmer und die neuen Kinderzimmer vor. Das Haus gefiel ihm gut. War auch höchste Zeit, dachte er, endlich wieder in den eigenen vier Wänden zu hausen.

Er fuhr gern durch Neuschnee, und jetzt freute er sich auf seinen Arbeitstag im Cockpit, doch wieder kehrten seine Gedanken zu Sonja zurück.
Sie hatte San Antonio nicht verlassen wollen, hatte sich an das Klima gewöhnt; in Texas atmete sie frei. Fünf Jahre lang hatte die Familie dort in ihrem ersten eigenen Haus verbracht; das zweite Kind wurde geboren. Micky hatte auf der Terrasse geschlafen, während Lily vor dem Sandkasten Schnecken und Marienkäfer sammelte und einmal ein Schwimmbad aus Lehm für Ameisen gebaut hat, wo am Zaun die Sonnenblumen hoch aufschossen und Wicken rankten.
Wenn die Familie am Sonntagmorgen dort frühstückte, sprach Sonja oft lachend von einer ihrer ersten Nächte in diesem Haus ..., weißt du noch, wie du als Dieb mit einem Eimer vom Fluss angerannt kamst? Weißt du noch, wie ich dir mit der Taschenlampe geleuchtet habe, wenn du die Rasenstücke auslegtest?
Das Haus wird nicht verkauft, hatte sie gesagt. Na ja, ich habe nachgegeben, Walter pfiff munter vor sich hin, sein Atem beschlug die Frontscheibe, wir haben es vermietet. Als wir uns kennenlernten, habe ich ihr nicht verschwiegen, dass ich bei der USAF angestellt bin, bekanntermaßen Nomadenleben, nie länger als fünf Jahre an einem Ort. Langsam glitt der Wagen durch die Bungalowsiedlung, wo dem Fahrer die Büsche der Vorgärten zu dieser Stunde unter ihren Schneehauben wie Halloween-Gespenster erschienen.
Während Walter Grunwald sich Meile auf Meile von seinem neuen Haus entfernte, half seine Frau den Kin-

dern beim Anziehen, füllte die Spülmaschine, holte den Staubsauger aus dem Schrank.
Drei Stunden später schlug sie am Küchentisch ihren Briefblock auf.
Mein Mann lebt sich überall auf der Welt rasch ein, schrieb sie an ihre Eltern. Der kleine Michael griff im Laufstall nach den Stäben und versuchte, sich daran in die Höhe zu ziehen. Lily war im Kindergarten. Das Mittagessen stand auf dem Herd. Sonja schaute hinaus in den verschneiten Garten. Mein Mann ist geschickt, schrieb sie, er ist erfolgreich und beliebt. Er verdient sehr gut. Aber ich sehe ihn selten.
Sie schraubte den Füllfederhalter zu und überflog die Zeilen ihres Vaters; vor einigen Tagen hatte der Brief aus Kuba im Kasten gelegen. Ein Nachbar sei krank, eine Cousine sei schwanger, und die Preise seien gestiegen. Sorgfältig schob sie den Brief zurück in den Umschlag, ihre Eltern schrieben selten. Einmal im Monat telefonierten sie mit ihrer Tochter. Sonja hatte sich angewöhnt, nach jedem Umzug einen ausführlichen Bericht nach Havanna zu schicken. Aber das Schreiben fiel ihr schwer. Ihr Blick suchte die Uhr. Noch war die Wand kahl.
Immer wenn ihre Tanzgruppe auf Tournee war, erhielt Sonja eine Postkarte. In San Antonio hatte sie die Kartengrüße mit einem Gefühl von Wehmut an die Küchenwand geheftet, als habe sie etwas verloren und wüsste nicht was. Ich bin doch nicht arm, hatte sie jedes Mal gedacht, habe zwei Kinder, die mich brauchen und lieben, einen Mann, der gut verdient. Bis zur De-

cke war die Kartensammlung gewachsen. Hier, in dem neuen Haus in Dover, Delaware, war die Wand noch weiß. Hellbraune Schränke waren über der Spüle angebracht. Sonja blickte in den Garten. Eine Meise hing an einem Futterballen, Spatzen schwirrten auf, pickten Hirse, Sesam und Sonnenblumenkerne; sie rannen aus einem Glaszylinder auf einen Teller. Bei Wind schaukelte der Zylinder vor dem Fester.
Am Küchentisch fühlte sich Sonja Grunwald sicher, hier war sie geborgen. Jetzt schrieb sie, wie sie es in der Schule gelernt hatte. Buchstabe für Buchstabe. Immer wieder flog ihr Blick vom Papier auf und vorbei an den rot karierten Vorhängen in den Garten, wo Funken auf der Schneedecke glitzerten. Hier ist mein Reich, dachte sie, in meiner Küche glotzt mich niemand an. Wie auf der Straße oder im Supermarkt. Warum starren die Leute mich überall an? Als käme ich vom Mond. Ich will das nicht, die sollen mich in Ruhe lassen. Hier geht es mir gut. In meiner Küche bin ich sicher. Hier lasse ich niemanden rein. Bis auf Micky; der krabbelt überall hin; das darf er, und vor dem Frühstück darf mein Walter in die Küche. Auch sonntags. Am Sonntag kocht mein Mann, kam ihr in den Sinn, und belustigt suchte sie nach der Melodie des Schlagers. Endlich wandte sie sich wieder ihrem Brief zu: Der Hausherr bewohnt ein Herrenzimmer, eine Bibliothek und unser Schlafzimmer. Sie überflog den Satz, und wieder schaute sie auf. Die Katze hatte sich auf der Fensterbank ausgestreckt; in den Streifen ihres Fells spielte das Sonnenlicht. Nun senkte Sonja den Kopf, las die letzte Zeile. Sie hatte tatsächlich

amo de la casa geschrieben, das spanische Wort für *Hausherr*. Genauso ist es, sagte sie halblaut vor sich hin, das war in San Antonio so, und das ist hier in Dover so. Genau so. Es wird immer so sein! Ihm gehört das Haus. Mein Refugium ist die Küche. Sie schrieb weiter: Wir haben inzwischen alle Kisten ausgepackt. Das Schlafzimmer räume ich besonders sorgfältig auf. Walter mag nicht, wenn eine Socke oder ein BH herumliegt. Kein Staubkörnchen kann er dort vertragen. Auch in den anderen Zimmern muss immer gut geputzt sein. Sonst dreht er mir den Rücken zu. Und dann ... sie zögerte, strich die beiden letzten Wörter durch und vollendete in Gedanken, *dann gute Nacht*. Dann verschwindet er abends, und ich weiß nicht wohin. Das hasse ich. Wenn er hier ist, soll er bei mir bleiben!
Er ist ja so selten zu Hause!, schrieb sie, Du verstehst mich, Mama, Du hast ja immer eine Blume in der Vase, die Papa besonders gern hat. Auch wenn er bei José einen über den Durst trinkt. Das allerdings tut mein Walter nie.
Aus dem Wohnzimmer drangen die Schläge der Wanduhr herüber. Sonjas Blick flog zum Laufstall. Noch spielte der Kleine zufrieden, aber bald wird er seinen Brei haben wollen. Rasch schrieb sie weiter: Michael krabbelt schon, und unsere Elisabeth geht in den Kindergarten. Ich lege ein paar Fotos von uns dazu. Das erste hat Walter vor unserem neuen Haus aufgenommen. Auf dem Foto Nummer 2 seht Ihr unsere Katze. Ist sie nicht süß? Sie liegt auf dem Kanapee im Herrenzimmer neben Walters Schreibtisch. Da lege ich seine

Post ab. Die meisten Briefe holt er aber vom Postamt aus seinem Fach.
Sie legte den Füller beiseite und dachte an den Brief aus Wien, den Walter vor Kurzem auf seinem Schreibtisch vergessen hatte. Er soll da ein Haus haben, grübelte sie und presste die Hand vor die Brust; er sagt zwar, er würde nie nach Österreich fliegen, aber wer weiß, vielleicht ändert er seine Meinung. Es muss da drüben schrecklich sein. Dunkel und kalt. Um nicht an etwas denken zu müssen, vor dem ihr graute, beugte sie sich wieder über den Brief: Die Lampe auf dem Schreibtisch (erkennt Ihr den Pfeil?) brennt bis tief in die Nacht hinein. Nummer 3 habe ich geknipst. Mein Walter mit Micky. Gefallen Euch die hübschen Häuser? Sie gehören zur Uni. Hier wird er seinen Magister machen. Er ist sehr fleißig. Aber er arbeitet zu viel. Das kann nicht gut gehen, hat Großvater immer gesagt. Wisst Ihr das noch? Jetzt wird es hier wieder früh dunkel. Ich hasse den Winter. Ich will jetzt bei Euch sein. Wann sehen wir uns wieder? Ich mag den Schnee nicht. Ich friere. Jetzt muss ich kochen.
Ich küsse und umarme Euch
Eure Sonja

In der folgenden Nacht wachte Sonja von einem grellen Schrei auf. Sie knipste die Nachttischlampe an und sah ihren Mann aufrecht im Bett, die Augen weit geöffnet. Was ist los, Liebling? Sie wollte ihn umarmen. Er aber saß unbeweglich. Sie streichelte sein Gesicht. Er schlug ihre Hand beiseite, und sie wusste, sie konnte ihm nicht helfen. Im Bad rauschte Wasser. Dann war es still. Er hat wieder schlecht geträumt, dachte sie und drückte auf den Knopf am Fuß der Lampe, gleich wird er sich beruhigen; sie vergrub ihr Gesicht unter der Bettdecke.

Walter hatte inzwischen in der Küche eine Flasche Coca-Cola aus dem Kühlschrank geholt und goss die braune Flüssigkeit in ein Glas. Darauf starrte er in die Nacht. Deutlich spulten sich die Szenen seines Traums vor ihm ab.

Er sieht sich im linken Sitz seines Flugzeugs. Wie gewohnt rollt die Maschine über die Startbahn. Er hat einen Auftrag. Alles ist klar. Seine Hände stecken in Lederhandschuhen, die Füße in Stiefeln, der Körper ist in feuerfesten Stoff gehüllt. Der Pilot scheint unverwundbar. Nichts empfindet er außer dem physischen Wohlbehagen sinnvoller Handlungen, die sich selbst genügen. Da ist keine Angst. Auch verspürt er keinen Druck, eine große Leistung vollbringen zu müssen. Alles ist, wie es sein sollte. Die Maschine rollt über die Startbahn, nimmt die erste Kurve. Sanft löst sie sich vom Boden, sie schwebt. Einige Meilen lang ist sie in der Luft. Aber in der nächsten Schleife (er rammt seine Hand gegen den Schmerz in der linken Brust) überschlägt sich das Flugzeug, und kopfüber rast der Wald auf ihn zu. In hoher Geschwindigkeit. Ein Schauder überrieselte ihn.

Am siebten Tag nach diesem Traum verabschiedete sich Walter Grunwald von Sonja und den Kindern, um

ein Wochenende mit George Parker in den Bergen von Vermont zu verbringen, nicht weit entfernt von New York.
Zum ersten Mal in ihrem Leben brachen die Freunde gemeinsam zum Skifahren auf. Davon hast du ja in Palästina oft geträumt, grinste George. Der Himmel war blau, der Schnee war gut. Sie logierten in Georges Stammpension in Stowe, einem alten Bergdorf. Gegen Ende der Freizeit schlug das Wetter unerwartet um. Nur mit Mühe erreichten die Ausflügler vor Mitternacht New York, und Walter übernachtete bei den Freunden.
Sein Dienst begann am anderen Morgen um acht Uhr. Um vier in der Frühe brach er von New York auf.
Ein undurchdringlicher Schneevorhang verdunkelte die Frontscheibe; der Verkehr stockte. Auf dem Highway waren einige Wagen ineinandergefahren, und um sieben Uhr war Walter Grunwald noch viele Kilometer vom Stützpunkt der USAF entfernt. Ich schaffe es nicht, murmelte er vor sich hin, die Fahrbahn ist glatt und der Verkehr zu dicht. Von einer Raststätte aus rief er seinen Chef an. Mach dir keinen Kopf, war die Antwort, wir haben heute einen Testflug angesetzt. Den übernimmt Jack. Er steht hier neben mir. Keine Eile, Junge! Fahr vorsichtig!

*

Ich war also beruhigt, sagte Walter, als er achtundachtzigjährig auf sein Leben zurückblickte, ich bin nicht gläubig – aber es gibt doch recht seltsame Zufälle.
Ich fahre also weiter, die Scheibenwischer haben es schwer mit dem Schnee, aber ich bin gelassen, völlig entspannt höre ich Radio. Plötzlich wird die Musik für eine Sondermeldung unterbrochen: *Vor wenigen Minuten ist fünfzig Meilen hinter der Air Force Base von Dover, Delaware, ein Flugzeug in den Wald gestürzt.*
Ein Konstruktionsfehler der C-133.
Es gab nur eine einzige Sicherung für die vier hydraulisch gesteuerten Propeller. Wenn die Sicherung ausfiel, war die Katastrophe da. Sofort fuhr ich zur Unglücksstelle. Ein Bild des Grauens. Niemand kann es sich vorstellen, der nicht dabei war.
Ich habe einen Freund verloren. Nach der zweiten Schleife ist er in den Wald gerast. Genau wie ich es geträumt hatte! Hältst du so etwas für möglich? Hat mich da ein Engel beschützt? Ein anderer starb für mich.

*

Nach diesem Unfall wurde die Testzeit der C-133 beendet. Jahrelang war sie als Lastflugzeug eingesetzt worden. Wie schon gesagt, war eine von fünfzig Maschinen wenige Kilometer nach dem Start abgestürzt und neun andere waren während ihres Flugs irgendwo verschwunden. Die USAF verkaufte die übrig gebliebenen Flugzeuge an zivile Gesellschaften und erprobte

daraufhin Jet-Maschinen mit Düsenmotoren. Die Firma Lockheed baute sie in Marietta, Georgia.
Im Jahr 1964 studierte Walter Grunwald die neue Technik und wurde dann für vier Monate zu Testflügen nach Kalifornien auf die Edwards AFB in der Mojave-Wüste versetzt. Hier starteten die Jet-Flugzeuge auf der größten Piste der USAF. Walter mietete einen Wohnwagen für sich und seine Familie.
Täglich fuhr er nun an struppigen Büschen und an Gruppen von Joshuabäumen vorüber. Die stacheligen Äste ragten in den Äther, und immer wieder erfreute er sich an den bizarren Windungen und Auswüchsen, und wenn er am Abend unter dem roten Himmel her durch die sanft gewellte Landschaft fuhr, erschienen sie ihm wie schwarze, vegetabile Spülbürsten in der Luft.
Hin und wieder huschte eine Schlange über den Weg, ein Greifvogel kreiste, und in manchen Momenten, wenn er über die gewellte Ebene schaute, verstärkten die niedrigen Büsche mit den harten, graugrünen Blättern und den silbernen Zweigen in ihm auf geheimnisvolle Weise das Empfinden von unendlicher Weite, in der seine Seele sich aufschwang.
Die Schulferien der Kinder waren um zwei Monate verlängert worden.
Während ihre Mutter die Mahlzeiten zubereitete und ihr Vater die schnellsten Flugzeuge der Welt testete, zogen Lily und Micky mit ihrer Katze auf Erkundungstour. Doch in der Dämmerung, wenn das Tierchen allein jagen wollte, warnte der Vater, haltet es fest, jetzt

erwachen die großen Katzen in der Wüste; die Nacht ist kühl, und der Puma ist hungrig.

Das ist kein Spaß hier, dachte Walter Grunwald eines Mittags, als er mit der glühenden Zigarette in der Hand auf dem Parkplatz vor der Startbahn seinen Chevrolet abschloss. Was ist das? Eine Jagdmaschine raste auf ihn zu. Ich bin hin! Ihr Flügel schrammte das Autodach. Der Luftzug streifte das Haar des am Boden Erstarrten. Als das Geräusch über ihm verstummt war, hob er den Kopf und beobachtete die Landung. Das war knapp! Nachträglich schätzte er die Geschwindigkeit auf neunzig Stundenkilometer.
Sorry, wenn ich dich erschreckt habe, rief der Pilot. Lachend schlenderte er auf Walter zu, die gute Dame hat den Motor verloren; sie besaß nur einen.
Mit Ehrfurcht hörte Walter Grunwald darauf den Namen des Kollegen und freute sich auf die Stunden daheim, um seinen Kindern *wieder einmal* etwas *Interessantes* zu erzählen.
Was hast du denn mit deinem Hemd gemacht?
Walter schaute auf seine Brust. Erst jetzt entdeckte er das schwarz umrandete Loch; rot schimmerte seine Haut, aber er spürte keinen Schmerz. Musste es so weit kommen?, fragte er sich mit einem Anflug von Entsetzen vor sich selbst und stieß in trainiertem Understatement durch die geschlossenen Lippen hervor, na ja, da habe ich wohl eine Zigarette zu fest ausgedrückt. Gut so! Meine Pumpe ist sowieso nicht mehr die stärkste. Er zog seine Zigarettenpackung aus der

Hosentasche, bitte sehr. Ich schenke sie dir. Hiermit gebe ich das Rauchen auf.
Danke, lächelte der berühmte Kollege, die kann ich jetzt gut gebrauchen.

Als ihr Mann am Abend die Wohnwagentür öffnete, schrie Sonja ihn an, ich werde hier schier verrückt, ich will weg! Schon wieder ein Chamäleon überm Bett. Ich hasse die Viecher!
Aber die sind doch nett. Sie schätzen deine Gesellschaft, mein Liebling, sei nicht so zimperlich. Als ich jung war, habe ich sie auf meinem Balkon gefüttert.
Die Bemerkung brachte Sonja Grunwald erst recht in Rage. Ihr Zorn sprang in die Tomatensauce; rot spritzte das Zeug an die Wand, floss hinab. Der Kochlöffel folgte und schließlich die Küchenschürze der Hausfrau.
Ich will weg, mir reicht's, schrie sie, seit sieben Jahren habe ich meine Eltern nicht gesehen.
Jetzt können wir nicht nach Kuba. Das weißt du doch. Hab Geduld. Es dauert nur noch einen Monat. Und vergiss nicht, ich verdiene hier sehr viel Geld.
Was habe ich von deinem Geld, wenn ich in die Wüste verbannt bin?
Ich werde dir was Hübsches kaufen, meine kleine Tänzerin. Er umarmte sie und wollte sie küssen. Aber sie stieß ihn zurück. Ich muss hier raus, kreischte sie und hob ihre Hände an die Schläfen; ihre Hüften zuckten, als trieben Trommeln sie an. Erschrocken flog die Katze von der Sitzbank durch Walters Beine, wieder zurück und landete mit einem Satz auf dem Bord neben

dem Gasherd. Walter streckte den Arm aus und hob das Tier an seine Brust. Beruhigend sprach er auf die Katze ein. Ich habe jetzt vier Tage Urlaub, sagte er, indem er, ohne aufzuschauen, das glänzende Fell streichelte. Unter den gleichmäßigen Bewegungen verebbte der kubanische Tanz in der Wohnwagenküche, die Trommeln schwiegen, und das Zucken der Hüften ging in ein sanftes Wiegen über.

Einmal hatten diese Hüften ihn hypnotisiert ..., und schon spürte er an seinen Fingerspitzen einen Fledermausflügel aus dem Opernhaus von Panama; ein Lächeln huschte über die Innenwände seiner Wangen; er hatte das Tierchen freigelassen, und während es hinauf zum Bühnenboden flatterte, war da das Wiegen dieser Hüften – im Hintergrund der Bühne. Wie Flusswellen, aus denen Sirenen steigen, wogten ihre Hüften. Sein Atem hatte gestockt. Jetzt sah er die Szene vor sich. Seine Hand auf dem Fell der Katze, erinnerte er sich an den Kontrast zwischen den Sprüngen der grell gekleideten Tänzer und dieser sanften Bewegung im Hintergrund der Bühne. Neben Jack hatte er in der neunten Reihe gesessen. Vier Wochen nach der Augenoperation. Er war in einem labilen Zustand. In einem sehr labilen Zustand. Herr Lipski hatte ihn ausgelacht, seine Heiratspläne waren zerschlagen, die Linse seines Auges war zertrümmert, selbst die Hoffnung auf eine Anstellung bei der zivilen Luftfahrt war dahin ... ich war müde, seufzte er in sich hinein, einsam. Rasch und rascher glitt seine Hand über das Katzenfell. Eine Bewegung kann das Leben verändern, eine einzige Geste, sann Walter

Grunwald und stöhnte, ich war in einem seltsam entrückten Zustand. Wie unter Wasser. Als ich die Trommeln hörte und das Wiegen ihrer Hüften sah, schlugen die Wellen über mir zusammen. Jetzt verdiene ich gut. Habe eine Familie, ein Haus. Die Aktien steigen. Hopp, stieß er die Katze vom Arm und wandte sich seiner Frau zu, ich habe mir überlegt, wir fahren nach Las Vegas. Wortlos holte sie die Teller aus dem Schrank. Er öffnete die Wohnwagentür und rief zu dem Zelt aus Decken und Tüchern unter einer Baumgruppe hinüber, kommt Kinder, das Essen ist fertig. Packt euren Teddy ein. Morgen zeigt euch euer Vater eine Stadt.

Zwei Stunden später, während Sonja spülte, saß Walter zur Gutenachtgeschichte am Etagenbett bei Lily und Micky. Die Katze hatte sich zu seinen Füßen auf einem Kissen eingerollt. Ihre Augen waren geschlossen. Im Traum zuckte ihr Ohr. Der kurze Zeiger der Wanduhr schlich unmerklich auf die Elf zu. An der Decke surrte der Ventilator. Ich habe heute etwas Aufregendes erlebt, Kinder, begann der Vater, ich parke mein Auto, da rast in voller Geschwindigkeit ein Flugzeug auf mich zu ...

Das ist langweilig, unterbrach Michael, inzwischen war er acht Jahre alt, lag auf dem Bauch, sein Arm baumelte vom oberen Bett herunter, phhh, die Geschichte kenne ich.

Aber bis zu dieser Stunde hast du noch nichts von dem weltberühmten Piloten-Jäger gehört. Er war der Erste, der eine Maschine mit Überschallgeschwindigkeit geflogen hat. Heute hat er mir seine Hand gereicht, und ich habe sie gedrückt.

Was ist mit dem?, wollte Elisabeth wissen. Wie ihr Bruder lag sie in kurzem Schlafanzug auf dem Bauch, hatte aber ihr Gesicht in die Hände gestützt.

Na ja, dessen Flugzeug hat den Motor verloren.

Da waren ja noch drei andere.

Diesmal nicht, mein Superschlauer! Er flog eine einmotorige Maschine.

Vater, wann fliegst du zum Mond?

Ich leider nie, Lily, aber bald wird die Technik auch das schaffen.

Erzähl von Odysseus, rief Michael von oben herunter und drehte sich auf den Rücken; die Matratze quietschte.

Odysseus …? (Der Vater war in Verlegenheit.)

Lieber die Geschichte von der grünen Kugel, als sie an deiner Stirn vorbei durch die Kanzel geschwebt ist, bettelte Lily, die ist gut, du warst in einem Gewitter, bitte, bitte.

Walter fing ihren Blick auf und schaute dann zu seinem Sohn hinauf, der mit dem Zeh Kreise an die Decke zeichnete. Heftig rieb er seine Handflächen aneinander, als würde gleich eine Entscheidung herausrieseln. Er genoss die Stunde bei seinen Kindern, aber die Odyssee … nein, Homer war vergessen. Walter Grunwald erlebte eigene Abenteuer. Entschlossen fuhr er mit den Fingern durch sein Haar. Also, rief er und blinzelte seiner Tochter zu, ich erzähle euch ein Abenteuer, das ihr noch nicht kennt. Ich war jung und flog

in einer Propellermaschine. Da hat es tüchtig gerappelt. Heute ist die Entwicklung bedeutend weiter. Im Jet bist du ja hoch über den Wolken, also auch über jedem Gewitter. Fantastisch! Manchmal sieht man einen Spektralkreis zwischen den Wolken und dem Flugzeug; er schillert wie ein Regenbogen. Im Jet hast du die Wolken unter dir wie einen weißen Boden, der dich von allem trennt. Du kriegst nichts mit von der Welt, schwebst in einem Meer von Himmel und Sonne.
Das will ich auch mal, rief Michael dazwischen.
Na ja, Walter schaute zu ihm hinauf, es ist vergleichbar mit einem Gefühl von Freiheit, du bist in der Nacht den Sternen nahe, ein Molekül im Universum.
Wenn wir aus der Wüste raus sind, Väterchen, krieg ich dann ein Pony? Elisabeth spitzte ihre Lippen und sah ihren Vater auf eine Weise an, dass er am liebsten gelacht hätte. Sie ist bald eine Frau, dachte er erschrocken, es geht alles so schnell, und ich habe das kleine Mädchen kaum gesehen. Sie gleicht Mama immer mehr.
Deine Geschichte, knurrte Michael, erzähl von dem Fallschirm, wenn du schon nichts von Odysseus weißt!
Ich bin nicht gesprungen, das hat mir das Leben gerettet.
Du hast immer Glück, Väterchen, weil du einen guten Schutzengel hast, wir beten ja auch jeden Tag für dich.
Was, stieß Walter hervor, ihr betet für mich?
Frauen!, höhnte Michael, nun mach schon, Vater. Die Geschichte! Ich bin müde.
Also: Wir waren in Neufundland. Es war kalt, und die Flügel waren vereist. Ich klettere hinauf und fange an

zu putzen. Ihr müsst wissen, das ist eine gefährliche Arbeit, man kann abrutschen und sich alle Knochen brechen. So ein Flügel ist glatt. Mein Kollege ruft aus der Kanzel, komm rein, wir starten, das reicht. Ich steige also an seine rechte Seite. Wir heben ab, alles klappt. Auch die Sicht ist gut, die Instrumente sind in Ordnung. Aber auf einmal – sacht, dann kräftig beginnt die Maschine zu schaukeln und gerät in eine bedrohliche Schieflage. Damals hatte ich noch wenig Erfahrung. Ich habe also Todesangst. Wir stürzen ab, brülle ich. Mein Kollege bleibt ganz ruhig. Ich schnalle mir den Fallschirm um, habe schon die Hand an der Tür. Ich springe jetzt, schreie ich. Nein, Walter, nicht. Er sagt es so bestimmt, dass ich ihm vertraue. Man weiß ja nie, wo man landen wird. Und was meint ihr, Kinder? Wir haben es geschafft, wir sind heil unten angekommen. Da war ich froh, mein Leben war wieder einmal gerettet. So, und jetzt schlaft schön. Morgen geht's nach Las Vegas.
Mein Pony! Versprichst du es mir, Vater?
Versprochen, kleine Maus! Wenn wir in Oklahoma sind!
Und ich kriege einen Hund.
Versprochen, mein Junge! Walter strich das Laken seines Sohnes glatt; Micky hatte sich darunter verkrochen. Darauf beugte sich der Vater zu Lily. Sie warf sich auf den Rücken und streckte ihre Arme weit aus. Er wollte ihre Wangen küssen, aber sie zog ihn zu sich. Beide lachten.
Leise schloss er die Tür.

*

Diese Fahrt nach Las Vegas war abenteuerlich, sagte Walter, als er auf sein Leben zurückblickte, wir fuhren durch das Death Valley. Das Tal liegt unterhalb des Meeresspiegels. Eine Steinwüste. Im Hochsommer kann man dort vor Hitze nicht atmen. Die Straße nach Las Vegas steigt steil an. Plötzlich versagt die Lichtmaschine, die Klimaanlage fällt aus. Erst nach Sonnenuntergang gibt es Erleichterung. Aber ich muss ohne Licht fahren. Wir kommen heil in der Stadt an, und ich bringe den Wagen in die Werkstatt. Wir bleiben zwei Tage in Las Vegas. Ich spiele im Casino, und – was denkst du, ich habe die Taschen voll Silberdollars. Ich Dummkopf, habe sie in Papiergeld umgetauscht; die Münzen wären jetzt viel wert.
Auf der Rückfahrt läuft der Motor schlecht, und der Wagen bleibt in der Nacht stehen. Stell dir das vor! Mitten in der Wüste! Kinder, setzt euch hierhin, sage ich und leuchte mit der Taschenlampe. Warum tut man gewisse Dinge in gewissen Situationen? – Was sehe ich? Einen Termitenhügel!
Irgendwann kommt ein Polizeiauto vorbei, schleppt uns ins nächste Hotel. Auf dem Hinterhof häufen sich die Autos. Wir sind also in den Händen von Wüstenbanditen! Am Morgen sagt der Kerl, das Zündrad ist gebrochen; das Ersatzteil muss aus der Fabrik angeliefert werden, das wird einige Tage dauern. Ich trampe in die Stadt: Wissen Sie was, ich habe einen

250er Chevrolet in der Wüste stehen, den gebe ich Ihnen als Anzahlung für einen Gebrauchtwagen.
Ich pfeife auf Ihr Auto, sagt der Händler, dieser Wagen hier kostet 800 Dollar.
Es bleibt mir nichts anderes übrig, als bar zu zahlen.
Zurück bei den Banditen, frage ich, was bin ich Ihnen für die Übernachtung schuldig?
Fünfundsechzig Dollar.
Wissen Sie was, in Ihrem Hof steht mein Auto. Auf Wiedersehen.
Dann sind wir weiter bis zur nächsten Stadt gefahren und blieben zwei Tage dort. Der Bub war krank.

Michael Grunwald war siebenundfünfzig Jahre alt, als er mir in Denver vorgestellt wurde. Während seiner Ausbildung bei der USAF studierte er Betriebswirtschaft und promovierte, durfte aber wegen seiner Kurzsichtigkeit nicht fliegen; er arbeitete in der Verwaltung der USAF. Seine Schultern waren leicht nach vorn gebeugt, die Arme hingen an seinem schweren Körper herab, die Augenlider zuckten nervös. Vor Schüchternheit sprach er wenig, und wenn er sprach, redete er Walter mit *father* an.
Beide Kinder haben nie etwas anderes als *Vater* und *Mutter* zu ihren Eltern gesagt. Jetzt lebt Michael in einem Holzhaus in der Nähe, hörte ich von Walter, geschieden, sieht seine Söhne selten.
Die Tochter (Walter sagte nicht Elisabeth, Lily oder meine Tochter, er sagte *die Tochter*) habe er seit zwanzig Jahren nicht mehr gesehen, auch nichts von ihr gehört,

obwohl sie jedes Jahr zum Geburtstag und zu Weihnachten einen Scheck und einen Kartengruß von ihm erhielte. Aber niemals ein Dankeschön, nichts. Na ja, zur Trauerfeier ihrer Mutter vor sieben Jahren sei sie erschienen und habe die Kinderfotos mitgenommen; jetzt habe er, Walter, nichts mehr. Doa koannst nix moachen ..., und er fügte hinzu, ich habe ihr das Schlafzimmer geschenkt. Der Sohn hat das Esszimmer bekommen.

*

Nach der aufregenden Zeit der Testflüge in der Mojavewüste wurde Walter Grunwald 1964 an die Tinker USAF Base außerhalb von Oklahoma-City, Oklahoma, versetzt. Mit seiner Familie bezog er dort ein Haus, mietete eine Weide, kaufte drei Pferde und für seinen Sohn einen Hund.
Neue Flugzeuge wurden getestet, die C-5, und bald darauf die C-141; sie war größer als alle vorhergegangenen Jets.
Fünf Jahre lang blieb die Familie in Oklahoma. Im Frühjahr 1968 musste Walter Grunwald allein für vier Monate nach Mountain View auf eine Flugbase im Westen von Oklahoma ziehen. Dort entwickelte er in der Ausbildungsstätte für Piloten und Flugingenieure Trainingsprogramme unterschiedlichster Art. Auf seine guten Erfolge hin wurde er anschließend für einige Wochen nach Chicago versetzt, um ein Trainigsprogramm für Matrosen auszuarbeiten.

Angeregt durch seine Erfahrungen mit den Flugschülern, erfand Walter Grunwald einen unbeweglichen Flugsimulator. Diese Erfindung ersparte der USAF hohe Kosten. Später übernahm eine zivile amerikanische Fluggesellschaft die praktische Lernmaschine.

Die Weide, wo die Pferde grasten, lag am Rand der Stadt. Felder schlossen sich an, der Himmel war hoch, und wenn das Gras smaragdgrün schimmerte, stiegen die Lerchen auf. Im Sommer zirpten Grillen.
Elisabeth und Michael hatten Mühe, sich auf ihre neuen Lehrer und Mitschüler einzustellen. Ihre besten Freunde waren die Pferde, der Hund, die Katze. Sonja fürchtete sich vor den großen Tieren und fuhr selten mit zur Weide. Walter dagegen ritt gern mit seinen Kindern aus. Er hatte schon in Wien reiten gelernt.
Mit Stolz sah er, wie sicher seine Lily im Sattel saß. Immer mehr erinnerte sie ihn an seine Mutter. Oft ritt er neben ihr her, der Löwenzahn leuchtete, der Wind zog über die Gerstenfelder, und silbern warf die Sonne ihre Strahlen in die wogenden Grannen. Weiter ritten sie, immer weiter. Bis zu dem Wald in der Ferne. Und wenn die Reiter die von Lichtpunkten durchbrochene Laubhalle nach ruhigem Trab erfrischt verließen, tat sich vor ihnen eine beglückende Weite auf, und sie galoppierten unter den Wolken her, die es nirgendwo sonst auf der Welt gibt, wie Walter Grunwald meinte, unter diesen prallen Luftgebirgen von Oklahoma, unter den fliehenden Schleiern, die wie der Hauch eines fernen Gedankens von wasserblauen Streifen durch-

zogen waren. Wenn der Wind aber schwieg und der Himmel brannte, ritten sie schweigend in das Licht.
Eines Abends fuhr Walter im Auto zur Weide. Heiter sprang der Hund aus dem Wagen. Zu dieser Stunde wäre Walter Grunwald gern geritten. Ein Regenbogen neigte sich über das Land. Doch wurde er zu Hause erwartet; er hatte gesagt, er wolle nur rasch nach den Pferden sehen.
Der Hund rannte über die Wiese, zwei Tiere spitzten schon die Ohren am Zaun, das dritte trabte wiehernd herbei. Walter tätschelte ihren Hals, streichelte die Nüstern; er sprach mit ihnen, und für jedes fand er eine unverwechselbare Melodie. Darauf füllte er frisches Wasser in den Trog. In der flachen Hand hielt er seinen Lieblingen einen Apfel hin und zum Nachtisch ein Zuckerstückchen.
Am Abendbrottisch fragte Michael nach seinem Hund; es war so still im Haus. Der Vater erschrak. Er hatte den Hund vergessen. Wie hatte er den Hund seines Sohnes vergessen können! Hitze stieg in ihm auf; Messer und Gabel ließ er fallen und jagte im Auto davon. Endlich wurde in der Ferne der Weidenzaun sichtbar. Da saß der Hund.
Wie klug er ist, dachte Walter Grunwald, läuft nicht in Panik davon; der Hund weiß Bescheid: er wurde noch nie allein gelassen. Von ihm könnten meine Flugschüler lernen! Jetzt tauchten die Szenen, die er oft am Flugsimulator erlebt hatte, vor seinem inneren Auge auf. Der angehende Pilot wird gefragt: Was tun Sie, wenn die rote Lampe aufleuchtet und Ihnen Feuer signa-

lisiert? – Ich beschleunige. – Gut. – Nun sitzt der Schüler im linken Sitz vor dem Simulator, er startet, fliegt, da leuchtet die rote Lampe auf, Feuer! Was aber tut der Schüler? – Er handelt nicht nach dem, was er weiß, wie der Hund vor der Koppel. Er müsste beschleunigen, das weiß er, vergisst aber alles. Er bremst. Und die Folge? Die Maschine explodiert.

Was heißt lernen?

Diese Frage beschäftigte ihn immer mehr. Sie wurde zum Thema seiner Dissertation und wird ihn noch viele Jahre lang begleiten.

Mit dem Abschluss seines Studiums durch den Doktortitel an der Universität von Oklahoma, Oklahoma, beendete Walter Grunwald nach zweiundzwanzig Jahren seine Karriere bei der amerikanischen Luftwaffe.

KAPITEL 15

Im März 1969 wurde Walter Grunwald am Metropolitan State College, Denver, zum Professor der Psychologie ernannt.

Bis zu seiner Antrittsvorlesung lagen sechs freie, vergütete Monate vor ihm.

Er kannte die Stadt am Fuß der Rocky Mountains; oft war er in Denver gelandet und hatte sich gewünscht, einmal hier zu leben – in einer Großstadt am Gebirge mit dreihundertvierzig Sonnentagen im Jahr. Glaspaläste überragten die Kirchtürme und Häuser aus der Zeit der ersten Siedler. Es gab ein Opernhaus, einen Konzertsaal und verstreut über die Stadt Hunderte von Theatern, Jazzclubs und Museen; Künstlergruppen aus New York und anderen Orten der Welt gastierten hier. Die Stadt bot alles, was Walter Grunwald zum Leben brauchte.

In jedem der zahlreichen Quartiers fand er einen Park, einen Sportplatz und im City-Park einen großen See; Wasservögel glitten dahin, am Abend wurde eine Fontäne erleuchtet. Von Oktober bis April lag Schnee auf den Höhen. Der Weg in die Berge führte durch Platanenalleen, vorbei an Hecken und frisch lackierten Zäunen vor Einfamilienhäusern. Hier und da wurde ein Vordach von blauen oder zitronengelben Säulen gestützt. Auf der Stadtautobahn strömte der Verkehr ruhig in Viererkolonnen, und wenn die letzte Ampel vor der Steppe – bis zum Fuß der Berge dehnte sie sich aus – auf Rot umsprang, konnte man Präriehunde auf

kleinen Hügeln beobachten; ein hoher Maschendrahtzaun schützte sie.
Nicht weit entfernt von diesen Nagetieren, den letzten Zeugen vergangener, glorreicher Zeit, mietete Walter Grunwald in einer Bungalowsiedlung der USAF ein Haus. Im Garten sprangen Grauhörnchen von der Birke zum Apfelbaum; Himbeer- und Brombeerbüsche umrahmten eine teppichgroße Rasenfläche. Eine Drossel sang, die Haselnusssträucher hatten Knospen angesetzt. Geschäfte aller Art lagen in der Nähe, ein Schwimmbad, die Bibliothek, das Postamt.

Während im April 1969 im Haus Grunwald die letzten Umzugskisten ausgepackt wurden, fand Walter in seinem Postfach die übliche Quartalsabrechnung des Verwalters über die Mieteinnahmen und Reparaturkosten seines Wiener Hauses Ospelgasse 21/23.
Schon reihten sich die Bücher in den Regalen, Stiche hingen an den Wänden, im Eckschrank standen Fotos der Vorfahren hinter Glas. Um die Aktenordner aufstellen zu können, war für den Nachmittag ein Schreiner bestellt.
Walter öffnete den Brief; seit zwanzig Jahren schrieb ihm der Wiener Hausverwalter.
Zögernd hielt er am Schreibtisch, nachdem er alles geprüft hatte, den Bogen in den Händen. Jetzt könnte ich zurück, dachte er; ihm wurde heiß. Das Papier sank. Immer wieder strich seine Hand darüber hin. Sein Blick flog zum Fenster hinaus. Das Wort *Wien* flatterte in ihm wie das blaue Band im Frühling eines deutschen

Dichters. Es pochte in seinem Kopf, in der Brust, strömte in die feinsten Verästelungen seiner Nervenbahnen. Da blieb sein Blick an dem Kinderporträt im Goldrahmen hängen; Mama war mit ihm zum Fotografen Ostermann gefahren. Seine Stirn spannte sich unter dem Lächeln seiner Seele, er hatte sein Buch immer dabei gehabt, *Ikarus*. Nun hielt es ihn nicht mehr auf dem Stuhl, er wanderte im Zimmer auf und ab. Es ist erreicht. Ein steiler Weg war's bis zum linken Sitz im Cockpit. Aber geschafft. Das Kapitel Fliegen ist abgeschlossen. Ein Kindertraum. Nun bin ich Professor, Röte überflog sein Gesicht, jetzt dürft ihr stolz auf mich sein. Er nickte den Fotos im Eckschrank zu, streifte zärtlich die Rücken der Bücher mit dem Blick. In diesem Augenblick schlug die Pendeluhr eins, und er wollte den Briefbogen zusammenfalten, Sonja rief zum Essen. Aber nein, inne hielt er.

Aus weiter Ferne ziehen Bilder auf. Sie sind so klar, als würde ihn jetzt Großmutters Hand halten, eine feste, trockene Hand, und er geht mit ihr durch das Treppenhaus. Er fühlt den glatten Handlauf; jeden Morgen poliert sie ihn. Auch den Knauf der Haustür wienert sie, bis er golden glänzt. Vor dem Eckhaus Raffaelgasse 8 biegen sie in die Pappenheimgasse, gehen schweigend entlang. Die Straße dehnt sich. Bald überqueren sie die Dammstraße. Unter der Eisenbahnbrücke hält er die Hände wie ein Megaphon an den Mund; das Echo hallt, und wieder schreit er in den Tunnel. Die Großmutter zieht ihn weiter, durch die Straßen des zwanzigsten Bezirks in die Ospelgasse. Über eine Stunde gelatscht!

Er grinste. Die Mieter wissen, an welchem Tag die Hausbesitzerin erscheint. Sie haben das Geld parat. Manchmal auch einen Apfel oder ein Kipferl für den Enkel der Frau Schnek. Er ist müde vom Weg; Großmutter spart die Groschen der Busfahrt. Die Mieten sind niedrig; vom Hauskonto muss sie das Dach reparieren und den Kamin fegen lassen. Manchmal ist ein Wasserrohr undicht oder eine Bassena verstopft, eins der auf jeder Etage angebrachten, von gusseisernen Ornamenten umrankten weißen Emaillebecken im Stiegenhaus. Die einzige Wasserstelle für die Mieter. Hier wird der Klatsch des Tags ausgetauscht. An der Hand der Großmutter betritt er die Wohnungen – mit drei Zimmern, mit vier. Die meisten aber bestehen nur aus einem hohen, schmalen Raum, den eine Holzwand mit Zwischentür in zwei Zimmer teilt. Das Klo im Flur wird von drei Familien benutzt. Man heizt mit Holz- oder Steinkohle. Auch die Bügeleisen werden mit Kohle gefüllt. Die Wäsche trocknet auf dem Dachboden.
Als sich Walters Blick beim Auf- und Abgehen im Arbeitszimmer auf einer Ranke im Seidenteppich verfing, meinte er, die Stimme seiner Großmutter zu hören. Sie mahnt ihre Mieter, die Kinder nicht über das Treppengeländer rutschen zu lassen; es soll noch einige Jahre halten. Sie prüft den Hinterhof, wechselt ein paar Worte mit dem Hausbewahrer und zieht ihn dann an der Hand weiter in ihr Haus daneben. Auch hier steigt Walter mit ihr bis in die vierte Etage hinauf; sie wollen kein Ende nehmen, die Stiegen. Jede Wohnung hat ihren eigenen Geruch. Nicht überall mag er ihn. Dann wartet

er draußen im Flur, schmal und hoch ist das Fenster, er schaut in die Baumkrone. Danach streifen seine Finger wieder über das gedrechselte Geländer. Er mag das Gefühl. Und mit einem Mal, als er vor seinem Schreibtisch stand, den er vor Jahren in Texas ersteigert hatte, fühlte er die Glätte des Holzes in seiner rechten Hand, und mit Wucht sprang ihn die Sehnsucht an, die Wege der Großmutter noch einmal zu gehen. Seine Wege.

Oft war er von den Töchtern seiner Cousine nach Wien eingeladen worden. Im Volksgarten hätten sie einen Rosenstock mit seinem Namen gepflanzt – *Uncle Walter's rose 1963*; er solle doch kommen und schauen! Es war ihm nicht möglich gewesen. Wie oft war er als Pilot in Frankfurt oder München bei den amerikanischen Truppen gelandet! Und jedes Mal der Gedanke: Jetzt in den Zug steigen und nach Wien fahren. Nie getan. Obwohl er mehrere freie Tage hatte.

Aber jetzt zögerte er nicht mehr. Er wird es tun. Wer einmal aus Wien vertrieben wurde, muss sich ausgezeichnet haben, bevor er zurückkehren darf, wusste Walter Grunwald.

Im September werde ich meine Antrittsvorlesung halten, dachte er, Zeit genug! Er spannte einen Briefbogen in die Maschine, der Hausverwalter möge ihn erwarten; bald würde er sich telefonisch aus Wien bei ihm melden.

Grete Eisenmann hatte ihren Neffen vor Jahren, als sie wieder einmal Geld brauchte, dazu überredet, ihr Erbanteil an der rechten Doppelhaushälfte in der Ospelgasse zu übernehmen. (Das Eckhaus war bereits im

Frühjahr 1938 verkauft worden.) Walter hatte sich auf den Handel eingelassen.
Jetzt wollte er sein Haus sehen, sofort, und sich den Mietern als Hauseigentümer vorstellen. Mein Schatz, wir fliegen nach Wien! Er eilte in die Küche. Sonja stand am Herd, du kannst den Tisch decken, Walter.
Im Rhythmus seiner Gedanken reihte er die Teller auf. Die Air Force übernimmt die Flugkosten nach Frankfurt. Dort wird ein Gebrauchtwagen gekauft. Im Internationalen Club kenne ich eine Deutsche. Sie wird helfen. Ihr Bruder handelt mit Autos.

*

Nichts stand in Frankfurt zum Kauf bereit, sagte Walter, als er achtundachtzigjährig auf sein Leben zurückblickte, ich habe in dieser Stadt nur Unangenehmes erlebt. (Du kennst die Farce mit dem Postbeamten; hinterm Schalter biss der Kerl in sein Butterbrot, anstatt mich zu bedienen.) Ich musste ein Auto mieten. Das war teuer. In Wien haben wir zweimal bei meiner Cousine übernachtet. Wir wohnten beengt. Ich habe dann eine Wohnung für uns gemietet. Meine Frau und die Kinder hatten eine Stadt wie Wien noch nie gesehen. Sie haben gestaunt.
Die Oper wurde gerade umgebaut. Eine gute Gelegenheit für ein Andenken, ich zog aus dem Schutt einen Stein, er war kunstvoll beschlagen. Leider hatte ich nicht lange Freude an ihm. Meine Frau ließ ihn verschwinden. Er seufzte, in ihrem Wahn dachte sie, der

Stein sei vergiftet. Zu einem Chemiker hat sie den Stein getragen!
An der Hauswand der Hollandstraße 8, wo früher unser zweites Café, das Kommerz, war – kannst du dir das vorstellen –, war im Jahre 1969 noch das Schild *Mathias Grünwald – Realitätenbüro* angebracht. Leider habe ich's nicht fotografiert. Heute ist dort eine Druckerei. Als Junge spielte ich hinterm Haus im Sommer Tennis, im Winter lief ich dort Schlittschuh.
Du fragst nach meinen Gefühlen ... Ein Sturm war in mir.
Mehr sagte Walter zu seiner ersten Begegnung mit Wien nach dreißig Jahren nicht.

*

In Denver hatte Walter Grunwald einen Reiseführer *Wien* gekauft. Daraus las er seiner Frau und den Kindern während ihrer Stadtspaziergänge durch Wien vor. Manchmal erzählte er eine Anekdote aus seiner frühen Kindheit, aber nie aus der Jugend; sie war zerschlagen worden, in Wien fiel es ihm besonders schwer, sich gegen die dunklen Bilder zu wehren.
Er führte seine Familie in den Stephansdom, über die elegante Kärntnerstraße, er wies sie auf die Schönheit der restaurierten Häuser hin, begleitete sie in die Oper und ins Belvedere, ins kunsthistorische Museum und fuhr mit ihnen hinaus zur Hermesvilla im Tiergarten, sie wanderten durch die Parkalleen von Schönbrunn, Sonja wollte das Schloss gern von innen sehen. Auch das

Schmetterlingshaus wurde aufgesucht; Elisabeth studierte Veterinärmedizin.
Vor dem Haus Berggasse 19 erklärte Walter Grunwald, hier habe Sigmund Freud gelebt; als Erster in der Geschichte habe dieser Forscher die Sexualität zu einem Thema der Wissenschaft erhoben. Walter sei ihm als Kind begegnet, habe intensiv Freuds Werk studiert; inzwischen sei die Forschung von den Erkenntnissen des großen Tabubrechers abgewichen. Nach den locker hingeworfenen Bemerkungen eilte er die Gasse – sie trug nicht grundlos den Namen Berggasse – bis zum Ende hinunter.
Warum rennst du denn plötzlich?, rief Sonja ihm nach. Doch nach wenigen Minuten kam ihr Mann ihr wieder entgegen. Was er gesucht hatte, war nicht mehr da. (Bevor Freud in London starb, wurde sein Wiener Frühstückscafé, das Metropol, in der Berggasse 33, von einer Bombe getroffen.) Verzeih, ich habe mich verlaufen, wir kehren um; er fasste seine Frau an der Hand. Michael maulte, jetzt müssen wir den Berg wieder rauflatschen. Sonja schwieg. Auch Lily schwieg.
Nach dieser Erfahrung bat Walter Grunwald seine Cousine, Sonja und die Kinder zum Schwimmen an die Donau und ins Kino mitzunehmen, er wollte mal alte Wege allein gehen; die Töchter der Cousine lernten Englisch.
In der dritten Woche beschloss Walter Grunwald, sich seinen Mietern vorzustellen. Seine Frau wollte nicht mit. Also fuhr er mit der U-Bahn allein zum Praterstern, stieg die Treppen hinauf. Schau an, den Bahnhof ha-

ben sie umgebaut, aber die Eisenbahn fährt noch immer links. Für die Strecke, die er früher mit der Großmutter von der Raffael- zur Ospelgasse gelatscht war, war die Zeit noch nicht reif. Beim nächsten Mal, nahm er sich vor und wartete auf die S-Bahn. Eine Gruppe junger Mädchen in langen bunten Röcken überholte ihn; sie pufften sich und kicherten. Ihre Wimpern waren kohlschwarz getuscht. Walter schaute ihnen verwundert nach, und sein Blick heftete sich dann an eine junge Frau. Ihr Haar stand kess und blond vom Kopf ab; die Korksohlen ihrer Sandalen ließen sie größer erscheinen als sie war; sie trug einen Minirock und biss ungeniert in einen Apfel. Er grinste bei dem erfrischenden Geräusch und war versucht, sie anzusprechen, aber die Bahn rollte heran; er stieg ein; die Mädchengruppe drängte sich in einen anderen Waggon. Walter blieb an der Tür stehen, und der Meckikopf entschwand seinen Blicken.

Nach vier Minuten war die nächste Station erreicht.

Hier stieg er aus.

Unverändert ragten die grünen Eisenstreben der Bahnstation vor ihm auf. Auch die Jugendstilfliesen an den Wänden und auf dem Boden erkannte er wieder. Er stieg eine Steintreppe hinab, wandte sich nach links. Nach wenigen Schritten erreichte er den kleinen Mortarapark und öffnete die Eisenpforte. Ein Maschendrahtzaun, dicht von einer Ligusterhecke umwachsen, fasste ein Grasquadrat ein. Duft von Jasmin hing in der Luft. Gierig sog Walter ihn ein und blickte umher. Vor einem Sandkasten entdeckte er den blühenden Busch,

darunter ein kleines Mädchen mit getupftem Sonnenhut; es stopfte Sand in bunte Kuchenförmchen, klatschte mit dem Handballen drauf. Walter verlangsamte seinen Schritt, und bei dem Geräusch, mit dem das erste Förmchen auf den hölzernen Rand knallte, lachte er hell auf. Dabei beobachtete er, wie die junge Mutter in T-Shirt und Jeans hinter ihrer Tochter eine Burganlage baute. Die Kleine wird mal eine gute Bäckerin, rief er ihr zu. Aber nur eine Amsel antwortete ihm. Er seufzte, so sind die Wiener, ich hatte es vergessen. Im hinteren Teil des Parks spielten Jungen Fußball. Am liebsten hätte er sich für einen Moment neben den Rentner auf die Bank gesetzt, doch der schaute nicht auf, er war in eine Zeitung vertieft. Hätte ich doch jetzt eine Zigarette! Walter stöhnte, ich hab' mir das Rauchen abgewöhnt. Warum eigentlich? Noch einmal ließ er seinen Blick über die Büsche und Wege gleiten, bevor er das Eisentürchen am Ende des Parks öffnete und hinter sich schloss. Langsam ging er weiter. An einem Laternenpfahl blieb er stehen.
Die Ospelgasse lag vor ihm. Unberührt von der Zeit. Hier waren keine Bomben gefallen. Still dehnten sich die Häuserreihen vor ihm aus, die Giebel von der Sonne grell beschienen. Genauso, wie er sie kannte. Sein Herz klopfte stark. Gleich in der ersten Woche hatte er sich mit dem Hausverwalter getroffen. Jetzt trug er die Schlüssel in der Tasche. Fest umschloss er das Metallbund und schritt auf das rechte Trottoir zu. Von hier aus konnte er sein Haus gut betrachten. Das Eckhaus hatte die Großmutter vor der Flucht verkauft; das an-

reihende Gebäude gehörte nun ihm. Auf und ab ließ er den Blick über die vier Stockwerke gleiten. Der Messingknauf in der Mitte der Holztür hatte seinen Glanz verloren. Er sollte geputzt werden, und die Tür wird einen neuen Anstrich bekommen, die Farbe blättert ab. Bei der Erinnerung an den Nachmittag, als er in der dritten Grundschulklasse an dieser Stelle mit einem Zeichenblock auf den Knien hockte, um die Hausfassade zu Papier zu bringen, huschte ein Lächeln über sein Gesicht. Die Arbeit war misslungen; als die Dämmerung einfiel und seine Füße zu kribbeln begannen, war erst eine Etage geschafft, und das Blatt war schon voll. Mit der Schulter stieß er sich von der Wand ab, straffte den Rücken und fuhr mit dem Kamm durch sein Haar. Trotz des wolkenlosen Himmels an diesem Hochsommertag trug er einen Schlips und ein Jackett. Ein Auto näherte sich von links. Geräuschlos fuhr es durch die stille Straße.

Nun überquerte Walter Grunwald langsam, doch in federnden Schritten die Fahrbahn, steckte den Schlüssel in die Haustür, drehte. Sie sprang auf. Kühle umgab ihn; fahl fiel aus der Höhe Licht durch ein Fenster herab. Die Stiegen waren auch früher schon ausgetreten; das Geländer glänzte wie eh und je. Wie es sich wohl anfühlt? Er ging darauf zu; dabei trat er auf eine lockere Fliese. Nichts hat sich hier verändert; hier und da ist eine gesprungen, aber es sind noch die alten Fliesen; das ist schön; ich werde zuerst in den Garten gehen. Beinahe andächtig durchschritt er den Flur und öffnete die Tür zum Hinterhof.

Den Baum hatte er höher und breiter in Erinnerung. Der Ahorn ..., hatte hier nicht eine Linde gestanden?, musste nach 1945 gepflanzt worden sein. Wie klein der Hof jetzt war! Aus Abfallkübeln stieg Gestank, und der Rasen war an vielen Stellen braun; es gab keinen Hausbewahrer mehr. Aber dort hinten, seine Augen blitzten auf, vor der Mauer am Ende des Gartens blühten Hortensien; für ihre Pflege war der Hausbewahrer oft von Großmutter gelobt worden. ... *Sie spiegeln es verweint und ungenau, / als wollten sie es wiederum verlieren, / und wie in alten Briefpapieren / ist Gelb in ihnen, Violett und Grau ...* Nachdenklich schloss er die Hoftür, sann den Versen nach und ging auf den wuchtigen Stützpfeiler des Stiegengeländers zu. Jetzt wusste er es wieder. Im Deutschunterricht hatte er das Gedicht *Blaue Hortensie* gelernt und der Großmutter zum Geburtstag aufgesagt. Sein Herz schlug wild, aber den Wunsch, umzukehren und eine Blume zu pflücken, unterdrückte er. Im Sommer hatten sich immer fünf oder sieben Blüten über den Rand der Vasen im Wohnzimmer der Raffaelgasse geneigt, über Bodenvasen und Kugelvasen, und er hatte sie gezeichnet. Nun stand er vor der Treppe. Sonnenlicht fiel in das Stiegenhaus, und sobald er die dunkelbraun glänzende Kugel des Pfeilers in seiner Handfläche spürte, fiel ihm der Name des Dichters ein: Rilke. Rainer Maria Rilke. Heiter stieg er die Stufen hinauf, seine Hand auf dem Holzlauf, ein gutes Gefühl.

Auf dem Flur der ersten Etage wusch er Gesicht und Hände und schlug die Tropfen über dem niedrig angebrachten Waschbecken ab. Dabei fielen ihm die *Gespräche an der Bassena* ein. Er zog ein Taschentuch hervor, aber die Haut war schon getrocknet, und er steckte es wieder ein. Jetzt zupfte er eine Fluse vom Ärmel des Jacketts, fuhr mit dem Taschenkamm durch sein Haar und warf, um sich zu spiegeln, einen Blick in die Scheibe des geöffneten Fensters. Nach einer barschen Wendung seiner Schultern drückte er auf den Klingelknopf. Eine junge Frau öffnete ihm mit ernster Miene; ihr Sommerkleid streifte nach der Mode der 68er den Boden, das braunschwarze Haar hing aufgelöst den Rücken herab, auf einer Decke am Boden spielte ein Baby mit Holzklötzen. Walter stellte sich als der neue Hausbesitzer vor, er sei aus Denver, Colorado, USA. Die Frau bot ihm einen Stuhl und ein Glas Wasser an. Möchten Sie einen Kaffee? Als er dankend abwinkte, setzte sie sich steif ihm gegenüber an den Tisch. Er wolle sich nur vorstellen, bitte sehr, seine Karte; er beabsichtige, nun jedes Jahr nach Wien zu fliegen. Sehr freundlich, Herr Grunwald, danke. Die Frau schob die Visitenkarte in die Küchentischschublade. Wenn Sie Fragen haben, rufen Sie mich an, sagte Walter Grunwald, trank einen Schluck und erhob sich, Sie können mir auch schreiben, Frau Anderka. Sie haben ein liebes Kind; also, bis zum nächsten Jahr. Sie sprang auf, um ihm die Tür aufzuhalten, die Nachbarn sind verreist, Herr Grunwald; ich gieße ihre Blumen, und Kronabitters da drüben kommen erst spät nach Hause. Darauf schüttelte Walter Grunwald mit herzlichem Dank für das Wasser Frau Anderkas Hand. Leben Sie wohl, Herr Dr.

Grunwald, sagte sie leise; sie wurde rot, ich werde meinem Mann von Ihnen erzählen; hoffentlich kann er Sie im nächsten Jahr kennenlernen. Walter lächelte, ich werde mich anmelden. Noch einmal drückte er ihre Hand und winkte dem Baby zu.
Wieder allein im Treppenhaus, zog er sein Notizbuch aus der Jacketttasche, strich drei Namen durch. Auf der Rückseite notierte er: Fliesen ausbessern, Haustür streichen, Rasenpflege, Müllbehälter.
Nun stieg er in die zweite Etage. Bei Beyerles traf er niemanden an. Neben dem Schild Mühringer musste er eine Weile warten, bis die Tür mit Schwung geöffnet wurde. Ein Mann in Shorts und Unterhemd stand vor ihm. Tag, maulte der Mann, ich kaufe nichts, bin arbeitslos. Verzeihen Sie die Störung, Herr Mühringer, ich will Ihnen nichts verkaufen. Ich möchte mich Ihnen vorstellen, der neue Hausbesitzer, bitte schön, hier ist meine Karte. Herr Mühringer trat von einem Fuß auf den anderen, bevor er die Visitenkarte mit beiden Händen dicht unter seine Augen hielt. Nach einer Weile ließ er sie in der Hosentasche verschwinden. Er strahlte, kommen Sie rein, Herr Doktor! Sofort riss er die Kühlschranktür auf. Er habe noch nie einen Amerikaner als Vermieter gehabt, grölte er und schwenkte zwei Coca-Cola-Dosen Richtung Sofa am Ende der Zimmerflucht. Walter lachte.
In dem etwa vier Meter breiten, fensterlosen Vorraum reihten sich ein Spülstein und ein Elektroherd an einen Kühlschrank. Die gegenüberliegende Wand wurde von einem Küchenschrank der Zwanzigerjahre verdeckt.

Die Türen waren weiß und die Schubladen blau lackiert, passend zu den gestreiften Gardinen vor den Scheiben des Schrankaufbaus.
Kommen Sie rüber, Herr Dr. Grunwald! Herr Mühringer winkte aus der Sofaecke mit der Dose, ließ sie zischen; die braune Flüssigkeit gluckerte in die Gläser.
Lassen Sie den Doktor weg!, rief Walter hinüber. Er konnte seinen Blick nicht von dem Küchenschrank lösen, und während er langsam auf den Türrahmen in der Zwischenwand der *Armenwohnung* zuging, tauchte Frau Hiplinger hinter seiner Stirn auf.
Bei dem allmonatlichen Besuch der Großmutter zieht die pensionierte Bibliothekarin aus der mittleren Schublade ihres einzigen Schranks ein Heft hervor; auf ihren Handflächen trägt sie es ins Wohnzimmer hinüber; Frau Schnek wartet im Sessel rechts hinten in der Ecke, wo jetzt Herr Mühringer über seine behaarten Oberschenkel strich. Vor ihrem Bücherregal hebt Frau Hiplinger ihre Lorgnette vor die Augen. Mit tiefer Stimme liest sie einige Verse aus der Ilias vor. Oder Sätze aus einer Fabel von Äsop. Erst dann schenkt sie ihm das Heft.
Statt der Bücher sah Walter jetzt neben einem aufgedeckten Bett einen Fernseher und in der Sofaecke zwei blitzende Augen, die ihn erwarteten.
Ein Amerikaner wird den alten Kasten wieder in Schwung bringen! Breit grinsend hob Herr Mühringer sein Glas, zum Wohl! Na ja, er wolle sein Bestes tun, Walter setzte sich auf den Stuhl vor dem kleinen Tisch, für Verbesserungsvorschläge sei er immer dankbar,

Herr Mühringer habe ja seine Adresse. Die beiden Herren tranken sich zu. Die Wohnung habe sich hübsch verändert, meinte Walter, früher habe es hier weder Wasser noch Strom gegeben. Herr Mühringer kratzte sich am Kopf, das müsse sich wohl in einer Zeit zugetragen haben, in der er noch nicht auf der Welt gewesen sei, hahaha. Vor Begeisterung über den eigenen Witz wackelte sein Bauch. Die Familie Bauer sei im Urlaub, brüllte er, als die Coca-Cola-Dosen leer waren, aber bei den Gabriellis solle es der Herr Doktor ruhig mal versuchen; vielleicht habe er ja Glück und träfe jemanden an. Vergnügt begleitete er seinen Gast an die Tür, wünschte einen angenehmen Wienaufenthalt und *happy landing in Denver, Mister Greenwood.*
Als hinter der Tür das Lachen und das Zischen aus einer weiteren Dose verklungen waren und Walter eine Weile vor dem Schild *Bauer* gewartet hatte, schrieb er zwei Zeilen auf eine Briefkarte und steckte sie mit seiner Visitenkarte in einen Umschlag. Später würde er ihn unten in den Briefkasten schieben.
Frechmunter drang vom Ende des Korridors eine Melodie an sein Ohr, *una festa sui prati*, und der erste Satz aus Tausend Wörter Italienisch aus dem Ullsteinverlag fiel ihm ein: *I maccheroni sono buoni, ma difficili da mangiare.* Vergnügt schellte Walter Grunwald.
Ein junger Mann mit hellen Augen, das dunkelblonde Haar im Nacken gebunden, stand im Türrahmen; seine Finger schnippten im Takt der Musik; er sah den Fremden fragend an. Nachdem der neue Hausbesitzer ihm, guten Tag, die Visitenkarte überreicht hatte, streckte

ihm Herr Gabrielli junior die Hand entgegen, ich bin Marco, come in please. Marco war allein zu Hause. Seine Eltern arbeiteten als Koch und Serviererin in einer Pizzeria. Er stellte den Plattenspieler ab und steckte die Scheibe in die Hülle. Es roch nach Kaffee. Mit ernster Miene bot er seinem Gast einen Stuhl an und stellte, ohne zu fragen, die Kaffeeutensilien auf den Tisch. Walter beobachtete ihn und erfasste mit geschultem Blick die Postkartensammlung an der Wand, die Fotos mit den ernsten Gesichtern und würdevollen Posen, silbern gerahmt auf weißen Häkeldeckchen, künstliche Blumen in hohen und kleinen Vasen, Maria im Sternenkranz; am Weihwasserbecken neben der Tür steckte ein Zweig vom Palmsonntag. Wie bei den Schwiegereltern in Havanna.
Marco wollte *vielleicht einmal* nach Amerika auswandern und stellte Fragen. Sein Kaffee belebte Walter, na ja, der Junge gefiel ihm, die Wiener bilden sich manches auf ihren Kaffee ein, aber der italienische schmeckt immer und überall auf der Welt. Bester Laune verabschiedete er sich nach zwanzig Minuten und ließ die Eltern grüßen.
Als er dann im Korridor der dritten Etage seine Liste überflog, stand er eine Weile da. Kein Laut war zu hören. Die Luft war schwer; an irgendetwas erinnerte ihn der Geruch, aber er wusste nicht woran. Er wandte sich dem Fenster zu. In der Krone des Ahorns regte sich kein Blatt. Es war Sommer und die Schwüle auf dem Flur drückend. Auch nach mehrmaligem Klingeln wurde die Tür nicht geöffnet. Walter setzte ein Frage-

zeichen hinter den Namen *Chabot* und ging weiter. *Podzeit* las er und trat zurück ans Fenster. Podzeit ... Mit einem Mal sieht er sich als kleinen Jungen hier stehen. Die Großmutter betritt die Wohnung, eine Dreizimmerwohnung, er hält die Nase zu, bleibt im Flur und beobachtet die Vögel.
Jetzt aber war draußen alles tot. Er schaute auf die Uhr, kurz nach fünf, ich muss noch in den vierten Stock, und wandte sich wieder dem Namensschild zu. Seit seiner Kindheit war es nicht ausgetauscht worden. Er klingelte. Zuerst war es still, doch dann waren schlurfende Schritte zu hören. Wer ist da? Die Stimme schlug ihn nieder, was soll ich tun? Der Hausbesitzer, entfuhr es ihm, und er erschauerte, als die Tür sich öffnete. Er wusste später nicht, was ihn mehr entsetzt hatte, der Gestank, der ihm den Atem verschlug, oder die Augen der Frau. Sie musterten ihn; er fror. Sie trug eine Kittelschürze, die Füße steckten in Gummischlappen; sie waren geschwollen. Walter sah an ihr vorbei, darf ich eintreten? Sie nickte. Vor dem Rollstuhl in der Mitte des Zimmers neigte er seien Oberkörper ein wenig, guten Tag, Herr Podzeit, mein Name ist Grunwald. Er sprach leise, betonte jedoch jede Silbe, Wal-ter Grunwald; ich bin Ihr Vermieter – seit Jahren. In der linken Hand hielt er seine Karte parat und streckte Herrn Podzeit seine rechte hin. Die Augen des Alten waren leer, seine Hände lagen im Schoß. Er ist krank, kreischte die Frau, er spricht nicht. Sie grapschte nach den Griffen und schob den Stuhl zum Fenster.

Ich lasse Ihnen meine Visitenkarte hier, sagte Walter, schob die Karte auf den Tisch, nur schnell weg! Er machte einen Schritt auf das Paar zu, aber kaum war sein Arm ausgestreckt, hörte er: Ich geb' keinem Juden die Hand. Da verließ Walter Grunwald das Haus und vier Tage später die Stadt.

Wien, 27. Juli 1969

Lieber George!
Ich schreibe Dir aus Wien. Du hattest mich gewarnt, ich sollte vor der Grenze tief einatmen oder gleich umkehren.
Ich habe an Deine Worte gedacht. Aber was fühle ich, als ich über die Grenze fahre? – *Der Riese hat wieder die Erde berührt, und es wuchsen ihm neue Kräfte.* (Heinrich Heine, Deutschland ein Wintermärchen) und als ich in die Stadt einfuhr ...! Ich kann Dir nicht beschreiben, was ich empfand. Alle Straßen und Gebäude habe ich sofort wiedererkannt, als käme ich nach Hause. *Fast* alles erkannt! Vieles ist verschwunden. Wie die Ganserlgeschäfte. Dort wurde mir oft ein heißer Happen geschenkt; der schmeckte so gut. Na ja, sie wurden von Juden betrieben. Auch das Holzpflaster in der Kärntnerstraße existiert nicht mehr. Die Deutschen haben's in Brand gesetzt, als die Russen vorrückten. Sie haben auch Brücken gesprengt und vieles mehr. Jetzt steht Neues da. Zur Michaelerkirche muss ich Dir was Interessantes erzählen: Die Nazis wollten den Engel vom Vordach schlagen, weil auf seinem Schild in

hebräischen Lettern *Jehova* steht. Einige Wiener aber haben's nicht geduldet. Schau an, das gab es also auch in Wien! Widerstand.
In der Berggasse fand ich das Haus von Freud unverändert (ich ging nicht rein). Leider ist unser Café Metropol Ecke Berggasse 33 / Hahngasse 7 nicht mehr da. Eine Bombe traf das Haus. Sie haben was Neues hingebaut. Scheußlich. Im Haus der Freunde der Musik habe ich Schubert gehört. Auch in der Oper war ich. Hoffmanns Erzählungen. Das haben sie wirklich gut gemacht.
Aber was mir heute Morgen in der Ospelgasse passiert ist, George, das ist nicht zu beschreiben, geschweige denn zu fassen. Ich will mich den Mietern vorstellen. Im dritten Stock sitzt ein Mann im Rollstuhl. Seine Frau steht hinter ihm. Und was sagt sie zu mir? – Einem Juden gebe ich nicht die Hand. – Im Jahr 1969!
Ich habe sofort die Koffer gepackt, ich möchte Dich besuchen.
Bist Du zu Hause? In New York lebt nämlich ein Jugendfreund von meinem Onkel Jacques, den will ich wiedersehen. Jenne stammt aus Ungarn. Jetzt soll er sich Newjeans Nitray nennen.
Nachdem ich während der ersten Tage mit einigen Wienern gesprochen hatte (vielmehr versucht hatte, mit dieser oder jener Wienerin zu sprechen), wusste ich nicht mehr, ob ich froh oder traurig bin. Auf jeden Fall ist es sehr bewegend, durch diese Straßen zu gehen … Ich kann das alles nicht in Worte fassen. Es ist zu verworren.

Aber jetzt will ich weg. In Amerika bin ich zu Hause.
Servus,
Dein Walter

P. S. Alle Busse fahren auf der rechten Straßenseite, auch die Fiaker!

Zwei Monate nach Semesterbeginn und zwölf Wochen nach seiner ersten Wiederbegegnung mit Wien kaufte Walter Grunwald in Denver, Colorado, ein Segelboot. Er trat in den Yacht-Club ein, mit dem Auto in fünfzehn Minuten zu erreichen.
Nach dem ersten Familienausflug auf dem See meinte Elisabeth, segeln sei langweilig, sie reite lieber. Michael schloss sich ihrer Meinung an.
Die Pferde aus Oklahoma weideten am Fuß der Rocky Mountains. Oft ritten die Geschwister zusammen durch die Berge. Elisabeth studierte im dritten Semester am College ihres Vaters Veterinärmedizin, Michael ging noch zur Schule.
Sonja richtete sich in ihrem letzten Heim auf ihre Weise ein, auf eine höchst ungewöhnliche Weise.
An vielen Tagen, manchmal mehrere Wochen lang, verließ sie das Haus nicht. Nach ihrem Aufenthalt in Wien hatte sich in ihr der Wunsch nach *Einschalung*, wie F. Mayröcker ihren inneren Rückzug nennt, verstärkt. Sonja Grunwald lebte jetzt mehr und mehr in einer eigenen Welt. Ihre Kinder brauchten ihre Hilfe nicht mehr. Ihr Mann wurde nun nicht mehr zu Überlandflügen und Schulungen in weit entlegene Städte berufen. Er war

nicht mehr für Wochen von seiner Familie getrennt. Oft kam er mittags nach Hause und erwartete eine Mahlzeit auf dem Tisch. Danach arbeitete er am Schreibtisch. Am Abend besuchte er Konzerte, die Oper, ein Ballett. Er wanderte und segelte, fuhr Ski und plauderte gern in einem seiner zahlreichen Clubs. Der Lehrstuhl an der Universität gab seinem Leben einen neuen Sinn.
Walter Grunwald dachte nicht mehr an Wien. Nie mehr wollte er diese Stadt betreten. Mit größter Sorgfalt arbeitete er seine Vorlesungen und Seminare aus. Zweimal in der Woche leerte er sein Postfach.
So vergingen drei Jahre.

Am 6. Januar 1972 lag ein Umschlag in vertrauter Handschrift im Postfach; die Briefmarken stammten aus Moçambique.

5. Dezember 1971

Lieber Walter!
Nun bist Du also Hausbesitzer in Wien! Hast die Immobilie meiner verehrten Frau Mama sogar schon inspiziert. Bravó, nepos carus! Nun ist die Zeit reif, dass ich mir das Objekt auch einmal anschaue. Hier ist es nicht mehr gemütlich. Die Schwarzen jagen die Weißen aus dem Land. Verständlich, verständlich! Aber bevor sie mit dem Knüppel auf mich einschlagen, schließe ich meine Praxis und packe die Koffer. Die Schiffskarten liegen bereit. Im April werde ich also mit meinen Kindern und meiner Frau (wie Du weißt, ist sie meine

zweite), ein äußerst hübsches Weib – zuweilen ein wenig kapriziös –, in Wien eintreffen. Ich will Dich sehen, Bub. Gib Deinem Herzen einen Ruck und der Stadt, die Dich kränkte, eine dritte Chance!
Komm!

Dein alter Onkel Jacques

Auf diese Nachricht hin schob Walter Grunwald seine tiefe Enttäuschung und Verbitterung beiseite und mietete zum zweiten Mal eine Wohnung in der Hauptstadt Österreichs, die, nachdem sein Lieblingsonkel – trotz allem, was war und sein würde – zurückgekehrt war, bis ins hohe Alter ihn nicht mehr loslassen wird.

*

Ich sah meinen Onkel Jacques, sagte Walter vergnügt, als er mit achtundachtzig Jahren auf sein Leben zurückblickte, nach zweiunddreißig Jahren wieder, also nach der Zeitspanne von mehr als einer Generation!
Sein Ziel war Kenia, als er mich 1941 in Palästina besuchte, ich habe es dir erzählt, aber die Engländer haben ihn nicht von Bord gelassen. Da ist er in Moçambique bei den Portugiesen gelandet und hat sich mit meiner Leica zwei Monate über Wasser gehalten. Später eröffnete er eine Praxis als praktischer Arzt. Er hatte ja vor seiner Ausbildung zum Zahnarzt Allgemeinmedizin studiert. Und dann? Er heiratet die Witwe des portugiesischen Botschafters, hat zwei Kinder mit ihr,

lässt sich scheiden und, was denkst du? Er heiratet die Sekretärin des neuen Botschafters. Ich weiß nicht, was in den gefahren ist! Na ja, sie war viel jünger als die erste ... Vielleicht hab' ich ja was geerbt vom Jacques. 1972 muss er zum zweiten Mal alles abbrechen, was er sich aufgebaut hat.
Der Befreiungskampf gegen die portugiesischen Kolonialherren hatte begonnen. In Wien wird Jacques vom Bundeskanzler empfangen. Das war Luises Werk.
Die Ärztekammer unterstützte ihn mit Wohnung und Anstellung. Und hör, was jetzt geschieht: Mit dreiundsechzig Jahren verliebt sich mein guter Onkel Jacques erneut in Luise, seine Wiener Flamme aus Jugendjahren, und richtet sich in meinem Haus in der Ospelgasse ein Liebesnest ein. Das geht so einige Jahre. Und was denkst du, kaum ist der Jacques tot, na ja, er war fünfundsiebzig, befreunden sich die beiden Frauen. Darauf setzt Luise die Witwe als Alleinerbin ein. Da war die Tante gut versorgt. So kann's gehen im Leben.

*

Während ihres Sommerurlaubs in Wien im Jahr 1972 reiste die Familie Grunwald mit Jacques Schnek durch Österreich. Lily war zwanzig Jahre alt, ihr Bruder sechzehn. Michael unterhielt sich mit Jacques' jüngstem Sohn Jacqui auf Englisch und blieb weiterhin mit ihm in Kontakt. In den folgenden Jahren begleitete er seinen Vater einige Male nach Wien. Sonja und Lily taten das nicht.

Nach dem Urlaub stürzte sich Walter Grunwald erfrischt in die Arbeit. Die Freude seines Onkels war auf ihn übergesprungen. Wien war wieder schön.

Denver, Colorado, 3. Mai 1972

Lieber Joe!
Wir haben lange nichts voneinander gehört. Inzwischen bin ich Professor. Die Lehrerausbildung macht mir Freude. Es ist schön, in junge, wissbegierige Gesichter zu schauen. Mein Engagement ist groß. Mehr denn je braucht unsere gefährdete Welt kluge Pädagogen. Die geheimen Verführer locken. Mit billigen Sonderangeboten drohen sie, den Geist zu überschwemmen. Ich halte die Verpflichtung, unsere Kinder nicht nur durch Wissensvermittlung zu bilden, sondern auch ihr eigenständiges Denken in Freiheit und ihre Sensibilität für den Nächsten zu fördern, für eine der wichtigsten Aufgaben unseres Landes. Die Folgen der Übermacht von Ignoranz und Dummheit, sprich Bosheit, sind uns ja schmerzlich bekannt. Wir haben es oft diskutiert. Arbeitest Du immer noch als fliegender Reporter? Spring mal rüber und schreib einen Artikel über mein College! Die Studentinnen werden immer hübscher, und wenn sie auf dem Campus in ihren Stöckelschuhen und Netzstrümpfen vor mir hergehen ..., na, das ist nett.
Wann kommst du?
Vor fünf Jahren hast Du uns in Oklahoma besucht. Ich sehe Dich noch mit Lily und Michael auf der Weide. Du

würdest Deine kleine Elisabeth nicht wiedererkennen. Ich sage Dir, sie ist eine Schönheit geworden. Du hättest sie als Maria Stuart sehen sollen! Ich war sehr stolz auf sie und hoffte, sie würde einmal zur Bühne gehen. Aber sie hat sich anders entschieden. Auch gut. Sie liebt Tiere. Du musst mal in ihr Zimmer kommen! Vögel flattern da rum. Schildkröten, Schlangen, Raupen bevölkern drei Terrarien; sogar Mäuse werden gezüchtet. Michael ist auch bald aus der Schule, er hat den militärischen Zweig der Highschool gewählt.
Im Segelclub ist es gesellig. Aber meistens sitze ich allein in meinem Boot. Die Kinder reiten lieber, und meine Frau wird immer wahnsinniger. Das ist schlimm. Ich gehe in den Bergen spazieren. Das beruhigt.
In den Semesterferien fliege ich wieder nach Wien. Kommst Du mit? Mein Onkel überlässt mir seine Wohnung in meinem Haus für sechs Wochen.
Es könnte ja alles so schön sein, wenn meine Frau nicht krank wäre (Pardon, das sagte ich schon). Wenn sie sich doch endlich auf eine Therapie einlassen würde! Schizophrenie ist eine schlimme Krankheit. Vielleicht kannst Du sie zu einer langfristigen Behandlung überreden.
Wir sollten uns bald wiedersehen! In Wien? In Denver?
Unsere Freundin Herta hat sich bei mir gemeldet. Ich sah sie nach zweiunddreißig Jahren wieder; sie ist dick geworden. Wandert mit ihrem Holländer nach Amerika aus, lässt sich scheiden und heiratet einen Amerikaner. Nun ist sie auch von dem geschieden.
Liebe Grüße an Dich und Deine Familie
Dein Walter

Im Sommer 1972 flog nicht Joe nach Wien.
Herta Ornstein kam.
Sie bummelte mit ihrem alten Freund zwei Tage lang durch alle Viertel der Stadt. Am dritten Tag wollte sie Walters Rosenstock im Volksgarten sehen. Im Gigerl entschied sie sich für Gulasch und Semmelklöße, Walter wählte Rostbraten. Sie tranken Kaffee im Café Aida.
Am Spätnachmittag erreichten sie die Hollandstraße. Hier hatten sie sich als Kinder verliebt. Dort oben hat meine Großmutter gewohnt, sagte Herta.
Ich weiß, sagte Walter. Er stand neben ihr auf dem Bürgersteig, den Blick auf ein schmales Fenster gerichtet; in seinem Rücken brannte das Haus Nummer 8. Er sah sich nicht um; das Café Kommerz gab es nicht mehr, eine Druckerei war in den Räumen. Auch das Schild *Mathias Grünwald – Realitätenbüro* war inzwischen verschwunden.
In gespielter Leichtigkeit reckte er sein Kinn in die Höhe, durch das Klofenster da oben hast du mir deinen Busen gezeigt.
Ach, geh, grinste Herta, das weißt du noch?
Na ja, stieß er lässig hervor, stand aber wie angenagelt auf dem Bordstein. Hinter ihm verließen die Arbeiter der Druckerei das Haus Nummer 8.
Schau, Walter, Herta wies jetzt auf eine Gardine im zweiten Stock; sie schwankte leicht, ob sie noch leben? Er war froh über die Unbefangenheit seiner Jugendfreundin; sie fragte nicht nach dem Café, wo er mit ihr Billard gespielt hatte. Er schaute auf die Gardine und

dachte an den Bugatti und den Alfa Romeo der eleganten Schwestern Krug. Sie müssen jetzt um die siebzig sein, sagte er, als Bub habe ich ihre Oldtimer bewundert. Herta hatte sich nie für Autos interessiert, aber für die Schwestern umso mehr; sie waren mit ihrer Großmutter befreundet und schickten das flinke Mädchen samstags oft zum Einkaufen; zur Belohnung bekam sie eine Kugel Schokoladeneis, ein Papierschirmchen steckte darin. So etwas Wunderbares gab es bei ihren Eltern nicht; sie besaßen keinen Eisschrank, und nie wurde vom Pferdekarren ein Eisblock in ihre Küche getragen, der so groß war wie sie selbst, auf einer Schulter, die ein Lederlappen schützte, in den sie sich hätte einwickeln können. Die Wochenenden in der Hollandstraße waren Festtage für Herta. Wir schellen bei Krug, sagte sie trocken, was meinst du?, und ohne eine Antwort abzuwarten, stapfte sie über die Straße, drückte auf den Klingelknopf. Walter folgte ihr. Sie kann nicht mehr gut laufen, dachte er, sie hat zu viel Kuchen gegessen.

Sie stiegen durch ein altes Treppenhaus hinauf in den zweiten Stock. Eine Dame stand kerzengerade im Türrahmen. Ihr Haar war straff zum Knoten gebunden, die Hände strichen über die weiß gestärkte Schürze; an den Trägern flatterten kleine Flügel. Walter überhörte Hertas aufgeregtes Flüstern, *sie ist es*. Grunwald, nickte er freundlich, und fragend schien ein Kind ihn anzusehen. So hat sie früher schon gestaunt – mit ihren grünen Augen unter der feuerroten Mähne; er lachte, ich bin der Walter vom Café gegenüber.

Gitti, rief Frau Krug, unser Walter ist wieder da! Sie eilte über den Korridor, komm, Bub! Er ließ Herta den Vortritt in den *Salon*, wie die Schwestern Krug ihr Wohnzimmer früher genannt hatten, und sah, hier hat sich nichts verändert. Sein Blick glitt über die Ölbilder, die Sessel, die Kommode. Jedes Stück steht unverrückt am Platz, unglaublich. Er schloss die Augen und sah die Kredenz seiner Eltern aus Ebenholz, die Rosenholzintarsien; die Göttin der Jagd spannt ihren Bogen, ihr Fuß schwebt über dem erlegten Hirsch; ich würde so gern ein Foto davon haben. Wie aus einem Traum erwacht, schaute er auf. Gitti Krug saß im Rollstuhl am Fenster. Die Gardine zitterte. Habe ich es nicht schon immer gesagt, flüsterte sie und rieb sich mit einem Spitzentuch die Augen, eines Tages sehen wir unser Walterli wieder. Ist das deine Frau?, fügte sie rasch hinzu. Walter ging auf den Rollstuhl zu und neigte seinen Oberkörper, als wollte er Gitti die Hand küssen; sie war die Jüngere der Schwestern, und wie damals war das Haar mit einer Haushaltsschere geschnitten, Fransen umrahmten das klare Gesicht. Der Kragen der gestreiften Hemdbluse war hochgeklappt, munter blitzten die Augen. Fesch wie eh und je, dachte Walter, wenn sie verwegen ihren Bugatti aus der Garage fuhr; trotz der Falten ist sie jung. Er wies auf seine Freundin, das ist Herta Ornstein, Frau Krug. Man erkennt sie nicht gleich wieder, aber sie ist es.

Herta?

Meine Großmutter wohnte über Ihnen, rief Herta, froh, endlich auch angesprochen zu sein, ich war oft in

diesem Haus, Frau Krug. Ihre Schwester hat mir manchmal eine Dose mit alten Knöpfen zum Spielen gegeben; das waren für mich Zauberknöpfe. Darf ich mich setzen? Sie röchelte, es ist warm in Wien!
Die Knopfdose! Ja, ja. Unsere Nichten haben auch gern damit gespielt.
Der Kaffee kommt gleich, klang es hell aus der Küche, macht es euch gemütlich.
Ich erinnere mich gut an Hella Ruth Ornstein, lächelte Gitti Krug und reckte sich in ihrem Stuhl in die Höhe, um mit erhobenem Arm durch einen Druck von Zeigefinger- und Daumenkuppe aufeinander einen unverrückbaren Kreis in die Luft zu stempeln, bevor sie mit der Zunge schnalzte und ausrief: eine exzellente Schachspielerin, eine Meisterin des königlichen Spiels! Nehmen Sie doch Platz, Herta. Du auch, Walter. Darauf rollte sie ihren Stuhl an den Esstisch.
Meine Großmutter starb in weißen Laken, sagte Herta, wie sie manches sagte, doch in einem Ton, unter dem Walter ihre Worte in diesem Zimmer wie schwankende Laken auf italienischen Balkonen erschienen, und es dauerte eine Weile, bevor er sich zu den Frauen setzte.
Herta hatte ihre Unterarme auf den Tisch gestützt, ihr Gesicht war gerötet, die Hände zupften an einem Papiertaschentuch. Von Zeit zu Zeit wischten sie über den feuchten Hals und die Stirn.
Ja, sie starb in weißen Laken, wiederholte Gitti Krug und nickte Herta mit geschlossenen Lippen zu, nach ihrem Tod haben wir viel gesehen. Sehr viel.

Hier ist der Kaffee. Jung klang die Stimme hinter dem Teewagen her; der Dutt wippte. Und als das Gebäck herumgereicht und der Kaffee eingegossen war, hörten Walter und Herta, was die Schwestern Krug am 2. Juni 1942 von ihrem Fenster aus beobachtet hatten.
Nach den letzten Worten der Älteren schlug Gitti mit der Faust auf den Tisch, der Kerl ist bis heute nicht bestraft worden! Sie bebte vor Zorn, wir kennen seinen Namen, er wohnt zwei Straßen weiter. In der Dämmerung führt er seinen Hund aus.
Ruhig, Gitti, der Arzt hat dir jede Aufregung verboten. Hier, deine Herztropfen.
Herztropfen! Der Rollstuhl zitterte. Das Schwein gehört hinter Schloss und Riegel. Xmal habe ich an die Stadtverwaltung geschrieben, doch nichts ist geschehen. Und wie der Verbrecher seinen Hund an der Leine zerrt, wenn er da drüben an die Hauswand pinkelt!
Herta hatte ihr Taschentuch zerrupft. Walter war bleich. Frau Krug hob die Cognacflasche vom Teewagen. Ihre Schwester leerte das Glas in einem Zug.
Danke, winkte Walter ab, seine Stimme war rau, haben Sie einen Schluck Wasser?
Seit einer halben Stunde tobte in ihm, was er hatte hören müssen. Unter den Kindern, Frauen und Männern, Gitti hatte von hundert aus dem Haus Nummer 8 wankenden Schatten berichtet, erkannte er seine Eltern und sah, wie sie auf den Lastwagen da unten gestoßen wurden, – von einem Nachbarn in SS-Uniform gestoßen, der heute mit seinem Hund durch Wien spaziert, und wurde niemals vor einen Richter gestellt, nie

bestraft. Walters Hand ballte sich zur Faust. Die Schläge der Wanduhr konnten die Stille nicht aus dem Zimmer jagen und auch den Abgrund nicht schließen, der wieder einmal zwischen Walter Grunwald und Wien klaffte, einer Stadt, die ihn folterte, wie er sie liebte und wie seine Eltern sie geliebt hatten. Er leerte das Wasserglas, dankte den Damen und verabschiedete sich. Herta folgte ihm.

KAPITEL 16

Zurück in Denver, stürzte sich Walter Grunwald auf die Immobilienseiten der Zeitungen auf der Suche nach einem schönen Haus. Sein Eigentum in Amerika!
Sonja Grunwald fuhr zum Einkaufen.
Nie zuvor hatte sie in einer Großstadt gelebt, und nie zuvor (wie in den letzten vier Jahren ihrer zwanzigjährigen Ehe) hatte sie ihren Mann tagtäglich gesehen. Inzwischen waren ihr alle psychiatrischen Kliniken von Denver bekannt. Zweimal im Jahr schickte sie einen Brief nach Kuba, und in unruhigen Phasen begab sie sich auf Kauftour. Drei- bis fünfmal in der Woche zog sie los, erstand ein neues Kleid, ein paar Blusen, Schuhe. Sie kaufte. Der Kleiderschrank war gefüllt, aber immer noch fehlte ein Minirock, ein Schal. In der Abstellkammer neben der Waschküche, die ihr Mann nie betrat, ragten hinter einem schwarz glänzenden Vorhang Türme in die Höhe. Bis zur Decke. Dicht beieinander. Kartons gestapelt. Sie waren aus Pappe, darauf Zahlen und darin Schuhe.
Walter brach nun täglich zu Hausbesichtigungen auf, er fotografierte.
Wochen vergingen.
Aber kein Haus gefiel ihm besser als der Bungalow, in dem er zur Miete wohnte. Na ja, beruhigte er sich schließlich, da kann man nichts machen, ich muss warten, irgendwann wird sich was bieten.
Eines Abends wies ein Segelfreund ihn auf eine Villa hin, kauf jetzt, der Preis ist günstig. Die Preise werden

steigen! Auf den Tipp hin eilte Walter Grunwald ohne zu zögern durch den Park im Stadtzentrum.
Der Weg führte ihn an einem See vorbei. Hier hatte er mit seinen Kindern an Winterabenden das Farbenspiel einer Fontäne beobachtet.
Nun lag der See im Sonnenlicht. Weiß leuchteten auf dem Wasserspiegel Blüten aus einem grünen Teppich. Am Ufer schwankten Schwertlilien im Wind, auf dem Rasen war der Löwenzahn erblüht, das Wiesenschaumkraut. Enten schnatterten, und hinter Rhododendron- und Holunderbüschen reckte sich die gesuchte Villa in die Höhe. Walter Grunwald lief auf sie zu. Eine Graugans flog auf.
Nun stand er vor einem zweigeschossigen roten Klinkerbau.
Vier Säulen stützten das Vordach, und ihm war, als winkten ihn die Fenster hinein. Ihre Rahmen waren weiß lackiert. In der ersten Etage wehte Voile im Erker. Ein Postbote in kurzärmligem T-Shirt lehnte sein Fahrrad an das schmiedeeiserne Gitter des Vorgartens. Walter beobachtete, wie er die Stufen hinaufsprang und Briefe in den Schlitz der verglasten Eingangstür warf. Kurz darauf grüßte der Postbote freundlich und sauste davon. Schon lag die Klinke der Eisenpforte in Walters Hand. Er stieg die Steinstufen hinauf, presste sein Gesicht vor die Türscheibe und hob, um besser zu sehen, die Handflächen an die Schläfen. Elegant schwang sich eine Holztreppe in die Höhe. Das Geländer war braun gestrichen und auf eine Art gedrechselt, die Walter Grunwald an die Villa seines Groß-

vaters in Langenzersdorf erinnerte. Seine Hände zitterten, sein Atem beschlug die Scheibe. Ist es möglich? Er schwebte die Steinstufen hinab, vorbei an überbordenden Forsythien, an einer blauen Hortensie vorüber, ... *sie spiegeln es verweint und ungenau, / als wollten sie es wiederum verlieren ...*, er schloss die Pforte, lief in den Park. Es war nicht mehr nötig, lange zu überlegen. Noch einmal ließ er die Fassade auf sich wirken. Der Segelfreund hatte gut geraten. Hier war der Platz, wo Walter Grunwald seinen Lebensabend verbringen wollte. Und während er stand, den Blick unverwandt auf die Villa gerichtet, spürte er, wie seine aufbrausende Vorfreude langsam einer tiefen Ruhe Raum gab. Ein Kreis hatte sich geschlossen, in der Ahnung des Obstgartens hinterm Haus schmeckte er Birnen – süß.

Als er, zu Hause angekommen, den Telefonhörer in der Hand hielt, um einen Besichtigungstermin in der Villa zu verabreden, brachte der Postbote ein Telegramm, *Ankunft heute 19.55 Uhr Flughafen Denver. Alex.*
Mein Onkel kommt, Sonja, der Hörer plumpste auf die Gabel, ist das Gästezimmer bereit?
Welcher Onkel? Sonja wusch Löwenzahnblätter am Spülstein. Walter legte seinen Arm um ihre Hüfte, Onkel Alex mag am liebsten Fisch, mein Schatz, schau im Tiefkühlschrank nach, bis zum Nachtmahl ist Zeit genug, für die Kinder brauchst du nicht decken, sie sind bei Freunden. Ich muss los. Er hauchte ihr einen Kuss ins Haar.

Alex, rief sie, der lustige Grieche! Sie schwang das Salatsieb, das ist gut. Der Alte gefällt mir. Wann ist Tante Gusti gestorben? War es nicht im letzten Monat …
Aber der Ruf *bey-bey* erstickte ihre Frage, darauf das Fallen der Haustür ins Schloss, das Motorengeheul. Dann war es wieder still.
Eine Stunde später wurde der Tisch im Esszimmer für drei Personen gedeckt und sich gefragt, in welchem Kleid man dem charmanten Onkel Alex wohl am besten gefallen würde.

Während der Fahrt zum Flughafen sah Walter den traurigen Alten vor sich. Wie lange ist's her? Tüchtig die beiden, bis ins hohe Rentenalter, kauften ein Haus in Kalifornien in der Nachbarschaft von Tante Grete und Arnold. Großmama hat's noch erlebt. Was treibt den Witwer jetzt zu mir? Walter gab Gas. Da tauchte die Hose in seinem Gedächtnis auf. Alex Chameides in Walter Grunwalds schwarzer Hose, in der einzig eleganten Hose, die er damals besaß. Geschont für Vorstellungsgespräche. Mit Flecken besudelt. Ich hatte ihm doch Geld geliehen. Mein schöner alter Ford … Eine Ampel sprang auf Rot, und die Autoschlange zwang ihn zu Geduld, und schließlich lächelte er über sich selbst und seine jugendliche Wut, die sich in ihm aufgebäumt hatte. Längst war Alex ein Glied der großen Familie geworden. Krämerflecken! Ha! Konnte sich der Kerl 1947 keine eigene Hose kaufen? Hatte sich einen Batzen Geld bei mir geliehen. Na ja, warum nicht auch meine Hose? Das Geld wurde ins Geschäft ge-

steckt. Er war um einige Jahre jünger, als ich jetzt bin. Im August wird er achtzig.
Das Flugzeug landete pünktlich.
In seinem großen Haus in Kalifornien, das ohne Gusti so leer war wie ein Museum am Montag, hatte Alex beschlossen, für immer zu seinem Neffen zu ziehen, dem er einmal geholfen hatte, wie er nach seiner Landung erklärte, wir haben dich doch bei uns aufgenommen, als du aus Palästina kamst und nicht wusstest, wohin. Wir haben dir ein Heim gegeben.
In Bayonne hat er mir auf den Kopf gespuckt, dachte Walter, als sie den Flughafen verließen, nun ist er winzig, hat sein Haar verloren, die Schultern sind schlaff, die Füße schlurfen. Ein Witwer. Doch für seinen Jahrgang recht unternehmungslustig. Er hat Witz. Soll er doch seine letzten Jahre bei uns genießen! Wie lautet sein Motto? *Drei Dinge braucht der Mensch, einen guten Arzt, tadelloses Trinkwasser und einen Reichen, der leiht.* Das trifft sich gut, Alex, sagte Walter nach einer Weile, ich stehe vor dem Abschluss eines Kaufvertrags, habe ein feines Objekt an der Hand. Wenn du zu uns ziehen willst, kannst du dich an den Kosten beteiligen.
Einverstanden.
Am nächsten Morgen machten sie sich auf zur Villa am Washingtonpark. Walter war entschlossen, den Kaufvertrag noch in derselben Woche zu unterschreiben.
Sie fuhren mit dem Auto vor und gingen langsam auf die Haustür zu. Eine Meise flog im Magnolienbaum auf. Walter lief voraus, aber Alex keuchte und angelte nach

dem Arm seines Neffen. Auf das Klingelzeichen hin wurde im Hausinnern an einer Schnur gezogen; darauf öffnete sich die Tür, und die beiden Männer stiegen über ausgetretene Holzstufen zum Erkerzimmer hinauf.
Eine Dame empfing die Besucher. Sie könne die Treppe nicht mehr steigen, lächelte sie und wies auf den Seemannsknoten am Geländer, bevor sie die Herren in ihr Sonnenzimmer führte, dieser Türöffner sei praktisch.
Sie war in dem Alter, in dem die Jahre nicht mehr gezählt, sondern wie Spielkarten gezogen werden. Ihr Hosenanzug war lindgrün. Während sie Alex ihre gichtgekrümmten, kostbar beringten Finger hinhielt und der Witwer sich darüberneigte, huschte eine Welle über ihr Gesicht, leicht zitterten ihre orange getönten Löckchen.
Schauen Sie sich nur um, lächelte sie, ich heiße Ernestine, und führte Alex zum Fenster, schob die Gardine zur Seite, sehen Sie nur! Bald werden Sie diese Aussicht genießen können. Bis an Ihr Lebensende genießen. Ihr Neffe hat mir erzählt, Sie werden zu ihm ziehen. Ein kluger Einfall, Herr ...
Chameides, Alex verbeugte sich zum zweiten Mal vor der Dame.
Großfamilien sind heutzutage selten. Munter plätscherten ihre Worte, sehen Sie die Fontäne dort? Am Abend ist sie erleuchtet. Leider habe ich keinen Neffen, der für mich sorgt. Sie sind zu beglückwünschen, Herr Chameides. Ich habe ein Apartment in einer Seniorenanlage von Florida gekauft; ein Lift ist im Haus. Alex drehte seinen goldenen Doppelring am Finger; einmal

hatte diese Hand gut zupacken können. Er zog seinen Blick aus dem Park zurück und ließ ihn über die Stuckornamente der Zimmerdecke ziehen, über den Parkettboden; blitzblank glänzte er unter den Teppichfransen hervor, und weiter glitt der Blick über die Möbel, eine kuriose Mischung aus mehreren Jahrhunderten. Die Wände waren so dicht mit Stillleben Öl auf Leinwand und mit Blei- und Kupferstichen von Stadtansichten und Landschaften gefüllt, dass die Blumenstruktur der Tapete kaum wahrzunehmen war. An einem schmalen Wandvorsprung hingen Fotografien, oval und rechtwinklig oder rautenförmig in Gold und Silber gerahmt. Das Papier war vergilbt.

Der Hausaltar von Madame Ernestine, flüsterte Walter seinem Onkel zu, in jedem Gemäuer findest du in irgendeiner Ecke einen Hausaltar. Ernestine rief spitz, Sie möchten gewiss einen Tee. Sie duldete kein Tête-à-Tête in ihrer Gegenwart. Ihre Hände zappelten in der Luft, die Armbänder klimperten, oder lieber ein Wasser, meine Herren?

Danke, danke! Walter schenkte der Dame sein freundlichstes Lächeln, wie reizend von Ihnen, Ernestine, aber wir werden erwartet. Sie hören bald von mir. Sehr bald, schob er, als seien sie schon gestern handelseinig geworden, nach.

Alex sah dankbar zu seinem Neffen hinüber, beugte sich tief, der Hosenstoff schlotterte, über die Hand der Dame, und die Herren verließen die Villa.

Bevor er ins Auto stieg, wandte sich Walter noch einmal nach *seiner* Villa um. Im Erker wehte die Gardine.

Wie gefällt dir das Haus? Der Motor brummte leise, der Park zog vorüber. Du sagst ja gar nichts, Onkel Alex. Ist dir nicht gut?
Fahr mal etwas flotter, Junge, ich habe Hunger.
Nach dem Mittagessen zog sich der Onkel zu einem Nickerchen zurück.
Er ist bald achtzig, erklärte Sonja und fügte mit einer Prise Pfeffer in der Stimme hinzu, bekanntlich braucht jeder Mensch seine Siesta. Nur mein Ehemann nicht. Er rennt ohne Pause bis Mitternacht herum.
Als die Pendeluhr fünf schlug, saß man auf der Terrasse beim Tee.
Sonja bot Gebäck an. Sie mochte den kauzigen Onkel aus Griechenland. Alex tunkte ein Plätzchen in die Tasse. Versonnen schaute er den Eichhörnchen zu; in der Birke spielten sie Fangen. Er sei nun alt, sagte er plötzlich. Walter horchte auf. Drei Tierchen hoppelten über den Rasen, hockten sich nieder. Sie hielten etwas in den Pfoten, knabberten, und dann putzten sie sich.
Sie sind größer als in Europa, krächzte Alex und schob einen Löffel mit teegetränkten Plätzchenkrümeln in den Mund, eure Eichhörnchen sind fett.
Dein Neffe füttert sie zu gut. Sonja nickte dem Alten zu, gefällt's dir nicht bei uns?
Im Gegenteil, meine Liebe, ganz im Gegenteil, ich suche eure Nähe. Du bist eine nette Dame, wir sitzen gemütlich in der Sonne, du verwöhnst mich ... Eichhörnchen stören mich nicht. Euer Haus gefällt mir. Es gefällt mir außergewöhnlich gut. Man öffnet die Tür, und schups steht man vorm Esstisch. Kein Entree, kein Fir-

lefanz. Der größte Vorzug eines Bungalows aber ist: Die Horizontale, meine liebe Sonja, die Ebene …, wenn du verstehst, was ich meine. Er rieb sein Knie. Ein Schmetterling gaukelte vorüber.
Hier würde es Alex gut gefallen, hörte Walter Grunwald, und Sonja prustete vor Lachen, das scheußliche Haus am Park sei ungeeignet. Total ungeeignet, Nachbildungen jeder Art seien verachtungswürdig, und die Nachbildung der Natur in einem sogenannten Park übersteige den Gipfel der Geschmacklosigkeit. Die Eichhörnchen sprangen.
Hier bleibe ich, rief der Alte heiter und klopfte mit der Faust auf den Tisch, dieses Haus wird gekauft und kein anderes! Ich beteilige mich an den Kosten.

*

Ich weiß nicht, warum ich es tat, sagte Walter, als er mit achtundachtzig Jahren auf sein Leben zurückblickte, ich habe den Bungalow gekauft. Ein schlichtes Haus. Es gibt zwei Bäder. Aber die Decken sind niedrig. Ich tat es für Alex. Und was meinst du? Kaum ist der Kaufvertrag unterschrieben und Alex zurück in Kalifornien, höre ich, er sei tot.
Mit Tabletten soll er sich das Leben genommen haben! Ich buche sofort. Nein, nein, der wollte nicht sterben. Dem gefiel es gut bei uns. Der dachte nicht ans Sterben! Ich übernachte also mit Sonja in Alex' Haus, da ruft mich eine Nachbarin an, die Frau Maglio, und sagt, die Grete – sie wohnt in derselben Straße – die Grete

habe ihrem Schwager am Abend eine Suppe gebracht, und diese Suppe, sagt Frau Maglio, war nicht einwandfrei! Ich bestehe auf einer Obduktion. Grete kreischt und zetert. Was gibt es gegen eine Obduktion einzuwenden? Meine Cousine raucht eine Zigarette nach der andern, und die Männer im Raum, Avivas Bruder, ihr Vater, ihr Ehemann, alle schweigen. Na ja, da kann man nix machen! Walter stöhnte. Aber jetzt geht's weiter. Erinnerst du dich an die Geschichte von dem Mantel? Grete hat sich doch in Palästina von mir Geld für einen Pelzmantel geliehen und ich nahm ihn 1946 für Gusti mit aufs Schiff.
Also, nach der Beerdigung sitzt die Familie beisammen. Grete hat ihren Notar gerufen. Er regelt die Erbschaft. Jeder soll sich nehmen, was er mag, und legt dafür die entsprechende Summe in einen Gemeinschaftsfonds. Zum Schluss wird das Geld geteilt.
Jetzt kommt die Reihe an den Pelzmantel. Achthundert Dollar hatte ich ausgelegt, aber nie zurückbekommen! Nicht einen Groschen, keinen Cent. Gib acht, wie die Novelle weitergeht. Bei den Verhandlungen um die Hinterlassenschaft sagt Grete, der Mantel stünde *mir* zu, ich müsse ihn übernehmen! Schließlich sei *ich* es gewesen, der ihn nach Amerika gebracht habe. Sie hält das Ding in die Höhe, es landet auf meinem Schoß. Ich werde also verpflichtet, in die Gemeinschaftskasse zweihundert Dollar zu zahlen. Jetzt sitze ich da mit dem Pelz im Schoß. Meiner Frau passt er nicht. Also lasse ich den Mantel umarbeiten. Sie hat ihn nie getragen. Nach ihrem Tod – aber erst zwei Jahre später, vorher habe ich

nichts angerührt – warf ich das Monstrum in den Container für die Armen. Warum sammle ich eigentlich Uhren? Das habe ich mich oft gefragt. Weißt du es?
Der Mann von der Grete, du erinnerst dich, der Arnold Eisenmann aus Ungarn, ist sehr alt geworden. Zum Schluss hat er alles vergessen, hat Grete gesagt, und sagte auch: Arnold fiel in den Swimmingpool. – Glaubst du, dass der in den Pool gefallen ist?

*

Im Herbst 1975 legte Walter Grunwald nach seinem gewohnten Wienurlaub in New York einen Zwischenstopp bei George Parker in der Riverdrive ein, Ecke 87. Straße. Sie saßen in weichen Sesseln im vierzehnten Stockwerk. Der Himmel stand grau hinter den Fensterscheiben, in der Tiefe floss der Hudson. Walter plauderte, und George ließ ihn gewähren, bis er ihn barsch unterbrach, mein Job ist gut, ich liebe meine Frau, wir sind Amerikaner! Was soll ich in Wien? Sag mir das, Walter!
Na ja, es ist schön, wieder einmal im Tiergarten oder in Schönbrunn spazieren zu gehen.
Tiere haben mich nie interessiert.
Die Oper, George!
Das sagst du einem, der in New York lebt! – Aber ich weiß ja, dir ist nicht zu helfen. Du bist und warst, seitdem ich dich kenne, wienkrank. Eine gefährliche Krankheit, Walter Grunwald.
Walter seufzte und hob die Kaffeetasse an die Lippen, ich weiß, sie ist unheilbar.

Hast du vergessen, was du mir nach deinem ersten Besuch in der Hauptstadt Österreichs geschrieben hast? Ich gebe keinem Juden die Hand! Im Jahr 1969! Was für ein Land! Mit hohler Stimme, die seiner Kehle in gewissen Situationen entsteigen konnte, fügte George hinzu, ich werde dieses Land niemals betreten.
Ich habe eine Freundin kennengelernt, versuchte Walter abzulenken.
Wie bitte?
In der U-Bahn am Karlsplatz. Eine Philippinin aus Kalifornien. Sie war auf dem Heimweg von einer Missionsreise durch die Ukraine und machte in Wien Station. Sie ist fromm. Für die Wiedertäufer war sie unterwegs. Ihre Börse wurde gestohlen. Sie war unglücklich.
Und da hast du sie bei dir aufgenommen?
Walters Zungenspitze flitzte über die Unterlippe, seine Hand hob die Tasse mit abgespreiztem Finger: Der Kaffee ist gut, George.
Dir ist wirklich nicht zu helfen! George verschränkte seine Arme hinterm Kopf und lehnte sich weit zurück, wippte mit dem Fuß, er schaute an die Decke. Du bist nicht nur wienkrank, sagte er gedehnt und schnellte plötzlich vor, griff nach der Zigarettenpackung auf dem Tisch, du bist auch von der Weiberkrankheit befallen. Hier, nimm eine Lucky. Das entspannt.
Ich rauche nicht mehr.
Oho.
Auf der Tinker Air Force Base habe ich meine letzten Zigaretten einem Kollegen geschenkt. Im Cockpit war

zwar nie Rauchverbot, aber zwischen den Maschinen. Na ja, mal war eine Tischdecke angebrannt, ein Hemd, ein Kind. Also habe ich's aufgegeben. Nur einmal wurde ich rückfällig. Jetzt bin ich drüber weg. Und das ist gut. Du solltest auch Schluss machen! Manchmal träume ich vom Rauchen, und meine Mutter erscheint, der Vorhang weht, sie winkt mit der Zigarettenspitze ... Ach, was. Verzeih!

Du hast mir nie ein Foto von ihr gezeigt. Mit gespitzten Lippen blies George den Rauch aus.

Als wir jung waren, hatte ich keins. Walter sah auf seine Schuhe. Auf der Suche nach Worten rieb er Daumen und Zeigefinger aneinander, ich habe mich nicht von ihnen verabschiedet, George, ich stand am Südbahnhof und habe nichts begriffen.

Wie ist das möglich, Walter Grunwald, wozu hast du Psychologie studiert? Hast du das denn immer noch nicht verarbeitet?

Ich glaube, es gibt manches auf der Welt, das nicht gelöst werden kann. Man wird sein Leben lang gejagt. Die alten Griechen waren klug, sie stellten Erinnyen auf die Bühne. Wir Deppen bilden uns heute ein, alles, aber auch alles, was überhaupt niemals ins Lot zu bringen ist, *therapieren* und *verarbeiten* zu können. Der moderne Wissenschaftsglaube ist dumm und anmaßend. Ha, das unzertrennliche Paar. Es fehlt die Demut. Ich bilde Lehrer aus. Das ist vielleicht nützlich. Aber auch nur vielleicht. – Auf jeden Fall sehe ich täglich hübsche Gesichter.

Fotografierst du noch?

Ich hab' die Lust verloren. In einem psychotischen Schub hat mein Weib alle Fotos verbrannt. Sie ist krank, das weißt du doch.
Ist auch das Album verbrannt, das du mir in Bat Galim gezeigt hast?, fragte George.
Walters Mundwinkel zuckten, er würde jetzt gern rauchen. Er sprang auf. Alle Frauen sind rausgerissen. Auch mein Opernstein ist verschwunden. Er sei vergiftet! So ein Schmarrn! – Es ist so vieles verschwunden! Aufgeregt lief er im Zimmer umher und dann hinaus. George goss frischen Kaffee in die Tassen.
Sobald Walter wieder in seinem Sessel saß, sagte er tonlos, die Porträts meiner Großmutter sind erhalten, das Schiff im Hafen von Triest und die Schwedenbrücke. Auch das Schillerdenkmal. Er schaute auf seine Hände, und dann hob er, vergeblich um ein Lächeln ringend, sein Gesicht zu den Augen des Freundes auf.
Warte, ich habe was für dich! George sprang hinüber zum Schrank, kramte in einer Schublade und reichte strahlend ein Foto über den Tisch.
Oh! Vor Erstaunen und Freude aus dem Sessel gerissen, näherte sich Walter dem Fenster, die Fotografie wie auf einem Samtkissen vor sich hertragend, wie schön! Er konnte sich von dem Anblick nicht lösen. Meine Fella, flüsterte er.
Ich war eifersüchtig auf dich, sagte George, ich wollte auch eine nackte Frau haben, habe sie mit nach Griechenland genommen, nach Kreta, nach Kairo. In Kuba brauchte ich das Foto nicht mehr. Verrückt. Verzeih

mir, Walter. Es lag in deinem Zimmer auf dem Tisch. Erinnerst du dich?
Ein einziges Mal ließ sie sich so von mir fotografieren. Walter ging langsam auf seinen Sessel zu, blieb stehen und legte das Foto auf den Tisch. Ich habe sie nie wiedergesehen. Nun fasste er, was er selten tat, den Stoff seiner Hosenbeine, bevor er sich setzte. Ich habe die Fotografie verzweifelt gesucht. Aber gut, dass sie weg war, hätte noch weher getan. Danke, George. Übermorgen werde ich mir in Denver eine Spiegelreflexkamera kaufen. Danke, danke, mein Freund, ich bin sehr glücklich.
Darauf zückte Walter seine Uhr und sprang auf, es ist schon nach drei. Newjeans erwartet mich!
Seit wann trägst du eine Taschenuhr? Darf ich mal sehen? Bitte schön! Walter löste die Kette vom Gürtel, sie stammt aus Haifa; hab' sie auf dem Basar gefunden. Apropos Taschenuhr: Ich kann dir ein Lied von meinem Onkel Ferdinand singen; er besaß das Café am Schwedenplatz, wo die Herren sich über Telefon mit den leichten Damen verständigten ... Unsere Verwandten haben ihm hergeholfen. Mit seinem Lehrberuf als Goldschmied hat er hier in New York gut verdient. Sehr gut sogar. Nach seinem Tod wurde mir eine goldene Taschenuhr zugeschickt; sie hatte meinem Großvater gehört! Leider ist auch sie verschwunden; der Sohn einer Freundin hat sie gestohlen.
George reichte Walter, der jetzt neben dem Sofa stand, die Uhr und beobachtete, wie er die Kette am Gürtel befestigte und dazu murmelte, der Schweinehund ha-

be seinem Bruder Mathias nicht geholfen! Warum?, schrie er dann auf, die Faust um die Uhr in der Hosentasche geballt, weil mein Vater mit einer Christin verheiratet war! Verzeih, das habe ich schon tausend Mal erzählt. Dabei konnte er vor meiner Mutter den Charmeur herauskehren. Wie geschickt er es anstellte! Ein Kind sieht viel. Jetzt sammle ich Uhren. Warum nur, George? Sag es mir. Sie ticken in jedem Zimmer, zig Taschenuhren in der Schublade. Ich pflege meine Uhren; manche laufen eine Woche lang, andere einen Monat. – Vielleicht weil ich zu spät gekommen bin? So gingen mir zwei Karrieren durch die Lappen. Oder habe ich versäumt, etwas zu tun? Es gibt Augenblicke, da schäme ich mich zu leben. Kennst du das Gefühl? Es kann mich in einem Restaurant überfallen, im Auto, beim Segeln ... Das Caféhaus vom Ferdinand existiert übrigens nicht mehr. Ein Hochhaus steht an der Ecke.

Warst du mal in der Berggasse?, unterbrach George.

Das Haus von Freud sieht von außen aus wie früher. Aber unser Café ist weg, das schöne Metropol.

Verzeih meine Frage, George rieb seine Stirn, du hast es mir ja geschrieben. Man wird alt.

Manches ist noch da. Walter ging auf die Tür zu. Aber vieles ist verschwunden. Apropos Freud: Kennst du seine größte Tat?

Die Welt wäre ohne ihn nicht die, die sie heute ist.

Das Sensationellste an seinem Werk ist meiner Meinung nach seine neue Sicht auf die Schizophrenie. Er definierte sie als eine therapierbare Krankheit. Zu seiner Zeit eine kühne These und heute eine Herausfor-

derung für die medizinische Forschung. Dafür hat er hart gekämpft, der Herr Professor Dr. Freud.
Walter ging auf den Tisch zu, kippte einen letzten Schluck Kaffee und stürmte durch die Zimmertür.
Freud bekam aber nie einen Lehrstuhl in Wien!, rief George ihm nach.
Soa soan de Weaner. Ich muss los, Jenne wartet, er will einen Ausflug mit mir machen.
Jenne? George wand sich aus den Sofapolstern und folgte Walter über den lang gestreckten Korridor.
Na ja, jetzt nennt er sich Newjeans. Er ist ein Jugendfreund von meinem Onkel Jacques.
Ich verstehe.
Ich habe ihn als Bub bewundert. Er nahm mich oft auf dem Motorrad mit und redete mit mir wie mit einem, mit dem man Pferde stehlen kann. Ich mag ihn. Er stammt aus Ungarn. Wie du. Er war übrigens der Einzige, mit dem ich damals über Erni Hofmeister sprechen konnte. So, nun muss ich aber los.
George öffnete die Wohnungstür, worüber …?
Sie hat mich hier und da geküsst. Das *da* wurde von einer Geste begleitet, die Georges Ellenbogen kumpelhaft in Walters Rippen trieb. Sie gingen über einen Steinflur auf den Fahrstuhl zu.
Wie alt warst du?
Fünfzehn, grinste Walter; er drückte auf den blinkenden Knopf.
Der Frühgeweckte! Das kennen wir.
Großmutter Schnek habe sie in die Pension eingeladen, hörte George unter dem sonoren Summen des stei-

genden Lifts, Erni sei eine Liebeskünstlerin gewesen. Hure habe Jenne sie genannt und es doch selbst mit ihr getrieben, der Lümmel. Jetzt würde er auf ihn warten. Der Aufzug näherte sich dem vierzehnten Stockwerk, die Tür sprang auf, und wie in seiner Pilotenzeit tippte Walter mit dem Finger an die Stirn.

Wie alt ist denn dein Jenne?, rief George in den Spalt der sich schließenden Tür.

Weit über siebzig, fast achtzig, schrie Walter zurück und sah, wie die Lippen des Freunds sich bewegten, hörte aber nicht mehr: Gib acht auf dich!

Der Fahrstuhl trug Walter Grunwald hinab.

Nach wenigen Schritten über die 87. Straße tauchte er in das Labyrinth der U-Bahn ein, wo sich die Menschen hastiger bewegten als in Denver oder Wien.

An der dritten Station hätte er einen Sitzplatz erwischen können, doch hielt er sich an der Stange fest und beobachte den hereinquellenden Menschenstrom. Die Gesichter hoben sich eins nach dem andern, sahen sich im Abteil um, und ein Augenpaar unter einem Band in schwarzem Haar sprang Walter Grunwald an. Er errötete, schwankte ein wenig; fester als zuvor umkrallte er die Haltestange. Er hatte Mühe, seinen Blick von dem jungen Gesicht zu reißen. Da drängelte sich ein langer Kerl vor seine Nase; er trug ein T-Shirt mit einem Totenkopf. Schweißgeruch stieg auf. Nein, nein, sie ist es nicht. Wie schön sie war! Wir waren auf dem Weg zum Standesamt. Er stöhnte. Darauf nahm er sich vor, Rachel bald zu schreiben, und bahnte sich einen Weg zur Tür. Beim nächsten Halt war er draußen. Die

Menschen hasteten an ihm vorbei. Er folgte dem Strom über eine Rolltreppe an die Oberwelt.
Hier orientierte er sich auf einem Plan des Quartiers. Nach hundert Metern stand er vor einer Treppe. Jenne hatte sie am Telefon erwähnt und geraten, den Bus zu nehmen. Frühsport ist angesagt. Munter begann Walter zu steigen, der Rückweg wird leichter sein; er zählte dreihundertfünfzig Stufen. Oben angelangt, fühlte er sich in einen Vorort von Denver versetzt. Eine Fahrradklingel unterbrach die Stille. Am Ende der Straße fiel eine Kastanie vom Baum. Walter trat gegen eine Schale, braun und hart, die Stacheln waren krumm. Im Rinnstein sammelte sich das Laub. Ein Hinkelpank war aufs Trottoir gemalt; er lächelte. Nach wenigen Minuten erkannte er die Nummer auf einem der zweistöckigen Häuser, durchquerte in fünf Schritten den Vorgarten und schellte. Sogleich sprang die Tür auf. Freudig nahm Walter Grunwald die Stiegen.
Da bist du ja, rief Newjeans Nitray, als hätten sie sich vor einer Woche zum letzten Mal gesehen und nicht vor siebenunddreißig Jahren. Mit Hut und einem wollenen Schal überm Mantel stand er im Flur, wies auf einen Kerl in grauem Anzug, jünger als er selbst, aber nicht viel. Der Schnurrbart war struppig, ein weißes Haar ragte hervor; gelangweilt klimperte er mit einem Schlüsselbund. Mein Butler Joseph, stellte Jenne den Mann durch den Wink seines Kinns vor, er wird uns chauffieren. Darauf hob Joseph die Oberlippe; er hatte große Zähne, und Walter nickte ihm in wohlerzogener Knappheit zu. Verlassen wir die Stadt!, rief Jenne in der immer guten

Laune des freien Mannes und schob seinen Besucher an der Schulter vor sich her die Stufen hinab, ich will dir was Interessantes zeigen. Joseph drehte den Schlüssel zweimal im Schloss der Wohnungstür und überholte die beiden, worauf Jenne kumpelhaft in Walters Schulter kniff, er führt mir den Haushalt, und du wirst sehen, er ist ein fantastischer Autofahrer.

Erst auf der Straße löste Newjeans seine Hand, bückte sich nach einer Kastanie. Schmunzelnd sah Walter die von Gicht gekrümmten Finger mit der gescheckten Kindheitserinnerung spielen, glatt und weich in der Hand, bis sie fortgeworfen wurde. Du steigst hinten ein! Die Sitze sind bequem. Der Butler riss die Wagentüren auf.

Walter duckte sich und ließ sich mürrisch auf die Sitzbank fallen. Enttäuschung und Verwunderung kämpften in ihm. Oft hatte er mit Jenne telefoniert, hatte ihm geschrieben, und kaum sehen sie sich nach siebenunddreißig Jahren wieder, wird er auf die Rückbank abgeschoben, kein Stuhl wird ihm angeboten. Er hatte sich auf einen Kaffee mit dem Jugendfreund seines Onkels gefreut. Seltsam, wie ein Mensch sich verändern kann. Wie oft hatte er mit Jenne in einem Caféhaus gehockt. Früher! Er stöhnte. Vorbei! Der alte Herr saß auf dem Beifahrersitz, den Hut waagerecht auf den kahlen Kopf gestülpt; links war die Ohrmuschel abgeknickt. Joseph schloss die Türen. Bald lag die Stadt hinter ihnen. Langsam rollte der Wagen über die Autobahn. Durch den Spalt der Vorderlehnen starrte Walter auf die Fahrbahn. Jenne ist alt geworden, viel-

leicht schon ein bisschen senil. Warum lässt er mich nicht fahren? Wir hatten es doch ausgemacht. Na ja, der Kauz ist über siebzig. Kaum älter als Onkel Jacques. Aber der ist ganz anders in Schuss.
Vorne unterhielt man sich wie ein vertrautes Ehepaar. Hin und wieder lehnte sich der Wagenbesitzer nach hinten, brüllte irgendwelche Worte. Der Motor brummte. Als er noch keine dreißig war, hat er mich ans Steuer gelassen! In Walters Herz kreiste die Kränkung, dieser Butler! Ich mag ihn nicht, sein Blick ist verschlagen, und er fährt miserabel. Verdammt. Jetzt muckt auch noch der Motor. Der Kerl fährt nicht nur miserabel, er wartete auch den Wagen schlecht. Na ja, noch mal gut gegangen, er lenkt an den Rand.
Joseph stellte den Motor ab, stieg aus und ging um den Chevrolet herum, um die Motorhaube zu öffnen. Nach wenigen Minuten erschien sein Gesicht vor der rechten Wagentür. Von innen wurde das Fenster niedergekurbelt, na, was ist?
Der Wagen muss in die Werkstatt.
Also auf! Worauf wartest du? Bemüh dich um den Abschleppdienst! Newjeans brüllte vergnügt in den Fond, als sei ihm ein Bubenstreich geglückt, wir steigen aus, die Sonne scheint. Komm an die frische Luft, Junge, jetzt haben wir endlich Zeit zum Plaudern.
Auf der Suche nach einem Autobahntelefon trottete Joseph davon, und der Herr mit dem schwarzen Hut über dem abgeknickten Ohr ging Hände reibend auf Walter zu. Seine Augen blitzten, jetzt sind wir allein! Weit öffnete er seine Arme. Um den Neffen seines

Wiener Jugendfreunds endlich herzlich zu begrüßen, dachte dieser. Aber nein, sie streckten sich in die Höhe, was für ein prächtiger Tag! Eine leichte Brise, ein wolkenloser Himmel, man kann sich nicht beklagen. Darauf öffnete Walter Grunwald die Motorhaube, froh, eine Beschäftigung gefunden zu haben und zugleich ein Versteck für sein Gesicht, das er fast verloren hätte. Als er die Haube wieder schloss, meinte er, wird sich wohl ein Weilchen ausdehnen – unsere Rast am Highway.
Wenn schon, Junge, wir wissen uns zu beschäftigen. Erzähl mal was von Jacques! Ich telefoniere ja hin und wieder mit ihm. Aber ich vergesse alles gleich wieder. Nun erzähl mal! Ist richtig nett, dass du mich besuchst.
Walter gab einige Anekdoten aus dem Leben seines Onkels zum Besten. Dabei hielt Jenne seine Hände in den Manteltaschen, blickte auf die Kuckucksblumen und die Brennnesseln zu seinen Füßen, dann wieder in die Ferne. Unser Jacques ist also heimgekehrt!, rief er den Hügeln zu, nach Wien! Soso. Musste aber erst einen Tritt in den Hintern bekommen, der Jacques! Wie kann man es nur so viele Jahre bei den Wilden aushalten! Höchste Zeit, dass er rausgeschmissen wurde! Aber auch das hat ihm offensichtlich den Verstand nicht zurückgegeben. Warum ist er jetzt nicht in Amerika? Ich hatte ihn eingeladen. Lässt sich in Wien nieder, der Jacques! Jenne schüttelte wie ein alter Weiser seinen Kopf. Der Hut saß waagerecht auf seinem Schädel, und Walter starrte auf die abgeknickte Ohrmuschel links. Jetzt straffte Jenne seine Schultern, er blin-

zelte in die Sonne. Selbst in seinem hohen Alter überragte er den jüngeren Freund um eine Handbreite, mich musst du mit den Füßen zuerst aus dem Haus tragen, bevor ich in dieses verdammte Kaff zurückkehren würde! Mit Schwung trat er gegen einen Stein und sah ihm nach. Seine Nasenflügel bebten. Plötzlich bückte er sich, wie von einer Erinnerung getroffen, nach einem Gänseblümchen. Zwischen Daumen- und Zeigefingerspitze ließ er es so lange tanzen, bis er das Lachen des Blütengesichts erwidern konnte, sieh an, sieh an, unsere Luise! Hat für ihren Jacques beim Bundeskanzler vorgesprochen. Ein Segen für die Österreicher, dass sie solch einen wie den Kreisky haben. Der hat ihm einen prächtigen Empfang bereitet, sagst du. Gut! Jewjeans Nitray hob seine Augenbrauen und grinste über die Ohren hinaus, das muss dem Jacques gefallen haben, dem alten Geck.

Geck?

Ich kenne ihn, den Dr. med. Schnek, seit einer Zeit, da warst du noch nicht gedacht, geschweige denn gezeugt oder gar geboren. Wieder blinzelte Newjeans in die Sonne. Sie schwebt auf ihren Untergang zu, flüsterte er im Pathos des jugendlichen Sarkasmus' seiner vergangenen Zeit, stolz wie ein glühender Zeppelin! Seine Lippen zitterten, als er darauf eine Frauengestalt in die Luft zeichnete, unsere Luise! Fesch. Schau an! Plötzlich wandte er sich zur Seite und blickte Walter, als ob dieser noch ein Bub wäre, in die Augen, Jacques war sehr verliebt in meine Freundin. Eine attraktive Dame, die Luise. Oho. Und ist wohl heute noch adrett. Spannt

den österreichischen Bundeskanzler ein! Luischen, Luischen! Chapeau! Der Herbst hat auch seine schönen Tage. Nicht wahr, junger Mann?
Das kann man wohl sagen, Jenne!
Newjeans horchte auf. Nach einer Pause sah er Walter wieder streng an und hob zum zweiten Mal den Zeigefinger, nur du darfst Jenne zu mir sagen, hörst du, du prächtiger Neffe meines Jugendfreunds. Sonst niemand. Ich will kein Wort aus dieser Sprache hören. Auch das berühmte Neujahrskonzert kommt mir nicht ins Haus.
Seitdem ich in Denver lebe, verpasse ich's nie.
Grauenhaft – die Musik der Ehrenarier!
Bei jedem Walzer, den ich irgendwo aufschnappe, denke ich daran, Jenne, und nicht nur dann. Man lebt damit. War schwer zu lernen, doch verlernt man es nie. Es ist immer da. In jedem Augenblick. Aber die Musik, Jenne, was hat die Musik verbrochen? Ich mag sie, auch Strauß mag ich und die Wiener Philharmoniker; kein Orchester spielt wie sie. Jenne hörte nicht zu; seine Nase juckte. Hinter ihm rauschte der Highway. Walter sah einem Bugatti nach, als er neben sich hörte, musst du denn immer wieder in diese scheußliche Stadt fahren? Du hast doch alles geregelt. Also schließ ab mit der Sache! Du bringst dich unnötig in Gefahr.
In welche Gefahr, Jenne? Österreich ist ein demokratischer Staat, und Kriminelle gibt es überall auf der Welt. Ich weiß ja, du hast die größten Flugzeuge der Welt gesteuert. Du kennst die Gefahr. Doch diese meine ich nicht. Dein Herz, Walter Grunwald, dein Herz ist in Gefahr.

Ich habe schon eine Herzoperation hinter mir.
Wann war die?
Ich muss nachdenken.
Siehst du. Vor einiger Zeit warst du zum ersten Mal nach dreißig Jahren dort. Und wiederholst das Spiel. Jennes Blick verfinsterte sich, warum ziehst du denn nicht rüber?
Das kann ich nicht!
Klar. Sonst hättest du es längst getan.
Ja, Jenne.
Es ist gefährlich, zwischen zwei Welten zu leben, mein Junge. Denk darüber nach! Die Reise nach Osten muss dich sehr anstrengen. Warum verkaufst du das Haus nicht?
Verkaufen? Daran habe ich nie gedacht. Es hat doch Großmutter gehört.
Lassen wir das!
Da, ein alter Ford, Jenne, so einen hattest du früher, der ist fesch.
Ja, ja. Ich habe ihn gesehen. Wann kommt Joseph wohl zurück? Hier fahren so viele Autos!
Walter lachte, wir stehen ja auch an der Autobahn.
Inzwischen standen sie länger als eine Stunde auf der Grasnarbe. Joseph müsste längst ein Telefon gefunden haben, dachte Walter und steckte seine Uhr wieder ein, vielleicht hat ihn jemand mitgenommen, und er schlürft in Seelenruhe ein Bier. Als ob Jenne Gedanken lesen könnte, sagte er, mach dir keine Sorgen, Walter, bald geht die Fahrt weiter. Ich habe mir eine feine Überraschung für dich ausgedacht. Mein Butler ist ein

Meister der Organisation, du wirst es erleben. Lass uns ins Auto steigen; mir wird kalt. Die Sonne war hinter den Hügeln versunken.
Als sie wieder an ihren alten Plätzen saßen, legte Jenne seinen Arm über die Lehne und sagte, indem er aus dem Seitenfenster schaute, ich frage mich die ganze Zeit: Warum ist Luise damals nicht mit Jacques nach Afrika gefahren? Sie haben sich sehr geliebt. Es sah zumindest so aus. Kannst du mir das erklären?
Das ist nicht meine Angelegenheit, Jenne.
Nein, Walter. Ich habe auch nichts gesagt. Man weiß es. – Da kommt unser Abschleppdienst.
Newjeans Nitray saß auf dem Beifahrersitz und Walter im Fond, als der Schlepper sie langsam überholte und anhielt. Ein junger Mann in leuchtendem Overall sprang heraus. Lachend nickte er den beiden von draußen zu, bevor er den Platz hinterm Lenkrad bestieg und an die Mütze tippte, ich heiße Toby.
Mit der Ruhe und Sicherheit eines berufserfahrenen Helfers-in-Not fuhr er den Chevrolet auf den Anhänger des Abschleppwagens. Joseph verfolgte das Manöver von oben herab aus der Fahrerkabine; seine Zähne bleckten zum Fenster hinaus, und Walter saß lässig im Fond, seine Hände ruhten auf den Vorderlehnen. Das haben Sie gut gemacht, mein Freund!, rief Newjeans und steckte dem jungen Mann einen Geldschein in die Hand, nun sehen Sie mal zu, dass wir hier wegkommen! Der Junge kletterte geschickt von einem Fahrersitz zum nächsten, und langsam ging's voran über den Highway bis zur nächsten Abfahrt. Hier stieg die Straße in einer

weiten Kurve an. Steil ging's bergauf. Doch ehe die Höhe erreicht war, geschah, womit niemand gerechnet hatte. Mit einem Ruck löst sich der Chevrolet aus seiner Halterung, saust vom Schlepper hinunter in rasender Fahrt rückwärts auf den Highway zu. Wir fahren zur Hölle, schoss es Walter durch den Kopf, und schon – später wusste er selbst nicht, wie er auf den Fahrersitz gelangt war – reißt er das Lenkrad herum, und das Vehikel steht. Ein wenig schief, doch es steht.
Für einen Moment war es still im Wageninnern. Die Stille war grau und von keinem Atemzug gestört. Das Vorderrad hing im Graben. Walter Grunwald aber hielt die Hände am Lenkrad, bis die Fingerknöchel weiß schimmerten, und das Bremspedal hielt er gedrückt, bis der Hosenstoff am Oberschenkel riss.
Im Rückspiegel erkannte er, wie dünn sein Lebensfaden gesponnen war. Wieder einmal. Seine Muskeln entspannten sich. Newjeans zog ein Taschentuch hervor. Einige Male wischte er damit über Stirn und Hals, seine Stimme war rau, das hast du gut gemacht, Junge! Sieh dich um, da sausen sie vorbei.
Na ja, Jenne, drei Meter fehlen.
Nun weiß ich, warum du bei den Piloten warst, Walter! Ich verdanke dir mein Leben.

Als Walter am späten Abend die Wohnungstür der Familie Parker aufschloss, fand er seinen Freund in Hemdsärmeln vorm Fernseher. Den Schluss kann ich mir schenken, murmelte George und schaltete den Krimi ab, um sich tüchtig zu recken. Mit einem Kopfruck ordnete er

seine Frisur, mein Weib schläft schon, der erste Donnerstag im Monat ist Frauentag, danach ist Trude erschöpft. Was möchtest du trinken?
Eine Melange, bitte! Walter folgte in die Küche.
Hast du Hunger?, fragte George, während er den Wasserkocher anstellte. Walter aber kannte sich hier aus, holte Becher, Milch und Pulverkaffee aus den Schränken, danke, ich habe mit Jenne und seinem Butler gegessen.
Der Herr hat einen Butler. Soso. George füllte die Becher und beide rührten. So hatten sie in dieser Woche manchen Abend beendet.
Na ja, seine Frau starb vor fünfzehn Jahren, Walters Hand umspielte den Kaffeepott, in der ersten Zeit hat er versucht, sich allein durchzuschlagen. Ein verrückter Kerl. Denk dir, vor dem Krieg hat er ausrangierte Straßenbahnen aus Wien in die Hauptstadt eines Andenstaates verkauft. Wie war noch der Name? Ach ja, Quito. Hier in New York besaß er eine Autowerkstatt. Die lief sehr gut. Aber drei Jahre nach dem Tod seiner Frau hat er sie geschlossen und durch die Zeitung diesen Joseph gefunden, der übrigens miserabel Auto fährt.
Wohin seid ihr denn gefahren?
Walter sah einer Fliege nach. An der Decke brannte eine Neonröhre. Ich weiß es nicht. Er wollte mir irgendwas zeigen. Etwas *Feines*. Wir kamen aber nicht dazu. Sind vor dem Ziel umgekehrt. Beim Nachtmahl hat er was von einer Altersresidenz mit Swimmingpool und Frisiersalon gefaselt.
Auf jeden Fall war es unterhaltsam für dich. Sonst wärst du schon früher hier gewesen. Oder hast du et-

wa wieder eine Philippinin oder eine Koreanerin getroffen? Die findest du hier leicht.
Vielleicht beim nächsten Mal. Walter fuhr mit seinen Fingern durch sein Haar und wiederholte die Geste. Seine Stirn war weit über den Schädel geflohen, er hatte die Fünfzig überschritten. Es ist immer wieder nett, nach New York zu kommen, sagte er, die Leute rennen hier zu jeder Tages- und Nachtzeit. Das ist lustig.
Man ist nicht in der Provinz, mon cher!
Es waren schöne Tage bei euch, George. Ihr habt mir so viel geboten! Danke, danke. Als er seinen Freund jetzt ansah, fielen ihm zwei graue Strähnen in dem gewellten Haar auf. War es früher nicht viel dichter?
Weißt du, was mir am besten gefallen hat? Madame Butterfly! Vielleicht kommt die Gruppe bald nach Denver, dann schaue ich mir die Oper noch mal an. Sag auch deiner Trude meinen Dank, sie hat mich so lieb verwöhnt. Er sah auf seine Taschenuhr. Mein Flieger startet in sechs Stunden.
Dann, mein Guter, ist es Zeit zum Schlafen. Ich werde dich zum Flughafen bringen.

Welcome on board.
Auch wenn man nicht im Cockpit sitzt, ist Fliegen schön, dachte Walter Grunwald, als der Hebel seiner Tischplatte einrastete. Er strich einen Krümel von der Hose, rückte das kleine Kissen zurecht und schloss die Augen.
Wie gewohnt, hatte er den Sitz am Gang gewählt. Wegen der Übersicht im Allgemeinen und wegen der Aus-

sicht auf hübsche Beine. Der Nachhimmel war Walter Grunwald bekannt.

Mit einem Ruck sank vor ihm die Lehne. Na ja, soll die Dame auf meinem Schoß was Schönes träumen! Er drehte sich zur Seite und hoffte, bald in Morpheus' Vestibül anzukommen; denn in einem Flugzeug konnte der Pilot a. D. nicht schlafen. Die Stewardessen hatten den Plastikkram eingesammelt, die Vorhänge der Fensterluken waren geschlossen. Die Maschine zog ruhig dahin, und über Walters innere Leinwand schwammen Bilder der vergangenen Tage. Fella! Ihre Augen, ihr Haar, die Haut. Er seufzte, umfasste das Kissen mit beiden Händen, wo mag sie jetzt sein? Seine Hände umkrallten das Kissen, in Europa ist Mittagszeit ... Ach was! Soll sie sein, wo sie mag. Ich will jetzt meine Ruhe. Aber schon sah er sich in dem rückwärts sausenden Chevrolet. Ohne die Lippen zu bewegen, grinste er, wieder einmal Glück gehabt. Er war stolz auf seinen Reflex, obwohl immer noch verwundert, wie bin ich nur auf den Fahrersitz gelangt? Na ja. Der Mensch ist eine fantastische Maschine; sie funktioniert in der Not und hat, seit ich denken kann, ausgezeichnet funktioniert. Er kuschelte sich noch tiefer in das kleine Kissen. Gleich wird sein Film enden, er wusste es aus Erfahrung, schwarze Punkte werden regnen, und irgendwann wird ihm mit freundlichem Lächeln Kaffee kredenzt ... Er stöhnte vor Wohlbehagen, es ist schön zu leben. Manchmal sogar wunderschön.

Durch sein schwindendes Bewusstsein aber flackerten nun heller als auf jedem Reklameband von New York

Buchstaben in Flammenschrift: *Wehe, wenn der Computer im Kopf kaputt ist*. Da zuckte sein Herzmuskel. Nein, Jenne, nicht der Spagat zwischen Wien und Denver schadet mir. Viele Jahre lang hat er mich gepeinigt, zerriss mich schier. Doch habe ich gelernt, das Schöne vom Dreck zu trennen, Jenne. Heute quält mich etwas ganz anderes. Die Frauen zerstören mich. Das wirst du nie verstehen, Jenne. Unsinn! Nicht die Frauen, mein Pech mit Frauen vernichtet mich. Warum hat mir das Schicksal diese Ehefrau geschickt? Nicht an sie denken! Nur ruhig, was soll schon passieren! Lily ist aus dem Haus, Micky hat sich bei einem Schulfreund einquartiert. Das hat er gut gemacht, endlich nimmt der Junge Verstand an. Sie lernen zusammen. Ich habe die Messer versteckt. Bis auf das Buttermesser. Das ist stumpf. Ich hätte sie längst in ein Heim bringen sollen. Aber dazu brauche ich ihre Einwilligung. Na ja! Er stöhnte, ließ das Kissen fahren und zog eine Zeitung aus dem Netz. Das Papier rauschte, um bald darauf aus seiner Hand zu sinken, es ist mehr Wahnsinn in der Welt als Vernunft!

Der Kaffee vor der Landung erfrischte Walter Grunwald, und ein Shuttlebus brachte ihn vom Flughafen Denver, Colorado, zu einem Parkhaus am Rand der Stadt. Hier war das Parken kostenlos.

Der Morgen kauerte hinter den Hecken, als seine Alfetta durch die Bungalowsiedlung der USAF rollte. Die Kronen der Aspen leuchteten im Licht der Laternen auf. Bald wird der erste Schnee in den Bergen fallen, morgen werde ich nach Pilzen suchen. Er parkte seinen

Wagen in der Garage, ließ das Tor herunter und umklammerte den Schlüsselbund; tief atmete er ein und wieder aus. In der Ferne jaulte ein Hund. Eine Amsel sauste im Tiefflug an dem Rosenbusch vorm Haus vorbei und verschwand um die Ecke. Walter schaute ihr nach. Sein Blick verlor sich in der Flamme des kanadischen Ahorns. Die Fensterläden waren geschlossen. Die Siedlung schlief. Kein Auto fuhr, kein Flugzeug war in der Luft.
Er fröstelte unter der Stille. Zögernd stand er vor seiner Haustür. Die Spitzen der Schlüsselbärte stachen in seine Haut; er lauschte auf den Schmerz, ja, er genoss ihn, steigerte ihn, und der Schmerz stieg durch die Nervenbahnen bis in die Kopfhaut. Weiß leuchteten die Knöchel seiner Hand in der Dämmerung der schwindenden Nacht. In der Ferne war das Jaulen des Hundes in die Äste gesprungen, kroch darüber hin und sank wimmernd zu Boden. Darauf öffnete Walter Grunwald in verzweifelter Entschlossenheit seine Faust und steckte den Schlüssel in den Zylinder der Haustür, drehte. Halooo, sang er, wie er es immer tat, wenn er heimkam. Kein Laut war zu hören, niemand lief ihm entgegen. Halooo! Auf und ab tanzte das O; der Ruf blieb ohne Echo. Na ja, die Kinder sind ausgezogen; sie haben die Tiere mitgenommen. Er stellte seine Reisetasche ab, warf die Jacke über den Sessel und schaute sich im Wohnraum um.
Die Stühle standen so gerade vor dem Tisch, als sei der Abstand zwischen ihnen mit dem Zollstock vermessen worden. Im Sofa waren Kissen aufgereiht. Kissen in

grellen Farben. Glänzende Kissen, die er nicht kannte. Seltsam, kein Reklamezettel liegt herum, keine Fachzeitschrift. Aber ich brauche den Artikel aus dem letzten Blatt! Er griff in die Kissenkompanie, schleuderte, wühlte. Hier auf dem Sofa überflog er gewöhnlich seine Wochen- und Fachzeitschriften, und ließ sie fallen, wenn er ans Telefon oder zum Tischdecken gerufen wurde. Sonja räumte später alles in den Zeitungsständer. Leer. Auch der Papierkorb war leer. In banger Ahnung eilte Walter Grunwald in sein Arbeitszimmer. Kein Blatt auf dem Tisch, kein Briefumschlag, der Mappenstapel mit den ausgeschnittenen Artikeln und Notizen war verschwunden. Selbst Stifte, Tintenfass und Radiergummi fehlten. Nebenan schlug die Pendeluhr 7. Er ging um den Schreibtisch herum und tastete, Pobacke auf der Stuhlkante, in der Hosentasche nach dem kleinen Schlüssel. Jetzt neigte er den Kopf, wollte die Schublade öffnen. Da sprang die Tür auf. Es ist wieder so weit, stöhnte er, und sein Gesicht fiel in die Hände. Ein irrsinniger Lärm von Schellen und Trommeln erfüllte das Zimmer. Walter presste die Handballen gegen die Ohren. Ängstlich hob er den Kopf und blinzelte unter den Haarspitzen hervor. Da sah er sie. Sie trug einen glänzendroten Rock; die Fransen wirbelten durch die Luft, der Holzboden bebte unter den Sprüngen. Sie tanzt gut, aber sie ist wahnsinnig, er fuhr mit den Fingern durch sein Haar, ich muss die Polizei rufen, und noch einmal hasteten seine Finger über die fliehende Stirn; aber es gelang ihm nicht – zu Hilfe, Polizei – den Blick von ihr lösen. Unter dem dringenden Wunsch

nach Erlösung sanken seine Augenlider über den starren Pupillen, und flink glitt er unter den Tisch und zur Tür hinaus, über den Korridor ins Esszimmer; das Telefon hing an der Wand.
Das Haus hatte fünf Zimmer, zwei Bäder und zum Garten hin einen Raum mit Trockner und Waschmaschine; dahinter schlossen sich die Abstellkammer und der Schuppen für den Rasenmäher und die Motorräder an. Die Klimaanlage hatte seit Jahren Frischluftzufuhr und Temperatur geregelt, sie war perfekt, die Fenster waren vergittert.
Unter dem Schellengerassel und Stampfen und unter dem Knarren der Bohlen im Nebenzimmer drehte Walter die Telefonscheibe. Seine Hände zitterten, er flüsterte in den Hörer, und barfuß floh er in die Waschküche. In fünf Minuten, hoffte er, schleppen sie sie in die Klinik. Auf dem Hocker neben der Waschmaschine kauerte er und tastete nach seinen Zigaretten. Ach, hätte er das Rauchen doch nicht aufgegeben! Kaum war der Wunsch zur nackten Not mutiert, sprang die Gartentür auf, und – ha – sauste eine kubanische Machete durch die Luft. In wiegenden Schritten fixierte die wilde Frau ihren Mann; er sprang auf. Jetzt stand er an der Wand. Guuut, flüsterte sie, ihr Gesicht eine Urwaldmaske, guuut. Sie tänzelte. Näher und näher auf ihn zu, um ihn herum; die Schellen klirrten unter dem Stampfen ihrer Füße; die Machete zerschnitt die Luft. Die Luft schrie auf. All diese Töne kreisten in der Ohrmuschel des Walter Grunwald. Aber hell erzitterte bald sein Trommelfell unter dem rettenden Ton der

Hausglocke. Klopfzeichen folgten, aufmachen, hier ist die Polizei. Ha, wisperte die Stimme des Wahns und ließ den an der Wand Haftenden bis in die Haarspitzen erschauern, wenn du öffnest, stech' ich zu. Schon war sein Hals umkrallt, sein Unterleib krümmte sich unter der tödlichen Waffe.
Jetzt war es still an der Haustür, und leise verströmte die Stille ihr Gift in den Lungenbläschen und Kapillaren des Walter Grünwald, während das Geräusch eines abfahrenden Autos unter dem Keuchen der Kranken verebbte.

*

Mein Schicksal, sagte Walter, als er auf sein Leben zurückblickte, warum habe ich nur alles falsch gemacht. Die Polizei stand vor dem Haus. Sie hätten die Tür einschlagen müssen! In derselben Nacht bin ich zu einer Kollegin geflohen. Dann habe ich mir ein Zimmer gemietet. Später hatte ich eine schöne Wohnung im Zentrum von Denver. Im Sommer flog ich nach Wien.

*

KAPITEL 17

Was Glück hat, dem kälbert ein Ochs, war im Eingang des Wiener Lokals in der Altstadt zu lesen.
Regelmäßig kehrte Walter Grunwald im Griechenbeisl ein und übersetzte den Satz einer Freundin aus Übersee oder bewahrte ihn, wenn er allein war, still für sich, trug ihn, den *Armen Augustin* im Eingang grüßend, an den Stammplatz des Herrn Professor Doktor Grunwald.
In der Freude des sprachbewussten Menschen ließ Walter das österreichische WAS – es leitet immer eine tiefsinnige Aussage ein – in sich klingen. Dieses Wort führte ihm wie kein anderes den Charme der Sprache vor, den er drei Jahrzehnte lang hatte vermissen müssen. Friedrich Torbergs mütterlicher Tadel einer gewissen Frau Kisch fiel ihm ein: „Was setzt du dich auch hin Kartenspielen mit Leuten, was sich hinsetzen Kartenspielen mit dir?“ und Tante Jolesch: „Was ein Mann schöner ist als ein Aff’, ist ein Luxus.“
Immer wieder schlug Walter Grunwald die Wege ein, die er als Bub an der Hand seiner Großmutter und als Gymnasiast durch die Linse seiner Agfa erforscht hatte. Er kaufte Billets für Konzerte und Opern. Zwei für den Abend; die Begleitung wird sich finden, der Tag ist lang. Er prüfte das Angebot der Auktionshäuser und ersteigerte eine Woche später dies und das. Er bummelte über den Flohmarkt, und zurück in Denver, fügte er die erhandelten Objekte seiner Sammlung verlorener Zeit hinzu. Die täglichen Fahrten in der U-Bahn bo-

ten ihm willkommene Gelegenheiten, mit Lust die Temperatur der berüchtigten Wiener Unansprechbarkeit über ihren Siede- oder ihren Gefrierpunkt (je nach Temperament der angepeilten Person) zu treiben. Bei diesen Abenteuern jonglierte er mit den Sprachen, die er perfekt beherrschte oder nur in Ansätzen (Arabisch und Hebräisch). Dank seiner Sommerurlaube durfte Walter Grunwald nun auch die österreichische Sprache wieder zu seinen beherrschten zählen, und suchte er die Einsamkeit, vergrub er sich in einem Plüschsessel des Tiroler Hofs hinter einer Zeitung.

Ansichtskarten für seine Freundinnen aus aller Welt fand er im Kiosk einer U-Bahnstation. Hier waren sie billig; und immer war ein Motiv darunter, das ihm gefiel. Das Schreiben von Briefen und Kartengrüßen gehörte wie Atmen und Essen, Musik und Arbeit zu seinen Überlebensritualen. Bei der Durchsicht seiner Adressenliste stutzte er eines Tages vor dem Namen einer Kollegin.

Mit einem Anflug von Wehmut strich er die Anschrift durch und zeichnete ein Kreuz an den Rand. Verzweifelt war er nachts auf der Flucht vor einer kubanischen Machete durch Denver geirrt. Mary hatte ihm Asyl gewährt. Nun war sie tot. Seit drei Monaten. Er ließ das Notizbuch sinken, ... und ist so rasch vergessen; ein Kollege aus Chicago hat ihren Platz eingenommen. Da fasste Walter Grunwald am fünften Juni 1975 in der Ospelgasse 21/23 den Entschluss, Mary Hopkins dem Vergessen zu entreißen. Auf dem Campus wird er eine Gedenktafel für die verstorbene Professorin des Me-

tropolitan State College von Denver, Colorado, anbringen lassen. Er schrieb eine Notiz.
Die Donau lud zum Baden ein, zu Ausflügen auf dem Schiff. Eine Fahrt mit der Eisenbahn war nicht teuer. Die Steine von Wien waren wieder schön.

*

Ich kannte jeden Stein von Wien, sagte Walter an einem heißen Nachmittag im Sommer 2008 zu mir, als er achtundachtzigjährig auf sein Leben zurückblickte, als Bub habe ich mit meiner Kamera überall Motive gesucht.
An einem Sonntagnachmittag gingen wir durch den Lainzer Tiergarten. An einer Wegkreuzung fragte eine Dame nach dem Weg zur Hermesvilla, und zwischen ihr und Walter entspann sich ein Gespräch auf Englisch, das nach drei Sätzen ins Deutsche wechselte. Die Dame ging rasch. Walter lief neben ihr her. Ich folgte den beiden. Wie schön die Wiese ist, hörte ich die Frauenstimme vor mir, so etwas haben wir in Kalifornien nicht. Margeriten und Klatschmohn, sogar Kornblumen gibt es hier. Schwarz hoben sich vor dem Sommerhimmel die Silhouetten von drei Sequoijabäumen ab. Ein Geschenk unseres amerikanischen Präsidenten für unsere Kaiserin Elisabeth, lachte Walter zehn Schritte vor mir übertrieben laut auf, und ich sah, wie er in die Höhe wies, damals waren diese Riesen noch Zwerge. Ja, sagte die Dame kühl und beschleunigte ihren Schritt, jetzt kann man ja einmal im Jahr wieder herkommen.

*

Die Wiener Sommer erfrischten Walter Grunwald. Heiter kehrte er nach Denver, Colorado, zurück. Er war zu einem Pendler zwischen zwei Kontinenten geworden.
In den Vorlesungen ermahnte er seine Studenten: Sprechen Sie die Menschen an, meine Damen! Nehmen Sie Kontakt auf, meine Herren! Im Bus, in der Straßenbahn, wo auch immer. Es ist wichtig, miteinander zu kommunizieren. Der Umgang mit jedem anderen Menschen sollte mit derselben Sorgfalt gepflegt werden wie die geistige und körperliche Ausbildung der eigenen Persönlichkeit. Wie können wir friedlich zusammenleben, wenn wir die Kultur unseres Nachbarn nicht kennen? Ein falsches Wort kann Krieg bedeuten. Stellen Sie Fragen, aber reden Sie nie über sich selbst – es sei denn, Sie werden darum gebeten. Lassen Sie sich von dem Unbekannten verführen, und wenn möglich, machen Sie das Fremde zum Eigenen, gehen Sie jedoch still vorüber, wenn es nicht gelingt – aus welchem Grund auch immer.
Die Erforschung des kulturellen Hintergrunds in der Völkervielfalt unserer Gesellschaft ist eine Notwendigkeit, meine Damen und Herren, das Fundament der Demokratie. Bildung bedeutet Freiheit, meine Damen und Herren. Sie kennen den Text der Menschenrechte. Die Würde eines Menschen darf niemals und nirgendwo verletzt werden. Wie aber können wir sicher sein, einen anderen nicht durch einen Blick, eine Geste, ein Wort zu kränken, wenn wir ihm ahnungslos begegnen?

Überwinden Sie Ihre Schüchternheit, meine Damen, überwinden Sie die jedem Menschen innewohnende Angst vor dem Fremden, meine Herren. Die Natur hat uns gut ausgerüstet. Besser als jeden Roboter und jeden Simulator. Angst kann schützen, sogar zu großen Taten antreiben. Aber auch verdummen. Sie werden ein Vorbild für junge Menschen sein. Also bitte, informieren Sie sich, scheuen Sie sich nicht, einem Fremden Fragen zu stellen.

In schwungvoller Schrift schrieb Professor Grunwald an die Tafel:

WIE LERNEN? WIE LEBEN?

Zum Lernen gehören alle Sinne, Gefühle und der Verstand, trug er vor, ein Kind nähert sich der Welt und zugleich sich und der menschlichen Natur im Spiel.

Ich möchte Sie nun mit einem deutschen Schriftsteller der Weimarer Klassik bekannt machen. Im 15. Brief *Über die ästhetische Erziehung des Menschen* ist bei Friedrich von Schiller zu lesen: „Aber was heißt denn: ein bloßes Spiel, nachdem wir wissen, daß unter allen Zuständen des Menschen gerade das Spiel und nur das Spiel es ist, was ihn vollständig macht, und seine doppelte Natur auf einmal entfaltet?“

Schiller meinte mit dem Wort *Spiel* nicht nur das Spiel der Wellen und Blätter, das Kinderspiel, Sport und so weiter. Gemeint ist das Spiel des Geistes, die Kunst im weitesten Sinne des Wortes. Fahren wir fort: „Denn, um es endlich auf einmal herauszusagen, der Mensch spielt nur, wo er in voller Bedeutung des Worts Mensch ist, und er ist nur da ganz Mensch, wo er spielt. Dieser

Satz, der in diesem Augenblick vielleicht paradox erscheint, wird eine große und tiefe Bedeutung erhalten, wenn wir erst dahin gekommen sein werden, ihn auf den doppelten Ernst der Pflicht und des Schicksals anzuwenden; er wird, ich verspreche es Ihnen, das ganze Gebäude der ästhetischen Kunst und der noch schwierigeren Lebenskunst tragen.
Aber dieser Satz ist auch nur in der Wissenschaft unerwartet; längst schon lebte und wirkte er in der Kunst und in dem Gefühl der Griechen, ihrer vornehmsten Meister; nur daß sie in den Olympus versetzten, was auf der Erde sollte ausgeführt werden ..." Nach dem Zitat führte der Professor Schillers Gedanken fort, sprach zuerst von dem beneideten Los der griechischen Götter in *Müßiggang* und *Gleichgültigkeit: ein bloß menschlicher Name für das freieste und erhabenste Sein,* und plauderte dann in lockerem Tonfall über Arbeitsverlust, Liebeskummer, Trägheit, Mord, Diebstahl, Naturkatastrophen und über Armut im materiellen wie im geistigen Sinne, um Schillers philosophische Ausführungen über die menschlichen Fesseln durch Natur- und Sittengesetze zu veranschaulichen, die auf seine noch heute gültige Idee zielen, nämlich: durch Einheit der beiden Notwendigkeiten zur *wahren Freiheit* zu gelangen.
Darauf empfahl Walter Grunwald seinen Studenten dringend die Lektüre *Über die Ästhetische Erziehung* aus der Reihe von Schillers Briefen 1795 und ging, nachdem er sich verabschiedet hatte, mit federnden Schritten unter den Bäumen des Campus her.

Der oberste Hemdenknopf war offen, eine Hand steckte in der Hosentasche. Sie haben es angenommen, sie waren aufmerksam, die Finger seiner Rechten fuhren durch sein Haar, vor Jahren wäre mir im Traum nicht eingefallen, Schiller zu lesen, geschweige denn, diese Stelle zu zitieren. Na ja, der Mensch ändert sich. Vom Homo faber zum Homo ludens, eine hübsche Metamorphose. In der weisen Heiterkeit seiner Stimmung hob er eine Zigarettenkippe vom Boden und warf sie in den Abfallkorb. Da kam ihm der junge Kollege mit dem Brandmal aus dem Vietnamkrieg auf der Stirn entgegen. Walter nickte ihm zu. Kaum aber waren sie aneinander vorbeigegangen, erschien auf Walters Netzhaut ein altbekanntes Gesicht, zur Hälfte von einem violetten Mal verdeckt, sein Philosophieprofessor aus San Antonio, und mit ihm erwachten die Gespräche bis tief in die Nacht hinein (der erste Sputnik war von Russland aus ins Weltall gesandt). Damals hatte Walter Grunwalds Leben eine entscheidende Wendung vollzogen.
Eine Studentin eilte vorüber. Sein Atem stockte, das Herz schlug wild. Sie war strohblond und trug einen Häkelpullover auf nackter Haut; zwei Burschen folgten ihr. Nach näherem Hinsehen atmete Walter aus, sie trägt einen Büstenhalter; das tat meine Montagsblondine nie. In seinem Inneren hüpfte ein Funke; gelassen nahm er seinen Gedankenfaden wieder auf. Viele Jahre mühevoller geistiger Arbeit hatten verstreichen müssen, bevor er sich Schillers Kunstauffassung und Philosophie hatte nähern können. Mit einem Kantzitat wollte er die

Vorlesungsreihe beenden: „Zwei Dinge erfüllen das Gemüt mit immer neuer und zunehmender Bewunderung und Ehrfurcht, je älter und anhaltender sich das Nachdenken damit beschäftigt: der gestirnte Himmel über mir und das moralische Gesetz in mir." Newtons Erkenntnisse an der Seite der Menschenrechte, so ist es gut, sann Walter Grunwald, während er sich dem Parkplatz der Professoren näherte.
Eine Amsel schmetterte, sie saß auf einer Laterne. Brennnesseln und Kamille, Wiesenschaumkraut schossen ungezähmt in die Höhe. Der Campus war bis auf dieses ruppige Wiesenstück (Walter Grunwald bisher nicht aufgefallen) liebevoll gepflegt. Vor den Seminarräumen der Geisteswissenschaften wuchsen unter jungen Ahornbäumen und Birken Dahlien, Stiefmütterchen, Margeriten, blaue Blumenkissen. Dieses Wildstück ist ein guter Platz! Dankbar pfiff Walter der Amsel zu, hier soll die Gedenktafel hin – für Mary, meine liebe Kollegin, und für alle, die ihr folgen werden. Wer wird der Nächste sein? Er kniete sich hin und betastete den Boden. Ein Baum soll die Tafel schützen. Nein, nicht einer allein, korrigierte er, ich werde im Herbst drei Eichen pflanzen. Darauf erhob er sich, säuberte seine Hände, und während feine Erdkrumen zu Boden rieselten, erwachte der Gedanke in ihm, noch am selben Tag seinen Leichnam der Universität zu überschreiben; sollen die Studenten daran lernen. Die Arme schwingend, schritt er weit aus, das Sakko wehte. Mein Sohn wird die Asche in den Bergen verstreuen; ich zeige ihm die Stelle. Man muss den Tod vorbereiten, wenn

es einem gut geht. Daheim verfasste er die notwendigen Anträge.

Seitdem Walter Grunwald sein Haus für immer verlassen hatte, atmete er frei. Jetzt störte nichts mehr seine Vorlesungen, kein Klopfen gegen die Tür, keine Grimasse am Fenster. Elisabeth und Michael besuchten ihre Mutter regelmäßig und klärten den Vater über ihren Zustand auf. Er überwies ihr allmonatlich Geld und brachte sie, wenn es nötig war, ins Krankenhaus. In der Regel wurde sie nach zwei oder drei Monaten wieder entlassen.
Eine Nachbarin stellte oft ein Stück Kuchen vor ihre Tür. Im Herbst Äpfel oder Nüsse. Sonja nahm diese Zeichen der Verbundenheit an wie das Zwitschern der Vögel am Morgen. Sie hatte bessere Freunde. Wenn einer von ihnen ihr sagte, heute gehen wir shoppen, zog Sonja die Stöckelschuhe aus der Schachtel Nummer 39 oder 51, schraubte den Lippenstift auf. War es ein guter Tag, malte sie ein Gesicht auf den Spiegel und erst danach die Lippen rot. Tom war der Liebste ihrer unsichtbaren Begleiter. Scherzkeks, rief sie einmal, bei diesem Wetter setze ich doch keinen Fuß vor die Tür, stör mich nicht, ich will meinen Tee trinken. Spiel nicht die beleidigte Leberwurst, ich weiß ja, du tust nur deine Pflicht, wenn du mir sagst, welche Socke ich jetzt anziehen soll. Du meinst es gut, Tom, aber ich bin doch kein Kind mehr. Sie stellte den Wasserkocher an. Meinen Becher hast du mir bisher nicht vergrault, Gott sei Dank; den kann mir niemand ausreden,

weder Großvater noch Che Guevara. Sie zündete eine Kerze an. Das Wasser zischte im Kocher. Beim elften Schlag der Pendeluhr sickerte es durch ein Sieb mit Teeblättern. Den Becher hatte Sonja während der Beschäftigungstherapie in einer Klinik aus Ton geformt und glasiert. Jeden Morgen trank sie daraus.

Samstags zur selben Stunde bereitete sich Walter Grunwald acht Kilometer von seiner Frau entfernt auf die kommende Woche vor. Zu Semesterbeginn ordnete er die Sammlung seiner Diapositive und zog aus der Reihe *Kunsthistorisches Museum von Wien* die Abbildung *Der Bohnenkönig von Jacob Jordaens,* um sie regelmäßig vor seinen Studenten des Erstsemesters auf einer Leinwand zu projizieren.
Der Professor erklärte dann: Nach dem Tod von Peter Paul Rubens und Anthonis van Dyck war Jacob Jordaens aus Antwerpen der führende Meister der flämischen Malerei. Nun beachten Sie bitte, meine Damen und Herren, wie klug er mit dem Effekt des Kerzenlichts spielt. Hier eine Szene im Kreis einer Bauernfamilie. Versetzen Sie sich ins 17. Jahrhundert, in das Dreikönigsfest am 6. Januar. Der Brauch ist noch heute in Frankreich lebendig, auch in Teilen der Niederlande. In einem Kuchen ist ein Glücksbringer versteckt. Wer ihn findet, wird zum König des Abends gekrönt und wählt eine Königin. Nun diskutieren Sie bitte! Was sehen Sie? Was empfinden Sie?
Die Studenten rückten zusammen, unterhielten sich leise und trugen anschließend in Gruppen vor. Sie spra-

chen von burlesken Fratzen und wedelnden Armen, von Trunkenbolden und schönen Frauen, vom Kotzen und Rauchen und von dem fetten Bohnenkönig, dem Säufer, der den Weinkrug in der Hand hält; hat wohl die Enkelin zur Braut erkoren; unter seinem Sessel glotzt eine Katze; ein Hund leckt den Arm eines kleinen Mädchens ...
Vorzüglich getroffen, fasste der Professor die Bildbetrachtung zusammen, hier feiert Alt und Jung gemeinsam, eine große Familie; die Tiere gehören dazu. So sollte es sein. Das Leben ist schön, wenn alle beisammen sind und sich freuen. Darauf blickte er in die jungen Gesichter, stellte den Projektor aus und verließ den Hörsaal.

Das Leben ist schön, wenn die Familie beisammen ist und sich freut. Was kann es Besseres geben? Mit Elan setzte Walter Grunwald seine Theorie in die Tat um, als sei es möglich, Sehnsucht ins Netz des Lebens zu knüpfen: Darf ich Sie zum Nachtmahl einladen?, fragt er nach einem Gespräch in der Opernpause oder nach einem Blickwechsel in der Jazzbar. Was halten Sie von einer Segeltour mit mir am Sonntag? Ich könnte Sie an einen stillen Ort in den Bergen zum Meditieren führen. Ich habe Karten für ein Schubertkonzert. Haben Sie Zeit und Lust, mich zu begleiten? Kommst du noch auf einen Kaffee zu mir, um den Abend ausklingen zu lassen? Was hältst du von einer Eisenbahnfahrt durch die Rocky Mountains? Wir könnten in Glenwood-Springs in den Thermen baden. Sie fahren Ski! Das trifft sich gut.

Ich kenne eine kleine Piste; sie ist bei Nacht erleuchtet. Sie verwenden am Lift österreichische Groschen. Bitte schön, ich schenke Ihnen die Hälfte meines Vorrats. Nur dreißig Autominuten von hier entfernt. Nach meiner Arbeit fahre ich dort immer Ski. Wir könnten am Wochenende zum Loveland-Pass fahren; der ist 11.990 Fuß hoch ...
Walter Grunwald lebte von Tag zu Tag. Jeder Tag ist ein Geschenk, jeder Morgen ist ein Anfang nach der Nacht. Leben ist Abenteuer. Pack es an!
Er besaß ein Auto, zwei Motorräder, ein Haus in San Antonio, Texas, eins in Denver, Colorado, und eins in Wien. Seine Aktien stiegen. Er wohnte zur Miete und lebte bescheiden, wie er es sein Leben lang gehalten hatte. Nach Mitternacht löschte er das Licht.

*

Amerika gilt in Europa als kriminell, sagte Walter, als er achtundachtzigjährig vor mir in seiner Wiener Wohnung auf sein Leben zurückblickte, in Amerika bin ich noch nie bestohlen worden. Niemals! Aber hier in Wien passiert's. In den Siebzigerjahren hatte ich eine Wiener Freundin; sie war Juristin und versuchte, sich selbstständig zu machen. Ich wollte sie fördern, das war dumm; vertraute ihr die Verwaltung meines Hauses in der Ospelgasse an. Dabei war der alte Verwalter gut, ich hätte ihn gern behalten. Na ja, ich wollte ihr einen Gefallen tun. Im dritten Jahr sagt sie: Die Kosten zur Instandhaltung sind höher als die Einnahmen, und die

Mieten sind zu niedrig, aber staatlich gebunden; du kannst sie nicht erhöhen. Verkauf das Haus!
Ich folge ihrem Rat, ich verkaufe. Sie hat auch gleich einen Käufer bei der Hand. Und was meinst, was geschieht? Zwei Tage später wird die Mietbindung aufgehoben!
Das muss sie doch gewusst haben! Meine nette Freundin. Einen Dreck habe ich gekriegt für das schöne Haus. Und die Klause hier. Auf die habe ich ein Wohnrecht, solange ich lebe. Mein Onkel Jacques hatte sie als Zweitwohnung genutzt. Ich habe sie renovieren lassen. Sieh dir die Tapete an, schau genau hin. So etwas findest du heute nicht mehr. Die Ornamente sind mit Schablonen aufgetragen. Auch dort. Auf seinen Wink hin entdeckte ich über mir im Weiß der Decke feine florale Strukturen. Sie waren mir vorher nicht aufgefallen; ich hatte nur die Höhe als angenehm empfunden, sie gab der Zimmerwabe eine Illusion von Raum.
Die Duschkabine hat Jacques in die Küche einbauen lassen, sagte Walter, und fragte, als er meinen Blick beobachtete, gefallen dir meine Möbel? Sie stammen aus dem Dorotheum. Auch den Flügel habe ich dort ersteigert. Was willst du hören? Mozart? Schubert? Er blätterte in den Noten und begann (ich weiß nicht mehr was) zu spielen. Im letzten Jahr wurde das Klo im Gang vor meiner Tür abgerissen, rief er vom Klavierhocker aus, jetzt muss ich bei Nacht über den langen Flur latschen. Na ja, ist alles bescheiden. Aber ich kann hier sein, so oft ich will. Seit vierzig Jahren bin ich im Juni in Wien. Wenn's heiß ist, gehe ich dort über die Brücke

zur Donau. Da ist weißer Sandstrand. Es gibt an vielen Stellen Konzerte, obwohl keine Saison ist.
Im Dezember 2008 rief Walter mich aufgeregt aus Denver an. Die Wohnung, auf die er ein Lebenswohnrecht habe, sei als Eigentumswohnung verkauft worden. Jetzt bäte die Dame um seine Wohnungsschlüssel.

*

Im März 1978 wurde Walter Grunwald durch die Fulbright-Stiftung ein Lehrauftrag für das kommende Wintersemester an der Universität von Wien bewilligt. Sing du nur, rief er der Amsel zu. Das Seminar war beendet. Vor dem Klinkerbau blühte die japanische Kirsche. Die Zweige der Birken wankten leise. Es ist erreicht, dachte Walter Grunwald und pfiff den Wiener Gassenhauer *Lass dir nichts von Hoffmann erzählen, der ist nicht comme il faut ...*
Vor der jungen Eichengruppe, die er im Herbst gepflanzt hatte, verlangsamte er seinen Schritt, grüßte die Gedenktafel am Boden. Freu dich mit mir, Mary, flüsterte er. Der Nachmittag war sonnendurchflutet; die Studenten trugen T-Shirts wie im Sommer. Beschwingt ging Walter auf den Parkplatz zu, schleuderte sein Jackett auf die hintere Sitzbank. Ich werde Sindie nach Wien einladen, dachte er vergnügt, ließ den Motor an, sie ist hübsch, sie ist intelligent. Schon als Studentin war sie tüchtig. Jetzt hat sie als Lehrerin Erfolg, will nach Asien. Sie interessiert sich für den Buddhismus. Warum nicht? In den Weihnachtsferien werde ich ihr Wien zeigen. Ruhig roll-

te der Wagen dahin. Gern würde er sie jetzt zum Essen einladen, aber sie war mit ihrer Klasse zum Wandern in die Berge gefahren. Die Ampel sprang auf Rot. Hin und her eilten Passanten über den Zebrastreifen; ein Räppelchen flog aus einem Kinderwagen.
Da!
Vor Überraschung stockte Walter der Atem, der Montags-Häkelpullover, mein Blondinchen! Er drückte auf die Hupe, ihm wurde heiß. Die junge Frau schaute sich um. Schon flog die Beifahrertür auf; schon saß sie neben ihm. Die Autokolonne fuhr los. Da bist du ja, sagte Walter Grunwald.
An der nächsten Straße links, Herr Professor, flüsterte sie.
Sag Walter zu mir, Julie, du bist ja keine Studentin mehr.
Jetzt rechts, Walter.
An welcher Schule bist du denn?
In einem Kaff in den Bergen. In Granby. Aber ich brauche die Großstadt.
Granby! Da fahre ich durch, wenn ich in die Thermen will. Um die Erregung zu verbergen, war seine Stimme hohl geworden.
An der nächsten Kreuzung biegst du links ein. Stopp! Hier sind wir. Julie sprang aus dem Wagen. Sie ist noch genauso sexy wie früher, dachte Walter und sah – wie drei Jahre zuvor in seinen Montagsvorlesungen – die Häkelmaschen vor sich, ihre Brust schimmerte hindurch. Er rang nach Luft, die kleine Venus aus der ersten Reihe; nie schrieb sie mit, wenn ich vortrug. Er

dachte an die Anstrengung, die es ihn gekostet hatte, sie nicht anzuschauen. Jetzt stand sie vor der geöffneten Haustür. Komm! Ihr Minirock wippte vor ihm her die Treppen hinauf in den fünften Stock. Meine alte Studentenbude, sagte sie und öffnete eine Tür vor ihm, bitte sehr. Sie ließ Wasser in einen Topf rinnen und zündete den Bunsenbrenner an, gleich gibt's Kaffee, Walter. Mit lässiger Hand buddelte sie eine Lücke in den Wust von Büchern und Illustrierten auf dem Tisch und zog eine Zuckerdose aus dem Papierhaufen, fand auch ein Deckelglas mit Milchpulver. Setz dich, Walter!, hauchte sie, befreite den einzigen Stuhl der Dachkammer von den Spitzendessous und verstaute sie unterm Bett.

Danke, sagte er.

Der Stuhl wackelte. Kaum wagte Walter Grunwald, sich umzusehen. Sein Blick blieb an einem Tapetenfetzen über zerwühltem Bettzeug hängen. In seiner Liederlichkeit wirkte der Raum rührend auf ihn. Durch eine Dachluke in der Schräge fiel Licht ein. Hier ist der Kaffee! Sie beugte sich über seine Schulter, um den dampfenden Becher vor ihn zu stellen. Er wollte nach ihrem Arm greifen, griff ins Leere. Wie dumm, er war verärgert, auf was lasse ich mich hier ein! Seine Schulter brannte unter dem Abdruck ihrer Brust. Sie hat bestimmt einen Freund. Nur weil's bequem war, ließ sie sich von mir nach Hause kutschieren, die Süße; na ja, ich hab's angeboten, und sie denkt praktisch, hat seit je praktisch gedacht, bettelte um Befreiung von den schriftlichen Klausuren. Sie sei beim Schreiben zu nervös! Dumm ist sie nicht, keineswegs. Kokett. Plötzlich spürte er, wie der zweite Knopf seines Hemds geöffnet wurde und darauf der nächste ... seine Schulter glühte, ihr Atem streifte seinen Nacken. Rasch griff er nach dem Becher, kippte einen Schluck von dem schwarzen Gebräu, Julie, meine Kleine. Seine Gedanken verhedderten sich wie bunte Fäden unter klimpernden Stricknadeln.

Seit dieser Nacht brach Walter Grunwald jeden Freitag nach Granby auf. Mit dem Zug, mit dem Motorrad. Ein verlorener Ort in den Rocky Mountains. Julie habe keinen andern Freund als ihn, sagte sie, und er glaubte ihr. Zieh nach Denver!

Das würde ich gern, mein Bester. Aber wie?

Ich werde dir eine Stelle besorgen.

Fantastisch, mein Schatz, rief Julie Witheman, dann sind wir nicht mehr zig Kilometer voneinander getrennt.

Überhaupt nicht getrennt, nie mehr getrennt, entfuhr es Walter Grunwald. In der Tiefe seines Innern war ein Verlies aufgesprungen, von dessen Existenz er keine Ahnung gehabt hatte. Er hatte doch gut gelebt, hatte sich eingerichtet, war respektiert, er hatte einen Lehrauftrag für Wien in der Tasche. Und mit einem Mal – wie war es geschehen? – war er nicht mehr er selbst. Fordernd überschrie seine Sehnsucht alles, was er bisher getan und erreicht hatte, schwang ihre Peitsche und trieb den Herrn Professor wie einen Buben vor sich her. Dann sind wir für immer zusammen, keuchte er, ganz dicht.

Walter! Sie sprang von seinem Schoß und ordnete ihre Bluse, doch nicht in einer Wohnung.

Aber wo denn sonst, mein Liebling?
Wir sind erwachsene Menschen. Sie steckte ihr Haar zum Knoten auf. Jeder muss seine eigenen Wände haben. Nur so sind wir frei.

Sie kann mich nicht lieben, wie ich sie liebe; sie ist so jung, sann Walter Grunwald, als er die Koffer für seinen halbjährigen Wienaufenthalt packte, in drei Wochen wird sie nachkommen. Sindie ist für den Winter bestellt. So ist es gut. Danach werde ich die Entscheidung treffen. Ich brauche jetzt eine Frau. Die Zeit ist reif.
Der Koffer mit den Büchern war gepackt. Geordnet lag die Wäsche auf dem Bett. Walter griff nach den Socken. Ich bin Ende fünfzig; höchste Zeit für die Frau, der ich mein Amulett schenken will. Er strich ein T-Shirt glatt; immer wieder glitt seine Hand über den Stoff und über ein zweites, ein fünftes. Aber wie erkennt man die Richtige? Eine Ehefrau zu finden, ist eins der schwierigsten Dinge der Zivilisation! Jetzt waren die Hemden an der Reihe. Das sehe ich genauso wie Sie, mein verehrter Herr Professor Freud. Was tun? Sindie Bakerstreet ist eine patente Frau, das zweite Hemd wurde ergriffen, ich kann sie nicht einfach fallen lassen! Seit vier Jahren haben wir ein nettes Verhältnis, ich mag sie. Er strich und faltete, legte die Hemden in den Koffer. Aber plötzlich tritt eine andere in mein Leben, eine Julia! Er ging zum Schreibtisch, schaute aus dem Fenster, und dann überflog er seine Liste, strich einiges durch. Wo sind die Hausschuhe? Ich kenne mich

nicht wieder, er suchte unterm Bett, im Kleiderschrank, ich finde sie nicht. Verliebt wie ein Jüngling. Seine Finger fuhren durch sein Haar. Kann Leidenschaft eine Voraussetzung für eine dauerhafte Bindung sein? Noch bin ich nicht alt. Wieder trat er ans weit geöffnete Fenster. Ihr wohlriechenden Wicken, seufzte er wie ein Verirrter, der in der Fremde nach Vertrautem sucht, ich grüße euch. Wenn ich heimkehre, wird vor der Hecke dort der Goldregen blühen, der Fliederbusch wird duften. Wäre sie doch bei mir, stöhnte er laut auf, mein Leben lang! Er schloss das Fenster, hob einen Bügel aus dem Schrank, zog ein Jackett ab und faltete es auf dem Bett. Warum will sie nicht mit mir zusammenwohnen? Was verbirgt sich hinter der Verweigerung? Seltsam. Bald wird sie dreißig. Ich sechzig. Nur so sind wir frei, hat sie gesagt. Er versuchte, den Koffer zu schließen. Mit den Händen, mit dem Po. Wofür hält sie sich frei? Für was? Für wen? Mit Schwung sprang er vom Koffer und riss den Deckel hoch, zerrte einen Pullover heraus, ich brauche nur einen. Oder ist sie meschugge? Wie meine Ehefrau? Er schloss den Koffer. Nein, nein, meine Julie, du bist nicht verrückt, nur jung. Er legte den Kofferschlüssel in sein Portemonnaie und trug den Koffer in den Flur. In Wien soll die Entscheidung zwischen ihr und Sindie fallen. Sieben Monate bleibe ich dort.
Anschließend bietet die Fulbrigth-Stiftung mir zwei Lehrwochen in Portugal an. Eine feine Herausforderung. In ruhiger Entschlossenheit griff er zum Telefonhörer und bestellte für den folgenden Abend ein Taxi zum Flughafen.

Als in Colorado die Sommerferien begannen, flog auch Julie Witheman nach Wien. Noch nie war sie in Europa gewesen.

Patria nostra olim provincia Romana erat, raunte Walter Grunwald ihr ins Ohr. Fünf Wochen lagen vor ihnen. Ihr Kopf lehnte an seiner Schulter. Lautlos glitt die U-Bahn dahin. Julie richtete sich auf, ich kenne dich hier nicht wieder, Walter, in Wien entpuppst du dich als Patriot: Unser Vaterland war einst eine römische Provinz! Was soll der Quatsch? Und all die Geschichten, die du mir an jeder Ecke erzählst! Ich habe immer gedacht, du wärst Amerikaner. Aber du bist ein Wiener!
Da irrst du, mein Schätzchen, ich bin dein Walter, Punkt.
Sie waren auf dem Weg zum Naschmarkt.
Ein Strom von Menschen drängte sich die Treppe hinauf. Einige hatten Schirme in der Hand, manche trugen Regenmäntel. Wie schön, rief Julie, als sie die Station Kettenbrückengasse verließen, wie in einem Märchen! Ein Sonnenstrahl hatte die Wolkendecke durchbrochen und ließ auf der Wienzeile hoch über den Marktständen das Dekor des Eckhauses golden aufleuchten. Koloman Moser, belehrte Walter, Art déco. Auch dort! Er wies auf das Majolikahaus von Otto Wagner. Komm her, hier kannst du es besser sehen. Jetzt schau dich noch einmal nach dem Häuschen der U-Bahn-Station um! Auch von Otto Wagner erbaut. Warte, ich mache ein Foto. Du schaust so schön aus im Halbschatten. Neig den Kopf ein wenig. Ja, so ist es gut. Lächeln! Danke. Walter fasste seine Freundin bei der Hand. Das

Gedränge war groß, Wortfetzen vieler Sprachen flogen durch die Luft. Eine Windböe rüttelte an den Stangen der Marktstände. Hast du Hunger? Hier kannst du arabische Falafel essen oder türkische Fladen, französischen Käse. Wir haben gefrühstückt, rief Julie gegen den Wind und gegen das Rufen der Händler und das Staunen der Touristen aus aller Welt, ich will zum Flohmarkt.

Hier entlang. Plötzlich ließ Walter ihre Hand los und beugte sich über eine flache Holzkiste. Sie war vom Alter gedunkelt und in Fächer geteilt; Metallgegenstände lagen darin. Lächelnd wies Walter auf einen acht Zentimeter großen Gegenstand, der eher einer Plastik von Giacometti glich als einer römischen Brosche; er war von Grünspan überzogen: Dies sind echte Römernadeln, Julie, schau! Er fragte nach dem Preis.

Vierzig! Der Händler hatte die Gestalt eines Hünen, seine Augen glühten über dem dunklen Schnurrbart, er trug eine Filzmütze mit Ohrenklappen und einen grauen Mantel, der bis zu den Stiefeln hinabhing. Der Mann stand unbeweglich an diesem Regentag im Sommer des Jahres 1978.

Zehn, sagte Walter Grunwald ruhig und sicher.

Vierzig.

Zehn!

Vierzig, zischte der Hüne durch die Zähne und regte sich nicht. Komm, wir gehen. Walter fasste Julies Hand. Der Wind zerzauste ihr Haar. Er lachte: Jetzt siehst du aus wie die Ruferin von Othmar Schimkowitz! Da oben hockt sie auf dem Dach.

Am nächsten Stand fanden sie ein Sammelsurium von Vasen, Gefäßen und Tellern; und während Julie sich gelangweilt abwandte, griff Walter nach einer flachen Silberdose. Einige Male fuhr seine Zeigefingerspitze über die gedunkelte Oberfläche; sein Fingerglied schien zu schweben, und erst nach längerem Zögern drückte der Daumen auf einen kleinen Hebel; der Deckel sprang in die Höhe. Darin die Gravur „Peterle 1941 Austria". Walter legte die Zigarettendose zurück. Schroff wandte er sich ab.
Julie war schon weitergegangen, hob ein Porzellankästchen in die Höhe. Ich suche ein Geschenk für meine Cousine, rief sie Walter zu, der Schmetterling gefällt mir. Im Griechischen, belehrte er, bedeutet das Wort Schmetterling dasselbe wie Psyche. Seine Stimme war brüchig. Aber unbekümmert griff Julie, die nichts von Walters Wienschmerz ahnte, was wusste sie von ihm?, nach einem zweiten Döschen und rief wie ein Schulmädchen, butterfly, flutterby, eine Buchstabenverwechslung vor langer Zeit, und wedelte mit dem Ding in der Luft. Die Stangen der Zeltplane wiegten sich; die Händlerin stand ungerührt hinter dem Tisch. Eine blaue Filzjacke mit roter und gelber Stickerei panzerte ihren Busen. In stoischer Genügsamkeit beobachtete sie die Kunden. Walter Grunwald warf ihr einen Blick zu und ein paar Groschen in die hohle Hand, zog ein Porzellandöschen mit der Abbildung einer Aphrodite aus dem Kram, für dich, mein Schatz.
Julie betrachtete das Bildchen. Darauf spitzte sie ihre Lippen an sein Ohr, aber für meine Cousine will ich das

da mit den Flügeln, Schatz, handle für mich! Kaum hatte sie, was sie wollte, kreischte sie, es regnet, Walter!
Sommerregen. Das kommt schon mal vor.
Ein Unwetter, brüllte Julie, ein Orkan, ich friere, es ist kalt.
Sie zerrte ihre Gummijacke hervor. Auf Reisen trug Julie Witheman einen Stoffsack mit sich herum. Seine Tiefe war für Walter Grunwald schier unergründlich. Aus dem mysteriösen Schatz von diversen Lippenstiften, Pflaster, Schere, Taschenmesser und so weiter kam immer wieder eine Packung Kaugummi ans Tageslicht. Als der Regen sich verdichtete und der Wind dicke Tropfen in die Gesichter blies, sahen die beiden sich plötzlich wieder vor dem Stand des Hünen.
Die Römernadeln waren unter Tonscherben verschwunden. Walter hob die Kiste in die Höhe, der Wind pfiff, die Marktbesucher eilten, der Himmel drohte, irgendwo zerbrach ein Glas, eine Metallkanne rollte über den Weg und schepperte gegen ein Tischbein. Der Hüne stapelte seine Kisten. Fünfzehn, rief Walter und hielt die Römernadel in die Höhe. Vierzig. Der Hüne packte. Fünfzehn. Fünfunddreißig, knurrte der Hüne durch die geschlossenen Zähne; er packte unverwandt und ruhig. Eine Windböe ergriff Julies Seidenschal, schlug ihn gegen einen Pappkarton. Dort verfing er sich. Hastig versuchte sie, ihn zu lösen. Der Regen rauschte. Sie zerrte ihr Portemonnaie aus dem Stoffsack und zog die Kapuze übers Haar. Mit einem Geldschein winkte sie dem Händler zu. Der Zipfel einer Zeltplane schlug gegen Walters Kopf und verbarg ihn, wurde aber so-

fort mit dem Handrücken wie ein lästiger Brummer verscheucht. Vierzig für zwei, schrie er. Der Wind wuchs zum Orkan. Sechzig, brüllte der Hüne gegen das Geheul der Luft. Julie winkte mit ihrem Geldschein. Da legte ihr Freund zwei Zehner dazu und steckte die beiden Nadeln ein. Bäche stürzten vom Himmel. Walter fasste die Hand seiner Liebsten und zog sie unter das Dach der U-Bahn-Station. Als sie in der Bahn saßen, überreichte er ihr eine Römernadel.

Patria tua est, grinste sie; in der Schule hatte sie ein wenig Latein gelernt. Sie wickelte ihren Schatz in ihr Seidentuch und vergrub ihn in ihrem Stoffsack.

Damit kannst du deine Toga befestigen.

Das probieren wir heute Abend. Sie schüttelte ihr Haar. Sie saß ihm gegenüber. Wie jung sie ist, dachte Walter, während er einen Wassertropfen vom Gesicht strich. Für eine Weile schloss er die Augen, Rolf, der Schäferhund, sprang aus der Donau, schüttelte sich; silbern glänzte ein Kranz von Tropfen über seinem Fell, und wieder fuhr die Hand über das blasse Gesicht. Walter, raunte Julie, wo bist du? Sie umfasste sein Knie. Wir sind bald da, murmelte er und rieb die Augen. Als er sie öffnete, huschte ein Leuchten durch ihn, sie ist schön, meine Julie. Ich will nicht mehr ohne sie leben. Die Bahn hielt. Am Schwedenplatz gibt es das beste Eis von Wien, rief er laut beim Aussteigen, aus Walderdbeeren, am Morgen gepflückt!

Als sie über eine Rolltreppe den Platz erreichten, hatte sich der Sturm gelegt, die Sonne sandte ein paar Strahlen durch das Grau.

Ich will kein Eis, ich brauche jetzt eine warme Suppe und einen Tee mit Rum!, maulte Julie und fügte hinzu: Auf der Stelle. Sonst kippe ich um.
Zuerst wird die Anker-Uhr angeschaut, mein Liebling. Sie lässt um zwölf die Herrscher der österreichischen Monarchie defilieren. Das Schauspiel darfst du dir nicht entgehen lassen. Du hältst doch noch zehn Minuten durch? Komm! Danach gibt's eine Suppe und zum Dessert ein Eis.
Auf dem Brunnenplatz standen dicht gedrängt Touristen vor der Uhr, die sich wie eine Brücke über eine schmale Gasse spannte. Beinahe andächtig warteten die Menschen auf die Figuren, die in zwei Minuten von rechts nach links wandern würden. Hier und da war ein Regenschirm aufgespannt. Niemand sprach mit lauter Stimme. Man war in Erwartung. Ich will jetzt essen, flüsterte Julie, heiß war ihr Atem unter seinem Kinn. Fotoapparate wurden gezückt, alle Blicke waren auf das goldene Dekor gerichtet. Auch Walter Grunwald starrte hinauf; von hinten hielt er seine Julie umfangen. Sie hatte Hunger, und ihr Atem war heiß. Bssst, das Glockenspiel, horch. Majestätisch zogen unter Walters Erklärungen Kaiser und Ritter vorüber, bis Julie staunend und Kaugummi kauend ihren Hunger vergaß. Woher weißt du das alles? Na ja, ich habe in der Schule aufgepasst. Da schau, da kommt der letzte an, ein Musiker, der Joseph Haydn. Eigentlich hätte es ja der Kaiser Franz Joseph sein sollen. Aber der war plötzlich tot, und die Uhr war noch im Bau. Da haben sie den Haydn hingestellt; der passt besser. Julie fand, er fiele

aus dem Rahmen. Wieso? Er ist weder Herrscher noch Ritter; gebannt starrte sie, als das Schauspiel längst vorbei war, noch immer auf die Uhr, während die Menge sich verstreute. Es gibt auch einen Dichter, flüsterte Walter, hast du ihn nicht gesehen? Dann müssen wir noch einmal um zwölf herkommen. Er trägt eine Leier: Walther von der Vogelweide. Nach ihm bin ich benannt.

Du trägst den Namen eines Dichters? Wie romantisch! Eine Kaugummiblase zerplatzte vor ihren Lippen. Dann lachte sie, spuckte, und ihre Zungenspitze flitzte zwischen den Lippen hin und her. Er wollte sie umarmen, aber er verabscheute Zärtlichkeiten in der Öffentlichkeit, zog sie deshalb an der Hand davon, ich habe Hunger!

Ich auch!, brüllte sie.

Auf dem Wiener Pflaster klackten ihre Sommerschuhe. In selbst bestimmter Autorität vertrieb die Sonne die letzten Wolken, als das Paar die U-Bahn wieder verließ. Es flog die Treppe zum Praterstern hinauf und weiter hinauf in die S-Bahn, die Treppen hinunter, durch den Martarapark in die Ospelgasse und die Stiege im Haus Nummer 21/23 hinauf und hinein in das Zimmer auf der dritten Etage, wo hinter der Fensterscheibe eine Blaumeise sang.

Was heißt *Von der Vogelweide*, wollte Julie eines Tages wissen, als sie an Walters Arm auf ein Eckrestaurant in der Nähe ihrer gemeinsamen Wohnung zuging.

Na ja, so hieß der Dichter, der auf seiner Wanderschaft durch Österreich und Deutschland seine Lieder den

schönen Burgdamen vortrug. Ein berühmter Minnesänger. Ein Rock- oder Popstar des Mittelalters. Er zwinkerte Julie zu, auf jeden Fall ein Stern am Himmel der Musen.
Du bist ein weiser Mann, Walter! Sie presste ihren Körper noch fester an seinen Arm, in diesen Wochen habe ich mehr über Wien gehört, als ich von Amerika weiß. Du bist klug, aber das wusste ich ja schon immer. Seit meiner ersten Vorlesung bei dir. Walter hielt inne, weißt du was, wir setzen uns hier draußen in den Schanigarten; dann kannst du die Vögel hören. Er rückte ihr einen Stuhl zurecht.
Unter einem Kastanienbaum saßen sie nun. Zwar fehlten die Blumen, aber Walter sah Wicken und die orangefarbenen Trichter der Kapuzinerkresse im Schanigarten seines Vaters. Erschrocken über das Abschweifen seiner Gedanken, warf er einen Blick in die Speisekarte. Julie nieste. Er umfasste ihre Hände. Dem Kellner murmelte er zwei Worte zu. Er saß der Frau gegenüber, die er begehrte. Seine Fingerspitze berührte die Mulde ihrer Hand, er sah ihre feine Nase und die Glut in ihren Augen. Manchmal schimmerten sie grün, jetzt bernsteinfarben.
Walter von der Finkenweide, lächelte Julie.
Du bist ein kluges Mädchen.
Das schließlich eins und eins zusammenzählen kann, meinte sie kess und schloss ihre Hand zur Faust. Du hast gesagt, die Uhr sei Ende des Ersten Weltkriegs vollendet geworden. Da wird wohl nicht nur ein Wiener seinen Sohn Walter oder Joseph genannt haben. Eugen ist auch hübsch.

Prinz Eugen war ein österreichischer Ritter. Mein Vater aber kam aus Ungarn, er spielte mehrere Instrumente und liebte Gedichte; meine Mutter sang, sie war perfekt auf dem Klavier. Sie waren Künstler.
Wo sind sie?
Da kommt unser Essen, rief er und entfaltete seine Serviette wie jemand, der nicht wusste, wozu das Tuch neben dem Teller lag. Seit Jahren hatte er sich in der Kunst des Überhörens trainiert. Dumm von mir, zu reden und die Eltern zu erwähnen! Wann werde ich endlich klug! Immer wieder stürze ich in die eigene Falle, ich Tor! Er versuchte, seiner Stimme einen aufmunternden Klang zu geben, magst du die Krautfleckerln? Hier sind sie besonders gut. Eine Wiener Spezialität. Lass dir's schmecken, Liebchen! Das tat Julie. Sie schwieg, und auch Walter Grunwald schwieg. Eine Elster kreischte. Dann kam der Kaffee.
Der Kellner stand vor der Tür des Restaurants, ein Silbertablett baumelte ihm am Knie. Er blickte in die Baumkrone, sah einem Vogel nach. Dann wieder schien er sich auf seine Pflicht zu besinnen. Was ist meine Pflicht?, schien er zu denken, zuerst reden sie Kauderwelsch, man versteht kein Wort, jetzt sind sie stumm. Bleib' ich fort, geh' ich hin? Er gab sich einen Ruck und in der Misslaunigkeit langjähriger Vasallen, wie Fernando Pessoa diese Wiener Kellnergangart genannt hätte, näherte er sich dem Tisch, wich aber sofort auf den heftigen, besser gesagt herrischen Wink des Gastes hin zurück.
Jetzt bleiben uns nur noch drei Tage in Wien, mein Schatz. Was kann ich dir bieten?, fragte Walter über

seine Melange hinweg. Julie rührte in ihrem kleinen Braunen. Wir könnten eine Donaufahrt machen, schlug er vor. Sie schaute auf die Bläschen im Kaffee. Die Zeit ist zu schnell verstrichen, sagte er, den Tiergarten hast du noch nicht gesehen. Sie drehte den kleinen Löffel in der kleinen Tasse. Wir könnten auch nach Schönbrunn fahren. Oder am Donaustrand baden. Willst du ins Schmetterlingshaus? Sie schaute ihn über den Tassenrand an, ihre Iris war wassergrün. Weißt du was? Morgen gehen wir in den Volkgarten. Da zeige ich dir den Theseustempel. Als Schüler war ich dort. Das war lustig. Ein Jahr vor der Matura. Unser Lehrer redet und redet und schaut dabei zu den Säulen und Kapitellen hinauf. Die Vögel locken, der Lenz ist da. Plätschernd erzählte Walter Grunwald und hielt die kleine Faust auf dem Tisch umfasst. Während der Vortrag unsers Lehrers kein Ende findet, niemand interessiert sich dafür, huscht einer von uns zur Sandkiste, lockt die kleinen Jungen und Mädchen zum Tempel, und wir verschwinden im Gebüsch. Als der Lehrer sich schließlich umschaut, sieht er sich umringt von Eimerchen und Sandschaufeln. Was meinst du, rief Walter Grunwald und streichelte die geliebte Hand, die nun nicht mehr zur Faust geballt war, wie dumm der Lehrer geschaut hat! Er war so verärgert, dass er unseren Geschichtskurs strich. Ein Jahr harter Arbeit. Stell dir das vor! Schmeckt dir der Kaffee? Aber wir haben uns das nicht gefallen lassen, wollten doch unsere Matura haben. Na ja, nach einem Gespräch mit dem Direktor wurde der Kurs schließlich doch anerkannt.

Hast du mal einen Klassenkameraden wiedergetroffen?, wollte Julie wissen und streichelte seine Hände, die mit einem Mal entgegen ihrer Wahrnehmung kraftlos waren. Sie sind zierlich, dachte sie, zarter als Papas Pranken, und vergaß ihre Frage. Sie wurde auch nicht beantwortet.
Obwohl sie seit fünf Monaten ein leidenschaftliches Liebesleben führten, war und blieb Walter Grunwald für Julie Whiteman *mein Professor*.
Der Gedanke, von ihm auserwählt zu sein, machte sie stolz. Als Studentin wollte ich ihn rumkriegen, hatte sie ihrer Mutter in einem Gespräch erklärt, aber da war nichts zu machen. Er blieb distanziert, immer korrekt, ein Gentleman, mein Walter! Er kennt seine Grenzen. Auch deshalb liebe ich ihn. Er ist stark. Weißt du, Mom, er trägt mich. Der Altersunterschied muss dich nicht beunruhigen. Im Gegenteil. Es ist ein großartiges Gefühl, von einem reifen Mann geliebt zu werden. Er hat Erfahrung und ist scharf auf mich, das spüre ich. Und was er alles weiß! Ich übertreibe nicht, Mom, ich fühle mich reich beschenkt. Das geht so weit, dass ich dumme Gans oft das Gefühl habe, selbst viel zu wissen. Ich bin glücklich mit ihm. Als kleines Mädchen habe ich mich oft als Prinzessin verkleidet. Erinnerst du dich? Jetzt bin ich es. Er ist so süß! Manchmal ist er wie ein kleiner Junge. Aber auch herrisch kann er sein. Das mag ich genauso wie seine Zärtlichkeit. Denk nicht mehr an Juan! Der ist vergessen, Mom, schick ihn fort, wenn er wieder schellt. Neben Walter ist er ein Bübchen. War mein Tanzstundenkavalier, mehr nicht. Das ist längst

vorbei ... Sie sah einem Flugzeug nach und sagte halblaut, ich bin ein Vogel.
Walter schaute von den verschlungenen Händen auf.
Wir sind ja auch weit geflogen, mein Liebling.
Das möchte ich immer wieder.
Jetzt?
Immer.
Ober, zahlen!

KAPITEL 18

Seit zwei Wochen war Walter Grunwald wieder allein in Wien, und diese Tage erschienen ihm wie Jahre.
Wie ist es möglich? Die größte Chance meines Lebens liegt vor mir, aber ich leide.
Wie oft hatte er auf das Telefon gestarrt, war durch die Straßen geeilt und wieder zurück in sein Zimmer, hatte auf die Uhr geschaut und gerechnet. Dabei wusste er genau, dass er sie erst am frühen Abend erreichen konnte. Für einen kurzen Morgengruß, bevor sie in die Schule fuhr.
Jetzt war in Denver Mitternacht.
Um sich zu trösten, streute er Haferflocken auf die Fensterbank und sandte einen Lockruf in die Krone der Linde; sie ragte von der Donaueschingerstraße her in sein Fenster. Sein Ruf blieb unbeantwortet. Enttäuscht schlug er die Zeitung auf, die er kurz vor sieben aus dem Briefkasten gezogen hatte, warf aber immer wieder einen Blick zum Fenster hinüber. Die Vögel sind noch nicht an mich gewöhnt, ich habe sie vernachlässigt. Bald legte er das Wiener Tagblatt zur Seite. Seine Kaffeetasse war leer. Entschlossen trug er sie in den Spülstein, griff nach dem Brotbrett und strich die Krümel über der Fensterbank ab. Nach seinem zweiten Lockruf in die Baumkrone entdeckte er erschrocken ein gelbes Blatt; hell leuchtete es. Aber auch das Grün vor ihm erschien ihm an diesem Morgen nicht so frisch wie in den Wochen, als Julie bei ihm war. Kaum nähert sich der Sommer dem Höhepunkt, kündigt der Tod sich

an. Wie rasch! Mir bleibt nicht mehr viel Zeit ... er spürte einen Schmerz in der Brust, und fest pressten seine Hände gegen den Stich im Herzmuskel. Man hat die Hülle verloren, wenn man liebt, flüsterte er, mit ihr war ich jung und stark. Er rang nach Luft. Sie hätte mich nicht allein lassen dürfen. Jage ich Blödmann nicht einer Fata Morgana nach? Endlich konnte er wieder atmen. Doch um eine Wiederkehr des Schmerzes zu vermeiden, atmete er mit großer Vorsicht, und der Druck seiner Hände verstärkte sich. In gekrümmter Haltung ging er zum Fenster, dann wieder zurück. Plötzlich brach aus ihm: Mich lässt man nicht allein! Verzweifelt warf er die Arme von sich, sie ist jung, wie sollte sie mich alten Sack denn lieben! Bei seinem Schritt auf das Waschbecken zu erfasste ihn ein Schwindel, und er stützte sich auf die Sessellehne. Wieder fiel sein Blick in die Baumkrone. Dabei versuchte er, sich zu erinnern, wann er sich je so elend gefühlt hatte. Aber sein Kopf war leer – bis auf den Strudel im Schädel. Seine Hände umkrallten die Sessellehne, während die Blätter da draußen von einer unsichtbaren, fernen Kraft bewegt wurden. Allmählich löste sich der Strudel in seinem Hirn auf, sein Blick war wieder klar. Ein Sperling flog auf die Fensterbank, pickte und flog davon.
Endlich, flüstert Walter Grunwald, einer ist wiedergekommen. Noch ein wenig geschwächt, doch erleichtert wusch er Gesicht und Hände. Darauf legte er seine Unterlagen auf den Tisch. In drei Tagen wird er seine Antrittsvorlesung als Gastprofessor aus Amerika halten.

Ein Monat war seit dem Schwächeanfall verstrichen, den er im Rückblick als würdelos empfand, als er sein Kopfkissen aufschüttelte und die Tagesdecke über dem Bettsofa stramm zog.
Er streifte sein Sommerjackett über das T-Shirt und bückte sich, um aus einem Schubfach die Kollegmappe hervorzuziehen. An diesem Samstagmorgen wollte er im Café arbeiten. Raus aus der Bude. Nichts als arbeiten, um der Sehnsucht zu entrinnen, die das Gefühl des Verlassenseins zur Marter steigerte! Hatte er nicht Ähnliches schon einmal empfunden? Unsinn. Sein Leben lang hatte er geschuftet. Arbeit war ihm zur Routine geworden. Er konnte sich ein Leben ohne Arbeit nicht vorstellen. Warum unproduktiv denken? Jetzt griff er nach der Mappe. Neue Anforderungen standen vor ihm, hatten immer vor ihm gestanden, und wie gut waren ihm die ersten Vorlesungen und Seminare gelungen! Er schloss die Schublade.
Seitdem Julie nicht mehr bei ihm war, spürte er jeden Morgen einen Druck auf der Brust, nannte ihn Sisyphus‘ Stein; er hatte Atemnot. Eine neue Erfahrung. Auch wenn er bis tief in die Nacht hinein versucht hatte, sie am Telefon zu erreichen, im Schlaf sank der Brocken auf ihn herab; über Tag wuchtete er ihn den Berg hinauf, und in schlaflosen Nächten fürchtete er zu ersticken und knipste das Licht an, las dann und schrieb, bis seine Augenlider ermattet waren.
Als er sich aus der Hocke erheben wollte, sprang ihn der Satz an: *Von Stunde zu Stunde leben und nie vorwärts noch rückwärts denken.* Bitter lachte er auf,

hob die Mappe vom Boden und straffte seinen Rücken.
Die Wohnungstür war durch einen Riegel, den er in Amerika hatte anfertigen lassen, doppelt gesichert. Bevor er ging, wandte er sich, wie gewohnt, zum Fenster um und schaute, na, da bist du ja wieder, seinem Sperling in die Augen.
Beschwingt vom kleinen Glück, eilte er die Holzstiegen hinab. Der Himmel war blau. Wie in Denver, dachte Walter Grunwald, mehr als dreihundert Sonnentage im Jahr! Aber in Wien muss man sich auch im Sommer freuen, wenn der Himmel blau ist. Leise pfiff er vor sich hin. Hinter dem Hundeklo auf dem Pfad, der den Rasen neben dem Sportplatz im Mortarapark durchquerte, stutzte er, was pfeife ich denn da, ... *das Wasser war viel zu tief*. Wir telefonieren doch jeden Tag miteinander. Ich rufe sie um halb zwölf in der Nacht an. Dann ist drüben Teezeit. Nur donnerstags unterrichtet sie länger. Zum Geburtstag ihrer Mutter habe ich eine Sachertorte geschickt. Ich bin heilfroh, dass ich hier Vorlesungen halten kann; die lenken ab. Aber kaum verlasse ich das Rednerpult, sehe ich sie vor mir und will sie nehmen. Weihnachten muss sie kommen. Aber nein: Heiligabend hat sie ihre Eltern noch nie allein gelassen! Die sind doch erwachsen! Sie will sich's überlegen! Was gibt es da zu überlegen? Ich zahle ihr Ticket. Was zögert sie? Da kommt sie ja, meine S-Bahn.
Bitte nach Ihnen!
Walter blieb bei der Tür stehen und stieg an der nächsten Station aus. Praterstern. Ein Kreuzpunkt von Bus-

sen und Bahnen aus allen Himmelsrichtungen. Bepackt mit Koffern und Taschen rannten die Menschen umher. Ein Herr mit Strohhut und Spazierstock trug seine Zeitung unterm Arm. Er versuchte, Walter auf der Rolltreppe zu überholen, und zog den Hut, pardon, mein Herr.

Schade, dass der Hut aus der Mode ist; der lustige Vogel muss von weither geflattert sein, Walter stieg die Treppe zur U-Bahn hinab. Seltsam, was einem an gewissen Orten einfällt; in der Grundschule habe ich die U-Bahn-Linien auswendig lernen müssen; die Stationen wurden abgefragt. Jetzt bin ich bald sechzig, und nichts hat sich geändert – bis auf die Fahrtrichtung. Bald streifte er in der U1 mit dem Blick den Busen einer jungen Frau, stöhnte, ach säße *sie* doch neben mir. Er drückte die Kollegmappe an die Brust.

Ist das nicht Walter Grünwald? Eine rauchige Stimme ließ ihn aufschauen. Darf ich?, fragte die Dame, und ohne seine Antwort abzuwarten, setzte sie sich neben ihn und hielt ihm ihre Hand hin. Der Ehering war im Finger eingewachsen. Kennst du mich nicht mehr? Ich bin die Margot aus Haifa.

Mit gespreizten Fingern fuhr Walter dreimal durch sein Haar, bevor er begriff, wer jetzt in der U1 neben ihm saß. Das beste Eis an Haifas Küste!, rief er aus, die kleine Margot, schau an! Bist eine stattliche Person geworden! Hast du Zeit? Ich lade dich auf eine Melange ein, oder was willst du?, und er dachte, es geht ihr wohl recht gut in ihrem Hutgeschäft; einmal wollte ich sie heiraten, aber ich mag keine dicken Frauen.

Im Café Central plauderte Margot über ihre glückliche Zeit in Palästina, auch von schweren Zeiten hier und drüben sprach sie, und kam bald genauer auf das Glück zu sprechen. Auf das Glück an sich und auf das größte Glück, das sie in ihrem Leben gehabt hatte, nämlich eine Wienerin zu sein und in Wien leben zu dürfen. Walter hörte ihr nach den ersten Sätzen nicht mehr zu, in Palästina hatte sie ihn im Stich gelassen, und jetzt redete sie zu schnell, dumm und zu viel; er dachte an seine Arbeit. Daheim in Denver hatte er die Vorlesungsreihen der letzten Jahre überflogen und einige Manuskripte eingepackt.
Als Hochschullehrer arbeitete er seine Vorträge so sorgfältig aus wie seine Aufsätze zu Schülerzeiten, legte aber nie ein Blatt aufs Rednerpult. Zur Sicherheit trug er immer einen Zettel in der Tasche, nicht größer als zehn mal zehn Zentimeter; selten griff er vor den Studenten danach. Während eines Gesprächs mit einem Kollegen war ihm klar geworden, dass er in Wien wenig von dem gebrauchen konnte, was er in Denver lehrte, und hatte sich vorgenommen, sich inspirieren zu lassen. Von dem Ort. Von den Menschen. Er war gewohnt, nach guter Vorbereitung die rechten Worte zu finden.

Im Hörsaal V griff Walter Grunwald am ersten Freitag im Oktober 1978 ohne ein vorheriges Wort nach der Kreide, schrieb und legte die Kreide nieder. Darauf rieb er die Zeigefinger- und Daumenkuppe beider Hände aneinander. Schweigend ließ er den Blick über die Gesich-

ter seiner Studenten gleiten, wies dann auf die Tafel: *Die Gefahren des ethnozentrierten Denkens und Handelns.*
Er holte weit aus und leitete dann, von verschiedenen Richtungen kommend, seine Gedankenfäden auf einen Punkt. Die Studenten schauten einander ratlos an, als der Professor aus Amerika geschlossen hatte. Noch war keins der Worte gefallen wie: *das Fremde – das Eigene* oder: *Angst, pränatale Beeinflussung, Zerstörung einer Gesellschaft.*
Walter Grunwald stand hinter dem Rednerpult. Zwei Minuten können lang sein. Die Studenten hielten die Köpfe geneigt; nur einer sah ihn fragend an. Eine Gruppe scharrte mit den Füßen. Inwiefern kann das Fühlen das Denken beeinflussen?, fragte der Professor in die Stille hinein, was leitet ein Individuum zu einem anderen Menschen hin oder von ihm fort? Das Wetter, Sinneseindrücke, die eigene Befindlichkeit, der Charakter etc.? Setzen Sie sich in Gruppen zusammen und diskutieren Sie! Sammeln Sie Fragen! Wenn Sie wollen, beginnen Sie mit einer These. Sie haben zwanzig Minuten Zeit.
Nach einem Monat hatten die Studenten gelernt, sich auf die Lehrmethoden des Gastprofessors aus den USA einzulassen und freuten sich wöchentlich auf die neue Herausforderung durch Provokation, Diskussion und anschließende Konklusion.
Am Tag darauf war einer der seltenen Herbsttage angebrochen, die der Furcht vor einem Abschied Hoffnung auf ein Wiedersehen schenken können.

Walter Grunwald lag im Halbschlaf.
Samstags hatte er keine Vorlesung, kein Seminar. In der Linde vor seinem Fenster flötete ein Buchfink in konstantem Variationsverzicht seine Strophen. Kann er nicht einmal einen neuen Ton erfinden?, fluchte Walter; in wilder Hoffnung tastete seine Hand über sein Kopfkissen und das Bettlaken. Nichts. Aber er hatte sie doch so klar gesehen!
Nach einer Notlandung rennt er auf einen Hügel zu. Unzählige Hügel rennt er hinauf und hinab. Sie flimmern, kein Schattenriss. Er weiß nicht, was er sucht. Er rennt, fühlt seine Zunge am Gaumen wie ein Stück Holz. Ein Ziehbrunnen steigt aus dem Sandmeer auf. Aber mit jedem seiner sich nähernden Schritte weicht der Brunnen zurück. Im Traum zeigt sich Verzweiflung als Todesangst, murmelte Walter Grunwald und fiel zurück in seine Nacht. Seine Arme wachsen über den Wüstensand; grün sind die Arme, daran Hände. Aber sie erreichen ihr Ziel nicht, obwohl sie zerren, um immer weiter zu wachsen, und dann wieder rutschen sie über den Wüstenboden. Drei Meter vor dem rettenden Wasser durchfurchen seine Fingernägel den zurückweichenden Grund. Sand weht über sein Haar. Als er endlich wieder aufschaut, ragt eine Säule vor ihm in die Höhe. Darauf eine Frauengestalt, sie ist klein. Im Traum weiß er genau, wer auf der Spitze des steinernen Phallus hockt. Er will aufspringen und sie herabheben. Da ist er in Dunkelheit getaucht und findet sich selbst als winzige Gestalt in einer Höhle wieder.

Länger als an anderen Tagen ließ Walter Grunwald das heiße Wasser auf seinen Körper prasseln.
Er öffnete das Fenster. Weich wehte die Luft um seine Haut. Jetzt griff er nach dem Bademantel und lief über den Hausflur zum Klo, hängte den Mantel anschließend wieder an den Haken bei der Tür und drehte kräftig die Schraube am Reisewecker; er hatte ihn auf dem Flohmarkt entdeckt. Jetzt verglich er die Stellung der Zeiger mit seiner Armbanduhr, zog auch diese auf, bevor er sie umband. Was mag sie jetzt wohl träumen? Er zündete die Gasflamme unter dem Kaffeewasser an und rührte den Teig für sein Omelett, gestern war sie nicht zu erreichen, er zog grüne Zwiebeln aus dem Kühlschrank, vorgestern war sie mit Kollegen aus. Aber wo war sie gestern? Er wusch die Zwiebeln und schnitt sie auf einem Holzbrett in Ringe. Mit gewohntem Griff setzte er die Pfanne auf, goss Öl hinein, heute muss ich ihre Stimme hören. Während er die Zwiebelringe in dem heißen Öl rührte, lachte er mit einem Mal über seine Traumbilder, ich Tor, seufzte aber sofort, ich brauche sie. Sie fehlt mir.
Bald eilte er zum türkischen Laden an der Ecke, bald raffte er seine Wäsche zusammen und trug sie in den Waschsalon. Er kaufte ein Wochenjournal. Viele Male lief er die Stiegen seines Hauses hinauf und hinunter, fuhr mit der S-Bahn, der U-Bahn, fragte am Karlsplatz nach seinen Fotos und eilte zur Opernkasse. Wieder in sein Zimmer zurück.
Als die kleinen Zeiger der Wiener Uhren endlich über die 3 hinweggekrochen waren, riss er den Telefonhö-

rer von der Gabel und wählte Julies Nummer. Besetzt. Das verhasste Signal ertönte so lange, bis sein Ohr schmerzte.
Über dem Ziffernblatt seiner Armbanduhr hob und senkte er seinen Blick wie ein hungriger Vogel. Na ja, versuchte er sich dann zu trösten, sie verabredet sich mit ihrer Freundin. Er ging im Zimmer umher, hielt nach fünf Minuten wieder die Telefonscheibe. Mit wem redet sie so lange? Samstags schläft sie gewöhnlich, bis ich sie wecke. Als er eine viertel Stunde später sein Glück erneut versuchte, ertönte das Freizeichen. Niemand nahm den Hörer ab. Da lief er in die Straßen Wiens und überließ seinen Füßen den Weg. Sie trugen ihn meilenweit.
Bis er sich erschöpft im 2. Bezirk wiederfand.
Am Donau-Kanal entlang ging er auf die Salztorbrücke zu. Eine Möwe flog vom Geländer auf. Früher standen dort Figuren. – Na ja, die Brücken wurden zerstört. Als ob so ein Unfug die Russen hätte aufhalten können! Und die Brückenheiligen? Man müsste tauchen. Habe ich früher gemacht. Dort drüben von der Hollandstraße aus.
Weiter ging er, und sein Blick fiel auf das Donaudampfschiff; fest verankert lag es vor ihm. Als Bub war er für eine Nacht einmal hineingeschlüpft. Seine Zunge flitzte über die Lippen, dort drüben war das Schwimmbad, drei Minuten vom Café entfernt. Auch weg. Im Schwenk seiner inneren Kamera nahm er das Panorama auf und näherte sich der Brücke. Sie mündete in die Hollandstraße.

Als er sich dort, wo nun ein schmuckloses Eisengeländer war, die alten Steinfiguren und die Glaslaternen auf ihren prächtigen Füßen über dem Donaukanal in Erinnerung rief, sah er sie auf der Brücke ... *ein Scherz, ruft sie, es war nur ein Scherz, Walter. Sie trägt ihr blaues Satinkleid, das streckt ihre Gestalt. Ich sehe sie klar da stehen, ich könnte sie zeichnen. Sie winkt mit der Zigarettenspitze, das Fenster springt auf, der Vorhang weht* ... Ein spitzer Schmerz durchzuckte ihn, und seine Hand schlug vor die Brust, um die Nadel herauszupressen; sie steckte im Herzmuskel. Schweiß perlte auf seiner Stirn. Ich saß hinter meinen Briefmarken; ich war noch ein Bub ... Er taumelte, schwankte, und dann hielt er sich mit den Händen am Brückenpfahl fest, sah sich um, gibt's hier keine Bank?

Es ist gefährlich, sich auf sein Gefühl zu verlassen, dachte er, das tötet, während er, beide Hände am Pfahl, zu Boden glitt. Da lag er. So ist es gut, sein Himmel war schwarz. Er gab sich ihm hin, es ist gut am Kanal; hier fließen die Wasser die Donau hinab in das Schwarze Meer, ins Ägäische Meer ..., alles ist gut.

Die Sonne stand tief, als er erwachte.

Er fühlte sich erfrischt und blickte in den abendroten Himmel; leicht war die Luft; er atmete frei. Ein Junge sauste mit einem Tretroller über das Trottoir, umkreiste den Liegenden geschickt. Um ein Haar hättest du mich überfahren, rief Walter ihm nach. Lachend stand er auf, klopfte den Staub von der Hose. Mit gespreizten Fingern fuhr er durch sein Haar. Dann ging er über die Brücke.

Im Schanigarten des Eckcafés am Ufer bestellte er eine Melange, bevor sein Blick den Rücken eines Anglers streifte. Die Kellnerin erinnerte ihn an seine Tochter. Wünschen Sie noch etwas? Was hätte er sich an diesem Samstagabend wünschen sollen? Der Kaffee war gut. Der Angler saß breitbeinig auf einem Schemel, leicht nach vorn gebeugt. Eine alte Frau schleppte eine Tasche über den Bürgersteig der Hollandstraße, ein Bündel Porree ragte heraus. Über der Brücke flogen Möwen umeinander, und Walter Grunwald fragte sich, wer denn seine Füße, verdammt noch mal, an diesem vermaledeiten Tag in die Leopoldstadt dirigiert hatte, und stritt eine Weile mit sich selbst, bis ihn der Entschluss, irgendwann das Haus Nummer 8 zu fotografieren, mit sich versöhnte. Seit sechs Jahren hatte er es, nachdem er mit Herta hier gewesen war, tun wollen, war aber jedes Mal vor der Brücke umgekehrt. Das Café Kommerz existiert nicht mehr, das wusste er sehr wohl, aber der Hauseingang, durch den er als Gymnasiast in die Schule und ins Schwimmbad gestürmt war, war unverändert. Und durch diesen Eingang ... Halt, nicht weiterdenken!, befahl er sich und sah sich, zweiundzwanzig Jahre alt, Wasserwagen durch die Wüste lenken, und so quälend wie damals überfiel ihn die Sehnsucht nach einem Brief seiner Eltern. Er presste seine Hände an die Brust. Auf einen Lastwagen getrieben, verscharrt. Irgendwo. Niemand weiß es. Niemand pflegt ihr Grab. Verscharrt. Das Wort trommelte in seinem Kopf. Der Angler schaute ins Wasser. Möwen kreischten. Irgendwann werde ich wiederkom-

men, nahm Walter Grunwald sich vor, später; werde meine Kamera mitbringen. Die Kellnerin stand im Türrahmen.
Sie erinnerte ihn an seine Tochter. Lily war ein heiteres Kind, hat Katzen gekrault, mit Hunden gespielt. Sie ritt wie eine Indianerin. Wie oft hatte er gedacht, wie Mama, so stolz im Sattel. Lily sprach mit ihrem Pferd, ja, mit jedem Tier. In Oklahoma hatte er sie oft als Kleinkind im Garten beobachtet, während er Sträucher beschnitt oder Laub auflas; ihre Lippen bewegten sich ständig. Leider war er selten daheim. Aber wenn er zu Hause war, fand er immer Arbeit im Garten, um in ihrer Nähe zu sein, wenn sie mit einem Igel oder einer Schnecke sprach. Als Studentin züchtete sie in ihrem Zimmer Schmetterlinge, Schlangen, Papageien; das Bein einer Taube hat sie geschient. Selten spielte sie mit ihrem Bruder. Michael interessierte sich für Motoren. Nur in Denver ritten die beiden gemeinsam durch die Hügel der Rocky Mountains. Wünschen Sie noch etwas?, fragte die Kellnerin. Sie schauen mich so nett an, da muss ich mir was wünschen. Na, bringen S' mir noch eine Melange, bitte. Er schaute auf ihre Beine, sah Lily vor sich und dachte an Julie. Nun habe ich eine Freundin im Alter meiner Tochter ... Habe Lily letzten Monat einen Scheck geschickt. Keine Antwort. Sie hatte Geburtstag. Ich sehe sie nicht mehr. Sie schreibt nicht, ruft nicht an. Tiermedizin wollte sie studieren. Warum nicht?, habe ich gesagt, hatte zwar gehofft, sie würde zum Theater gehen. Eine feine Welt. Die würde ich selbst gern einmal betreten. Aber nein. Tiermedizin.

Auch gut. Sie lernt einen Freund kennen. Der Junge ist gescheit; er ist Jude. Ich freue mich, weil ich sehe, sie lieben sich. Da ziehen sie fort. Weit weg von mir. Mit einem Mal sind die Tiere vergessen. Die Vorlesungen werden geschwänzt. Die ich zahle! Sie arbeitet nicht. Nein. Teufelssitzungen hat meine Tochter im Kopf. So ein Schmarrn! Kleidet sich in Schwarz und schminkt das Gesicht weiß. Ich bin in Sorge und besuche sie. Ihr Verlobter verlässt sie. Na ja, doa koann moan nix moachen; 's kommt von der Mutter. Die Kellnerin erschien mit einem Tablett, es war fleckig und das Silber abgeblättert. Ein Scherz, hat Mama gerufen, als sie die Treppe zum Café hinunterging, es war nur ein Scherz, Walter! Sie trägt ihr blaues Satinkleid; das streckt. Er grinste. Nun konnte er das Bild aushalten.
In einem blauen fußlangen Kleid war Elisabeth als Maria Stuart über die Schulbühne geschritten. Die Bilder schoben sich ineinander, Mama und Lily. Ich könnte sie zeichnen, dachte er, Mama winkt, das Fenster springt auf. Auch Lily hat eine Zeit lang mit der Zigarettenspitze gespielt. Jetzt ist sie fromm geworden. Hat einen Christen geheiratet. Die Melange ist gut. Ein dummer Mensch. Schade. Sie hätte den andern behalten sollen. Der war klug. Er stöhnte auf, seitdem ich vor meiner Frau geflohen bin, höre ich kein Wort mehr von Lily. Ihre Mutter mag mich nicht; sie redet schlecht über mich. Er sah zu dem Angler hinüber; sein Rücken war tief über die Angel gebeugt. Familie ist eine Idee. Ein Wunschtraum. Die schmerzensschönste Illusion. Darin ausgeweidet das Kalb Walter. Die Schlächter: die

Familie. Mamas Schmuck haben sie gestohlen, meine Arbeitskraft geraubt, meine Kleidung und mein Auto versetzt.
Bis zu dieser Stunde bin ich kein bisschen klug geworden, falle immer wieder herein und bin dankbar, wenn einer mich anruft, und sei er noch so fern verwandt. Ich heule vor Glück, wenn ich höre, er will mich besuchen. Ja, komm, rufe ich, ich freue mich auf dich. Und das ist nicht gelogen, ich freue mich unbändig. Aber jedes Mal ein neuer Schlag.
Lily, meine Tochter, du bist klüger als dein Vater, viel klüger. Mein Kleines, ich vermisse dich! Er zahlte und stürmte zur U-Bahn. Bald wird es Nacht, ich muss sie sprechen, Julie, mein Leben!

Wien, 6. Dezember 1978

Lieber George!
Daheim erstrahlt jetzt Denver im Lichterglanz, ich mag die Zeit, wenn die Nacht zum Tag wird.
Hier ist die Weihnachtsbeleuchtung gediegen, um nicht zu sagen geizig. Es regnet. Im Gegensatz zu Colorado; da ist der Himmel auch im Winter blau. Wenn es doch endlich schneien würde! Aber es regnet. Schnee fällt nur in den höchsten Bergen (nicht in Grinzing oder auf der Kobenzelwiese).
Nächste Woche will ich mal los mit den Skiern. Ein Cousin hat mich eingeladen. Apropos ... hier werde ich oft eingeladen. Das ist nett. Ich habe auch eine Freundin aus Bat Galim getroffen, die kleine Margot aus dem

Eiscafé. Weißt Du noch, wie gut ihre kalte Schokolade schmeckte?
Der Wiener Lehrstuhl macht mir Spaß. Die jungen Leute sind klug und aufmerksam. Gleichzeitig besuche ich als Student die Seminare der Pädagogen. Was denkst Du? Es hat sich seit meiner Schülerzeit nichts geändert! Ist das nicht lustig?
Ich habe einen Flügel ersteigert und übe nun jeden Tag. Das ist eine Freude! Am liebsten würde ich in Denver auch einen Bösendorfer haben. Geduld. Schade, dass Du noch nicht hier warst. Ich hätte Dir so vieles gezeigt. Jetzt ist Konzertsaison, Opern- und Theatersaison.
Komm! Dann spiele ich Dir ein Stückchen vor. Du hast die freie Wahl.
Wenn Ihr irgendeinen Wunsch habt, Du oder Trude, so lass es mich wissen. Wie wär's mit einer Torte vom Sacher zu Weihnachten?
Bis bald und grüß Trude herzlich von mir
Dein Walter

*

Ich hatte gute Lehrer, sagte Walter Grunwald, als er mit achtundachtzig Jahren auf sein Leben zurückblickte, wir haben viel gelernt. Von dem Wissen habe ich an der Uni in Haifa und später bei der Air Force profitiert. Ich war sehr stolz auf mein Maturazeugnis. Ein graues Lächeln flog über seine Nase, einmal habe ich es für eine Ausstellung im Metropolitan State College, Den-

ver, Colorado, ausgeliehen. Die Studenten sollten sehen, wie gut zu meiner Zeit in Wien gelehrt und gelernt wurde. Aber was denkst du? Mein Dokument wurde gestohlen! Ich schrieb ans Erzherzog-Rainer-Realgymnasium. Es gab keine Kopie. Meine alte Schule hat jetzt einen dummen Namen, Realgymnasium, RG II. Den Gründer haben sie gestrichen. Auch die Gedenktafel im Stiegenhaus, unter der die Maturanden verabschiedet wurden, ist verschwunden.
Nein, antwortete Walter barsch auf meine Frage, ob er je einen ehemaligen Mitschüler wiedergetroffen habe. Nach einer längeren Pause fügte er hinzu, er habe vor Jahren mit einem telefoniert, der den Kunst- und Geschichtslehrer im Seniorenheim besucht hatte. Erinnerst du dich an die Szene im VolksGarten vor dem Theseustempel? Heute bedaure der alte Herr seine Humorlosigkeit. Schwere Zeiten seien's gewesen ... Sofort sprang Walter zum Flügel hinüber und spielte; ich applaudierte. Darauf drehte er sich grinsend auf seinem Hocker zu mir um, dem George habe ich in Denver auch mal was vorgespielt; da ist er aus dem Zimmer gelaufen.

*

Wien, 10. Dezember 1978

Meine allerliebste Julia,
gestern Abend warst Du am Telefon äußerst kurz angebunden. Bist Du krank? Dein Romeo sehnt sich nach Dir, mein Liebling, komm!!!

Wie ein Hund jaule ich den Mond an. Ich brauche Dich, ich will Dich, ich muss Dich berühren. Ich küsse Dich über und überall. Komm Weihnachten! Ich habe schon ein Geschenk für Dich. Auch für Deine Frau Mama und Deinen Vater. Wir werden einen Tannenbaum mit hundert Lichtern aufstellen. So einen hast Du noch nie gesehen! Der Ständer wartet schon auf Dich und auch eine Überraschung. Für uns beide, mein Herz. Du bist mir teurer als mein Leben!

Ist mein Scheck für dein Flugticket angekommen? Ich hoffe, Dir gefällt der Pullover. Ich mag den Engel darauf. Er schaut so lieb wie Du.

Bitte, mein Kleines, komm bald!

And if these pleasures may thee move,
Come live with me, and be my love!!! (Dichterworte, vor 100 Jahren in England für Dich erdacht)

Dein Walter,
der sich nach Dir verzehrt wie eine Fliege in der Flasche

Obwohl Walter Grunwald vier weitere Briefe an Julie Witheman schickte und bereits im Herbst sieben Briefe und fünf Pakete gesandt hatte, besuchte sie ihn zu Weihnachten nicht.

Sindie Bakerstreet kam, Walters ehemalige Studentin. Er hatte sie bereits im Frühjahr nach Wien eingeladen, doch hinzugefügt, der genaue Termin stünde noch nicht fest. Nun holte er sie vom Flughafen ab.

Er ging mit ihr andere Wege als mit Julie, erzählte ihr Geschichten von der schönen Laterne und vom *Armen*

Augustin, der im Suff in die Gosse fiel und mit den Pestkranken fortgekarrt wurde, *in die Gruben, in die Gruben mit dem Buben!* Auch die Geschichte vom armen Zimmermann aus der Zeit, als der zweite Turm des Stephansdoms im Bau war und der reiche Baumeister seinem armen Gesellen die Hand seiner Tochter verweigerte, hörte Sindie. Der Teufel bietet an, dem Liebenden jeden Wunsch zu erfüllen. Nie aber darf er einen Namen aus der Heiligen Familie aussprechen. Gut. Der Pakt ist besiegelt. Am anderen Tag erkennt der Geselle aus schwindelnder Höhe seine Marie auf dem Kirchplatz, ruft laut ihren Namen und stürzt in die Tiefe. So blieb der Turm unvollendet und erinnert noch heute, schloss Walter, an unerfüllte Liebe ..., schau hinauf, was siehst du? – Nichts. Das Vakuum sei ein starkes Symbol, meinte Sindie nachdenklich, und Walter führte sie weiter. Er war in ihrer Gegenwart weder traurig noch lustig, auch nicht etwa gelangweilt. Es schien, als habe er in ihrer Gegenwart niemanden nötig. Es war alles gut, wie es war, und leise vergingen die Tage.

Am letzten Nachmittag ihres gemeinsamen Weihnachtsurlaubs öffnete Walter Grunwald den Deckel seines Flügels. Eine Weile schloss er die Augen, bevor seine Fingerkuppen die Tasten berührten. Zuerst erklang zart Ton auf Ton. Dann flogen die Töne, rauschten und nahmen sich wieder zurück, bis sie sich im Raum verloren.

Wie bei jedem Spiel am Flügel wurde Walter auch diesmal von dem Gefühl getragen, Musik sei seine Heimat. Er dachte es ohne Pathos, ohne Euphorie, denn er wusste, dass es auf diesem Planeten Inseln gibt, wo jeder, auch ein Kuckuck, sich daheim wähnen kann.

Als nun der letzte Ton der Sonate verklungen war, wartete Walter Grunwald auf seinem Hocker. Worauf? Es war still im Zimmer. Er schlug die Noten zu, schloss den Deckel über den Tasten, sehr langsam schloss er ihn, und die Stille zwang ihn, sich nach seiner Zuhörerin umzuschauen. Schweigend saß sie in ihrem Sessel.

Er hatte den Abend als Abschiedsgeschenk für sie geplant. Aber sie saß stumm da. Schwieg. In seiner Enttäuschung ahnte er nicht, dass ihre Gedanken weit fort und doch näher bei ihm waren als je zuvor; denn sie spürte etwas Neues, das sie weder fassen noch hätte beschreiben können in ihrem Freund, in dem verehrten und heimlich Geliebten, etwas, an dem sie selbst keinen Anteil hatte.

Aus Scheu hatte sie ihm nie gezeigt, was sie für ihn fühlte; denn ihr war der Zugang zur Musik verwehrt, das hatte sie schon früh geschmerzt, sie fühlte sich ausgeschlossen im Kreis von Musikliebhabern und Musikern. Und jetzt, erschüttert durch Walters Spiel, war sie zutiefst verwirrt, wie als Kind im Beichtstuhl beim Bekenntnis der Sünden, die sie dem Kaplan gestand, obwohl es eigentlich keine waren. Als die Musik verklungen war, kam auch noch die Scham hinzu, unerlaubt einem *heiligen Moment* beigewohnt zu haben. Zugleich war sie glücklich, nie zuvor hatte sie ihn so unbeschwert und froh erlebt wie in diesen Tagen. Und dann sein Klavierspiel, oh!

Da sie nicht über ihre Gefühle sprechen konnte und auch nicht willens war, ihre Erschütterung durch eine Bewegung zu *entweihen*, saß sie nun still in ihrem Sessel. Komm, sagte Walter schroff, ich habe Konzertkarten; anschließend werden wir Nachtmahl essen.
Wie im Trance ließ sie sich führen. Walter Grunwald nahm sie bei der Hand, wie er jede Hand fasste, wenn er zwei Eintrittskarten in der Tasche hatte. Das Konzert war ausverkauft, sagte er an der Garderobe und half ihr aus dem Mantel, ich habe nur Stehplätze bekommen. Leider.
Im Haus der Freunde der Musik stieg Sindie Bakerstreet neben ihrem Freund die Stufen hinauf und stand dann staunend in dem besten (laut Walter G.) Konzertsaal der Welt, hinter einer Barriere; diese schied den Ort der Sessel von dem sessellosen Ort. Man stand gedrängt.
Während des ersten Soloparts aus dem Konzert für Violine und Orchester D-Dur, op. 77, Johannes Brahms spürte sie Walters Hand auf ihrer Hüfte. Unerwartet. Fallen lassen wollte sie sich, ohne ein Wort, ganz leise in seinen Arm fallen. Hier. Sofort. Auf dem Stehplatz des berühmten Saals. Unter dieser Musik. Für eine Weile vergaß sie zu atmen. Der Arm blieb. Sicher und fest. So muss es sich anfühlen, wenn Hochzeit in der Kirche ist, dachte sie, höher kann ein Herz nicht schlagen. Bleibt nur der Tod.
In der Pause wurde sie an der Hand unter Kristallleuchtern vorbei an vergoldeten Säulen und Spiegeln gezogen. In dem auf- und abschwellenden Summen

der Konzertbesucher fühlte sie sich ihrer selbst enthoben, eins mit dem Summen und auch vereint mit dem, der sie hinter sich herzog. An einem Stehtisch stellte Walter Grunwald seine Dame ab, warte hier. Sie wartete, und dann lächelte sie, wie Mütter lächeln; er trug ein Tablett mit zwei Mokkatassen; auf einem winzigen Teller lag ein Punschkrapferl. Das teilen wir uns, sagte er, halbierte die fingerhutgroße Kostbarkeit mit seinem Kaffeelöffel, als Kind war das meine Belohnung für die Folter beim Zahnarzt, lass dir's schmecken.
Für diesen himmlischen Lohn hätte ich mir auch gern einen Zahn ziehen lassen, lachte Sindie und schloss die Augen, als das rumgetränkte Mus unter der knackigen Kruste aus rosa Zuckerguss auf ihrer Zunge zerging.
Nach der Pause ergatterten sie Sitzplätze.
Viele Leute kommen nur für den Brahms, raunte Walter seiner Freundin ins Ohr, so sind die Wiener. Sindies Rücken aber genoss das weiche Polster und war den Wienern dankbar. Pjotr Iljitsch Tschaikowskij, Symphonie h-Moll op. 74, las sie im Programmheft, neun Tage nach der Uraufführung starb der Komponist, er hatte das Konzert selbst dirigiert. Sie lauschte, und die Pathétique riss die junge Lehrerin aus Amerika in die dunkelsten Abgründe menschlichen Seins und einige Takte später hinauf in schwerelose Sphären, um sie dann durch eine nicht enden wollende Wüste zu jagen, bevor das vibrierende Herz der Symphonie im ewigen Eis zerriss, doch kurz darauf sich in einem wilden Sprung ein letztes Mal aufbäumte, um in die Ewigkeit

zu fallen. Wie betäubt ließ sich die junge Frau von Walter in die Winternacht führen.
Später wusste sie nicht, wo sie eingekehrt waren, und wusste auch nicht, was sie an diesem Abend beredet hatten. Sie saß ihrem liebsten Menschen schweigend gegenüber. Durch die Musik war sie noch verletzbarer geworden, als sie sonst in Walters Gegenwart war. Er hatte irgendeinen Knödel bestellt, ein Schnitzel oder Gulasch, sie teilten sich das Mahl. Sie trank G'spritzten, er trank Pepsi-Cola.
Beim Kaffee wunderte sie sich, als Walter Grunwald, das hatte sie noch nicht erlebt, über den Tisch langte und, während er mit tiefer Stimme sprach, ihre Finger rieb.
Ich muss dir etwas gestehen, meine liebe Sindie, ich habe mich verliebt. Ihre Hand zuckte, und kaum gelang es ihr, den Jubel, der in ihr ausbrach, zu zähmen. Du bist verliebt?, flüsterte sie, das hast du mir noch nie gestanden. Und je leiser ihre Worte wurden, desto höher sprang ihr Glück aus ihren Augen, auch ich liebe … Nicht in dich, unterbrach er barsch. So barsch, dass er selbst erschrak; er mochte diese Lehrerin mit dem ernsten Blick. Er hatte sie immer meine kleine Brünette genannt. Er wollte ihr nicht wehtun und hatte keine Mühe gescheut; ihre Wiener Tage sollten schöne Tage sein. Er hatte Weihnachtsgeschenke gekauft (keinen Tannenbaum!) und am Heiligen Abend selbst gekocht und den Tisch festlich gedeckt. In die Oper (nicht auf den Naschmarkt!) hatte er sie geführt, ins Kino, ins Theater und er hatte ihr Geschichten erzählt. Deshalb

erschrak er jetzt und verfluchte seinen Charakter, der ihn immer dann zu einer übersteigerten Barschheit zwang, wenn er von einem geliebten Menschen Abschied nehmen musste. Obwohl er sich überhaupt nicht trennen wollte. Nein, nein, er wollte sie nicht verlieren; ein Teil seiner selbst hatte sie so lieb, dass er schon viele Male daran gedacht hatte, sie zu bitten, für immer mit ihm in einem eigenen Haus zu wohnen. Darüber hinaus begriff er in diesem Moment, und das kam ihm äußerst rätselhaft und zugleich bemerkenswert vor, dass er seine Julie nicht *mehr* liebte als Sindie, sondern *auf eine ganz andere Weise*. Der kleinen Blondine bin ich verfallen, dachte er und schämte sich vor den großen schwarzen Augen, die in diesem Moment ihren Vorhang für immer vor ihm schlossen.
Drei Monate später wanderte Sindie Bakerstreet nach China aus.

Lissabon, 3. März 1979

Lieber George!
Meine Tage in Wien sind vorüber. Ein voller Erfolg, von dem ich noch lange zehren werde. Ein Gastordinariat in Wien! Das hat mir gefallen.
Ich schreibe Dir aus Lissabon. In einer kleinen Hafenstadt hier in der Nähe unterrichte ich zwei Wochen lang Studenten. Die Fulbright-Stiftung hat es ermöglicht. In Aveira wurde ich feierlich empfangen. Man führte mich durch die Stadt. Plötzlich stehen wir auf

einem Steg, mitten im Meer. Rechts Wasser, links Wasser. Wohin jetzt?, frage ich. Alle lachen. Wir unterhielten uns auf Englisch. Bei Tisch nickt mir der Rektor der Uni munter zu, Sie werden Ihre Vorträge doch wohl in portugiesischer Sprache halten, Herr Kollege?! Wie bitte?
Die Studenten verstehen kein Englisch. Ich werde spanisch reden, sage ich und hocke die ganze Nacht über meinem Manuskript. Ein Kraftakt besonderer Art, das kannst Du Dir denken. Lissabon gefällt mir gut. Doch halte ich mich lieber in einem Land auf, dessen Sprache ich beherrsche.
Denk Dir, ich habe im Dorotheum einen Bösendorfer gefunden. Jetzt ist er auf dem Weg nach Amerika, wurde 1888 erbaut und sieht genauso aus wie der Flügel von Paul Wittgenstein; vor einigen Jahren sah ich ihn im Stadtmuseum. Jetzt steht er nicht mehr da. Ob es wohl dasselbe Instrument ist? Dann hätte der Philosoph meine Tasten berührt. Eine fantastische Vorstellung! Ich werde mich bei der Firma erkundigen.
Bald musst Du mich besuchen, um die Frau meines Lebens kennenzulernen! Sie wird nach Ostern an einer Grundschule in Denver unterrichten. Dann ziehen wir endlich zusammen.
Am Telefon hast Du mich nach Sonja gefragt. Verzeih, dass ich Dir nicht geantwortet habe. Ich spreche nicht gern über sie. Das ist nicht leicht, lieber George. Aber jetzt will ich es versuchen. Ich sitze im Stammcafé von Fernando Pessoa. Hier soll er einige Kapitel für *Das Buch der Unruhe des Hilfsbuchhalters Bernardo Soares*

geschrieben haben. „Nur etwas erstaunt mich mehr als die Dummheit, mit der die meisten Menschen ihr Leben leben: das ist die Intelligenz, die in dieser Dummheit steckt." Oder diese Stelle: „Wie viele Dinge, die wir für sicher oder richtig halten, sind nicht mehr als die Spuren unserer Träume, das Schlafwandlertum unseres Unverständnisses! Weiß jemand, was sicher oder richtig ist?" An diesem Ort wird mir vielleicht gelingen, über meine Frau zu schreiben. Das bin ich unserer Freundschaft schuldig. Als Sonja und ich noch zusammenwohnten, erschien sie oft auf dem Campus und presste ihre Nase vor die Fensterscheiben der Seminarräume. Das war nicht angenehm. Sie klopfte gegen die Scheibe und gestikulierte wild, schrie meinen Namen. Es war schlimm mit ihr. Ich musste oft die Messer verstecken. Trotz meiner Schuldgefühle habe ich den Eindruck, dass sie jetzt besser klarkommt als mit mir. Die Nachbarn mögen sie, es geht ihr gut, ich überweise ihr regelmäßig Geld. Sie besitzt über siebzig Kleider und zwei Autos. Eins könnte ja mal kaputt sein! Na ja, ich habe gezahlt. Zur Unterhaltung hat sie eine Freundin; sie bringt ihr manchmal Obst oder eine Suppe. Sie hat das Fernsehen, und, was für sie das Wichtigste ist, sie lebt in ihrer Geisterwelt. Stundenlang kann sie dasitzen und sich mit dem Papst unterhalten oder mit ihrem Großvater, der vor zwanzig Jahren starb. Auch mit Gott redet sie. Die Geister sind ihre Ratgeber. Sie ist also gut aufgehoben. Ein Schizophrener kennt keine Langeweile. Bei starken psychotischen Schüben fahre ich sie in die Klinik. Micky wohnt inzwischen im Stu-

dentenheim. Ich bin froh, dass er in Denver studiert. Er ruft seine Mutter an und besucht sie. Dann sagt er mir Bescheid. Wenn sie sich doch nur auf eine Therapie einlassen würde! Sie hätte Heilungschancen. Eventuell! Aber solch eine Therapie ist nicht leicht, und meine Frau ist lieber verrückt, als sich ein wenig anzustrengen. Sie verweigert ja auch jede Medizin.
Wenn ich mich scheiden lassen würde, was ich seit Langem gern getan hätte, wäre ich verpflichtet, alle Krankenhauskosten aus eigener Tasche zu zahlen. Sie sind beachtlich! So, jetzt weißt Du Bescheid.
Deine Einladung nehme ich gerne an. Danke. Aber zuerst muss ich meine kleine Julie in die Arme schließen und ein Nest für uns bauen.

Grüß auch Trude lieb von mir
Walter

KAPITEL 19

Julie Witheman war eine Frau der Tat. Nach ihrer Versetzung an eine Grundschule von Denver, Colorado, fand sie eine Wohnung in einem Mehrfamilienhaus des neunzehnten Jahrhunderts. Der rote Klinkerbau lag in einer Straße am Rand der City, wo die Kronen der Bäume einander berührten. Im Herbst sprangen die Schalen der Kastanien auf, und die Kinder sammelten die braunen Früchte in Tüten und Taschen, trugen sie in die Schule. Auf ihren Tischen legten sie die glänzenden Kugeln in Zehnerreihen, zählten sie und lösten mathematische Aufgaben mit ihnen. Im Werkunterricht steckten sie Streichhölzer hinein und klebten Wolle und Papier an, bis ein Zoo entstand. Vergesst die Ketten für den Schneemann nicht, ermahnte ihre Lehrerin.

Wenn der Schnee schmolz, führte Julie Witheman ihre Schüler an den See im nahe gelegenen Park. Die Bäume streckten ihre glänzend schwarzen Äste in den Himmel, Tropfen fielen herab. Lachmöwen flogen umher; einige landeten nicht weit entfernt von den Blesshühnern und Haubentauchern auf dem Wasser, wo die Pfeifenten schliefen und wie kleine schwarze Bälle schaukelten, wenn der Wind über die Wellen strich. Ein Graureiher tauchte nach einem Fisch. Am Ufer hockten Kormorane wie versunken in einen Traum vom Frühling, um sich, sobald das Gras unter den schmelzenden Schneeflecken leuchten wird, aufzuschwingen und heimzufliegen. Die Kinder suchten eine Bank oder einen

Stein, schlugen einen Block auf und zeichneten. In der Schule werden sie Berichte schreiben und ihre Eindrücke vom scheidenden Winter in heiter farbigen und melancholischen Bildern festhalten. Vorher jedoch lud Frau Witheman sie zum Abschluss des Ausflugs in ihre Wohnung ein – zu heißem Kakao und Himbeersaft.

Täglich erfuhr Walter Grunwald nach der Arbeit, was seine Geliebte in der Schule erlebt hatte. Schon beim Aufwachen freute er sich auf diese Stunden in dem roten Haus am Park. Er hörte ihr gern zu, sah ihre Augen klar wie Bernstein, und ihre Haut erschien ihm weicher als am Tag.
Eines Abends schlenderte er pfeifend durch den City-Park. Ein langes Wochenende lag vor ihm, und in dem Gefühl, niemals so tief geliebt zu haben wie in den Jahren mit Julie, war er jung. Sie war sein bis ans Lebensende. Es gab Sekunden in der Universität oder im Supermarkt, da kniff er sich in den Arm, um zu testen, ob dies wirklich seine Haut sei, die Haut des Walter Grunwald, die seit sechzig Jahren jedem Wind ausgesetzt war und ihn gewarnt und beschützt hatte. Er hätte nicht sagen können, wie viele Frauenhände sie berührt hatten, aber nicht eine hatte ihn je so gebannt wie Julies Hände. Es ist kein Traum, lächelte er.
Vor ihm stieg eine Trauerweide auf; ihre Zweige streiften das Wasser. Er lachte mit freiem Mund, lief die Böschung hinab und beugte sich über den still schwankenden Himmel, darin die Weidenzweige. Ein Wasserläufer zog Kreise über sein Spiegelbild. Wieder lachte

er, ich werde geliebt; das Wasser sagt es mir, ich bin glücklich, jetzt könnte ich sterben.
Von einem Geräusch aufgeschreckt, hob er sein Gesicht. Kanadische Graugänse flogen über den See. Die Melodie eines Volkslieds fiel ihm ein; den Text hatte er vergessen. Wie dumm ich bin, lachte er sich aus, ans Sterben zu denken, wenn das Leben gerade erst beginnt, *und hätte ich der Liebe nicht, ich wäre ein* ... Nichts!, ergänzte er. Großmutter hatte die Bibelstelle oft zitiert. Federnd nahm er den Grashügel, der ihn wieder auf den Weg führte. Er schaute zurück. Hier sollte eine Bank stehen! Habe ich das nicht schon einmal gedacht? Ich werde mich drum kümmern. An dieser Stelle, hier, über dem See, will ich Julie das Amulett umhängen. Und zum dritten Mal an diesem Tag lächelte er mit weichen Lippen, ich liebe diese Frau mehr als mein Leben! Ja, ich kaufe die Bank.
In heiterer Nachdenklichkeit setzte er seinen Weg fort. Ein Hund torkelte ihm entgegen. Mit seiner Halskrause erinnerte er Walter an einen Monarchen aus dem siebzehnten Jahrhundert. Er bückte sich zu dem kranken Tier und hielt ihm die flache Hand hin. Der Hund leckte erst zögernd, dann gierig und ließ sich nach einem kurzen erstaunten Blick von dem Fremden das Fell kraulen. Chili, wo bist du?, erklang es hinter einem Rhododendronstrauch. Walter sah sich um, aber niemand war zu sehen. Chiliiii. Der Hund rührte sich nicht; anscheinend ging es ihm unter der sanften Hand gut. Auf einen durchdringenden Pfiff hin jedoch hob er den Kopf, und seine Halskrempe stand bizarr in der Luft. Geh nur,

nickte Walter ihm zu. Zum Abschied umfasste er die Schnauze des Tiers mit der rechten Hand, dein Frauchen ruft dich.
Da trottete der Hund davon, und Walter Grunwald ging frohen Stunden entgegen. Großelterntag in der Schule. Sie wird viel zu erzählen haben! Er trug eine Flasche Champagner in seiner Kollegmappe unterm Arm.
Die Sonne war hinter den Dächern verschwunden, als er leichtfüßig die Stufen vor dem Haus nahm und auf die Klingel Whiteman drückte. Ungeduldig trat er von einem Fuß auf den anderen, was ist denn? Nun mach schon auf. Und dann flog er die Treppe hinauf, die Tür stand offen. Er ging durch den Korridor, legte seine Mappe auf die Kommode, Julie, wo bist du? Es ist so still. Er wagte nicht zu atmen, streifte die Schuhe ab, der Korridor lag im Dunkeln. Schließlich fand er seine Freundin in Schulkleidung schluchzend auf dem Bett. Was ist geschehen, mein Kleines? Er legte sich neben sie, strich über ihr Haar. Warum weinst du? Sie knurrte, und plötzlich warf sie sich auf ihn und vergrub ihr Gesicht in seiner Schulterkuhle. Er streichelte ihren Rücken, ihren Po, ist ja gut. Ich bin bei dir, ruhig, mein Liebling, es wird alles gut. Aber wie soll alles gut werden, wenn alles so fürchterlich ist, heulte sie auf und presste ihren Körper noch fester an ihn. Seine Hand strich über die Bluse, glitt unter den Rock; da blieb die Hand, bis das Zittern verklungen war und die Lust erwachte.
Und jetzt habe ich Hunger, rief Julie nach zwei Stunden. Sie löste sich aus seiner Umarmung, ich habe Essen im Kühlschrank. Splitternackt lief sie in die Küche

und stellte die mexikanische Lasagne in die Mikrowelle. Im Nebenzimmer zündete sie eine Kerze an. Dort hatte sie den Tisch schon am Morgen gedeckt. Magst du Rotwein oder Pepsi?, rief sie dann vom Kühlschrank aus. Er war ihr nachgeschlichen, umfing sie von hinten. Ich trinke dich, raunte er ihr ins Ohr, und seine Hände sogen sie auf. Eine sehr lange Weile hatte der Lichtstrahl des Kühlschranks die Füße das Paars am Boden umspielt, als die Weckuhr der Mikrowelle in den Lustschrei surrte, der durch das Oberlicht in den Garten stieg.

Als sie dann endlich im Hausmantel vor der mexikanischen Lasagne saßen, er trank Pepsi-Cola, sie trank Rotwein, die Kerze war zur Hälfe niedergebrannt, erfuhr Walter Grunwald, was am Nachmittag in der Schule geschehen war.

Wie immer hörte aufmerksam zu.

Nach einigen Minuten aber schob er den Teller beiseite und griff in die Tasche seines Frotteemantels. Da war keine Zigarette. Er rauchte seit fünfzehn Jahren nicht mehr, hatte sein sechzigstes Lebensjahr zur Hälfte überschritten und vergessen, dass er seit drei Jahren selbst Großvater war. Wie dieser Jude aus Ungarn, von dem Julie ohne zu stocken sprach. Sie reihte Schreckensszenen aneinander und sah nicht, wie Walter an ihrem Tisch erbleichte. Er wollte schreien, weglaufen, schlug aber mit der Faust auf den Tisch. Darauf zog er die Faust zurück und streichelte sie, wie er den Hund gestreichelt hatte; er konnte die Faust nicht mehr öffnen; ihre Knöchel waren bleich. Dann sagte er leise wie zu sich

selbst, das darf man doch Kindern nicht erzählen, sie sind so klein.
Noch nie in seinem Leben hatte er zu irgendeinem Menschen von dem Lastwagen in der Hollandstraße gesprochen. Auch seine Freunde aus der jüdischen Gemeinde von Panama hatten nichts erzählt. Wenn ein Ärmel hochrutschte, wurde die KZ-Nummer in ihrer Haut sichtbar; manchmal war ein Muster darum tätowiert.
Als die Rotweinflasche leer war, fragte Julie, hast du kein Herz, Walter? Warum sagst du nichts? Er habe eine Magenverstimmung, knurrte er, er fühle sich nicht gut und würde jetzt nach Hause fahren.
Aber ...!
Doch fuhr er nicht in sein Zimmer, er fuhr die ganze Nacht hindurch. Als der Morgen heraufzog, fielen ihm auf einem Parkplatz die Augen zu. Er träumte von Schweinen und Hunden. Sie stritten um Kleiderfetzen, nagten an Knochen. Bilder im Nebel, an die er sich später nicht mehr erinnern konnte, aber er wusste, dass er in Geröllwüsten und Höhlen etwas gesucht hatte. In Todesangst gesucht. Und dann das Feuer, er rast kopfüber im Pilotensitz in die Flammen hinein. Er riss die Augen auf. Die Sonne blendete ihn, und er sprang aus dem Wagen. Mit gespreizten Fingern fuhr er durch sein Haar. Dann hielt er wieder das Steuerrad, und die Nachtgedanken ratterten wie ein Wasserrad, angetrieben von Büffeln unterm Joch. Es wäre besser gewesen, wenn er nicht nach Palästina geflohen wäre, es wäre besser gewesen, wenn er seine Eltern beschützt hätte, nicht abgehauen wäre, wenn er bei ihnen geblieben wäre und

sie niemals verlassen hätte. Wenn sie doch ihn, Walter Grunwald, verschleppt hätten, nicht sie. Was hatten seine Eltern verbrochen? Sie waren unschuldig. Verdammt noch mal! Und er lebte! Es wäre besser gewesen, er wäre einer von ihnen gewesen. Als Gefangener hätte er mit den Leidensgenossen heimlich im Gestank der Latrinen geraucht, Gedichte hätte er zitiert wie der Jude aus Ungarn, hätte im Lager Lieder gegen die Peitschen der Capos gesungen und Appell gestanden. Jeden Morgen, Stunden, Tage und Nächte hindurch hätte er Appell gestanden gegen das Böse mit einer Anemone am Herzen, und wenn alles vorbei gewesen wäre, hätte er die Blume in sich getragen. Aber niemals hätte er darüber gesprochen wie dieser ungarische Jude vor den Schulkindern. Ja, es wäre besser gewesen, er wäre einer von ihnen gewesen, und das Mühlrad *Was hast du für sie getan, Walter?*, knirschte in seinem Schädel. Er seufzte, er lebte, aber Mama und Papa durften es nicht. Der Wagen glitt ruhig durch die Vorstädte Denvers. Walter Grunwald hielt das Lenkrad sehr fest in den Händen. Plötzlich nahm er durch die Frontscheibe einen Zaun wahr. Wo bin ich gelandet? Was hat mich hierher geführt? Verrammelt waren zu dieser Stunde die Fensterläden der Bungalows. Er gab Gas. Nur raus aus der Siedlung! An Hecken vorbei und weiter, rasch weg von hier! Er kannte die Straßenlaternen und die Hyazinthen in den Vorgärten. Was ist nur in mich gefahren, dachte er, als er über die Stadtautobahn raste, zuerst denke ich Unsinn, und dann fahre ich an dem Haus vorbei, aus dem ich floh! Er stöhnte und dachte an den Hunger, von

dem der ungarische Jude vor Julies Schulkindern gesprochen hatte. Sein Hunger war von anderer Art, er war nicht zu stillen, nie! Er drehte am Radioknopf; es quietschte. Er schaltete ab. Da kann man nichts machen, sagte er, manchmal bin ich dumm. Nur nicht denken. Von Minute zu Minute leben!
Die heiße Dusche spülte die Gedanken der Nacht in ein schwarzes Loch. Sollen sie im Kanalnetz ertrinken, rief Walter Grunwald. Seifenschaum rann in sein Auge. Er rieb. Dabei neigte er den Kopf; Schaum kreiste zu seinen Füßen. Er drehte das Wasser ab und verließ die Duschkabine. Am Ring des Abflussrohrs zerplatzten die Bläschen, einige blieben haften. Als er sie wegspülen wollte, zögerte er. Da liegt der Schaum am Boden, sann er, ein Haar von mir, und – von einem Geistesblitz erhellt, rief er laut aus, so soll es sein! Genau so! Etwas soll bleiben.
Beschwingt stellte er die Kaffeemaschine an, bereitete ein Omelett in der Pfanne zu. Das Telefon klingelte. Hallooho, sang er in den Hörer und fühlte sich erleichtert, ja, in doppelter Weise befreit, meine Julie! – Nein, nein, jetzt nicht, er habe zu arbeiten, am Abend würde er sie zum Nachtmahl ausführen. Gewiss, am frühen Abend.
Eine halbe Stunde später war ein Brief an die Stadtverwaltung geschrieben. Daneben lagen Zeichnungen. Auf der ersten war eine Parkbank abgebildet. Die zweite gab den Standort der Bank an. Für die dritte Zeichnung hatte Walter Grunwald mehrere Blätter zerrissen. Endlich war er zufrieden. In der Form eines lang gestreckten Rechtecks lag der Entwurf einer Gedenktafel vor

ihm. Sie sollte in Bronze gegossen und neben der Bank im Gras verlegt werden. Durch ein Kreuz war die Stelle in den Skizzen markiert.

To
Mathias and Jeanette
Grunwald

in loving memory
from their son
Walter Grunwald

Walter überflog noch einmal den Brief und die Entwürfe, steckte die Bögen in einen Umschlag, frankierte. Das ist geschafft, sagte er, die Kosten spielen keine Rolle, und er trug den Brief auf die Post.

Im Mai desselben Jahres standen Umzugskisten in der zweiten Etage des alten Hauses am Park. Schau, Walter, sagte Julie, als sie die Treppe hochstiegen, da zieht jemand aus. Willst du nicht einziehen? Wortlos ging er vorüber. Das wäre doch praktisch, rief sie ihm nach, dann wohnten wir im selben Haus!
Er wartete im dritten Stockwerk. Sie schloss die Tür auf, schwang im Korridor ihren Fuß lässig in die Höhe, darauf den anderen; die Pumps flogen.
Warum kann ich denn nicht hier bei dir wohnen, Julie?, er trottete hinter ihr her ins Erkerzimmer, du hast genügend Platz. Zum Beweis drehte er sich mit ausgestreckten Armen auf dem Absatz. Als seine Arme wie-

der sanken, lag sie auf ihrer grünen Chaiselongue. Er trug einen Stuhl herbei und setzte sich zu ihr, versteh doch, mein Liebling, ich will bei dir sein, ganz dicht bei dir. Immer. Ich übernehme die Mietkosten.
Nein, Chéri, beharrte sie, so ist es besser, und sie hob den Arm mit einer Geste, die sie in einer Soap-Serie gesehen haben mochte, ließ die Hand in der Höhe locker kreisen, sooo sind wir frei.
Aber zu zweit am Frühstückstisch ist angenehm!
Ich frühstücke nicht, sie kniff ihre Lippen zusammen, ihre Augen schimmerten grün, das weißt du doch! Sie feilte ihre Fingernägel. Walter trat ans Fenster. Es war geschlossen, und zwischen der liegenden und der stehenden Person machte sich Stille breit. Er hatte Erfahrung mit der Verwandlungskunst der Stille. Diese war keine von der leichten Sorte, und wieder einmal war seine Hand gezwungen, die linke Brust zu pressen, löste sich aber unter Julies Schmeicheleien, am Wochenende darfst du mich verwöhnen, mein Brummbär. Omelett mit Schinken und Pilzen, meinetwegen auch Zwiebelomelett, wenn wir den Tag im Bett verlümmeln. Aber vor der Arbeit wird gefastet, das weißt du, mein Schatz. Sie winkte mit dem rot lackierten Zeh. Er sah ihr Lächeln grausam schön. Gut. Wie du meinst, du kluges Kind. Er setzte sich auf den Teppich und massierte, weil er wusste, dass sie's mochte, ihre Füße, werden wir also zweihäusig in einem Mietshaus wohnen.
Darauf zog Walter Grunwald in der zweiten Etage des roten Hauses am Park ein, gab die obligatorische Einweihungsparty für die Hausbewohner, und jeder nannte

den Gastgeber *Walter*. Er fühlte sich jung und stärker als vor zehn Jahren. Wenn das so weitergeht, sagte Julie an einem Sonntagmorgen im Park, wirst du bald wieder mit deinem Baukasten spielen. Wie hieß er?

Karbuly's Matador. Jedes Jahr bekam ich neue Teile zu Weihnachten oder zum Geburtstag.

Heute würdest du einen Hubschrauber von Playmobil bekommen.

Die Wasserlilien blühten still, die Zweige der Trauerweide wurden über ihre Kronen hinaus in den Himmel gespiegelt. Schau, wie zart sie sind, sagte Walter dicht am Ufer, man könnte zergehen. Das ist es wohl, was uns immer wieder verrückt macht und uns doch rettet, dieses sich Öffnen. Ein frischer Impuls treibt die Natur aus ihrer Starre. Das Blatt springt auf, die Zweige vibrieren im Wasser.

Und deiner, mein Lieber, Julies Hand griff zu, wie geht es dem jungen Zweiglein, um das mich jede Frau beneidet?

Oh, stöhnte Walter, nicht hier. Lass uns umkehren!

Warum nicht hier? Bist du feige? Ihre Schenkel schoben ihn gegen den Stamm der Trauerweide, sodass er wie angenagelt über den See hinwegstarrte.

Ich möchte das nicht, rief er heftig und stieß sie von sich, nicht hier, das schickt sich nicht. Er versuchte, ihr zu entfliehen. Sie aber presste ihren Körper noch fester an ihn; ihr Haar duftete nach Aprikosen; er schloss die Augen. Nicht, stöhnte er, bitte, nicht im Park! Er haschte nach ihrem Handgelenk, wollte sich befreien und wandte, als dies nicht gelang, sein Gesicht von ihr ab.

Dabei fiel sein Blick auf den Hügel oberhalb des Sees. Dort wird eine Bank stehen, rief er. Worauf sie ihn freigab und ihm höhnisch nachlachte, eine Bank!
Er war schon die Böschung hinaufgerannt und blieb auf dem Fußweg stehen, blickte um sich. Bis hin zum Naturkundlichen Museum erstreckte sich eine großzügige Grasfläche, während der Rasen zur Linken in breiten Terrassen hinunter zum See führte. Enten tuckerten am Ufer, hinter den Seerosen glitten Rebhühner und Haubentaucher, in der Ferne zog ein Schwanenpaar über den Farel-See. Walter stand auf der Anhöhe. Aus der Ferne schallten Kinderrufe. In jedem Frühling, dachte er, dasselbe Wunder. Nun habe ich den Pas de deux der Schwäne wohl schon zwanzig Mal beobachtet, aber immer wieder fasziniert mich das Schauspiel. Als ob die Liebe sie geadelt hätte! Sie wenden ihren Hals im Takt, heben ihn zugleich und gleiten dahin, als würde ein großer Gedanke zwei Wesen einen. Walter strich über seine Stirn. Wo bist du?, flüsterte er.
Sie lehnte noch am Stamm der Trauerweide, zupfte Blätter von einem Zweig. Schau, Julie, rief er ihr zu, an dieser Stelle, er ging einige Schritte hinab, wird meine Bank stehen. Eine Bank?, maulte sie. Wie ein gekränktes Kind wandte sie sich wieder ihrem Weidenzweig zu, ich sehe hier keine Bank.
Ich sagte, sie wird hier stehen. Wo bleibst du denn? Wir wollten doch zu den Wasserspielen. Nun komm schon!
Mit einem scheinbar achtlosen, doch präzis gestarteten Impuls ihrer linken Schulter löste sie sich vom

Stamm und schlenderte die Anhöhe hinauf. Dabei stierte sie, ohne aufzuschauen, auf ihren Finger, der den Weidenzweig um den Zeigefinger wickelte, bis ihr Kopf Walters Brust rammte. Er schloss seine Arme um sie, da bist du ja endlich. So standen sei eine Weile.

Die Wolken spiegelten sich im See. Am gegenüberliegenden Ufer watschelten Enten auf eine graue Frau zu. Auf einen Krückstock gestützt, zog sie Brotstückchen aus der Manteltasche und bot sie den Vögeln in der offenen Hand an. Entengedrängel. Als ein Erpel auf einen anderen sprang, um in den Mantel zu beißen, lachte Julie hell auf. Nun lehnte ihr Rücken an seiner Brust. Gedankenverloren ließ Walter Grunwald seine Hände über ihren Körper gleiten. Sie trug einen bodenlangen Rock aus feinem Stoff, ihr Haar war im Nacken gebunden. Walters Kinn ruhte auf ihrem Scheitel. An dieser Stelle wird die Bank stehen, flüsterte er, ich habe sie gekauft; in den Boden wird eine Bronzetafel eingelassen. Es war ihm feierlich zumute.

Ach, stünde die Bank schon da, stöhnte Julie, wir würden uns darauf lieben, mein Brummbär. Für wen habe ich denn heute den Glockenrock angezogen?!

Seit fünf Jahren arbeitete Walter Grunwalds Verstand zweistimmig.

Bereitete er einen Kurs in Didaktik moderner Medien im Unterricht vor, schwang die Oberstimme der Julie Whiteman hinein, und in rasendem Tempo versuchte die Feder des Professors, ihr auf dem Papier zu entfliehen. Folgte er der Melodie aber, schlugen seine Gedan-

ken ungewohnte Richtungen ein, entwickelten Lehrmethoden, die nirgendwo nachzulesen waren.
Sie ist magisch, schrie eine Stimme in ihm, als ihn beim Ausarbeiten eines Computerkurses eine Welle erfasste, hat sie dich nicht schon beim ersten Anblick ihrer Haut unter Häkelmaschen hinweggerissen?
Die Welle rauschte vor und zurück.
Julie sprach von Freiheit, sie war jung. Walter sprach vom Eigenheim.
Dann musst du dich scheiden lassen, und wir heiraten.
Er tat, was sie verlangte und was er nie hatte tun wollen, er suchte einen Anwalt auf. Das Brautpaar besichtigte Häuser. Die Welle hob und senkte sich. Julie wünschte sich einen Saphir; sie glaubte an die Kraft der Steine. Walter Grunwald flog nach Wien, ersteigerte einen Ring. Der Saphir strahlte blau aus einem Oval von Brillanten, in Platin gefasst. Als er an ihrem Finger steckte, rauschten die Wellen der Nacht. Sie hoben den Mann zu den Sternen, und niemals hätte er gedacht, dass die Wasser den Strand einmal nicht mehr erreichen könnten. Am Nachmittag, der auf diese Nacht folgte, sprang er die Stufen hinab; es fehlte Milch. Heiter pfiff er. Ein Wohnungsnachbar sprach ihn an. Seit wann er denn wüsste, dass Fräulein Witheman jungen Herrenbesuch empfange.
Wenn er sich später an diesen Moment erinnerte, und er erinnerte sich oft an diesen Moment, sah er die Sonne schwarz. Er taumelte zurück ins Haus. Er musste Klarheit haben. Dann verließ er Julie Whitemans Wohnung.

Er war nicht mehr Walter Grunwald. Ein Ding im Keller der Zeit. Er aß nicht, fand keinen Schlaf mehr und las während seiner Vorlesungen vom Blatt ab. Bis die Zunge ihm den Dienst versagte und seine Hand den Stift nicht mehr hielt.

KAPITEL 20

Im Herbst wurde im City-Park auf einer Anhöhe über dem Farel-See eine Bank aufgestellt. Die Holzleisten waren weiß gestrichen, die Metallbeine schwarz. Neben der Bank war eine bronzene Gedenktafel in den Boden zementiert.
Wenn der Morgen graute, schleppte Walter Grunwald sich zu der Bank, warf sich zu Boden und küsste die Namen der Bronzetafel. Manchmal legte er einen Blumenstrauß unter den Schriftzug *Mathias and Jeanette Grünwald.*
Arbeit, rief eine Stimme in ihm, du hast deine Arbeit. Aber die Buchstaben schwankten vor seinen Augen, im Gewühl der Stadt narrte ihn ihr Gesicht; aber schon längst war Julie Witheman irgendwohin weit weggezogen. Der Geruch ihres Parfums sprang ihn im Supermarkt an, von der Reklamewand in der Albzonstreet herab lachte ihr Mund ihn aus, auf dem Weg zum Arzt traf ihn ihr Haar, wippend und flatternd oder zum Knoten geschlungen; er strauchelte. In seiner Wohnung waren die Vorhänge geschlossen, die Uhren standen still.
So verging ein Jahr.

An einem Herbsttag lockten ihn die Berge aus dem Zimmer. Langsam rollte sein Auto auf die letzte Ampel der Stadt zu. Doch Walter Grunwald beachtete die Präriehunde nicht, die sich am Wegrand hinter einem Maschendrahtzaun auf kleinen Hügeln sonnten. Sein Blick war geradeaus gerichtet. Irgendwann einmal vor lan-

ger Zeit, wenn sich zu dieser Stunde über der Steppe der Feuerball verströmte, waren seine Himmel weit gewesen. Bald wird die Sonne sinken.
Die Räder rollten auf die Bergkette zu.
Nebel hatte ihn umhüllt. Dies und das hatten seine Hände getan. Er wusste nicht, was sie getan hatten, und dachte, als er das Steuerrad hielt, auch nicht an das, was sie jetzt taten und je tun würden. Seine Seele war ertrunken.
Unter dem Schmerzding aber wimmerte ein Wille und forderte auf Krücken am Ende der Fahrt den Wald im Gebirge heraus.
Unter wilden Schritten trieb dieser Wille das Blut des Kranken zum Fließen an. Sie hat ja recht, die Kleine, wollte *mein Mann sagen können, gestatten Sie, dass ich Ihnen meinen Mann vorstelle ..., ich bedaure sehr, mein Mann ist verreist, er hat in Europa zu tun.*
Aber ich war doch ihr Mann!
Wozu Hochzeit?
Wozu Ring!
Ich hätte nicht ..., nie hätte ich nach Wien ... Was fand sie in dem anderen? Was habe ich falsch gemacht? Ich hätte ... Ich habe gezahlt ... Sie schrie vor Lust. Fünf Jahre lang.
Er ging die Wege, die er kannte, ging rasch. Er sah nicht den flammenden Ahorn, eilte an Pilzen vorüber. Blaubeeren reiften am Strauch. Barsch aber trieb ihn der Schorf seiner Wunde vor sich her. Ich hätte ... Vor vielen Jahren schon hätte ich mich scheiden lassen sollen. Lauf, lauf schneller. Deine Ehefrau ist krank. Vor-

wärts. Nicht stehen bleiben. Eicheln krachten unter seinen Sohlen, vor seinem wilden Schritt schnellten die Büsche zurück, ein Zweig zerbrach. Alles begann ..., was sage ich, das Ende meines Lebens begann mit ihrem Drängen. Darauf zweifelte er wieder und beschloss, an diesem Abend sich ein für alle Male zu ergründen und später nie wieder. Sie zu ergründen, hatte er längst aufgegeben. Mit den Krücken seines Willens versuchte er, das Geheimnis seiner Gefühle zu lüften. Unmöglich, rief er dann aus, denken + fühlen = paradox. Oder ... das Geheimnis ihrer Gefühle? Ach, was! Reine Konfusion. Schmarrn. So nicht, auf keinen Fall in dieser Weise, und jetzt wusste er überhaupt nicht mehr, welches Rätsel hier zu lösen war, geschweige denn, auf welche Weise irgendein Rätsel je hätte zu lösen sein können.
Erwacht aus der Agonie der letzten Monate, forderte er unter dem Krückstock seines Willens Klarheit. Punkt 1, begann er und rief den ordnenden Verstand zu Hilfe, sie drängt auf Hochzeit. Das Drängen war der Anfang vom Ende, das sagte ich bereits. Punkt 2, der Ring. Nicht irgendeiner. Ich fliege nach Wien. Es geht ihr nicht schnell genug. Oder was? Was geschah? Der Ring war blau. Was will die Sirene? Lockt mich in ihre Nähe. Aber leben mit mir, das will sie nicht. Sie drängt. So war's. Exakt. Er ballte seine Hände. Prügeln hätte ich ihn müssen, den Hund! Indessen, was tue ich? Ich fahre sie in die Klinik. Sie hat ein Kind verloren, sagt sie. Ein Kind? Was muss der Mensch erleiden, bevor die Hoffnung stirbt?! Wirf deine Hoffnung in die Waagschale, Walter Grunwald, schrie er sich zu, und was, bitte sehr,

was in die andere? Oh ... Ein Erlenzweig peitschte sein Gesicht. Ich war für sie da. In ihrer Not. Immer in der Not zu ihr gestanden. Ich hielt ihre Hand. Nicht der andere. Ich hielt sie. Sie lag *in weißen Laken* und ... Lüge! Jeder Anfang wird vom Ende aus erkannt. Er keuchte einen steinigen Weg hinauf ..., ihr letztes Wort ..., selbst das Lüge? Was weiß ich denn? Aber ihr Lächeln ... Seine Füße kannten die Wege, die Stirn brannte, das Herz schlug wild. Mein Liebchen, wo bist du? Ein Vogel schrie. Psychologen sind ja alle ein bisschen verrückt, das ist bekannt. Still, rief er sich zu und hielt inne, ein Käuzchen ruft. Soll es doch schreien, er lauschte nicht weiter in die Nacht, hat auch sein Glück verloren! Wie ungeheuer schmerzt, was man das schönste Geschenk des Lebens genannt hat, wenn es zerbrochen ist! Ha, nun kenne ich mein Geheimnis, ha, es heißt Wahn. Jahrelang im Wahn gelebt, ich Tor! Der Kerl, der Hund ... Sie gab sich ihm. Wenn ich doch nicht ... Ich flog nach Wien. Der Ring. Und auch davor allein geflogen. Ich sei so anders in Wien. Wie schlau sie war! Und liebt einen Juan, der sie prügelt.
Er rannte den Berg hinunter und am Bach entlang; in den Wellen trieben die Krücken seines Willens.

Drei Wochen später klingelte das Telefon. Ein fremdes Geräusch in dem Zimmer, wo seit langer Zeit nichts zu hören war als Stöhnen, Wispern, manchmal ein Aufschrei. Nun tönte es schrill aus dem Apparat am Boden.
Vor der Staffelei wartete Walter Grunwald auf die Inspiration zum ersten Strich. Er hatte die Leinwand

selbst aufgezogen. Palette, Farben und Pinsel standen bereit. In einer Entfernung von drei Metern waren auf einer Kommode Dinge für ein Stillleben aufgebaut. Der Lärm aus dem Telefon beherrschte den Raum, und die Störung erinnerte ihn in ihrer hundsgemeinen Kontinuität an eine Welt, die er verachtete. Angeekelt hob er den Hörer und rammte ihn sogleich wieder auf die Gabel. Darauf trat er an die Kommode; mit Schwung hob er ein Glas aus der Komposition, trank bis zum letzten Tropfen. Auch gut, sagte er, wird sich der Heringskopf in einem leeren Glas spiegeln müssen; das steigert die Symbolkraft. Er stellte das Ding an seinen Platz. Nun war die Harmonie zerstört, das Wasser fehlte. Darauf hob und schob er so lange, bis ihn das neue Arrangement zufriedenstellte. Er trat einen Schritt zurück, kniff das rechte Auge zu. Nicht schlecht, sagte er. Längst war die Scheu, sich laut mit sich selbst zu unterhalten, von ihm abgefallen. Die Zitronenschale soll zur Hälfte aus dem Bild hängen, posaunte er, ich werde sie mit einem Nagel am Rahmen befestigen. Frisch begann er mit der Skizze und malte sie aus. Nach drei Stunden war das Werk vollendet, das Bild hing an der Wand. Und wieder läutete das Telefon, als Walter prüfend die bittere, gelbweiße Spirale des Vanitas-Symbols an den Rahmen hielt. Unbeirrt von dem Klingelton zog er den Nagel aus den Lippen und hämmerte, trat dann einen Schritt zurück. Zufrieden mit seinem Ergebnis, hob er den Hörer ans Ohr, hallooo! Die Stimme war ihm fremd. Es knisterte in der Leitung. Wer ist da?,

rief er, den Blick auf den Heringskopf gerichtet, nun nennen Sie doch endlich Ihren Namen!
Was?, schreit er in den Hörer, Felicitas? Welche Felicitas?
Fella aus Wien, er horcht auf, meine Fella?
Abgemacht, sagt er, komm. Ich hole dich vom Flughafen ab.

*

Zwei Jahre nach dem Verschwinden der Blondine, sagte Walter, als er mit neunundachtzig Jahren auf sein Leben zurückblickte, meldet sich aus Massachusetts meine Jugendliebe bei mir; den Namen ihrer Stadt habe ich vergessen, er seufzte, ich werde allmählich alt. Wir waren verlobt, aber die hübsche Dame verließ mich, und ich sehe sie nach vierundvierzig Jahren wieder. Zweimal verheiratet, zweimal geschieden. Ich hatte ihr meinen größten Schatz anvertraut, ich habe es dir erzählt, zwei Briefmarkenalben. Wem außer ihr hätte ich sie damals anvertrauen können? Ich zog ja in den Krieg. Mein Onkel Fritz hatte den Grundstein gelegt, er korrespondierte mit Kollegen vieler Länder. Die Marken waren ein Vermögen wert. Heute das Zigfache!
Und was bringt sie mir nach Denver? Nur ein Album, ein einziges, und das war im Keller gelagert. Die Marken waren hin. Total verschimmelt. Kannst du dir vorstellen, wie mir zumute war? Das andere hat sie einfach verschenkt. Sie war mir fremder als irgendein Mensch. Ich war wütend auf sie. Wie ist sie mit mei-

nem Eigentum umgegangen! Ekelhaft. Aber gleich am ersten Abend, hältst du so etwas für möglich, kriecht sie zu mir ins Bett! Später habe ich sie in Massachusetts besucht; sie hatte mich eingeladen. Na ja, da hatten wir acht Stunden lang Sex. Das ist ihr aber nicht genug; am nächsten Abend will sie mehr. Ich lehne ab, ich muss früh zur Arbeit, sage ich. Sie bringt mich zum Flughafen, sagt sie. Wir haben also keinen Sex. Darüber ist sie so wütend, dass sie mich nachts auf der Landstraße rausschmeißen will. Stell dir das vor. Morgens um vier reißt sie die Autotür auf, steig aus! Total verrückt. Danach habe ich nichts mehr von ihr gehört.

*

An einem Spätsommertag des folgenden Jahrs, als ihm weder Malen noch Zeichnen half, brach Walter Grunwald in der Abenddämmerung zum City-Park auf. Vor der Gedenktafel warf er sich zum Kuss auf den Boden. Über den Namen seines Vaters legte er einen Stein, und eine Blüte unter den Namenszug *Jeanette Grünwald*. Darauf lief er einmal um den See. Hinter dem Park bog er in die Straße, die zum Schwimmbad führte. Dort sprang er ins Wasser, tauchte bis zum Rand des Beckens und wieder zurück. Das wiederholte er, lief dann unter Kastanienbäumen her vorbei an Hecken, Kinderwagen und Menschen mit Hunden bis in den Garten des roten Klinkerhauses, wo sein Motorrad stand.

Darauf brauste er aus der Stadt und durchquerte in rasendem Tempo den Wüstenstreifen, um bald die Straße, die durch die Rocky Mountains führte, hinauf zu jagen. In weiten Schwüngen stieg sie an. Auf dem Gipfel der Bergkette stellte er den Motor ab.
Ein letztes Mal wollte er die Welt von oben betrachten.

Kaum aber gleiten seine Füße von den Pedalen, erbleicht er vor einem Schatten unter dem Schild *Loveland-Pass*. Zigmal hatte er Julie Witheman an dieser Stelle fotografiert und sich selbst mit ihr im Arm fotografieren lassen. Ich Narr, ruft er, schlägt die Faust vor die Stirn, ich habe ihr doch hier das Skifahren beigebracht. Er rast zurück. In den Kurven neigt er sich zur Seite und beugt sich in den geraden Strecken tief über den Lenker. Vor einem Wegabzweig verlangsamt er das Tempo und biegt ein. Die Sonne ist untergegangen. Zweige zerren an seinen Hosenbeinen. Hier war er noch nie. Hier kann sie ihn nicht erschrecken. Er schließt die Maschine ab und folgt dem Weg bergan in die Wildnis. Soll doch ein Bär hinterm Felsen stehen! Nach einer Weile harten Steigens stolpert er abwärts, Halt an jungen Baumstämmen suchend; sie krümmen sich unter seinem Griff. Nun ist der letzte Hauch der Dämmerung vom Dickicht verschluckt, und mit der Finsternis steigt der schwarze Nebel in ihm, dem er seit Jahren zu entrinnen versucht. Er kann den Weg nicht mehr erkennen. Vorsichtig tastet er die Schritte ab. Warum lasse ich mich nicht hinunterfallen? Irgendwo! Ich will ein Ende der Qual. Er sinkt in die Knie. Seine Fingerspitzen ertasten das Geröll um ihn her. Ohne dass es ihm bewusst wird, umfasst seine Hand einen Stein; eine Zeit lang reibt er ihn, presst ihn. Gut fühlt der Stein sich an. Da schreit er in die Wildnis, ich will meine Julie haben! Sein Gesicht zerfällt. Das Echo der Felsen hört er nicht.

Hexe!, ruft er plötzlich, richtet sich auf den Knien auf und schleudert den Stein in die Nacht. Niemand antwortet. Kein Echolaut, kein Vogel. Nichts ist zu hören. Gebannt lauscht er. Stille. Jetzt öffnen sich in höchster Spannung seine Sinne der Nacht, und durch sein Horchen versucht er, die Krallen der Stille, die nach seinem Herzen gieren, zu brechen. Dabei hält er in dem durch den Steinwurf entstandenen Vakuum seiner eigenen Zeit den Atem. Endlich das erlösende Geräusch! Am Rand einer tausend Klafter tiefen Schlucht kniet er also. Aha, und er denkt, Marillenknödel, Wien mochte sie nicht, aber Marillenknödel mag sie. Flink kreuzt er die Beine zum Schneidersitz, strafft den Rücken. Durch das dichte Gestrüpp erkennt er einen Strahl. Hell kündigt der aufgehende Mond sich an. Die Laterne Amors! Die hat mir gerade noch gefehlt! Den Liebeskranken nicht beachtend, stieg die Scheibe triumphierend über dem Kamm der hinter der Schlucht aufragenden Felswand empor, stieg höher und höher. Prall stand sie dann am Himmel. Lächerlich ist der Mond, dachte Walter Grunwald, aber praktisch, und er vergaß zu sterben. Auf Händen und Knien tastete er sich am Rand der Schlucht entlang. Irgendwann fand er den Pfad, auf dem er mit verschrammten Händen und blutender Stirn um Mit-

ternacht zu seinem Motorrad gelangte. Bald hatte er die Autobahn erreicht. Irgendwohin, rief er sich zu, fahren! Nichts weiter als fahren! Der Wind strich durch sein Haar. Der Mond war prall. Hinter dem Schild Boulder verließ Walter Grunwald die Autobahn. Nach drei Meilen stotterte der Motor. Na, das musste ja so kommen. Auf einer Bank vor einem Spielplatz streckte sich der Ermattete aus.
Auf manchen Bänken wird er schlafen, in einer fremden Stadt, auf einer Halde, auf irgendwelchem Untergrund.
Bis Kun Yang Lee ihn finden wird.

*

Sie wäre eine bessere Partnerin für mich geworden als die Japanerin, sagte Walter, als er neunundachtzigjährig auf sein Leben zurückblickte, sie lügt nicht, sie ist intelligent und freundlich, wir streiten uns nie, manchmal putzt sie für mich. Seit fünfundzwanzig Jahren kennen wir uns. Immer schenkt sie mir was. Eine Blume, Kuchen. Das tut die Japanerin überhaupt nicht. Mit den Frauen hat das nie geklappt. Auch heute nicht. Dabei sollte ich ja endlich wissen, wie's zugeht in der Welt. Gestern bin ich Ski gefahren. Meine japanische Freundin kam mit. Aber was tut sie? Setzt sich ins Café. Sie will nichts lernen, schnallt die Skier nicht an. Schwimmen kann sie auch nicht.
Mein Arzt sagt, ich bin gesund.
Aber irgendetwas stimmt nicht mit mir.

Kaum lagen die Scheidungspapiere bereit, hat die Blondine den Ring eingesteckt, und auf und davon ist sie mit dem anderen. Das traf mich hart. Ich musste einen Psychiater aufsuchen und bin doch selbst Psychologe! Doa koanst nix moachen. Er strich mit der Hand über seinen Kopf, i hoab mei Hoar verloan. Na ja, aber noch bin ich auf der Welt, und der Prostatakrebs ist auch geheilt. Früher war ich hübscher. Vor einem Monat traf ich meinen Therapeuten im Jazzclub; er trat dort auf. Lustig, nicht wahr? Vor dreißig Jahren hat er mich nach meiner Kindheit gefragt. Gut war sie, ich hatte kluge Eltern. Sie liebten das Leben und arbeiteten gern. Meine Mutter war eine schöne Frau, vorausschauend und weise. Sie hat mich in der Wiege bei Frost ans offene Fenster gestellt; wenn der Vorhang wehte, flogen Schneeflocken herein. Wie du siehst, bin ich bei bester Gesundheit, bin bald neunzig, reise gern. Im Winter fahre ich Ski.
Ich habe in meinem Leben alles erreicht, was ich wollte, habe gearbeitet, viel Geld verdient und immer bescheiden gelebt. Aber irgendwas stimmt mit mir nicht. Es gibt Leute, die sagen, ich sei ein gescheiter Mann, aber ich bin dumm. Ich sollte die Japanerin stehen lassen. Den Namen willst du wissen? Juko heißt sie; sie war Innenarchitektin, sagt sie, mit einem Amerikaner aus der Air Force verheiratet. Er soll als Pilot abgestürzt sein, aber ich habe mich erkundigt, er war beim Bodenpersonal und starb nach einem Schlaganfall. Sie lügt, Walter seufzte tief auf, ich bin ihr verfallen. Im Singleclub lernten wir uns kennen; sie ist jün-

ger als ich, wird bald siebenundsiebzig. Wir waren sehr verliebt. Ich habe ihr eine halbe Million Dollar versprochen, wenn sie mir sechs Monate lang treu bleibt, den Rest sollen die Kinder erben. Sie ist keine Schönheit, aber gut im Bett, sehr gut sogar. Er stöhnte. Kun Yang wäre eine bessere Frau für mich, viel besser! Aber sie ist ein kalter Fisch; was soll ich denn mit der? Alles war recht schön mit Juko, er stöhnte, bis sie einen anderen kennenlernte ... auf einem Flug zu ihrem Sohn. Amerikanisch spricht er mit Akzent, Deutsch fließend, gibt aber nicht zu, dass er ein Deutscher ist; vielleicht ist er ein Nazi. Immer sagt sie, sie trifft den nicht mehr, und dann tut sie's doch. Sie betrügt mich. Es ist schrecklich. Ich sollte sie stehen lassen! Hätte es längst tun sollen!

Als ich Walter im Oktober 2008 in Denver besuchte, lud er Gäste ein. Er hatte ein Drei-Gänge-Menü zubereitet und bot Champagner an. Zur Ente gab es Rotwein; selbst trank er Wasser. Juko saß neben ihm. Mir gegenüber. Sie trug einen alten Silberschmuck im Dekolletee. Beim Dessert sagte sie lächelnd: *Mein Amulett ist ein Geschenk von Walter.*

*

Im City-Park von Denver, Colorado, wo am Mittag der Ahorn flammt und die Kronen der Aspen wie phrygische Sonnen strahlen, entdeckte Kun Yang Lee in einer Herbstnacht, als sie von einem Konzert bei der

Farel-See-Fontäne heimkehrte, einen schlafenden Mann auf einer Bank.
Er lag auf der Seite, das Hosenbein war zerrissen, das Haar von grauen Strähnen durchzogen, Kinn und Wangen waren seit Tagen nicht rasiert. Kun Yang Lee fror bei dem Anblick; sie trug einen Wintermantel. Dreihundertfünfzig Sonnentage gibt es in Denver, wusste sie, aber im November sind die Nächte kalt. Ein Unglück muss ihm zugestoßen sein, dachte sie, er trägt keine Jacke. Er wird krank, fürchtete sie, und sie sagte: Verzeihen Sie, mein Herr, stehen Sie bitte auf. Er antwortete nicht. Sie rüttelte seine Schulter. Er regte sich nicht. Da breitete sie ihren Mantel über ihn. Auf ihre Visitenkarte schrieb sie: *Schlafen Sie gut. Bis zum kommenden Samstag im Café de Paris. Um siebzehn Uhr.* Sie steckte ihm das Kärtchen in die Tasche.
So begann die Freundschaft zwischen Walter Grunwald und Kun Yang Lee.

An einem hellen Tag – eine Woche nach dem Treffen im Café de Paris – zirpte in der Esche, als Walter Grunwald vor dem roten Klinkerhaus am Park aus dem Auto stieg, eine Meise. Verwundert horchte er auf. Die Vögel sind wiedergekommen, sagte er erstaunt, ich werde Futter kaufen.
Seine Lungenflügel füllten sich mit frischer Luft, die Brust war frei, kein Druck war mehr da und die Sonne hell, das Ufer war erreicht. Unbeschwert eilte er in seine Wohnung. In allen Zimmern zog er die Uhren auf, justierte die Zeiger am 20. des Monats 1983. Er putzte

die Fenster, schrubbte den Boden, die ranzige Butter flog in den Abfalleimer.
Am Abend saß er neben Kun Yang Lee vor einer asiatischen Reistafel. Er genoss den Duft der Speisen und langte mit Appetit zu. Das Leben kann schön sein, meine liebe Kun Yang, sagte er mit einem Lächeln, in dem Freude aufblitzte, die stille, immer wiederkehrende Freude am Leben, die dem Dasein Glanz gibt und das Schwere zum Schweben bringt wie einen dunklen Traum, der nach dem ersten Schreck beim Erwachen für immer im Korallenriff des Gedächtnisses versinkt.
Am nächsten Morgen bestellte er den Klavierstimmer für den Flügel Baujahr 1888, und er spielte bis tief in die Nacht hinein. Die Zeitungen waren wieder interessant, die Konzertanzeigen, Opern, die Aktienkurse, und vor seinen Studenten sprach er frei, ohne Manuskript und ohne zu stocken.
Er blickte über das Rednerpult hinweg in die frischen, jungen Gesichter. Erwartung las er darin und begann, wie vier Jahrhunderte vor ihm der Literaturprofessor der Universität von Salamanca, Fray Luis de León, seine Vorlesung nach fünf Jahren Kerkerhaft der Inquisition mit den Worten eröffnete, ... *como decíamos ayer...*, *wie wir gestern sagten ...*

EPILOG

Walter Grunwald lehrte bis zu seinem siebzigsten Lebensjahr an der Universität von Denver, Colorado. Als Pensionär meldete er sich zum freiwilligen Dienst bei den Samaritern. In verschiedenen Sprachen erteilte er ehrenamtlich Nachhilfeunterricht, verbrachte die Sommer in Wien, Venedig und an der Côte d'Azur. Aufmerksam verfolgte er die Schwankungen an der Börse, seine Aktien waren gut angelegt. Wenn es ihm notwendig erschien, mischte er sich durch einen Brief in die lokale Politik ein – sei es in Denver oder in Wien.

Nach dem Tod seiner Ehefrau hielt er die Trauerrede. Aber erst zwei Jahre später, als ihm seine Wohnung am Park gekündigt wurde, zwanzig Jahre hatte er darin verbracht, zog er in die Siedlung der American Air Force zurück, verkaufte seine Motorräder; zwei stellte er bei seinem Sohn unter und ließ die Garage zum Musikzimmer umbauen; er war achtzig Jahre alt.

In Denver gab es den Singleclub, den Jazzclub, den internationalen Club, es gab eine jüdische Gemeinde und die Gemeinde der Unitarier. Die Vereinigung der Piloten gab es, die Freunde der Musik und des Botanischen Gartens. Überall war Walter Grunwald gern gesehen. Abends ging er ins Konzert, in die Oper, ins Kino. Er brauchte die Künste zum Leben, wie er gesundes Essen und Skifahren schätzte. Er schrieb Briefe. Seine Ärzte betreuten ihn. Ich kann mich nicht beklagen, sagte er, als er zweiundneunzig Jahre alt war, ... aber es tut so weh.

Am 2. Mai 2010 wurde in Wien der fünfte Weg der Erinnerung durch die Leopoldstadt eingeweiht.
Vor der Machtergreifung durch die Nationalsozialisten waren 40 % der Bevölkerung im 2. Bezirk von Wien jüdisch. Die Juden, die nicht rechtzeitig hatten fliehen können, wurden nach dem sogenannten Anschluss im März 1938 in Sammelhäuser befohlen und von dort verschleppt und ermordet. Zur Erinnerung an diese Menschen waren Steine mit ihren Namen im Straßenpflaster vor den Häusern verlegt worden, in denen sie ihre letzten Wiener Tage verbracht hatten. Die Steine stehen unter Denkmalschutz. Wöchentlich werden sie gereinigt.
Aus Israel, Australien, aus den USA und Deutschland waren etwa achtzig Personen zu der Feierstunde unter einem Zeltdach im 2. Bezirk angereist. Da nicht alle Anwesenden Österreichisch verstanden, wurden die Reden auf Englisch und Deutsch gehalten. Klezmermusik und israelische und jiddische Lieder stimmten auf den *Weg der Erinnerung* ein.
Die Gruppe wanderte von Stein zu Stein. Die Leiterin der Veranstaltung, Frau Dr. Ben David-Hindler, bückte sich vor jedem Haus zu dem Erinnerungsstein hinab und strich mit einem Tuch über die Oberfläche. Erst jetzt trat jemand hervor und erzählte unter Tränen von dem Menschen, der hier einmal gelebt hatte.
Als die Hollandstraße in Sicht war, eilte Walter Grunwald voraus.
Er trug einen dunkelblauen Anzug, Krawatte und ein weißes Hemd. Vor dem Haus Nummer 8 beugte er sich

zu den Gedenksteinen für Mathias und Jeanette Grünwald geb. Schnek hinab und las unter den Geburtsdaten: *Deportiert am 2.6.1942 nach Maly Trostinec, ermordet am 6.6.1942.* Daneben las er: *In diesem Haus mussten 98 jüdische Frauen, Männer und Kinder auf engstem Raum in Sammelwohnungen leben, ehe sie von den Nazis deportiert und ermordet wurden.*

Darauf richtete sich Walter Grunwald auf, strich über seinen Kopf und schwang den Arm vor der dunkelblau gestrichenen Holztür seines Elternhauses schräg in die Höhe. Als die Gruppe sich im Halbkreis um ihn versammelt hatte, sprach er im Gegensatz zu seinen Vorrednern mit kräftiger Stimme, von lebhaften Gesten begleitet, ins Mikrofon. Spontan ließ er scherzhafte Bemerkungen einfließen; es wurde gelacht. Etwa zehn Minuten sprach er. Danach löste sich die Gruppe auf. Es war Mittagszeit.

Bevor Walter Grunwald auf seine Freunde aus Wien und Deutschland zuging, um sie zum Essen nach Klosterneuburg einzuladen, sah ich ihn eine Sekunde lang allein vor der blauen Haustür stehen.

Er hielt den Kopf leicht nach unten geneigt. Dann schaute er auf, zog die Schultern kaum sichtbar hoch, die Hände offen dargeboten ..., es ist jetzt, als wäre das alles nicht geschehen.

War es nur ein Traum?

Language and German Fascism

Walter Grunwald

Panache, St. Mary's University, San Antonio, a magazine of student writing, Vol. III, No. 1, Spring 1957

The atrocities perpetrated by Germany during the Second World War have now become somewhat remote to the American moral consciousness. The threat of Russian Communism and the vital role of West Germany in our containment of it has necessitated a „look the other way" attitude in governmental and editorial policies. Besides, the American public has always been willing to overlook the past unpleasantness of a present ally. And yet the fact remains that twice since the turn of the century the German people have indulged in an orgy of conquest and, in the latter case, of shocking brutality. Political expediency cannot prevent speculation on the paradox of barbaric conduct among an enlightened and highly civilized people. No doubt future historians will trace the causes of the nationalistic excesses of fascist Germany, but this does not mean that it is still too early to ascertain some of the general causes.

One must begin by considering the factors which unite the Germans as a nationality group. First, the political boundaries of their country may disregarded, for these boundaries have been fluid rather than fixed throughout German history. Even today Germany is divided into two sections, one democracy, the other a Communist satellite. Secondly, despite the Nazi radical theory, one must eliminate the notion of physical similarities among the people. The so-called Nordic type – tall, blue eyes, blond hair – does not, in fact, predominate in any particular area. Indeed, the one trait which might serve to identify the German people as a group, with any degree of consistency, is their language.

Every language reflects the society which makes it. Since the entire community contributes to a language either consciously or unconsciously, language-study may be considered a social science *par excellence* insofar as it gives us insight into the group who speaks it. For instance, if there is no word for „war“ in the language of the Eskimo, we can safely conclude that such behaviour is unknown in his society. If some people of Africa have no word to differentiate certain colours, they will certainly never produce a painting in which things are represented the way we perceive them. Using language as a mirror of the German people, we can easily find the reflection of social traits that would lend themselves handily to a fascist ideology.

One of these social traits observable in the German language is an intense patriotism. Such a phenomenon is not surprising when one considers that the feeling for language may be so closely bound to nationality that occasionally a dead language will be revived by patriotic people. We have for proof the success of the Jewish people in putting Hebrew once more among the living tongues. Other languages seem less closely integrated with the concept of nationalism. Modern English, for example, might well prove a clumsy instrument for chauvinist propaganda: it has borrowed so freely from other languages that the average native speaker cannot distinguish Anglo-Saxon words from those of foreign origin. German, on the other hand, is comparatively homogeneous: borrowed words stand out sharply. And so it is conceivable that a systematic purge of long-accepted French terms might further the cause of Germany, once it began to assert it's role in international affairs.

This is precisely what happened. Theater became *Spielhaus*; telephone – *Fernsprecher;* billet – *Fahrkarte;* toilette – *Abort,* and so on. More than one professor suddenly recalled that German was the best instrument for human thought that all other languages must eventually yield before it. Of course such idea is completely erroneous for, despite what may seem an inferior vocabulary or needlessly elaborate syntax, any language is dynamic and may be modified to suit a purpose.

Another interesting facet of the German language is it's proneness to serve the principle of two-valued orientation. By this is meant the tendency to see things in the perspective of two values only: affirmative and negative, good and bad. This way of speaking is not peculiar to German. When we say that something is not good, we often infer that it must be bad. This inclination is intensified when we become angry or exited.

A good example of this would be the type of „reasoning“, popular in the recent wave of anti-Communism that swept our country. Many of us were quite willing to believe that if a person was not a „100 percent American“, he must be a foreign agent. It should be noted that in times of peace and prosperity we use language that leans towards a multi-valued orientation, a requisite in all intelligent public discussion. By contrast, the Nazi propagandists could rely on the readiness of the German people to think in terms of two values only.

And so it happened that hunger, famine, unemployment, crooked capitalism, defeat in World War I, bad smells, immorality and all other offensive things were lined up on the „bad“ side with „Jewish-dominated plutocracy.“ Anything or anyone standing in the way of Hitler's designs was termed „Jewish“, degenerate, corrupt, democratic, international, and (the crowning insult) „Non-Aryan.“ Opposing these terms were the „Aryan“ virtues: Courage, honour, beauty, health, virility. Everything Hitler called upon his people to do was to be done to fulfil their „Aryan“ heritage. Art, books, people, philosophies, science, pets and religions were appraised as either „Aryan“ or „non-Aryan“. The result was such absurdities as classifying the Japanese as „Aryan“ and Roosevelt as „Jewish.“ The attitude of „whoever is not with us is against us“ helped make it possible for the German people to justify in their minds an unjust war replete with brutalities. People in whom a strict two-valued orientation has been inculcated, ordinarily have no compunction about committing atrocities.

Another feature of the German language which provided fertile ground for the rise of Nazism is a vocabulary rich in mystic, nebulous terms that naturally adapt themselves to the formation of phrases of a lofty nature. These phrases abound in the everyday speech of the average German, and the Nazi propagandists were quick to utilize them in their speeches and writings. In fact, they created many new words of this character to intoxicate the masses. Consider an excerpt from a typical speech of Hitler:

> The Aryan Fatherland, which has nursed the souls of heroes, calls upon you for the supreme sacrifice in which you, in whom flows heroic blood, will not fail, and which will echo forever down the corridors of history.

Future Historians will point to the more immediate causes of the Nazi eruption, such a defeat in World War I and the Great Depression; yet the factor of language cannot be overlooked. If it had not been for the language-patterns already set up in the German mind, the high-sounding phrases of Hitler's propaganda might never have carried farther than the confines of a Munich beer-hall.

Walter Grundwalds Rede vor den Steinen der Erinnerung an seine Eltern am 2. Mai 2010 in Wien
Station 9 b: Hollandstraße 8
Familie Grünwald
erschienen in „Weg der Erinnerung durch die Leopoldstadt 5. Teil", Hg. Elisabeth Ben David-Hindler, Verein Steine der Erinnerung an jüdische Opfer des Holocausts, Wien Mai 2010

Das Jahr ist 2010 und ich stehe vor dem Haus in der Hollandstrasze 8, wo ich acht Jahre lang wohnte und das ich im Juli 1938 verliesz. Nur für eine kurze Zeit, dachte ich, es war so, wie ich jeden Sommer auf Ferien irgendwo in Österreich fuhr, gewöhnlich mit meiner Großmutter (denn die Eltern waren zu viel beschäftigt mit der Arbeit im Kaffeehaus).
Ja, die Eltern, die arbeiteten sehr schwer. Das Kaffeehaus in der Hollandstraße hieß Kommerz, ein richtiger Name für ein Geschäft im 2. Bezirk, wo die meisten der Bevölkerung Juden waren und die meisten einen kaufmännischen Beruf ausübten. Es war das zweite Kaffeehaus meiner Eltern. Das erste war im 9. Bezirk, Berggasse 33, und hatte den Namen Metropol. Da der Herr Dr. Freud in der Berggasse 19 wohnte, war er natürlich oft Gast in diesem Café, und ich wurde ihm sogar vorgestellt. Erinnere mich gut, wie er seine Zigarre aus dem Mund nahm und mich mit der Hand am Kopf streichelte. Es war nicht das Café Landtmann, wie es seine Geschichte erzählt; dort war er nur, wenn er Lesungen in der Universität machte, denn die Uni war

gegenüber dem Landtmann. Nun, wie gesagt, meine Eltern arbeiteten schwer. Das Café Kommerz war von sechs Uhr früh bis Mitternacht offen, so dasz meine Eltern nur wenige Stunden in der Nacht schlafen konnten; tagsüber gingen sie nur hier und da auf ein Stündchen Schlaf in die Wohnung, die im selben Haus war, um sich ein kleines Schläfchen zu gönnen. Und doch hatten sie immer Zeit für mich. Beide Eltern waren musikalisch sehr begabt. Die Mutter spielte Klavier und sang, der Vater war nicht nur ein guter Klavierspieler, aber auch ein guter Geiger und konnte auch Zither spielen, was er in seiner Heimat gelernt hatte. Er war in St. Istvan im Burgenland an der Grenze mit Ungarn geboren. Ich hatte diesen Ort gesucht, aber niemals gefunden. Die Eltern gaben mir einen guten Klavierlehrer, und mein Vater unterrichtete mich auch, und ich lernte bald gut spielen. Als ich älter wurde, wollte mein Vater mich in das Konservatorium einschreiben. Aber ich wuszte, dasz das ziemlich teuer war, und schämte mich, das Angebot anzunehmen. Heute tut diese Entscheidung mir leid. Spiele noch immer Klavier, habe mir sogar einen alten Bösendorfer vom Dorotheum in Wien schicken lassen. Als ich zehn Jahre alt war, liesz mich der Vater in das Realgymnasium in der Kleinen Sperlgasse einschreiben. Ich bestand die Annahmeprüfung mit gutem Resultat, und so begannen meine Studien in – was damals noch ‚Erzherzog Rainer'-Gymnasium hiesz – aber später in ein fades ‚RG2' umbenannt wurde. Die Wohnung meiner Eltern in der Hollandstraße war recht schön, besonders das Speiszimmer, das eine wunderschöne Einrichtung hatte. Schwarzes Ebenholz, mit Rosenholz eingelegt und geschnitzte Ebenholz Verzierungen. In der Mitte der Kredenz stand eine Ebenholz Figur der Göttin Diana mit Bogen und Pfeil, bei ihren Füszen der erlegte Hirsch mit groszem Geweih. Ah, wenn ich das nur noch heute bei mir haben könnte. Unter vielen Bildern waren zwei grosze Stilleben von Stoitzner. Wer hat denn die gestohlen? Aber da ich dort immer allein sein muszte, ging ich lieber zur Groszmutter, die im 20. Bezirk wohnte, in einem Haus, das meinen Eltern gehörte. Dort war ich nie alleine. Auszer der Groszmutter waren immer ein oder zwei Tanten und ein Onkel dort. Also war ich oft im Pendeln von einer Wohnung zur anderen im Wege, manchmal mit der Straszenbahn, aber für gewöhnlich zu Fusz. Aber Mahlzeiten wurden oft im Kaffeehaus mit meinen Eltern verbracht. Da saszen sie mit mir an einem Tisch hinten im Kaffeehaus und sprachen mit mir über das tägliche Leben und über die Fortschritte, die ich in der Schule machte. Meine Mutter war eine schöne Frau, immer sehr schön geschminkt und angezogen. Sie liebte, eine Halskette aus Korallen zu tragen, Ohrringe aus Diamanten, einen Ring mit einem groszen Diamanten, umrahmt von einem Goldreifen. Im Kaffeehaus sasz sie an der Kasse, in einer schön aus poliertem Holz geschweiftem Buffet und kontrollierte die Bestellungen, die die Kellner aus der Küche brachten. Mein Vater war immer elegant angezogen, ich sah ihn nie ohne Krawatte. Obwohl die beiden keine Universitätsausbildung hatten, waren sie äuszerst gebil-

det und wuszten Bescheid über die ganze Welt. Ich muszte mich oft von ihnen über meine Schularbeiten beraten lassen. Von allen Gruppen, die in unserem Kaffeehaus waren, war die gröszte ein Taubstummenverein, und mein Vater konnte sich mit ihnen in der Taubstummenweise verständigen. Ich glaube, dasz sie ihn deswegen auch verehrten. Er war ein ausgezeichneter Schachspieler und ich lernte es auch von ihm. Im Hintergrund des Kaffeehauses waren auch zwei Billardtische, die klassischen, die man mit drei oder vier Bällen spielt, und das lernte ich auch, als ich älter wurde, blieb ich dann immer in diesem Haus, muszte nicht mehr zur Groszmutter laufen, aber kam auf Besuch recht oft.
Es war auch in diesem Haus, Hollandstrasze 8, wo ich meine erste Liebe erlebte. Das Mädchen hiesz Herta Ornstein, wohnte eigentlich im 9. Bezirk in der Porzellangasse, aber wohnte oft bei ihrer Groszmutter und Tante, die in diesem Haus im ersten Stock wohnten. Kann mich aber auf deren Namen nicht erinnern, aber die Tante war eine Modistin und machte Hüte in deren Wohnung. Verliebte mich in die Herta und wenn ich sie in der Früh unten im Stieghaus traf, auf dem Weg in die Schule, küssten wir uns. Die Hausbesorgerin, die Blauenstein hiesz, hatte das nicht recht gern und jagte uns weg.

Es war nun 1938, und man konnte nicht glauben, was da passiert hatte. Kann es noch immer nicht begreifen. Viele Jahre später, als ich mit der amerikanischen Luftwaffe nach Europa flog, wagte ich mich nicht, nach

Wien zu kommen, obwohl das ganz einfach gewesen wäre. Erst in 1969, kam ich zum ersten Mal mir meiner Familie nach Wien und besucht – unter vielen Plätzen – auch wieder Hollandstraße 8. Ich weinte über den Verlust meiner lieben Eltern und meiner Heimat. Und jetzt musz ich wieder ein biszchen weinen. Ich danke Gott, dasz ich noch übrig bin.

Dank

Mein größter Dank gilt Dr. Walter Grunwald, der mir zwanzig Monate lang in Briefen, Telefonaten und in persönlichen Gesprächen an diversen Orten Europas und Amerikas die Geschichte seines Lebens anvertraute.
Für weitere Recherchen bin ich dem Institut für Zeitungsforschung Dortmund dankbar, insbesondere Frau Beate Lück, sowie der Israelitischen Gemeinde Wien und dem Magistrat der Stadt Wien. Frau Dr. Elisabeth Ben David-Hindler danke ich für die Verlegung der Steine der Erinnerung an Mathias und Jeanette Grünwald im Wiener Pflaster Hollandstraße 8.
Herzlich danke ich dem Künstler Arno Rieck für das Bild auf dem Buchdeckel und Marlene Hugo und Michael Starcke für unsere nie endenden Gespräche über Sprache sowie Pierre De Carmine, Julian Kuhlemann, Mechtild Muerköster, Klaus Rieck, Inge Rüsing und Wolfgang Schnitzler für Anregungen und ermunternden Zuspruch.
Dankeswerterweise übersetzte Silke Kossak Walter Grunwalds Artikel ‚Language and German Fascism' ins Deutsche.
Felix Wilms bin ich für seine Auskünfte über Gedanken und Gefühle eines Piloten ebenso zu großem Dank verpflichtet wie Antoine de Saint-Exupéry und folgenden Schriftstellern, deren Sprachbilder mich anregten oder im Text zitiert sind: Heinrich Heine, Sigmund Freud,

Gotthold Ephraim Lessing, Friederike Mayröcker, Fernando Pessoa, Rainer Maria Rilke, Friedrich Torberg, Friedrich von Schiller, Baruch Benedictus de Spinoza, Robert Walser, Franz Werfel, Carl Zuckmayer.
Meinem Verleger Alfred Büngen und Inge Witzlau danke ich für das sorgfältige Lektorat und die Publikation des Romans, die so rasch im Geest-Verlag Vechta erfolgen konnte, weil zahlreiche Freunde und Vereine bereit waren, Exemplare zu subskribieren.
Erwähnt werden sollen an dieser Stelle mit freundlichem Dank für ihr Vertrauen:

- Erinnern für die Zukunft e. V. Bochum
- Evangelische Frauenhilfe in Westfalen e. V.
- Soroptimist International Deutschland – Eine weltweite Stimme für Frauen – Club Regensburg
- Verein Steine der Erinnerung an Jüdische Opfer des Holocausts, Wien
- Elke Kotschi
- Juliane Schnitzler